你　　看见的

　　是我

　　　你 的 身 后

也是我

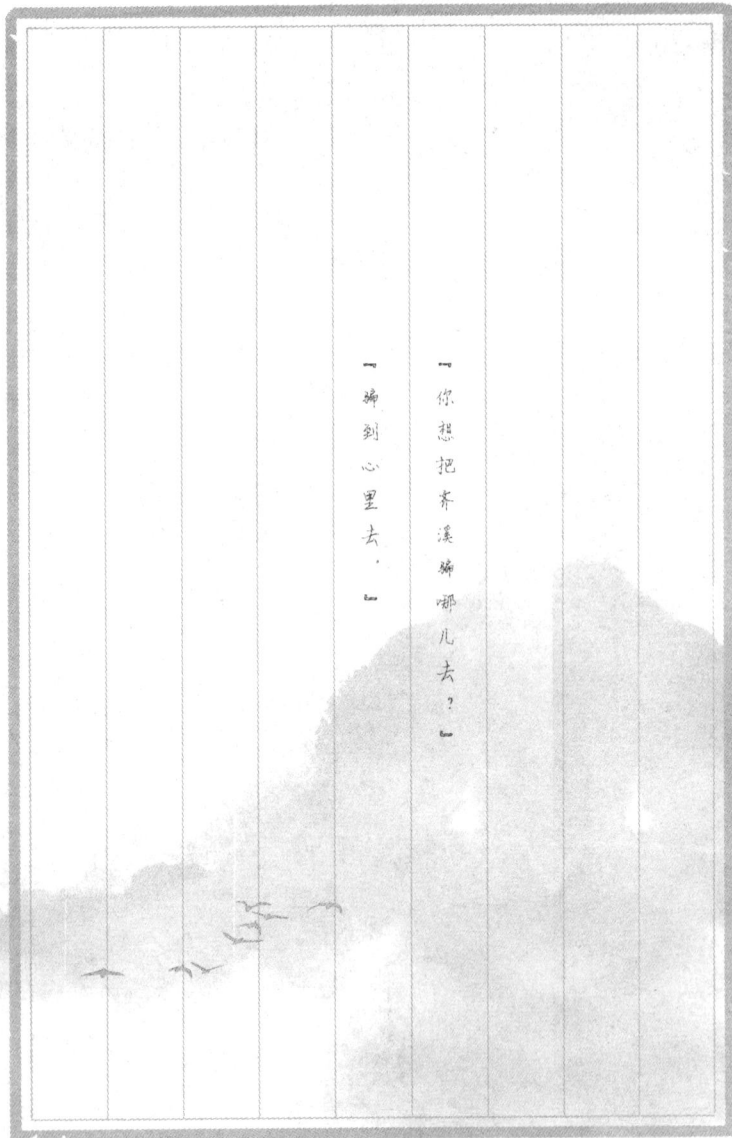

「你想把齐溪嫂嫲嗯几去？」

「嫲到心里去。」

应是南枝向暖

下

析伽 著

Xi
Jia
Works

贵州出版集团
贵州人民出版社

第九章

答案

（一）

周末一大早，叶超如约来接人。且不说最近这几日忙于工作无暇顾及其他，今年甚至都抽不出时间约陆江庭吃饭看戏。他们二人才是好友，可叶超最近却老同陆江庭的弟弟混在一起，不知道的还以为他在外面收了个徒弟。倒真是个徒弟也罢了，还偏是个难缠的角色，不然他一个堂堂巡捕房探长也不至于沦落到被一个孩子到处使唤的地步。

"既要带他查案，就别总欺负他。"陆江庭趁着江吟还没从楼上下来，临走前在叶超面前替弟弟多说了几句话，"多少也教他一些好的，日后我们虽不指着他光耀门楣，但成绩总不能太难看。"

叶超对此嗤之以鼻："我一探长被他招之即来挥之即去，我都没说什么。欸，我就不明白了。打小你父亲就对你多方管束，你也凡事都顺着他的意。可怎么到你弟弟身上就如此懈怠，可以说一点规矩都没有。你兄弟俩其中一个是不是捡来的？"

陆江庭对叶超的玩笑习以为常，但仍旧认真作了答："你也知我母亲死于非命，生前最是疼爱江吟。当时两家人都以为江吟会是个女孩，齐溪会是个男孩，殊不知正好反了。许是愧疚吧，母亲那件事后父亲和我都不想让江吟过上他不乐意过的日子，凡事只要他开心便都随他去了。"

　　叶超听后轻轻地摇了摇头，现在的陆江吟恐怕还不能体会他们的用心良苦。每日除了上学念书，牵挂一些本不该他插手的案子，剩下的就只知道围着齐溪转。不过，正是年少情窦初开，也不是不能理解。但被宠着的陆江吟心里在想什么怕是最亲近的人也猜不透。

　　他想到这里，便随口提了一句："你母亲的案子……江吟有没有和你说过，其中一个溺亡孩子母亲的死状与你母亲一模一样？"

　　陆江庭微微蹙了蹙眉头，神情并没有改变："看过报纸上的新闻。只是这和江吟有什么关系？莫不是他一插手小一的案子时就知道了？"

　　"这……"叶超瞬间感到了惶恐，陆江庭表面波澜不惊，但还是很忌讳陆江吟再次卷进过往的悲剧中。

　　叶超也只是从中推测了大概，陆江吟得知此事的渠道他不得而知，但初次见面时陆江吟所说的那些反常的话让他记忆深刻："你弟弟比你想象的要厉害，他都十七岁了，该是为这个家、为保护他的人、为你做出点贡献了。从前由着他的性子胡来，现在他大了也别拦着。"

　　叶超的话自是有他的道理，可陆江庭太了解自己的弟弟了，江吟明知此案却从未与自己交谈，是他不想让自己伤心难过。

"杀死母亲的凶手是穷凶极恶之人，我不想江吟受伤，所以还要请你多费点心思。"

"好啦好啦！又不是赶着去送死，瞧你那一脸丧气样儿！"这陆江庭总改不了凡事都要操心的坏毛病，叶超用力拍了拍他的肩，只能如此宽慰道。

陆江庭在家门口目送叶超和江吟离开。他不由自主地捏着自己的手指关节，一节一节地揉捏过去，最后，沉默地走向了早已等候多时的汽车车夫，他原本有个应酬，现下已经迟到了。

"赶紧看！"一上车，叶超就把案卷甩给了陆江吟，嘴上仍是不饶人的劲儿，方才陆江庭才说要他好好待他弟弟，转眼间就忘得一干二净，"你是怀疑尸检有问题？"

陆江吟打开了案卷，从中抽出了那几个孩子的尸检报告，逐字逐句细细翻阅。他看的间隙还不忘问叶超，刚刚同自己的大哥在楼下说了什么，他见着大哥时只觉得他脸色异常不好。

叶超含糊其词地说大人之间的事情小孩少管，又忍不住信口开河揶揄他："还不是操心你和齐溪那小姑娘的破事。我听说齐溪根本没有过敏，身上长的也不是疹子，而是被人……"

"喂！"

陆江吟一个激灵，顿时出口遏制他往下说，真是见了鬼，这事怎么就传到叶超耳朵里了？他本就担心被家人所知，就算高兴也是自己一人偷着乐，断不敢当着爸爸和大哥的面放肆。他嗫嚅几下又不好追问，生怕这是叶超设下的圈套，专门用来套他的话。

果然，叶超甚是得意。在惹毛陆江吟这件事上，他要是称第二没人敢称第一。他嘴上噙着笑，车子开出去大老远了才记得问他："我们要去哪儿？"

"七十三号。"陆江吟红着耳朵，不悦道。

叶超琢磨了一会儿，敏锐地察觉到了一些事情，继而又问道："顾一飞的遗言和七十三号有关？"

"一半一半吧。"陆江吟随口一答，他翻了三分之二的内容抬头望了望前方的路，补充了一句，"前面路口停一下，要接人。"

"接谁？"

车子刚停下没一会儿，前方窄巷里就走出来了人。叶超盯着眼前的"盛况"，骂人的话已然到了嘴边，可不知死活的陆江吟还摇下车窗大方地挥手。

"探长好。"这一声招呼足足重复了三遍，而且还是来自不同的三个人。于是后座一下子满员了，三个朝气蓬勃的年轻人挨着坐在一起，期待地看着叶超。

叶超舔舔干燥的唇，食指弯曲指着自己，同陆江吟强调："老子是巡捕房探长，不是你们小学堂的先生！你们干吗呢？啊？蹭我的车去郊游啊？"

后座的许景明、谢罗华还有方浩淼规规矩矩地坐在那里，态度比上课时还要端正。他们小心谨慎地望了眼发飙的叶超，谁都没吭声，只能指望前座的陆江吟摆平了。

与此同时，陆江吟已经翻完了报告的最后一页纸，他不紧不慢地解释："他们三个都在四月十七号当晚去过七十三号，都是目击证人。本来周毅也要来的，可他临时有事。有他们三个也够了。"

"目击证人？"叶超不耐烦地重复这四个字，可一结合四月十七号这个日子立时就明白了陆江吟所说的话，"你是说他们三个在当晚……"

"是。"陆江吟合上了案卷，目光坚定有神，"他们见过那晚在七十三号出没或许是杀害小一他们的凶手。即便推景明下楼的那人不是真凶，也和这件事情脱不了干系。"

叶超回身扫了眼那三个坐姿极其端正的少年，若有所思地朝他们点头，还特别敷衍地夸了他们一句："不错，自古英雄出少年。"

陆江吟整理好案卷暂时放到了背后，继续和叶超说："以我所知的线索，查不出那人的身份，所以才请你去查四月十七号所生、刚满七岁的小男生。只要查到这个小孩的具体情况，我们就能顺藤摸瓜找出那个一直躲在幕后的人。"

"你说的这些我都知道。所以你能不能在你朋友面前给我留些颜面？"叶超从来没觉得自己窝囊无用，今儿个在一群孩子面前真的是毫无威严可讲。

陆江吟瞟了他一眼，不理会他的无用说词，接着说："找景明他们来还有一个很重要的原因。"

"有屁快放。"叶超也懒得没完没了地摆架子，索性暴露了自己的本性。

"顾一飞告诉我，他把所有积蓄都埋在了七十三号的后院里。我想我需要更多的人力来帮我找顾一飞的遗产，所以把景明他们都叫上了。"

叶超惊讶地张大了嘴巴："顾一飞这小子是不是真的看上你了？按理分遗产也轮不到你啊，你和他什么关系？他的不义之财都要充公好吗？"

陆江吟无语地叹气："我要不告诉你，你哪会知道他还有遗产？再说了，我一直觉得顾一飞似乎想告诉我点别的事情，藏东西在七十三号是巧合还是有意为之，我还不确定。只能找出来看看了。"

"也是，说不定找出来不是什么宝贝，而是另一桩大案子。"叶超接话接得那叫一个快，可说完之后愣是连着"呸"了三声，"乌鸦嘴！哪来什么大案子！没有！"

自我安慰了一番后，叶超启动车子往七十三号宅子所在方向驶去。车内只安静了几分钟，谢罗华终是按捺不住，几经犹豫，像是在课堂上要发言的学生一样举起了手。

"江吟，我能问问齐溪的过敏好些了吗？我看她没有随你一起来，担心是不是病症严重了。若是还没有痊愈，我家中还有偏方，你可以拿去给她试试。"

许景明听后侧头询问："齐溪病了吗，什么时候的事？"

"不会吧。我前天在学校门口看见齐溪还是生龙活虎的，怎么就病了？张月英那天还和齐溪、李爱瑶她们一起参加了叠罗汉的运动……不像是生病的人啊。"方浩淼捏着下巴补充道。

谢罗华偏着脑袋思考方浩淼的"证词"，猛然间想起好像爱瑶确实和自己讲起过叠罗汉时发生的趣事。这么说来齐溪的病症是好了？

"谢谢关心，齐溪很好。"陆江吟难为情地干咳一声说道。

叶超开着车听着后座不知情的少年们的话，冷不丁地发出了嗤笑："陆江吟这几日怕是都不敢同齐溪说话喽，他哪知道人家病好没好。"

"为什么？"三人齐齐发问。

陆江吟都瞪着叶超了，叶超也管不住自己的嘴，半开玩笑说："还能为什么呀？他铁定是知道齐溪过敏的真正原因呗，全都是他这小畜生害的。"

谢罗华、许景明他们三人对此话摸不着头脑，疑惑了一声倒也没有追着问下去，识趣地坐着看向了窗外。陆江吟本想翻篇，可叶超把话说到这份上，这一下两下是翻不过去了。

他压低声音侧着身子问叶超："谁告诉你的？"

"用眼睛看啊，这还用人告诉？"叶超觉得陆江吟的问话实在可笑，也不想再捉弄他，便坦白地说，"那天她系着的丝巾一直往下掉，脖子上的痕迹我看得一清二楚。就你们这几个白痴会觉得那是疹子。我说你下不下流啊，陆家家风被你都丢到臭水沟了。你们年轻人做事就是着急，这事……这事能操之过急吗？"

叶超说得越多，陆江吟就越抬不起头来，两只耳朵已经红到不行。他单手扶着额，似是求饶地说："我喝多了，根本不记得自己做了什么。"

"你看看你，臭流氓！对人家一未出阁的小姑娘做了如此不检点的举动，居然还不记得！幸好齐溪不是我的表妹啊，不然我这个当表哥的一定把你剁了喂狗。"

陆江吟心想狗做错了什么，滑稽的念头一闪而过，他岔开话题问道："你还有表妹？我以为你这副桀骜不驯、自视甚高的样儿一定没有兄弟姐妹呢。"

"去你的！"

一车五个人开着玩笑没一会儿便来到了七十三号大门前，叶超将车停在道路一侧，自己自然而然地走在前方领路。回想在巡捕房工作的这些时日，光是七十三号都不知进出多少次了，可每一次都无功而返。其中到底藏着什么玄机，他到现在也没看透。

"这房子其实也没那么可怕。"谢罗华突然觉得胆子大了些，大概是白日光线充足，又或是前方有个比他们大上好几岁的探长在。总之，比起前两次他的心情要放松了许多。

许景明倒是不同谢罗华的轻松，他始终神情凝重地望着青天白日依旧阴森森的七十三号，他猛然意识到，所有的变故就是从他进入这里开始的，从他摔下楼梯开始的。种种发生在他身上的遭遇似乎都在证明这房子真的如坊间传闻的那般不幸，可比起那些真正不幸的人，他又幸运太多了。

几人走到楼梯脚下时，陆江吟转过身对景明他们说："你和浩淼对叶探长再讲述一遍那日的经过，我和谢罗华先去后院。"

"好嘞！"谢罗华兴奋地拿出早就准备妥当的小铲子，在陆江吟跟前一阵嘚瑟。每次来都躲在陆江吟身后畏畏缩缩的，这次一定要大展身手才行，拼智力拼不过，拼体力总不能输。

"也好，分头行动节省时间。"叶超双手叉腰，对陆江吟做出的分工表示认同，继而他又面色古怪地扫了一眼一楼，寻思着道，"老早以前有人报案说凶宅总是传出奇怪的声响，我来了也没发现。话说回来也不是什么都没发现，只不过……"

陆江吟看了眼自言自语的叶超，示意了下手中的铲子说："你慢慢琢磨，我们两个先去后院了。"

"行行行。"叶超对陆江吟这种敷衍的态度也颇感不爽，挥手赶他时就像赶苍蝇一样的不耐烦。

叶超瞥了眼陆江吟的背影，转回脸对着许景明和方浩淼苦口婆心道："看到没？仗着自己家里有几个臭钱就这样心高气傲，你们是有多想不开才同他交朋友？"

许景明和方浩淼都尴尬地笑了笑，但方浩淼解释说："陆江吟平时对我们可不这样。学校里还有同学互相嚼舌根，说他到底是个纨绔子弟，学业无需担忧，锦衣玉食的，心中肯定没有什么家国大爱。这些耳旁风陆江吟听得多了，可也从不恶语相向。"

"嗯，他比我们心胸都要宽阔，也更聪明。"许景明也接过话道，"所以他才能成为您的帮手。再者，陆江吟心中如果没有家国大爱，他哪会同您协作破案。"

叶超耷拉着脑袋，看来离间小伙子们的友情行不通，脱口骂了他们一句："年纪轻轻马屁精。"

方浩淼嬉皮笑脸地说："我也愿意做您的马屁精啊。刚刚您说什么都没发现，后来又说'只不过'，只不过什么？还是有发现的是吗？"

"有是有，不过就是还没搞清楚那东西的具体用途就被偷了……"叶超抓了抓头，语气里满是挫败感，他说完后似有若无地瞥了眼孩子们的反应，厉声警告，"说出去就枪毙你们。"

许景明和方浩淼被叶超一声恐吓，吓得顿时立正站好拼命摇头，表示绝不泄露半句。

"我们先挖哪儿？"后院中，谢罗华对着杂草丛生、一片败坏景象的院子兴致勃勃地问。

陆江吟扫了眼这院子，默念着："二行一体，四支八头。四八一八，飞泉仰流。"这是顾一飞同自己说过的话，听的时候他就知道这是南北朝时期鲍照作的押尤韵的字谜。本该早做打算，可就在那天他和齐溪……搞得他七荤八素的完全忘了。

谢罗华不等陆江吟给出主意，自己蹲下拿着小铲子这里铲一抔土，那里挖一个坑，几次下来立马没了干劲儿。他蹲在那儿求助地问陆江吟："你想出办法了没有？"

陆江吟还在念着这几句话，轻轻掠过耳朵的夏风忽然给了他提示："井。这儿应该有口井。"

"啊，什么井？这里哪有井？"

陆江吟不说话，只是细细地查看。按照顾一飞当时的说法，东西并不是藏在井中，而是埋在了周边。以顾一飞的身体状况，不可能消耗那么大的精力去藏取。

可四下根本看不到井的具体位置所在，陆江吟也不敢贸然行动，他只能提醒谢罗华小心一些。

正愁着，叶超、许景明、方浩淼三人走了过来。方浩淼一见谢罗华在地上杵来杵去立马来了兴致："这有意思，我来帮忙！"

"就这样瞎挖啊？"叶超不敢相信陆江吟居然会想出这么个蠢办法来，"顾一飞没和你说具体方位吗？还是他在诳人？"

陆江吟摇头："不是。这里有一口井，他的东西就埋在井的周围。"

"井？"叶超不可思议地扫了扫这后院，肉眼可见之处只看到一派荒凉，"在哪儿？"

"看不见就一寸一寸地找。"陆江吟冷静地说完后，弯腰蹲下开始查看杂草下的状况，他心生一缕奇怪的念头。这口本就存在的井，何以这么多年过去从未听人提起？而且叶超来过这里多回，也从来没寻到过。如此一来，倒像是有人刻意掩去这口井存在的事实。

叶超也联想到了这宅子的传闻，他不知为何将这起悬案同这口他们正在寻找的井联系了起来。七十三号宅子消失不见的一家三口，这么多年来传得越来越诡异的故事，是不是都和这口井有关？

"找到了！"

这时，许景明兴奋地用手扒着泥土，从中挖出了一个雕着花鸟的漆色木盒子。众人激动上前，谢罗华跑上前时，忽然脚底一空踩出了一个空洞。

"啊啊啊——陆江吟快看看是不是有鬼抓住我的脚啦！救命啊！"谢罗华鬼叫着不停地在空中挥着自己的手，失去平衡的身体仿佛下一秒就会被空洞吞噬。

方浩淼正好在旁边，听到叫喊声一把就抓住了谢罗华，将其拉向自己身边站稳。

几个人不约而同地凑近，叶超皱眉同陆江吟看了一眼，不祥的预感油然而生。

（二）

"这儿又怎么了？"

"听说找到好多尸体。"

"那还看什么？快些走！这邪门的地儿太晦气了！"

七十三号宅子素来冷清阴森，人们恐惧、退避千里惯了，今儿个热热闹闹的被好些人围着显得异常违和。这些人站在宅子门口十步之遥的地方交头接耳，眉目厌恶又忌惮，嘴上说着走，却一步三回头。

后面赶来的巡警神经紧张地跑到后院听从叶超调配，陆江吟便和谢罗华等人退到屋外。来之前持着坏预感，没想到竟一语成谶。

谢罗华心有余悸地站在太阳底下哆哆嗦嗦直打战，脸色煞白的不止他，还有方浩淼和许景明。在场者无不表情惊骇，失了魂一般的沉默。

而陆江吟，此刻看起来脸色虽不太好，可到底没有露出同他们一样的惊惧神色来。

谢罗华推了推陆江吟，忌讳道："你看什么呢？别这副吓人的样子，搞得好像大白天见鬼了似的。"

陆江吟撇了下头，示意一惊一乍的谢罗华仔细点看。人头攒动，谢罗华的目光一下便被不远处牵着一小型犬、只着一件白色背心的中年男人给吸引住了。那遛狗的男人略显肥胖的脸上架着一副茶色眼镜，反光的镜片让人捉摸不透底下那双眼睛是善是恶。

"噫，他不是我们上次见过的那人？"多亏了男人脚边那条晃着尾巴极为兴奋的小狗，谢罗华立时就忆起初次见面时它朝着他们狂吠时狗仗人势的劲儿，实在是可气。

"在这儿等我。"陆江吟简单地扔下一句话就向那仅有"一面之缘"的男人走去，可拨开人群走到那男人跟前时才明白原来认识的不止一个。

"……没想到又在这儿遇到了文教授您！瞧我们这缘分，是不是该约着喝酒跳舞？想来怎么也比总在这阴森森的宅子碰面强，您说是吧？"

赶来验尸的文韬还没能踏进宅中就被中年男人拦下来搭话，他虽无多余的时间同人浪费，但脸上也并未流露半点不耐烦之意，正欲开口婉拒对方的邀请，余光瞥见到了正往这边看的陆江吟，那少年轻狂不羁又稚气未脱的脸上嵌着的锐利双眸盯得人心里发毛。

文韬推了推眼镜同中年男人讲："公务在身，我先失陪。"

"那我们再约时间啊！我把我侄子也带上，他在大学承蒙您的教导，一定要当面道谢才是！"那男人伸长脖子对着文韬的背影喊，见文韬没有回应，脸上谄媚的笑顿时消失在嘴角，朝着地啐了一口唾沫，低声骂了一句难听的话后，牵着狗大摇大摆地走了。

那中年男人人前人后两个样儿的德行陆江吟尽收眼底。他不由得同情起了文韬，待文韬走到身侧，他便问："你与他认识？"

"傅正豪，人称傅爷。大字不识一个，因为攀上了有钱亲戚，继承了大笔遗产摇身一变成了富人。人倒是没什么坏心眼，只是穷惯了，姿态定是与从前不一样。他自己没上过学，便全力资助侄子上到了大学，这不担心侄子毕业后找不到工作，便想托我加以照顾。"文韬也没有隐瞒，大方地同陆江吟解释了两人之间的关系，停顿了片刻，换了只手拎工具箱问他，"那你又是如何认识的傅正豪？"

陆江吟下意识地张嘴欲坦诚相告，但琢磨了会儿还是闭上嘴，自然而然地转移话题："方才听你一说，我才想起你原是大学教授。"

"贵人多忘事。"文韬不多追问，抬头扫了眼他那几个同学，微微蹙眉道，"平日里见你们形影不离，今天不见她与你在一块倒有些不适应。她不来可是有什么事？"

陆江吟一怔，心想他果然在觊觎齐溪。这想法过于荒唐，可他打量着比自己年长的文韬，心内突感危机四伏。他认定这世上除了他，其余男人都试图对齐溪欲行不轨。

"看来是我不该问，也不必问，定是你藏着不让她出来。"文韬见他防备极深、拒他于千里之外的姿态，打趣了一句后识相地走开了。

陆江吟脸上臊得一阵红又一阵白，他倒也想知道齐溪现在在做什么，只是那事过后他心中羞愧，穷途末路竟寄希望于将小一的案子查个水落石出，好有理由同她搭话。

"江吟，我们准备回去了。"方浩淼拉着谢罗华上前，"你是要留下再看会儿还是和我们一起走？景明脸色铁青，再待下去怕是不妙。"

陆江吟这才关心起自己的同学，虽然他们几个在尸体打捞上来之前就退出了屋，可漆黑诡谲的井底竟有那么多冤魂，他们此前还无知地频频进入，只要一想到这个就浑身恶寒。纵使炎炎烈日晒着全身，寒冷的阴爪也还是一点一点地抠住脊背往上爬。

"也好，你们先回去。"陆江吟望了眼站在路边目光呆滞、情绪极为低落的许景明，叮嘱方浩淼和谢罗华好好照顾，"今天谢谢你们了。"

"哪里的话，不用谢。"谢罗华和方浩淼不约而同地摆手道，"那我们先走了。你一个人注意安全，别太晚回家啊。后续发生了何事也千万别同我们讲，瘆人。"

陆江吟无奈地应允，之后目送他们三人离开，兀自叹了口气，趁着文韬还在验尸，他即刻转身赶回后院。

"文韬，我们搭档这么久，你可记得还有案子比今日发现的还要惨烈吗？"叶超站在被粗粗清理了下的后院里，目光从左至右、从右往左不停地扫射。现在已经抬上来三具完整的尸体，凭着白骨身上的旗袍判断，似乎都是女尸。

"验这些白骨需要多长时间？"

文韬蹲在地上大致验了一番，具体的检查还需要回去才可以进行。他手臂横在膝上，侧身又瞥向了那口废井，仍有巡警在勘查。叶超勒令他们不准放过任何一个角落，就连一颗小石子也要拾起查看。

"初步查看这三具都是女尸，且都已生育过，年龄在二十岁到二十五岁之间。尸体腐化至白骨，应是死去多年，要查起来确实不易。恐怕你要和已报失踪妇女做对比才能查到她们的身份了，可时间过去这么久……"文韬收回视线，抬头继续说，"这三具尸体还有骨折的现象，应该是被杀之后扔到井中所致。"

叶超抹了把脸，焦躁化为了满身的汗水，实在是烦心不已。他提了提裤脚也蹲下身："你的意思是这不是第一凶杀现场，只是抛尸地点？"

文韬示意叶超往尸骨上看："胸骨上有明显的刀痕。你看这里，还有这里。应是被利器接连不断地捅伤致使失血过多而死。你不觉得这种杀人方式有些眼熟吗？"

叶超沉闷地应了声，却没有说出来。溺亡孩童小一的母亲张真真便是这般，血淋淋的惨样他至今记忆深刻。

"头儿，这下面还有白骨！"

"头、头……又发现了三颗头颅！我的妈呀！"

井底传来惊骇的消息，叶超和文韬震惊地对视了一眼相继朝井口望去。

一方碧落之下的废井就似连通黄泉的通道，他们找到了被世人遗忘的故人，将他们从过去的死亡中又拉回到了现世。

陆江吟站在他们不远处，只觉得周围阴风阵阵，整个人难以控制地颤抖着，他抬手抓着墙壁边缘才勉强支撑住不停瘫软的身子。那一具具化成白骨的尸体不知原貌，可陆江吟望着她们，脑子里就不停闪现着母亲被杀那晚的场景——漆黑的夜下，灯光不明的家门口，母亲被绸缎包裹着静静地扔在肮脏的路面上。绸缎之下，母亲的脸溅满了自己的鲜血，原本美丽的脸庞竟比白蜡还要阴森惨白、枯槁恐怖。那一身为了庆祝齐溪生辰特意找裁缝新做的华丽锦袍完全失了色彩，通体就像是在血缸中染了一遍又一遍，一遍又一遍。

母亲不再是母亲，那一刻温柔开朗的母亲在十岁的陆江吟眼中成了噩梦般的存在。

"陆小少爷您没事吧？"忙进忙出的巡警见着一直扶着墙脸色难看的陆江吟，便停下脚步关心道，"这儿有我们在就行了，需不需要扶您去外面坐一会儿？"

"不用……"陆江吟确感不适，又唯恐被人轻视，便干脆地拒绝了别人的好意。

可说话间巡警已然朝他伸出了友善的手——那双刚挖出骸骨、指甲缝中卡着泥的手渐渐向他逼近，恍惚间，他竟觉得这双手被风吹得皮肉尽失，只剩白森森的骨头，夹杂着泥土浓烈的腥气，再三忍耐拧眉的瞬间，他终于弯着腰干呕了起来。

叶超听见恶心的声响，立马站起身朝他走过去，嫌弃地收了下巴："你怎么还吐上了，这场面你还怕？真够丢人现眼！"嘴上骂着，手却老实地轻拍着他的背安抚，"只是几具白骨，你该心怀敬意。"

"你明知道我不是因为害怕——呕！"陆江吟也是服了自己，怎么还停不下来了？

"行了，别死鸭子嘴硬！"叶超含着笑奚落他，"所以小少爷就该乖乖念书，不要学大人查案。等下我就送你回家，免得你在这里添乱。"

陆江吟擦擦嘴，睥了眼幸灾乐祸的叶超，又看了眼似乎也在对自己表达同情的文韬，顿觉无地自容。他再一次逞强拒绝："时间还早，我自己回家即可。"

"那行，我就送你出门口，确实也没时间陪你玩。"叶超巴不得不用跑这趟，这井下也不知还会不会再挖出尸骨来，仅是这六具尸体就够他忙到新年了。

两人站在门口互相道别之际，陆江吟深吸了一口气，终于提起了那会儿在车上就该说的事："我看了解剖报告，小一他们死于窒息不假，可他们的鼻腔和口腔内，包括胃中都没有发现属于那条河里的物质，口鼻内均有水，可过于干净。"

陆江吟在说什么，叶超自然心中有数。他早就看过文韬的尸检报告，对这个疑点也有他自己的理解："这几个溺水的孩子并非死在那条河里，而是被人谋杀之后扔回到河里造成玩水溺亡的假象。"

"你知道？"陆江吟反问。

"当然知道！"叶超反手就打了陆江吟的后脑勺一下，意在警告他说话别这么没大没小，"但是整个租界我说的话不算数，上头的人压着只能先妥协。对了，你在七十三号小火盆中发现的衣服边角料我已经让人去查了，证实是小一的话我就可以向局长请示继续调查此案。还有那个小木马，据我调查全上海只有一家卖这种玩意，但具体购买的顾客名单还在完善中。"

陆江吟沉默地点头，走下台阶之后又回望着他欲言又止。

叶超是个急性子，不耐烦地催着他快些走："该查的事我统统记着呢，一有线索就告诉你。"

这句宛如定心丸，让陆江吟离开的脚步也变得坚定、安心。

折往家中方向时，他感受到了洒在身上热切的阳光，那是无比可爱的。它驱散了笼罩在他身上的所谓不祥的怨气，重新带给他希望，也让他几近崩溃的精神得到了片刻安宁。可心一静，那些悬而未决的事情便又一股脑地涌上了心头。

傻等着叶超查出结果似乎也不是他的行事风格，有关于衣服烧尽剩下的边角料，他明明有比叶超更好的查询渠道才是！

"满伯，谢谢您。再见。"

齐溪学着陆江吟的样儿手执钢笔在小本子上做着笔记，写写画画倒也记了满满两三页。

同满伯告别后，她从桥洞出来，仰头便见掠过头顶西飞的乌鸦，黑压压的一片唰地飞过，她一愣，不免想起了自小就听多了的一些俗话。乌鸦代表不祥，她也是。

头顶上空鸦声一片，齐溪低头自嘲了一番。她并非觉得此番场景有多么晦气，毕竟从某个角度而言，她和乌鸦在人们眼中的含义并无不同。只是乌鸦听不懂人话，而她则听着这些话长大。

一时的感慨让齐溪的脚步停在斜坡上，不由自主地拿着钢笔笔帽那一头抵住下巴思考。从远处望，不知道的还以为河岸边的坡上杵了个稻草人。

她盯着自己记录下来的一些兴许只是案子细枝末节的文字，陷入了长久的沉思。

一两个小时前，她去桥洞找满伯，正好见他就着一破烂草席卧睡的样子。白日里桥洞内的人不多，精力旺盛的年轻人外出找活干，妇人也一样。而年老体弱、干不了重活的满伯和其他一些老人则静静地蜷缩在桥洞里歇息。齐溪见着心有感伤，觉得自己唐突冒昧。

正犹豫着要不要上前打招呼时，满伯咳嗽着醒来。齐溪立马上前双膝跪着扶起满伯，询问他是否需要喝水。满伯听声音还未反应过来来人是谁，借着外头亮堂的光线看清了齐溪的模样方才开心地笑了。

"小江怎么没一起来啊？"坐起的满伯下一秒便询问起了陆江吟，"最近过得还好吗？"

齐溪简单地回答了几句就将这些问题糊弄了过去，她总不能告诉满伯自己是因为心中想念得紧，但又抹不开面主动找他，便想着帮他排忧解难。

"您之前说过小一有两个很玩得来的小伙伴，您知道除了他们，小一还和谁关系比较好吗？"之前陆江吟告诉了她一些细节，她闲来无事在家中整合了一下，想着若是满伯还能提供点其他的线索，或许能推导出这第四个孩子的完整身份信息。

满伯靠着有弧度的墙面轻轻吐了口气："这倒没怎么听小一提起过。"他说完这话又不太好意思地冲齐溪笑了笑，"像我们，像小一这样的孩子，即算有朋友还能是什么人。"

齐溪明白满伯所说的话，可正因为明白，一时间竟不知该如何继续。

"不过你这么问我倒想起了一件事。"满伯换了个坐姿，目光忽而悠远起来，他抬手抓了抓自己又短又硬的白发，说，"大概是三月的时候，小一和他那两个玩伴急匆匆跑回来说有人落水了要救人。我们都不知道要救谁，最后是大个牙子跟着去了，可回来又说什么人也没见到，怕是小一他们眼花。这事后来就不了了之了……和你问的事情好像没什么关系，我老糊涂啦。"

齐溪正襟危坐，一边在本子上记下"三月""落水"等字眼，一边鼓励满伯："不不，您说的这事对我很有帮助。那您还记得具体是三月几号吗？"

满伯抱歉地摇摇头。每天吃不上一顿饱饭，苟延残喘，哪还能一直记着艰苦挨过来的岁月。

"对不住啊小姑娘，具体哪一天真没记住。不过也应该是快三月底的事情，不知道大个牙子记不记得，他一大早就给人干活去了，一时半会儿也回不来。他要是回来，我替你问一问。"

齐溪感激道："谢谢您啊满伯。那之后呢，小一他们也没有说落水之人是谁吗？"

满伯仍旧摇头。两人继续聊着，其间齐溪询问起了小一失踪当天的穿着。根据满伯的描绘，齐溪大致画下了小一的样子。之后一问一答间又不可避免地提到了七十三号宅子，齐溪一开始言辞闪烁，怕满伯听到也觉得心里不舒服，殊不想满伯竟又告诉她一个事实，同陆江吟了解到的刚好组成了一个完整的信息链。

"小一穿的应该是这样的衣服，那么也就是肯定了江吟在七十三号小火盆中发现的烧得只剩下一个角的衣服就是他的。可若是别人也有这样的衣物呢？"

齐溪驻足在斜坡上，思考了一会儿便真心觉得查案不易。

"哎，我这闲人的头脑真是比不过江吟。"齐溪挫败地垂下拿着本子的手，此时岸边风势渐强，吹得她打了个冷噤，绑着的长发也被风一阵胡乱地吹，平白地打了自己的脸好几下。

齐溪重新系紧了发带，索性蹲了下来。她仔仔细细地一遍遍核对，本子上的"落水""求助""凶宅"等字眼被画上了好几层的圈圈。

"按照满伯所说，在落水救人这事发生之后的几天里，小一又找他问了关于凶宅的事情，还特地问了凶宅的地址，这分明就和江吟所了解到的信息吻合。还是要赶紧告诉他才行……"

"告诉我什么？"

正当齐溪心满意足又稍稍窃喜之际，头顶上方忽然传来了陆江吟的声音，她吓得猛然站起身！起身的瞬间她忽感双眼发黑，腿脚无力。

陆江吟见状，立时伸出手扶住她："快些坐下。"

"我没事。"齐溪单手扶额深觉难为情，手中的本子也还未合上，此时被风吹得纸页哗哗作响，"我没事了，你不用扶着我。"

"以后蹲久了记得要慢慢起身。"陆江吟扶着她的手却没有松开，"你怎么一个人来这儿？"

齐溪本靠着树干的身子慢慢直立起来，她故意避而不答："你不也一个人跑来这儿了吗？"

陆江吟一时接不上话，视线却陡然间落在了她细白美丽的脖颈处，他做了坏事的痕迹早已消失不见。

"往后若是想来同我说一声。"实在是不知该如何回话，陆江吟只能这般妥协地说。

齐溪视线下斜，轻声嘀咕了一句："怎么你想来不同我说一声，非要我主动和你说？明明这几日都没有同我讲过话，如今说了也不说个明白。"她竟纠缠了起来，说出口时又觉得窘迫，左右为难。

陆江吟听见了她的自言自语，心里一阵紧张。他佯装清了清嗓子扯开话题："你，你本子上都记了什么？找过满伯了是吗？"

一问到关键，齐溪立刻就将两人之间的别扭抛之脑后，积极地同他讲了全过程，包括本子上圈出来的那几个重点词。说来也怪，见到江吟之后闲人的头脑变得清晰聪慧了起来，她兴奋地说："全都对上了。小一他们确实去过七十三号，而且很有可能是给那个溺水后没找到尸体的孩子祈福的！啊，当然，也有可能是忏悔，不好说……总觉得小一他们不会害人，若真有心害人，怎还会去七十三号呢？大人都惧怕的七十三号，更别说孩子了，去的话需要多大的勇气啊。"

陆江吟深深地明白齐溪这番话的含义。她相信孩子们是因为善良鼓起的勇气，而不是因为恶意驱使。

河面又起了一阵风，这阵风将堤岸上的落叶与断草卷上了空中，在风力的作用下混杂在一起。所有细节现在都能串联成一个完整的故事，但他还缺最重要的东西。

"只要找到能够支撑事实真相的证据，小一的案子就能破了。"陆江吟嘴角不经意流露出一抹微笑。

他看向齐溪，见她眼眸晶润、面颊桃红，似是这一切都胜利在望。他不由得欣喜地同她讲："幸好有你。"

齐溪双手往身后一别，心中早已万分雀跃，面上却装着傲娇："那自然。没有我你不知道还要费多少周章呢，我即便没有功劳，苦劳也定是有的。谢我就不必了……"

大约是清风惹人醉，齐溪还未说完话，陆江吟竟情不自禁地伸手抚上了她的脸颊，然后沿着她的脸庞轮廓抚到了她的脖子上，喃喃道："对不起。"

"你！"齐溪一惊，所有放轻松的姿态又都收敛了起来，浑身寒毛直竖，猝不及防地被他这一挑明了的话语吓得往后退，可她明明后退了却仍和陆江吟保持着原先的距离，"你松开我！"

陆江吟的手托住了她的后脖颈，愣是没放她后退半步。他心想既已说出口，就没有再次罢休的理。因这个执念，他忽然变得霸道无理起来，他热望着齐溪羞红的脸道："今后我滴酒不沾，但这样的事情或许还会发生。"

"你，你在说什么？"齐溪本就紧张忐忑，这会儿又因他模棱两可的话使得骨子里头酥麻的感觉层层叠叠，甚是奇异。她推搡着想逃离，可两人的气息拼命缠绕不肯分开。

"我说，不要喜欢大哥，不要嫁给他。"这句醉酒后的妄言突然在清醒时冒了出来，陆江吟自然不知这是第二次说，他全当第一次，故此心内再局促不安也都被他压了下去。可这话之后，他深觉自己荒唐，不知齐溪心意竟也试图隐藏自己的心意，还这样不知羞耻地试探。

齐溪心跳得飞快，她脑子里嗡嗡作响同那晚一样，无处躲避的目光只能停留在陆江吟的脸上。自小便熟知的一切，今天看起来尤为陌生。这种陌生让心变得奇怪，不是想要疏离，而是想比之前任何时候都要靠近。

她似有满心欢喜无以言表，自然也不敢再同陆江吟对视。这第二次听到的告白话语让齐溪知晓那晚醉酒的陆江吟吐露的居然是真言，此刻不由得脸颊滚烫，同时也暗暗地较着劲，同迟回表达心意的陆江吟较着劲。

"你可比江庭哥哥狡猾多了。"末了，她如此说道。

陆江吟收到了一个贬义词的回复，顿时心慌又严肃地追问："什么意思？你果真还是喜欢……"

"陆江吟！"齐溪急急地打断他的话，对她做了这样的事不自知，几次三番给他机会却仍不明白，顿时恼羞成怒推了他一把骂道，"我最讨厌你了！"

羞红着脸跑走的少女与站在原地无措苦涩的少年，没有好好传达的心意终有一日会被对方所知。只是他们那会儿还不知"来日方长"四字，有时更似"后会无期"。

（三）

连续晴朗的天气过后竟变得又闷又热。午后这种极为难熬的黏糊糊的感觉更甚，午休时许景明枕着手臂趴在课桌上睡得一头汗，纵使浑身难受也迟迟未能从梦中挣出来。只有眉间时不时蹙起的皱纹方能察觉梦中他的心境，是忐忑、紧张抑或是恐惧。

梦里的场景多半注意不到颜色的变化，那是一种被忽视的存在。只能隐约辨得该是有黑白两色，或许还有灰色。周遭发生了何事他尚且无法看清，只听那四个小小的轮子同瓷面摩擦发出的声音异常刺耳。后来意识到，他正是被医生护士推着进抢救室的病人。他躺在只得窥见一束光的病床上，不能动弹地等待医生来为他做诊断。医用器械的声音就在耳畔，冰冷的器械在护士医生手中传递。

"点蜡烛了吗？"男医生的声音响起。

"点了。"仍旧是男人的声音。

许景明蹙眉，似乎是认得这声音，但仔细辨认又挑不出一人能同这说话声匹配上，他奋力地转动眼珠子，想要看看上方医生的面目。

"一根蜡烛不够。"

仅有一束的光线被遮挡了大半，医生的身影总算是出现在了他的视线中。可惜，他只能看见医生说话时上下滚动的喉结，口罩之下的面容仍似隐于浓浓白雾之下，任他睁大双眼也描不出半点轮廓。

"七根才好。"

医生又说话了。许景明震惊万分，不知自己是被打了麻药才致四肢无力还是其他，他努力挣扎也只能微微抬着脑袋张望。病床周围，竟仅有说话的男医生一人！

"你在和谁说话？"许景明大惊失色地质问，"你是谁？你要对我做什么？"

医生摊着双手转回身，身后的烛影晃动得厉害。光影一下扫过他的脸，一下扫过他的眼，虚虚实实不尽相同。他睥睨着许景明，脸上的口罩因开口说话而被扯得一动一动的："蜡烛点满七根才好，这样我才看得见。"说话间，他倾身过来，巨大的黑影压住了许景明残余不多的光线。

"你到底要干什么？"陡然间没入黑暗的恐惧，加上全然尽失的安全感，许景明渐渐控制不住地喊叫了起来，"你快放开我！我要回家！"

医生慢悠悠地偏着头，一会儿往左一会儿往右，完全不理会许景明求救般的呐喊声，只管用自己细长的、令人极为不舒服的双眼打量着底下任他宰割的不幸之人。他欣赏够了许景明的滑稽样儿，忽而抬手覆于他的口鼻之上，鬼魅的声音渐入耳内："你该睡了，手术马上就开始。"

许景明嘴里只能发出"呜呜"的声响，捂住口鼻的手突然使了劲将他重重一推。他一愣，竟觉身后猛地一空，整个身子失重地往下跌去。他惊惧地睁大双眼，上方的景象如一面镜子轰然破碎，玻璃随着他摔落的身体一片一片地往更阴暗诡谲的地方坠去。

"你！"

许景明朝上伸手，想要抓住点什么。可一切都是徒然，一挥手臂竟磕到了楼梯扶手。于是，头部、腿部相继撞到了台阶之上，疼痛感与失重感接连而至……

"陆江吟！是他！他是——"

许景明双腿突然不可控地颤动，整个人叫喊着从梦中惊醒。他大汗淋淋，像是从夏日河水中刚爬上岸的人一样。

经他一喊，周围嬉闹的同学都纷纷望向他，然后止不住地笑。他们虽然没听清后面的话，可"陆江吟"这三字倒是听得真切。

"怎么回事啊许景明，做梦喊谁也不该喊陆江吟吧？"

"哈哈，就是！说来听听，到底做了怎样的梦？"

"照我说这午休该取消，指不定大家打盹会说出什么梦话来，被人知晓了心中秘密可就糟了。"

同学们不断取笑，许景明兀自叹气也没有多做解释，垂头双手捂上脸搓了搓，一时间竟忘了自己梦见了何事。不仅如此，就连最后为什么喊了陆江吟的名字都不得而知。但心中怪异的感觉就像海浪，一波一波地直打击着他的心头。

"你找我？"

许景明梦醒那会儿，陆江吟正好路过他们教室的门口，听到叫唤声，还以为是错觉。他停下脚步往教室里探，又只听见了同学们的玩笑话。他伫立了一会儿，待同学们不再关注许景明时才走过来询问。

"哦，没有，不是。"许景明见真把本尊唤来了，顿觉难堪，他苦笑了下，擦了擦额上的汗水，问，"你要走了吗？"

陆江吟见他没有想说的样儿，便顺着他的话回答："下午有事，早些走。"说完又担心地望了他一眼，"你还好吧？"

许景明疲惫地摇摇头："做了个梦罢了。"

"嗯。"陆江吟因有事急着要去办，便简单地嘱咐他注意些，别中暑了。

许景明冲陆江吟道了声谢，目送对方离开后重新趴回到桌面上，眼眸骨碌碌地转着，眨眼间恍恍惚惚的梦境又袭上了心头。他沉沉地叹了口气，刚刚是梦见七十三号宅子了吧？

七十三号宅子就如同窄巷里低低吹过的阴风，躲之不及胆寒可怕。这会儿外面日头很高，晒得人通体灼热。道路两边等车的人看着电车驶来，急急地冲它跑去。

陆江吟看着电车开走，然后直直跑向了停在路边的一辆黑色汽车。汽车车窗摇下，一只大手焦躁地冲他挥动："小东西你跑快点！"

这汽车明明是大哥所用，可叶超竟也在车上。陆江吟不悦地拉开车门，随口就抱怨："哥，你怎么什么人都往车上带……"他在后座坐定一瞥，竟见齐溪也在车上，立时闭了嘴。

陆江庭将人接齐，便问："今日本就约好要上齐溪家吃饭，接上齐溪有何不妥？"

"没有。"陆江吟慌忙地否认，只看了眼大哥，目光又重新落回到齐溪身上。夏日炎热的缘故，她扎起了长发，脖子上也冒出了细汗，几缕不怎么听话的头发被汗水吸附着攀在那儿，景致特别。他心中惆怅，却又魔怔似的伸手过去替她摘开那紧贴着脖子的一绺头发。

侧头注视着窗外的齐溪突感脖子处痒痒的，回头时脸颊不小心触碰到了陆江吟的手，顿时吓得往边上又挪了一挪。她微微蹙眉，刚刚出神不知陆江吟已经上车，这会儿见到他并非生气，只是实在觉得别扭，那日河边一急说了"讨厌"他的话，不知他会不会往心里去，内心也是着实不安。

"他骂的是我呢。"副驾驶座上的叶超识相地拍了拍陆江庭的手臂，"你弟弟哪舍得说齐溪半句不是。总是我最惹他厌烦，也是我最令他没辙，毕竟他往后求我办事的地方还多着呢。"

即便承认自己烦人，也要在言语上占陆江吟的便宜。叶超得意地催促陆江庭开车，这天闷热得没法在太阳底下多待一秒，躲在车子里更是快烤成人干。

汽车颠簸地向前，叶超聒噪地说个不停，眼见着后座似乎隔着一条银河的两孩子，叶超瞧了眼事不关己的陆江庭，决定亲自出马。

"趁着这几天查了查，数据还不全，但你可以筛选一下。"叶超一本正经地朝陆江吟递过去一份文件，瞄了眼脸上起了兴致的齐溪，继续道，"现在只查了租界区四月十七号生的孩子，还是托人帮忙查的。"

陆江吟也恢复了精神，立马伸手接过低头翻阅。齐溪也随之侧身探头看，名单上四月十七号所生的孩子其实并不多，扫下来也只有六人。而且这六人之中年龄也有所起伏，有的年满七岁，有的才五岁，有的已到了上中学的年纪。

"这个十岁的孩子铁定不是。张月英说过她听到那孩子称小一他们为'哥哥'，即是说这第四个孩子的年龄该在五岁到七岁之间。"陆江吟说之前已经从左胸上的口袋里抽出了钢笔，旋开笔帽划去了那十岁孩子的名字，"他出事时该是六岁。"

齐溪在一旁听后频频点头，不自觉地接话："那这名单上可以接着查的只剩三人了。"

"嗯，这上面的信息若是完整，我们即刻就能进行排除，就不用上门……"陆江吟一面轻描淡写地说着，一面转过脸看她，看向她时才惊觉两人的脸就快贴到了一起，他生怕一个掉以轻心又犯了错，便立马坐正，说话声也不再自信坚定，"就……嗯，对，不用上门再去核实了。"

齐溪疑惑地问了声"是吗"，顺手接过了他手上的资料快速地浏览了一遍，之后将摊开的资料置于腿上，双手则扒着驾驶座靠背谨慎地对叶超说："叶探长，按照张月英所闻，那孩子会弹钢琴，家境定是不一般。您调查的这几户人家，孩子都没有接受过正式的教育，亲戚中也没有家底殷实丰厚的。唯一个父亲在政府上班的，又只是当局要员的司机。怎么想也不太符合我们要找的人……"

"你……"

"齐溪说得对，这几个都不是我们要找的人。"陆江吟打断叶超试图反驳的话语，伸手拿回那份薄薄的资料还给他，"或许这孩子就是没上过学，家中请了音乐老师也说不定。不如往这方面查一查？"

叶超冷哼了下，没好气地接过千辛万苦查到却一丁点用都没有的资料。不过他没往心里去，事实上他得出的结论和陆江吟、齐溪一致，只是查了几天不拿出点东西应付一下显得脸上无光。

"是呢，若是请了老师，是不是能说明那户人家中有架钢琴？"齐溪附和着陆江吟，却在说完这句话之后又产生了一种极为熟悉的感觉，却又不知从何说起。

她神情有一瞬间的呆滞，片刻之后又笑吟吟地望着叶超："瞧我又多嘴了，这种小事我们英明神武的叶探长会不知道吗？"

叶超心满意足地长舒一口气："这小姑娘说话真是让人如沐春风！我要是和你们一般年纪，没准也会喜欢上齐溪你呢！"

"别开这种玩笑。"陆江吟沉着脸警告叶超。

陆江庭一直没出声，这会儿听到叶超的玩笑话到底没忍住掺和了进去："别说再年轻几岁，就算你如今喜欢齐溪也得先过了我这一关，就算过了我也一定不会答应。"

"我不过是迂回委婉地夸赞一下齐溪的可爱，你们至于吗？我要是没活腻，断不会和你们兄弟俩争女人。"

听了这话，齐溪坐不住了。她也学着他们开玩笑道："你们这样我误会自己有多讨人喜欢呢。"

"有的。"陆江吟冷不丁地说。齐溪拼命想要翻篇的话题到了他这儿又变得执拗起来，他从前认为他和齐溪之间该是顺其自然、理所应当的，可吃了几次闭门羹才知男女之间的事总归是要一方先说出口的。

齐溪焦急地轻拍了他一下，低声提醒："什么有的？别再说了。"

"喜欢你的人。有的。"陆江吟轻叹着固执地说道。

"真不知道你在胡说什么。"那种挠得心痒痒的感觉又来了，齐溪别过脸故作不愿理会的样子。车窗上倒映着的脸庞红润润的，好吧，一定是日光晒的。

前座的两个大人不作声，垂着头低低地笑。陆江庭抿唇无奈地继续开车，他无意挑破弟弟和齐溪之间的小心思，倒是在那一瞬间想起了自己的母亲。

"你在七十三号挖出的骸骨确认身份了吗？"他问。

叶超愣神了一下，一脸的生不如死："那么多尸骨！巡捕房都快成我和文韬的家了！目前六具骸骨，五具为女尸，其中一具还是个孩子，剩下的则是一名成年男性，具体身份待查。但根据文韬验尸结果表明，落在表层的三具女尸死亡时间比较接近，底下一男两女三具尸体似乎蛮符合之前七十三号一家三口失踪的传闻。"

"女尸。"陆江庭低喃着，前方的路也变得有些模糊不清，他从来不愿多管闲事，更何况江吟已经插手了，他手握着方向盘也只能点到为止地问，"七十三号一家三口活不见人死不见尸，早些时候你也总被卷进其中。如今又从废井中挖出了骸骨，这传闻或许该在你手上做个了结。"

陆江庭的话中深意一听便知，叶超赞同他的想法。他神情冷峻，那是专注案情时真实的模样。

　　"七十三号传闻由来已久，没人知道真相。故事版本众多，但结尾都是一家三口不知所终。一旦我们的假设成立，这起悬案就会大白于天下。所以文韬还在努力找能够证明骸骨身份的关键信息，我也在核查登记在册的失踪人员以及不在册的。"

　　"不在册怎么查？"齐溪听了叶超的一番话，想到了一个关键点，但还是先对这个做出了疑问，"难道要挨家挨户去查人员身份吗？"

　　叶超扭过身对着齐溪说："实在没辙也只能用这样的笨办法。"他无奈地摇摇头后又转而轻松道，"不过这事应该没那么难。我们在骸骨上以及井中发现的物品可以帮助寻找死者信息。被杀死的这几个女人身上的衣物虽破烂，但仔细检查还能看得出衣物的工艺以及布料，绝不是什么粗制廉价品。极为重要的是，她们身上的首饰全都价值不菲，也就是说，这几个人全都是有钱人家的太太。"

　　"杀人者很有可能也是富豪绅士。"陆江吟在脑中分析了一番，直言不讳道，"只有阶级对等才能几次三番接近，而且上流社会的人对这些不明缘由的失踪总是讳莫如深，想来也不会大张旗鼓。"他说完这些话毫不意外地联想到了母亲的死，没有结果，最后不也成了他们家最不能提及的往事？

　　齐溪听着他们一言一句差点忘了自己想说的话，右手抬起轻拍了拍陆江吟的手臂，看穿了他的心事便以此安慰，之后趁着记忆温热赶紧对叶超说："早些时候我在医院见过一位老人，他似乎对七十三号的事情非常了解，他所说的细节像是亲眼所见。不说十分，八分真是有的。可惜他因病去世了，我后来也去打听过，据说是不治之症，能活到现在已是奇迹。他所患的奇疾约莫只能活到二三十岁的样子，听说还有遗传性……"

叶超眨着眼睛，抱着侥幸心理询问齐溪那日的聊天内容。齐溪原模原样地叙述，叶超时而挑眉时而露出一脸不可信的表情。

"分身乏术，我只能一样一样来了。"

他单手扶额，两指揉捏着太阳穴，视线往下扫了一眼立时又开起了玩笑："又不是讲鬼故事，你至于抓着陆江吟不放吗？"

"什么？"齐溪一时没反应过来，叶超挤眉弄眼地示意她看向陆江吟，她才像触电了般缩回了手，争辩道，"不是因为害怕好吗？"

叶超转回身，拉了拉皱起的外衣妥协道："是是是。怎会因为害怕，当然是因为喜欢啦。你们都那样了还要否认……"

"那样？"陆江庭本是当玩笑话听，忽而听出来端倪，玩味地笑道，"哪样？"

齐溪向来脸皮薄，听到这种事情竟从叶超嘴里说出，立时红着脸瞪向了陆江吟，心里直骂他怎么能将那种事告诉别人，不知道的还以为她女孩子家不知廉耻呢。

"你别听叶超胡说。"陆江吟被齐溪怒视才知自己百口莫辩。

无奈之下，他还是向齐溪证明："他什么都不知道，你不要误会。"

叶超还想继续纠缠就被陆江庭打断了，不知是有意还是无意："过几天我会和爸爸去趟香港地区，到了那边会往家里打电话的。蓝姨会代我们监督你的生活和学习，所以你不要觉得一个人在家可以胡作非为。"

"知道了。"陆江吟被大哥这番嘱托弄得实在是没面子，尤其是在齐溪跟前，但他静心一想，忽然有了个主意，"去几天？"

"十天半个月。时间有些长，但事情办完，兴许会提早回来。"

"太好了。"陆江吟窃喜。

叶超耳朵尖捕捉到了陆江吟的小心思，再次转头提醒齐溪："姑娘家要小心啊，这小子一看就是满肚子坏水，平时对你温温柔柔的都是假象。他大哥不在的时间里，千万不要单独和他见面。万一又什么……等他大哥和父亲回来岂不是就要匆匆给你俩办婚事了？"

"叶探长你再乱说我要给你表演跳车了。"齐溪说着就伸手握住了把手，脸上火烧似的没脸见人。

这一来一往陆江吟倒是当真了，煞有介事地一把抓过她的手合拢在自己的手心，皱眉道："别闹。"随后又看向叶超似在求放过，"您能成熟点吗叶大哥？"

"嗳，叫大哥就对喽！"叶超被陆江吟喊得心里舒服，心满意足又调戏起了齐溪，"他都叫我叶大哥，你以后也改个称呼，喊我叶哥哥！"

"痴人说梦！"陆江吟第一个反对，"喊谁都不喊你！这么想当哥哥，回头让叔叔阿姨再生一个啊。"

"陆江庭我忍不了，我要揍他了。"叶超说着就佯装要往后座爬去教训陆江吟。

"陪我下车提点东西。"陆江庭任凭车里几人胡闹，正巧也到了第一个目的地，便将车子停在了路边。今日去齐溪家吃饭主要是为了庆贺齐石良出院，按照父亲的嘱托已经准备好礼品，只是工作繁忙忘了带出。本该让江吟和自己去，他想想还是喊上叶超好了，"回头再训他。"

叶超骂骂咧咧不甘心地跟着下了车，后座上的齐溪和陆江吟一下子就陷入了古怪的沉默中，而齐溪的手还被陆江吟扣在手心。

"你不热吗？"齐溪难为情地不知该如何开口让陆江吟松开自己。

"不热。"陆江吟一面逞强一面又抓紧了她的手，冷着嗓子道，"不许喊叶超哥哥。"

齐溪一怔，不禁好笑："你怎么还在纠结这事？为什么不许？他本就比我们大了很多……"

陆江吟抬眸凝视着她，压着嗓音强调："就不许。"

"你——"齐溪被他严肃的样儿给吓了一跳，两人明明就还隔着一些距离，没有像那晚一样的亲密。可即便如此，她的周身还是被他骇人的气势所包围。她眼眸不安地流转，最后又定定地看向他，笑眼弯弯道，"那——江吟哥哥怎么样？"

陆江吟被她一喊仿佛被摄了心魄，往日她就是用这般甜蜜的嗓音喊他的大哥，今时今日突然也被如此唤了一声，他只觉得恍惚。近在咫尺的齐溪让他恍惚，在这恍惚间他竟然情不自禁地靠近了她，一如那晚差一点就吻上她唇的场景。

"不怎么样。"他突然好像被人打了一下，急忙醒悟了过来，转回身的同时伸手掩住了她的嘴，"也不要这样喊我。"

齐溪觉得好玩，这般羞得耳朵都红扑扑的陆江吟真少见，实在是有趣得很。看来以后自己就有制胜的法宝了，早知有这样的奇效，她从小就喊他哥哥多好。算起来，陆江吟也只比她大上几个月而已。她拉下他捂着自己嘴巴的手，一再玩笑："为什么不？我觉得你挺喜欢呀，江吟哥哥。"

"不喜欢。"

齐溪见陆江吟干脆看向窗外，真心觉得好笑，玩心更大了："骗人，你明明就喜欢我这样喊你。"

"十三减二再减四是多少？"陆江吟突然问道。

"七啊。"齐溪有些蒙，但也快速地作了回答。

陆江吟转回头，脸上的表情忽明忽暗："减去头二字、尾四字，余中间七字就是我的答案了。"

"什么答案？"

"关于'喜欢'、关于'你'的答案。"

（四）

这日，陆江吟枯坐在案前百无聊赖地翻书。家中空无一人的感觉只有一秒的快乐，之后就是铺天盖地的安静，安静到离家老远老远的黄浦江上轮船的汽笛声似乎都能听见。

他明知这是不可能的事，汽笛声不过是他内心浮躁的呐喊声。这一喊又令他想起前几日在齐溪家吃饭的事来，看到齐溪和她父亲团圆他本该高兴，可宴席之上总有一点两点古怪之处让他惴惴不安。

"大约是坏事频发，心中忌惮造成的。"他这么安慰自己，也安慰齐溪。好不容易团圆，谁都不愿再去细想那场大火，但生活真的同以前不一样了。饭桌上的人都有些谨小慎微，这种感觉难以说清，或许是修缮完毕的屋子仍旧留有火烧后的阴影……总之，陆江吟坐立难安的不适感无法解释。

窗外吹进来的风也带着灼热，陆江吟起身想关上窗休息片刻，探头却见叶超仍旧穿着那一身惺惺作态的行头来了，便只好放弃小睡一会儿的打算下楼为他开门。

"怎么家里就你一人？蓝姨呢？"叶超进门之后熟门熟路地为自己倒了一杯凉水，仰头咕噜咕噜全部喝下，"外头热得呀。"他感叹道。

陆江吟随口答："回老家了。"

"怎么现在回老家？那你一日三餐谁伺候？现在都下午了，你不会一直没吃吧？"叶超讶异地追问，颇有陆江庭不在他要肩负起大哥的责任的意味，对着陆江吟不同往日地嘘寒问暖，"你要是饿的话，叶哥哥别的手艺不行，鸡蛋炒饭还是绰绰有余的。"

"是我打发蓝姨回老家休息几日的。"陆江吟怪好笑地坐在左侧的沙发上，忽然心情好，将心中的小算盘告知给了叶超，"反正晚饭就能吃到好的了，饿两顿不要紧。"

叶超狐疑地打量陆江吟，突然恍然大悟道："我就知道你这小子不安好心，一肚子坏水。你——"

"看破不说破，做人根本。"陆江吟及时阻止了叶超将真相说出口，转而询问起正事，"怎么样，小一的案子有眉目了吗？你有将调查这事的真实原因透露给别人吗？"

"你怎么还盘问起我来了？"叶超不满地撇嘴，随手就甩给他一份新的文件，"专门查了音乐老师。全上海音乐老师很多，私教也很多，但在我马不停蹄的调查之下，只有这名老师从国外回来且与上流社会交往密切。"

陆江吟急忙翻开看了起来。

王丽芳,二十三岁,未婚,但有在交往的男友。

看了一会儿,陆江吟抬眸斜了眼叶超,说道:"你也太……怎么把她的私人感情调查得这么清楚?"

"怎么,心思缜密有错?"叶超斜睨了他一眼,又指挥道,"翻到后一页,附了一份她教过的学生名单。学生名单我还没有来得及一一排查,你趁这个空当抓紧看一眼。"

陆江吟直接跳过了王丽芳和她男友之间分分合合纠葛不休的内容,也暂且将王丽芳的其他社会关系搁置一边,翻到了后一页。

这一份名单上的学生比上一次的更复杂,竟连二十几岁的学生也列入了其中,甚至还有几个只是短暂学习了一星期只为了应付某日的聚会,其中就不乏一些闺中待嫁的小姐。

"你慢慢看。"叶超见陆江吟拿出钢笔开始做筛选,叮嘱了一句之后起身走开了。

陆江吟头也没抬,只听动静以为叶超已经自行离去,便更加专心投入其中。名单上列着的孩子名字旁边都备注好了家庭住址,也写明了父母的身份,来来回回检查了一番最后名单上只剩一人。

"周祈望?"陆江吟默念着这个名字,唯有这个孩子没有备注父母的信息也无地址,他盯着孩子名字下方括号内标注的年龄,顿时松了口气,"……好香。"

身子一放松便有香味扑鼻而来,陆江吟立马坐起朝厨房那边看,误以为蓝姨悄悄回来了,却见叶超捧着一碟蛋炒饭走了出来,他顿觉不可思议。

"我以为你走了。"陆江吟的目光一直追随着蛋炒饭，直至叶超将其放到了他面前。

叶超轻笑道："吃吧。"说完他顺势拿走那份名单，重新坐回到沙发上，扫了一眼后问，"周祈望，是他吗？"

陆江吟舀了一大勺饭进嘴里吃得那叫一个香，咀嚼充分下咽之后才回答："不知道。只是所有人里面只有他的信息不详，年龄符合，而且明明计划里有新课安排，可他一节课也没上。等会儿一起去找这个王老师问一问。你这蛋炒饭不错。"

"这下知道叶哥哥的好了吧？"叶超扬扬得意，"比你那不会做饭的大哥，我是不是更称职？"

陆江吟大快朵颐无暇顾及其他，等到蛋炒饭全数进到肚子里，打起了饱嗝，他才对叶超说："只要你别调戏齐溪，我就可以勉为其难喊你一声大哥。"

叶超拍着大腿哈哈大笑："我这不是在帮你吗？怎么把话说那么难听？没有我，你和齐溪等上十年也未必能修成正果。分明就是两个小屁孩，恋爱搞得像取经一样难。"

"不会那么久的。"陆江吟笃定地说。

叶超瞟了眼干干净净的盘子又看着陆江吟操心地问："那要等到什么时候？"

"案子结束。"

年少轻狂，叶超望着陆江吟不由得在心中叹。他想把自己的人生经验告诉这位小少爷，可这情景再说下去不免有些矫情。他希望他们可以守住。

"我呢，不说什么大道理，只是提醒你，齐溪不能成为你的计划之一，你能明白我说什么吗？案子是查不完的。"到底还是忍不住多嘴了。叶超真觉得自己当起大哥来特别有范，可惜了家中只有他一个独子。

陆江吟有些吃撑了，在听叶超说话期间为自己倒了杯水，喝了一点后便站在盆景旁思考着他这番话的用意。多少能明白一点，但似乎又不能全部明白。

叶超摆摆手示意陆江吟别想了，再次起身借用了家中电话，和那位王老师约好了见面时间与地点。

放下电话，叶超收拾了一下便催促陆江吟："走吧，王老师留给我们的时间不多。她下午两点有课，我们还有半个小时。"

"好。"

汽车奔驰在道路上，扬起的灰尘里带着沉闷的灼热感。行人走在商铺屋檐的阴影下，马路上倒显得空旷了一些。幸好约定的见面地点离得不远，十分钟的车程便到了。

"想喝点什么吗？"叶超领着陆江吟走进了一家咖啡店，他倒是喝不惯这洋人的玩意，但碍于有女士在场，只能贴心地问道。

陆江吟规矩地坐在叶超旁边的位置，他一坐下便打量起对面这位烫着时下流行发型、穿着镶红边象牙白旗袍、凝着眉毛同样也在注视着他们的王丽芳。或许打量过于明显，王丽芳抬手掩了掩，垂下眉目。

"不用了，您还有什么问题要问我的吗？"大约是教孩子学乐器的缘故，她说话时自带一种循循善诱以及鼓励的声气。

叶超一听便也干脆省去了寒暄，开门见山向她询问起了周祈望这个孩子的具体情况。

陆江吟只觉得三人干坐着什么也不点有些奇怪，便让服务生倒了两杯冰水，上了一杯咖啡。

"这个周祈望的具体情况我真的不了解。本来是联系好要上门授课的，可临近授课时间我也没接到他们的电话。既已逾期，我也就在心里认定他们或许换老师了，便也没再联系。实际上我也没有教过他，但他原本就该在我的学生名单里，所以也一并写给探长您了。"王丽芳据实回答，随后见到服务员将咖啡放置她跟前，她稍显惊讶，随后朝对面陆江吟微微一点头。

"你有他们的电话号码吗？"叶超问，见到王丽芳摇头，他紧接着又问，"那你还记得原本这孩子上课的具体时间吗？"

王丽芳想也没想地点头回答："三月十号。"

玻璃杯里的冰水温度传到了陆江吟的手心上，此刻凉意即刻蔓延进了心里。他转过脸同叶超交换了下眼神，然后不动声色地饮下水。

"之前也都是电话联系，没有见过对方的父母吗？"

"没有。"王丽芳抬起手看了看时间，叹气，"说得好听是国外留学回来的，找工作这事还不是满大街去贴单子、花钱登报纸。后来也得亏朋友帮助认识了一些达官显贵，谋生嘛，大家都一样。"

叶超点头，大概是认可她说的话，毕竟在这样的大环境之下怎么努力生存下去才是根本。

王丽芳上课的时间快到了，她告别叶超和陆江吟，同时又再一次谢过陆江吟为她叫的咖啡。

待她走后，叶超沉沉地叹了口气。

"三月十号失去联系，而那第四个死亡的孩子的时间是三月九号。这世上没有那么多巧合，他很符合我们的要求。从这一方面来说这个结果还算好。"陆江吟宽慰他，"接下来顺藤摸瓜就行，一定能查到的。"

叶超支起手臂托着脸耐人寻味地注视着陆江吟，又意味深长地瞥了眼对面那杯喝了几口的咖啡，揶揄他："谁教你的？"

"什么？"

"我问，撩人的手段是谁教你的？江庭教你的吗？没道理啊，他要是有这本事在国外读书时就应该有交往对象了。难不成是陆老爷？"

陆江吟听了这荒唐的猜测，鼻子里哼了一声："我爸听见了可能会让我哥断绝和你来往。什么手段，这是礼仪。有时间你还是多学点比较好。"

"臭小子！"叶超卷起手中的纸就朝陆江吟的后脖打了一下，"走了走了，送你回去还是直接把你送到齐溪家？"

陆江吟干咳一声，一本正经道："当然是先回家了，东西还没收拾呢。"

"哈哈哈，我就知道你小子不是什么正经人！"

陆江吟才不和他一般见识，一边听着他乱开玩笑一边走出了咖啡店。来到汽车旁，刚拉开车门，陆江吟见到了街对面的谢罗华与他的母亲。

"那不是你同学？"叶超见陆江吟站着不动，也扭头望了过去，"他怎么了？怎么表情沉重得像是要赴刑场？"

陆江吟又将车门关上："晚点我自己回去，你抓紧忙正事吧。"

"行。"叶超也不纠缠，爽快地开车走了。

下午的日光不知怎的越加强烈，陆江吟光是跑到对面都觉得热得喘不过气来。他站定之后立马向谢罗华母亲问好。

"江吟你来得正好！快来救救我！"谢罗华见陆江吟从天而降，立马抱住陆江吟的胳膊不撒手，将母亲要对他做的事一五一十地告诉了陆江吟，"不就学习差了点，我妈竟然要拉我去算命先生那里，说要给我算上一卦，看我到底是不是学习的料。如果不是就让我趁早离了学校工作去，你说哪有这样的？"

谢母站在一边气不打一处来，抬手就重重地打了他一下，嘴里骂着："看看人家，从来不需要家里人操心，学习都那么好！你呢！学不好还不自知，将来可怎么办？我和你爸爸还能指望着你过上好日子吗？"

"现在的日子不也挺好……"谢罗华轻声反抗。

陆江吟见情势不对，自然是聪明地选择站在谢母那边劝谢罗华："算一卦也无妨，不管结果如何，毕竟事在人为。"

"你还不如不出现呢。"

没辙的谢罗华即刻就被母亲拉到了算命先生那儿，陆江吟也跟上了。

离晚上还有好长时间，不如在谢罗华这里凑个热闹打发下时间。

三人走过路面宽阔的长街，绕进了一条窄巷中，兜兜转转，谢母在一开一合的破旧木门前停了下来。做母亲的总爱操心，谢母回转过头严肃地叮嘱儿子和陆江吟，进门不要乱说话。两个学生没怎么接触过这些，下意识地对算命先生留有一份神秘的尊敬，乖乖点头。

进门之后，有个穿着素色长袍、双眼空洞的妇女引他们走到屋内另一间小房门口。她面无表情地扫了他们一眼，替他们撩开厚厚的灰色布帘。

"进去。"谢母掐了一把儿子的胳膊推了他一下。

陆江吟抬头望了下天花板，只觉得算命先生的住所多少有些寒碜，外面这间连盏灯都没有，黑魆魆的。

"谢谢。"陆江吟点头朝撩布帘的阿姨致谢，后脚立马跟上。

哪知这里侧小屋的光线更加诡谲，他甚至都不太清楚窄小的空间里怎么会发出红到发黑的光线，低头一看更是惊讶得倒吸一口气，要不是脑子清醒知道自己所处的环境，真的会以为自己肉身已死，双脚在慢慢消失，身处阴曹地府中了。

谢罗华转回头避开母亲的监督，低声催促陆江吟动作快些。陆江吟抬眼望见了肩头微颤、胆小如鼠的谢罗华，想来心情和他如出一辙。明明是算命先生的地界，他竟不懂礼数地腹诽，确实有些过分。

"八字，你们的都要。"

听到说话，陆江吟立时抬头望过去。房间正中央的小方桌后坐着的竟然是神婆，年纪看起来已有六七十岁，面相倒不是想象中的凶神恶煞，端坐在油灯之后的脸镇定又神秘。

她干枯又布满老年斑的双手向谢家母子摊开，其间她吊起眼看了陆江吟，但并没有对他的存在进行询问，集中注意力关注眼前这对母子。

"你的儿子八字中没有五行偏旺的情况，五行缺火。可你儿子名字里没有带火的字甚至偏旁，目前不会对他造成任何影响，但学业会一直落后。即便改了名字，成绩也不理想，注定不是个研究学识的人，学习这一块大致可以放弃。"神婆说话底气很足，但声音一直很平稳，让人听不出话里的重点，又让人认为每个字都是重点。

她又看了眼慌慌不安、缩着脑袋的谢罗华，又言："他的八字虽然是这样，但他很旺家人、朋友。有他在的地方遭遇危险也会逢凶化吉。你的第二个孩子是女儿，她的存在本是旺你大儿子的。"

谢母皱了皱眉头，轻声说："我只有这一个儿子。"

神婆看着母子两个人的生辰八字，笃定地说："你有。"她说完之后没有继续解释，反而对谢罗华说，"中年坎坷点，晚年舒适，会找到热爱的事业。但学习再努力也没有结果，改不改名字都一样。"

"妈……"谢罗华耷拉着脑袋，心里却在窃喜。可他侧过脸看向母亲时，却发现母亲神色异常。半晌之后，他听到母亲说了句——

"是，我原本会有第二个孩子的。原来是女儿吗？"

（五）

夜色低垂，齐宅门匾两旁特意点上蜡的红灯笼喜气洋洋，谁人看了都明白齐老爷死里逃生，齐宅已恢复往日的生机。陆江吟仰头望着门匾，夜风轻轻摇动着灯笼，他一厢情愿地当作它们都在夹道欢迎，忐忑的心情稍稍平静下来。

"江吟？"这边，齐溪听齐叔说外面来了她想见之人，二话不说放下筷子，兴冲冲地跑了出来，明明迎着风开心地笑着，却在见到陆江吟的那一刻，下意识强迫自己敛了笑容，换了认真的口吻，"一个人来的？晚饭吃了吗？怎么拎着箱子，要去哪儿吗？"

陆江吟听着齐溪的问题，心里一万分地觉得自己来对了。他提了提手中的皮箱，里面只放了几件换洗的衣物还有几本书，并不太重。可面对齐溪的一刹那，他仿佛拎着自己的世界走近她，沉甸甸的带着某种满足感："已经到了。"

一阵细小的风吹起齐溪鬓边的头发，几缕发丝像海浪一样在她眼前起伏，她拨下遮挡视线的头发别到耳后，将陆江吟上下打量，试探地问了句："你拎着行李来，是不打算回家了吗？"问出口有些难为情，好似自己单方面地认为陆江吟的最终目的地是她家，来此为的是她。

"我家大人不在，你知道的。"陆江吟一面平静地说着，一面拉过齐溪往宅子内走去。那晚齐家宴请过后，他回到家中关上房门，怎么听都听不到一点对门的动静，那一刻他才确信"啊，齐溪是真的回家了"。那种失落惆怅不比小时玩闹后被父母强行带回家的心情，他知如今的心境，所以他不请自来求个结果。

齐溪被他说得有些蒙，伸手抓住他的手腕问："我知道陆叔叔和江庭哥哥去了外地，可蓝姨不是还在吗？你不会又自作主张了吧？回头江庭哥哥知道了可又要教训你了。"

三言两语虽没有明着拒绝，可在陆江吟听来齐溪似乎有些不情愿他这般"无理取闹"，也好像始终拿他当小孩，拿他当作儿时的玩伴。于是他岔开话题道："为了实现这个计划，我可是滴水未进，紧张了一天。你总不至于现在赶我回去吧？"

"陆江吟，你……"齐溪只好由着他拉着自己往里走。明明该尽地主之谊，却莫名地成了被动的那一人。

她望着他的侧脸，感叹又好奇地问："你到底来做什么？"

"关于'喜欢'、关于'你'的我的答案，你考虑得怎么样了？"他突然问道。

齐溪一怔，心中霎时慌乱起来。

"我的答案不知道是不是你想要的，但你的答案无论是什么我都接受。"他说这话时忽然用力握了下齐溪的手，面上的冷静总归是假装的，心中无时无刻不在害怕才是真的。

齐溪羞于将心中想法通过语言露骨地表达出来，先前她不确定自己的心意，更不知陆江吟的心意。兜兜转转，相互陪伴的这十几年里，她总觉得他们的关系该是"心照不宣"的，一种在外人看来理所当然的关系。比起她，陆江吟似乎更迫切地想要打破这一种随时都有可能分崩离析的"心照不宣"，所以她听得懂他话里迂回百折的意思，她懂的。

陆江吟静等着，在齐溪沉默的这一两分钟的时间里，他仿佛捱过了一个世纪。隔着齐溪薄衫长袖的手心已出了汗，他在心里笑自己如此没出息。

"'减去头二字、尾四字，余中间七字'的答案……"齐溪不笨，她只是过于矜持，她微微笑着掩饰着脸上不安又新奇的情绪道，"等你破了小一他们的案子，我写在字条上告诉你。"

陆江吟侧过脸凝望着齐溪，心里澎湃万千。他的眉梢、眼角都在高兴，可他紧抿的唇却死命忍着，像是告诫他千万别嘚瑟，这不是最后的答案，而是关于"喜欢"、关于"你"的最终预告。

"怎么不说话？"齐溪说完羞红脸的话后见陆江吟迟迟没

反应，顿时心一紧，又露了一脸恼人的表情对着他，"不管你了。"

陆江吟立时回过神抓住她，终于止不住地笑了："如果你怕说出口，写在字条上也一样。"

"你说谁怕？"

"那我等你亲口告诉我。"

"我再理你我就是猪！"

笑声款款一路漾到了餐桌上，齐老爷彼时也还在用餐，中途见齐溪跑出去便停下碗筷等她回来。本想询问管家齐福安来了何人，可见他同齐溪说完话就叫上李妈忙去了。这会儿听到了笑声，他伸长脖子望，探进门来的是两人。

"齐叔叔。"陆江吟进门后毕恭毕敬地朝坐在主位的齐石良打招呼。出院后，齐石良戴着那金色面具没有脱下过，露在外面的眼睛与嘴巴还带着触目惊心的伤痕，看不见完整的面部，他总觉得齐石良并没有那么欢迎他。陆江吟的心情又复杂起来。

齐石良朝陆江吟点点头，嗓音混浊但吐字还算清晰："吃了吗？"

"他还没呢，和小时候一样玩离家出走。"齐溪抢过话头戏弄陆江吟，没了寄人篱下的小心翼翼，她轻松自然了不少，"你可真会挑日子来，正好做了你爱吃的菜。"

陆江吟扫了眼桌上的菜肴，那种异样的感觉又涌上了心头，但他不知是什么。一边道谢一边拉开椅子，圆桌上他挨着齐溪坐着，为了驱散心里头的怪异之感，他强打起精神打趣道："不止今天，接下来的日子我都有口福了。"

齐溪揶揄他："谁答应要收留你了？拎了个行李来就这般有恃无恐。"

"有恃无恐倒也不是为这……"

陆江吟笑着回应，早已打好腹稿的话突然如鲠在喉。明明是夏初，夜间的温度也不低，可他分明在说话间猛然感受到一阵凉意袭上脊背，就连拿筷子的手也抖了一抖。他因这突如其来的感觉闭了嘴，如坐针毡。他抿紧嘴细细体会背上被无数双眼睛死盯着，被无数双阴森干瘦的手的指甲抠着脊背一寸一寸往上爬的感觉。那些目光没有善意，但他也讲不清恶意何来，只觉浑身恶寒，十分不舒服。

他扫了眼餐桌上的人以及站着的仆人，无一例外都很正常。于是乎他悄悄地向餐桌主位望去，齐石良戴着面具慢条斯理地吃着碗里的饭菜，时不时哑着嗓音叮嘱齐溪多吃点。齐老爷对家中仅有的孩子的关心与爱护一如从前，根本没有任何不同。可若真要说出不同来，陆江吟似乎也能模糊地察觉到，对方似乎比往昔更紧张齐溪。

"老爷、小姐、小少爷，"这时，齐叔左手提着长袍的边角走了进来，有些高兴又尽量克制着说，"房间我已经替陆小少爷整理好了，就在小姐卧房的隔壁。没料到您会来，粗粗收拾了一下，小少爷若有不便之处尽管告知于我。"

"麻烦您了，齐叔。"陆江吟起身向齐叔道谢。他倒真是任性了一回，没考虑后果，也没想过齐家上下会怎么看他这个人。但既已来了，也不好小家子气地做着怯状，索性大大方方接受了。

齐叔和陆江吟一来一往地寒暄了几句后，被齐石良难受的咳嗽声引了过去，齐叔着急地上前扶起老爷帮他背过身去，然后一手拍着他的背，一手帮忙顺着他的气。

"无事……咳咳……"齐石良干咳着，抬起全是创伤的手费劲地挥了挥。

与此同时，齐溪也扶着齐石良的另一边，不安地一遍一遍确认他的情况："爸爸您还好吗？要不要打电话叫医生？家里的药还有吗？"

齐叔安抚齐溪说没事，他先扶老爷回房休息，让她安心地和陆江吟吃晚饭。同在场的下人交代了几句，齐叔便扶着齐石良离开了饭桌。陆江吟没有上前，站在原位上回想着因为烧伤而红肿变形的齐石良的手，忽有一种极为排斥的陌生感，就连——就连齐石良的背影他都觉得好似头一回见。

"……出院后就这样了，大约是那场大火留下的后遗症。"齐溪轻叹着讲起了父亲咳嗽的事。两人用完餐没有直接回房，而是一起来到了宅内后院，坐在露天石凳上久违地聊着这段时间里发生的点滴。

"爸爸身体落下残疾，说话声音也恢复不到从前……总觉得……那场大火夺走了很多我原本熟悉的事物。"

陆江吟借着月光望着她的侧脸，一同往日的动人，只是看起来并不快乐。他听得出她话里有话，只是当下他没有问，因为他总觉得他们的疑问是一致的。

"一切都还在便是好的。"他安慰道，沉吟片刻又缓缓地说，"失而复得最难得，可你得到了这样的一次机会。齐叔叔容貌被毁，起初你见了害怕。可到底是重新回来的陪伴战胜了那样的害怕，不是吗？"

齐溪没有回答，低头盯着自己的手看。那最开始从父亲残破的容貌上感受到的恐惧完全不陌生，但没人会用"熟悉"二字来形容长久地被支配的恐惧，而这才是最令她害怕的事实。她好几次想要将这种感觉说清楚，但她无法用清晰明了的字句解释这种诡异的现象。

月光冷冷的，可虫子们却很热情。草丛间有小虫在低鸣，听不见人说话的声音，它们的叫声便逐渐变大，好像整个院子都被它们霸占了似的。陆江吟没怎么注意虫鸣声，仰头遥望夜空，黑色幕布上璀璨的星星点点惹人陶醉，仿佛偌大的苍穹下只有他们，这般景致也只供给他们欣赏。

"你今天一天都做了什么？"良久之后，齐溪轻声地问。

"没什么。"陆江吟应答着，却蓦地想起下午陪着谢罗华算命一事，顿时神情凝重，他转向齐溪问，"你记得我们那次陪谢罗华修自行车后，他感叹自己本是会有弟弟妹妹这件事？"

齐溪向来忘性大，对生活琐事总是不上心，从前很多事情她都毫无印象。不过记不住便记不住吧，反正她身边有他。

陆江吟见她没有出声就又看了眼她，发现她微微牵动了下嘴角，好像在笑什么。他没有追问，往下说："罗华原本会有一个妹妹。我不知道神婆是怎么算出来的，但没想到这事是真的。"

"嗯？神婆？你们去找了神婆？"齐溪惊讶两个大好青年怎么突然去算命了，"那神婆有解释为什么他家只有谢罗华一个儿子吗？"

"是谢罗华妈妈后来同我们讲的，故事不全，但听起来是罗华妈妈的一个噩梦。"

十年前，谢罗华七岁，他妈妈汪小玲二十七岁。

近日来，汪小玲时常感觉到疲惫，还嗜睡，以为是自己太过于操劳累着了。丈夫爱护她，便给钱让她去诊所看一看。小病小痛吃点药就好，若是查了没事也好安心。暮春夜晚，她下了工之后便去了附近的诊所，检查结果竟是个"喜"字。她高兴极了，本就想有个儿子之后再添个女儿，便能凑个"好"字。

她急着想要将这个好消息同丈夫、儿子分享，紧赶慢赶还是没能在天全黑之前回到家。

夜色之下，她欢快的脚步迟疑、谨慎了起来。离家还有好些距离，这边的狭巷没有路灯，平日里居住在这儿的也是些老头老太太，偶尔巷子里还会蹿出来一只野猫，冲着路人冷淡地低叫一声后跑进草丛中。汪小玲每天下班都赶在太阳落山之前从这边经过。

今日不同，她只觉得不知何时起身后似乎总有人跟着。她走一步，后边的人就跟着走一步；她停下，后面的人便也没了动静。她素来胆小，不敢回头望。可心里越急，就越容易乱了方寸。那只黄白相间的大肥猫又不知从哪里蹿了出来，从高至低跳下来刺溜一下就从她脚边过去了。

"妈呀！"齐溪被陆江吟的讲述吓得叫出了声，她掩住嘴巴胆战心惊地问，"后来呢？后边发生了何事？"

陆江吟深吸一口气道："罗华妈妈的反应和你如出一辙，但是她还没来得及喊出声就被人从身后捂住了嘴巴，拖进了黑漆漆的巷子里……"

齐溪吓得缩起了脖子，从前也没少听人讲鬼神的故事，可现实中发生的事情就算是转述也听得她胆寒。她轻轻捂住耳朵，恳求道："要不别说了？"

"嗯。"陆江吟没想吓她，只是现在的时间恰好也是夜里，齐溪难免会觉得身临其境，"罗华妈妈讲到这里也没有再往下说。她脸上的惊恐万分真实，我到现在还记得。"

"所以孩子是那时候没的？"齐溪大概知道这个故事最后的结果是什么，她放下双手又好奇地问陆江吟，"那跟踪罗华妈妈的人是谁？"

陆江吟摇摇头，罗华母亲戛然而止的故事也让他深感好奇，她说到被拖进黑巷中那一幕时不自觉地将手置于腹部。那颤抖得厉害的手让陆江吟不敢追问，也不忍追问。但后续不完整的故事在告别罗华母亲之后，谢罗华给补充了。

母亲发生了何事年幼的谢罗华并不知，只是被人通知和父亲赶往医院时见到了浑身是血、躺在那儿奄奄一息的母亲。医生告诉他们，母亲被人捅了一刀，流血过多陷入了昏迷，但没有伤及要害，所以保住了性命，只是腹中的孩子可惜了，没能留住。

"天呀，谁这么残忍？"齐溪也痛苦地拧起了眉头。

"没有抓到人，罗华母亲是被起夜的老人发现的。但按照罗华说，那位老人家也是凑巧。他那夜没吃晚饭，早早就上床休息了。起初睡得好好的，睡梦中听到了敲门声故而醒来，可起来点了煤油灯敲门声就听不见了。"陆江吟说到时又露出了一贯严肃认真的神色，他看着齐溪道，"不觉得有哪里不对吗？"

齐溪听了偏着头想了想，也奇怪道："是啊。若是老人家听的敲门声真切，外头应该有人才是。要是真有人，那第一个发现罗华母亲的该是那个敲门人才对。"

"是。"陆江吟直言不讳道,"排除老人家听错了,那么那个敲门人很有可能就是伤害罗华母亲之人。"

"怎么会?"齐溪提出了相反的意见,"若是凶手,怎可能伤了人又去通知别人来救呢,这不合常理呀。"

陆江吟看向了远处,目光悠悠,映着璀璨星辰。他没想过两者之间会有什么联系,但听到齐溪的质疑,有那么一瞬间仿佛想到某个相似的点。

"我母亲被杀后不是被裹得好好的放在了家门口?杀人行为与处理尸体的行为很矛盾,看起来难以理解。但按照这种不合理的逻辑来分析罗华母亲的遭遇,好像也能解释得通。如果行凶现场不止一人,那么这前后不一的行为就不矛盾了。"

齐溪不太明白他的话,还没有深入理解就又听他说:"或许那人本来也想杀了罗华母亲,但出于某种原因被迫中止行凶。"

"哦,对了,我们应该查到第四个孩子的身份了。"陆江吟就此跳过了罗华母亲悲惨的往事,也跳过了自己的悲惨过往,平静地讲起了今日的收获。

齐溪本来还沉浸在罗华母亲恐怖的遭遇中,听到陆江吟话锋一转暗暗嗝瑟的话,顿时起了兴致,忙问:"真的吗?那孩子是谁?"

"具体是谁不知,只查到他叫周祈望。"

"周祈望。"齐溪重复这个名字,眼前又一次出现电光石火的景象。每每意识到如此,她总如脑袋空白的人一样什么都抓不住。为此她苦闷不已,只能一遍又一遍地念叨着这名字,试图唤回那稍纵即逝的念头。

陆江吟见她愁眉苦脸,一副"怒其不争"的模样,好似察觉到了什么便谨慎地问她："你认识这个孩子吗？或者有听过这个名字吗？"

"不知道。莫名觉得有点熟悉，可这名字是哪几个字我都不知道，这种熟悉感从何而来呢？"齐溪痛苦地叹气，这感觉比打不出喷嚏还难受。

"你慢慢想，不着急。"

"祈望，周祈望……哎，是谁呢？这孩子我应该不认识，但总觉得有人在我面前喊过这名字。是谁呢？刚刚声音就在脑海里，熟悉得很，可是记不起脸来。"

陆江吟精神一振，忙接着鼓励齐溪："别急。你好好回忆一下听到这名字时你所处的环境，既是熟悉的声音，想必是你身边的人。仔细辨认一下那声音是男是女。"

齐溪抬头，怔怔地看着陆江吟，她就这样盯着他看了许久，似乎是在读取他眼中、心中的一切，直到草间的虫鸣声停止，直到月光在大地上挪了一寸又一寸，直到她冷不丁地打了个喷嚏——

"我记性这么差是不是该去一趟医院？这症状出现好多次了，总是灵光一闪但什么也记不得。你替我问问江庭哥哥，像我这样老了之后会不会变成傻子啊？"

陆江吟在等待她回忆的过程中一直紧张地提着气，听闻她恍惚的言辞顿时无奈地笑了出来："这个还用问大哥吗，问我就可以。"

齐溪当真了，忙换了一个洗耳恭听的坐姿面向陆江吟："那你说我会不会是脑子里有奇怪的东西在阻拦着我思考问题？会不会引起病变呀？比如什么脑癌？"

"哪有人这么咒自己的？"陆江吟笑齐溪杞人忧天，停顿了一下后又说，"我会努力健康地好好活着。"

"嗯？"

"为了让你老有所依。"

第十章

不会到此结束

（一）

次日，天阴沉沉的，不一会儿果真下起雨来。

淅淅沥沥的小雨没扰人清梦，催人醒的是萦绕心头难解的谜题。

头一晚留宿在齐溪家中的陆江吟彻夜未眠，不单单是认床的缘故，还因齐溪认真纠结周祈望的名字，不知事出何因，难免令人在意。

早上用餐时，陆江吟也因满腹心事没能好好地进食，一门心思地记挂小一的案子。沉思间听见了接连不断的唉声叹气，他扭头看向右手边拿着汤匙心不在焉地在粥中画圈的齐溪。

"怎么了？昨晚没睡好吗？"

齐溪耷着肩膀，眼睛盯着香香的白米粥，浑然不觉得饿。她早上醒来这般颓然已不是第一次，搬回家之后就没睡过安稳觉，半夜里时常被梦魇所困，意识清醒却毫无行动能力。她总是在试图挣扎起来与妥协昏睡间徘徊，如此反复折腾就到了天亮。昨夜也是如此，只不过——

“昨夜回房倒头就睡了，难得的自然醒。”她说时笑了笑，旋即又一副心事重重的模样，垂头不语半晌，再次看向陆江吟时脸上露出的神情颇有“大义凛然”之意，她沉着嗓子问道，“你记不记得我小时候有说过一件很离奇古怪的事情？”

陆江吟看着她点了点头，替她回忆：“大概六七岁的时候，某天你突然说有人一直跟着你、看着你，但从来不知道是谁。你哭着闹着说害怕，大人们轮番安慰你，让你相信你的身后没有奇怪的人跟着。为此，我还做了一段时间你的跟屁虫。”

齐溪听了也觉得好笑，幼时撒泼打滚不肯出门的自己定是相当惹人厌。大人找不到她害怕的根源，于是说服她害怕的东西并不存在。最初她也屈服在了大人的威严与他们所知的道理下，懵懵懂懂地让自己去相信她感受到的都是假的。可无用啊，那尾随着她的恐惧没有一天停止过。

后来，她渐渐地也就不说了，无人当真、无从查证的事情多说无益。她希望切实的恐惧可以在大人们不断的暗示下成为假的，可没想那只可意会的阴森恐怖如影随形，黏着她的身体、攀附她的灵魂，一点一点地企图拽她进深渊。

“我猜我当时没说清自己害怕什么，也无法说得更清楚，所以没人理解。其实家里遭大火过后，我曾想与江庭哥哥聊一聊。可时过境迁又事出突然，我生怕自己说出来的只是错觉。明明有一段时间我以为自己摆脱了这种无法具体描述的恐惧……”说到这里，她顿了顿，深吸一口气后又抬起一张笑脸，“但幸运的是我那时就明白了，只要有你在，那种芒刺在背的感觉就会消失。所以昨夜躺在床上，我一直在心里念叨着你就在隔壁，就在离我不到五步远的地方。魑魅魍魉就算再看我好欺负，也不会选你在的时候欺负我。"

陆江吟笑着轻叹道："绕了这么大个圈子，原是想感谢我吗？"

"嗯。"齐溪看向陆江吟的目光明亮炽热，她的眼神就是那渴求获救的手，紧紧地抓住了他，"江吟，或许你觉得我在夸大其词，或许你并不认为我的感受是真实的。但请你相信，我感激你的到来，非常。"

飞檐上往下落的雨滴越来越大，绵绵细雨也成了瓢泼大雨。陆江吟凝望着齐溪的脸庞，深感此事非同小可，他带着一种只有他们能体会到的感受缓缓道："我知道。"随即，他轻声问了句，"现在还觉得有人在跟踪你、监视你吗？或者说情况和以前不同，变得更加恶劣，更加地无时无刻、无孔不入，即便是在家中？"

齐溪立时警惕地环顾四周，幸而现在用餐的只有她和江吟，伺候他们吃饭的仆人现在都去照顾父亲了。于是她才稍稍放心地说："从前只要齐叔领着我踏进家门高高的门槛，一回家那种感觉便会消失，就好像将所有作祟的邪魅都关在宅子外。"

"我昨晚说大火好像带走了我熟悉的一切……它把熟悉的触感都带出了宅子外，然后将阻拦在外的邪祟放了进来。它们就在这儿，就在这儿。"低喃艰涩的话语，重复着的尾句让本就虚实不清的怪事变成步步紧逼的异兽。齐溪说着也有些懊恼，她无法说得更详细、更让人相信这存在的事实。

她托着额头烦闷地自言自语："有时睡梦中我还能感觉到……哎，我都不知道该说是'感觉'还是'看见'。总之经常一个扭头就觉得枕边躺着一张面目狰狞、龇牙咧嘴的脸。它在……它在冲我笑，一直在冲我笑……即便吓到清醒，我的身子也像是被定住了一般怎么都动弹不得。一觉醒来又觉得不过是噩梦一场，可循环往复，假的也要变成真的，谁受得了？"

陆江吟依旧不解，为何只有齐溪感受到了这样诡异的事情，仿佛这本就是针对她一人制造的恐慌，与旁人无关。他不知其中因果，不敢贸然做出猜测。但事关齐溪，他有义务将其弄个明白。于是他郑重其事道："我会在这儿，别怕。"

掷地有声的话语也不知有没有暂时将齐溪从夜间虚实不知的梦境中拉出来。

恍恍惚惚间，梅雨季节便到了，这是愁绪滋生不由人的时候，就如那一件件迟迟晾不干的濡湿衣服，徒增许多烦恼。

而这烦恼直到陆江吟乘车来到巡捕房，坐在叶超办公室等他的时候还沉浸其中。仰头望着天花板时，他陡然间明白叶超所说的"破不完的案子"是什么意思。

"想什么呢，魂不守舍的样子？"叶超手上拿着一份资料，看见陆江吟背对着自己坐在椅子上，顺手就朝他脑袋上轻拍了一下，"不会是想叶哥哥我想得一夜未眠，一大早就跑来见我了吧？"

陆江吟恶心地拒绝他往自个儿脸上贴金的话："我光想齐溪的事就够整宿整宿睡不着的了。倒是你，大早上起来不修边幅，难不成是想我大哥想得忘了要打理？"

恶心人的话谁不会说？陆江吟现在逮着机会就反击。

姜还是老的辣，叶超听了这样的话也不为所动，反而顺着陆江吟的话说了下去："还真让你给说对了。你大哥去了外地，害得我夜宵都没地方蹭去。这几日消瘦得哦，你看神探的风采都不见了。你说你大哥留你在家有什么用？竟然还偷溜到小情人家里私会，你说我要是给你大哥打个电话……"

"行了，叶大哥我错了。"陆江吟也不是个死脑子，大丈夫能屈能伸。

叶超心满意足地笑着把手中的东西甩给了陆江吟："我看过了，购买小木马的名单里有一个叫作李爱瑶的，是你们的同学对吧？正好你们去问问，她买小木马作何用处，也省去我东奔西跑。七十三号那几具尸体还没着落呢，这一天天的……"

"李爱瑶？"陆江吟蹙眉，深觉意外。他一边想着一边翻看了李爱瑶的购买记录，上面写明的预订时间是三月十五号，取货时间则是四月十五号。

"那后面还有一小行备注。"叶超瞥了眼逐渐神情凝重的陆江吟，好意提醒道。

陆江吟抬头瞥了眼双脚搁在桌面上吊儿郎当的叶探长，急忙翻看写在预订时间后面的数字，眉头拧得更深了："四月十七号！果然是四月十七号！"

叶超当然知道陆江吟在惊叹什么，他昨儿个晚上检查这份名单的时候就意识到问题所在了。李爱瑶虽然提前取货了，但她预订时就说明四月十七号作生日礼物用，所以一定要提前完成。

"李爱瑶家中属她排行最小，其上有两个哥哥、一个姐姐，皆已嫁娶。那么这个周祈望和她是什么关系，又会是她的什么人呢？"案子有了眉目，陆江吟自然是喜不自胜。与此同时也深感不安，前有许景明牵扯进灭门案中，波折不断。现在李爱瑶又卷入了此案中，他生怕节外生枝。李爱瑶和齐溪感情甚好，若是其中谁出了事，另一人总归是心里头难过。

叶超没有三头六臂，忙于翻案又忙于查七十三号的废井弃尸案，两个案子同步进行搞得他憔悴了不少，以至于早起忘了刮胡子。他见陆江吟愁眉不展，嫌弃地摸了把自己扎手的胡子又道："查清李爱瑶和周祈望之间的关系，这个案子就算结了。但目前为止李爱瑶的嫌疑最大，到时候你可别一个心软误了大事。"

"什么心软？"陆江吟瞥了眼瞎说话的叶超，简短地反驳了一句，"李爱瑶有没有时间作案一查便知，这很简单。但我直觉凶手不是她。"

"先前那个许景明也是，接二连三地卷进麻烦事中。这次又轮到李爱瑶，你们一个个是不是不读书光顾着找麻烦事干了？"叶超逮着机会就教训，"我说你也别总是搅和进这些事里来，你大哥明着不说你，实际上很担心，总背着你数落我，说我尽让你不学好。"

"我知道。"陆江吟漫不经心地回答，确认这些信息无误之后，他突然问叶超，"很早很早之前你去过七十三号，我听说你找到了一些东西？"

叶超立马移开视线望向别处，手指依次敲击着桌面，一边咒骂这鬼天气，一边又骂陆江吟多事，就是不肯说自己当年到底在七十三号找到了什么。

"丢了是不是？"陆江吟一针见血道。

"你给我说话注意点，什么叫作'丢'了？我是那种办事不牢靠的人吗？"叶超心虚但又死要面子地辩解，"索性告诉你，就是有胆大妄为的飞贼来了我家一趟，什么钱财都没要，就偷了那玩意。"

"哦，被偷了。"

叶超对他这般轻视自己的行为感到不快。问是他要问的，回答了又觉得答案不满意，这富贵人家的少爷就是难伺候。

陆江吟将名单还给叶超，起身欲走之际又追问："所以被偷的到底是什么？"

"糖纸！"叶超不耐烦地摆手，"快走！"

"堂堂一探长连这种东西也看不住，你还有什么颜面维护上海治安？"陆江吟学着他以牙还牙，"我现在就去找李爱瑶，你就在这儿等我胜利的号角吹响吧。"

"吹个屁！滚！"

陆江吟得意地笑着从办公室退了出来，刚一出门就撞到了抱着厚厚一堆旧本子的警员。封面都烂了、缺页少角的本子一下掉落在地，他只好道着歉蹲下身帮忙捡起。

"没事没事，陆少爷您忙您的。"警员客气地阻止陆江吟帮忙的举动，哪敢麻烦他。

陆江吟一本一本地拾起，伸手到落得远一点的本子前时，看到了本子内页上登记的名字，遂问："这些本子是做什么用的？"

警员回答："是我们巡捕房的出勤登记本。"

"所有人的都在这儿吗？"

"嗯，连雇来做饭的吴妈都要登记呢。"

陆江吟捡起那本子，站起身一页又一页地翻看，脸上的神情忽而古怪非常。他二话不说一把抱过警员怀中其余的本子，有针对性地快速浏览了一遍。

"怎么了？"警员不明所以，注视着陆江吟莫名又激动的样儿，一时不敢上前。肩上扛着的长枪往下掉了掉，他用大拇指钩着枪带子向上提了提，不作声地静静立在一侧。没一会儿，陆江吟扔下本子着急地向外跑，边跑还不忘回头叮嘱他一句"把这些本子收好"。

叶超出来时已见不到陆江吟了，只看见手下呆愣在那儿，手上是那一摞整理出来准备销毁的登记本。

"他看这个做什么？"叶超立马反应过来，追问道，"主要看了哪几本？"

警员含糊着说不知道，他确实没注意陆江吟到底翻了哪几本。

叶超又摸摸胡子拉碴的下巴，吩咐警员将这些本子抱到他的办公桌上。那小子一定从这些本子里发现了什么不得了的东西。

外头雨势时弱时强，就是不让人轻松做事。

陆江吟撑着伞急切地穿过人群、车流。电车还没有到站，他等不及便伸手招呼对面的车夫。这下雨天，车夫穿着蓑衣戴着斗笠费劲地蹬车过来。雨水顺着帽檐落在蓑衣上，又从蓑衣上滚落到腿上，脚上的破布鞋湿透了，里面的脚趾紧钩着，生怕鞋子掉落似的。

陆江吟收伞往车上坐，一路上斜雨蒙蒙，陆江吟心中疑惑堆叠成山。无意中瞥见的细枝末节会是他想要的答案吗？还是自己过于紧张？

他一边怀疑自己，一边又肯定自己。现实中太多的巧合都是解谜的关键，刚刚发现的端倪似有醍醐灌顶之意，他暂不确定方向正确还是错误，如若是正确的，那么李爱瑶和他之间又是什么关系？一切的一切总之验证过后就知晓。

车夫弓着背骑上了一段斜坡，用力蹬过去才轻轻松松地俯冲了下来。直走到头之后，他用挂在脖子上的毛巾抹了把脸说："到了。"

说话间，陆江吟下车付了车钱，之后头也不回地往尽头的小洋房走去。车夫眺望着他，直到他的背影没入雨帘后才掉转车头往回骑。这儿虽然是有钱人住的地界，可离那邪门的七十三号确实太近了些。他没少往这边载客，每次都会和客人聊上几句，但这次和以往不同，离开的少年身上的那股正气似乎不怕任何躲藏在阴暗中的鬼怪。

烦人的雨下个不停，小狗在屋中不安分地跑来跑去，似乎在引起主人的注意，恳求主人带它出去。奈何主人只顾着听曲、抽雪茄，丝毫不在意小狗的爪子在地板上摩擦发出的声响。

这时门外有人揿铃，家中的仆人小喜忙不迭地应声上前："请问找谁？"她开门见到了一撑着黑伞、相貌英俊非凡的少年，顿时难为情了起来，"您是？"

"我找傅正豪，想问他一些事，十万火急。"

少年说话声铿锵有力，小喜愣了一愣之后不由自主地随着他的态度紧张了起来，便说要进去通报一声。

一会儿后，门再度打开。

傅正豪听了小喜的描述也不知来人是谁，说是一相貌俊朗的少年。相貌俊朗？呵，他那在上大学的侄子不也是青年才俊吗？只不过今儿个没空过来，就快毕业了也一天到晚躲在学校不出来见见世面，读书人就是迂腐啊，可不读又不行。

感叹完后，小喜就领着人进来："傅先生，客人到了。"她说完便去茶室取茶叶、茶杯准备给客人上茶。走之前还不忘再看那少年一眼，心想着这么好看的人怕是过了今日就再也见不着了。

傅正豪漠不关心地叼着雪茄坐在沙发上，听到小喜的话，他才不可一世地扭头去看来访的客人。认清来者是谁之后，他立时拿下雪茄不可思议地问："怎么是你？"随后，小狗闻声也冲进客厅防御十足地冲着少年叫。

小洋房里所有的一切都对陆江吟的到访惊讶不已，傅正豪说不出个所以然，更令他费解的是，这位不过两面之缘的少年竟然要走了自己侄子的姓名与所在学系。

于是，想不清前因后果的不止傅正豪一人，还有他那"一表人才"的侄子以及侄子的同学。

一个时辰过后，大学校门口，仍旧大雨滂沱。

"刚刚那小子是谁？"男同学撑着伞，注视着走进雨中的少年，问身旁的赵升。

赵升茫然地摇头，只道："叔叔介绍过来的，说是问我点事。不过也没问我多少，就是管我要走了这一学期的课程表，还让我领着去了一趟教务处，和老师聊了聊。"

"是吗？"同学淡淡地说，"真是奇怪。"

"嗯，奇怪。"赵升又远远看了眼早已消失在街道尽头的年轻人。

陆江吟跑到对街，拉开电话亭的门走了进去。在回到巡捕房告诉叶超之前，他必须再求证另一件事。他止不住兴奋，但这和高兴有别。

拨完号之后，电话响了好几声才被接起。

"喂？"

"哥，你能帮我查件事吗？"

（二）

秒针滴答滴答慢条斯理地推着白日走向黑夜。落幕时分下了一天的雨停了，大街上出现了太阳西下前残留的暗淡影子。收工后的工人倚在墙边吃烟，留神谛听工厂里报时的机械声，倾听江上轮渡的笛声。

又一日结束了，他们想。

自意外撞见巧合开始，陆江吟便马不停蹄地进行多方求证。他顾不上喝口水，也顾不上同人交谈，回到家中便一头扎进案件里，整合手头上所有能够被利用的线索，终于在那本笔记上得出了一个故事的雏形。他既骇然又动容，白纸上面密密麻麻的字，尽是无情与冷酷，先前的怜悯和憎恨在事实真相面前全数崩坏。

桌上的台灯亮着，却照不亮他阴沉沉的脸。叹息之间，他想起自己曾经警告齐溪的那句嫉妒之言——"任何人都有可能是坏人，他也不例外。"

一语成谶，这并不是陆江吟的本意，他亦没有窥见未来的能力。没有过多的感慨，真相既已十之八九，他便没什么好犹豫的，即刻伸手拉灭灯光，抓起本子出了门。

入夜的屋外黑黢黢，影影绰绰的只能看见对街的一幢幢低矮不齐的房子。下了一整天雨的路面依旧湿漉漉的到处都是水坑。沿路的几盏路灯大约是坏了，发出了刺啦刺啦的声响，灯光忽明忽暗。陆江吟摁着车铃骑车而过后，其中一盏路灯便彻底没了光亮。

幸好，维护上海治安的巡捕房无论何时都是彻夜亮灯，叫人安心不少。

陆江吟一到，扔下车子便立马奔往叶超的办公室，一面推门一面兴冲冲地说："我知道杀死小一的凶手是谁了！"

"进来不会敲门吗？"叶超埋于案卷中的脑袋因为受到惊吓立时像弹簧一般地弹了起来，他瞪着突然出现的陆江吟直接骂道，"吓出病来你来当探长，你来维护租界治安啊？还有巡捕房是你家吗？想来就来，想走就走，一点规矩也没有。"

陆江吟哪顾得上和他计较这些，三两步上前双手摊开撑于桌面上，郑重其事地一字一句道："我说我知道杀死小一他们的凶手了。"

叶超看着他无奈地翻了个白眼，抬手举起其中一本登记本，狡黠一笑道："我好奇的是你要怎么证明他就是凶手，这不过就是其中一个时间线索罢了，你若要这样查，全上海在这几日有作案时间的人多了去了。"

"你不觉得惊讶吗？"陆江吟对叶超的反应感到不解，好似此人是凶手的推论完全不出他的意料。这样的叶超倒是让他觉得奇怪了起来。

"善恶一念之间，好人坏人随时都会发生变化，谁杀人、谁救人这有什么好惊讶的。你不是巡捕房的人，你没有义务查案，可你还是做了。我要为此感到惊讶吗？"叶超说得很坦然，但语气和神情却出卖了他，他轻轻地哼笑了下，"走吧，看看能不能今晚就结案。"

"头儿，外面有个自称是齐家管家的人说自家小姐不见了。"

这时，门外站岗的警员进来报告，大概是觉得大晚上来报案的老头有些不招人待见，说话声气也不由自主地刻薄了起来，"又不是三岁的孩子，现在没到宵禁时间，不回来也正常啊。"

没等叶超发话，陆江吟倒抢先厉声发问了："人现在在哪儿？"

"就在外面，我拦着没让进来。"

"喂——"叶超来不及叫住直往大门外跑去的陆江吟，双手叉腰对下属说，"以后别拦报案人，我们这要是拦着报案人不让进，还能叫巡捕房吗？"

"明白了，头儿。"警员立正后敬了个礼，得到叶超批准跑步前进回到大门站岗。

门外，齐叔一直在汽车旁来回踱步，焦躁的心情一目了然。看到里面出来人即刻迎上前，看清来人之后顿时激动地问："陆少爷！您没有同我们家小姐一起吗？"

"您别急。"出门果真见到了齐叔，陆江吟心一沉，尽量让自己看起来不要过分紧张又吓到齐叔，"告诉我齐溪什么时候不见的？怎么不见的？最后见到她是在哪里？我出门后她去了哪儿？出门前有没有和您打过招呼？"

这时叶超上前，二话不说将陆江吟拉到了自己身侧，然后抱歉地笑着对齐叔说："这孩子可不是我们巡捕房的人啊，是我一朋友没出息的弟弟，我没有这么不专业的下属。"解释完了又扭头教训起了陆江吟，"问个话怎么还把自己问急眼了。人家小姐不见了，又不是你老婆不见了，瞧把你紧张的。"

"哎，这位长官，我家小姐可不就是陆少爷未过门的媳妇嘛。他定是紧张的啊！"齐叔听了叶超的话更急了，深以为他想敷衍了事，便将两家的关系脱口而出，"您看看，能不能派人去找找？我家小姐可从来没有这么晚还没回家的时候，我在家里可实在是太不安了！"

"什么？齐……你家小姐是齐溪啊！"叶超顿时恍然大悟，在心里嘀咕：还真是老婆不见了。

"未过门的媳妇"这几个字从齐叔嘴里说出来可比任何人说都来得有说服力，陆江吟藏起那一瞬间的愉悦，再次上前询问齐叔："到底怎么回事？"

"小姐是在吃过午饭后出门的，说是去一会儿就回来。可我在家等到现在也没见到她回来，又不知道上哪儿去找，于是就来了这儿，我以为小姐会来这儿找您。"

叶超看了眼陆江吟又问齐叔："你怎么就觉得齐溪会来这儿找这小子？"

"齐溪说的？"陆江吟追问。

齐叔怔了一会儿，点头后又即刻摇头否认："小姐没讲要去哪儿，但就是觉得她应该是来找您了。至于原因我真的是……"

"你好好想想。"叶超放低了说话的声音，这大晚上的大概也是怕吓到这位老人家。再加上齐溪迟迟不回，做管家的本就心情急躁，再一催促怕是什么都忘了。

齐叔攥紧了长袍的边角，回想午后雨水不住地从飞檐上往下坠落的场景，回想站在大堂外的长廊上的齐溪，回想他们之间的对话——

"小姐，老爷服了药已经睡下了。"伺候完老爷休息的齐叔绕过长廊，来到孤零零站在大堂前的齐溪跟前，"午饭我已经让张妈给陆少爷留着了，您放心。"

齐溪转回脸突然正色道："谁说我担心他，他做什么我才不管呢，有没有饿着更不关我的事。我呢，要出门了，这么好的天气不能浪费了。"

齐叔望了望阴冷的大雨，礼貌地笑着说："小姐您开心就好。"

"就许他出门瞎混，我就得在家中守株待兔吗？"齐溪向对朋友一般地对齐叔抱怨，"每次都说怕我出事所以不带上我一起，说得我好像很乐意同他查案一样。我才不乐意呢！"

齐叔自然知道这是小姐故意说的气话，但是他没有戳破，点头附和："说的也是，陆少爷只管自己逞英雄，我们家小姐明明也是不让须眉。等他回来，我向老爷告状，让老爷说说他。"

齐溪一时不知该如何应对，只顾着难为情地朝楼上跑去，一面跑一面说："您去告状吧，就应该让爸爸好好教训他！无缘无故跑来我家蹭吃蹭喝，就该挨点骂！"

齐叔努力地回忆到这里的时候被叶超打断了，他按捺住自己的小暴脾气，劝齐叔道："我们能不能跳过打情骂俏的片段，直奔主题？我实在是听不得年轻人这么没羞没臊地处对象。"

"你……"陆江吟倒是一字不落地听着，浑然不觉齐叔的讲述有问题，一心想要分析出齐溪没回家的原因。若是虚惊一场也算好的，可这还没听出什么来叶超就不断打岔，真是令人恼火。

"你什么你？你就偷着乐吧。"叶超不放过陆江吟，用胳膊肘碰了碰看起来像是要发怒的陆江吟，继续轻声调侃，"你不在的时候看把人家小姑娘挂念的。"

陆江吟紧紧皱起的眉头经叶超一调侃，突然放松了下来。在心底回味了一番后，他又再次拧起眉心，低声骂叶超："你能不能不说话？"

叶超冲齐叔做了个"请"的手势，示意他继续。齐叔想着后面的事情无非就是他目送小姐出门了，而他原是想开车送小姐去的，可是被她拒绝了。

"我想起来了！小姐当时手里拿着两把伞，我下意识地以为是给陆少爷送伞来了。"齐叔拍了拍自己的脑门，懊悔地说，"我当时应该问一问的呀！"

"齐溪拿的两把伞都是家里的吗？"陆江吟想找到齐溪的心情十分迫切，故此思路也越发清晰，"我出门时带的伞是她递给我的，所以她不可能来给我送伞。"

齐叔连忙回答："其中一把黑色的伞不是我们家的，我们家没有那样的伞。"

"不属于家里的黑色的伞……"陆江吟思考半晌之后，突然回身推了叶超一把，"快去开车！我知道齐溪在哪儿！快去！"

"好好好！"叶超被突如其来的吼声吓了一跳，连声应答着跑去开车。身后的几个警员都看得一愣一愣的，平时见惯了探长叱咤风云的样儿，今儿个却被一个小孩整得服服帖帖的，真是新鲜。

"小姐在哪儿？会出事吗？"齐叔见陆江吟神色巨变，也跟着紧张害怕起来，"陆少爷，我也一起去。"

陆江吟阻止他，沉着冷静道："我只是说齐溪有可能去了那里。您先回家等着，如果齐溪已经回家了您就往巡捕房打个电话通知一声。"

"那……"

"别担心齐叔，我不会让齐溪出事的。"

说这话时，陆江吟心中其实十分忐忑。按照失踪的时间计算，齐溪不受到伤害的可能性几乎为零。但如果往好的一方面想，或许那人不会伤害她。

他知道寄希望于一个刽子手身上是荒唐可笑的，但只要齐溪毫发无损，再荒唐的念头也可以拿出来搏上一搏。

巡捕房出动了两辆车，叶超的车开在前头。他一边超速开着车，一边问陆江吟："你有把握吗？"事实上，当陆江吟推门而进说知道凶手是谁时，他都无法相信。因为手上根本没有切实的证据，他连抓人都要考虑再三。但"他"又是制造杀人案的最佳凶手。

"你看。"陆江吟掏出了他的笔记，翻开后拿出夹在书页中的一张纸，"这是我从大学里拿来的课程安排，这和巡捕房的出勤登记一比照就会知道，他有足够且充分的作案时间。三月九号刚好是周六学校放假，巡捕房无事；三月十五号星期五，下午没课，巡捕房无事；三月十六号又是周末……"

叶超一丝不苟地听着，这次谨慎地打断他："三月九号是第四个孩子，也就是疑似周祈望被发现死亡的时间。三月十六号这个日子我记得你说过刚好是头七，也是打更老许见到河神的那个晚上。那这个三月十五号是怎么回事？"

"三月十五号是小一他们去凶宅的日子。"车窗外迎面的车灯晃得陆江吟眼睛发疼，说话的语调也渐渐低沉起来，他虽不至于当着叶超的面继续难过小一的死亡，但在这空间不足的车内，他还是觉得窒息，"而他正是因为在那天撞见了小一他们，所以才实施了一系列的报复杀人行为。"

"你怎么知道？"

"傅正豪。"

叶超困惑地"嗯"了声："傅正豪又是谁？"

"目击证人。他在三月十五号那天分别见到了小一以及……凶手。"陆江吟并非是觉得说出凶手的名字很难，而是在某种情感上他不愿意说出那个名字，"七十三号废井挖出骸骨那一天，我亲耳听见傅正豪对他说'没想到又在这儿遇到了'，足以说明曾经在某个时间点上他们在七十三号碰过一次面，为此我又特地去找了傅正豪证实了这个猜想。"

"你继续说。"叶超面色凝重，双眼炯炯有神地望着前方。

"换句话说，在三月十五号确知自己孩子的死与小一他们有关之后，三月十六号头七晚上他去孩子死的那条河边烧纸钱，正好被打更的老许撞见。至于老许说河神眼睛很大、会发光，我想和凶手戴着的眼镜、烧纸钱的火光有关。后续在杀人时间上不是正好周末就是他恰巧都请假，而且四月十七号周三那天，他明明满课却请了一天假，我问过其他老师，他们一致回答那天是他儿子的生日。"

"我知道他有个孩子，可是周祈望姓周啊，这种事情……"叶超深感不解。

陆江吟镇定地说："如果你清楚他的生活环境，你一定第一个怀疑他。可惜你们似乎除了工作就没有其他交集了。我打电话让大哥查了他在香港地区生活时期的背景。"

"然后呢？"叶超对陆江吟突然作停顿的讲述方式十分不

满，因为心底产生的寒意，因为对曾经无比信任之人的瓦解，他突然变得暴躁易怒。

"他太太就姓周。"

这一沉闷悠长的时间里叶超都没有说话，两只眼睛直直地盯着前方黑暗的长街。车前的灯光照亮了一段又一段的路程，从黑暗进入短暂的光明，又从光明重回黑暗。他猛然间重重地拍打了一下方向盘，连带摁响了车喇叭，尖锐刺耳的车鸣声将内心的烦躁纠结如数释放。

月亮爬上云端，俯视着一草一木，而月光下的公寓楼被照得格外惨淡可怜。叶超打开车门前拔枪对陆江吟叮嘱了一句："跟着我，别轻举妄动。"

"嗯。"

于是叶超一手举着枪，一手示意下属机灵地跟上。他们没有大张旗鼓地上楼，而是小心翼翼地猫着腰一层又一层地抵达目的地。叶超侧身于房门右边，陆江吟在他的点头允许之下伸手敲门。一连敲了两声无人应答，不知里面情况，陆江吟尤为焦灼。

此时，突然"咚"的一声，叶超抢先按捺不住踹门持枪入内，陆江吟紧随其后，之后所有人都一窝蜂似的涌进了这并不大的房中。

客厅无人，厨房无人。

"头儿！"一声急促的呼唤声从浴室传了出来，扛枪的手下见叶超和陆江吟一前一后走了进来，后怕极了，一面看着叶超一面颤颤巍巍地用手指着浴缸，"里面……有奇怪的东西！"

目光所及之处惊骇不已，浴缸里平放着一个有盖子的玻璃物体，乍一看如同棺材一般，只是比普通棺材来得小，其周围摆放着一个个注入透明液体密封的玻璃瓶子。这些陆江吟都看见了，他甚至清楚地知道存放在玻璃内的为何物。他倒提一口冷气，视线落在倒在浴缸边上没有生命体征的文韬，继而又落在了背对着他们坐在小椅子上，面对着浴缸一动不动的齐溪。

（三）

"快去找医生！"叶超见状生怕齐溪有个三长两短，急忙指挥手下。他不敢有半点马虎，举着枪一步步靠近静止不动、姿势奇怪的文韬。他慢慢蹲下身，见其脸色发青，瞳孔放大，已无脉搏。确认无误之后，他低声说道："死了。"

此时，听到了呜咽的声音，叶超立时朝齐溪望去。只见陆江吟单膝跪在齐溪跟前，恼怒又心疼地解下堵住齐溪嘴巴的布条，又解开绑在她手脚上的布条，之后扶着她的双肩不住地上下打量。

"你有没有怎么样？"从表面上看，齐溪身上除了手腕、脚腕处有被束缚过的痕迹之外，再无其他明显伤痕。可齐溪哭得红肿、目光呆滞的眼睛让陆江吟无论如何都放心不下。

然而，齐溪对陆江吟的问话充耳不闻，她的视线一直停留在文韬身上。她哭得太累了，哭得好像陪着他们一块死了。她长时间撕心裂肺地呐喊，祈祷有人能冲进来阻止这个悲剧，但所有的一切都没有被外面的世界听见、看见。

现在，他们来了。她能够将"救命"二字切实地喊出来时，却麻木得如同木偶人，就像被文韬扔进火盆里的小木马，备受烈焰折磨，却又完好无损。

"齐溪？"陆江吟被她流露出来的绝望神色给吓坏了，他唯恐齐溪遭遇了什么无法言说的痛苦，紧张万分地试图让她看向自己。

耳畔的声音就像是遥远山谷传来的回音，一波一波地振动她的心。齐溪的眼睛干涩无力，她眨了眨之后从煎熬的噩梦中拉回到现实。她无时无刻不在等待着的陆江吟，现在就在这里。

"这儿发生了什么，他又对你做了什么？"叶超收起枪，神情也是落寞非常。他望着失魂落魄的齐溪，出于职业本能对她进行了询问。

这期间他瞥了眼浴缸里的瓶瓶罐罐，没忍心再看第二眼。他和陆江吟都深知，那具始终找不到的周祈望的尸体就在这儿，以一种破碎又完整的方式保存在这儿。瓶内的液体可以保住尸身不腐，文韬学医自然懂得保存方法。以这样的方式挽留去世之人，到底也还是一同走向了死亡。

"你不想回答可以不说。"陆江吟知道叶超那是例行公事，但此时此刻又过于强人所难。

叶超无奈地抬手摸了摸后颈，挥手让手下暂时先退出浴室。

"迟早都要说的。"不大不小的浴室里只剩下他们几个，叶超犹豫再三还是轻声说道，"齐溪，想到什么就说什么。慢慢想，慢慢说。"

齐溪木愣愣地盯着陆江吟，眼里没有生气，她好长一段时间都处于空白的状态。她听见他们在说话，他们让她说，可她该从何说起。

半天后，她开口："江吟。"

"我在这儿。"

"我想喝水，干净的水。"

"好。"

陆江吟即刻起身为她找水，客厅茶几上放着的茶壶他看也没看一眼就往外跑。齐溪说要喝干净的水，不用想也知道定是被那一缸子浸泡器官的液体给吓坏了。好些事情光是想象就已经无力承受，更何况她被囚禁至此亲眼目睹。

"我扶你出去。"这会儿叶超总算是懂得了一点怜香惜玉，他伸手去抓齐溪的胳膊，却发现她完全使不上劲。

无奈之下，他只好妥协道："哎，我抱你出去。这事回头你自己和陆江吟解释，免得我里外不是人。"

齐溪哪有心情同他开玩笑，就算是听见了也全然没往心里去，面上始终挂着一丝冷漠。

趁着陆江吟还没回来，叶超赶紧俯下身来一手托住她的背，一手托起她的双腿将她抱往外面客厅沙发上坐着，在外面候着的手下见状忙上前询问需不需要先处理浴室里的尸体。

"嗯，都先搬回巡捕房，动作小心点。"叶超点头应允。

"你别看了。"叶超不想再吓着这千金小姐，便伸手遮挡了下齐溪的视线，那会儿抱起她时感觉她全身冰冷、颤抖不已，他环顾四周也拿不定主意，只好脱下自己的皮夹克盖在齐溪的身上。

齐溪垂在身子两侧的手慢慢合拢紧攥着置于腹前，坐在通风的客厅里，窗外夜生活的点点滴滴聒噪地闯了进来，这等充满人情味的感觉让她终于从那边的地狱里活了回来，于是一个激灵，结结实实地打了个喷嚏。

"看看你，冻得鼻涕都出来了。"叶超边说着边转头寻找，他一个糙汉子身上携带手帕什么的肯定不存在，索性伸出左手道，"快擦擦。"

"擦哪里？"齐溪抬起红红的眼睛，轻声问。

"我的袖子上啊，不然你想擦我手上？"

齐溪看了眼，忽觉难为情，遂拒绝："不用了。"她低头抓过身上的皮夹克，想了想觉得擦人家穿着的衬衫上还不如擦皮夹克上。

"喂！"叶超看见顿时就急了，一把抓住齐溪的手，语重心长道，"我说姑奶奶，衬衫给你擦鼻涕嫌弃是不是，还专挑贵的来。你也不想想我一个月领多少薪水。"

"对不起。"齐溪被他轻松如往常的说话语调给逗笑了，她有点窘迫，但也因为窘迫想起了自己兜里的手帕。她掏了出来，尴尬地整理了下自己的仪容仪表。

叶超看着她这稍稍好了些的模样，也觉得好笑："我看你和陆江吟也是半斤八两，事情到了这个地步，我也不知道是夸你勇敢好还是莽撞好。"

"倒霉吧。"齐溪有气无力地笑了声。

"有自知之明，这点比那小子强。"叶超倒是第一次意识到齐溪的可爱之处，在这么沮丧的环境中她还能自嘲，"话说，你是怎么知道文韬是凶手的？"

齐溪看向他："我不知道。"

"那你怎么会来找他，而且还是在这么巧的时间点上？"

"准确地说，在到他家门口之前我还不知道他就是凶手。"齐溪回忆时仍觉得不可思议，站在文韬家门口时，她才醒悟过来自己先前种种的灵光一闪，都是有原因的。

她叹了一口气后突然抬头瞪大眼睛，紧张地问："爱瑶呢？你们见到李爱瑶了吗？是她来通知你们，所以你们赶来的吗？"

"什么李爱瑶？我们没见过她啊，我们赶来这儿是因为陆江吟发现文韬是凶手，加上你家管家过来报案说你失踪了，陆江吟推测你可能就在文韬家，所以你们来的。"

"那爱瑶去哪儿了？"齐溪不解，头痛欲裂，耳朵又嗡嗡作响，她唯恐李爱瑶遭遇什么意外，请求叶超派人去寻找她，"她中途一定出事了，不然你们不会到现在才来。"

这时，陆江吟拿着一杯附近茶馆买的水回来了。他将杯子的盖子揭开递给了齐溪，柔声道："杯子新买的，慢慢喝。"

"谢谢。"齐溪接过杯子，忐忑地看着陆江吟问，"你们真的没有见过爱瑶吗？"

陆江吟在她旁边坐下，无声地摇了摇头。他看向叶超，用眼神试问对方究竟怎么了。叶超也觉得纳闷，这一路上压根没有李爱瑶的身影啊。他立即招呼几个警员让他们兵分两路，一路人去李爱瑶家里查看，另外的则沿路打听她的下落。

"为什么李爱瑶也会扯进来？"陆江吟问出后突然后悔，李爱瑶本就身在其中。他干咳了一声后，看着一口接着一口喝水的齐溪，视线一瞟注意到了披在她肩上的叶超的破夹克。

叶超本来也注视着齐溪，拼命按捺住自己想要逼问她的冲动，碍于陆江吟的面子，他就死等着齐溪主动开口。但等来等去忽然觉得脊背上一凉，他还以为是哪里来的风咻溜溜地往他脖子里头钻，正纳闷着呢，一下对上了陆江吟的眼。

"看我干什么？"叶超一下就明白过来了，自觉伸手抓起自己披在齐溪身上的夹克，"小肚鸡肠，那她冷我还能干坐着看她冻感冒啊？"

陆江吟也不辩驳，默默地脱下自己的外套重新给齐溪穿上，反问叶超："小夹克管什么用？"

"是，我的不管用，你的就管用。你的还不就是一件小褂子！"

齐溪放下杯子，都不太明白两人怎么又吵起来了，连忙两面劝解："我现在说可以吗？"

"当然，当然！"叶超求之不得呢。

"你可以随时停下不说。"陆江吟宽慰她。

齐溪点了点头。

"大概是心境不同吧……"她低声说给自己听，深吸一口气抬头时，目光变得坚定起来。

她开始说的第一句就怪起了陆江吟："一早就说要去找叶探长研究小一的案子，我不知你们谈得如何，又不敢前来打扰，一直等到中午你也不回来，所以我就——"

原本以为稍稍明亮些的天空会就此放晴，可没过多久，厚重的乌云又压上了头顶，雨下得更猛烈了。这渐大的雨势偏巧又令她记起了那把忘还给文法医的伞。

"……文韬的伞。"齐溪纠正了一下称呼，语气里隐约透露着惋惜，"我就一手撑着伞，一手拿着伞去找文韬。想着周末如果他家中无人，我便可以找去巡捕房。"

叶超瞬间就明白了，伸手越过齐溪拍了拍陆江吟的肩，挤眉弄眼压低声音道："开心吗？她这么迂回折腾原来就是为了来见你。"

"你就这么步行去了他家？"陆江吟没理会叶超的打趣，一本正经地问齐溪，"那李爱瑶是你在中途遇见的，还是碰巧在他家门口碰上的？"

　　齐溪点头，这些陆江吟一猜即中。雨天迫使行人的脚步匆忙，她也一样。埋头前进的时候又抱怨起手中异常沉重的伞，也就是在那时碰见了迎面走来的李爱瑶，惊喜之余，她顺势收了伞躲进对方的伞面下。

　　李爱瑶原是冒着大雨气鼓鼓地去找舅舅，想要质问舅舅为什么藏着孩子不让他们见一见。

　　一直到李爱瑶断断续续列举完舅舅的"罪状"，齐溪仍没有将她舅舅的孩子同周祈望画上等号。不管李爱瑶唤了几遍"望望"，她都无动于衷，一心只想着如果文韬不在家该多好，她就有理由跑去巡捕房找陆江吟了。抱着这种念头，两人不知不觉地来到了同一公寓楼前。

　　半路上相遇，不约而同又来到了同个目的地，齐溪总算对这一系列的巧合产生了警觉性。她开玩笑地问李爱瑶，她们找的人该不会住在同一楼层里。

　　李爱瑶直言不可能，她虽不清楚齐溪还伞之人是谁，但绝对不会是自己这么自私和令人费解的舅舅。两人依旧友好地手牵着手上了楼，随后竟一齐站到三楼层的房门前，齐溪的笑意就在那时陡然间消失。

　　"我们站在同一房门口的那个时候，我才意识到从前的种种灵光一闪意味着什么。它意味着真相离我从来都是半步之遥，意味着案件的关键细节近在咫尺，意味着我是个彻底的傻子。"齐溪内心已经痛恨自己一万遍了，骂自己的话说出口时却格外平静。

"周祈望这名字的熟悉感来自于李爱瑶口中的望望，初次听到江吟说要查一个生辰是四月十七号的孩子时，我就隐约觉得奇怪。原来这种朦朦胧胧的奇异的感觉，来自于我曾经在文韬家中见到的照片上的拍摄时间，而不仅仅因为这是一个充满悲剧的日子。原来文韬所说的儿子和妻子在一起的含义竟然是这样的，他的儿子死了，岂不是意味着他的妻子……"

齐溪皱着眉头，没有将大家都心知肚明的结果说出来，她后怕极了。不管回望过去多少次，她也不敢相信文韬竟然当着她的面说了儿子去世的事实。

"什么？"陆江吟也深感震惊。没想到文韬会如此胆大地同齐溪暗示自己儿子已不在人间。文韬是不是故意为之，陆江吟无法求证，只是苦了齐溪背负真相许久却浑然不知。

叶超听了也不自觉地攥紧了拳头，他对文韬了解甚少，但的确是工作上很合得来的搭档。他一直敬佩文韬的修养与学识，殊不知这样稳重自持的人会落到这般下场。他一时间可怜起了工作伙伴，但看了眼更加无辜的齐溪，想起了那几个枉死的孩子，又舍弃了这无用的同情。

这些灵光一闪汇集成了一个死亡真相，齐溪哪敢让李爱瑶上前敲门，抓住她的手便接连质问，为什么舅舅是文韬这事从来不说，为什么舅母没有一同回到上海来，反而留在香港地区，为什么偏是今日来找他。

排山倒海的问题令李爱瑶一时语塞，被齐溪少有的强势给吓了一跳。前两个问题李爱瑶只当是两家人疏远的关系造成的，彼此互不关心。舅舅回来时说舅母身体不适，不宜来回奔波，只能留在香港地区治病，两家之间有个孩子牵绊着又免不了不接触。而后一个问题——

"今日是文韬的生辰。"齐溪说完又克制不住低声啜泣，先前的崩溃涌了上来。

陆江吟轻拍着她的背安慰她，他大概能猜到之后的发展了。

"我没事。"齐溪哽咽着摆摆手，让陆江吟放心，强撑着讲完接下来发生的事情。

同陆江吟心里的猜测一样，齐溪基于未知的担心强硬地支开了不知情的李爱瑶，不让她问缘由，只让她速速去巡捕房找陆江吟和叶超。独自一人之后，齐溪站在门口惊出了一身冷汗。

"文韬开了门让你进去的？"叶超问。若是文韬自杀的心意已决，怎还会放齐溪进屋？可要是不放齐溪进去，对文韬来说或许也会节外生枝。

齐溪点头，用手绢的一角擦了擦眼泪，深吸一口气道："他开门时穿了一身黑色的西装，非常正式也非常隆重。我假装自己什么都不知道，就只是来还伞，我怕他接过伞就将我拒之门外，所以我一面说着一面不等他邀请就进了屋。"

"然后呢，他怎么就将你绑了起来？"叶超越听越紧张，好似经历了同齐溪一样的心理路程。

齐溪自小不会撒谎，一骗人所有的眼神、肢体动作都会出卖她。这次也不例外，她说着蹩脚的借口往文韬客厅走去，说是还伞却紧抓着伞不放。她一会儿问文韬吃了没有，一会儿问文韬要去哪里，一会儿又说下雨天真烦人。奇奇怪怪的举动都没有打乱文韬的节奏，甚至那时的他看起来格外温柔。

他一一回答齐溪的问题，也陪着她东拉西扯地聊了聊。他说话语气悠远又意味深长，就像是在对很遥远的人说一样，尾声总夹杂着短暂的哀叹。她不敢再多谈别的，生怕自己不小心说漏了什么，无措之下抓着伞说要借用洗手间。

　　那时，文韬没有说话。

　　"我闯进洗手间就看到帘子后面的浴缸……我吓坏了，当即就叫喊了一声。然后糟糕的事情就发生了……"齐溪当时就算想跑也动弹不了，真正的害怕会让人失去反应力与行动力。

　　脑袋一片空白时就容易被乘虚而入，齐溪被悄无声息走到其身后的文韬用毛巾捂住了口鼻，只挣扎了一会儿便彻底陷入了昏迷。

　　"醒来时就是你们后来见到的那副样子，手脚被绑住也无法说话。"齐溪合上眼，又重回到了那一刻，所有触感一并都回到了过去。

　　冷冰冰的浴室，"四分五裂"的周祈望，西装傍身的文韬，他们都高高在上地俯视她，而她就像是被押上阎王殿接受拷问的恶鬼，牛头马面都隐于白瓷砖内，眼睛直愣愣地盯着她看。

　　"我没想到你会来，可你来了似乎也在期望之中。"

　　未料，文韬开了口。他脸上笑意淡淡，全然没有凶手的阴鸷酷烈。

　　他说："伞借于你不用还。你和陆江吟不是愚人，迟早会知道，赶在今日倒也是凑巧了。望望没能过上自己的生日，我总觉得遗憾，所以想和他们一起过。一直都是一起过的，今年也不该落下。"

齐溪听得心里发毛，只能拼命摇头阻止文韬可怕的念头。文韬见她慌张又努力想要救自己的样子，低低地笑了声。

"比起救我，你更想知道真相吧。"文韬声音骤然低沉，等到下一句说起又恢复平常，不紧不慢，亦无情感，"那几个孩子不管年纪大小，杀人者总归是要命偿的。"

他顿了顿后，朝齐溪伸手过去，齐溪立时闭了眼。

文韬顺势便将两指轻放在了她的眼皮上。他指腹凉凉的，吓得齐溪一哆嗦。

"不用瞪着我，也不必愤怒。情绪波动会给你的身心带来影响。你无需为了我们弄得一身狼狈。闭眼听我说也可以，不想听也可以，我想你总归是要给叶超一份口供的。"

齐溪没接受他的"好意"，反而无畏了起来。行凶者都如此淡然，她自是更要表现得堂堂正正。

文韬见她倔强，没有多言，向上推了推眼镜，转身走向浴缸，盯着里面看了一会儿，回身坐在浴缸沿边上。

"望望到上海来认识的第一个朋友就是小一，他们经常一起玩捉迷藏。孩子本性应是善良的，我从前这么认为，没有阻止他交朋友。后来望望就溺水死了。"

关于这个，文韬一开始非常自责。在给望望买礼物的途中临时想起学校有事，便让望望暂时在商场里等一等。等他忙完回来，商场里不见了望望的踪影。询问之下得知孩子朝河边走去，他心想儿子是按捺不住去找了小一。他顺利地找到了那儿，河岸边没有孩子的身影，他喊了几声也无人应答。

他担心地走近河边时，一眼就看见了只露出水面一点点的望望的衣服，他疯了似的跳进河里，却不知为什么费了好大劲才将孩子捞了起来。他什么也顾不上想，在岸边为孩子做了紧急抢救措施。他看着孩子肉嘟嘟的脸变得刷白刷白，双眸紧闭着连睫毛也未曾轻颤一下。

他那会儿仍没放弃救治孩子。他抱着孩子上了车，一脚油门踩到了附近的医院。但他迟迟没有下车，后座上的望望冷冰冰的，就像是冰窖里的瓷娃娃。

"我坐在车里坐到了天色将黑。望望死了，这话我告诉自己一百遍，可我还是无法相信生命中仅存的希望就这样没了。我带望望回了家，用了一夜的时间去逼自己接受，当然，我失败了。你也该想到，如果我成功了小一他们便不会死。我越发觉得望望的死只是一种表象，他或许没有真正地死亡。"

文韬冷静地说着，他模糊地回忆自己当时的心境。他学医的，他相信科学，相信人死不能复生，相信人并没有所谓的灵魂。可他不相信自己的儿子不能复生，没有灵魂。于是他想起了关于七十三号的传说，他听信了荒唐的传闻。

"人痛苦绝望的时候，明知理性上不可为仍为之。那些传闻我并不需要说服自己相信，我想只要能让望望活回来，什么求神拜佛、借尸还魂我都会去做。很荒谬吧？常理上来说，我已经疯了。疯了能让我心存希望，能给望望一线生机。"

就这样，文韬去了七十三号宅子，就是在那日，他在七十三号遇见了小一他们。他跟着他们进屋，却选择躲起来，他不知这几个孩子来到七十三号做什么。只见孩子们跪在一面墙之前，一边磕头一边说"我们不是有意的，请神灵代为转告让望望莫要怪我们""如果能让望望复活，我愿意做任何事""真不该让望望当鬼捉我们，不然他也不会落水"。

"啊，我想是他们没错了。"文韬的镜片上泛着一点点光，他稍稍侧着头继续说，"望望的头七一过，我就开始计划了。我将他们逐一骗到家中，好吃好喝招待了几天，本以为他们和望望是真心的朋友，结果他们每一个见到望望的时候都吓得要回家，要找'妈妈'。他们为什么要一而再再而三地伤害望望？明知望望没了母亲……于是，我让他们以和望望同样的方式死去。但至少，淹没他们的水是干净的。"

齐溪就这样听着，她有很多疑问，可每个疑问都像是被文韬洞察出来了一样。他不动声色地读取她的想法，然后慢条斯理地做了解答。他没有任何愧疚，一个做了恶事的人愧疚无用。

"生不带来死不带去，我烧了他们的衣服，让他们干干净净地去给望望做伴。你说恨吗？自然是恨的，为什么他们还是孩子我就不恨呢？既都是为人，大人抑或孩子便都是一样的。他们舍弃了望望，他们没有救他，那么他们就是凶手。"

齐溪嘴里只能发出呜呜的声响，她想告诉文韬不是这样的，他们没有舍弃望望，他们想救他！可文韬没有理会，明知她有话要说也选择不理会。

良久，他沉沉地长舒一口气："没事了，很快就都结束了。"说话间他拿出了早已准备好的针管，卷起了自己的袖口，抱歉地看了眼齐溪，"对不起，让你面对这样的事。害怕的话你闭上眼睛就好，用不了多长时间的。还有，你之前说不愉快的事会带走很多能制造快乐的时间。齐溪，我没做到，但希望你可以不被不开心的事所牵绊。"

齐溪奋力地挣扎着，努力地想让他听自己说几句话。可将死之人的勇气和决心不是她能想象的，也不是她轻而易举就能改变的。她就这样眼睁睁地看着文韬将有毒物质注入了体内，看着他轰然倒地、青筋暴起、浑身痉挛。那短短的几分钟时间里，齐溪备受煎熬。

她看着他一点点死去，看着鲜活的生命定格在痛苦狰狞的脸上，然后，窗外的夜幕就降临了。

　　（四）

尘世间上演的悲剧暂告一段落。挥别过去只需短短的一秒钟，这一秒钟的前后便是两个极端。但甚少有人会在意那一秒，多的是将悲痛延续至今的凡人。云散天晴，拂去了遮挡太阳的阴霾，给人以灿烂、热情的日光，给人以活下去的勇气，给人以对抗汹涌险恶的决心。

小一的案子算是结了，但叶超上报这个情况的时候遇到了一些困难。上头认可他最后查出来的结果，也承认文韬是凶手，但不准他向外公布这一事实。理由很简单，为了维护巡捕房乃至更高阶层的名誉和形象。

"不公开才是真的亵渎名誉和形象吧，所谓的顾全大局就是在日益瓦解百姓的信任。不懂执掌政权的人为什么总是这么担惊受怕，在我看来，只有做错事的人才会害怕。他们在位时只求无过、明哲保身。"叶超觉得有愧于陆江吟的帮忙，也深感自己一人的力量过于单薄。他约着陆江吟传达了这案子最后的结果，言语中皆是愧疚。

陆江吟脸上的表情忽明忽暗，翻案成功却不准公之于众这的确是没想到的。但每个人的行为决策出发点都基于自身的考虑，他无法对他们做出评判，他只能点头接受这样的事实。

"至少还小一他们真相就好了。我还要将这件事告诉满伯，先走一步。"河堤上，陆江吟迎着风起身，抬腿往上迈了一步后又转身问叶超，"小一母亲的案子你还在查吗？"

叶超也拍拍屁股站了起来，说到这些未破的案子他就头疼："怎么不查？你以为你奔波那几个孩子的案子时，我就坐在办公室无所事事吗？"

"难道不是吗？"

"迟早把你脑袋拧下来。"叶超说话间还踹了陆江吟一脚，被他轻易躲开之后，又伸手补了一拳，直到看到陆江吟吃痛的表情才作罢，"从废井里拉上来的三具女尸证实和小一母亲的致死原因一致，老覃验过的那些尸体，报告有那么厚一叠。"

陆江吟慢慢收拢了手心，轻声问了句："那么我母亲呢？"

叶超揽过他的肩，轻轻地拍了拍，叹道："当时以为你母亲的案子是个案，现在也一并查了。不过你母亲的尸体没能……进一步分析，现在能用的资料只有你们兄弟俩的记忆了。"

说这些话自然是心虚，叶超没有信心能够给陆家兄弟一个完美的交代，但又说不出什么安慰的话来，只能力不从心地再一次拍了拍他的肩，祈祷后续的案子再棘手也可以顺利解决。

"齐溪呢，又去看李爱瑶了？"叶超见陆江吟沉默不语，便主动提起了齐溪。

经过那事之后，原本开朗的小姑娘一下变得消沉不少。

"嗯。"陆江吟应答，"齐溪每天都在自责没有将两头兼顾好，一个自杀死了，一个撞车受了伤。李爱瑶虽没有生命危险，但身上多处擦伤，手也骨折了，多少也有些狼狈。齐溪一见着她就哭，每回都哭得很伤心。"

叶超重重地打了下他："她哭是正常的，一个小姑娘家遇上这种事还能出门，还能上学，还能同你讲话，你就该高兴了。换任何一个寻常家的孩子，都不知道被折磨成什么样了。她每次都陪你瞎跑查案，这些苦她本不应该受的。要不是为了你她何苦如此？"

"我知道。"陆江吟轻叹了声，眺望着远处的波光粼粼的河面。他怎么会不知道这些，正是因为知道，才会在面对痛苦伤心的齐溪时，觉得自己什么都做错了。他一意孤行要查个水落石出的真相，对某一部分人来说是好事，但绝对不包括所有人。

"行了，去忙你的吧。"叶超推了陆江吟一下，神情忽而疲惫不堪，他撑着大腿往上走，边走边发牢骚，"你哥到底什么时候回来，我都连着几天没好好吃饭了。"

陆江吟斜了他一眼，数落道："听你这话倒像是赖上我哥了，往后我哥要是娶媳妇了，你也这样三天两头去他家里胡闹吗？"

"你哥成家立业不还有你吗？我就不能上你家去？"叶超无赖地笑说，"江庭以后会娶什么样的女人我倒没想过，我也怕生。还是你好一点，毕竟齐溪我也熟，去了你家她肯定不忍心赶我走。"

陆江吟立时红了耳朵，听明白了叶超直白的话语，他不愿和他扯便换了话题："你也老大不小了，该考虑自己的终身大事了。"

哪知叶超讪笑了下，没有接话。两人背着风走上了街道，陆江吟拒绝了叶超送他一程的建议，选择自己慢慢走向桥洞。

不过数月，事情竟发生了如此翻天覆地的变化。接连不断的案子，频频卷入其中的自己和身边的人，陆江吟第一次觉得迷茫。

　　他突然有了个不好的预感。

　　预感事情不会到此结束。

　　这天午后，医院一间病房里热闹非凡。李爱瑶躺在病床上，用眼睛扫了扫一同出现在这里的几个人，嫌弃的眼神更甚了。她稍稍抬了下自己绑着绷带固定好的右手，难为情又感动地问："齐溪来就够了，你们跟着来做什么？不过齐溪你也不用每天都过来啊，我又不是残废了。"

　　"饭都不会自己吃了还不是残废？"站在齐溪背后的谢罗华听到李爱瑶这话一步上前，严肃道，"要不是头一天你父母都在，我早就跟着齐溪一起来了！"

　　李爱瑶还是头一次见到冲着自己发脾气的谢罗华，心里头觉得怪怪的，同时又有点享受。她故意扬了扬下巴说："怎么，你还怕我爸妈？"

　　"不是怕，只是不知道要怎么向你父母介绍自己。"谢罗华说着就露出了象征性的灿烂的笑容，他往后头瞧了眼沉默寡言的许景明，担忧地说，"我一来，景明、周毅、方浩淼都要跟着来。这几个人学习都比我好，万一你父母看中了谁，我可怎么办？幸好江吟有齐溪了，不然江吟就是我的头号情敌！"

　　李爱瑶嗤笑他的异想天开，她的父母现在才没有这个心思呢。她头一歪竟没见到陆江吟，遂问齐溪："你家那个呢，怎么不来？"

　　"他应该去找满伯讲小一的事情了吧，晚点会过来的。"

齐溪轻轻地说。换作平常，她一定会笑着反驳李爱瑶的玩笑话，但一看到李爱瑶就会想起周祈望，想起文韬，想起他们不幸的生活。

那天等到齐溪他们找到了医院，李爱瑶已经躺在病床上睡着了。她的父母都在，于是叶超就将文韬的事情告诉了爱瑶的父母，毕竟文韬在这里的亲人只有他们。听了这不可思议的来龙去脉之后，爱瑶的父母沉默了。齐溪看得分明，他们不伤心，他们仅仅是不住地喟叹。

两家的关系就如李爱瑶说的那般疏离，爱瑶母亲是家中长女，早早出嫁，和弟弟文韬的感情本就淡漠。后来文韬和大户人家的小姐私订终身，女方父母嫌弃文韬家境清寒，但实在拗不过女儿，又不忍心她去贫寒人家吃苦，遂提出只要文韬肯入赘就同意这门亲事。

这个条件一出来，文家又不答应了，说什么也不让家中这一个儿子做上门女婿。文韬要是入赘了，他们家岂不是白养了这个儿子，横竖都不同意。

可陷入爱情的文韬哪听得了这些，他同父母直言只要能和周小姐在一起，做什么都愿意。父母被他气得跳脚，原还想指望这个儿子养家，现在没想到拱手让于他人。文韬父亲骂完他之后又骂周小姐，说她一个女孩子家不检点，祸害别人家的孩子。

骂自己可以，文韬哪听得别人骂心上人。之后他便不管父母反对，收拾了下便去了周小姐家。

外人都说文韬攀上周家，闲言碎语难听得要命。没多久，文父因为承受不住这些压力早早过世了。文韬在周家的安排

- 375 -

下，和夫人去了香港地区，只为了避开这伤心之地。

谁料，几年之后文韬带着五六岁大的儿子一声不响回来了，谁都没打招呼。还是李爱瑶在大街上不经意间撞见的，于是两家因为可爱懂事的望望有了断断续续的来往。

那个时候，爱瑶父母仍不知道文韬的夫人发生了何事。知晓前因后果的陆江吟没有说，知情的齐溪也没有说，两人像是约好了似的垂头沉默。唯有叶超说出了实情，说其夫人早已病逝。爱瑶父母讶异了半晌之后，答应处理文韬的后事。

这一日他们便是去处理相关事宜了，于是李爱瑶就一人待在病房中，直到齐溪他们来。李爱瑶笑容淡淡的，面上寻不见一点伤心。

"爱瑶，你还好吗？"问这话的是许景明，他一进来便心事重重的。他对遭遇了这般事情还能坦然面对的李爱瑶，心中是佩服的，也是诧异的。

谢罗华又回头看着许景明抢先回答："当然不好了！才几天，她都瘦了一大圈了。"

"对不起，是我不好。"齐溪夹在中间，诚恳地道歉。

"没没没，不是，怎么会是你不好呢？"谢罗华立时慌了，他反驳许景明也不过是男孩子间粗糙的玩笑，断不能当真的。

"齐溪，你别这样。你总说对不起，我都要折寿了。"李爱瑶克制着心里头的难过，招呼齐溪上前，然后拉着她的手让她坐在床沿，"不关你的事，是我该说对不起的。如果我多关心望望，多去体谅舅舅，或许事情就不会这样了。"

眼看着两女生就快要抱头痛哭，许景明和谢罗华不约而同地心慌了起来。正好这时，陆江吟拎着大包小包的东西及时推门而进。他瞧了眼束手无策又喜上眉梢的谢罗华，当即就明白了过来。

"为什么一脸苦相？难道医生说手没办法复原，要换用左手了？"他上前将慰问的礼品放在了一边的柜子上，看着李爱瑶问。

"说什么呢？"齐溪抬头瞪了他一眼，还顺势打了他一下。

李爱瑶刚红了的眼眶又立马被气得恢复如常："你才没办法复原呢！真是的，就不会说好话！"她半坐着骂骂咧咧，瞥了眼柜子上的礼品，遂问，"都是吃的吗？"

陆江吟笑了笑道："嗯，按照齐溪吩咐，都买了你爱吃的。"

"果然还是齐溪最疼我了！"李爱瑶感激地抱过齐溪，心中感慨万千。她忧伤舅舅和望望之死，但也深刻明白人活一世，善意为重，最要紧的是要懂得放下。

女孩间悲伤的气氛得到了缓和，谢罗华和齐溪留在病房照顾李爱瑶，陆江吟则被忧虑过重的许景明拉出了病房外。

"怎么了？"陆江吟不解此举，但瞧见许景明眉头紧锁的样儿，担心地问，"出什么事了吗？"

许景明这时还不知陆江吟所查的小一案子的始末，只当是将自己感受到的细节告诉他："我上次做了个梦，梦见在七十三号被人推下来。就是在教室，喊了你名字那次。"

"哦。"陆江吟听了稍显尴尬，但许景明看起来正经严肃，他也不好打断，只能接着问，"你是在梦里还看见了其他什么东西想要告诉我吗？"

　　"是。"敬佩于陆江吟的敏锐洞察，许景明也就放心大胆地讲了起来，就算是个梦，就算毫无根据，他也觉得有必要同陆江吟说，"推我下楼的人很有可能是个医生。"

　　陆江吟的表情有那么一瞬间怔住了，他早已解决这个事情，所以对景明给出的答案也没有那么强烈的反应。他只是问："为什么这么说？"

　　"我之前说过他的手很奇怪，后来做了个梦才反应过来他应该是戴了手套，而且身上有一股很浓的奇奇怪怪的味道，近似于我在医院闻到的那股味道，但他身上的有些古怪。"

　　陆江吟没有说话，明白许景明所说的古怪气味，那是存放尸体用的液体的刺鼻气味。

　　"不用在意，这样的梦不会再发生了。"陆江吟喃喃道。事情结束了，可他们每个人的故事都还在继续，或许所有人都逃不开命运的桎梏，或许他们仍在某个旋涡中挣扎。

　　蓦地，他想起了顾一飞那似是而非的话——

　　"你害怕的事情会马上再发生，你身上笼罩着厄运，你会被吞噬的。"

第十一章

—— 有一个生还者 ——

（一）

入夜，房内熄了灯，唯有一束点着的香孤寂又冷漠地燃着。

四周的黑暗衬得这缕袅袅轻烟格外分明，它没有思想、没有感情地一直在这空间内弯曲延伸，它被赋予的使命就是钻进她的睡梦里，搅乱她的生活，篡改她的故事，然后将她占为己有。

"睡不着……"

隔壁屋的陆江吟已经辗转反侧数个时辰了，好不容易有了睡意忽然间又分外清醒。借宿在齐家的第五天，仍是一个彻彻底底的无眠夜，他有点分不清是因为近在咫尺的齐溪令他心神不宁，还是顾一飞那突然占据脑海中的一句话导致他杞人忧天。

他烦躁地翻了个身，床板发出的嘎吱声恰巧同不知从哪里传来的"咚咚"动静重合在了一起。

陆江吟狐疑地坐起身，竖起耳朵静听。屏息片刻之后，竟再也捕捉不到。屋外静悄悄的，仿若幻听一场。陆江吟深吸一口气，决定重新倒头睡回去。

就在他卧下之后，不同于之前的声音忽远忽近地传到他的耳畔。

"齐溪！"这次他甚至都没有仔细听就辨认了出来，立马掀开被子开门冲了出去。陆江吟的行动迅速非常，他站定在齐溪卧室门前，忽而面色凝重。

夜半三更，她的房门却虚掩着。

陆江吟警惕地左右望了望这条走廊，除了他并没有其他人的身影，未上锁的门在清冷月色下充满神秘色彩。他记得自己分明是与齐溪互道晚安，亲眼见她关上门才回房的。

"不、不要……鬼……剪刀……"屋内又传来了清晰可闻的齐溪的梦呓声。陆江吟便没有再作思考，推门进去之后小心地将门关上了。

他拉亮了电灯，屋内的一切霎时尽收眼底。陆江吟快步走向床边，轻声唤着齐溪的名字。不知是被子太厚，还是噩梦阵阵的缘故，齐溪额上尽是密布的汗珠。她时而低声轻喃，时而大声疾呼，样子十分难受。

"齐溪？"陆江吟不是没有被梦魇缠身过，能明白其中的滋味。梦里的惊惧孤立无援，除了让自己努力醒过来别无他法。他一时唤不醒齐溪，又无法进入她的梦中帮她战胜虚构的幻境。

正焦灼时，他的视线落到了枕边，疑惑陡然间增多。类似于齐溪之前灵光一闪的感觉，但此刻他的感受比齐溪的灵光一闪还要模糊。他还来不及去想其中的恐怖之处，齐溪就忽然惊醒，瞪大着仿若见着鬼的双眼。

"齐……"

话音未落，陆江吟就猝不及防地挨了齐溪不假思索的一巴掌。这结结实实的一记耳光使得陆江吟脑袋发蒙，久久回不过神来。

"痛吗？"齐溪惊恐的双眼镇定了不少，她没有道歉，而是望着陆江吟试探地问，"痛不痛？"

陆江吟沉吟许久才注视着齐溪叹道："痛。比上次打蛾子还要痛。"

"天哪！江吟！这不是梦啊！"齐溪立时推开被子坐起身，忙抱歉万分地打量他脸上的红印子，"对不起，我以为自己还在梦里，以为见到的是鬼变的人呢。"

"不用道歉，这一巴掌早该挨了。"陆江吟又想起了之前"轻薄"齐溪那事，心里总有些疙瘩，今儿个挨了迟来的打才稍稍好受了些，他自嘲完，抓过齐溪的手轻贴到胸口上，"心脏跳着呢，怎么会是鬼？"

胸腔内的心脏跳动得炽烈，隔着他的衣裳，齐溪都感觉到了一寸一寸燃到手心的灼热感。她慌里慌张地收回手，仍然有些迷糊："你怎么会过来我房间？怎么进来的？我记得我锁门了。"

"听到你喊了我的名字，我就进来了。"陆江吟一五一十地说，"你确定你锁门了吗？"

"锁了，锁上之后我还又回头确认了一遍呢。怎么会没锁呢？"齐溪也纳闷，随即又略带紧张地问，"我，喊你名字了？说什么了？你有听清吗？"

陆江吟本也想诚实作答，忽起了玩笑的念头，故弄玄虚道："当然听清了。夜里的梦话自是白日里说不得，别人也听不得的话。想知道？"

"不了不了！"齐溪头摇得跟拨浪鼓一样，当即拒绝，"不管你听到了什么统统给我忘了！不许提起，也不许同我讲明。梦话而已，不必当真。"

"要当真。"陆江吟神情严肃，抓过一旁椅子上挂着的外套给齐溪披上之后说，"具体讲了什么连不成一个大概的内容，你只是不断重复'鬼''剪刀'以及我的名字。还有，枕边被剪下来掉落的碎发。"

齐溪只听了前面的鬼、剪刀身子就忍不住颤抖起来，光是这两个名词她都能联想出一个血腥的画面。在见到陆江吟用手帕小心翼翼地捡起那为数不多的碎头发时，她更是一把抓过自己的长发，摸了好几遍，确认头发还在才松了口气。

"怎么总有这些古里古怪的事情发生在我身上？"她纠结后怕地问，全身起了一阵又一阵的鸡皮疙瘩。

"现在还不能确认。"陆江吟收好了那些风轻轻一吹就会消失不见的碎发，继而又仔细检查了下齐溪的长发，长大后再也没有用手指绕过她的发尾，那柔滑、微凉的触感他现在都还记得，"你从小便喜欢长发，一次都不肯剪短，每每见到剪子就会东躲西藏。"

齐溪见他检查得认真，只能按捺住内心的羞涩，稍稍侧了过去，生怕同他的手相触碰，脸颊又泄密似的红了起来。她应答着："小时候的事你倒是记得比我自己还清楚。"

"习惯罢了。"陆江吟淡淡地回。

没一会儿，他的手不再动了，挑出了一绺明显短了一截的头发。那一瞬间他真实地吓到了，比任何时刻、任何情况下见到的任何凶残行为都要感到害怕。他深觉齐溪感知到的一切并非空穴来风，而是确有其事。

齐溪不经意地回过头，那绺头发就从陆江吟的手里滑落。她还不知自己真被剪去了头发，遂问："怎么了？脸色这么差？"

陆江吟抓住了半空中齐溪伸过来的手，蹙眉思考起了今夜的问题。

齐宅大院，进进出出也就这么几人。若是近日来了什么生人，那么也只有他。齐溪早已上锁的房门被打开，门锁没有被撬的痕迹，即是说私闯之人手上有齐溪的房间钥匙。

深夜有人悄无声息地来又悄无声息地离开，单单剪去齐溪的头发是何用意？齐溪分明说的是梦话，为何会与现实有惊人的一致？她那时到底是醒着的还是……

"到底怎么了？"齐溪得不到回答，内心惊慌不已。

陆江吟谨慎地环顾四周，发现房内并无任何异常，所有物品都没有翻乱的痕迹。于是乎，他意识到了何为真正糟糕的事情。

"去我房间睡。"他握住齐溪的手腕，口吻不容拒绝。

"什么？"

"从今天开始，你每晚都来我房间。"

"你！"

然后，不由分说又是一巴掌。这一巴掌比起第一下要来得干脆利落，但痛感轻了很多。陆江吟只道让她别喊，免得惊动了大家。他没有说或许跟踪她的人现在就在宅子中，毕竟这个推论没有根据也过于耸人听闻。剪发一事到底是偶然发生的，还是蓄谋已久，他都无法仅凭这第一次做出推断。

如果还能抓到第二次，只要抓到第二次，齐溪的噩梦便能一击就碎。

　　两人蹑手蹑脚一起回到了另一间房，陆江吟叮嘱齐溪切勿将此事告诉第三人。此举的目的就是要让别人认为她每夜仍在闺房安睡，造成这般假象之后，若再有人偷偷潜入便可以当场拿下。

　　"为什么会有人剪我的头发？他要拿去做什么？"齐溪后怕得要命，一下就钻进陆江吟的被窝中，蜷缩在床的一角，拉高被子挡住了半张脸。

　　"你说过被跟踪的感觉进了家门。现在看来，是真的了。"陆江吟边说边为自己打地铺，他扔下枕头，扔下被子，双手叠放在脑后躺了下来，"不太清楚这人的行为目的。只是你自己平时有注意过谁平常对你特别在意，时不时就看着你？"

　　齐溪不假思索道："你啊。"

　　陆江吟瞬间坐起身，弓起一只脚，手肘置于膝上，无法反驳，只能无奈地望着她："除了我呢？"

　　"没有了。"

　　"要你再一次住进我家也不知该用什么借口。"陆江吟开始暗暗想办法，这家中如此不安全，今夜有人拿着剪刀剪去了齐溪一截发，谁知下一次会做出什么不正常的行为来。说到底不能拿齐溪的生命安全开玩笑，要想个万全之策才好。

　　齐溪看出陆江吟很苦恼，若不是今夜发生了这样的恐怖之事，她还真以为日子可以就此平静下来。连日来睡得都异常安稳，但次日醒来时总是精疲力竭，即便是一觉到天亮也是如此。每天半个时辰不到便陷入了深深的睡眠，然后就是一夜怪梦。

偶尔有几次无梦，也总是听到耳边有人在说悄悄话。那些声音细碎，叽里咕噜的就好像在说听不懂的外文，讲讲停停一夜可以反复好几次。她觉得不是梦，可那不是梦又是什么？

"江吟，我们家只有齐叔有所有房间的钥匙。"末了，齐溪忽而谈起这事。

"但我想不会是齐叔的。齐叔极为自律，从不在我面前吃烟，但他其实是个顶爱烟的人，所以身上总会有重重的烟味。若真是他来过，房内定会留下烟的气味。"

"气味？"陆江吟一怔，他忆起当时似乎真有飘过鼻尖的淡淡气味，他没有在意，到现在也只当是齐溪的清香。所以他没有细想。可分明有什么奇怪的感觉逼迫他去想，去抓住那根本抓不住的气味。

后来，没怎么说话的齐溪保持那个防御的姿势很久，时间已经不早了，再过几个时辰便要天亮，他们就要起来去上学。她想劝江吟先睡，她意识到只要自己不睡，什么妖魔鬼怪都无法靠近她。

"我守着你睡。"最后，她说了这样的话。

陆江吟望着她，又起了身走到床边，照顾她躺下后替她盖好被子，一语道破她的心思："人无法长时间保持意识清醒，你不能不睡。我在这儿，你尽管安心。"

"可……"齐溪还是有些犹豫。

陆江吟盯着她，沉沉地叹息一声："我不会对你做什么的，尽管心里十分想……"

"不听！"齐溪又拉高了被子，蒙住了自己整颗脑袋。她躲进被窝害羞地抿嘴笑，心里想着陆江吟，困意什么时候袭来都不知晓便沉沉睡去了。

陆江吟没有躺回到地铺上，他就在一边等着齐溪睡着，然后轻轻地为她拉低被子掖了掖。明明都睡着了，脸颊还红扑扑的，好像深夜盛放的鲜花，花瓣上还有晶莹剔透的朝露。

"好梦。"这个祝福他在心里说，然后背对着齐溪慢慢坐下身，倚靠着床沿对着外头越发明亮的月光祈祷，祈祷黎明快些来。

（二）

"哟，怎么刚回来就往我这里跑？是不是太想我啦？"叶超为了手头上的案子起早贪黑，忙进忙出，这才回到办公室几分钟就迎来了风尘仆仆的陆江庭。他自然是喜出望外，热情地拉开自己的椅子伺候陆江庭坐下。数日下来，恐怕今天是他笑容最好的时候了。

陆江庭沉着脸不吃他这一套，直接戳穿道："是你打电话哭着喊着求我回来就马上来找你的。"回来的行程本已安排妥当，被叶超这么无理取闹地一催，他下了飞机就急往巡捕房赶，生怕弟弟又惹出了什么麻烦。

"啊，是吗？"叶超忙得焦头烂额，回到家里就稀里糊涂的，连给陆江庭拨了电话都忘了，他殷勤地倒了杯水，诚意十足地道歉，"我不就是打个电话发发牢骚，谁料你当真了。"

"我当真？"陆江庭挑眉质问叶超，"我要不是不放心江吟，我才懒得听你发牢骚。"

叶超耸耸肩表示认输，他才不要和陆江庭吵架，本来身边朋友就不多。于是他主动坦白了陆江吟最近的二三事："你弟弟有什么好操心的？他可比你厉害多了！你知不知道你前脚刚走，他后脚就拎着行李上齐溪家住去了。"

陆江庭没想到叶超一上来就控诉自己弟弟，出于血缘关系他不由得也臊了一脸，一时间尴尬不已。顿了顿，他若无其事地交叠双手置于胸前，斜了叶超一眼，扯开了话题："之前江吟让我查了你们法医文韬的一些事，回来了也没听到什么风声，有兴趣和我详细讲一讲吗？"

提起这事叶超就头疼，他摆摆手："过去的就算了。我现在对你比较感兴趣。"后半句话锋一转又引回到陆江庭身上，他挤眉弄眼地试探，"我们这儿光有一个老覃实在是忙不过来，不知道陆大少爷能不能兼职一下巡捕房的备用法医呢？"

"滚。"陆江庭起身就准备走。

叶超抢先跑到门口张开双手拦住他，苦口婆心地劝道："你就当帮兄弟我一个忙嘛！反正你弟弟三天两头闲着没事也总往我这儿跑，我平时查案已经忙死了，还要替你照顾他。平心而论，你是不是应该为我分担点工作上的烦恼？"

"让开。"

陆江庭神情冷淡，任凭叶超胡说谄媚也不动摇。在这一点上，陆家俩兄弟的性格一目了然。一个外冷内热，一个则刚好相反。好在叶超足够了解他，知道此路不通该另寻出路。

"真不骗你。前段日子从七十三号宅子挖出了六具白骨，偏偏在这个节骨眼上文韬还出事了，老覃本来已经退休了，没办法只能请回来干活。上头命令我彻查此案。我又不会验尸，实在是黔驴技穷啊。老覃说了，这案子恐怕和十几年前的妇女失踪案有关，她们全都是被利器刺死的……"

陆江庭眉峰隆起，一只手烦躁地摁了摁太阳穴，另一只手则捂住了叶超像是机关枪一般的嘴。然后，他厌弃地拿掌心蹭了蹭叶超的外衣，问："什么时候开始？"

"马上。"

叶超高兴地拍了拍他的肩膀，两人相识这么些年，彼此多少有些了解。叶超深知陆江庭原本就想成为一名法医，无奈后来父亲身体出了些状况，他不得不接手家里的一切。所以他根本无需做太多的劝说。

从前惨痛的经历，陆江庭甚少回忆，但也从不敢忘。一直以来有意避免再度卷入其中，一面却又早早地做好了再次面对的心理准备。他原是排斥江吟一次又一次地参与调查那些案件，但其实他是无比羡慕的。牺牲自己的理想去成全弟弟可以自主掌控的人生，他不觉得有什么不对，也丝毫不觉委屈。

然而现在，兜兜转转，该走的路还是要走的。

"巡捕房验尸条件不好，暂时也没别的地方可以转移。"叶超领着陆江庭往验尸房走去，嘴里一直唠唠叨叨的，"几具白骨身份还在核实。如果不出意外的话，七十三号不知所终的屋主也在其中。"

"也就是说，你们在七十三号挖出的白骨不单单是几具女尸这么简单？"陆江庭一点就通，在叶超东一句西一句的讲述中，他大致理清了他不在时发生的种种。

叶超苦恼地承认："经过老覃的初步检验来看，先挖出来的三具女尸的死亡时间比井下更深处挖出来的其他三具尸体要来得晚。我的猜测是有人杀了七十三号一家抛掷井底，后杀了人又如法炮制。凶手将这口废井当作了受害者的坟墓。"

"你说死者身份还在核实，怎知其余三具尸体就是七十三号原来的主人？"陆江庭提出质疑，在没有得出准确的结果前，断不可就这样下结论进行推测，"七十三号发生的事没人可以说清楚，就连具体发生的时间都难以从流传的各个故事版本中推导出来。再者，那宅子荒废已久进进出出的人不在少数，你又怎么肯定知晓废井存在的仅有那凶手一人？"

一连串的提问让叶超觉得找陆江庭过来帮忙真是太对了，他一点也不觉得探长的颜面挂不住，反而兴奋地同陆江庭讲："这个恐怕还要问一问你弟弟，因为发现尸体有他一半的功劳。"

"又和他有关？"

"可不是。你弟弟保不齐天生就有这样的吸引力，能够吸引各种乱七八糟的人和事。之前一起案子中的一小白脸将遗产留给了他，结果就埋在了那口废井旁边。你说那小白脸不知情，我还真不信。"

陆江庭想反驳叶超的戏谑，但又不知从何驳起。弟弟招人喜欢是事实，从小便是这样。只不过这大了，好些人给予的"喜欢"不能同小时被人喜欢相提并论。他兀自叹气，没再询问弟弟的事，只是疑惑："那人呢？你们没有问他为何将自己的家底埋在那儿？"

"人都死了，上哪儿问去？据说还是遗传病呢，本来就活不了几年。不过他一定是知晓那口井的，不然也不会故弄玄虚弄个字谜让你弟弟猜了。"叶超叉着腰，一会儿后道，"喏，就这儿。"

陆江庭抬头看了看窄窄的门，够一人行走，够一尸体横着进。望进里面却是深深的、黑漆漆的走廊，连一盏煤油灯都不舍得点。右侧窄门边挂着的木牌子上写着"验尸房"三个红字，他还未进去就闻到了一股上学时经常能够接触到的气味，遂说："确实该让上面拨点款修整一下了。"

"拨款就算了。我这儿呢，倒是有个好主意，你家名下不是有诊所、医院吗？只要匀一间出来给我们做验尸房用就可，你看如何？"

"想得倒是挺美。"

"嘿嘿，我们好兄弟，不占你便宜还能占谁的呢？"

陆江庭怪好笑地回身望着他："为你排忧解难虽出于情谊，出于好奇心，但绝不是义务劳动。多的我也不要，就要你薪水的三分之一，你看如何？"

"欸……你说今儿个天气怎么就这么好呢，好得让我想先走一步。"叶超不看陆江庭，边说着边摸着脖子自顾自地往里走。

陆江庭就知他会如此，摇摇头笑着紧跟其后。两人一前一后进了一间白色的屋子，验尸房外表虽然破烂不堪，但其内倒是一应俱全。这会儿老覃戴着眼镜在一边伏案写报告，身边一个助手都没有，他一边检查还要一边记录。

"老覃，忙着呢？"叶超明知故问。

老覃头也不抬，闷声应答："你不看见了嘛。这上了年纪，记性大不如从前，刚刚想到什么，一拿起笔就给忘了。"

叶超一听，正中下怀，忙为他介绍了身后的陆江庭："我可是很体恤你的，特意为你找了一帮手。国外留学回来的，陆家大少爷陆江庭。"

"哦？"老覃疑惑着摘了眼镜从椅子上站起身，上上下下打量陆江庭。他似乎听过这孩子的名字，绝不是因为陆家家大业大的缘故，而是和当时自己经手的案子有关。

他一时没有想起，便也欣然接受这样的安排，对陆江庭道："最近可是会很辛苦的，你可不准半途而废哦。"

"不会。"陆江庭微笑着回答，继而扫了眼解剖台面上的一具白骨，以及另一张靠着西墙的桌子上的证物，立马进入了法医的角色中，"我来帮您。"

老覃干脆放下笔，笑吟吟说："嗯，感觉踏实多了。"

叶超一看事情妥了，就离开了验尸房，就着手头上现有的资料去到处询问失踪妇女的身份。

"头儿，我们已经张贴了很多认尸的单子，也联系了报社刊登新闻。我想总比我们一家家跑要来得强，毕竟都是十几年前失踪的人，有没有存档都不知道。"

手下过来同他汇报案子的任务完成情况，叶超听后只是点点头。从女尸身上发现的首饰可以说明一个问题，凶手并非为了钱财。他杀了这么多女人，手段残忍，难道是仇视女性？可他杀的又都是有钱人，这样一来，这个凶手岂不是既仇视女性又有仇富心理？

"我们这儿之前不是抓过一个惯偷叫程岂言，人送绰号'包打听'吗？"叶超猛然间想起这号人物，"给我去把他找来，我有事要问他。"

"明白！"

手下接到任务后就出发了，叶超坐在办公桌前独自思考了半天，拉开正中间的大抽屉，从中翻出了小一母亲张珍的照片。不管何时，这张现场照片看起来仍旧触目惊心。

"江庭母亲叶闻韵的案子和她们的若是同一起，那为何处理叶闻韵的方式这么不一样？还有，张珍可是住在桥洞、贫民窟的穷人，不符合凶手之前选择的杀人对象啊。这怎么回事，难道张珍和叶闻韵是独立于其他三件之外的案子吗？可明明被害的手段是一致的啊。"叶超惆怅地摸摸下巴，盯着没有感情色彩的黑白照片，思绪被拉出去很远很远，他半天没能想明白张珍案、江庭母亲案和三具女尸之间是否真的存在统一性，正准备将照片放下时，突然想到，"张珍是在四月十二号深夜到次日凌晨那段时间遇害的，我记得叶闻韵遇害的时间也差不多是在阴历三月份左右，莫非……"

他立刻旋开黑色钢笔的笔帽，在记事本上写下了"暮春"二字，还画了好几圈，一层层加重的墨水使得"暮春"就像是深埋一潭黑水中的秘密匣子。此刻，叶超正翻搅着这一潭黑水，欲掀起风浪。

栽种在道路两边的大树枝叶茂盛，这大片的树荫正好给人们提供了乘凉的地儿。

"这天越来越热啦，一点风也没有。"李爱瑶用左手拭去了额角的汗水，不满地向齐溪抱怨，"早知道就不出来啦。热得我右手都有些痒了，还挠不到。"

李爱瑶出院后，才在家休息几天便耐不住寂寞，不管家人反对硬是回到学校上课，左手没办法写字，笔记也都是借齐溪的。午后，她又拉着齐溪在外面瞎逛，怎料外头竟如此晒。

这会儿齐溪和她正站在卖糖食的小商铺边上，听着她发牢骚。

"买完糕点我们就回去。"齐溪挑了些自己和爱瑶爱吃的甜点之后也为陆江吟挑了一些，挑来挑去又想拿回学校被其他同学看见又要遭嫌话，索性给谢罗华、方浩淼、许景明和周毅也一并买了。

李爱瑶见她给钱后接过来好几袋的东西，惊讶地问："你是把这周要吃的都买了吗？"

"哎呀，不是。"齐溪尴尬地笑着摆手，余光一瞥时忽见爱瑶身后有个鬼鬼祟祟的人。她可能是因为从小有过被跟踪的经历，对这类事情尤为敏感。她总觉得从她们逛街开始，就有人一直尾随着。

"哦，我知道了。"李爱瑶对齐溪的所见毫无察觉，笑嘻嘻地开玩笑，"肯定是买给陆江吟的，也不知他给你灌了什么迷汤，让你对他这么死心塌地。"

李爱瑶絮絮叨叨地说着，可齐溪一点也没听进她的话。因为她总算在小心翼翼的目光中看明白了那人究竟在做什么。

李爱瑶转了下身，准备和齐溪跨出门槛。

"站住！"齐溪突然向前一步，大喝一声。吓得李爱瑶以为她在呵斥自己呢，连忙往她身边一站，朝着同一个方向望过去，只见她死命抓住一个穿戴整齐的陌生老头的手。店里所有人都看着她们，不知发生了何事。

"小姑娘，你有事吗？"老头看起来面目慈祥，可眼神里却流露着狡黠的意味。他打量着齐溪，这弱不禁风的小姐，他只要轻轻一甩就能甩开她，但他没有这么做。

"你……您怎么能这么为老不尊呢？"齐溪瞧见他背影的时候还以为是个年轻力壮的青年，没想却是个和齐叔一般年纪的人。于是，她下意识地用起了尊称。

老头乐呵呵道："我怎么了？年纪大了不能上这儿来买糖食？还是年纪大了牙口不好就不准吃糖食？你倒是说说我怎么个为老不尊啊？"

李爱瑶也一脸莫名其妙，站在齐溪身后承受着各路人投来的新奇目光，她既不自在又恐齐溪得罪人受到伤害，遂催齐溪不要管了，赶紧走吧。

　　"他偷了你的钱袋。"齐溪回过脸同李爱瑶说，"我亲眼看见的，他跟着我们进来，什么也不买，只管在我们周围徘徊。就在刚刚他顺走了你的钱袋，我才确定他就是个小偷。"

　　说出这话，李爱瑶、店员和其他客人都惊呆了。这光天化日的竟然做出这样的事来，客人们纷纷要求店员立刻打电话叫警察。几个青年上来说要将其送到警察局。场面一时间闹哄哄的，齐溪也有些无法应对。

　　"口口声声说我偷了人家的钱包，你有证据吗？那我还看见你偷东西了，那我是不是也可以说你是小偷啊？我这么一把老骨头，你还冤枉我。"

　　齐溪一听愣了神，怎么还倒打一耙呢？她见他上了年纪，不愿说重话，只道："我不和你吵，等警察来了搜一搜就知道。"

　　"我的钱包真不见了。"李爱瑶后知后觉地翻了翻自己拎着的袋子，于是立马同仇敌忾起来，拧着眉头同老头说，"您这样可真不对了，这可是我这星期的零花钱。您都偷走了，我用什么呀？"

　　"你还可以再问父母要嘛。"老头无心地搭了一句腔，说完立马捂了嘴。

　　齐溪心知肚明，劝道："你把钱包还给我朋友，我们就让你走。"

　　"他可走不了。"

　　这时候，叶超的声音响起，他一眼就扫到了程岂言的身上，然后才注意到一旁站着的齐溪和李爱瑶，顿时脑袋都大了。

"巡捕房的探长来了，可由不得你不承认啦！"周围的客人和店员在一旁叽叽喳喳地说道。

叶超让下属散了这些人，自个儿走近他们，一对上齐溪眨巴眨巴惊讶又惊喜的眼睛，瞬间没辙。骂人的话都已经在舌尖上了，硬生生给忍了下来。

真可谓是不是冤家不聚头，程岂言见叶超来得如此及时，怕本就有事找自己，随即从怀里掏出钱包若无其事地抛给了齐溪，说话声儿还是那么嚣张："现在可以松开我了。"

齐溪将钱包还给了李爱瑶，想着叶探长在这儿应该出不了什么乱子，便放开了程岂言，然后好奇地问他："你是故意打扮成这个样子的吧。"

"嚯，小丫头有点眼力见。"程岂言回身朝齐溪竖起了大拇指，忍不住夸赞，"还以为只是中看不中用的花瓶呢，没想到还有两下子。"

叶超听完就打了他后脑勺一下，直接把他戴头上的白色假发给打飞了。叶超双手叉腰，懒得和程岂言废话："快把胡子摘了，身板给我挺直，跟我回巡捕房。"

"又要跟你回去啊？我这不是没偷成嘛！"程岂言无奈地撕下假胡子，粗粗地抹了一把脸，露出了二十几岁的年轻男人模样。

他单手晃着那撇胡子得意地冲齐溪说："好玩吧？你要不要试试？"

"不要！"齐溪嫌弃地一把推开他的手，紧紧地和李爱瑶挨在一起。她的不高兴反而引得他大笑，真是个厚脸皮的家伙。

叶超脾气上来，使劲拽了他一把将他甩向门口："偷东西也就算了，现在还学会戏弄女孩子了。真该关你进去蹲几天。"

"叶探长，您这话就不对了。我们盗亦有道，做事也是讲原则的，我可不会戏弄女孩子。"程岂言笑得很灿烂，完全不惧怕叶超半分。

叶超又推了他一把，没好气地质问："没戏弄她？那你刚刚在做什么？"

"偷她的心啊。"

"滚去死！"

最后，叶超气愤地从背后狠踹了他一脚，看着他滑稽摔倒在地才作罢。

这程岂言油嘴滑舌，真是不知死活，幸好陆江吟这会儿不在。他这么不安地想着，然后回头询问齐溪："送你们回学校还是……哦，对了，陆江庭回来了，现在在我那儿呢。"

齐溪莞尔一笑："我都不知道江庭哥哥今天回来呢。"

"别说你不知道，陆江吟那小子也不知道。江庭是被我骗过来帮忙的，你知道巡捕房少了个法医……咳，所以我急需个人手。"

齐溪望了李爱瑶一眼，握了握她的手。李爱瑶也抿嘴笑着回握住齐溪的手，她知道齐溪在安慰她。事情已翻篇，今后无意中也会被一次次提起，所有人都应该淡然处之，她更应该习惯。

"喂，要么你也一起去巡捕房吧。你还有东西在我手上呢，不来可不还你哦。"程岂言被押进了车内还探出车窗同齐溪喊话，一脸阳光无害的笑容。

叶超真是烦透了，这小浑蛋还撩起人来了，简直无法无天。他不管不顾地将其脑袋摁回车内，然后对齐溪讲："你别理他，这小畜生满嘴胡话。不过你要是没事，倒是可以来一趟，我正好有事问你。"

"好。"齐溪想来应是什么重要的事情便答应了，"爱瑶，你也一起去吧。"

李爱瑶当即摆手拒绝："我不去。你早去早回，我在学校等你。"等到齐溪一步三回头地上了叶超的车，几个人乘车离开之后，她忽然露出了"坏心眼"的笑意，嘴里嘀咕着，"我要去了谁给陆江吟通风报信啊。"

（三）

过午的天分外晴朗，而验尸房却一片死寂，哪怕里头有两个大活人忙碌着。

"都整理好了？"老覃手头上的活才完成三分之一，他见陆江庭一丝不苟地整理挖出来的证物，有条不紊地做了归类，带着一脸赞许走近。

陆江庭注视着桌面上单独放出来的佩玉出神，这块成色一般而且相当老旧的佩玉和其他首饰显得格格不入，穿过衍玉上方小孔的绳子已经被岁月掩埋得辨不出原本的颜色，经过小心处理之后才知应是一条用以系挂在腰间的简单的红绳。古时女子一般不佩玉，到了如今更不会无端搭配。

"这佩玉不是她们的。"陆江庭喃喃自语，没注意老覃站在身后。他自顾自地打量这玩意，井下一共挖出来五具女尸，这佩玉是随着表层的三具女尸一起被发现的，也就是说它不可能是最底下那具男尸的。

老覃见他眉头紧锁，好奇地问："查到什么，说来听听。"

"哦，只是猜测。"陆江庭听声回头望着老覃，举起手中的佩玉，"这明显是男人佩在腰间用的，且佩玉男子尊崇'君子无故，玉不去身'的说法，因此也不会拿来送人。排除是死者的随身物，那么这东西就有可能是凶手的。还有，凶手一定非常了解七十三号的情况，不然也不会知道那口废井的存在。像我们这个年纪的人对七十三号只有畏惧，根本不存在了解。因此如果这推测为真，凶手应该是个因循守旧、作风老派、传统且有了一定岁数的人，大概和您差不多的年纪，或者比您还要大上几岁。"

老覃连连点头，随后接过佩玉用放大镜看了看："这佩玉的雕琢很常见，十几二十年前的事挨家挨户去问怕也是问不出个结果。像我这般年纪大小，一只脚都踏进棺材里了，这凶手死了也说不准。"

"若是真死了倒也好。"陆江庭冷冰冰地答。

老覃将佩玉放回原处，听得陆江庭说话的声气猛然间拍了拍脑袋，恍然大悟道："哎呀！我说你这孩子看着怎么那么眼熟呢！"

陆江庭讶异地望着老覃，看着他拉开一个个抽屉寻找，不由自主地站起身。

末了，老覃拿过来一份发黄的文件资料，这还是他自己特意存放好的，不然早就没了。

"你母亲的尸体是我验的。我那时也是个半吊子，因着祖上有人是仵作，我又正好学医，抽空自学了下就被喊去给官府验尸了。你母亲的案子算是我经手的第一个真正的案子，也是我见过最残忍的凶杀案……"老覃说着说着不由得叹了口气，时隔多年旧案重提，还搭档了死者的孩子，心情多少有些复杂，"你母亲几乎就是被乱刀捅死的，那杀人手法看起来根本就像是有极深的私人恩怨。但按照这条线查几乎什么也没查到，久而久之案子就被搁置了。"

手心上摊开的案卷资料散发着一股幽幽的霉气，纸张翻动间气味流动更甚，一幅幅血腥的画面涌入脑海中。到了如今，陆江庭依然不相信有人会憎恨自己善良的母亲，非要将她置于死地。

见过尸体的人都深知凶手手段残忍，可只有他和江吟想过，当时孤身一人的母亲在面对凶手时害怕无助的心情。他甚至能想象漆黑无人的深巷中，母亲被逼到绝境，不管如何低声下气，如何痛哭流涕，凶手都不肯放过她，那冰冷的利器插进温热的身体中，一刀又一刀。

或许杀人者的目的本就不是为取人性命，而是想看着她们高贵的头颅卑微地臣服于他人之下的快感。凶手到底是憎恨有钱女人，还是憎恨喜爱金钱的女人？若是这样分析，凶手莫不是底层无法实现抱负又时常遭女人唾弃之人？

"说不通啊。"陆江庭在悲愤之中忽而理智非常，连他自己都无法解释这突然的镇定。或许他是真的太想知道真相，太想还母亲一个公道了。

他脸色严肃地拉过老覃："按照现有的证据来看，七十三号不可能是第一凶案现场。那么，凶手杀了人又要弃尸必然需要交通工具……"

老覃没有自然地接过他的话，而是冷静地分析："现阶段来看，你母亲的案子和这三具女尸应该同属一件案子。四人死因一致，除去处理你母亲尸体的方式不一样之外，其他都吻合。而这样长时间作案还不被发现，要么凶手是个极为聪明的人，要么就是我们太蠢。"

"至少他是极端狡猾的。他如果不是上流社会的人，那么他在接触这些贵妇时必然会伪装成富绅引她们上当。他杀人需要搬运尸体的汽车也有可能是偷来的，但丢失一辆汽车不可能不被人发现，而他一直没被发现是否证明他自己本身就有车？"

"要是这么说，那这块佩玉又是什么情况？凶手的经济状况在这个案子中呈现出了一个相当矛盾的状态啊。"老覃再一次拿起那块佩玉，半天也想不出一个由头来。

陆江庭也深感不解，目前的一切都让他认定凶手驾着车四处寻找阔太太，一旦锁定目标就诱其上当然后残忍杀之，之后弃尸于七十三号宅子。凶手捅死一个手无缚鸡之力的女人很容易，可他连捅数十刀，这不光是难易的问题，还相当耗力气。

他不禁怀疑，凶手在杀完人之后是否还有多余的精力去完成抛尸这个动作。在陆江庭看来，持续不间断地重复一个行为足够发泄某一种情绪，但发泄完了之后呢，凶手杀人的热情是不是也会消失殆尽？

"会不会不止一个凶手？"陆江庭抬眸的瞬间提出了这样的疑问，很多线索指明凶案存在很多矛盾性，而这样的矛盾性不可能存在于一人身上，他停顿半晌后又问，"之前有个流浪儿母亲被杀的案子，您知道吗？"

老覃摆手："我是通过报纸知道的。那时候我已经退休了，那个案子应该是文韬负责的。"他简单地解释一句后，又立刻转身去找来了那案子的详细报告，对陆江庭说，"如果我们想的是一样的话，那么所知凶手犯案就有五起。最近的就是她。"

陆江庭之前只知这案子的存在，并不清楚详细内容。那时他还不想参与其中，也不想自己的弟弟过分插手。彼一时此一时，现在连他都开始正儿八经地干起了法医的活。

老覃和陆江庭才合作没一会儿就收获颇丰，他们趁热打铁认真梳理，希望能给叶超提供更多更有力的调查方向和线索。

"江庭哥哥！"

陆江庭闻声抬眼望去，见到几日不见的齐溪时不自觉地露了一脸微笑，先前沉重烦闷的模样完全不见了踪影。

"你怎么来了？"陆江庭一边欣喜地问，一边迎上前。

齐溪也迈着步子往里走，刚想解释，一晃眼就看见了那台面上摆着的人骨，她哪里见过这样的瘆人场面，顿时吓得扭头大叫："妈呀！好多骨头！人的骨头！"

"看吧叶探长，我就说我偷到她的心了。"程岂言朝身侧的叶超得意扬扬地说，又努努嘴示意他看差点扑到自己怀里、现在正扯着他的衣服挡脸的齐溪，"你瞧瞧，投怀送抱可还行？"

叶超嗤之以鼻，伸手过去贴在齐溪的前额上，然后将齐溪推到陆江庭身边让对方扶住。他扫了眼双手被手铐禁锢着的程岂言，冷淡地说："你别自作多情。"

"看见漂亮姑娘自作多情不是情理之中的事吗？"程岂言一点也不在意，"她刚刚扑过来的时候我就想，她要是让我去摘星星我都给她摘去。"

陆江庭看了眼穿得奇奇怪怪、行为举止也不怎么规矩的程岂言，没有多说什么，还是浅笑着望着齐溪，询问她的近况。

"叶探长，那看起来一表人才的男人是她的什么人？"程岂言眯着眼睛打量着面对齐溪时温温柔柔的陆江庭，好奇地问叶超。

"你别管是谁。"叶超才懒得和程岂言这个外人多费口舌，他拽着程岂言上前，然后同老覃道，"这家伙一天不偷东西就会死，家里祖祖辈辈都是小偷。我想他所知信息量应该很大，所以带过来问问，看看能不能对案件有所帮助。"

"什么祖祖辈辈都是小偷，我们家也是书香门第好吗？"程岂言不满地抗议，干起小偷的勾当纯属意外，也是生活所迫，谁有个一技之长会出来偷窃啊。

老覃倒是觉得怪好笑的，这叶超查案就是有趣，黑白两道能用之人他就放开了用。这惯偷看起来年轻，但就是长了一张聪明相，没准真能问出点什么。他这么想着就同叶超说："刚刚我们一致认为凶手一共犯了五起案子，张珍的案子是最近的。"

"我也是这么想，觉得要将叶闻韵、张珍以及这三具白骨联系到一起。"叶超说话间又看了眼还在和齐溪热聊的陆江庭，小声问老覃，"你和他提了叶闻韵的案子？"

老覃点点头："怎么能不提？你带他进来时我觉得他面熟，后来才想起来我去验尸的时候见过他，那个时候才是个十几岁的孩子。不过他表现得很镇定，而且还分析出了关于凶手的一些可能性。"

于是，老覃就将他和陆江庭讨论出来的线索提供给了叶超。

"叶超，你带齐溪来巡捕房做什么？还带她来这种……"
门外，陆江吟着急生气的骂声传了进来，所有人都将目光集中
到了他的身上。

陆江吟一见其中除了齐溪之外还有他意想不到的人，忙
敛起愠色，识相地往后退了半步皮笑肉不笑道："哥，你回来
了？什么时候回来的？你看起来好像很忙，没什么事的话……
齐溪你出来，我们回去。"

"江吟你来得正好呢。"齐溪还未读懂陆江吟突然的胆
怯，惊喜地走上前对他说，"江庭哥哥今天刚到，被叶探长骗
来当苦力啦。喏，就是在验七十三号挖出来的那几具白骨。"

七十三号那几具白骨？陆江吟虽然下过决心不再任性调查
案件，但近在咫尺的信息让他无法忽略。他凝眉握住齐溪的手
往里走，恍惚间忘了自己害怕大哥回来的事实，也无视了大哥
突然之间成了法医的事实。

他走向陆江庭，开门见山地问："和母亲的死有关吗？"

"是。"陆江庭答。

此时的兄弟俩早已学会了面对母亲死亡的事实，他们的平
静来自于内心对真相的渴望。

"我手帕去哪儿了？"

一边安静的齐溪看到了陆江吟急着来找她而布满额头的涔
涔汗水。想为他擦擦，可单手摸兜的时候帕子却不翼而飞了，
她不知帕子会丢在哪里，疑惑半晌却也没有说出口。

"咦？这东西我好像见过。"程岂言没有闲着，探头探脑
地看着清理出来的东西，有几样首饰还真不错，可以卖不少钱

呢。但在巡捕房他不好下手，正可惜着呢，视线落到了一块佩玉上。

他纳闷地拿起来看了半天："我真见过，在哪儿呢？"

"你见过？"陆江庭深感怀疑，按照他们的推算，这东西应该十几年前就落入井中。程岂言的年纪应该和他相仿，而十几年前应该还是个孩子，怎么会见过？

程岂言左看看右看看，忽而冲着齐溪调笑道："你亲我一口没准就想起来了。"

"亲你大爷！"

齐溪还没骂人呢，陆江吟和叶超就不约而同地抬脚狠踹了程岂言一下。程岂言一个猝不及防当场就跪下了，膝盖痛得仿佛碎了一般。程岂言投降道："各位大爷，我想起来想起来……"

"想起来就快点说！"叶超这个暴脾气就差没把程岂言揪起来凑一顿了，与此同时他又非常欣慰，没想到自己和陆江吟还有同仇敌忾的时候。

程岂言撑着桌面自己站起来，说："好多年前的事情了，十年前还是什么时候，我年纪还小呢。从别人家偷了一小袋米，回来的路上撞到了人，幸好米没撒。"

"说重点！说米干什么？"

"马上就说到了，你急什么？"程岂言让叶超少安毋躁，自己继续慢条斯理地往下讲，"撞到人也不道歉，总之那人没有理我，感觉很匆忙的样子。那个时候我听到了他腰间佩玉撞击的声音，很清脆。我就看了眼，以当时的视角能将那佩玉看得一清二楚，就和这块一模一样。"

这时，齐溪凑近陆江吟小声说道："我好像也见过这佩玉。"

"我也有这样的感觉。"陆江吟听齐溪一说自己也困惑了起来。

陆江庭将全部注意力放在程岂言所讲述的事情经过上，他道："具体什么时候？这佩玉普通得很，你为何就记得如此清楚？"

程岂言明朗一笑："这佩玉对你们来说很普通，对我来说也算是值钱的东西。不过我家那会儿的祖训就是一天不准偷三次，所谓事不过三，所以我没下手。只是当时还发生了另外一件事情，离我撞到那人不远处有个女人被刺伤了，流了很多血，死没死我就不知道了。"

"当时是几月份？"这事霎时引起了陆江吟的注意，他警觉地问，"天气是冷是热？"

"不热但也不怎么冷，大约是三四月的时候。"

陆江吟一步上前，用着令人匪夷所思的口气向程岂言证实事发的地点是否就是他所知的某处。程岂言也略感震惊，反问他是如何知道的。

"那地方常年住着老头老太太，现在都没多少人在了。"程岂言直言，"你一个阔少爷，没事不应该往那么偏僻的地方跑啊。"

陆江吟没有回答他，转头问叶超："你们现在确认的案件有几起？"

"五起。"

"算上我母亲的吗？"

"嗯。"

其余人不明白陆江吟陡然间的沉默，唯有齐溪似乎参透了一点点。她的反应始终没有陆江吟来得快，记性也没有他那般好，等到她模模糊糊想起一些来时，陆江吟已经将答案说出来了。

"是六起。"

"有一个生还者。"

（四）

"谢罗华的母亲汪小玲？"叶超对陆江吟给出的生还者名单感到极为震惊，他无语地掰着指头算给陆江吟看，"你还有多少同学，我琢磨琢磨这一年的案子够不够他们瞎掺和的。"

陆江吟一把摁下他乱数的指头，没好气道："没人愿意掺和进这种事情中来。"之前听谢母讲起这事时，他就怀疑过，显然他最初的怀疑过于肤浅，他怎么也不会把谢母的大难不死联系到如此凶残的案件上去。

"事不宜迟，赶紧去找汪小玲了解下当年的情况，顺便催催你的手下尽快核实死者身份。"老覃一股脑地将叶超预备说出口的话全数抢先说了。

叶超顿时面上挂不住，推了老覃一把，面带微笑却咬牙切齿地说："你一个验尸的抢我台词干什么？"

"我这不是怕你累着替你分担点吗？"老覃说完之后推了推鼻梁上的眼镜，镇定自若地回到案边研究尸骨和证物，顺便招呼陆江庭也过来继续。

没想到案件竟还能找出一个幸存者，陆江庭有一瞬间希望那位幸存者是自己母亲，可那一瞬间的希望不过是一场空想。他不由得沉沉叹气，看了眼神色同自己一般凝重的江吟，遂打起精神叮嘱弟弟："晚些家里见。"

"哥。"陆江吟起先没料到大哥会在这个时候回来，本想留在齐宅解决齐溪的事情之后再做打算，现在听大哥这么说，心中自然开始盘算。

"别找借口，你不怕惹人嫌话，可齐溪不行。"

陆江吟眉头微蹙，埋怨起了不靠谱的叶超。但凡大哥在场，叶超总能不假思索地将他出卖，不讲义气到令人发指。

一直袖手旁观的叶超感受到陆江吟无声的指责和咒骂，心虚地冲他一挥手："走吧，查案去。让你做你最喜欢的事情，解解气。"

齐溪听得出也看得出陆江庭对江吟擅自住进她家的行为有些许的不悦，心里酝酿着要为江吟辩解几句。于是她一半羡慕一半真诚道："你们这样真好，不管吵闹几次还是能保持理智继续合作，我都嫉妒了。"

"这年头怪事可真多，大男人吵架你也嫉妒？"叶超没好气地瞥了眼陆江吟，听不得齐溪说这么肉麻的话，"日后你们结婚了还怕没架吵吗？嫉妒这个？"

陆江吟听到"结婚"二字时，他立马伸手捂住了齐溪的耳朵。他注视着她有丝慌乱的眼睛，轻声道："别听他胡说。"

"我真是看不下去，你们两个不腻歪会死是不是？"叶超单手捂眼转身，还不忘拖走程岂言，"我们上外面凉快去。"

程岂言挣扎半天无果，妥协道："外面哪里比得上都是死人的验尸房来得凉快？"

"闭上你的嘴。"

周围聒噪的声音随着叶超和程岂言的离开而消失，陆江吟也松开了齐溪，转而看向背对着自己忙碌的陆江庭说："哥，齐溪就先交给你了。"

陆江庭微微点头答应，随即望向齐溪，询问她是否现在就要送她回家。齐溪摇头说想在这儿多留片刻，陆江庭便也没有说什么。

"晚点再来找你。"陆江吟走前不忘交代一句。

齐溪喊住了他，望着他的目光清亮磊落："叶探长刚刚哪里胡说了？"

陆江吟定定地看着她，直接又肯定道："我们不会吵架。"说完后，他自己也低头笑了笑，并再次叮嘱齐溪早些回家，不要忘了等他。

直到陆江吟的背影消失在门口，齐溪都抿着嘴笑。那种浑身洋溢着幸福的气息让她整个人都看起来轻盈不少。

陆江庭见齐溪这样都想上前调侃几句，但生怕齐溪脸皮薄，只好忍住。他环顾四周也只有一张椅子，便招呼她过来休息一下。

"有事要问我？"陆江庭直截了当地问。

齐溪一本正经地点点头，问："江庭哥哥，你觉得这世上存在能控制梦境或者能够让梦境变得真实无比的药吗？或者不是药而是别的什么，有没有这种可能。"

"怎么问起这个？最近睡眠不好？"

"嗯，总能梦见很多奇奇怪怪的事情。"齐溪有些苦恼，顿了顿又笑着问，"因为总得不到解答，而费解的事情又层出不穷。有时真佩服江吟有勇气去解决一个个难题。"

陆江庭终于克制不住低笑："江吟要是知道你如此挂念他，怕是晚上做梦都要笑醒。"

"不是……"齐溪害羞否认，"只是不想总让你们为我操心，我也想学着解决问题，一味地害怕和逃避反倒使得制造恐慌的人变本加厉，不是吗？"

陆江庭看了下腕表，认可她的说法，与此同时也提醒她："有勇气面对是好事，但也要量力而行。夜间多梦其实和身体健康也有关系，平时要照顾好自己。若实在难以入睡，可以点些熏香助眠，能够缓解你白日的疲劳。你可以试试。"

"熏香？"齐溪嘟囔了一句，并没有考虑陆江庭给出的建议，独自低头沉默地细想了一番后，便要先回家了。

陆江庭放下手中的活说要送她却被拒，她摆手开朗道："时间还早我自己能回去，陆法医加油！"

陆江庭被她突然的打气逗笑："回去路上注意安全。"

待到齐溪也离开之后，老覃挑起一道眉不住地将陆江庭打量，半晌后说："别怪我多嘴，我看你也挺喜欢这小姑娘的。"

"也？"陆江庭怪好笑地反问。

"你弟弟看她的眼神，你没看出来？"老覃平时不是这么多事的人，但不知怎的对他们几人之间的"纠葛"产生了兴趣，"这兄弟俩为了一个女人反目成仇的事多了去了。"

"您说哪里去了。齐溪是我疼爱的妹妹，江吟又是我的亲弟弟。两兄弟若是真的反目成仇，也不该是女人的错。女人是理应被爱、被照顾的，而不是男人推卸责任的借口。"

老覃本想开个玩笑，没想被教育了一番，只能悻悻然地转回头继续研究尸骨。他虽自讨没趣，却被说服得哑口无言。年过半百从未真正考虑过现今男人和女人在社会上的地位问题，眼下这几个枉死的女人是否就死在了不平等的刀刃之下？他不知，但从这一刻起带着对社会的认知重新去考量案子的性质。

"头儿！头儿！"警员粗声粗气地喊着跑进来，原以为叶超还在这儿，定睛一瞧发现只有老覃和陆江庭两人，遂纳闷地问，"探长去哪儿了？"

"查案去了。"老覃瞟了他一眼，盯着他手里的东西问，"你拿的什么？"

"刚刚粗略整理的死者信息，还不全。不过外头有人看了报纸过来认尸，您看能不能安排一下？"

"带他进来。"

没想到认尸的人这么快就来了，陆江庭和老覃交换了下眼神，两人的精神都为之一振。

晴空下，叶超正驾着车行驶在马路上，先前开错了方向浪费了点时间，这不几个人还在路上折腾。而车内，陆江吟忽然伸手向旁边的程岂言冷冷道："给我。"

"什么东西就给你？"程岂言立马侧了侧身子表示拒绝，"我这手铐还戴着呢，你怀疑我偷你东西？"

"是不是我的都一样。"

"什么一样？"程岂言说前半句的时候还没反应过来，说到后半句便明白陆江吟在问他要什么，故而三分捉弄，七分挑衅道，"偷心偷不得，随身物偷一件也算是我的本事。"

陆江吟看了他一眼道："拿来。"

"不拿！"程岂言不屑地转头，又故作聪明道，"你别是也得不到她的心，想和我一样强占她的随身物吧？"

陆江吟才懒得和他废话，左手伸过去就扯住了手铐的链子，然后提起他的双手高举过了头顶，轻易地就从他怀中找回了齐溪的手帕。陆江吟盯着呆若木鸡的程岂言一字一句道："都是我的。"

仅仅是波澜不惊的四个字惊得程岂言浑身起了鸡皮疙瘩，他挣了挣双手投降道："行行行，都是你的，不和你抢。可以松开我了吗，勒得疼。"

拿回手帕的陆江吟这才罢手，细心地将手帕叠放揣进兜里，然后不再同程岂言说一句话。程岂言也是冤，手帕是真不值钱，只是姑娘的气息诱人而已。他是真没见过不施粉黛也美丽夺目的女人，见到齐溪就呆住了。

"你说真有这么巧的事？汪小玲遇上的要真是同一个凶手，没道理那么幸运只挨了一刀就被人救起。按照你的说法，那敲门声也很可疑，甚至不确定是不是真的，更何况你还说当时的老人家是睡梦中被惊醒的。"

直视前方道路开车的叶超冷不丁又提起了案中的疑点，时间过去这么久，当时的证人能不能找到还未知，即便找到了能不能记起也还是个问题。

陆江吟沉思片刻，说出了当时自己对齐溪说的某种可能性："我怀疑有人打乱或者阻止了凶手的行凶行为，因此罗华母亲才得以捡回一条命。但不排除凶手本身出现什么问题不得已放弃杀戮，我还无法肯定。"

"我发表下愚见。"程岂言见缝插针地发言，"那晚要真有人想救那女的，何必多此一举吵醒睡觉的老头，自己干脆送她上医院不就成了？老头多大的力气，你们说是不是？再者我撞见的那个戴佩玉的男人绝对可疑啊，我当时怎么说也还算是个孩子，他撞了我也不扶一把就急着走，肯定是怕被我见着样貌揭发他啊！按我说，有那块佩玉的人就是凶手！要么是同伙！"

　　集体分析案情时的氛围不分你我，连程岂言都觉得自己被熏陶成了一个学富五车的知识分子，甚至都兴奋地错以为自己是他们的伙伴呢。

　　陆江吟看了眼兴致勃勃发表见解的程岂言说："你所说的第一点确实值得怀疑。按照当时罗华母亲受伤的情况，单独一人若无法将她救起，又真心想救她必然会先大声呼救。当时正值暮春时间并不算太晚，虽然周围大都住着老人，但不会那么巧都在睡觉，比起认准一户人家敲门得到的回应更多。其次，你说到同伙，那么我再问你，那晚你除了见到佩玉男子还有遇见其他人吗？"

　　"这……"程岂言认真地思考了一下，发现进入那条巷子之后只和佩玉男有所接触，也就是说，如果真有同伙，那么除了佩玉男还有一人去哪儿了，"就算我没见过其他人，同伙也有可能兵分两路逃跑啊。"

　　"是，所以存在很多可能性。如果敲门的人和行凶的并非是同一人，那么他们两者也一定认识。否则求救人何以让凶残的凶手停止杀戮？相反，若是同一人，那凶手的很多行为就形成前后矛盾。比如他为什么刺了罗华母亲一刀就收手了？凶手一开始分明就是想掩饰罪行，毁尸灭迹，又为何杀了其他人将她们的尸首弃之七十三号，而独独将我的母亲整理好送到家门口？也难以解释将小一母亲张珍曝尸街头的行为。"

　　陆江吟提出的案件疑点太多，死者之间互相联系却又存在种种不合理之处。在程岂言说出同伙之后，他反倒觉得凶手是两人的可能性很高。一个杀人不眨眼，一个负责善后，倒是合情合理。

"又是暮春……"

叶超仔细聆听了陆江吟对案子的见解，却暗暗嘀咕起心中另一个疑问。

程岂言也若有所思，他主动请缨道："正经查案呢我就不插手了，但你们提到的七十三号的事情我可以去打听打听。我爷爷怎么说也是正经文人，我记得小时候翻过他写的一本旧闻，里面记载着各种传闻，七十三号肯定也在其中。凶手选择在那里抛尸也有些奇怪啊，没准七十三号主人失踪的事情和他也有关呢！不过真有关联的话，那凶手年纪岂不是很大了？"

"这个思路值得一试。"叶超口头应允了程岂言，似乎也间接地接纳了对方参与协助查案的事实，他想了想后提醒，"为百姓做事不求回报，你懂的吧？"

"什么？这个时候你还和我讲钱？"程岂言仿佛受了什么奇耻大辱，悲愤地一拍自己的大腿，抬起头时又换了谄媚的笑，"管饭吗？"

"陆家小少爷在这里你还怕饿肚子？你的饭归他管了。"叶超厚着脸皮做了甩手掌柜。

陆江吟随意道："我每天都回家吃饭，你要不怕被我哥和我爸打断腿你就进门来。"

"算了算了，为了顿饭搞成残废我还不至于。"程岂言没辙地哼哼两声，眉毛一挑坏主意又上了心头，"我上那姑娘家吃去！她一看就是菩萨心肠，断不会哄我走的。"

"她是做不出那样的事，但我会。"

陆江吟急速冷却下来的神色吓得程岂言一哆嗦，但是仍死鸭子嘴硬道："我就招惹她了，你能拿我怎样？"

"会让你在律法允许的范围内生不如死。"

（五）

此时，车子停在了窄巷外，他们需下车步行才能到谢罗华家门口。

"江吟，你怎么来了？不是去找齐溪了吗？"

未见其人先闻其声，陆江吟转身就看到了刚回家来的谢罗华，以及他身后那位无处躲藏的李爱瑶。陆江吟甚少主动过问朋友的私事，眼见如此，不必问也心中有数。

"怎么叶探长也来了？齐溪呢？"谢罗华一味地喜出望外，甚至都没有发现李爱瑶躲闪的眼神。他热情地上前招呼，可转念一想又忌讳道，"别不是发生了什么案子来找我吧？我可经不起折腾，话说前头，我是死也不会再去七十三号的。"

"有道是好的不灵坏的灵。"叶超使坏地拍了拍谢罗华的肩膀，故意吓唬他，"上次你们在七十三号挖出了几具白骨，现在不翼而飞了！"

"我的妈呀！"

这一吓直接让谢罗华和李爱瑶两个人抱在了一起。

叶超被胆小的谢罗华和李爱瑶逗得捧腹大笑，他还得意扬扬地回身观察陆江吟和程岂言的反应，怎料两个人都不约而同地露出了鄙夷的神色。他一下没了兴致，只好悻悻然作罢。

"多大的人了还信鬼神这一套，学都白上了。"叶超轻打了他的脑袋一下，亲自说明，"有案子需要找你母亲问一问。她几点下工，或者说节约点时间，你带我们去找她。"

谢罗华不解，求助地看向了陆江吟："什么意思？"

"没有特别的事，你无需过分紧张。只是你母亲或许和

— 414 —

七十三号那几具白骨有关系，所以来求证一下。"陆江吟没有藏着掖着，谢罗华虽是胆小之人，却绝不是怕事之辈。

李爱瑶不明白陆江吟此话何意，旁人听起来就像是罗华母亲是嫌疑人，他们就是过来盘问的。她心中替谢罗华和他母亲喊冤，刚想质问却听到身后传来罗华母亲颤抖的声音。

"白骨？什么白骨？"

谢罗华昨晚就同父母分享自己要邀请李爱瑶来家中吃饭的事儿，故他母亲便提早下工去买菜，心想着不能怠慢了人家。这不刚回来就听见了这样骇人的字眼，惊得一脸煞白。

叶超看了看周围，偶有几个妇人提菜路过，也没有对他们做出过多的关心。他上前对着汪小玲和颜悦色道："我们进屋说。"

汪小玲迟疑地朝自己的儿子走近，想从他的表情上读取一些信息，奈何谢罗华也是满脸茫然。她注意到儿子身边阳光可人的李爱瑶，本是带着十足的欣喜迎接对方的，可此时只能挤出一个勉强不自然的笑容当作欢迎。

"阿姨，我来帮您。"李爱瑶不顾自己还没有痊愈的手，乖巧地接过汪小玲手中的篮子，拎到手上才觉得有些重。平日在家也没正经干过家务，肩不能扛手不能提，只管念书认字了。这会儿生怕没走几步就要停下歇一歇，让人看了笑掉大牙。

谢罗华让母亲先领着叶超他们进屋，然后转身又从李爱瑶手里接过了装满蔬菜肉类的竹篮子，笑着说："我妈妈小时候家里没有男丁，她又是长姐，田里的农活都是她带头干的，满满两筐子谷子挑在肩上她也不喊一声累，辛苦惯了。"

李爱瑶不知该说些什么，她在此之前都没有认真去思考过贫富的差距。她家的经济条件还算过得去，父亲在银行朝九晚五地上班，一家人的衣食住行都还有保障。虽说是比不上陆江吟家中富裕，起码他们不用担心吃了这顿没了下顿。

她陡然间后悔自己答应谢罗华来家中做客。这一篮子的食材不知要耗费多少钱，也不知罗华一家平常日子里都吃些什么。一开始还要性子说要是没鸡鸭鱼肉她才不来的话，现在想来自己真不知道给他们家添了多少麻烦。

"你表情怎么变这么奇怪？"谢罗华灿烂地笑着，伸出食指点了点李爱瑶紧皱的眉心，宽慰她，"告诉你这些不是想让你难过。只是你接过我妈妈篮子的一刹那，我才意识到我好像从来没有为家里分担过什么，所以谢谢你，为我妈妈分担菜篮子的重量。"

李爱瑶抬眸注视着总是一脸笑嘻嘻的谢罗华，她感慨万千地想，若是哪一天身边没了谢罗华，她一定会哭得很惨吧。

"我也要谢谢你。"本来置于身前紧握的双手松开后又别到了身后，李爱瑶动容地问了句，"以后，我还可以经常来你家吗？"

"当然！求之不得！你若是住下就更好了！"

"想得美！"

结果，感动不过几分钟两人又嬉笑打闹了起来，待到他们进屋将要洗的菜搁在天井边时，才注意客厅里坐着的几人都面色凝重，谢罗华母亲的神情更是不可言喻。

"……十多年前的事情都记不大清楚了。"汪小玲看了眼陆江吟，虽然提问的是叶超，但她对儿子的这位同学有着莫名的信任感。

她叹气："我还是先去沏壶茶。"

陆江吟拦下她，知道回忆痛苦过往犹如揭开伤疤，一遍一遍结好的痂又变得血淋淋。他看了看站在门外犹豫着该不该进来的谢罗华和李爱瑶，又说："我去沏茶。"

他想多留点时间给汪小玲酝酿。上一次他也只听了个大概，讲述立场不同故事也就不同。这次需要她跳出被害者的身份来回忆那时候发生的种种，原模原样地复述自然是不可能，但只要能记起一些关键性的信息，这一趟也就不算白来。

叶超明白陆江吟的用意，点点头默许，然后转脸就嫌弃程岂言坐没坐相、站没站相，程岂言从被他逮住到现在都不知道挨了多少顿骂了。

"老大，我是小偷。我一个小偷要是能安分守己，我还偷东西干什么？你要看我不顺眼，我也到外头去帮忙洗菜行不行？"

叶超没有理他，问汪小玲："你见过他吗？我是说十多年前你出事的那个晚上。"

"他？"汪小玲诧异，眼前这口口声声说自己是小偷的年轻人，在十多年前该还是个孩子吧。她怎么会见过？

她盯着程岂言打量，回家的路上没见到什么人，出事之后便断断续续地醒一阵又昏过去一阵，记忆几乎是空白的："这孩子我应该没见过。不过有件事现在想来有些奇怪，我也不知道能不能帮上忙。"

居然还有意外收获，叶超自然开心地点头："你愿意说就是对我们最大的帮助了。"

汪小玲的手不知何时揪着围裙的一角不放，她闭上眼时还能感受到那晚清冷的氛围，听见自己孤零零的脚步声以及月色下总能吓自己一跳的影子。相比较前方可以到达的黑暗，身后不断逼近的一寸寸黑暗更瘆人。她至今都不敢走夜路，亦不敢回头看。

"我当时被人捂住口鼻抓进黑巷中，只听见他粗重的呼吸声。我怕极了，又挣扎不开，被甩翻在地时都没来得及呼救就被扎了一刀……"

痛感太强烈，强烈到天旋地转，强烈到以为生命就此结束了。可汪小玲没有就此妥协，她死盯着璀璨的夜空，记挂着家中的丈夫儿子，她不愿什么也没交代就离开人世，于是她拼命地不让自己睡去。但血液流得又快又多，她坚持不了多久便开始意识恍惚。

"那时我只觉得好累。可眼睛时不时还能晃到在身边走动的人影，还能听见声音。有人在我身旁蹲下，我看见了。我想该是发现我受伤的人……我一直不知道救我的人是谁，可我记得那人蹲下时有很清脆的声响，是玉器相碰撞的声音。"

汪小玲说到这儿的时候才见谢罗华端着茶和陆江吟站在桌旁，手上的茶托迟迟没有放下。她也不知这几个孩子站在这儿多久了，她道："快些倒茶吧。"

"嗯。"谢罗华听话地倒茶，也为程岂言倒了杯没有放茶叶的水。

"你是说玉器相碰撞的声音？那你觉得那会是什么？"叶超乘胜直追发问，"或者说你会不会看见了，但是忘了？能不能想一想？或许那人的样貌？"

汪小玲肯定地摇头："长什么样我也没法看清。但那人似乎是腰间佩玉，他起身时我见着了，只看到了一眼，然后就什么都不知道了。"

"佩玉什么样您能回忆起来吗？"陆江吟也问道。他当然欣喜于这种可以重叠的线索，但也更需小心谨慎。如若调查方向出错，他们就会偏离真相的轨道。

"中间是镂空的，四周什么花纹我看不清。"汪小玲无力地摇头。

"和这个对比呢？"叶超从容不迫地拿出了那佩玉的照片递给了她，"样子和这个像吗？"

汪小玲拿过去端详了半天，其间李爱瑶也凑过去瞧了瞧，心想这佩玉太一般了，玉器店里没准还能买到更好的。

谢罗华母亲眉头紧锁盯着照片很久，直到眼睛发酸才还给叶超。

"不太像。"她缓缓叹道，"我不太确定。"

叶超深知询问不可能得到一个绝对的答案，但至少可以证明一点，确实有佩玉的男子在案发现场出入过。

"那你觉得他有可能是凶手吗？"叶超收好照片，冷不丁又提问。

"不是。"怎知汪小玲斩钉截铁地回答，"我说我被挟持住的时候只听到了那人的呼吸声，那时并没有听到什么佩玉的声响。"

"你当时肯定惊慌失措啊，哪还会顾得上去分辨周边的声音。满脑子都是'天啊，怎么回事''这个人要杀了我吗'诸如此类的想法吧？你没听到不代表没有。再说了，他要不是凶手未免也出现得太及时了吧？"

程岂言说话粗鲁了些，却也有几分道理。

"或许吧。"汪小玲疲于反复回忆，之前她一直没往这方面想，现在倒也怀疑救她的人和想杀她的人可能是同一人。

她有些妥协又存有希望地说："或许想杀我的人是他，想救我的人也是他吧。人总有做错事的时候，我没死证明那人也还没有坏到骨子里吧。"

　　"你知不知道七十三号那些白骨都是……"程岂言只觉得汪小玲心地善良，想要戳破她对人性的幻想，幸好，叶超眼疾手快一把捂住了他多事的嘴。

　　陆江吟也还摸不清到底凶手是一人还是两人，但根据罗华妈妈的陈述，他大概能参照出死者死亡的时间，可以适当缩小排查范围。而且罗华妈妈遭遇这件事情的时间应该比井下尸骨被埋的时间晚，她看见的佩玉未必就是掉进井底的那一块。也有可能是嫌疑人怕引起别人注意，故意又去买了新的来。

　　"还有……其实也不算什么，男人吃烟很正常。当时我有闻到一股很重的烟味。"最后，汪小玲又补充了一句。

　　很重的烟味？一个奇怪的念头一晃而过。陆江吟随后问道："闻到烟味是受伤之前还是之后？"

　　程岂言困惑地望向陆江吟，对他提出的这个问题似懂非懂。闻到烟味的时间顺序很重要吗？他双手规矩地放在桌面上，独自思考了起来。同他一样陷入思考的还有汪小玲。

　　"记不大清了，烟味一定是有的，那个晚上我好像一直都有闻到。"

　　过去那些她并没有刻意淡忘的种种还是主动找上门来了，汪小玲只在心中沉沉叹气。她捡回了一条命，却失去了一个孩子。往后每一天的日子里她都在安慰自己，大概是和这个孩子无缘，孩子决定投胎到更好的人家去吧。

　　屋外，隔壁家的小狗探头探脑地往里瞧，不知见着了谁突然叫唤起来。正好叶超他们也准备走了，问题问得不少，却没有得出一个像样的结论来。耽误了人家的时间，起身时也客气地道了歉。

"这小狗骂谁呢？"程岂言先跑到了门口，盯着只到自己脚踝上一点点大小的狗笑，"个子挺小，胆挺肥啊。你知道里头是谁吗就骂个不停？那你又知不知道小爷我是谁？"

小狗哪听得懂一连串的废话，程岂言越和它说话，它骂得越凶。直到陆江吟也走出来，他正要蹲下摸摸这有过一面之缘的小狗时，小狗立马撒开腿跑了，情形真是和那晚一模一样。

程岂言狐疑地打量着吓跑小狗的陆江吟，取笑道："敢情是骂你呢。"

"嗯。"陆江吟不否认。

"江吟！"

谢罗华追了出来，身后跟着小跑上前来的李爱瑶。两个人的关系明明还是以同学互称，却表现得像是两口子。陆江吟看在眼里，忍不住调侃起来："小两口不用送了。"

"说什么呢你！"李爱瑶瞪了一眼陆江吟，又瞥了眼一旁偷笑的程岂言，涨红着的脸上写满了甜蜜，"你什么时候也学会这样子说话了？有这闲工夫取乐，还不如多关心关心齐溪，别扔她一个人在巡捕房待着。"

"这就回去找她了。"陆江吟对李爱瑶的不满和撒气一并接受，只因她是齐溪最好的朋友，也因她是他最好朋友喜欢的女生。

谢罗华看着表情并不轻松的陆江吟，突然郑重其事地说："我相信你。我相信不管什么事，你都可以很好地解决，从前许景明的案子是，现在更是。"

"哟，这是什么新奇的表白？"程岂言故作惊讶。

李爱瑶也愣了愣，她不太懂男孩子之间的情谊，今日见到屡屡露出认真姿态来的谢罗华，她觉得自己对男生存在着长久的偏见。

陆江吟知晓谢罗华说这番话是出于对他的关心，以及对其母亲的关心。

"我会的。"

最后，陆江吟还是给出了承诺。说到底，他只想解开谜团，想让自己的人生得以轻松向前。

第十二章

如果不是梦

（一）

　　齐溪缓缓地行走在街路的灯影下，满脑子涌现的想法在寻求证实。她不愿承认，但事实是，回家后的每一个夜晚她都处在极度不安的状态中。家理应是最安全、最可靠的，可每晚重复的噩梦里都有一张无法辨清又真实可憎的脸，这张脸让"家"的定义变得面目全非。

　　"江庭哥哥，你能替我保守秘密吗？"一个时辰之前，齐溪对着陆江庭如是说。尽管当下陆江庭什么也没问，她也深知，凭他的洞察力一定能从她的忐忑中发现端倪。

　　下午，当江吟他们奔波查案时，齐溪从陆江庭的话语中找到了一点点提示。她惴惴不安地回家，趁着无人察觉，从自己房内带了点东西出来给陆江庭。

　　此时天上的云、月、星辰都追随着齐溪惆怅的脚步，跟在齐溪身后的还有一个插着裤袋吊儿郎当的人。灯光下，他轻浮又好玩地踩着她的影子，偏又总是踩空。他好奇她究竟什么时候能发现他，能回过头来露一脸惊讶。

走过了好几盏电灯，走完了一整条街，齐溪毫无警觉之心。尾随的人一点也不恼，反而越发感兴趣起来，他借着月色决心吓一吓她。

注意力全在其他事上的齐溪往前迈了一步，就结结实实地撞入了"陷阱"的怀中，她立即躲开欲道歉，可抬头时，竟有一张长满毛发的脸瞬间逼近她，并且弓起背做出了攻击的姿态，嘴里还发出了嘶哑的低吼声。

"啊！走开！"齐溪的尖叫声瞬时响彻了这条街，她边喊边用左手臂挡住了眼睛，右手则胡乱地挥舞着，像是要赶走眼前出现的怪物。

"是我。"

齐溪的手臂突然被抓住时又惊出了一身冷汗，可分明听到的是熟悉的声音。于是她战战兢兢地睁开眼睛，顿时朝着面前的人生气道："我要是吓死了，做鬼都不会放过你的！"

程岂言哈哈笑着，撕下贴在眉心上的假胡子，戏谑道："明明是你不经吓好吗？我都跟了你一路，你都没发觉，走路这么不专心被吓着了你怪谁？"

"你跟着我干什么？"齐溪恼怒地甩开他扶着自己的手，心烦意乱地自顾自往前，走了两步又怒气冲冲地回身，"把白天从我身上偷去的手帕还我。"

"总算是发现了。"程岂言玩味地甩着那撇胡子，痞笑着上前同她并肩站着，略微遗憾道，"不过发现得太晚了些，被强盗抢走了。"

齐溪一听这无赖措辞更加生气了，心想手帕一定还在他身上，但女孩家又不能动手去搜身，只能束手无策地皱眉质疑："哪来的强盗会抢这个？快还我！"

程岂言对着齐溪摊开来的掌心苦闷地打了一下，脸上的表情诚恳万分："真不在我这儿。去问被你偷了心的强盗要去，我可没有。"

"不知道你在胡说什么。"齐溪不想与他过分纠缠。既要不回手帕就当丢了吧，时候不早了也该快些回去。

她愤愤地转身只管往自己家走，可无论怎么拐弯绕路，程岂言还是不肯罢休。她没辙，只能无奈地停下问他："你总不是想到我家偷去吧？"

"啊，这你倒提醒了我。"程岂言也不否认，一脸无害的笑容，"正好再上你家顺手拿几条手帕来，就偷个七八条吧，每天轮换着用。"

"你好无赖啊。"齐溪着实拿程岂言没办法，又直觉他只是逞口舌之快，绝无邪念，再次开口，"你若真需要什么我可以赠予你，不需要偷。"

程岂言先是愣了愣，而后才放肆地笑了出来："白白接受相赠不就欠了你一个人情？万一哪天你要我拿命来还，为了几条帕子有些不划算，还是偷来的有意思。"

"强词夺理。"齐溪冷哼了声终于不再理会他，埋头向前。

程岂言仍旧不紧不慢地跟在她后头，事实上，出了谢罗华家门的他就和陆江吟还有叶超分道扬镳了。毕竟有钱人家的少爷和正气凛然的探长走的是阳关道，而他程岂言则需过独木桥。

这不，粗粗地找人问了问七十三号的事情转眼天就黑了，寻思着出来填饱肚子，就意外地遇上了也独自一人的齐溪。他感谢老天赐给他的机会。

一个能和她说上几句话的机会。

"你真的不是去偷东西吗？"齐溪在前头走着，知道程岂言还跟在身后，便头也不回地问。

程岂言听到她主动说话有些惊喜，但不想坏了姑娘家的名声，便一直同她保持着一定的距离。他双手枕在脑后漫不经心道："姑奶奶，小偷也要吃饭的。"

齐溪被呛得说不出话来。

"爸。"

正在这时，程岂言听见齐溪高声唤了句，他随即抬头望去，齐宅已赫然立在眼前，于是大大方方地跟了上去。

大门外站着两人。

"齐叔。"齐溪上前先是挽过了父亲的手臂，才对一旁扶着父亲的齐叔说，"回来晚了让你们担心了。不过爸爸也不用来门口迎接我啊。"

"等你一起吃饭。"齐石良声音沙哑却掩饰不住喜悦，他也挽住齐溪的手，咳了几声又问，"和你一起回来的人是谁？以前没见过。"

程岂言准备自报家门的时候，却被齐溪一口拦截了下来，她看了看也满腹狐疑的齐叔，有些慌张又不得不强装镇定道："他是江吟的朋友。江吟不是跟着叶探长查案去了吗，所以他就送我回来了。"

"我叫程岂言。"这位大小姐帮忙掩饰让程岂言心底里意外，但"江吟的朋友"这身份他可不喜欢，于是他竭力表现自己，顺便拉拢下关系，"嫌三个字的人名念起来烦琐，您也可以喊我阿岂。"

齐叔微微点着头又上下打量了他一番，虽然对程岂言是陆江吟的朋友这点深感怀疑但秉持着管家的本分，客气地往里面请他。

齐石良拍了拍齐溪的手背，低沉又缓慢地告诫道："外面不太平，不要和什么人都做朋友。你心善，可别人或许看准你好欺负。"

齐溪点头听从父亲的忠告，她不了解程岂言，直觉他不是个坏人。但父亲毕竟说得没有错，世道不太平，好人坏人实在是看不清。但好坏似乎没有一个明显的分界点，程岂言身上那条界限便十分模糊。

四个人正准备往家里走时，门口又传来了汽笛声。齐叔只看了眼便笑着同齐溪说："是陆老爷和两位少爷来了。"

"这个时候？"程岂言对半路杀出程咬金感到不快，他撇撇嘴，只能站在那儿抖着一条腿，浑身透着"坏了老子好事"的不爽劲头迎接他们。

"陆老爷、陆少爷。"齐叔迎着他们走下台阶，伸手接过陆江庭递过来的大大小小的礼品，一边表达感谢一边热情地招呼他们，"晚饭已经准备好了，快些里面请。"

陆江庭点头，刚想提醒身边的弟弟等会儿有礼貌些，就发现他老早一个人跑上了台阶，瞪着程岂言。

"你怎么在这儿？"陆江吟眉头一皱语气便加重了不少，"又想对齐溪做什么？"

齐溪见状立马松开父亲挡在两人中间，小声说："江吟，那个……他是，他……"

"我来，我来。"程岂言压低声音提醒他，"她说我们是朋友，我来混饭吃的，也不好驳了大小姐的面。你就暂时承认我们是朋友关系，不然当着长辈的面，这戏不好演啊。"

陆江吟不敢置信地朝齐溪看了眼，却见她为难地点点头。这让陆江吟甚是不快，好似齐溪和程岂言之间存在某些他不知道的秘密。

"谁爱演谁演。"陆江吟将齐溪拉近自己身侧，而后冷哼着推了程岂言一下，将他推得离齐溪更远了。这般幼稚的举动被周围人尽收眼底，各自心照不宣地笑笑。

陆年见小儿子一来就和别人动手，立时呵斥了他几句。

他这个做父亲的算是操碎了心，从外地一回来，本想一家人好好吃顿饭，结果回来才知，他们前脚刚走，这孩子就让蓝姨回老家休息，自己后脚就跑齐家去了。现在倔得要死，非要来齐家一趟，竟还说出"孤男寡女共处一室"这样荒唐的话来，吓得他赶紧吩咐陆江庭去置办几件像样的礼品，匆匆登门拜访。

"你出院后我就一直没来看望你，今天正好从外地回来，就带着儿子一起来了。"陆年笑呵呵地说着客套话，试探着齐石良的口风，"江吟不懂事，来你家打扰了些日子，听说还总惹小溪不高兴。小溪你不要怕，江吟要是欺负你，尽管和陆叔叔说，陆叔叔保证让他娶你！不是，保证让他跪下来求你，直到你原谅他为止。"

齐溪目光一会儿落到面带微笑的陆江庭身上，一会儿又落到突然浑身不自在的江吟身上。真切听到了"娶你"二字让她多少有些恍惚，不知道是陆叔叔一时说错了还是说漏了嘴，她好一会儿后才说："没有，江吟对我很好。"

齐石良脸上仍戴着面具，他每一个行动都十分迟缓，吩咐齐叔去厨房多添几份碗筷。见齐叔进屋后他才回身对陆年道："我们进屋边吃边聊。小溪，来。"

他弯弯手指示意齐溪回到他身边，而后紧紧握住自己女儿的手，仿佛生怕会突然间失去齐溪。

陆年佯装咳了一声，瞥向陆江庭，一面往里走一面问："这齐石良怎么戴了副面具？容貌毁得这般厉害？"

"嗯，术后真实的样貌我没见过。应该是和以前相差甚远了。"陆江庭惋惜道，"听说是担心吓着齐溪，便命人做了这面具。"

陆年连连摇头叹气，余光又瞥见心不在焉的小儿子，忍不住又数落起他来："你别见着齐溪就魂不守舍。你也听见了，方才看齐石良那样，你若是真想娶齐溪，恐怕也不是一件易事。"

"爸，别动不动就说嫁娶，吓到齐溪这事就更难办了。"陆江吟沉着脸提醒父亲，自己则闷闷不乐于齐溪和程岂言的关系。才第一次见就到家里来做客，关系未免太突飞猛进了。

陆年真被自己儿子气到了："你反倒还教训起我来了。是谁拉着一个未出阁的姑娘到房中待了整整一宿，你说你们两个什么事也没做我还真不信。"

"我也不信。"陆江庭附和道。

陆江吟忽然间百口莫辩，只能任由他们说去。怪只怪自己为了见齐溪一面，什么话都往外说，好不容易来了这儿，又见齐溪和一个无关紧要的男人在一起，真是糟心。

"说起来，不觉得奇怪吗？"一起往里走的时候，陆江庭不动声色地挨近陆江吟说，"齐家明明什么都没变，却总觉得人与人之间很是疏离。"

陆江吟沉默片刻后道："哥，等会儿吃饭的时候，若发现什么不正常切勿说出来。"

"嗯？"陆江庭不明所以，望着弟弟决绝的背影，陡然间又有些好笑。那会儿齐溪才让他保守秘密，眼下江吟又让他什么也别说。两个孩子互相体谅的心情倒是让他有些动容，但他认为互相隐瞒并非良策。

待到大家都围坐在饭桌上，齐溪发现程岂言不见了。一旁候着的齐叔见着了小姐的神色便上前询问。

"可能往后院去了，我去找找他。"齐叔道，他又看了看陆江吟，便又画蛇添足地补了一句，"客人走丢了是该找找。"

齐溪明白齐叔这话是帮自己对陆江吟解释的，连忙回身对邻座的陆江吟说："我是怕程岂言不安好心又去偷东西，路上的时候就说还要偷我的手帕呢。"

陆江吟自知不该生闷气，但还是克制不住翻涌上来的酸意。他闷声不响地从怀里拿出手帕塞到齐溪手上："吃饭吧。"

"怎么在你这儿？"齐溪盯着失而复得的手帕怔了怔，然后情不自禁地抿嘴偷笑，声音轻轻像动听的音乐，"原来你就是那个强盗。"

陆江吟不解："什么强盗？"

"不告诉你。反正我现在知道了。"齐溪忽然间觉得胃口很好，不理陆江吟费解的神情，只管自己吃着碗里的饭菜。

"饭厅在那边。"齐叔在靠近他们下人房间外的游廊上发现了程岂言，他望着鬼鬼祟祟的程岂言，仍旧保持着礼仪，"小姐让我来找你，快去用餐吧。"

程岂言看向齐叔的眼神有了丝防备，他拍拍沾了些灰尘的手，故作轻松道："我一到大户人家就晕头转向找不着北。幸好你来找我，不然我也不知道要绕到什么时候。"

"请。"齐叔客气地伸手示意了饭厅的位置，"程先生若是想参观，我可以带您到处看看。"

"不了不了。"程岂言笑着拒绝，"还是自己一个人瞎逛比较好，容易发现些特别的东西。齐叔是吧？你在齐家干多久了？我看你年纪也很大了，有没有想过回家养老啊？"

齐叔淡淡地说："小姐没出生我就在齐家了，我会在这儿直到小姐出嫁。"

听起来是个忠心耿耿的老伙计，但程岂言干笑了声又说："你和你家小姐感情很好啊，按理齐溪没出生，你就在齐家了，应该和齐老爷关系更深些。"

"自然都深。"齐叔的话也只是点到为止，他转而也问起了程岂言的情况，"程先生和陆小少爷并不是好友，对吧？"

程岂言心想连这老头都瞒不过，陆江吟的演技是真差。他摇头晃脑地叹气道："男人嘛，看上同一个女人的时候，再好的关系也会破裂的，对不对？"

"你是说你对我们家小姐……"齐叔惊讶地停下脚步，稍稍侧着脸看向他，"小姐知道吗？"

"知道啊，不过被拒绝了。在小偷和强盗之间，她更喜欢后者。"程岂言看了眼神情奇怪的齐叔，语气轻松，"感情的事情还是这样干脆些。话说齐叔你也一把年纪了，难道没考虑过给自己找个伴？"

齐叔没料到程岂言这般自来熟，面露尴尬："我这一生都以服侍齐家为己任，成不成家无所谓。只要小姐平安幸福就好。"

"开口闭口都是为了你家小姐，那你会为了她杀人吗？"

齐叔浑身一僵，这才发现痞里痞气的程岂言不知何时换了副面孔，每个字都似尖锐的冰柱直刺向他的眼眸。他半天没有说出话，末了像是妥协一般道："如果有这个必要，我会。"

"开个玩笑罢了，齐叔不必当真。无论发生什么，杀人都是不可取的。在我看来，你家小姐身边有这么多贵人相助，是个有福祉之人，会如你所愿平安幸福的。"程岂言得到回答，又立马揭下那甚少见人的严肃面容，嬉皮笑脸起来。

"谢谢你，程先生。"齐叔诚恳地朝他鞠了一躬。

两人走到饭厅门口时，程岂言却说自己要走了。不仅如此，还阻止齐叔进去通报，他本是真心想要吃一顿再走的，但眼下似乎正好给他提供了一个收集证据的机会。

晚餐结束后，陆江吟跟着父亲和哥哥回了家。饭桌上，父亲几次三番暗示齐石良，但齐石良不为所动，一直扯开话题，不紧不慢地聊着其他无关痛痒的小事。

"这个齐石良是什么意思？他是不是看穿了我们一家人的心思，所以故意避而不谈？"回去的路上，陆年有些不悦，本来齐溪和他们家早就定了娃娃亲，这会儿说提亲的事明明不为过啊。

陆江庭开着车，也若有所思，他没有回答父亲，而是对沉默不语的江吟说："确实有些不对劲。齐石良好像变了个人似的，饭菜的口味全然变了。从前吃不得辣，现在倒是无辣不

— 432 —

欢。"

"哦，有这种事？"陆年倒没注意这个，他只顾着看齐石良的脸色了，虽然戴着面具对方什么也看不透，听儿子这么一说，他也回忆道，"或许是他家换了个大厨，惯用辣椒。"

"即便换了大厨，也该是按照主人的口味来做菜。"陆江庭觉得父亲的想法过于简单，但又无法全盘否定，只能列举很多可能性，"或许死里逃生之后口味就变了吧，人总是会进行很多尝试来证明自己活着。"

"不是。"这时，久久望着窗外不吭声的陆江吟深吸一口气说，"一个人改变口味或许是可以解释的，但连说话的腔调、词句的停顿都和原来的习惯相去甚远、判若两人，这怎么可能？"

一个人的习惯要想改变实在不是易事。就算是经历了火灾，就算是毁了容貌，伤了声带，也不该同原来判若两人。

"你们两个都跟着叶超查案，是不是太敏感了？按我说，齐石良纯粹只是不想把齐溪嫁给你，所以表现得冷漠了些。以前说好的事翻脸就不认了。儿子，我们换个对象吧。"陆年一门心思在能不能帮儿子娶回齐溪的事上。

一晃而过的路灯的光影串起来，就像是一个迷幻的世界，陆江吟没有收回视线，对着流光问："'岑霞渐渐落，溪阴寸寸声'这诗句，爸，您知道吗？"

"小溪名字的由来啊。"陆年拍了拍裤腿上不知何时沾到的蜘蛛网，转过头看着陆江吟，"怎么了？"

"您知道，我们都知道。可齐伯父似乎忘了。"

车内瞬时安静了下来，每个人都在回想晚餐时的种种。那幅挂在正厅墙上的字画不小心落到了地上，齐石良看了一眼，命齐叔处理掉。齐叔没有迟疑，只说会重新挂上去。在场的只有齐溪愣住了——

父亲居然要把母亲生前最喜欢的字画扔掉。

（二）

几天后的晴朗下午，齐溪一走出校门就见到陆江吟。还没等他开口，齐溪却称自己已和别人有约，简单地交代了一番后，就慌张地离开了。

"有猫腻。"旁边等李爱瑶的谢罗华看热闹不嫌事大，摆出一副了然于胸的姿态，"江吟你要提高警惕啊。"

光斑透过树叶缝隙落在陆江吟肩上、脸上，耀眼又飘忽不定，他微眯着眼睛，抓住低头想要逃跑的李爱瑶。齐溪和她之所以能成为好友，皆因两者都不擅长撒谎。

"江吟，你干吗？"谢罗华见状，立马挺身而出，他小心翼翼地握住陆江吟的手腕劝道，"不能……不能打人啊。爱瑶可是女生。"

李爱瑶一边单手奋力地欲掰开陆江吟的手指，一边识时务地委屈求饶："我这不是受人之托忠人之事嘛。齐溪不愿让你跟着你就别跟着呗，你还不准她有秘密啦？你怎么能这么霸道？"

"我不跟着她，但你得告诉我她去哪儿了。"陆江吟拽着李爱瑶转了个身，让李爱瑶站在了道路里侧，"说了我就放开你。"

"差不多就行了，不要吓爱瑶嘛。"谢罗华生怕他们三人站在街边拉拉扯扯的被人误会，但也没法阻止，"爱瑶你就告诉江吟好啦，保命最重要啊！"

"威武不能屈！打死我也不说！"李爱瑶相当有骨气，她咬紧牙关坚定地说道。

陆江吟怪好笑地叹气，伸手向谢罗华，再次威胁道："打死你也不说，那打死他呢？"

"我……我说我说！我坦白还不行嘛！一个死总比两个死强！"李爱瑶挫败地抓住了他伸向谢罗华的魔爪，投降道，"齐溪去巡捕房找你哥了。"

"谢谢。"

李爱瑶揉揉自己的手腕，朝追着齐溪跑去的陆江吟大喊："你千万别说是我说的！就当是你自己猜出来的！和我没有半点关系！我可是明天还要和齐溪做朋友的！"

耳边尽是呼啸而过的风，李爱瑶的话夹在风中三两下就飘远了。齐溪不想让他知道，可他不再是被齐溪推了一把，就气馁地只管掉头往回走的小孩子。她越是这样，他越要问个清楚。

"江吟才不会打我呢，你怎么那么傻？"谢罗华笑话李爱瑶为了他竟"背叛"了齐溪，但又感动不已，"不知道齐溪会不会生你气。"

李爱瑶先是难为情地撇撇嘴，而后又自信地说："就像你知道陆江吟不会打你一样，齐溪也不会生我气的。这些天她一直闷闷不乐，我也不敢多问。我想两个人解决问题，怎么也比一个人逞强的好。"

"爱瑶，我对你又刮目相看了。走，哥哥请你吃好吃的！"谢罗华越发觉得李爱瑶可爱，他被她身上那种恰到好处的任性给吸引得牢牢的，刚想偷摸去牵她的手，就眼尖地发现了走在前方的许景明和张月英。

他还是第一次见到这样新奇的组合方式，扬声打招呼："景明，你上哪儿去？要不要一起去吃东西啊？"

李爱瑶也望了过去，脸上有一丝惊讶闪过。她就这样盯着张月英，直到彼此拉近了距离。

"好啊。正好忙完了文集的事情。"许景明心情甚佳，面对谢罗华临时的邀请，满口答应，还转头询问张月英的意见，"你要一起吗？"

"好。"张月英也点头了，其间还看了看李爱瑶的眼色。

前面两个男生很自然地聊到了一起，落后点的张月英主动和李爱瑶说话："我和许景明只是一起编辑、校对、整理文集，他是个很有才华的人。仅此而已。"

李爱瑶深觉他们四人走在街上有些奇怪，听了这话更觉别扭，她直接问："你向我解释你和许景明的关系，是想我不要误会你喜欢许景明？还是你是想告诉我，你还喜欢陆江吟？"

张月英表情有些不自然，低头笑笑算作安抚自己："喜不喜欢还重要吗？我只是不想被你认作是那般轻浮的人罢了。"

"我可没那么想。"李爱瑶心虚地否认，侧过脸无聊地抠了下翘起的树皮，心里疯狂懊悔，早知最后会变成这样，一开始就该拉上齐溪和陆江吟一起。

"江庭哥哥，有结果了吗？"齐溪神情紧张地走近刚好摘掉手套、做着记录的陆江庭，她不安地直视他，担心听到不好的答案。

老覃见这姑娘又来了，额上尽是汗珠，于是贴心地为她倒了杯水："别急，先喝口水。有话坐下来慢慢说。"

齐溪接过水，咕咚咕咚地全都灌进了肚子里，然后将空水杯放到一边，规规矩矩地坐着，就像是等着老师发苹果的小孩，满眼写着"渴望"二字。

"你调查这件事，为什么不能让江吟知道？"陆江庭从桌上拿过齐溪先前交给他的烧得只剩一小块的熏香，认真地问她，"多久了？"

齐溪在陆江庭的反问中知晓了答案。她从头到脚像是被浇上了一盆冷水，由不得她不冷静下来。

她掐着自己的手指，揪着心一字一句道："回家后的每一个夜晚……我没有想瞒着江吟，只是我怀疑的并不是什么光彩的事情，就连来找你帮忙都是考虑再三，可凭我一人，或许连一个谜团也解不开。"

陆江庭沉沉地叹了口气，他能明白齐溪在担心什么、保护什么，遂将那一小块香放回桌上，细心地引导她："江吟和我提过，你晚上睡觉时有人闯入房内，甚至还剪了你一绺头发，这些你毫无察觉。你反复梦见一张丑陋惊骇的脸，然后从梦中惊醒。你可曾想过，那如果不是梦呢？"

"不是梦？"齐溪打了个冷战，刚喝过水的喉咙又变得干涩，吞咽艰难。

陆江庭一边掏出手帕为她拭去了脸上的汗水，一边又同她解释："熏香里面掺杂的物质有致幻作用，会让你存有意识但丧失基本的行动力，长期下来会对你的身体造成损伤。你回家已有一段日子，我想还是去医院做个全面的检查比较好。"

"我没事。"齐溪脸色煞白，一时间接受到了如此多的信息让她有些力不从心。她只能不停地深呼吸来调整心态，她合上眼睛好长时间，尽量让越跳越快的心脏归于正常。

陆江庭向后看了看老覃，老覃便心领神会地起身，又给齐溪倒了一杯温水。

"谁点的香？"陆江庭安抚着情绪波动剧烈的齐溪，帮她理清问题，"我想你心中必然有怀疑人选，否则也不会让我保守秘密了。齐溪，这已经危害到你的生命，它不该继续被当作秘密了。"

"江庭哥哥，你能再给我点时间吗？"齐溪请求道，她说完之后又垂头自嘲，"其实不管用对吗？怀疑的对象就那么几个，即便我不说你也能猜到。只是由我说出口，很难。"

陆江庭没有步步紧逼，从头到尾，他都给了齐溪足够的时间去衡量其中的利弊。

"齐溪，暗中人对你造成的伤害现在还不足以定他的罪，你不用去担心他会受到什么惩罚。你找我帮忙不正是想要查清他的动机吗？你已经这么做了。"

陆江庭说的话言之凿凿，完全洞察到了她的心理。齐溪有些崩溃，她这时候才意识到，自己原来如此胆小。从前在江吟身旁不觉得，现在才知道，那是因为他已经挡去了太多恐怖的阴影。

"齐溪，我们从小一起长大，早就和亲人没什么两样。不要一个人去承担，我们都可以帮你。"陆江庭看出了她眉眼间的动摇，又说道，"江吟恨不得一天二十四小时都陪在你身边，他知道你的处境很危险。他在家的每个夜里都害怕电话会突然响起来。"

"为什么？"齐溪疑惑地问。

陆江庭温和一笑道："还不是怕你出事？之前他和你一起

度过的那个晚上也是在保护你吧？"

　　齐溪点点头，忽觉自己的任性对不起江吟。她似乎不该将他"拒之门外"。她承认自己很多时候都很无用，但因为陆江吟的过分强大，让她也不自觉地想要更努力、更独立。

　　"其实买香和点香的都是——"

　　"太棒了！这是个大发现！真没看出来你小子还挺行！所以我说你干点什么正事不好，非要当小偷……还祖训？祖训让你做贼，你就一辈子做贼啊！没出息！"

　　叶超的声音由远及近。正当大家都以为进来的是他和程岂言两个人时，又听他说了一句——

　　"怎么来了也不进去？"

　　于是，当屋内三人不约而同看向门口时，进来的三人也望向了他们，其中还有陆江吟。他的神色有些奇怪，介于生气与难受之间。

　　"江吟？"齐溪被他目不转睛的视线看得心里发怵，恍恍惚惚地从椅子上站了起来说，"我就是顺道过来看看。你们好像要聊案子的事，我就先走了。"

　　陆江吟待她走过自己身边时便一把抓住了她的胳膊，道："等下一起走，我有话要和你说。"

　　"明天说不行吗？"齐溪干笑着拒绝，只想尽快离开这里。一来她是怕陆江庭会说出自己的事，在场所有人就都知道了；二来她就算想让江吟知道，也想自己亲口告诉他。

　　"等下说如果不可以，那我现在说。"陆江吟声音透着隐忍。

　　"别别别。"齐溪一时没了主意，心急之下先捂住了他的嘴，"我答应你还不行吗，等下回家的时候再说。"

"嗯。"陆江吟这才收起身上的刺，变得温顺了一些。

程岂言横竖都看不太懂，于是小声地问叶超："他俩以前见面都这样吗？"

"处在感情旋涡的两人关系是很微妙的，沙子一般大小的事情都能引起汹涌海浪，我们不可能懂的。"叶超摆出一副人生阅历丰富的态度对程岂言说教。

陆江庭见几个人情绪都稳定了下来，便主动问叶超："发现了什么让你这么兴奋？和案子有关？"

"可不是嘛！是我发现的！我敢说这事只有我干得出来，别人完全不行！我知道谁是佩玉男了！"程岂言得意扬扬地抢着发言。

叶超猛然意识到齐溪还在场，于是赶紧用眼神示意程岂言闭上那张破嘴。

奈何程岂言正在兴头上，完全没有接收到叶超的暗示，神气地抬脚踩在椅子上，一手猛拍了下桌面，神秘又大声地说道："是齐叔！没想到吧？你们吃饭那会儿，我出于职业习惯到处逛了逛，居然发现他的床头柜上摆了一张照片，照片里他的腰间就挂着一模一样的佩玉！而且汪小玲不是说过，有闻到很重的烟味吗？巧不巧？齐叔身上也有呢！"

一番慷慨激昂的陈词之后，所有人都闭口不语。空气霎时安静了下来，程岂言不明何意，目光到处示意寻求表扬。在见到齐溪僵住的样子之后，他才后知后觉地泄了气，转回身轻扇了自己一嘴巴。

"你说杀人的是齐叔？"齐溪有些茫然，那日她虽没有跟着去谢罗华的家中，但之后听李爱瑶说起过。

"不是。"叶超忙站出来解释，"齐叔暂时是怀疑对象，没说他杀人呢。七十三号的白骨案查了这么久，就只查到了齐叔这条线，所以我可能要请他出来问话了。"

陆江吟对此并没有表现得很惊讶，曾经他就听齐溪说过齐叔身上烟味很重，所以潜入房间的很有可能不是他，再者齐溪看到佩玉后曾悄声说过"有些眼熟"。结合这两点，他似乎能够轻易地联系到齐叔身上，只不过当时这样的联想很荒唐。

此刻也是。

"只是找齐叔了解下情况，你不用担心。"陆江吟说了句不算安慰的话。

好久之后，齐溪才反应过来，她莫名地点点头："是啊，齐叔身上一直有很重的烟味。从前似乎有一段时间换了不常戴的佩玉在身上。难怪我见相片上的佩玉眼熟。我怎么每次都这样，什么都记不住？"

"这不是你的错，没人可以时时留心身边每一个人的一举一动。"陆江庭宽慰齐溪，他有些担心爆炸式的信息会让她精神崩溃，想让江吟和她先离开。

齐溪再次抬眸看向陆江庭时，眼睛是锐利坚定的。她说："香是齐叔为我准备的，买的人是他，点的人也是他。我不想齐叔蒙受不白之冤，可也不愿放过任何一个有可能是凶手的人。"

所谓的祸不单行。叶超不能在齐溪面前透露太多，他明白，齐溪知道得越多就越危险，等到陆江吟领着齐溪去外头暂作休息时，他才稍稍改变了下验尸房沉重的谈话氛围。

"上次已经有人来认过尸体和遗物了，现在剩下的两名死者的身份我们也确认了，这是当时的情况。"叶超将案卷资料分给了老覃和陆江庭，之后想起程岂言还在身旁，便问，"你还打听到其他事情没有？"

"当然有了。"无意中吓到齐溪他也很后悔，这会儿程岂言的说话声没有之前那么有底气，"打听到了七十三号的一些传闻，乍一听对案子好像没什么帮助。你们先讨论吧，我也到外头走走。"

叶超看着程岂言略微惆怅的背影，怪好笑地摇头道："他还动感情了，真是。"取笑完程岂言，他立马换了张严肃的面孔，正经地说，"这三人都是二十几岁的年轻太太。分别是金器铺子的王太太、银行行长的徐太太还有君竹饭店的马太太。她们的失踪时间都是夜里八点到九点，失踪地点不尽相同，我找人绘制了十几年前的地图，等会儿一起看看能不能发现什么。"

"马太太是跳完舞的当晚失踪的，徐太太是会完友回家的路上失踪的，王太太则是打完麻将出去抽烟之后失踪的。这么说来，她们都是单独一人的时候被凶手选中。"陆江庭翻了翻后分析道。

叶超立马接着说："据王太太的牌友说，见她出去抽烟很久也不回来，还出门看过，但当时屋外的巷子里空无一人。他们都以为王太太赢了点钱就跑了，可她赢的钱还在牌桌上。而且奇怪的是，他们说没有听到过一点响动，也就是说，王太太没有被强行掳走。"

"她们或许认识凶手？"老覃讶异道。

"没错！"叶超打了个响指，"只要排查她们身边的亲朋好友，仔细研究她们的社交圈，相信很快就能筛选出来。"

陆江庭此时却敛了神色，眉头紧锁："齐溪的母亲生前本就是富贵人家的女儿，常与上流圈子来往。嫁给齐石良时，那些人可全都来道过贺，齐叔不可能不认识。"

"但动机呢？齐叔这么做的动机是什么？还有，他只是一个下人，有没有能单独引开这几个夫人的能力？再者，我们不也还没证实这几个死者是否和齐家有交往吗？"叶超需要考虑所有潜在的可能性。

"去问问不就知道了。"陆江庭的表情转瞬冷漠。他开始下意识地将齐叔和母亲的死联系起来，其他三个死者他不清楚，但他的母亲对于齐叔来说，实在是太熟悉了。

齐溪和陆江吟就站在验尸房的窗户外。里面说的一切，他们听得一清二楚，齐溪仰头望着上面露出一截的瓦片，说了声"对不起"。

"不要为还未确定的事情道歉。"陆江吟看向她，声音不自觉地温柔起来，"为什么要一个人去查？"

齐溪愣了愣，收回视线凝望着他，笑了："或许我也想当回英雄。"顿了顿后又说，"我知道，你很担心我。我也知道，有你们在我身边，我或许永远也成不了自己的英雄。"

"齐溪，我们都希望你平安。"

"嗯。"齐溪很不安，"如果齐叔真的是凶手，真的是杀了你母亲的凶手。我和你要怎么办？"

陆江吟不知道怎么被这样一句假设的话给震撼到了，可他不能否认每一个在真相来临之前的假设，他无法说出"齐叔一定不是凶手"这样的话。

"齐溪，我从没想过要成为英雄。"

他看着她。

"但现在，我想了。"

（三）

一瓦碧空下只容得下两人，程岂言靠在通道门口的边上，听着陆江吟和齐溪的谈话。他不认为自己推测齐叔是凶手这件事是错的。他形单影只惯了，对于人和人之间的关系，他抱着热情又冷漠的态度。他的身份，妄想成为一个正义使者完全是高看了自己。他们才是英雄，他不过是被暂时需要而已。

一时间，程岂言觉得自己兴致勃勃查案的行为十分可笑，但这种奇怪的从未有过的情绪稍纵即逝，他何必纠结于此。

"等会儿到了家里，齐溪你还是要稍微回避一下。"出发去齐家的路上，叶超扭头对后座上的齐溪提醒道，"我能理解你的心情，但你的难过对查案没有好处。"

齐溪相信叶超的为人，他对事不对人，有自己办事的主张。她沉默地点了点头。

"你若理解就不要吓她。齐叔看着齐溪长大，是齐溪的家人。她就算情绪失控也是正常的。"陆江吟听不得叶超冷冰冰的话语，那就像是雪上加霜，惹人心烦意乱。

叶超听后撇撇嘴，心想就知道陆江吟这小子不领他的情。他干脆点明："事先提醒齐溪还不是为了她好？倘若齐叔真的是凶手，你让她怎么面对？"

"叶探长，你都还没有证据能证明齐叔是凶手呢。万一那个晚上黑灯瞎火的我看走了眼，那不是冤枉好人了吗？"坐在后头、挨着窗边的程岂言见陆江吟和叶超吵了起来，跳出来调解，"你们就别吵了，齐溪都快哭了。"

叶超只恨现在打不着程岂言，冷道："你倒是挺会找台阶下啊。你这种贼眼睛要还能看走眼，那我们就是真瞎。"

"嘿，说这么客气的话做什么？"程岂言歪嘴一笑，身子往后一仰，余光却见着陆江吟正在打量自己，便正视他问，"有何指教啊，小少爷？"

陆江吟看着他，总觉得程岂言这个人很矛盾。他做着偷窃的勾当，却有一颗追求正义的心，他的好坏难以界定，或者说他们都不应该轻易判定一人的好坏。

冷不丁地，陆江吟又回忆起他在验尸房所说的七十三号的异闻。程岂言不是个正经的读书人，却是个很好的说书人。他声情并茂地讲述七十三号过往的种种，每个字都带着让人信服的能量。

四十分钟前——

"你说什么？七十三号住过另外的人？"听到程岂言说七十三号有活人长时间居住的时候，在场的所有人都不可思议。

程岂言见到他们一个个瞠目结舌的样儿，心满意足地打开了话匣子："我也很震惊啊。但这些事儿只有我问得出来，一般人就只知道后头发生的祭祀、礼拜、求保佑的事。"

"别卖关子了，赶紧说，我们还要去齐家问话呢。"叶超不耐烦地催促道。有关于七十三号住着人这事，他其实也很怀疑，某些迹象表明，那里头的确住着人，可谁都没见过。

老覃一琢磨，觉得这故事恐怕有些长，随之给在座的各位都掬了茶，仿佛他们是到自己家做客一样。程岂言一时满足得心花怒放，说话也更加干脆利落了。

七十三号原住户人间蒸发、不知所终，整座宅子笼罩在一股莫名的恐怖阴影中，令人望而却步。

"这是十多年前的事情了吧。有个男人从东北带着两儿子逃难到上海，发现了无人居住的七十三号，就和儿子住了进去。因为知道屋子不是自己的，唯恐被人发现，父子三人一直小心翼翼地过日子。"

"这么小心翼翼的话，是怎么被你知道的？"叶超冷淡地问。

程岂言一拍大腿，让叶超耐心点："不要急呀，后头会说到的。这个人只要活着，哪有不被发现的道理？雁过还留痕呢。只不过这男人很聪明，他选择一种主动被发现的方法。"

"散布谣言。"陆江庭平静地说。

"这位一表人才的陆大哥说得没错。七十三号最早的传闻就是从他开始的，后面就越发不可收拾了。这男人没有工作，也就没有收入，光住在一栋凶宅里面有什么用？于是他想到了卖儿子。"程岂言说到这里也露出了一脸的鄙夷，忍不住扯了一句题外话，"我家祖祖辈辈都穷，也没见我爷爷卖了父亲，我父亲卖了我。"

"嗯，是，所以你们祖孙三代都做起了小偷。"叶超一边见缝插针地挖苦程岂言，一边还装模作样地为他们祖辈拍手鼓掌。

程岂言满不在乎道："那也比卖儿卖女强啊。我们偷东西也就是偷一点点米，去别人田里摘几棵青菜，也就到了我这儿，学会了偷包子。我爷爷还只偷书呢。"

"偷东西就是偷东西，不管你偷了多少，偷了什么。"叶超总是这样铁面无私，他趁着这个空当教育了下程岂言，"勿以恶小而为之，你要切记。"

"行行行，我保证以后不偷了！再偷我就和她们一个下场！"程岂言说不过叶超，于是指着那整理好的白骨发毒誓。

齐溪听到这里，心里一阵胆寒，又急又气道："别说这样的话！她们没人希望自己的下场是这样的，你不为她们难过，也该为自己着想。"

"他无心的，你别往心里去。"叶超看程岂言口无遮拦惹得小姑娘脸一阵红一阵青，忙给他解释，完了又赶紧示意程岂言往下说。

程岂言觉得齐溪似乎还蛮关心自己的，平复了下心情，接着讲了起来："那男人有两个儿子，听说大儿子生来就面貌丑陋，脸上似乎有一块深红色的胎记。而二儿子则标致得很，很多人第一眼见到还以为是个女孩子呢。那男人估计大儿子没人要，就把二儿子给卖了。卖去哪里、卖给谁我打听不出来。但是没过多久，那男人就离开了七十三号，摇身一变，成了上海某富太太的先生了。据说那富太太还花了不少心思为他谋事业，让他成了有钱人，和过去一刀两断。你说说这种好事怎么不发生在我身上？"

几个人听到后续发展都忍不住疑惑，陆江吟更是直接问："那男人是……长得不错，对吗？"他犹豫该用何种形容词，而说到这时，他突然想起了顾一飞。

叶超低笑一声同程岂言说："他在问你，那男人是不是小白脸？"

"大概是吧。不然为什么富太太会看上他，还煞费苦心地为他安上不同以往的高贵身份？"程岂言认认真真地回答完，又嘲笑陆江吟，"没想到你风度翩翩，也会说出'小白脸'这样的话来，小少爷这样歧视人也是不对的。正所谓勿以恶小而为之嘛。"

"我没有。"

陆江吟极为不爽地瞪了眼叶超。叶超幸灾乐祸，他嬉笑着，不理会陆江吟的愤怒。

"他成了有钱人，那他的大儿子呢？"唯有陆江庭仍在理智地分析道，"按理，有钱人家的太太极力为这个男人塑造新的身份，应是不喜欢他贫穷的过往。既然如此，她接受那个儿子的可能性应该也不大吧。"

程岂言再一次为陆江庭竖起了大拇指，真没想到陆家两个少爷都这么厉害。

"我猜是没要，但具体的就没人知道了。反正也没见过他们夫妻俩出席的场合里有儿子的身影，他们两个后来也没有孩子。但打那以后，七十三号就莫名传出了一个奇怪的事情，说'只要几颗糖果，任何病痛、烦恼都会消失殆尽'。"

"糖？"陆江吟和叶超不约而同地发出质疑的声响，两人想的不是一件事，但都和这物品有关。

程岂言最后说，那男人享了好几年的福，似乎也是前不久才在医院过世。他本身就有很严重的病，这病还会遗传，他的孩子带着这样的病出生，寿命会更加短。

"所以说不准他的孩子都已经死了。"

程岂言不能保证这些都是真的，但八九不离十。每个人都无法保守秘密，因为需要隐瞒的秘密从来都不是什么好事，更是一种负担。

当时在验尸房，所有人听完之后只顾着惊诧、感慨，并没有深入询问。因为这些异闻乍一听似乎和凶杀案并没有什么关系。那更像是一个悲伤的故事，一个处于阶层最底下的人的悲哀。

"七十三号的事情可信度有多少？"这会儿在颠簸的车上，陆江吟问起了程岂言。说来也怪，查过的案子多少都和七十三号直接或间接地扯上了关系，让人不得不在意。

程岂言笑了笑，双手交叠于脑后，漫不经心地问："从我嘴里说出来，你觉得可信度有多少就是多少，我不是那种非要寻求别人认可的人。"

"所以我在问你，那个故事的可信度是多少？"陆江吟仍旧目不转睛地盯着程岂言。

"别的我不敢说，但七十三号这事确实有很多不可思议的地方。"因陆江吟的态度，程岂言也不自觉地一本正经起来，"结合我自己小时候听过的，再加上我爷爷、父亲记录下来的，可信度有八九成。"

陆江吟微微点头，七十三号原住户凭空消失或许永远是个谜，井底那三具尸体到底是不是原住户也还在核实。但曾经有人住进去倒是值得揣摩，这和后续的关于七十三号的传闻有着莫大的联系。

"齐溪，你记得我们小时候进过七十三号的事情吗？"他转头又问起了齐溪，"当时，我、大哥还有你都进去了，你记不记得里面是否有住着人的明显痕迹？"

"这……"齐溪一怔，不太能回想起来。

前座的叶超又转回头抢着说："别说你们小时候那里面可能住着人，光是我早些时候接到报案进去时，都感觉里面是有人的，只是藏得好没被发现。"他说完后视线落在陆江吟身上，发现他在独自思考的模样，便问，"怎么了？"

"我在想，我是不是见过曾经偷摸住在那里头的人。"陆江吟忽然抛出这样的一句话来，"小时候，我从七十三号出来就高烧不断，听大人说，我是被不干净的东西给碰到了，或者是吓到了。鬼神之说不可信，我肯定见到了什么，因为害怕继而引发了身体上的问题。"

齐溪也很费解："你当时高烧烧得人模模糊糊的时候，嘴里一直在说什么'有人看着我'之类的话。"

"哎哟，这么邪门吗？"程岂言惊慌得做双手抱臂状，"你莫不是真遇见鬼了？"

陆江吟摇头否定："不是鬼。"

但具体是什么却无法判定。

"哈哈，我猜你没准见到了躲藏在里面的那个面容丑陋的人啦，所以被吓到也是极为正常的！"程岂言大笑着。

一连串汹涌而至的疑问将他们推向了事件的更深处，除了陆江庭和老覃，他们都来到了齐家。

迎着出来的齐叔没有任何异样，即便见到了气势十足的叶超，他也没丝毫的怯懦。

"小姐怎么不提前说一声，要和这么多朋友一起回来？不过没事，晚饭也还来得及准备。"齐叔领着大家进屋，这个过程中，齐溪一直没说话，就连陆江吟也是沉默的。

几个人进了正厅，叶超便打断了齐叔吩咐用人多添碗筷的决定，开门见山道："我们有几个问题想问你，只要你认真回答，我们就不会耽误你太长的时间。"

齐叔一愣，继而笑着点头说："嗯，可以。"然后又看向齐溪道，"小姐，您先去和老爷用餐。老爷已经等很久了。我这边等叶探长问完就过来。"

"齐叔，那你结束了就马上过来，我们等你一起吃饭。"齐溪露出和往常一样轻松的笑脸。

程岂言见状一手拉过齐溪，扭头边走边说："我陪你去吃饭，正好把上次没吃的补回来。"

齐叔笑眼注视着频频回头的齐溪，直到他们进了饭厅，他才敛起平易近人的样子，对叶超说："叶探长有什么问题，请问吧。"

叶超回望了眼一直在身后保持沉默的陆江吟，又道："我们能换个地方聊吗？"

"当然可以。叶探长想去哪里？"

"你房间。"叶超直视着齐叔，"这个地方，不知可不可以？"

齐叔犹豫了会儿，伸手做了个"请"的手势。

几个人走过长廊，来到了位于角落的齐叔房间，那门旧旧的，一眼就看出了岁月的痕迹。挂在把手上的锁也生锈了，齐叔掏出钥匙开了锁，将挂锁钩在了一边。

"叶探长请。"

叶超先进了门，齐叔开了灯，里面的一切尽收眼底，一张挂着幔帐的床，一张放置着烛台的小圆桌，一个只有三层的抽屉柜子。叶超的目光自然地去寻找程岂言所说的照片，但丝毫不见照片的存在。

"不知道叶探长想问我什么？"齐叔站在叶探长的身后，他看见他四处张望的模样，便问，"是需要什么吗？"

叶超寻不见那所谓的照片，转回身问道："十年前，也就是一九二五年四月十二号晚上八九点的时候，你在哪儿？十年前的事情放到现在来问，似乎有些滑稽，换作我也记不得。但还是劳烦你能想一想。"

"十年前的事情确实记不得了，但晚上这个时候我应该都在房间记账。"齐叔老老实实地作答，"四月十二号这个日子有什么特别的吗？"

"那你去过这儿吗？"叶超拿出了汪小玲受伤的小巷子的照片询问齐叔。

齐叔接过照片端详了片刻道："不曾去过。"

"你说你晚上八九点都在房内记账，也就是说没人能为你提供证明了？"叶超又问，之后又不紧不慢地拿出了汪小玲的照片，"认识她吗？"

齐叔仍旧摇头："不知叶探长到底想问什么。"

"十年前的那个晚上，有人在这条巷子里袭击了这名女人，幸好抢救及时，她捡回了一条命。根据她的回忆，那天晚上她不仅见到了一个戴佩玉的男子，而且这名男子身上——"叶超故意凑近齐叔，轻轻地嗅了嗅，"还有很重的烟味，就和齐叔你身上的一模一样。"

"我很爱抽烟，小姐总说这样对身体不好，这些年年纪大了，也改了一些，抽得少了。我想烟味重不能说明什么吧？"

叶超没有急着往下说，而是等了齐叔一分钟，见他没有继续辩解，便又说："你只解释了你身上的烟味，那么佩玉呢？"

"没有的东西要如何解释？"齐叔恭敬地回答。

叶超手上没有任何实质性的证据，使得问话都充满着各种试探的意味。齐叔的回答滴水不漏，他也因此越发怀疑起齐叔来。

"我看你的房间装扮得相当朴素，但以你和齐家人的感情，不像是连张照片都不摆的人啊。除了你这个人，这屋里我似乎找不到任何和齐家有关联的东西。"

齐叔这会儿露了笑脸："这您倒提醒了我，昨天打扫了下房间，将桌面上的东西都收了起来，忘记摆回去了，我这就拿出来摆上。"

陆江吟也时刻盯着齐叔的脸观察，想要从齐叔风淡云轻的姿态上看出端倪。他和叶超注视着齐叔从抽屉里拿出相框，照片就这样被摆在了眼前。那是一张齐叔和齐石良以及齐溪的合照，照片上的齐溪才五六岁，被齐石良抱在腿上，对着相机也没有露出一点微笑。

"怎么没有？"叶超和陆江吟看了半天也没有看到佩玉的踪影，这就是一张普通的照片，普通到不用看第二眼。

陆江吟抬头看向齐叔，对着朝自己浅笑的齐叔问："只有这一张吗？"

"是。"齐叔肯定地回答。

陆江吟忽然觉得这深宅大院不再是他小时候进进出出的地方，齐叔也不是他了解的那一个人。照片不可能只有这么一张，他清楚地记得当年小的时候，他和齐溪还到处在家中玩捉迷藏，他见过齐叔整理照片，只是在门缝里瞧了一眼。

他们什么也没从齐叔这里得到，身上的烟味和佩玉可以匹配很多人，齐叔并不是唯一的对象。而程岂言从他房内窥见的照片又出了差错，使得叶超空手而归。

"不可能！那照片上他穿着青色的长袍，腰间就挂着那佩玉！"程岂言完全不能接受，"那是一张他和一个小孩的照片啊！你们到底看没看清？"

回去的路上，程岂言一再强调不可能，陆江吟和叶超其实心知肚明，齐叔拿出来的照片根本不是程岂言那晚看见的那一张。一个人若有意隐瞒，必然会提前做好准备。问题是，齐叔是怎么知道的，甚至还特意换了一张？

程岂言想起当时自己和他聊了几句，恐怕是那几句话让齐叔有了提防。他坚持说："齐叔肯定是凶手！他心里一定有鬼，不然为什么要换照片？"

陆江吟和叶超也明白这一点，但无凭无据。陆江吟向叶超问起了另外一件事，想要以此找到新的突破口。

"你能告诉我那几个受害人具体的受害时间吗？所有，包括罗华的妈妈。"

叶超不用翻案卷，张口就来："最早的是银行行长的徐太太，一九二〇年五月十二号；君竹饭店的马太太，一九二一年四月二十八号；金器铺子的王太太，一九二二年四月十五号；汪小玲，一九二五年四月十二号；你的母亲，一九二八年五月十三号；最后是小一母亲张珍，一九三五年四月十二号。"

陆江吟拿笔全都记在了小本子上，日子似乎都集中在四五月份，但光是这么看，又得不出一个确切的时间规律来。

"我研究这时间无数次，只能从中知道她们的失踪死亡时间都集中在暮春，但具体的时间却没有什么能够寻得到的规律。"叶超懊恼地说。

"有的。"陆江吟突然声音冰冷。

"什么有的？"

"徐太太出事的时间是一九二〇年五月十二号，即是阴历三月二十三；马太太一九二一年四月二十八号，即是阴历三月二十一；王太太一九二二年四月十五号，即是阴历三月十九；汪小玲一九二五年四月十二号，即是阴历三月二十；我的母亲则是阴历三月二十四，最后的小一母亲是阴历三月初十。"

程岂言听后也觉得似乎哪里不对劲，思考着说："年份不同，但她们的遇害时间都很接近啊。"

"是。"陆江吟声气未变，可声音里夹杂了一丝彷徨失措，"她们的死亡时间，正好在齐溪生辰前后。"

（四）

两天后，蒙蒙亮的清晨，太阳还没从云端冒尖，也没能彻底唤醒这座城里的每一个人。

在寻常的巷子口，有个在酒馆吃酒到了天明的酒鬼好不容易醒了酒，就急急忙忙地往家赶，这才担心起一夜未联系的家中妻子，唯恐被其责骂。

他神色匆忙，脚下的尘土和身侧早起干活的人他都没在意。领带歪歪扭扭地挂在脖子上，心急时连这领带也不听话，横竖都系不好，他烦躁万分，索性扯下领带塞进兜里，可才刚转过街角，脚下突然一绊，一个趔趄狠狠地摔在了地上。

他吃痛着直骂倒霉，一边撑起身、揉着膝盖，一边往地上望去。这一看愣是吓到一时出不了声，好一会儿他才大喊："来人啊！死……死人啊！有死人！"

他颤颤巍巍地接近侧翻在地上、身边淌着大片血迹的男子，想上去试试对方的鼻息。

"妈呀！"他伸手试探时，又被对方突然怒睁的眼睛给吓了个够呛，他一面努力平复被吓坏的心，一面开始喊救命。

哪知，地上那人似乎竭尽全力地想要开口说话，可气息微弱，他的声音几乎听不见。男人意识到他有话想说，又爬过去俯身凑近他耳旁。

"什么？其实什么？你要说什么？"可无论他怎么努力想要听清，都只能从气若游丝的人口中听见模糊的几个字，渐渐地，耳边什么声音也没了。

"有没有人啊？这下真的出事了……"本来就醉了一宿，又遇上了这等事，他难受地捂住嘴，慌乱地起身跑到墙边呕吐了起来。

没过一会儿，附近的人陆陆续续地来了几个。这时才五点一刻。一个医学世家的中年人也被急急地请了过来，男子一看地上的人便知伤势严重，估计是救不活了，搭了搭脉后摇摇头没说话。

"这一大早的……这事也说不清楚。快去请叶探长过来，他不就住在这附近吗？"围观的人中有人又出了主意。

慢慢地，崭露头角的太阳光线照到阴沉沉的青色砖瓦上，沿着直直的墙沿缓缓地朝里开出一个金黄色的三角来。然后一大片的屋瓦都亮堂了起来，巷子里的一切都清晰明了。

邻里这才看清了早已没了血色的男人的容貌，不约而同地发出唏嘘声。

"探长来了！大家让一让！"不远处，去请叶探长的小伙子高声示意大家不要围堵在那儿。大伙儿一听管事的人来了，也赶紧侧着身子让出了一条道，夹道欢迎似的注视着一步一步慢慢走近的叶超。或许是时间还太早，被叫醒的叶超接二连三地打着哈欠，就连头发也是乱糟糟的，仿佛顶着鸡窝。

他扫了一眼在场的所有人，逐一记住了他们的脸。可在蹲下身检查死者的时候，他慵懒的姿态陡然一变，他万分震惊地扶起早已没了任何生命征兆、满身鲜血的男子，眼睛跟钉子一般牢牢盯在了对方的脸上。那紧闭的眼眸和苍白的双唇，没了一丝丝狡黠，也没了斗嘴的能力。

周围的人因为好奇问了好些话，可叶超一个字也没回答。在场的人有些纳闷，看起来这名男子似乎和叶超有些不同寻常的关系。

"是谁第一个发现他的？"良久，叶超终于开口说话了。

旁人伸手指向还瘫坐在地上的神情恍惚的酒鬼，人群中有人认出了他，告诉叶超这人叫黄翔霖，平常爱喝点小酒。这个时间点还衣衫不整地待在外头，肯定是醉酒了急着回家。

叶超小心翼翼地放下怀中的男人，双手已染上了鲜血。他冷着脸走向黄翔霖，问他："你发现他的时候，他就死了吗？"

黄翔霖哭丧着脸摆手说："我也以为他死了，可没想到他那会儿还没死，还差点把我吓死了！"

"你有留意到周围还有什么人出现吗？"

"没注意，只有我，应该只有我。我喊了好久才出来一两个人……探长，他可和我没关系啊！我不认识他！我还被他绊了一跤，腿还疼着呢！他伤得这么重，又流了这么多血……我，我不知道啊。"黄翔霖真觉得自己倒霉到家了，这一身衣服还要穿着去上班，满身酒味不说，现在还弄得脏兮兮的。

叶超按捺住内心隐隐的伤痛，保持理智地继续问："仔细想想，还有什么事发生吗？"

黄翔霖丧气地摇摇头，只想赶紧回家让妻子给他张罗一身干净的衣服。忽而打了嗝上来，酒味瞬时涌到了嘴边。他咂巴了下嘴，对叶超说："他死之前和我说了几句话。"

"说了什么？"叶超蹲下身紧张地追问。

"说'其实什么什么''然后什么什么'，我没听清。他好像在解释某件事情，可他那会儿就已经说不清楚话了。探长，我知道的就这些，我能回家了吗？"

叶超紧皱眉头，他捉摸不透这遗言，继而对黄翔霖说："有需要我们还会再联系你。"

"好好好。"黄翔霖一听叶超放自己走了，赶紧爬起身拍拍屁股上的泥土，离开了这倒霉的地方。

这时，学医的男子向上托了托眼镜，大胆地问叶超："他身上的应该是刀伤，被人捅伤流血过多致死的。他是不是得罪了什么人？他是谁？"

叶超看了对方一眼，转身脱下自己的皮夹克外套，小心翼翼地盖在了死者的身上。太阳越升越高，那一片金灿灿的光芒优哉游哉地洒在了叶超的头上。

工作的时间到了，周围的人也都散了去。学医男子留了下来，独自站在叶超身后，叶超的背影并没有像阳光那般热烈、坚定，反而低落、心酸。他想他们或许是朋友。

良久，他听到叶超说："他是个没出息的小偷。"

这一日才刚开始，就被突如其来的血色笼罩。

"怎么会这样？程岂言怎么会……"

陆江吟首先冲进了叶超的办公室，因为动作过大，甚至还踢翻了他办公室放置的椅子。

"叶探长，程岂言的事是真的吗？"

后面跑进来的齐溪也慌不择路的，毫不意外地被陆江吟踢翻的椅子给撞了一下。前方的陆江吟尽管情绪也起伏剧烈，却也还是第一时间注意到了她失去平衡的瞬间，立时伸手过去抓住了她的手臂，将她稳稳地扶住，然后弯腰把椅子摆正，挪到一边让齐溪坐下。

叶超见进来的一个个都仪态尽失，心中悲哀程度更甚。他本没有打算通知陆江吟和齐溪这事，但程岂言死得太蹊跷了，难免令人联想到近期发生的事情。

他跳过了平日里爱开的玩笑话，直接和陆江吟分享了案情。

"那里不是案发第一现场？"陆江吟省去了关心的话语，他看得出叶超心情很坏。他们和程岂言虽谈不上朋友，但在携手查案的同时已然形成了一种默契，这种默契存在时不以为意，失去又惋惜至极。

叶超摇头："按照现场勘查的情况来看，程岂言是在受伤之后逃到那个地方的。江庭说，以他失血的情况判断，他忍受着极大的痛苦才到了那里。老覃不理解他为什么不在受伤之后去医院，哪怕只是小诊所，及时进行救治的话他或许还有生还的可能。我猜，他可能是想来找我的，只是没有撑到我家门口。"

"假设你的猜想成立，他被人捅伤却在侥幸逃脱后不顾一切来找你，是想告诉你他发现了非常重要的线索，甚至已经知道凶手是谁。"陆江吟此时心脏还在狂跳着，他逼自己理智地分析，"他最后和发现他的人说的话其实只有几个词。但似乎可以证明，程岂言确实发现了什么，以至于被杀人灭口。"

叶超对陆江吟所说的话不置可否，他一直在想昨日见到程岂言时的种种。因着他们前两日没在齐叔房内找到他见过的相片，程岂言一口咬定是齐叔藏了起来，他不甘心也向叶超表达过要用自己的方法让齐叔隐瞒的一切无所遁形。

　　"齐溪，你昨天在家吗？"叶超将目光对准齐溪，他不得不将这一切做出如下的联系。

　　"白天我一直在爱瑶家里，到了饭点才回家的。"齐溪回答的同时心里咯噔了一下，她的反应从来没有陆江吟快，但特殊时期，她敏锐起来，她直视着叶超，"程岂言之前说他见过齐叔佩戴佩玉的照片，但你们并没有找到。所以你有理由相信程岂言擅自进入我家去找那张照片。你依然怀疑齐叔。"

　　叶超没有正面回答她的问题，但肯定的神色不自觉地流露出来。她很聪明，只是她不习惯利用这份聪明。他接着问："晚上十点到凌晨三四点你在哪儿？"

　　齐溪叹着气，干脆站起身："没这种可能的，我们家要是有人闯进来，只能从大门进。开门关门都会发出很大的动静，我即便是在那个时候睡着了也会被惊醒。小时候我就曾经……"

　　"你曾经也说过你的熏香里被人添加了迷烟之类的东西，你怎么保证当时若真有人闯进来，你是清醒的？"叶超的问题忽而犀利起来，"程岂言是个小偷，翻墙破窗不在话下，你怎知他一定会从大门进？"

　　"我没有点香。"齐溪第一次见叶超对自己的态度如此冷漠，甚至带着明显敌意，她知自己的立场不太方便表达想法，但她还是沉着气道，"我不是笨蛋。我房内的香的确是齐叔买的，也是齐叔点的。但香存放的位置并不是一个齐叔能够时时注意到的地方，在拿香到我房间这个过程中存在很多变数。或许想害我的另有其人，齐叔不过是明面上最容易利用的对象罢了。"

叶超先是一皱眉，而后冷笑："你帮齐叔说话我能理解，但我巡捕房办事就是要讲证据，线索指向谁我就调查谁。程岂言小偷小摸惯了，但从未有过害人之心。谁这么残忍非要杀了他不可？除了近期调查的案件，我还真的想不出其他事情来。"

齐溪轻吐了一口气，保持沉默。自打那日叶超来了家中之后，她一直没有正正经经地和齐叔聊过，连个多余的眼神也没有，芥蒂在她心里生根发芽。

齐叔是她最为信任依赖的人，是一直无微不至照顾她的人。她怀疑他，那就是一种背叛，一种无论怎么安慰自己都摆脱不掉的背叛。

可她想要自己去证实这一切。总要有人为这些残忍的凶杀案负责，总要有人亲手来抓住这样的禽兽，总要有人承受真相带来的后果。

"叶超没说齐叔就是凶手，你不用往心里去。只是程岂言的死确实太过突然，短时间内能够对程岂言的生命构成威胁的，只有齐叔藏起来的那张照片，那张和你的照片。"陆江吟也找不到程岂言遇害的其他可能性，他安慰着齐溪。

齐溪当然能明白，只是她总归是齐家人，维护家里人是她的本能。

"你们没有在程岂言身上发现照片？"她突然问道。

"只要沿着程岂言的血迹去查，我相信我们很快就能找到第一现场，到时候谁都别想跑。"叶超知道她心中不舒服，这是难免的。但他会为这样的难过负责，给出一个满意的交代。

齐溪被叶超话语中的震慑力微微吓了一跳。巡捕房查案，她没有干涉的权利，也没有质疑叶超能力的意思，只是多少觉得自己好像被排除在外了一般，有些苦涩。她始终狠不下心来将齐叔同杀人不眨眼的恶魔联系到一起，那每天露着慈祥笑脸的齐叔不应该有两副面孔。那是使人寒心，使人恐惧的。

"对不起。"她也不知道该说什么，"不耽误你们查案，我先回去了。"

陆江吟伸手想拉她，却扑了个空。他和齐溪之间甚少出现这种极为冷淡的状态，虽然不是他们两个的问题，但在这一刹那他感受分明。

"齐溪，你怎么在这儿？"偏巧这时，陆江庭拿着尸检初步报告过来找叶超，叫住她之后稍稍打量了她一下，继而轻声说了句，"等我一下好吗？"

说完，陆江庭然后径直走向叶超，将报告递给他："程岂言身上有两处刀伤，致命的一刀在肺部。身上还有多处擦伤和轻微骨折，应该是从高处坠落导致的。老覃还在他衣领子里发现了树叶，推测应该是坠落的时候正好掉在树上缓冲了，不然身上的骨折会更加严重。"

叶超听后愤怒地一手握拳捶在了桌面上，他还没等陆江庭说完就冲出了办公室，喊人集合，下达各种命令。

陆江吟担心他过于冲动，急忙询问了大哥还有没有其他线索。陆江庭说老覃还在程岂言的指甲缝里发现了一些漆木碎屑，暂时不知用途。

"程岂言身上有防御伤，我不知道碎屑是挣扎时不小心碰到的还是怎么样。你告诉叶超，遇事还是要冷静些。不然查不出案子，程岂言就枉死了。"

"我知道。"陆江吟着急，看着大哥欲言又止。

陆江庭拍拍他的肩，心知肚明道："去吧。齐溪我会照顾的。"

"谢谢大哥。"

这期间，齐溪没有看陆江吟一眼。有种很奇怪的感觉，好像发生了这事，她和所有人都心存芥蒂。

"过来坐。"陆江庭拉过她又重新坐了下来，办公室现在就剩他们两人，他看得出她很不开心，于是玩笑着问她，"又和江吟吵嘴了？为了案子？"

齐溪没有理由对着陆江庭也耷拉着嘴角，勉强地扯出笑容："我和江吟都好几天没说过一句完整的话了，没有机会吵架。"

"你在怪他吗？"陆江庭似乎能体谅齐溪烦闷的原因，她的无助大概源自发生了这样的事情无人可以商量，包括陆江吟在内，"怪他重视案件多过你？"

齐溪先是笑着摇头否认，后又承认说："他应该重视案件多过我。江庭哥哥你不也是这样吗？现在在查的可是你们母亲的案子，齐叔又成了嫌疑人。于情于理，我都无法置身事外，我也没有资格怪任何一个人。现在案件未查清，程岂言又无故丧命……"

她列举的这些分明都与她无直接关系，可她却似当事人一般深陷其中。陆江庭没有反驳，母亲的死一直是他和江吟的心结。如今有了解开的机会，他们兄弟二人自然不会放过。他们追查的真相必然是另一群人的悲剧，只是他没有想过这群人里兴许会有齐溪。

"我们都太平凡了，无法面面俱到。我不求你理解江吟急切的心，但齐溪，我们都无心伤害你。你和江吟都还很年轻，现在发生的事不论好坏，未来都还有很多时间去接受或者改变。"

"江庭哥哥。"齐溪说话声柔软可爱，但又坚定无比，她听得出陆江庭话语里隐藏的含义，她脸上带着笑，缓缓道，"我不相信齐叔就是凶手，但如果他真的是，我想我也能接受你们对我的惩罚。"

陆江庭怔住了，齐溪心思细腻、为人通透。他心里很清楚，如果齐叔真的是凶手，他们陆家和齐家就无和平相处的可能。且不论世人会如何谈论这件旧事，他们陆家横竖都是让齐家、让齐溪陷入众矢之的第一人。

（五）

齐溪生于一九一九年阴历三月二十二，那是春天最后的日子。春水也好，山林也罢，所有冒出尖儿来的生机都被迫留在春的记忆里。从小就被告知"最后的日子"为不祥的齐溪也因此理解了母亲的死亡与自己的诞生。暮春虽有"春"字，却与真正的春相去甚远。

春不再，就连红灯笼都破旧了不少。喜气的颜色被时间、光照、雨水轮流爱抚了遍，退去了大半的活跃，灰沉沉的没了希望。齐溪站在自家门口，望着悬挂在顶上的灯笼愁肠百结。自己因为知道太多关于案件的实情，也成了叶超需要防备的对象。

齐溪回来时，同叶超的车正好照了个面，她特意迟些回家，免得让叶超难做。虽不清楚问话结果如何，但她远远地看见齐叔送客到了门口，目送叶超离去之后转身进了大门。她不由得松了口气，至少现在看来，并没有直接证据证明齐叔与程岂言的死有关。

"……看到什么了露出这样吓人的表情？"

"没什么。"

齐溪正准备整理好表情回家，就听到谢罗华和陆江吟的声音，原以为陆江吟会和叶超同去同回，没想到还留在她家附近。但是谢罗华怎么也会在这儿？

"你们在做什么？"

"哎哟妈呀！齐溪你来了出点声行不行？我这颗不经吓的小心脏……"谢罗华吓得原地蹦了蹦，立刻做出痛苦的表情来，不停拍着胸口说，"我送完爱瑶回家，见到陆江吟在你家这楼下鬼鬼祟祟的，就过来看看，谁知道被你们两个吓得够呛。"

陆江吟斜了他一眼道："只有鬼鬼祟祟的人才会三番五次地被吓到。"说完他收拢的手往裤兜里一放，再拿出来时掌心坦坦荡荡地张开着。

"我一个路过的又不知道你在干什么，被吓到也很正常嘛。"谢罗华据理力争，而后又不好意思地看向齐溪，"这种糗事，齐溪你可不要对爱瑶讲。"

齐溪笑着捉弄他："我们经常天南地北地聊天，东拉西扯的很容易说漏嘴。所以这事我不能答应你，免得日后你怪我不信守承诺。"

谢罗华没辙地搔搔头，力图挽回点颜面："是是是，就你家江吟什么把柄都没被人抓住。我们几个人聚在一起，好话都是陆江吟的，最漂亮的你也是他的。"

久违地听到这样的玩笑话，齐溪忽觉不适应。之前和江吟之间发生的种种让她肯定了自己的心意，也做好了接受的准备。但没想意外事件屡屡发生，水到渠成的事一再推迟。尤其是现在这样隐晦不明的情况下，她不敢去猜测江吟的心思，或许他也没有多余的心情来整理他们的关系。

见多了世间"儿女情多，风云气少"的故事，她更觉得胸怀大局之人才是令人敬佩的。陆江吟曾说，他从没想过要成为英雄，可在齐溪眼里他本来就是，很早很早以前就是了。

"少胡说八道，早些回家吧。"

陆江吟拉住了说完话就准备走的齐溪，他们两个已有好些天没好说上话了。他心知问题所在，也正是他急于想要解决的。他凝视着她，轻声坚定道："罗华是胡说八道惯了，但他说得没错。"

"快来人哪！听听我们陆少这大胆又臭不要脸的告白！"谢罗华双手抱着自己的胳膊来回不停地搓，只想把鸡皮疙瘩都从身上揉搓下来。

齐溪微红着脸浅笑："我知道。"她不再去揣测陆江吟的心理了，因为他都告诉她了。

"嗯。"陆江吟看起来轻松了不少，笑容也逐渐爬上了嘴角，突然间也和齐溪一般难为情地低头一笑，继而又推了一把无辜的谢罗华全当是发泄了。

打闹了一会儿，他说："你快些进去吧，家里人等着你吃晚饭呢。"

齐溪站在原地不动，也催促他们赶紧回家，陆江吟拗不过，只能一步三回头地先走了。她望着少年的背影，那才浮上脸庞的幸福光彩瞬间暗淡了下来。欢愉并不能长久，是因为横亘其中的问题自始至终都存在。

她走到陆江吟刚站立的那棵粗壮的树下，仰着头观察着张开似渔网的树枝。入了迷似的一圈又一圈转着身子看，茂密的枝叶知道些什么呢？或许比他们知道的还要多。

天将黑未黑，太阳的余光透过树叶缝隙密密麻麻地落在了齐溪的身上。与此同时，还有一条影子挂在了她的肩上。

"齐溪。"

头顶忽有声音呼唤自己，齐溪抬头，看见二楼推开窗望着自己的父亲。她已经习惯了父亲戴面具的样子。

"天黑了不要站在外面，可以吃饭了。"齐石良的声音一直哑哑的，每说一句话就要咳嗽几声。大火之前没有的毛病现在落了一身，他的行动虽显迟缓，步伐却是稳稳当当，甚至于握着齐溪的手都强劲有力。

"爸爸把窗关上吧，夜风冷。"齐溪从树荫下走了出来，担心父亲的咳嗽变厉害。看不到父亲的脸，见不到他真实的表情，但他关窗的那一刻似乎很满足，满足于齐溪对他的关心。齐溪也是在这个时刻恍惚间觉得，自己该长大了，该学会去照顾家里人。

她慢悠悠地往大门方向走去，走了三步回头盯着那棵树。晚霞渐渐退散，月色赶走了太阳的余光，独占这片大地，这棵树的轮廓变得越来越模糊，最后成了立在那儿的阴影。远处的天空飞过来几只麻雀，叽叽喳喳地往茂盛的树枝里头钻，它们拍打着翅膀在遮挡视线的树叶里头纠缠打闹。

正厅掉落的那幅字画到底还是被齐叔重新挂了上去，齐溪默念着那句诗，直到父亲下楼来。齐石良伸过手来，想要同她一起前往饭厅用餐，齐溪却执着地站在字画跟前。

"怎么了？"齐石良问她，"你看起来有些不开心，谁惹你生气了吗？"

齐溪淡淡地摇头，问："爸爸，您相信齐叔会杀人吗？在我很小的时候，发生了好几起失踪案件，现在证实她们都已经遇害了，江吟的母亲也可能死于同一个凶手之手。可是，不管是过去还是现在，齐叔无论对谁都亲切友好，我相信他不会伤害任何人的。"

"人心隔肚皮，你看不明白的。"齐石良短短两句话中止了齐溪的胡思乱想，他拉过她的手领着她往饭厅走去，"你活着，我活着，我们父女还在一起就好。"

"爸爸当时为什么要让齐叔扔了那幅字画？"

齐石良轻拍着齐溪的手背反问："什么字画？"

"您最喜欢的字画。"

"傻孩子，最喜欢的字画怎么会让人扔了呢？"

"是啊。怎么会呢？"

齐石良觉得齐溪有些不对劲，侧着脸打量着自家姑娘，但看不出什么问题来，随之安慰道："李嫂做了你爱吃的糖醋肉，多吃点。"

齐溪越发觉得，她离自己熟悉的一切越来越远了，远到就像井里的月亮，她看得见捞不着。

"糖醋肉是江吟爱吃的。"她轻轻地推开了父亲挽着自己的手，径直朝饭厅走去。

身后的齐石良背过手，面具下的两只眼睛直直地盯着齐溪。踏进饭厅的齐溪正遇上走出饭厅的齐叔。

"您怎么不一起进来？"齐叔上前搀过齐石良。

齐石良摆手示意不用扶着，他自顾自地叹着说："维持这样的关系可真难，你说是不是？"

齐叔一怔，勉强地笑笑说："小姐她总归还是个孩子。不过普通人家的女孩这个岁数时，心思多半都用在找金龟婿上，女孩子到底还是要找个好人家嫁了。"

"齐溪？好人家？"齐石良鼻子里哼出一丝不屑来，他瞟了眼齐叔道，"嫁婆哪里是那么容易的事？她方才问我相不相信你是杀人凶手，你知道，我信与不信并不重要。若是陆家知晓谁是真正的凶手，那你认定的好人家便不复存在了。"

齐叔忽而上前一步，面容凝重，但他止住了话头，因着齐石良咳嗽病又犯得厉害，他只能又重新搀住对方，问："近来怎么咳得那么厉害？要不要上医院瞧瞧？"

"不了。"齐石良一边掩住嘴咳，一边断断续续地说，"医院那鬼地方不去也罢。我还有很多事没做，不想浪费这个时间。人啊，都说命里无时莫强求，可我偏要强求。"

齐叔没有接话，沉默地扶着他往饭厅走去。太多事情，从一开始就是个无法挽回的错误，他深知自己是造成错误的罪魁祸首。但只要能保小姐平安，能够维护齐家声誉，他不畏惧任何下场。

是夜，天空隆隆响动。风吹动着窗外的树枝，沙沙作响。

外力作用导致断裂的树枝紧靠着一寸树皮摇摇欲坠，陆江吟看见断裂的横截面上挂着一样东西，它随着不易察觉的微风轻轻摆动。他抱着复杂的心情小心翼翼地将其拿下，指腹摩挲着这一小片薄薄的布料，粗糙的触感、平庸的材质，全都感受真切。

"程岂言真的来过这儿？可为什么是这儿？"他盯着手心的碎布，百思不得其解。忽而一阵风从上至下扑了过来，顺势卷走了他手心里的布料。他紧张地去追赶，随着碎布飘飘悠悠地落到了地上，他弯腰拾起，陡然间觉得脚下的泥土地面翻转成了布满灰尘的地板，一路铺沿开去。他直起身子，出现在眼前的是一扇门，一扇通往七十三号后院的门。

"是梦，这一定是梦。"他紧张地攥紧手中的证据，原地打转提醒自己。他不可能瞬间就从齐溪家来到七十三号，绝对不可能。这是梦，他要醒来。

他强迫自己清醒，可梦中的清醒要达到何种程度才算真正的清醒。他无法呼救，无法自行离开，就像困在镜子里头，没人看得见自己，没人听得到自己。

"……那他们也算是有地方住了。但吃的怎么办呀？我兜里还有两颗糖，我不吃了，给他们吃。"

"快走吧。"

玄关处稚嫩的声音就像是从埋于泥土深处的收音机中传来，带着过往腐烂的机械声。陆江吟回身，胆寒地看着小时候的自己急急忙忙地要拉过善心大发的齐溪往外走，他看起来是真的不喜欢这儿。陆江吟注视着他，陡然间发现小江吟惊恐地瞥向了自己身后。

他急忙回头望，赫然发现二楼走廊的护栏间隔处蹲着一个人！他的脑袋一动不动地搁在那儿，一双似笑非笑的眼睛直勾勾地盯着他们，表情像是在翻阅小人书一般愉悦。

陆江吟知道这是梦，但他清醒地意识到，这个梦能为他解开困扰他许久的另一个噩梦。他想要抓住那个人，想要直面自己内心的恐惧。

"齐溪!"他再度回头,想要唤上年幼的齐溪同自己一起,即便是在梦中,他也仍然习惯有她陪在左右。但不知哪里来的一阵怪风瞬间关死了这扇大门,小时候的他们像散沙一样消失殆尽,寻不到踪迹。

陆江吟再次孤身置身于黑暗中,这封闭的空间中突然雷声阵阵,翻滚的声响好似天花板已与云层产生激烈的碰撞。他一下子被混乱的梦境搞到疲惫不堪,明明没有猛烈的雨水,他却怎么也睁不开眼睛。

这种迷茫的状态不知持续了多久,等到风平浪静,他才放下挡住视线的手臂。七十三号不见了,他又重新回到了那棵树下,天隐隐地暗了下来。

轰隆作响的沉闷雷声还在,头顶有一束光斜斜地洒在树上。

"嘿嘿……"

诡异的笑声从头顶灌了下来,陆江吟抬头向上看去——齐石良推开窗在对着他笑。

第十三章

—— 消失的箱子 ——

（一）

次日天气晴朗，地面干燥整洁，丝毫不见半夜那场骤雨的痕迹。正值午后，流动的空气中弥漫着温热的气息，惹人浑身不适。

谢罗华兴冲冲地从学校跑出来找李爱瑶共享午休时光，过来时远远地就见凉亭里还坐着一个齐溪。本遗憾没法两人世界，转而他又乐滋滋地问："齐溪快说来听听，江吟半夜三更跑到你家门口等你到天亮是怎么回事？"

"什么？陆江吟疯了？为什么半夜三更跑你家？"望着谢罗华过来的李爱瑶正乐着呢，一听这话反应可大了，她忙不迭地追问，"齐溪，快些老实交代！"

谢罗华拎着衬衫领口不停地扇风，自然地挨着李爱瑶坐下。然而过于靠近的距离倒使得两人的体热混合在一起，变得越发灼热难安了起来。莫名地臊了一脸之后，谢罗华默默地往侧边挪了挪屁股，隔着一个人的距离望着她们。

"我也不太清楚。"说实话，齐溪也被清早狼狈地站在门口等她的陆江吟感动得一塌糊涂。

李爱瑶惊了，转头问谢罗华："陆江吟怎么不和你一起过来？齐溪不知道他为什么发疯，他自己总知道吧？你快去找他来啊！"

"还是别了吧。他一早上都在睡觉呢，我们约他吃午饭也没叫醒他。这一上午他就没听课，累得直打盹，后来干脆就睡死了过去。老师也骂不醒他，好好的一个学生就这样被爱情弄废了，可惜哦。"谢罗华故意用长辈的口吻评价，还不忘娇揉造作地拍打自己的裤腿。

"真是疯了。"李爱瑶不能理解。两人明明每日都相见，何必急于一时呢？再说了大半夜跑人家家里又不敲门，杵在门口等到天亮，这不是傻子是什么？

末了，她又狐疑地扫向齐溪，暧昧地撞了撞齐溪的身子问："陆江吟等你到天亮，就什么话也没说吗？"

"说什么？"习习凉风拂面，齐溪脸上却热得发红。

李爱瑶露出一副"哎哟，还害着呢"的表情揶揄齐溪，啧啧道："还能说什么？自然是那些不能说给别人听的你侬我侬的话啦。"戏弄完齐溪，她又和谢罗华咯咯笑个不停。

"别笑话我了。什么你侬我侬的，江吟像是会说出那种话的人吗？"齐溪深吸一口气，努力地让两颊温热的绯红退去些。

他们大概不会知道，清晨的第一缕阳光，与开门看见她时，露了一脸放心微笑的陆江吟，就好像是老天爷赐给她的惊喜。她不知道老天爷为什么突然对她好，只知道除了陆江吟，再没人会对她如此。

"怎么不会？陆江吟也不过是家世好、背景干净的富家公子，说到底也是个极为普通的人嘛。一般人恋爱尚且会道一两句喜欢，他怎么就不会说呢？我才不信他觉也不睡只为等你到天亮，肯定是别有所图！"

"嘶，"谢罗华倒吸了一口气，摆出怀疑的态度问，"爱瑶，你为什么对江吟意见这么大？我认识你以来就没听你说过他的好话，你该不是——"

"不是什么？"李爱瑶不以为意，抬着下巴反问。

谢罗华忽而俯身凑近，盯着她清亮的眸子一字一句认真道："你该不是对江吟因爱生恨了吧？莫不是得不到江吟就退而求其次选了我？我家里虽穷，读书虽差，但长得也不比陆江吟差嘛！"

"你！"李爱瑶一时觉得荒唐，竟有些语塞，但冷静了一会儿便附和道，"你说得对，说得对极了。"

"好啊，终于把心里话说出来了！我，我要找陆江吟决斗！"谢罗华本是想活跃气氛开个玩笑，不想却误伤到了自己。

李爱瑶大笑着一把拉住他说："你听我说完呀。我说的是你家穷、你读书差这是对极了的事呀。但家贫的状况日后你可以靠自己慢慢改变，读书差只要用心也可以慢慢进步嘛。你不比陆江吟差啊。"

"这话什么意思？"谢罗华暗喜，得了便宜又卖乖，"什么叫我不比陆江吟差？"

"还能是什么意思，就这个意思呗。"李爱瑶推开他，装作不理他的样子，侧过身面向齐溪时，却也在偷偷地笑，还示意齐溪不要搭理他。

谢罗华看了看齐溪的眼色，知道李爱瑶也在逗他，索性放开胆子，得意地问："你不说我就自己理解了。不比江吟差的意思，是不是就是说你喜欢的是我呀？"

"你想得美！"李爱瑶回头"呸"了一声，继而软软地抱住齐溪，轻轻地左右摇晃，"我最喜欢齐溪啦！齐溪长得好看，家里又有钱，还有陆家两兄弟当靠山。我只要跟着齐溪，这一辈子就不用愁了。"

谢罗华这会儿干笑着拉下李爱瑶抱住齐溪的胳膊，抱住她的肩膀令她看向自己："齐溪已经抢走我的好兄弟了，我不能再失去你了，爱瑶。"

齐溪终于忍不住大笑了起来，她是真没见过这么腻歪的两个人，于是投降地摆摆手说："不敢抢不敢抢。爱瑶是你的，她的心也是你的。所以你要对她好，要一辈子对她好。"

"哎呀，别说啦。"李爱瑶又难为情地推了一把开心死了的谢罗华，这一开始好好地聊着齐溪和陆江吟的事儿，怎么就扯到她和谢罗华的身上了？

她强行将话题转了回来："你还没说陆江吟为什么大晚上来找你呢？"

齐溪被逗得哈哈笑的脸颊还疼着呢，她酝酿了一会儿，犹豫地说："其实我真的不太知道江吟遇到了什么事，但我想应该不是什么好事。因为他凌晨两点给我打过电话……"

凌晨两点，睡得沉沉的齐溪被家里的用人晓红急促的敲门声叫醒。她抓起床边一件薄衫外套披上，开门走了出来，询问晓红何事，晓红只说是陆家小少爷打来的电话。

一听是陆江吟打来的，齐溪再恍惚也打起了十二万分的精神下楼去了。

"江吟?"她对着电话唤了一声,等待片刻之后只听到对方紧张的呼吸声。

迟迟得不到回应,她一时不知道该怎么办。一阵慌乱之后,她只能坐正身体,不安地抓着电话手柄问:"江吟,是发生什么事了吗?"

"没事。"良久之后那边传来如释重负的叹息声。

齐溪忐忑的心也因为听见了他的声音而恢复平静,无所事事的手指把玩着电话线,一圈一圈地缠绕着。她道:"没事就好。大晚上的我以为你怎么了,吓了我一跳。"

说完这句话后那头又是一阵沉默,齐溪没有追问,她知道他还在电话那头,便安安静静地等着。半晌之后,他说:"齐溪,我想见你。"

"哇!你还说陆江吟不是这种人!他怎么……怎么这么浪漫啊!"李爱瑶听完之后捶胸顿足,不知是气陆江吟居然还有这种撩人的本事,还是羡慕齐溪竟能听到这样的情话。

谢罗华有别于女生细腻的心思,也惊奇于女生居然会倾倒于这样一句简单的话。他想着是不是改天找个机会试试?没准能令李爱瑶感动得扑到他怀里。

深夜一句"我想见你",齐溪怎么敢当真?近日来发生的种种,让她面对陆江吟时也多了份小心翼翼,在案情不明的情况下,她想尽可能地离江吟远些。可刚下决心努力做的事情在今天早上就全都灰飞烟灭了,这颗怦然不止的心完全没法思考,满满当当的都是陆江吟。

"你不知道他真的会来?"李爱瑶出于好奇心,没能就此放过齐溪,她设身处地地为齐溪想了想,忍不住点头道,"也是啊。换作我也不会想到凌晨两点他会从家里跑出来啊,一般人说'想'，也不过是嘴巴上说说罢了，怎么会付诸行动，而且还是在那个时间点。"

齐溪用手背擦了擦额头上冒出的汗水，不知是又心动了一遍觉得更热了，还是这天气本来就和她过不去。她到现在也还记得当时见到江吟时的心情，正因为贪恋这种持久的心情，她反倒意识到江吟身上确实发生了什么，他感到非常不安，以至于深夜跑来找她。

与其说是来找她，不如说是来守护她。

"齐溪，你老实告诉我，是不是今早之后就更加喜欢陆江吟了？"李爱瑶迫不及待地想听到肯定的答案，她之前对陆江吟总是没什么好脸色，有一半原因是谁都看得出他对齐溪的心意，可他就是死都不松口承认一句，早些时候还因旁人的几句闲言闲语就故意疏远齐溪。为了这个，李爱瑶都生了他很久的气。

谢罗华插嘴："反正江吟没一天不在偷偷摸摸地喜欢齐溪。"

"这还用你说？"李爱瑶白了眼多话的谢罗华，同他数落起了陆江吟的不是，"瞎子都看得出来他喜欢齐溪喜欢得不得了。有次你们学校的谁，名字我也想不起来了，就只是找齐溪问了问学校老师的事情，正巧被陆江吟看见了，那脸臭得哦，比臭虫还臭呢。"

"那他吃醋的例子，我能举个三天三夜不带重样的。"谢罗华来了劲，甚至还突生了一股莫名的胜负欲，"我们男生在一起没事干的时候，有人起了个头说要选出你们学校最想给她写情书的女生，最后读票的时候发现票数比较高的前三名里面居然没有齐溪的名字。我们都呆了，明明写得最多的就是齐溪的名字。"

李爱瑶大笑着看了表情复杂的齐溪一眼，忙问谢罗华："然后呢？然后呢？"

谢罗华兴奋地一拍掌道出了实情："作为读票的公证人员，陆江吟居然滥用职权，私自将写有齐溪名字的字条给忽略不计了。被我们识破诡计之后，他还大言不惭地恐吓我们说，谁敢写情书给齐溪，他就掐死谁。"

"哈哈，陆江吟怎么这么幼稚、霸道啊！前段日子，他自己不还是收了张月英的情书吗？只许州官放火，不许百姓点灯。"

"哎，我和你说好几次了，他真的没收张月英的情书，他看都没看就还给人家了。"

"不管。碰过了就是收了。"

"行行行，你说什么就是什么。"

谢罗华和李爱瑶分明在谈论的都是她和陆江吟的事，可齐溪听起来却是如此陌生。她从来不知道江吟在男生面前会说出这样的话来，她也从来不知道自己对他而言到底是何种存在。

这种被人热切在意着的感觉让齐溪接下来的时间里都像是喝了酒一般，醉醺醺的。

课上，她一会儿握笔在纸上写满了陆江吟的名字，一会儿又托着脸望向窗外走神，直到下课后走到打着哈欠等她的陆江吟跟前，她的嘴角依然噙着傻笑。

夏风反复卷起她的衣角，调皮得好像在附和她的傻笑。陆江吟上前不经意地为她拉平了衣角，见着她难得露出了轻松的笑脸，便问："遇到什么好事了？"

"好事哪能让人这么开心，只是听了某位少爷的糗事罢了！"身后追上来一把搂过陆江吟肩的谢罗华忙不迭地取笑道，"你也别问齐溪了。齐溪脸皮薄，还没说呢，脸就红成这样。"

　　"你说什么了？"陆江吟立时质问谢罗华。

　　谢罗华无辜地举起双手，力证自己的清白："我说的字字真心，如有半句虚假天打五雷轰。虽然对你们不住，但爱瑶还在前边等我呢，今日有事就不同你们一起了。你们两个谈谈情说说爱，别着急回家。"

　　陆江吟看着开溜的谢罗华的背影，到底也还是没能猜出来他到底对齐溪胡说了什么，于是侧过脸再次观察起了齐溪——她轻轻扬起的鬓发有意无意遮挡着晕着淡淡红色的两颊，水汪汪的大眼睛灵动十足，朱唇榴齿美得不可方物。

　　"罗华说你上课睡觉被老师批了，是吗？"齐溪用余光得知江吟一直在打量自己，又害羞起来，她将不规矩的头发撩到耳后，问起了他的学习，"老师有为难你吗？要是被江庭哥哥知道，你又要挨骂了。"

　　陆江吟不以为意，伸手去摘路边大树坠下来的叶子："若是老师向大哥告状，我想大哥也能体谅我。毕竟我跑出来时，背后一直是大哥和父亲的叫骂声。"

　　从树枝上随意摘下一片叶子，树枝跟着晃动，本就摇摇欲坠的叶子零零散散地落了齐溪一身。陆江吟见状微张了张嘴，他边说着抱歉边伸手去拿落在她头上鲜绿的叶子。

　　齐溪晃了晃脑袋，绿叶掉落的一瞬间，淡淡的清香全都覆盖到她身上，好像她也成了夏日热情洋溢的一部分。她望着陆江吟，笑着说："江庭哥哥和陆叔叔是担心你，以后别再这样了。”

“哪样？”陆江吟本能地反问。

他停下脚步，望着她认真道：“下不为例的事仅限于上课睡觉。”

齐溪也站住了，笑容依旧，可眉眼间却透露着担心。她叹着说：“不用担心我，我没事的。反倒是你，总这样不计后果地帮我，让我很不安，生怕你会因我受到伤害。”

“只要你无事，就没什么可以伤害到我。”

齐溪对上了陆江吟光明磊落的目光，一时无言。他堂堂正正的样儿倒是令齐溪觉得自己更加懦弱无用。

两人并肩往前走时，齐溪又道：“我能有什么事？倒是你，若是再深更半夜来我家，记得喊人来开门，亏得现在是夏天，要是大雪天在外冻一宿，可真是有你受的。”

“刀山火海总得有人去闯。”陆江吟自小就是个天不怕地不怕的叛逆小子，长大后却怕了许许多多的事情，“齐溪，你只要好好地待在我身边就行。”

“我又不是你的跟屁虫，怎么能时时待在你身边呢？”齐溪语气放松，全当作玩笑话应付了过去，而那些层层叠叠的矛盾也都被隐藏在了其中。

陆江吟见她故意避开的视线，轻蹙眉头没有再多说什么。晴明的傍晚，两人就这样漫无目的地行走在大街上，时间一分分地消逝，他们心照不宣地推迟着回家时间。这一路上，他们聊着来来往往的行人，谈着朋友间的趣事，提及未来的种种可能，就是默契地避开了案件的进展。

仿佛忘了一般，忘记了那些惨死的人，忘记了还没能安息的程岂言。

"小茹？"

路上，齐溪竟意外认出了早已回乡下结婚的小茹。

小茹没想到回趟城就遇上了过往认识的人，她在白家干活习惯了，见到了少爷小姐总是会弯腰屈背。那卑微的姿态令人难受，齐溪这才觉得自己叫住她是件错事。

"好久不见。"陆江吟大方地打招呼，"来找你姐姐吗？"

小茹穿着素色旗袍，脚上的一双皮鞋穿了许多年，鞋尖早早地掉了色，鞋跟也磨得高低不平。她迟迟未能抬头正视陆江吟和齐溪，对他们的询问也只是点点头简单回应。

齐溪看着小茹这张比初见时更加圆润的脸，倒是放心了些，想必丈夫待她是好的。她不想再耽误小茹探亲，便扯了扯陆江吟示意他不要再问了。

"等等。"陆江吟没注意女孩子细腻的神色，只知小茹又撒了谎，他并不想多管闲事去拆穿，但看小茹慌张无措的样儿怕是遇上了什么麻烦，遂问，"若是要回你姐姐的面馆，后面那条街才是你要走的。姐姐家的路你自然比我更清楚，所以你若是找不到要去的地方，不妨问我。"

小茹一怔，这才幽幽抬起眸子看陆江吟。她似乎回到了那一天自己在大街上被他和叶探长拦住的情形，现在想来仍有些后怕。

"小茹，你遇上什么麻烦了吗？"齐溪忽见小茹双肩微微颤抖，大约也想起了从前不开心的事，她想江吟不会判断出错，他们也是好意，便说，"我们可以帮你的。"

小茹慌忙摆手，但半天后意识到天色已晚，再不尽快到达目的地，她怕是今晚都回不了家。面对着昔日小姐的同学，她只好全盘托出："我家那口子让我给他在这边的表弟带点衣物、散钱，给了我一个地址。可这地址不小心被我弄丢了，我只记得在这条街上，其他的什么也想不起来。"

"没了地址确实不好办。"齐溪也觉得这事麻烦，她出主意道，"要么你今天先回家，明天问了地址再来。你看这天都快黑了，再不回去赶不上车啦。"

小茹一听更是慌得直跺脚，带着哭腔道："我要是不把这东西送去，他一定会骂我的。他什么都好，就是脾气差得很，一不顺心就不停地骂我，遇上他心情好的时候又对我好得不得了。"

齐溪看小茹急得快要哭出来的样子，似乎很怕她丈夫，但她又肯定了丈夫对她好的一面。这前后矛盾的陈述，让齐溪一下子不确定小茹到底是过得好还是不好了。

"你把记得的地址告诉我，哪怕只是一个数字，只是一个字。"陆江吟没有去纠结小茹的婚姻状况，专心地为她解决起了眼前的难题，"你先生的表弟是做什么工作的，叫什么名字，多大年纪？"

小茹摸了一把脸，不知是不是揩去不争气的眼泪。她吸吸鼻子，将能记到的地址全都告诉了陆江吟，三人边找边走的时候，她也没顾忌地聊了起来："表弟已经二十八岁了，一直没娶妻生子。我一开始还以为是他眼光太高，总挑不着对眼的，后来才听我家男人讲，表弟原是个弱智儿。二十八岁的人了看上去就同五六岁的孩子一样，什么都不懂。去年在这儿照顾他的母亲也去世了，留他一个人在这里本以为会很惨，没想到还谋到了一份活。就是给人看个仓库，一月的工钱比我在白家赚的都多哩。"

"想必他也是遇上贵人了吧。"齐溪暗自为表弟庆幸，"表弟叫什么名字？"

"村里人看他傻都不唤他名字，只喊他二蛋。久而久之，连家里人也不唤他名字，都是二蛋、二蛋这么叫。他一听还乐，还答应，以为大家喜欢他呢。也就我家男人对他好，舍不得他在外头吃苦被欺负，说了好几次要接回家里来，我没有同意，为此还闹了几回。"

小茹说着说着，便一股脑地将私事也全都说了出来，陆江吟没有参与，专心地根据手头上的线索寻找二蛋所在。倒是齐溪心情愈加复杂起来。

"也不知道是谁觉得这傻子靠得住，让他看管一个冰窖。也不晓得是不是冰窖，我都是听家里人说的。按我说，他就是被人骗了也不知，还乐呵呵地给人数钱呢。"

听到后来，齐溪也不再发表任何意见了。她深觉自己同小茹之间隔着一条鸿沟，令她失去了听故事的兴趣。

街边黄黄的路灯已经点上，齐溪和小茹跟着陆江吟，千辛万苦，总算是在一条暗巷子里头找到了二蛋。他搬着小板凳就坐在门口，背靠着泥塑的凹凸不平的墙面，门梁上还挂着一盏灯。此时，不少蚊虫绕着灯吱吱地碰撞。

"二蛋。"小茹大声叫他，声音高亢似有解脱之意。

二蛋苦着脸拍打着烦人的蚊虫，听到小茹叫他便转过脸来，陌生地打量她。想来是没见过小茹，他冷漠地看着她不吭一声。

小茹见状连忙上前，好声好气地哄道："二蛋，是你哥让我来的，我是你嫂子。你看，这些都是你哥让我带来给你的。里面还有你爱吃的糕点呢。"

一听到糕点，二蛋总算有了点反应。他根本不在乎谁是他大嫂，只要有吃的就行。他眨着眼睛，兴奋地等着小茹将糕点交到他手里："好吃的！好吃的！饿了，饿了……"

齐溪注意到二蛋只会说些简单的词儿，于是悄声同陆江吟耳语："真的好像一个刚学会说话的孩子，口齿都不清呢。他一人怎么生活？"

"不知。"陆江吟摇摇头，盯着二蛋看久了，总觉得他傻呵呵的样子过分瘆人。

他拉过齐溪，扬声对小茹说："你既找到人，我们就先走了。"

小茹一听，连忙将手里剩下的包裹都交给了二蛋，然后忙不迭地跑上前来同他们说："我跟你们一块儿出去。这儿感觉有些冷，我不太喜欢。"

齐溪不免有些唏嘘，回头又望了望二蛋。昏黄的灯光下只有他一人，高兴地摸摸那些糕点，又时不时地放到鼻子下闻闻，然后小心谨慎地收起来。这样的动作重复了一遍又一遍，就好像他的人生。

"嘻——嘻——"突然之间，二蛋瞪大着眼睛望向齐溪和陆江吟，嘴里含混不清地发着这个音，他兴奋地重复这个音，一直叫，"你是……我知道的，我知道的……他说过的，不能忘，不能……"

此时，斜对面拐角的一扇木门"吱呀"一声推开了，出来一个弓着背、负着手的老头，他步伐稳健，走到二蛋跟前唉声叹气道："二蛋又叫唤啥呢？"斜了斜眼睛发现了不远处的齐溪和陆江吟的身影，便笑着说，"哎哟，除了雇主，总算是有别的人瞧你来了。"

"嗯嗯！"二蛋郑重地点头，然后又继续盯着他们看，怀里的糕点抱得更紧了。

二蛋不怎么同人讲话，一般人也不愿理睬他。对门这老头从不拿他当傻子，经常嘘寒问暖。天气晴朗时还会搬来椅子同二蛋坐一起谈些自己年轻时候的事，虽然二蛋给的反应一直很冷淡，但他不介意。这条弄堂里没什么人来往，死气沉沉惯了，他们两个避开了喧嚣也算是乐得清闲。

老头替无依无靠的二蛋高兴，也热情地回身朝陆江吟和齐溪打招呼。大老远的看不清他们的长相，但看着他们的穿着，约莫能认出来不是住在这附近的人，他便问："你们是二蛋什么人呀？怎么才来看他？"

本是小茹该回答的问题，奈何她早已跑到巷子外头。陆江吟和齐溪面面相觑，最后简单地做了一番说明。老头似信非信地点点头，也没有多多纠缠，只扔下一句不知道说给谁听的话："哎哟，也不知道二蛋看这箱子要看到什么时候去。不过有钱拿，管它呢。罢了罢了。"

"看这爷爷对二蛋的态度，应是个慈祥亲切的人，两人住在这儿也算是互相有个伴了。"齐溪望着老头走开的背影，同陆江吟说了几句，说完后抬头却见陆江吟神色陡然一变，她也不禁敛起笑意问，"怎么了？"

箱子？他刚刚说箱子？

陆江吟站在原地，远远凝望着二蛋头顶的灯光，他不知自己有没有听错，只觉得心中那股异样忽地复苏。他又联想到了齐家那一场大火，那一场至今都存有疑问的火灾。

而此时，这些疑问又从平静的时间里跳了出来，似乎不是个吉兆。

（二）

陆江吟在月色崭露头角之前匆匆步行到了家，推门便只喊大哥，一连喊到饭桌上，殊不知在饭桌旁，还坐着一位低头不见抬头见的不速之客。

"多大一人进门还找哥哥？"叶超照例不拿自己当外人，对着陆江吟举起筷子夹了一块五花肉放进嘴里，边嚼边取笑他，"你是不是今后娶了媳妇也要和你大哥住在一起？"

陆江吟只恨自己没顾上分辨停在外头的车辆，又被叶超占了嘴上的便宜。他立时被气得攥紧了拳头，碍于冷着脸似乎在等着他犯错的父亲也在场，他只能隐忍，不与叶超争辩。

"坐下吃饭。"陆江庭见弟弟三番五次被叶超戏弄却总也学不乖，既无奈又好笑地吩咐蓝姨为江吟盛饭。

这个时间点才回来，应该之前是同齐溪在一块。他便没有多问，开门见山道："听说你一整天都在课堂上睡觉？"

陆江吟刚准备坐下，听到这话又自觉地站在椅子旁等候发落，但斜眼一看又欲针对自己糗事发表意见的叶超，为了不让他火上浇油，立马抢话道："没有的事。"

"没有？"主座上的陆年听这话，啪地扔下筷子，铁青着脸质问小儿子，"贾腾君都把电话打到家里来了，还说没有？花钱是让你上学校睡觉去的吗？你要睡就在家睡个够！"

陆江吟的头垂得越来越低，真是什么事都爱赶巧，丢脸就更是了。父亲的质问无言以对也就算了，叶超竟还时不时地发出耻笑声。正所谓是可忍孰不可忍，陆江吟心一横，死鸭子嘴硬道："我的意思是我不止课上睡，课后也睡了。"

"哎，我今天不打死你我就跟你姓！"陆年气得饭也不吃了，顺手抡起拐杖就朝陆江吟气狠狠地走了过去，嘴里不停地骂，"上课睡觉的事你是横竖也躲不过了。我顺便再问问你，大晚上不睡觉跑齐家干什么去？和你说多少遍了，齐溪是未出阁的姑娘，你再喜欢也克制一点！丢陆家的脸事小，可姑娘家的清白可是大事！你倒好，净做些见不得人的事，让齐石良知道了，还以为我陆年没个正形，教出这样的混账东西来！"

叶超听这中间竟还有齐溪的事儿，一个没忍住得意忘形道："可不是，上梁不正下梁歪。"

"你少说几句。"陆江庭一边拉着父亲，一边喝止叶超幸灾乐祸。

他夺过父亲快要敲打在江吟身上的拐杖，忙拣着好听的话说："爸您别气，身体要紧。吃完饭我会代您好好教训他的。"

"教出这样的儿子还吃什么饭，气都气饱了！"陆年狠狠地瞪了眼紧闭嘴巴不说话的小儿子，气鼓鼓地兀自上了楼，走上楼梯嘴里也不忘继续骂着不长记性的陆江吟，骂着骂着怪自己一个大男人始终教不好孩子，言语间突然后悔怎么没再娶。

叶超忍着笑，掩嘴小声对陆江庭说："听你爸话里的意思，似乎想为你们兄弟俩找个后母啊。我觉得这事不能怪江吟，陆伯父自己就是个玩性很大的人。看看这一大把年纪了还老不正经，还想着娶老婆呢。"

"就是。"陆江吟一时敌友不分，竟迎合起了叶超的话，小声嘀咕之后突然醒悟，用十分不欢迎叶超的口吻问他，"你案子查好了吗，还有心情吃饭？程岂言的血迹追踪到结果了吗？"

每次叶超一来家里，这顿饭都会闹得不可开交，陆江庭摇头叹息，继而吩咐蓝姨晚些时候炖汤给父亲喝。他重新坐回到位置上，瞟了眼江吟让其也坐下："我和叶超也刚回来。案子没有什么特别的进展，血迹没有那么容易追踪的。"

叶超对此也极为懊恼："我们太想当然了。以为一定能沿着血迹追踪到程岂言最后出现的地方，但血迹断断续续的，很多已经被人为地破坏掉了，无法追查下去。黄翔霖又说不清程岂言最后说了什么，只听到什么'其实''然后'这样模棱两可的词，完全摸不着头脑。"

陆江吟扫了眼愁绪万千的大哥和叶超，裤兜里的东西似乎在发烫。挣扎了半天，他从兜里拿出证物交给了叶超："这是我在齐家外墙的树上发现的。如果这碎布和程岂言身上的衣物吻合，那么就可以证明程岂言确实去过齐家。"

"你什么时候发现的？"叶超正了正神色，一把夺过碎布仔细观察。那碎布本就破破烂烂，这会儿要被他看得更加破败不堪了。

"昨天你离开齐家之后。"陆江吟答。

叶超赫然死盯着陆江吟，似有些生气："那你现在才告诉我？是你想帮着齐家隐瞒，还是齐家小姐恳求你不要暴露？"他就知道程岂言的死和齐家脱不了干系。昨天询问齐叔时，齐叔态度平和，回答得滴水不漏。而陆江吟找到的这碎布是从树上发现，正好也符合尸检时的判断。

陆江吟没有被叶超咄咄逼人的问话惹怒，他平静地说："齐溪若真求过我，这碎布我是断不会就这样交到你手上的。

她什么都不知道。"

"哼，同住屋檐下不可能什么都不知道。你和她从小一起长大，你了解她多少？她根本不是你认为的无知又天真的少女，她是个聪明人。"叶超接触齐溪的次数屈指可数，但从齐溪找到灭了白家的凶手的那一次开始，他就意识到这女生和她楚楚动人的柔弱外表很不一样，"她能在自己糟糕的睡眠状态中察觉到有人在她的熏香里动了手脚，这一点就很值得怀疑，她根本就是心思透彻。"

外人眼里的齐溪如何，陆江吟从不在意，可叶超嘴里那些话却和银针一样刺中了他的心。他当然知道齐溪是个怎样的人。只是他和叶超不一样，他没有将别人的聪明同邪恶联系到一起的习惯。

"齐溪出生就失去了母亲，世人说她是天降灾星。她若不聪明点，早就迷失了。她的聪明没有错，想保护自己也没有错。齐叔对她而言是家人，怀疑最亲近、最信任的人是需要一颗强大的心脏去支撑的。你怀疑齐叔是你的本职工作，可怀疑齐溪的本性没道理可讲。"

叶超无意诋毁齐溪，也没有半点说她不好之意。归根结底是他太替程岂言不值，也一心认为是自己害程岂言丢了性命。他面上装作冷静，可心里矛盾重重，后悔与愤怒交错在一起，令他说的话里都带着刺。

"给我看看。"陆江庭见两人间的氛围越加奇怪，便出面调停，伸手接过了叶超手中的碎布。他仔细检查了一遍，凭肉眼判断似乎同程岂言死时身上穿的衣物相符，但要得出百分之百肯定的结论，还需要回去验证一下才行。

"哥，你记得我和你提过一件事吗？"在大哥检查碎布的间隙，陆江吟转过脸来问他，"齐家大火，我和你说过齐石良房中不见了一只箱子。"

陆江庭不明白他为什么突然提及齐家大火，但还有印象："记得。箱子怎么了？现在找到了吗？"

陆江吟摇摇头："不知道。但我总觉得有些奇怪，好像只有我知道少了一只箱子似的。今天见到了一个人，他居然在帮人守一只箱子。"

"什么箱子？怎么奇奇怪怪的？"叶超都听糊涂了，一下子忘了自己和陆江吟之间的嫌隙，又热络了起来，"是不是你多心了？齐家要是少了箱子，他们自己还会不知道吗？"

"就是因为这样才奇怪。"陆江吟手执筷子拨弄着碗里的饭，神情严肃，他垂头不语片刻后又说了句，"这棵树就在齐石良的房间下方，我怀疑他的房间是第一案发现场。"

"等等。"叶超抬手打断了陆江吟忽然冒出来的论断，"你现在是在怀疑齐石良吗？齐石良为什么要杀程岂言？动机是什么？"

陆江吟一愣，总算是划拉了一小口饭进嘴里细嚼慢咽："我仅提供给你查案的线索和思路，不包括我个人的想法和意见。"

"嘿，你还真是睚眦必报啊。"叶超顺手就打了陆江吟后脑勺一下，"不过你怀疑齐石良不比怀疑齐叔来得更严重吗？让齐溪知道这想法是你提出来的，你俩就要玩完了。"

"没心情和你开玩笑。"陆江吟沉着脸，他不是怀疑齐石良，而是昨晚的梦让他有了不真实感。而这种模棱两可的感觉他一早就体会过，只是太过于荒唐，被轻易放过了。

嘴里的饭味同嚼蜡，他干脆放下筷子，望着面露疑色的陆江庭又问："哥，我小时候进了七十三号出来发烧的事情，你还记得多少？"

陆江庭微微蹙眉："你今天有些奇怪。"弟弟说的话零零碎碎的，似乎与案件有关，又似乎无关，他收好那碎布之后又转而提到了早些时候的事情，"为什么突然跑去齐溪家？是齐溪有危险，还是你知道了什么？"

叶超素来粗线条惯了，本以为陆江吟这半夜去找心上人的举动纯属原始冲动，但经陆江庭这么一问，反倒听出端倪来了。他侧着身子看向陆江吟，缓缓道："按你大哥的话理解，你知道了什么所以担心齐溪会有危险。根据你前后所说的话还可以得出，这事似乎还和七十三号有点关系。"

"平时查案脑子要是这么灵光，就不辱你探长威名了。"陆江吟也是逮着机会就反击，嘲笑完叶超，他又看着大哥认真道，"我不确定我现在想到的事情之间是否真的存在联系，所以我要知道所有有可能解开疑惑的细节。"

过去这么多年的事情要全部记起定是有难度的，但陆江庭肯定进了七十三号后江吟就病了，且是病了好些日子。卧床吃了好些药也不见好转，父亲当时就急了，听信旁人的话说是找神婆之类的给孩子叫叫魂。

"说来也怪，你隔天烧就退了。"陆江庭也解释不了，最后归于一种心理上的安慰，"你发烧时一直喊着'有人在看我'、什么'眼睛'之类没有明确逻辑的话。我后来也曾想过，你当时是否看见了什么我们没注意到的东西，让你心理产生了不适，继而引发了身体上的问题。"

"眼睛。"陆江吟支起双肘，左手覆于右手之上，大拇指慢慢地来回摸着右手食指的关节。渐渐地，他感到一股恐惧袭上心头。

　　叶超和陆江庭互相看一眼，没有扰乱陆江吟的思绪，两人默默坐了一会儿后不约而同地起身，说要回巡捕房查案。此案宜早不宜迟，更何况现在时间还不算晚。

　　"你好好吃饭，今夜在家哪儿也不要去。"陆江庭嘱咐道，"有消息我们会通知你的。至于齐溪那里……"

　　"我明白。"陆江吟忽而脑子里乱糟糟的，他所想之事离程岂言的案子相当远，与齐溪却息息相关。他越发觉得一些漫不经心的话语与不经意间做出的举动蕴含着真相，而这些偏偏是他们经常灵光一闪抓不住的关键。一时间他连自己到底在考虑何事都理不清了，只知顾虑若为真，则现实为假。

　　烦忧又恼人的问题令陆江吟茶饭不思，即便洗漱好躺在床上也是辗转反侧、忧虑过重。他害怕的眼睛、齐溪恐惧的跟踪感、程岂言所说的暂住在七十三号的人……

　　"糖？糖纸？为什么？"陆江吟双手叠放在脑后，盯着灭了灯的天花板出神，"为什么会有人偷糖纸？偷去做什么？杀害母亲的凶手为什么要用新布裹住她的身体？什么意思？程岂言被杀到底是何原因？跟踪齐溪的到底是什么人？齐叔同父亲所说的那一番话有何用意？"

　　种种不着边际的疑问不按顺序、不分缘由地跳了出来塞满了这一夜。陆江吟无半点困意，时针已悄然指向凌晨一点。明日还要上学，若是再在课堂上打瞌睡被父亲所知，怕是非打得自己跪地求饶不可。思想斗争了许久，他说服自己努力进入梦乡，可才枕着松软的枕头翻了个身，楼下的电话便急促地响了起来。

寂静的深，乍响的电话铃声令人冒了一身冷汗。

陆江吟只好翻身下床，不得已跑下楼接起电话。黑沉沉的客厅里只有他自己和钟摆的声音，贴着耳朵一听，原是陆江庭打回来的。他松了口气问："哥，怎么了？是案件有新进展了吗？"

电话那头的陆江庭轻声叹息，情绪似是百转千回。

"齐叔死了。"

（三）

沉闷的天气迟迟不舍下几滴雨，偶有几片乌云压来也是被风匆匆推走。

"嗳，听说齐家又出事了！"

"一醒来就传遍了。齐溪也真够惨的，管家寻死同她有何关系？怎么到处都听人说她的不是？"

"怎么会不说？她的管家可是个杀人凶手！听说江吟母亲的死也是这个管家所为呢！"

"小点声，别把江吟吵醒了！"

闲言碎语比预想的来得快些。陆江吟趴在课桌上睁着眼睛望着窗外，太阳光线斜斜地落在他的桌面上，顺势又在他的手臂上画出了一道金灿灿的纹路。他一动，纹路也变了样。

"嚼人舌根你们不怕下地狱吗？有这工夫说闲话，还不如多认几个字，多念几本书，免得连'饕餮'二字都不会写，在外丢人现眼，枉读圣贤书！"

教室门外忽地传来了女生底气十足的咒骂声，男同学们纷纷噤声朝门口望去。那几个围坐一起聊天的男生被点名谩骂，一时哑口无言，他们都认得这扎着两辫子、怒气冲冲的女同学是谢罗华挺要好的朋友，也常见她和齐溪在一块玩。没能想到这女生如此胆壮跑进男校来，他们自知理亏，便不作声散了去。

这时从操场回来的谢罗华见着了教室门口杵着的李爱瑶，高兴地上前打招呼："来找我吗？正好我也有事想和你说……"

"没找你。"李爱瑶瞪了他一眼，瞅他这天真的样儿，便知迟钝的谢罗华对齐溪家发生的事毫不知情。为此她更加生陆江吟的气了，平日里对齐溪那般好，关键时刻齐溪不知在哪儿哭着，他居然还睡得着！

于是她也顾不得别人狐疑打量的目光，叉着腰对着纹丝不动的陆江吟喊道："陆江吟你别装睡，给我出来！"

谢罗华看爱瑶这架势怪骇人的，忙将她拉离教室门口，悄声问道："发生什么了，怎么对江吟发这么大脾气？难道又是为了齐溪？"

"齐溪没来上课，打家里电话也没人接。她家里出了那么大的事情，你居然还敢问我为什么发这么大脾气？我才不管他呢！我就是要找他问问清楚！"

李爱瑶就像一只受了惊的刺猬，浑身防御的刺儿竖得老高，谁要是接近她就被刺得一身伤。谢罗华是半句也没听懂，当着气恼的李爱瑶的面又不敢追问，只能自己暗暗琢磨了一会儿。

"管家虽是外姓人，但从来没人喊过他的真名，一贯以'齐叔'唤之。既是齐家人，又是杀害江吟母亲的凶手，江吟不帮齐家也是情理之中的事。对方可是杀母仇人，你让江吟怎么面对？我们外人说不得，他自己总能做决定。"之前围谈齐家之事的葛明竣听到李爱瑶执意袒护朋友的言论，便又站出来同她理论，"江吟没说过齐家任何一句不好的话已是最大的仁慈。你现在还想他站出来为齐溪辩解什么呢？"

"什么？齐叔是凶手？"谢罗华这会儿总算是听明白了，他诧异地看了眼意欲反击的李爱瑶，一面摁住她，一面对着葛明竣道，"你没事做了吗，非要逞口舌之快？都哪里听来的这些故事，说得和真的一样。"

葛明竣无意与同班同学争吵，更何况他也不愿惹女孩子生气。

"人心难测，好自为之。"葛明竣走之前又回转身来看了一眼李爱瑶。

李爱瑶气得浑身发颤，她从小到大还未受过这样的羞辱。葛明竣一字一句并非针对她，可偏偏每句都像是要扎进她心里，让她淌血了才罢休。

事到如今，她的感受尚且如此，那么齐溪呢？

不过一天，是是非非还未有论断，这些流言便越演越烈。男生如此，女生也是。

李爱瑶见不得那些人幸灾乐祸的样子，听不得他们肆无忌惮非议他人的言论。她想要阻止，却发现周遭置身流言中的人都异常兴奋，兴奋到转过头来质问她"为什么不同我们一起议论"。

她不敢相信，只能跑来找陆江吟问个明白。哪知陆江吟又是这般颓唐、冷漠的样儿。她看不懂，陆江吟是真觉得齐叔杀了他母亲，所以放弃齐溪了吗？

这时，谢罗华见到了面无表情走出教室来的陆江吟，他看都不看他们一眼，径直往外走去。李爱瑶已经急得红了眼眶，上前不由分说就拉住了陆江吟。

"放手。"

李爱瑶仍复开口质问，却被他突然的冷漠吓了一跳。陆江吟一贯自我，平日里也甚少给人欢喜的脸色，但他从未像现在这样摆出拒人千里的面孔来。李爱瑶立在原地，嘴唇微动却是说不出半个字来。

"江吟，你脸色看起来很差啊。爱瑶也是关心齐溪，你要有心事一定要对我们讲啊。能不能帮上忙是其次，主要是你别这么吓人好不好……"谢罗华说着，伸手轻轻抓住了做不出反应的李爱瑶，示意她松开。

他的关心话语没有得到丝毫回应，李爱瑶手一放，陆江吟头也不回地走了。那背影决绝得像是在肯定葛明竣的话一般，令人心寒。

"我还不信了！陆江吟我才不怕你呢！你给我站住！"陆江吟给的压迫感在离开之后还在李爱瑶身上停留了短暂的一分钟，那陡然间的畏惧感消失之后，李爱瑶心头蹿上来的便是一股无名之火。

"爱瑶！"

谢罗华一下没看住，李爱瑶也跑开了。他正犹豫要不要也追上前时，贾老师慢悠悠地踩着台阶上楼来了，一步一步悠然自得地逼近谢罗华。这贾老师出了名的严厉，上次江吟打瞌睡竟打电话向家长告状。

"站那儿！"贾老师琢磨着谢罗华这孩子眼神闪躲，只怕是想做坏事，于是在他表露出一丁点儿欲逃课的念头来时连声喝住了他，"快上课了，你要上哪儿去?"

"没，没上哪儿。"谢罗华毕竟也是出了名的胆小，贾老师一问他便软了腿，搔了搔头准备妥协，但转头便瞅见教室座位上葛明竣那装作斯文的样儿，立时来了气。

学识不能丢，可他更不能放任朋友不管："死就死吧，是时候干一回大事了！"

贾老师腋下还夹着一块三角尺，似有抽出来敲敲谢罗华的木鱼脑袋的意味："眼睛滴溜溜地转动想什么呢？想逃课啊？"

"对不起贾老师！您说对了！"谢罗华一语既出，转身就往侧边的楼梯跑去，"顺便我给江吟请个假！还有您要不忙的话帮爱瑶也请下假啊！"

"你！你个翘课的有什么脸帮人请假？陆江吟又上哪里去了？"贾老师被谢罗华这荒唐的举动给惊得半天才缓过神来，他气急败坏地喊，"爱瑶又是谁啊？"

外面的天气似乎变了，原本是烈日灼灼、燥热难耐。出来之后天上却起了云障，凉凉地刮起风来。陆江吟漫无目的地走着，汽车经过，扬起的灰尘落了他一身。

道路两旁的店铺敞开大门做生意，进进出出的有几人寻到了满意的物品？那些被风吹落的树叶会飘向何方？那个手拿报纸面带愠色的西装男看见了什么样的新闻恼成这样？巡警吹着警哨提醒在马路上乱走、乱跑的行人，他们都是大人了，为什么过马路不看看两边行驶的车辆？

"我在想什么？"陆江吟问自己。这些画面再寻常不过，每天都会见到。可他为什么这会儿才注意起来？平时行走时他在看什么，又想什么？

"齐溪。"

答案跃出脑海，他突然停下脚步。置身于街景中，他才知每天的景色都是不一样的，它们由不同的天气、不同的人、不同的声音构成。他从来没有注意过，他留心的唯有一直在身边的齐溪。

可这次，他却没有留意到。连听到那句"对不起"时，他都还处在震惊中，他没料到齐溪会对自己说"对不起"。她明明没有错，但他竟然不曾为她辩护一句。

沉重的脚步不由自主地迈向了离喧闹的城中心稍远的河边。岸上来往的人不多，拂面而来的风清凉自在，引得陆江吟缓缓靠近。他沿着斜坡往下走了几步后，安静地坐了下来，眺望着波光粼粼的河面，忽地想起齐溪帮自己调查小一案子时的场景。

"别推我，我才不要上去和他说话呢！"

"你不是不怕他吗？隔得这么远还怎么问清楚？"

"你是男的，你去问。"

河岸上的人不多，但跟着来的人倒是有这么两个。陆江吟借着风听见了，随手捡起了一块小石子抛向河面，问道："你们跟着我做什么？"

岸上站着的两人不约而同地吓了一跳，但既已被抓住也就没什么好躲藏的了。李爱瑶气鼓鼓地上前对着他的后脑勺说："不跟着你怕你寻短见！一个人来河边干什么？"

谢罗华忙接过话打圆场："江吟，齐溪也是我们的朋友。流言蜚语爱瑶听得难受，一时气不过就想来找你问个明白。我们之中只有你最知道内情了。"

"齐叔杀了人。"他又丢了颗石子进河中，"他全都认了。"

"这怎么可能呢？"李爱瑶十万个不相信，她索性也踩着斜坡站到了陆江吟身侧，"好端端的，齐叔为什么要杀人？你们之前不一直在查凶杀案吗？都是齐叔所为吗？"

"是。"周围的石子扔光了，陆江吟回答得干脆利落，"白纸黑字写得很清楚，齐叔都承认了。是他弃尸于七十三号，是他用新布裹着我母亲的尸体送到家门口，是他杀了程岂言。"

谢罗华只觉事态严重，他知江吟的心结是他母亲的死。从前对此事了解甚少，此时听来倒是能明白江吟为何始终放心不下。他沉思了片刻，忽而恍然大悟道："也就是说，刺伤我母亲的也是齐叔？是他害得我失去了妹妹？"

"你在说什么啊？"李爱瑶等不到谢罗华的回应，自己却突然顿悟道，"哦，是上次我去你家叶探长来问话那事？"

谢罗华嘻嘻哈哈的样子不见了踪影，就在刚刚，他觉得黑暗就近在咫尺。他突然理解江吟的冷漠，那不是承认他和齐溪之间的仇恨，而是不相信这是真的。

"齐叔为什么那么做？到底怎么一回事？"

陆江吟觉得这些话不该由他来回答，但齐叔已经死了。他不愿去复述，但似乎也没别的选择。

深夜十一时左右，在一片住宅中，齐宅灯火通明分外惹眼。两扇大门敞开着，深深幽幽。所有人都慌乱不已，提着灯楼上楼下奔走的用人面色惶恐，一心只想唤醒主人。

长廊尽头那窄窄的房门前立着两三个人，他们不敢出声，缩着脖子朝门里面看。打杂的阿山大晚上起夜，发现齐叔屋内影影绰绰的似有人吊在房梁上，以为是什么鬼影，当即便吓得尿了裤子，连滚带爬回了房喊人，才发现竟是齐叔上吊自尽了。等大家回过神来，合力将齐叔从绳上抱了下来，但为时已晚。

叶超和大哥匆匆赶到时，就见齐溪跪坐在齐叔的尸首旁垂头不语，半边脸没于黑暗中。叶超断不会上前安慰齐溪，大哥也忙于在第一时间验尸没有来得及去问齐溪是否安好。

"齐叔的房门是从里面上的锁，几个伙计踹了好几回门才打开。现场没有打斗的痕迹，死者身上除了颈部勒痕之外没有其他明显外伤，他们初步推断齐叔死于自杀。"

陆江吟说话语调一直未变，偶有几次停顿却流露出悲伤。谢罗华和李爱瑶不敢揣测他到底在为谁难过，只是静静地听着，希望能为他、为齐溪分担些痛楚。

"齐叔真的是自杀吗？会不会另有凶手想嫁祸给他，故意制造成自杀的假象呢？"谢罗华总觉得齐溪面和心善，她身边的人也该是如此。

"谁不这么想呢？可齐叔偏又留下了一封写给齐溪的遗书。"说到这时，陆江吟轻轻叹道，"就是这封信，让所有存疑的人都相信案子了结了。"

"信上怎么写的？"李爱瑶不知何时也蹲下了身，抱着双膝望着陆江吟。

那封信，陆江吟听过一遍便一字不落地记在了心上，他接到大哥从巡捕房打来的电话之后便赶到了那儿。偏巧遇上了叶超在念，他甚至现在还能感觉到那每个字带给他的阴冷感，能回想起叶超读信时天花板上吊灯的影子，斜斜地望去，灯影就好似吊死的人。

陆江吟默坐在草地上，迎着河面吹来的风开了口。

"小溪：

"瞒了你如此之久，实在是惭愧。

"近日来你们所查之事皆与我相关，亦是我犯下的错。罪事之多不知从何说起，我早该坦白，也不至于令小姐您如此担心、为难。可要说出口谈何容易。我一心期望您能在一个无忧无虑的环境中快乐成长，现在想来我全做错了。

"程先生是我杀的。他不是个坏人，甚至可以说是个充满善意的人。可他窥见了秘密，他见着了那张照片，知晓我有一模一样的佩玉，那日之后我便有所提防，藏起了那照片。怎想他并不罢休，竟潜进屋内翻找。我只能杀他灭口。

"好几次我也问自己为何如此，为什么非要如此？难道没有第二条路可选了吗？我一再犯错亦是我愚蠢，蠢人断没有聪明的选择。那些人都是我杀的，陆夫人也是。我都认了。我恨她们拥有幸福的家庭，恨她们的生命长过夫人，恨她们快乐肆意地享受人生。夫人那么好，为什么老天爷不长眼？小姐命苦，凭什么她们可以那么快活？我不甘心，每每看见她们穿着新式的衣裳，烫着流行的发型，带着自家孩子、挽着自家先生出入各种场所时，我都问自己，为什么夫人不可以？

"我痛恨老天爷的不公平，但我无法责备老天爷。于是我找准机会送了她们一程，希望她们能将现实新奇的一切告知夫人。藏尸地点是无意中发现的，七十三号本就是不祥之地，没人会主动接近。但纸总包不住火的，我知这样有悖常理，甚至毫无人性。但我已做，纵有后悔之意也无法挽回。

"对不起小姐您，也对不起陆家少爷和陆老爷。陆夫人为人善良，疼爱您有如疼爱自家的孩子。我最对不起她，这声对不起我会亲自对她说。小姐放心。

"只是我这一去怕是会令齐家蒙羞，会令小姐您受委屈。我恨自己顾虑不全，恨自己愚人的脑袋只会给您添麻烦。我做的这些错事我一人承担，小姐不必为我难过。只是从今往后，您一人万事都要小心，要好生照顾自己，我一罪人不值得您为我伤心。

"杀人者偿命。我知这些事迟早会被人知道，与其被查出来公之于众，不如自行了断，也算是有了交代，也免去叶探长日夜追查耗费时间和精力。我亦活得够久了，只可惜无法看着小姐出嫁。

"还有一事要说与小姐听，我知死人模样可怕，也担心自己死时的样子过于骇人，还望小姐到时切勿多看，死便死了，不值得。日后小姐若还愿和人提起我，那便足矣。

"千言万语道不尽，只盼小姐您能努力活下去。您无错，也无需听别人的流言。那一场大火烧掉的终究是失去了，奋力保全也还是落个面目全非的下场。过往的事切勿追究，物是人非，小姐慢慢习惯便是。

"仍有好些话想写，想同小姐您讲。

"但言不由衷，至此搁笔。"

陆江吟说完了最后一个字，岸边的风忽然停止了。周围鸦雀无声，好像进入了另外一个世界。他望了眼谢罗华，只说："很奇怪对不对？"

"什么？"谢罗华还沉浸在整封信的悲伤气氛中，没有听清陆江吟在说什么。

"我说齐叔死得很奇怪。"陆江吟的目光忽而锐利起来，

"案子停滞不前，就连碎布与程岂言衣物吻合这条线索，叶超还没来得及进一步调查，齐叔就畏罪自杀了。他若真冷静地杀了那么些人，怎么会崩溃得如此之快？"

"你说得有道理呀！还没证据直接证明是齐叔杀的人，他何以这么着急一死了之？"谢罗华赞同陆江吟的怀疑，但也提出自己的想法，"可那封遗书总该是他自己亲笔写的吧？而且听起来字里行间都在表达对齐溪的关心。"

陆江吟微微敛眸，喃喃道："所以才奇怪。"

李爱瑶这下知道陆江吟的心思了，说："原来你是想彻查这件事，所以才没有理会那些人说的话吗？"

陆江吟不作答。

"我就知道你不是个铁石心肠的人！"谢罗华倒是兴奋了起来，"就算推定齐叔是自杀，只要你还有疑问，只管放手去查，不要被眼前的结果牵绊住！你不是说齐家那场大火也很古怪吗？我相信你的直觉，也相信齐溪会和我们一样支持你的！"

齐家大火？对了！

陆江吟突然站起身，急忙朝街路上跑去，边跑边回头说："谢谢你罗华！回学校帮我请个假！"

"已经先斩后奏啦！你放心去吧！"

（四）

齐家不复从前，仅在一夜之间。宅子里的人人心惶惶，上上下下都在传齐叔杀人的事。有些人庆幸每天同杀人犯朝夕相处竟躲过一劫；有些人却愤懑起来，直言伪善的齐叔应该遭万人唾弃，千刀万剐才能告慰死者的在天之灵；还有些人也暗自将所有坏事同齐叔联系到一起。

比如，齐家那场大火。

"我看之前那场大火也和齐叔有关，这无缘无故大半夜的怎会突然起火？"

"他连人都敢杀，放火又算什么呢？"

晓红和阿山在走廊上碰到，便自然地聊了起来。

晓红一面说着，脸上浮现了一丝担忧："就是苦了小姐，身边的人接二连三地出事情。齐叔死了，只剩下她和病重的老爷，这日子要怎么过？"

"老爷病重？不是只烧毁了容貌吗？我看老爷似乎比出事之前要显年轻一些……"阿山琢磨着"病重"二字与老爷的关系，思来想去觉得不太对。

"你啊，眼睛若是看不见，耳朵总该听得见。老爷天天咳嗽那般厉害，齐叔死的那天他还咳出血来了。我在一旁瞧得一清二楚，但老爷估计不想令小姐担心，暗自藏起了带血的帕子呢。我一个下人也不敢多嘴，也就当作没这回事了。"晓红这会儿才知道压低些声音说话。

阿山似懂非懂地点点头，也唉声叹气道："怪不得外头总有人说小姐是天降灾星，我看……小姐！"

晓红也立时噤声不敢再胡言乱语，她低着头紧张地想着，方才虽未见小姐脸上半点愠色，但总感觉会有不好的事情发生。因此也不敢擅自离开，只能静静等着发落。

"我都听到了。"齐溪轻声细语道，随后将结算好的工钱分发给了晓红和阿山，"家里出了这样的事，惹得你们也跟着被说闲话，是我对不住你们。这是给你们的，数一数，若是少了上账房找李嫂核对一下。齐叔不在了，钱的事暂时由李嫂代管。"

晓红怎么也没想到自己竟然就这样丢了工作，于是哀求齐溪让自己留下，还保证再也不乱说话了。阿山揣着钱一时也有些反应不过来，他睁着小眼睛望着齐溪，却见她苦苦地笑了笑。

"嘴巴长别人身上我管不住，更管不过来。外人怎么说我的我从小就听惯了。我不怪你们。你们早些离了齐家也能早些寻到好工作，我还有事要做，就不送了。"齐溪淡淡地说完后走开。

晓红和阿山呆呆地立在原地，脸上不知该作何表情。同样一脸复杂的李嫂正好抽空走出来送走了齐家之前雇来的小工，回头见到了他们两个便叹着气走上前。

"不要怪小姐，这其实是老爷的吩咐。齐叔死了，我看了看账本才知齐家已经一天不如一天了，要不是有齐叔在，这家底早就吃空了。哎，你们领了钱就好，去了外头别乱说话。小姐身不由己，也是可怜……"李嫂连连叹气，"我去找小姐了。"

晓红和阿山互看了眼并没有说话，默默地回到各自房中收拾东西。他们谁都不知道，齐家竟在不知不觉中落败成这个样子。

李嫂在后院找到了坐在石凳子上郁郁寡欢的齐溪，悄声走到她身侧，关切地问："小姐您还好吧？还在为齐叔的事情难过吗？"

齐溪望着杂草丛生的后院、枯萎的花朵，还有终年不结果子的果树，陷入了一种莫名的情绪之中，好像家里从来都没有过生机。这一方土壤连棵树都养不活，连朵花都不开放，唯有日夜星辰还算怜悯这贫瘠的院子，她缓缓地叹着说："齐叔那么做都是为了我。"

"小姐您不要自责，每个人想法不一样，最后选择的路也不一样。齐叔犯下那样的错确实无法原谅，但您还年轻，还要继续生活下去的。"李嫂以最大的努力安慰齐溪，希望她可以早日振作。

齐溪笑了下道："您不明白。"

李嫂叹息着说起了另外的事情来："原先齐叔保管的钥匙没有找到，不知他放哪里去了，钥匙要是全丢了，这可有些麻烦。"

"不用找，我知道在哪儿。"

"哦。那还有这账本交给您，账目我从昨晚开始一直看到现在，已经核对得差不多了，家里所剩的财物数量我全都写在这上面。"李嫂横竖放心不下齐溪，欲走之前仍说，"小姐您要坚强点，日子还很长呢。"

齐溪捧着账本，笑着点头："谢谢您李嫂。那么，再见了。"

这一大家子的人最后都离开了，整座齐宅空空寂寂好似空冢，关上两扇大门就成了无名碑墓。齐溪坐在里头如同守墓之人，那澄澈的天空都突然变了样，黑压压的，越来越低，压得人透不过气来，仿佛要被活埋一般。

齐溪忽觉胸闷气短，努力几番才保持呼吸顺畅。她撑着石桌面，翻开了账本，一页一页都是齐叔的字迹。那一笔笔的支出都还是近在眼前的事情，转眼就……

"这是什么？"齐溪心底滋生的悲伤还未泛滥，就被几笔支出账目分散了开去，她前前后后地对照了一番，发现每月都有一笔不知去向的支出，而那笔支出的金额都是一样的，支出项目只画了一个圈。她抬起头，细想了一番后合起账本往外跑去。

齐石良站在二楼看着齐溪跑出家门，又忍不住咳了几声，转身回了房。关上房门隐于黑暗之后，他弓起的背也渐渐直挺起来，那长时间前倾的脖子很是难受，左右动了动，到底舒服不少。紧闭的门窗将日光阻拦在外，他坐在镜前摘下面具松了口气。

"人人都道这张脸丑陋，我却觉得比以往要好看了些。"他吐字清晰，只是稍显虚弱，眨眨眼睛又伸了伸懒腰，忽而又显愤怒，"这老天真是不公，留给我的时间这样少。"

语毕，他手拿面具将其狠狠地砸向了墙面。

在寂静空间内发出的响声都是一样的刺耳，天边的闷雷都比这要温和。还在外面溜达的人们瞅了瞅远处，见到了盘踞在那一头的乌云，暗叫不好，便加紧了回家的步伐。

这边天确实还亮着，那一头却是倾盆大雨。雨还未逼过来，整座城市都做出了即将被大雨倾覆的准备。

陆江吟急匆匆地跑进了那条只来过一次的窄巷，这日却没看见守在门口的二蛋。他一进巷子就被初见时打过招呼的老头给拦下了。

"来找二蛋啊？今天找二蛋的人有些多啊。"老头也刚巧散步回来，听路人说恐是要下雨便走回来收被子，还没到门口就见到了陆江吟，于是搭话道，"二蛋这会儿去找吃的啦。早上来的那姑娘又给了他一笔钱。"

陆江吟一惊："齐溪来过了？"

老头摆摆手："叫什么名字我不知道，不过看身形应该是上次同你一起来的那姑娘。"他说着负手自顾自地往家走去，又抬眼笑说，"喏，二蛋回来了。"

老头扬声同二蛋打招呼，告诉二蛋又有人来找他了。二蛋没有理会，开心地吃着手里的饼，一屁股又坐回到门外的椅子上。老头憨笑着回头对陆江吟道："蛋儿平时只听让他在这里看守的老板的话。话说回来，今早来的姑娘同他讲话他也听了，还开门让她进去了。"

陆江吟打量着吃饼的二蛋，反倒没有急着上前了，而是抓着老头问："您有见过二蛋看守的到底是什么东西吗？还有，老板是谁？"

"最初的时候我只看见一只大箱子搬了进去。至于老板嘛，没正经见过，每次来都把二蛋喊到巷子口去说话。不过我也纳闷，怎么看一只箱子还总往里头运送冰块，数量还不少呢。"

"谢谢。"陆江吟已经退去焦急，慢慢地在脑海中将故事还原到了三分之一。

老头不觉得这其中能有什么大事，于他而言，在暴风雨来临之前赶紧收被子关窗关门才是大事。他看着陆江吟上前去找二蛋搭话，摇摇头后便回了自己屋，锁上了房门。

"你收了齐溪的钱，所以让她进去了是吗？"陆江吟站了一会儿，发觉还是蹲下身同他讲话比较妥当，便提了下裤腿蹲在他旁边，"你要多少钱？"

此时二蛋舔着手指回味着饼的余香，对陆江吟的请求充耳不闻。舔完手指还不够，他扬起下巴又使劲吸了吸鼻子，像是要将空气中残留的饼香也一概吞并。无意义的动作重复又重复，他咂巴几下才看向陆江吟说："她是溪……小溪，所以才可以进去。"

陆江吟听他说了句完整的话，立刻乘胜直追地问："你认识齐溪？是你老板告诉你有齐溪这个人的？老板和齐溪是什么关系？你是不是见过齐溪的照片？"

二蛋眨着天真烂漫的双眼忽而严肃道："不能告诉你。有坏人会害她的。"

"什么坏人？"

"不能告诉你，你也是坏人。"

陆江吟蹙眉，一直在心里想办法解决眼前这个难题，钥匙肯定在二蛋身上，明抢不太妥，万一动静太大惹来巡警就不好办了，但要怎么能令他相信自己，开了这扇门呢？

"哈哈，你是白脸！我是黑脸！"

"我白你黑！"

"我是好人，你是坏人！"

巷子口跑过来两个小孩互相在打闹，陆江吟没心思去管街上胡闹的孩子，倒是二蛋突然站起来指着他们大吼："坏人！走开！走开！"

两个小孩听声没有半点害怕，反而朝着二蛋吐舌头做鬼脸，纷纷叫着："傻子！大傻子！才不怕你呢！"

陆江吟忽地扭头，却见那两个孩子脸上戴着唱戏的脸谱，正好一黑一白。二蛋说他们是坏人，难道……

他立时又转身抓住二蛋的肩膀，诚恳地说："我不是坏人，我叫陆江吟。你和你老板都害怕小溪受到伤害，而我会保护她。但你要让我知道这里面到底放着什么。"

"陆江吟。"二蛋艰涩地重复这个名字，时而皱眉打量他，时而又望天在想着什么，过了很久，二蛋才低下头欣喜地道，"你和小溪要成亲，要成亲的！"二蛋边说边拍手掌，那样子高兴得很。

陆江吟微微一怔，事已至此，他对这位"老板"的身份已经猜得十之八九了。他面上带着笑，再一次问："老板告诉你的？那你知道我不是坏人了，可以开门了吗？"

二蛋为难地摇头："不行，小溪说不可以。"

"为什么？"陆江吟惊讶不已。她猜中自己会找来，所以故意阻止自己接近真相？

"她说你要好好的，不要管。"二蛋说话的声气像极了撒娇的孩子，可面容却是妥妥的成年人的样儿，他对陆江吟说，"你要听话。"

陆江吟顿感事情不妙，但按照自己的逻辑恐怕一时难以说服二蛋。特殊问题特别对待，他换了另外一招对二蛋说："你肯定是听错了，小溪是让你不要进这个门，并不是说我。你既知道小溪会与我成亲，也该知道妻子和丈夫应该生活在一起。她进过这个门，那岂有我不进去的道理？"

二蛋哪听得懂这么多，但似乎能知道成亲一事代表什么，沉默了半天竟觉得陆江吟说得有理。他起身站到房门口，迟疑地问："小溪是让我不要进去吗？"

"嗯。"陆江吟郑重地点头，"她是个善良的姑娘，所以她希望二蛋你听话，好好地生活。"

"会，会好好的。"二蛋咧开嘴笑着，轻易地为陆江吟开了门，"那你快进去。"

　　陆江吟冲二蛋感激地点头之后侧身进入了屋中，门被关了回去。

　　这屋子没有窗，里面一丝丝光线都没有。陆江吟一下明白了上次小茹说的冰窖指的是什么，越往里走越觉得寒意逼人。在外屋的尽头，他摸到了一扇铁门，铁门的把手似冰块一样，让他惊得缩回了手。但这扇门很容易就被推开了，紧接着一股寒气便直扑向陆江吟。

　　门的左手边放着一张柜子，陆江吟在上面摸到了蜡烛和火柴盒。

　　"刺啦——"

　　火柴划亮了，烛光慢悠悠地洒满这封闭的空间。那一瞬间，陆江吟才发现，四面都被架满的冰块给填满了。幽幽的白气在这其中缠绕，拖着他的脚步渐渐靠近。

　　他举着蜡烛回身去看那个柜子。如他所料，柜子不是柜子，而是那一只失踪很久的箱子。光影中他的手从黑暗中伸了出来，毫不迟疑地打开。

　　齐溪母亲的灵牌整齐地摆放在其中，箱子的一角还叠放着所剩不少的福寿膏。

　　烛光晃动，陆江吟到底还是走向了屋子中央。在冰块的环绕中，一具横放其中的棺材赫然映入眼帘，右边是打开斜放在一边的棺盖。飘忽不定的昏黄光线一寸寸地挪进棺材中，处在暗中的脸被照亮了一半，紧接着，五官一点一点地暴露在烛光下。陆江吟隔着一定的距离俯视着那张熟悉得不能再熟悉的脸。这就是他料想的结局,分毫不差。

这时,屋外雷声惊起,活着的人视线落在死去的人的脸上,久久不肯移开。专注的陆江吟因为突然的惊雷晃了神,再回过头看时,死亡似乎在慢慢睁开眼睛。

（五）

倾盆大雨来得准时,雷鸣闪电一样没有落下。屋外好些人躲闪不及,商家纷纷匆忙地收起铺子。

"怎么不关窗?"陆江庭走进叶超的办公室,一眼便看见那两扇脆弱的玻璃窗户在风中摇摆。他一边问着神情冷峻的叶超,一边上前关上了窗。

叶超头也没抬,不耐烦道:"关窗做什么,这天气闷得很,再不通通风我都快要憋死了。"

"外面下雨了你不知道?刚刚可是打了个很响的雷呢。"陆江庭拉开他对面的椅子坐了下来,瞄了眼他手上正在翻阅的案卷,淡淡地问,"还在想齐叔的案子?"

叶超这才抬起头,酝酿了一番后对陆江庭说:"我相信你和老覃会一视同仁,不会在解剖时对齐叔的遗体有任何偏颇。我不怀疑他的死因,只是对他信里所写的动机感到奇怪。江吟曾经说过,凶手杀人的时间都集中在齐溪生日前后,试想,我如果非常疼爱一个人,那我绝对不会在她生日前后做这样的事情。"

"凶手已认罪,案子应就此了结。"陆江庭漠然。一个残忍杀害他母亲的凶手,竟以如此轻松的方式死去,他本身对这个案子的结果就存有不满。

"行，这点暂且不提。"到底好友多年，叶超理解陆江庭，只好提起另外一件事，"我逐字逐句地研究了齐叔的遗书，内容除了非常担心齐溪之外，我看不出别的重点，但问题就在这里。"

陆江庭默坐在那儿，突然间觉得叶超和自己的弟弟在某一方面有些相似。

"你看这……"叶超连忙将信推到陆江庭跟前准备和他分析一番，偏巧又一个雷声砸了下来，这回他不仅听得一清二楚，还吓得从椅子上跳起来直骂娘。

陆江庭被他夸张的样子逗笑了，直言："你和我弟弟比起来还是差了点。"

"什么？我和你弟弟比？差哪儿？"叶超摁住狂跳的胸膛，转头怒目质问陆江庭，"不是。我在这里和你分析案情，你一个人在瞎想什么？拿我和你弟弟比，你还真是有意思。朋友哪拼得过亲血脉！"

"这倒也是。毕竟我们家江吟相貌出众、为人稳重、学识渊博、智慧过人，一般人还真是望尘莫及。不过尤为重要的一点是，他有个举世无双的好大哥。"

叶超摁住胸膛的手慢慢移到了肚子上，他举起左手摆了摆："别说了，我快要吐了。见过不要脸的，没见过你们兄弟俩这么不要脸的。上辈子造了什么孽，要罚我在这儿听你自吹自擂。"

两个大男人吵吵闹闹的样子，让办公室的氛围总算是活跃了许多。正当叶超言归正传，准备继续和陆江庭分析时，门外的警员却满脸"出大事"的表情跑了进来，看到陆江庭时更加紧张了。

"有话快说，总看人眼色干什么？"叶超察觉到了他的不对劲，"要真的出了大事，你这支支吾吾的可不就耽误了？"

警员立马移正帽子，立正报告："有人报案发现一年轻男子浑身是血倒在路上，半小时前送往医院救治，据说伤者情况严重。之后与医院那边取得联系，确认了男子的身份是……是陆法医的弟弟陆江吟。"

话音一落，陆江庭直接起身甩开椅子跑出了门外。叶超伸手往桌上一抓车钥匙，大喊着"一起去"，也急匆匆地出了办公室。

"头儿！"警员见此也忙不迭地用手压着帽檐边喊着追出了门。

暴风雨来势汹汹却也去得匆匆，压城的黑云逐渐走远，碧空澄澈明净。

"岑医生，江吟情况如何？"

待两人赶到时，陆江吟已经手术完毕被推进了病房。岑礼医生和陆江庭算是故交，所以陆江吟送进来时，他一眼便认了出来，于是让同事给巡捕房打了个电话。

岑礼望了眼躺在病床上还未苏醒的陆江吟，顺手就将房门带上了，示意叶超和陆江庭站外面说。他摘了口罩露了一张瘦削精神的脸，不疾不徐地道："叶探长，你是该好好注意下租界的治安了。这青天白日，陆家小少爷当街被人捅成重伤，实在是太过荒唐了。"

"你说什么？"陆江庭扬起声音质问，"江吟的伤是人为？"

岑礼点头，语气平静："他胸口中了一刀，那一刀只要再偏个几厘米就插中心脏了，到时候就算是神仙也无力回天了。关于令弟身上的伤，还有一点我……"

"庆良，你过来！"叶超看不出岑礼脸上有显露出半点事态严重的神情来，又听他语调缓慢地讲述这骇人的结果，立时气火攻心招手唤来了警员。

岑礼眉头一皱，伸手嫌弃地捂了下叶超的嘴："这是医院，切勿大声喧哗。"

"我要是你这种脾气，什么案子都黄了！"叶超胡乱地抹了把嘴。

眼见着庆良小跑了过来，他厉声问道："有问报案人详细情况吗？有没有其他目击证人？"

庆良支支吾吾着说不出个所以然来，唯恐叶超大发雷霆，立马说即刻就去办，然后赶紧逃离了这气氛越发紧张的地方。

岑礼打量着这孩子脾气的探长，无言地摇了摇头，又见陆江庭隔着病房门上的小窗关切地望着陆江吟，便安慰道："别担心，既已捡回一条命，便没那么容易死。正所谓大难不死必有后福，他只要好生休息、按时吃药，定会恢复如前的。"

陆江庭敛眸对岑礼的话不置可否。今日此时，江吟分明应该还留在学校念书才是，怎么会突然出现在大街上？

"刚刚被探长打断了，还有一事未说。"岑礼瞥了眼叶超，语气平平却在表达不满，他知陆江庭心思缜密，对自家人的事自然是更加重视，他接下来要说的话恐会加重对方的困惑，"令弟身上还有多处擦伤且右手腕骨折。"

叶超灵机一动，似是想到了什么，不由得脱口而出："擦伤、骨折还有刀伤，这不是和程岂言……"

陆江庭神色巨变，他本不愿再去质疑凶手是齐叔的事实，但江吟又在这节骨眼上无故受伤，叶超又将程岂言同江吟联系到一起，冥冥之中，他也将一种不可言说的直觉推定为了事实。

岑礼见他们若有所思、面色凝重的样儿，便先行离开了。从他们两人中间走过时，迎面撞到了一位心不在焉的姑娘，幸得他眼疾手快扶住了她。

"走路小心些。"他好意提醒这姑娘，见其抬起头现了样貌又觉得似乎在哪儿见过。

他扶着她的手想了半天，最后竟扭头询问起了陆江庭："快看看，这是你从前说过的未来的弟媳妇吗？"

叶超和陆江庭不约而同地转头望了过去，两人惊讶地异口同声道："齐溪，你怎么在这儿？"

"啊，是这位了。"岑礼笑着看向齐溪，果然是顾盼生辉、撩人心怀，难怪陆家小少爷心心念念，难怪陆江庭在外求学时也总将这名字挂嘴上，他深以为齐溪脸上浮现的担忧是因陆江吟，便轻声细语劝道，"他伤重还未醒，不必太担心。"

"伤重？谁？"齐溪脸色原就有些异样，在此撞见叶超和陆江吟也纯属意外，现在又听眼前的医生说什么伤重未醒，她有些糊涂了。

岑礼奇怪地皱了皱眉头，又回头用眼神询问了陆江庭，看这样子齐溪似乎并不知道陆江吟出事了。他有些犹豫，身为医生，替患者向亲近之人解释病情是理所应当的，但知情者并不是只有他一人。陆江庭和叶超都在这儿。

"头儿，有人报案说发现了浮尸。离我们这儿挺近，正好陆法医又在，不然我们……"出去没一会儿的庆良又急匆匆地跑回来报告，瞥了眼神情凝重的陆江庭，声音逐渐小了下去。

叶超双手叉腰也略显为难，越是忙乱的时候这人手越是少。老覃这几日腰伤复发在家静养，巡捕房就陆江庭一人里外忙碌着。偶有几日，他上午从自家药行出来，连饭也没顾上吃就往验尸房里钻，该是拿筷子吃饭的时刻，他却拿着解剖刀检验尸体，可谓十分辛劳。眼下江吟又突遭此磨难，这时候叫他出去办公未免不近人情。

　　"哎，这事真是……"叶超不好意思开口，烦躁得直搔头，犯难之际，他又只好把矛头对准了下属，"浮尸？是不小心溺水还是被人谋杀？非得我去不可吗？"

　　庆良也知非常时刻该有非常解决手段，但报案人说死者家属认定是遭人谋杀，非要让他们查个水落石出。但根据他们的现场勘查情况和目击者的报告来看，落水之人该是不小心摔进河中溺死的。

　　"去吧。"岑礼替陆江庭拿了主意，用手指了指齐溪，"这儿不是还有个能照顾你弟弟的人吗？既已接手巡捕房法医一职，就该恪尽职守。他死不了的。"

　　齐溪听医生漫不经心地说着，心陡然一紧。

　　"齐溪，事出有因，只能请你留下帮忙了。"陆江庭自然明白岑礼所说的话，于是嘱托齐溪，"不管实情如何，我想你都是他醒来最先想见到的人。"

　　话音一落，陆江庭掉转身就同庆良一起走了出去。叶超欲走又回望了眼齐溪，提醒她："江吟受伤不是意外，所以你留在这里或许安全些。"

　　"什么？"听到叶超补充的话语，齐溪心中的弦突然就断了。

　　岑礼目送他们离开，低头却见齐溪正看着自己。

"有话想问我？"

"江吟是怎么受伤的？在哪里受的伤？"

岑礼被她问得好像身置巡捕房的审讯室，这俏丽的姑娘和别人似乎有些不同。心上人受了重伤，不哭不闹也就罢了，竟还如此清醒理智地询问自己详细情况。

"他被发现的地方似乎离你家不远。"岑礼依稀记得齐宅所在，毕竟齐家那场大火已经是众人皆知，齐石良当时也是住进了这家医院。

齐溪屏住气息，听着岑礼说完最后一个字，脸色霎时变得惨白。岑礼不知她何故变得如此害怕，担心她身体有恙，便好意询问。

"谢谢医生，我没事。"齐溪婉拒了他的好意，随之问，"我能进去看看他吗？"

岑礼点头："他没事，你不要一脸'他快要死了的'的悲苦表情。人哪有那么容易死。"

"岑医生，那边有病人找。"正巧护士寻了过来，见岑医生注视着那姑娘进了病房，她"咦"了声好奇地问，"您认识那姑娘？那会儿过来找我问了好多事呢。"

"哦？"岑礼收回视线落到护士身上，不知怎的追问了起来，"她不是来看病的？"

护士摇摇头："她看起来确实心情不大好，但身体应该无碍。来找我问了之前一个因病去世的老头的事，还问了一些她自家的事情。她父亲不是遭大火毁容了吗？"

岑礼回身，又深深望了眼坐在床沿的齐溪。

齐溪无言地坐在一侧，欲张口又只是浅浅地叹了口气。不知道从什么开始，她身边的人就在不停地受伤、死去。一个自诩盗亦有道的小偷在认识她不久之后遇害；齐叔一直待自己如亲女儿，却也落得这么一个下场。

江吟呢？他怎么也这样了？

齐溪快速擦了擦眼睛，生怕内疚的泪水落下，低头时又见到了地上江吟的鞋子。

她弯腰拾起来看了看，沾在鞋底的泥土里还掺杂着一片小小的树叶。她细想了一番后，又急忙拿起江吟布满鲜血的脏衣看了看，就在这一瞬间，她确信，一切都结束了。

第十四章

天晴

（一）

医院里轮值的医生护士已经来换岗，岑礼是个顶不爱加班的人，到点就回归自己的生活，即便有同事请他吃饭喝酒，他也一概拒绝。家中无妻无子并无牵挂，他只是习惯一个人清静罢了。这夜临走之前，他竟一改常态，准备再去病房巡视一番，到底放心不下陆江庭那倒霉的弟弟。

"哎，你干什么？这么快下地找死去啊？给我躺回去！"

还未走到陆江吟的病房门口，岑礼就被叶超那大嗓门给吓得止住了脚步。他蹙眉，透过玻璃窗望见房内大力扯着伤员的叶超，最终还是没忍住，推门就教训起了他来："说第二遍了，医院内禁止喧哗。你堂堂一探长不应连这点道理都不懂。

"不是你……

"他命大没被人一刀捅死，若是在这里被你活生生晃死，说出去可是要被人笑掉大牙的。"

叶超目瞪口呆地注视着朝自己进行连环攻击的岑礼，深深怀疑自己是不是哪里惹到他了。今日才认识的人居然针对了自己两回，平心而论，大家都是陆江庭的朋友，怎么差别这么大？

"你不能乱动。"岑礼上前扶住摇摇晃晃、脸色还煞白的陆江吟，叮嘱他回床上躺好，"大伤小伤加起来够你养个大半年了。这会儿深更半夜，你要去哪儿？"

因着伤口痛得厉害，陆江吟只能轻之又轻地呼吸，目光落到岑礼身上，竟一眼就将他认了出来："你是……你是岑礼？你原来也在这所医院吗？"

当年大哥在外求学时，曾往家里寄过一封信，信中就夹着他和岑礼的合照，其意是为了让家里人放心，他在外有相熟的朋友，能够互相照顾。大哥回国后一直忙于家里药行的生意，也没听他提过岑礼的事情，今日没想到以这样的方式见面了。

岑礼微微一笑，对陆江吟认出他来表示欣慰，便有些自来熟道："叫什么名字，叫大哥。"

"呵！我真是没看出来啊岑医生，这种时候你还想方设法地占江吟的便宜？是个江庭的朋友，江吟就得喊大哥，那我排行老几啊？江吟你说说看！江庭排第一的话，我排第几，他又是第几？"叶超没好气地呛起了岑礼，堂堂一探长气势可不能输！

陆江吟疼得说不出话，更别提笑出声来。他抬手轻放在胸口上，只觉得浑身都疼得僵硬。他不知道自己昏迷了多久，只知自己在乱梦中醒来，满脑子都是齐溪遇害的画面。他管不上身体的好坏，就算是断手断脚也要去将齐溪找回来。

岑礼一眼扫到陆江吟吃痛的表情，立时警告叶超："二十好几的人了别只顾着讲笑话。他现在的身体状况不支持做出笑这个动作。"

叶超双手叉腰，不服气地斜了他一眼，奈何为了江吟健康着想，他只好暂且将他们的"私人恩怨"放至一边，继而告诉陆江吟："你受伤的事情被你爸知道了，情绪激动之下犯了老毛病。你大哥就赶回家看看。你放心，应该没什么大碍的。"

陆江吟微微闭上眼点了下头，平时也总爱和父亲顶嘴，总做些惹他生气的事，越长大越不让他省心，实在是不孝。

"那姑娘呢，回家了吗？"岑礼在病房待了一会儿忽想起了齐溪，"听护士提起，她来医院似乎是打听事情。"

陆江吟立时坐起，这会儿哪里管疼不疼，问岑礼："齐溪来过？什么时候？现在人呢？"

"喂喂，别这么激动，等会儿伤口裂了就不好了。"叶超都替陆江吟捏了把冷汗，自己也曾屡次受伤，那种皮肉绽开的疼痛他最是懂得，他一面安抚陆江吟，一面解释，"她不是来过。而是你还在昏迷时我们碰巧遇见了。当时我和你大哥接到了报案便先离开了，托她留在这里照顾你。不过我半小时前过来也没见到她人。"

陆江吟再度推开挡在自己眼前的岑礼，下了床径直往门口走去："你们为什么不看住她？齐叔根本不是凶手，充其量只是个帮凶！真正杀人的是齐石良！"

叶超和岑礼不约而同地伸手拉住了他。

"你说齐石良才是凶手？"叶超拧起眉头，拽着他强迫他看向自己，"这话是什么意思？齐石良是哪起案件的凶手？你说清楚点。"

陆江吟急火攻心，他痛苦地吞咽了一下道："是他也不是他。"

岑礼听不明白陆江吟在说什么，也无意去了解他们口中费解的案子，好声好气地劝他说："你先坐下。你现在这副样子，连医院门口都走不出去，先坐下好吗？"

叶超瞅了眼岑礼，竟随口问了句："他如果现在出院能支撑多久？"

"作为医生不会拿病人的身体开玩笑。他不能出院。"

陆江吟反手抓住了岑礼的手腕示意他自己没事，而那越发苍白的脸色却在说"快要不行了"。

"齐石良已经死了。按照时间来推算，他应该就死在了那场大火中。那个不见的箱子就是拿来藏尸用的。现在家里的这个就是杀了程岂言、逼死齐叔的罪魁祸首。你说黄翔霖听不清程岂言最后说的话，那几个不明其意的词恐怕说的就是'齐石良'。"

"什么？"叶超震惊不已，他立时抓了一把椅子坐在陆江吟身边，也提及了自己对此案的种种困惑之处，"难怪我看齐叔所写的信时总有一股异样感。通篇文字中竟未提及齐石良半个字，好像他死了之后齐溪便孤苦伶仃、无依无靠。细细想来，齐叔似乎隐晦地传递出了家中齐石良是假冒的事实。"

"是。"陆江吟额上冒出了密密的汗珠，他继续道，"齐石良的遗体我已找到，你派人去那个地方找到便是。只是看守的是个智力低下的男人，可能要多费些唇舌，千万不要伤了他。"

叶超只觉得脊背发凉，因大火而面目全非，正好为那人做了掩饰。那人就这样混入了齐宅，每日与齐溪生活在同一个屋檐下，其心真是可怕啊。

他耳朵里嗡嗡声不断，抬起眼睛又问陆江吟："那你的伤也是他造成的？"

陆江吟轻喘着点头："我知道他是冒名顶替的之后，便联想到发生在齐溪身上的事情。你也知道，有人每每于夜晚在熏香里动了手脚，使她四肢乏力无法动弹。齐溪还因此被剪去了

- 523 -

一绺头发。这绺头发我在'齐石良'房间的枕头下发现了。我之前还不明白，他到底有何目的，现在倒是明白了。"一口气说完这么多个字，陆江吟停下休息了一会儿，片刻之后沉沉地说，"他喜欢齐溪。"

"你怎么知道他喜欢齐溪？"叶超冷不丁地将那人同变态联系起来，正常人怎么会潜入女孩子房间剪下她的头发藏在枕头底下，"他总不可能因这一点就害死那么多人吧？"

陆江吟不知道要怎么回答叶超这个问题，他只是想起齐溪说过的话——从前诡异的跟踪感只在家门外，如今这种感觉进了家门。他知道这事很荒唐，很不可思议，但除了这个他想不出其他可能。

"假冒齐石良的人，很有可能就是从小就跟踪齐溪的人。"他说话时，因过度担心齐溪的安危一度意识有些恍惚，有短暂的片刻根本听不见叶超说了什么，直到自己稍稍恢复了点意识才接着说，"还记得程岂言打听到的后来住进七十三号宅子父子三人的故事吗？我想那是真的。小时候把我吓到的那双眼睛，就是他的眼睛。"

岑礼没有告诉他，刚刚在他疼得差点昏迷的时候，不得已为他打了止痛针。关于七十三号宅子的事情，岑礼也听说过，曾经在医院听一个老头讲起过。那老头对谁都会说，只是所有人都没有当真。

"还有，如果我没猜错的话，那个人和顾一飞应该是亲兄弟。"陆江吟其实每说完一句话脑袋就会暂时空白一片，但他心里清晰地知道他接下来要讲的每一个字，"故事对得上，遗传病也对得上。不然无法解释顾一飞为何知晓七十三号那口井的存在，还特意告诉了我。"

"我的亲娘！这些人都是疯子吗？"叶超都快癫狂了，明明这些案子他都在查，怎么就能从陆江吟嘴里得到这么骇人的结果，他平复了下心情，继续问，"你找到了那绺头发被他发现了，然后你就从二楼摔下来保住了命？"

陆江吟苦涩地扯扯嘴角："这不是差点就没命了吗？从二楼掉下来确实挺要命的。我不知道程岂言是怎么坚持下来，走那么远的路来给你报信的，他真的……"陆江吟满腹酸楚涌上喉头，说不出一个字来。

提起程岂言，叶超沉默了半晌，道："程岂言定也是发现了齐石良奇怪之处才遭灭口的。"

"十之八九。"

"你那会儿说的'凶手是他又不是他'是什么意思？"

陆江吟想明白这件事时愕然不已，他知道齐溪的心情肯定也同他一样。他从前固执地以为，真相永远都是值得肯定的，落到他头上才知"啊，原来也有这般坏的真相"。

"你有没有想过齐叔为什么要认罪？"良久，陆江吟轻声地问。

叶超愣了愣，望向陆江吟时眼里的惊愕更加分明："你是说？不会吧……"

"我也觉得怎么可能呢？可齐叔就是这么一个愚忠的人，一直都如此。他宁愿背上杀人罪名去死，也不愿讲出真相，是因为杀死我母亲、杀死那些无辜女人的凶手就是齐石良。"

当初他们一直在想，凶手到底有几人，为何杀人和处理尸体两者间会存在如此大的差异。现在统统都可以解释了，杀人者齐石良，弃尸者齐叔。杀人时间、杀人动机一目了然，齐石良爱妻心切，失去爱妻如同在心口上剜了一块肉，自然是疼得无法呼吸。

尤其是遇到齐溪生辰之日，他思念妻子的心便越加疯狂。这些仅仅是陆江吟的猜测，他甚至还猜想，齐石良或许就是去过七十三号宅子、食用了祈福后得到的福寿膏才心性大变的。

"你知道为什么去七十三号祈福只需几颗糖吗？"陆江吟手撑着床费劲地调整了下坐姿，将从前知道的一些细节全都放进这个残缺的故事中，"你知道你从七十三号带出来的糖纸为什么被偷了吗？"

叶超惊讶，他都快要忘了糖纸的存在。

"小时候，齐溪在七十三号留下了几颗糖，说是要给可怜人。你找到的保存平整的糖纸就是齐溪当初留下的，而这几张糖纸我同样也在齐石良的枕头底下找到了。"

岑礼内心忍不住泛起了一阵恶心。这么听起来那个人似乎精神有问题，做的这些都非常人之举，他好似沉浸在某一种自己设定的情境中无法自拔，因此害苦了齐溪。

"这，这也太恶心了！"哪知叶超的反应同岑礼一样，他都有按捺不住想拔枪对准那变态的冲动了。这么些年，一直有个陌生人尾随其后，竟然还进了家门，想想这是一种何等可怕的心机！

陆江吟也没想过那些不起眼的小事竟然就这样一点一滴拼凑起了整个故事。这个故事中的他经受了丧母之痛，他以为没人会再承受这样相等的痛苦。直到明了案件背后的所有，他才知最难受的是齐溪。

"这不就是个无解的案子吗？齐叔死了、齐石良又早就死了。到头来还不是一样？"叶超摊手叹息，"齐叔为了保全齐家的声誉，为了让齐溪不至于被你们家拒之门外，他……确实用心良苦。"

"还有一个至关重要的理由。知道齐石良杀人的不只有齐叔，还有假冒齐石良的人。也是因为如此，齐叔不敢拆穿他。连我们都看出来齐石良口味大变，连语言习惯都变了，齐叔不可能不知道。"

叶超抱头暗暗想了许久，总觉得胸中有股无处发泄的浊气。两三分钟后他站起了身，对岑礼说："岑医生，江吟就交给你了。"又同陆江吟说，"剩下的我来处理。"

陆江吟始终不放心："我要和你一起去。齐溪比我早知道这一切，她发现了齐石良的尸体却不告诉我，就是担心我会出意外。现在我担心她……"

"好好担心自己吧。"岑礼总算是找到了说话的契机，"你就算去了也帮不上忙。说了这么些话你也该累了，休息吧。"

叶超安慰陆江吟："如果真如你所说，那个冒名顶替的人是因为喜欢齐溪才做出这一系列事情来。那我想，他暂时应该不会伤害齐溪。"

本是安慰陆江吟的话，可岑礼一听便下意识地反驳："你别小瞧了这种人。如今所有谎言都被拆穿，他的面具也戴不住了，很有可能玉石俱焚。"

"你脑子没事吧，岑医生？"叶超挤眉弄眼地不断暗示岑礼，"有这个说闲话的工夫也检查检查自己的精神问题吧。"

陆江吟在他们拌嘴的时候，已经拿起叶超带来的干净的外套披上了，他看着岑礼道："别只在医院照顾我，直到我找到齐溪之前，你确保我不会昏死过去就行。"

叶超听了这话，暗地里就朝岑礼抡起了拳头。这医生真的是成事不足败事有余。但在这个节骨眼上，也没有多余的时间去浪费。当务之急应兵分两路，于是他打电话通知庆良带人根据陆江吟提供的地址去找齐石良的尸体，他们三人则直奔齐宅。

（二）

后半夜的温度着实低了一些，陆江吟牙关紧闭坐在后座闭目养神，因车子不停颠簸，他还需要岑礼牢牢扶住才行，不然一点小小的动静都能惹得他疼痛难当。叶超一面心急赶往齐宅，一面在转弯处生怕拉扯到陆江吟的伤口，只能小心翼翼地开车。

"按照你说的来看，齐家那场大火也是人为的？"叶超一手管住方向盘，一手往后座扔了件衣服，"给他盖上，这是陆江庭搁我车上忘记拿的。"

岑礼接过衣服，熟练地为陆江吟盖上，但陆江吟这一身的伤痛不是保暖就够了的。

"当时我检查过现场，放在墙边的柜子一角被磕掉了漆，上面有残留的血迹，齐石良应该与他纠缠过。根据最后被送进医院的不是齐石良这一点，也可以推断出当时齐石良已经死了，或是昏迷之后被他塞进箱中，继而导致窒息身亡。"

陆江吟咬牙忍着剧痛，回想着那一夜大火延伸出来的种种可能性。齐石良房内右边靠墙处摆着齐溪母亲的灵牌，而灵牌两侧点着蜡烛。根据现场勘查来看，起火原因是烛台打翻，火苗攀上了挂在床上的幔帐引起的。

"齐叔就算再救人心切，也可以从穿着上判断那人是不是齐石良。"叶超思考片刻后提出了说不通的点，但又被自己想到的其他理由所说服，"对了，救下来的那人那天穿着什么？

啊？岑礼？"

突然被叶超喊到的岑礼先是惊讶了一下，他不觉得叶超能记得自己那天也当值的小事，而且他那天同个时间段正忙于另一台手术。但既然被问到，他也只能微微叹了一口气答："倒是听同事提起过。他身上穿着一件藏青色的长袍，长袍并没有系上扣子，只是随意穿在了身上。齐石良……冒充齐石良的人会被大火毁容，是因为他脸上当时还罩了一件小孩的兜肚。"

小孩的兜肚？也就是他把齐溪小时候穿过的兜肚给……叶超被岑礼所说的事实给恶心坏了，他边想边毛骨悚然，幸好齐溪不知此事。他在心里呕了半天才平静道："既然如此，他身上穿的衣物就很有可能是齐石良的。虽然大半夜不可能穿着外衣，但按照当时的情形，齐叔确有认错的可能。"

"我猜他将齐石良放入箱中后才反应过来火势之大，匆忙逃走时又被翻倒在地的烛台给绊了一跤，头部磕在了柜子上导致昏迷。这也就能解释为什么齐叔发现他时头部是朝门的。"陆江吟缓缓地补充道，"后来我去医院探望齐溪，再回到齐宅时那箱子就不翼而飞了，想来齐叔那个时候就已经知道救错了人。"

事情发展总是半点不由人，却又皆因人而起，一步走错步步都错。齐叔怎会料到卧房中还有别人，他自以为救起的是齐石良，却不想救起的是一条蛇。后知后觉才明白，自家老爷早已死在箱子里，当时齐叔该是何种崩溃的心情。或许更令他接受不了的是，那人竟真的被救回来了。

叶超不明白为什么悲剧总是由隐瞒开始，办了这么多案子，人性的复杂是他始终无法解释清楚的。就像文韬，在接二连三失去挚爱的悲苦中到底丧失了理智，选择了一条令自己万劫不复的道路。

齐叔也是如此。他把齐家的声誉看得比自己的命还要重要，可他有没有想过，他扛下罪之后齐溪要怎么办。

时针悄悄指向了凌晨一点十三分。车子正式驶入了通往齐宅的那条街，原本漆黑的夜里，叶超和岑礼远远便看见齐宅一带浓烟烈烈、火光通明。

"我们可能来晚了。"岑礼一语道破了现状，也打破了叶超努力平衡的心态。

叶超愤愤地扭头阻止他出声："不会说话就别张嘴！"声音一出又瞧了眼陆江吟，深以为他已经昏昏欲睡了，却不料他眼睛睁得大大的。

岑礼也不怒，点了点下巴问他："火都这么大了，你还不信疯狂之人会玉石俱焚吗？"他说完这话又对眼里满是火光的陆江吟提醒道，"你保住性命要紧，可千万别冲动。"

陆江吟没有回答，他死死地盯着火焰冲天的齐宅，分明已经烧毁过一次了，为什么还会出现第二次？

"你待车里！"叶超将车稳稳地停在了大火漫天的齐宅门前，严肃地叮嘱陆江吟不要鲁莽行事，然后朝着岑礼不客气地喊了声，"你去喊街坊来救火！"

岑礼难得听从指挥，下车前也对陆江吟说："你别乱来，不然要救的人太多了。"

陆江吟只听得到火烧得噼里啪啦的响声，眼眸中有很多东西在不断倒塌。他就像是关在笼子中的动物，遥看着其他不听话的同胞被斥骂、鞭打。他脸上泛起的表情痛苦又狰狞，他甚至没有去设想齐溪不在里面的可能，等到叶超和岑礼各自去请救兵后，他抓起身上的衣服下了车。

"我说怎么老闻见焦味……这怎么又着火啦？"

"别啰唆快点帮忙啦！幸好这夜里无风，不然烧到我们家就完了！"

"这火还能不能扑灭啊？我去换个大一点的水桶来！"

邻里一个个被喊醒，晕头晕脑的，就连身上的衣物也穿得乱七八糟。有人拎着煮茶的水壶就出来了，揉揉眼睛仍是一副不敢相信眼前夸张的火势的模样。岑礼也从他们家里借了接水的工具灭火。四面八方赶来灭火的人虽多，但完全没能减弱火势。

正愁着，岑礼看见叶超从不远处的黑暗中跑来。不知是大火晃了眼，还是自己脑子真的出了问题，不正经的探长这会儿像是披荆斩棘的勇士，满天星光覆在他身上，气势凛凛。

"消防车很快就会来。"叶超喘着气，说着从他手中接过了水桶，"你去照顾江吟。"

岑礼双手忽而空荡荡的倒有些不好意思，他抓住扭头就要冲上去灭火的叶超说："我问过街坊。都说只见到齐溪进去，没见到她出来。所以——"

"我得进去看看。"叶超敛了敛神色，万不能让齐溪葬身于火海，于公于私都无法交代。

"怎么进去？"岑礼拽着他不让他做糊涂事，"现在里面什么情况都不知道，贸然进去，万一里面根本没人，你不是白白送死了吗？"

叶超确实迟疑了下，他凝眉注视着被大火焚烧的齐宅兀自奇怪："怎么不见一个齐家的下人？"他嘀咕完了之后还是决定要进去查看一番，"这火似乎是从外面往里面烧的，里面若是还有人应该还来得及救。你去将江吟身上的衣服给我拿来，我浸浸水披上。"

"你要是遇事都如此，真不知道你还剩下几条命。"岑礼边奚落他边往车子方向跑，可才跑了没几步他突然停住了，"叶超。"

"嗯？"叶超不耐烦地回身，对着空无一人的车内，顿时骂了句脏话，"他人呢！"

岑礼回望着大火，麻利地脱下自己的外套，二话不说跑到街坊身边往他们的水桶里一浸，然后湿淋淋地盖在了叶超头顶上，依旧是冷静自持的模样："我不负责收尸，我留在这里等你们出来。"

叶超听后忽地冲他笑了一下，紧接着便往火光中冲去，周围的邻里都吓了一跳，扬声喊着是谁这么不要命。这场大火似乎铁了心地要烧到天亮，还故意从外围烧起，不让任何人靠近。

"齐溪！齐溪！"陆江吟晃晃悠悠地冲进了里面，头上顶着湿漉漉的衣服。浓烟令他看不清前方的路，喊出口的名字也即刻被浓烟覆盖。哪里都是灼热的，他无法借力前进，只能忘却身上的伤一鼓作气上了二楼。

牵一发而动全身，他的不顾一切令他差点摔倒在了齐石良的门前。

"……我没想害你，只是你我留于世上，无人关心又遭人唾弃。同病相怜地苟活，不如一起长埋于此，也好换来长长久久。你知我为了这一天准备了多久？你最爱的家成了我们的墓冢，你难道不高兴吗？"嘶哑低沉的男人声音传了出来，这不屑伪装的一切听起来是那么陌生，"我原以为你最爱的是你的父亲，所以当我成为他时，我想我终于可以完全拥有你了。可没想到，在你心里陆江吟的分量是这么重，重到我不得不送他去死。"

"你死了他也不会死的!"

齐溪的声音坚实地敲打了陆江吟的心口上,他拖着伤痕累累的身体站在了房门口,正好看见抛弃面具、以丑陋相貌示人的男人一边尖叫着一边举着匕首愤怒地朝齐溪刺去。

"齐溪!"陆江吟猛地向前一把将齐溪拉向身后,他则正面冲上去抱住了那人,两人瞬间倒在地上。可那人手上的匕首却还牢牢地抓在手心。

"没死!你怎么能不死!"那人凸起的眼睛更加可怕了,面对还活着的陆江吟,他觉得自己的心思全部白费了!他爱齐溪,爱到可以为她去死,可她为什么不呢?为什么要留恋这个不公的世界,为什么要留恋这些人,为什么?

他再次扬起了手中的匕首对准陆江吟,可刀尖在离陆江吟的身体还有三厘米的地方停了下来。他怒目圆睁地瞪着那双娇嫩纤细的手死死地握在刀身上。

陆江吟的身体已经差不多失去了知觉,但他还是紧紧地抱住企图伤害齐溪的男人,当他费劲地抬起眼睛,竟看到了鲜红的血一滴一滴地落在他身上。

"我给过你的糖,是童真、是善意,这份童真和善意我给过太多人了,甚至包括街边一条无家可归的狗。你爱上的只是当时获得关爱的感觉,并不是我。顾知行,我宁愿苟活、宁愿被世人唾弃,也断不愿同你死在一起!"

锋利冰冷的刀已经深深地剌开了齐溪掌心的肉,那尖锐的割裂感令她不由自主地颤抖起来。她和顾知行一样绝望,只是她知道,人做错事就应承担一系列的后果。

顾知行忽然放声大笑了起来,他满心欢喜寻得爱,居然如同街边的一条狗！真是可笑，太可笑了！他布满血丝的眼睛里，尽是辜负了他一番心意的可恨的齐溪。

他这一生不是在期待生就是在妄想死，生死相依不过都是为了渴求爱，可往往生死容易，爱难留。他费尽心机、不择手段地守住了爱，如今在齐溪句句绝情的话下，又徘徊在了亲手摧毁它的边缘。

他原本就是为了她才苟且偷生到现在！那一场大火没要了他的命，他满心欢喜地认为，这就是老天爷给他重活一次的机会。天赐良机令他贪婪无比，他明知自己时日不多，却一日比一日更想独占齐溪。为此他不惜双手沾满鲜血，不惜嫁祸于人，到了此时甚至不惜与她同葬火海！

他恨啊！恨到生命的最后一刻，他居然忆起了此生最高兴的时刻。其一是父亲将弟弟卖了，他犹记得那一天的空气特别好闻，就好像齐溪身上淡淡的清香；其二便是看着越来越多的人来七十三号祈福，将他当作神一样供奉，他心底无比满足；其三便是见到了齐溪，陪着她一路长大成人。

他越想越郁愤不已，承受不住猛地吐出了一口深红色的血来，血腥气忽地散了开来。齐溪见状硬生生地松了带血的刀奋力地推了他一把，将他彻底推翻在地。

她扶起胸口处溢满鲜血、意识模糊不清的陆江吟，看也没有看顾知行一眼，艰难地朝门口走去。

"齐溪——"顾知行歇斯底里地一遍又一遍喊着她的名字，可她决绝地不为所动。恍惚间，他又回到了默默跟在她身后注视着她的时光。他爱她的一切，爱她曼妙的身姿，爱她不知他存在时的神秘感，爱她仅属于他一个人的背影。

但，此刻他才明了，原来遭世人唾弃的仅他一人。

“我的祖宗，你在哪儿？”

叶超的声音穿过烟雾、绕过蔓延上来的大火传到了齐溪的耳朵里。

齐溪欣喜不已地拖着陆江吟沉重的身体又往外前进了一分，她高声回应道：“叶探长！我们在这儿！江吟晕倒了！你……啊！”

确认完位置之后，齐溪猝不及防被只剩一口气的顾知行拽住了头发强行往回拖。她的头皮被扯得生疼，怎么也挣脱不开，又怕自己挣扎的同时对江吟造次二次伤害，便果断地将其推向了门外。

“江吟！”叶超一个箭步上前抱住了陆江吟，再抬眼往房间看时，门梁便塌了下来，这一倾塌的动静逼得叶超连连后退。

“齐溪！”叶超看不清里面的形势，苦于这突发的状况，里面的人出不来，外面的人进不去。

“除了我你还想谁来爱你！你不过也是不祥之人，你身边的人皆因你死去，你凭什么苟活于世！我不一样，我了解你的痛苦，我可以永远守着你！”

时而咬牙切齿，时而深情款款，顾知行是个疯子，被世道逼疯，被无法选择的出身逼疯，被一再拒绝逼得迷了心智。齐溪被他用手臂紧勒着脖子，那力道似乎想将她窒息于怀中。

“你只是了解你自己的痛苦罢了，你所知的苦难也只是你经历过的，你对我一无所知。我和你不一样，我就是要活着，活着走出这里！”

“啊——”

撕心裂肺的怒喊声使得火焰更加嚣张，砖瓦、门柱都开始从这个"家"解体，它们在浓烟滚滚的氛围中彻底失了原貌。

齐宅不复存在。

将亮未亮的时刻最是难熬。没有被火灾波及的邻里们费了一夜的劲儿，等到消防车来了才打着哈欠各自回了家，沾着枕头不一会儿便安然入睡了。仿佛这场大火仅仅只是发生了，并未改变什么。他们照样日出而作，日落而息。齐家没了，也只是齐家的事情。

叶超盯着一片仍旧冒着烟的废墟说不出话。他带出了陆江吟，却没能带出齐溪。最后关头，岑礼死死地拉住了他。他们都知道，在那么大的火势下，再搭上性命也无能为力。

"坐地上干什么？"

叶超缓缓抬头，见陆江庭总算是到了，一时间内疚之感更甚："日后我怕是要和你断交了，你弟弟肯定会恨我一辈子。我就算是死，也应该将齐溪带出来的。"

陆江庭深深看了眼化为乌有的齐宅，脸上的表情暗了下去。他伸手向叶超："不是你的错，先起来。"

叶超握住了他伸过来的手，两手相握时，叶超却一个激灵，急切地问："你袖口上怎么有血迹？你受伤了吗？让我看看。"说话间便翻着他的衣袖，想要检查伤口。

"没有。"陆江庭抽回手，淡淡地答，"不是我的。"

叶超空荡的手心停在半空中，既然陆江庭有心隐瞒，作为朋友他也不想在此刻多做过问，仅是长长地舒了一口气："你没事就好。"

"嗯。"陆江庭应了一声，而后又意味深长地叹，"大家都还活着就好。"

叶超未言语，心情复杂地注视着有些反常的陆江庭。

"你不用在这儿陪我，去医院看江吟吧。"叶超颓废归颓废，可本职工作却没敢懈怠，过一会儿就该仔细清理现场，"走吧，发现了什么我会告诉你的。"

陆江庭目光幽深地望了一眼齐宅，没同叶超打招呼便转身离开了。

叶超仰头长而慢地吐出一口气，对着一直在旁待命的庆良道："做事。"

"明白！"

废墟之上太阳照常升起。

在日出和月落之间，大地又开始了新一轮的希望。

　　（三）

三日后，这桩旧案的处理结果传遍了大街小巷。凶手齐石良和顾知行所犯下的滔天罪行不可饶恕，但因他们已死，也就不存在所谓的刑罚，仅是将此公之于众罢了，七十三号宅子也因此再次广受关注，连带着那三具至今无解的尸骨都备受瞩目。新闻报纸的头版纷纷争相报道这起旧案的秘密。

巡捕房每日都有记者来缠着叶超，让他透露案件的详情和不为人知的细节。其中就有记者毫不忌讳地问他："齐家已毁，当事者都已身亡。失踪的齐溪是什么情况？当日火势如此之大，她是怎么逃出来的？"

叶超不知道记者怎么连齐溪在场这样的事情都知道，还直截了当地用"逃出来"这样的字眼。

失踪并不意味着她还活着。叶超无法回答这个问题，在齐石良的房中，他们只搜到一具烧焦的男性尸体，经过老覃的检验应是顾知行没错，但他不是吸入浓烟窒息而亡，而是被一刀刺穿心脏死掉的。

这个他们没有对外公布，叶超心知肚明，按照当时的情况能动手的只有齐溪。可最后齐溪去了哪里，他们谁都不知道。或许，消失对齐溪来说是好事。

"我说得没错不是吗？凶手还不如真是齐叔，这下查明是齐溪父亲所为，难道还不是人心难测？父亲杀了这么多人，做儿女的怎会毫无察觉？"

"齐溪上哪里知道？她父亲杀人时她才多大？葛明竣你这就有些不讲理了。"

"若不是她自己也做了错事，何以闹失踪寻不到人？这陆江吟受重伤住院这些日子，她要是讲良心，怎么也应该出现去看看他。"

"葛明竣，你到底是对凶案结果有意见还是对齐溪有意见？怎么能这么说她？陆家都没有说什么，哪轮得到你来发表意见？"

课后的校园外，葛明竣和方浩淼无端地吵了起来。方才方浩淼听到葛明竣同人聊起此事，言语间尽是对齐溪的羞辱，他便坐不住了。

"不要吵啊。切莫为了这样的小事，毁了同学间的情分。"男同学们上来劝架，"我们不过是随便聊聊，大家不要上纲上线，伤了和气不划算。"

方浩淼瞪了眼似乎也在生气的葛明竣："我才不和这种是非不分、恶意中伤诋毁他人的人讲什么情分。他说这话时有顾着和齐溪的同学情分吗？长着一张嘴就能在这里不负责任地高谈论阔别人的痛楚吗？"

"别人的痛楚？"葛明竣苦涩又憎恨地笑了下，"她父亲可是杀了我二姨的凶手！我二姨家的痛苦谁来负责？你们只顾着齐溪的感受，何曾想过受害人家属的心情？"

一语既出，同学们都惊住了，他们第一次听见葛明竣讲自家的事。难怪他平日里对这些事尤为关注，原是还有这层关系。可按理，他二姨遇害时，他也才一丁点大，何以有如此深的感情？

方浩淼怔了怔。一直站在不远处观望的谢罗华此时走了过来，拉过了方浩淼对葛明竣说："你父母从前在你二姨家开的饭店上班。你二姨突然遇害，遗产和饭店都归了你姨父。你姨父嫌弃你父母在饭店不干实事，白拿工钱便找了个理由辞了他们。使得你的父母在很长一段时间内生活相当拮据。一开始埋怨你姨父不讲情面，慢慢地怨恨起了害死你二姨的凶手。你听着这些牢骚话长大，故而性格乖戾。"

这一番话令周围的同学都对谢罗华刮目相看，从前哪能从他嘴里听到如此正经的话来。

葛明竣愤怒更甚，他一把揪过谢罗华的领子，怒不可遏地吼："不许你这么说我的父母！"

"被说中了就气急败坏。你一个大男人听了这些话都如此，你有没有想过同样是受害人的齐溪，孤苦伶仃的齐溪听了心里会是怎样的感受？她做错了什么？你可以骂她父亲心狠手辣、禽兽不如，但你不能迁怒于齐溪。她是无辜的。"

谢罗华抓住葛明竣的手强迫他松开自己的领子，继而低头抚平起了被弄皱的衣襟。谢罗华冲着还留在原地的同学扬了扬手："都散去吧。若还想要知道什么，我正好要去医院看江吟，可以一起去。"

"不了不了，你代我们问候他就行。"几个同学见情况不太妙，拖着葛明竣离开了。

方浩淼侧过脸打量着谢罗华，忍不住好奇道："你还是我认识的那个谢罗华吗？你刚刚说话的口气和陆江吟真是如出一辙。"

"抬举了！"谢罗华转脸就露出了原来嬉皮笑脸的样子来，拱手作揖道，"刚刚那一番话就是之前江吟告诉我的。哈哈哈！"

"还以为你一夜之间就学会出口成章了。果然，没陆江吟不行啊。"方浩淼举起手佯装要打谢罗华，最后却感慨地拍了拍他的肩。

谢罗华点点头又补充道："齐溪家还没有出事之前，葛明竣就迎合过那些说齐溪是非的人。江吟觉得葛明竣的反应过于激烈便去查了查，没有立时揭穿他，也是不想让葛明竣到头来陷入和齐溪一样的境地。可是葛明竣三番五次地在大庭广众下非议齐溪，别说爱瑶听不下去，我都忍不了。"

"正所谓得饶人处且饶人，希望葛明竣能明白吧。"方浩淼又长叹一声，"要去医院给陆江吟送功课吗？我和你一起去。"

"好。"

陆江吟受伤无法来上学，谢罗华便主动担负起了为陆江吟整理功课的重任。但事后的这几天，陆江吟一直在昏睡呓语，脸上尽是痛苦的表情。

"爱瑶今日怎么没和你一起？"到了医院门口，方浩淼才记起问李爱瑶的情况，还没得到回答，他又说起另外的人，"听说了吗？许景明在周刊上连载了自己撰写的短篇小说呢！张月英写的散文也刊登了出来，我看了好几遍呢，写得真不错！"

谢罗华不禁张大嘴巴感叹："原来就知道他文笔好有才气，没想到这么厉害！"连连称赞之后，他又突然问，"话说回来，你是真的喜欢张月英吗？一篇散文而已，你看了好几遍？"

方浩淼忽地一愣红了脸，假装若无其事地扯开话题："爱瑶真的不来吗？还是因为齐溪的事情没心情来探望陆江吟？"

"哎，天天在家哭呢，怎么安慰都没有用。活不见人死不见尸，谁甘心？"谢罗华脸上浮现了一丝丝的忧伤，"叶探长说翻遍了齐家也没有找到齐溪。我有时候就会想，他们是真的认认真真搜查了吗？或许齐溪的尸体躺在哪个暗沉沉的角落都说不准……"

"呸呸呸！还不如找不到呢，起码会让人抱有希望。"

"可这种希望若是一场空，且不说爱瑶会如何，江吟今后要怎么办？他要怎么办呀？"

两人一边摇头叹息，一边走到了病房门口。这个时间点病房貌似挺热闹，他们二人推门而入，一眼就看见了叶探长、岑医生还有江吟的哥哥陆江庭站在床前。

"……你这么激动对你的伤势恢复没有帮助。叶探长和你大哥已经将全部经过都告诉了你，你现在就该安心养伤。"岑礼摁住又欲挣扎下床的陆江吟，提醒道，"我可不会像上次一样跟着你们胡来了。"

叶超双手叉腰，低头抿抿嘴，也劝陆江吟说："我们一直在找她，有任何消息都会第一时间过来通知你。"

"我自己去找她。"陆江吟不听劝，也不信他们真的还会在案子了结之后耗费时间和人力去找齐溪。他恨自己不受意识控制的身体，在他知道齐溪不知所终的这一刻，竟然已经过去三天了。

陆江吟的身体仍旧很虚弱，一只脚还未踩到地上，就被陆江庭不费吹灰之力地扶了回去。陆江庭了解自己的弟弟，他只是轻声承诺："大哥帮你找她，一定帮你找到她。"

"我什么时候能出院？"陆江吟没有回应大哥给出的承诺，他只是觉得在寻找齐溪这件事上，除了自己谁都信不过，除了自己别人他都不放心。他不断地询问岑礼，希望能提早出院时间。

岑礼瞥了眼陆江吟，冷冷地答："住到我批准你出院为止。"

他说完转身，才见到陆江吟的两位不知为何看起来有些拘谨的男同学。

"别在这儿碍事。"岑礼拉住了叶超的手腕往外拽，"让他们年轻人好好聊，或许心情能好些。"

叶超猝不及防被拽了个趔趄，他骂骂咧咧道："我也很年轻！我和这些小孩一点代沟也没有，我们聊得很好的！上次七十三号的尸骨就是我们一起发现的！"

"走了走了。"岑礼不管他，硬是将他拖出了门外。

谢罗华和方浩淼对着还留在病房里的陆江庭点头打了下招呼，然后望向了似有些绝望的陆江吟。

"我们也会一起找的。"谢罗华想尽量让陆江吟安心些，便自告奋勇，"不管怎样，齐溪也是我们的朋友，我们一定会找到她的。"

方浩森也立刻点头："嗯，一定会找到她的！"

陆江吟深深地望了他们一眼，别过脸不再说话。他已经不太能忆起当晚所有的细节了，努力回想时，只恨自己多此一举跑进去，如果不是他逞能，或许叶超还能将她带出来。

房外的岑礼和叶超没有急着走开，注意着里面的一举一动。案子表面上确实是结束了，但齐溪下落不明，记者和好些无聊的人追着这个关注点不放。

岑礼上下扫了眼心事重重的叶超后问道："真的没有找到齐溪吗？"

"你这话什么意思？我还能把她藏起来不成？"叶超不满岑礼这不怀好意的提问，"这三天我来来回回在齐宅那乱瓦焦木中反反复复地寻找，除了顾知行，再也没有多出一具尸骨来，连蟑螂、臭虫都没有。你说一个大活人还能凭空消失？我自然也是不信的，可人是真的没找到。"

岑礼相信他，这么问倒是怀疑起了另外一个人来。他缓缓地问了句："你说那晚江庭赶来时消防车已经灭了火，甚至开始准备后续处理工作。"

叶超闷声闷气地"嗯"了一声："这有什么问题吗？难不成你要我质问江庭为什么来得这么晚，中途出了什么事情？他分明就是在家照顾父亲罢了。"

"或许。"岑礼在心里想了一会儿放弃深入思考，"我先去工作了。"

叶超摆摆手示意岑礼赶紧消失，这医生没事总爱找他斗嘴，眼见了着实心烦。

岑礼往前走了两步又回头，问叶超下班后是否可以去他家一趟，有麻烦事需要他帮忙解决。

"什么事？"叶超不耐烦地问。

"也没什么，煮多了饭菜需要多个人帮我吃掉。"

"谁要上你们家吃你的剩饭剩菜！"

岑礼望着面目惊恐又万分嫌弃的叶超顿时笑出了声，不再多说什么，扬了扬手走开了。

"回巡捕房吗？"陆江庭走出来轻手轻脚地带上了房门，问叶超。

"你呢？"

陆江庭看了他一眼："我还有点事情要办。"

叶超凝望着陆江庭的背影，忽而想起那晚的不寻常之处，他到现在也无法解释从陆江庭袖口上看到的血迹。陆年的身体还没有糟糕到这样的地步，若真是陆年的血迹，陆江庭断不会掩饰着不说。

"不是我的。"陆江庭说过。

血不是他的，那么是谁的。

（四）

十二月寒冬已至，可消失的人仍无半点音信。

"今后有什么打算？"

从学校毕业，这还是陆江吟和谢罗华第一次坐下来好好聊天。过去的一年多时间里，他没日没夜地奔波，所有的时间都被齐溪填得满满当当，无法分出心来去关心朋友。

然而时间一天天地耗去，齐溪就像一滴坠入大海的水，找不到任何踪迹。他不愿这么想，但好似她真的死了。只是大哥他们不告诉他，或许就想留给他一个念想，让他好凭着这念想活下去。

"继续读书还是找份工作？"

长久的不交谈令谢罗华恍惚间回到了同陆江吟刚刚认识的时候，那时的他畏惧和社会地位悬殊的人攀谈，生怕在他人看来是别有用心的。可他又是个十分坦率纯真的人，在他眼里，陆江吟十分优秀，但其本身根本没意识到自己的优秀，这般谦虚平和的人是多么富有魅力。

蓦地，谢罗华憨笑着哈出一口白气，缩着身子想要紧紧裹住身上的温度："我这脑子再继续念书也是白浪费家里的钱。父母尚在，也不打算去远方谋发展，想着还是去照相馆当个学徒，我还挺爱拍照的。"

陆江吟盯着微波荡漾的河面低低笑了声："有喜爱做的事情很好。"

"你呢？"

谢罗华三言两语便交代完了自己的事儿，转而担心起了陆江吟。这说长不长的光景里，为了寻找齐溪，他不知崩溃了多少次。每每看到他煎熬痛苦的模样，一向对他冷言冷语的李爱瑶也受不了，别过脸哭了好几次。

"还要继续找齐溪吗？"

暗淡无光的眼眸忽地亮了一下，又迅速沉了下去，就像手电筒扔进深不见底的海洋。他先是不说话，继而才缓缓叹道："我没有选择。我忘不了她，但我要换个地方想念她了。这一年多的时间里，我一直抗拒着不断往前的人生，担心齐溪回头时会找不到我。可又想，若是齐溪也在不断向前呢？我不能一直停留在原地，罗华，我不能。"

喜欢一个人原是如此痛苦的事情，忘不了得不到，可还是喜欢。

谢罗华吸吸鼻子似有些伤感地问："要是齐溪一直不回来，你这辈子都不恋爱、结婚了吗？你们从小一起长大，这样滋生的感情会不会只是一种习惯？"

"没有喜欢就养不成习惯。正因为喜欢，才会习惯有她在的每一天。"

陆江吟依旧眺望着远方平静地说着。视线不知何时落在对岸模模糊糊的农家屋子的烟囱上。袅袅炊烟从中升起，离了学校，时间过得更快了。想抓住一些深刻的过往，却发现再深刻的事也会被消磨得只剩她的一颦一笑，他又开始后悔自己没能对她再好些，后悔早该说出口的话，一转眼就成了遥遥无期。

淡然又无比坚定的话语令谢罗华鼻头一酸，他却为齐溪没能听到而难过。

他们都不擅长花言巧语逗女孩子开心，可女孩子又似乎更倾向于听他们说出"我喜欢你"四个字，哪怕她们已经无数次察觉到他们付诸实际行动的喜欢。

他也笑话过陆江吟为齐溪做的大大小小幼稚又贴心的举动。曾经同学们一度拿他们的关系开玩笑，陆江吟脸皮薄，被说得脸红一阵青一阵，见到齐溪时更是红到了耳朵根。可齐溪并不知道发生了什么，像往常一样开心地等他一起回家。他没有理她，不是因为同学们过分的玩笑，而是在他们真实的玩笑下，他根本藏不住自己的心思。齐溪看他一眼，他就投降了。

不明真相的齐溪以为江吟故意疏远她，因而难过了好些天，她不知道陆江吟那几天的日子更是凄惨，每天跟在她身后目送着她上车，然后又一个人落寞地搭下一班车。

"我愚笨，但齐溪聪明，她会懂你的苦心。"末了，他释然地说道。一个人向前，并不一定非要忘了过去的人不可，带着那份思念的心去努力不是更好吗？

陆江吟转回头来看了他一眼笑了笑："谢谢你，罗华。"这一声谢来得晚了些，他从平整冷冰的大石头上站起身，终于松口说，"我会给你写信的。"

"写信？"谢罗华有些不相信自己的耳朵，他根本没去考虑换个地方是换到了多远的地方，远到居然要写信，"你要离开上海？"

"是。"陆江吟答。

谢罗华怔住了，今日约见原是为了告别。他猝不及防，但也平静地接受了："去多久？"

一个数字而已，陆江吟却没有回答，反而突然打趣道："若是你能遇见齐溪，记得不择手段给我留住她，不要伤到她就行。这个忙你可以帮我吗？"

这一会儿，谢罗华倒是热泪盈眶了起来，他叹自己不争气，忙用手臂擦了擦眼睛："上刀山下火海都不曾拒绝过，更何况是留住齐溪？这事你不说我也会做的，绑住她的手脚可以吗？"

"不可以。"陆江吟也微微笑着，配合延伸开来的玩笑话，"你绑了她，叶超会铐你回巡捕房问话，到时全赖你身上，你可说不清了。"

"那还是你自己早些回来吧，也省得我铤而走险。"

此时两个人走上了大路，视野里塞满了来来往往的人和车辆。一场告别就这样来临了，他们大方地笑着挥手说再见，好像明天还能见着一样。

可惜谁人都料不到明天会发生什么，谁都料不到是不是还能等到下一个新年。

一九三七年八月十三号，上海遭遇了日军的侵袭。战争爆发后，日军占领了上海。一时间，所有爱国人士都站在了抗日救亡的战线上，就连清心中学的学生也不例外。他们自发组织成立读书会，学生们手无寸铁，但家国信念就是他们最好的武器。于是声势浩大的护校斗争爆发，上海中学生的抗日救亡运动就此展开。

战役持续了三个月，伤亡惨重，上海沦陷。

一九四〇年，春分。

陆江吟在春节前夕回到了上海，转眼间又过去了两个月。时间如洪流，只是他们每一个人都不过是洪流中小小的一本流水账，一晃就写完了一生。

这日，陆江吟遵照大哥的吩咐去见了一位陌生的女人。名字陌生、长相陌生，只是她在上海的亲人却是熟得不能再熟的冤家。陆江吟去之前便知大哥的心意，但没有拆穿。这次让他回来，父亲和大哥都有意让他成家，这一想法成立之后，便等于判了齐溪"死刑"。

而他也才在年三十晚上，第一次听大哥提起当年两位母亲为他和齐溪指腹为婚的经过。那时候大哥也还小，母亲询问他更喜欢弟弟还是妹妹时，大哥坚定又期待地答"喜欢妹妹"。两位母亲笑得合不拢嘴，于是互相约定，若是生出来的刚好是一男一女便结娃娃亲，说这样大哥不管怎么样都能多个弟弟或者妹妹。

齐溪一开始就是许给他的。但他似乎知道得晚了些。

如今在这乱世中寻找一个人无非就是大海捞针，原本只是失踪，经过惨烈的战争之后，失踪似乎就变为了板上钉钉的死亡。上海不复从前，大格局之下，那份执念藏在了角落不为人知的地方。

　　赴约之前的天气便有些阴沉，赴完约之后淅淅沥沥的雨便下得更大了。陆江吟以自己有事为借口先走了一步，告别了那女人之后，就孤身一人漫步在大街上。

　　时隔两三年回到上海，旧时光里的朋友一个个不见了踪影。一九三七年，日军对上海的那场大规模的袭击害得谢罗华从此再无李爱瑶的下落。

　　"罗华，你还在上海吗？"

　　陆江吟在心中喃喃呼唤。谢罗华曾说过不会离家太远，但动荡之下半点不由己。陆江吟回来便去谢罗华家里找过他，但他家早已被炮火袭击得面目全非。因回来不久，手头上还有很多事情要处理，他记挂着谢罗华，却也无法分出时间来打听对方的去向。但他总觉得谢罗华并没有离他很远，那近在咫尺的感觉异常强烈。

　　类似的感觉他在国外的每一天都有模糊地察觉到，但意识中的轮廓却不允许他触摸。就好像屏风之后若隐若现的人，兴许只是眼花误看到的影子。

　　他沉沉地叹了口气，穿过一层层的雨帘，身上的衣服便湿得更加厉害了。生活在这儿的人永远都很匆忙，即使大雨天不撑伞也没人会留意。

　　"哎哟——"

　　一个手拿糖葫芦的小女孩在他不远处的地方摔了一跤，陆江吟快步上前扶起了她。她摔得这么重，糖葫芦却还是紧紧地捏在手心。

"摔疼了吗？"陆江吟打量着她。雨天地滑，这么猝不及防地摔了下肯定是疼得厉害。幸好是三月，身上衣物穿得还算多，不至于擦破了关节。

小女孩摇摇头，身上湿漉漉、脏兮兮的。她也打量着陆江吟，问："哥哥，你怎么不撑伞？你也怕妈妈追上来抢糖葫芦所以就跑出来了吗？"

陆江吟低低地笑了笑："没有。"

"没有伞吗？我可以让妈妈借给你。"小女孩很热心，或许是觉得陆江吟不像坏人。他这种总是吸引人靠近的气质倒是一点也没变过。

有伞，只是没有妈妈。陆江吟看着她红扑扑、可爱的脸蛋，心里做了回答。

"小茜，你又瞎跑！你看看衣服都脏了！"这时，身后撑着伞追上来的太太上前一把拎过了自己的女儿，又心疼又生气地呵斥，"摔疼了没有？这糖葫芦都脏了，不要了吧。"

"你也叫小溪？"陆江吟忽然摸了摸她的头，夸了一句，"真乖。"

太太见一陌生青年站在女儿跟前，想着或许是伸手帮忙的好人，忙拉着女儿致谢："谢过这位先生了吗？以后不要乱跑了，下雨天很危险。"

小茜乖巧地微笑着，眼睫毛上挂着雨珠："谢谢哥哥。"然后又回头对妈妈说，"妈妈，你把伞给哥哥吧，你看他都淋湿了。"

这位太太听女儿这么说，忙把手中的伞递向陆江吟："我家就在前面，这伞你拿去用。"

"不用，我也快要到家了。"陆江吟婉拒，并嘱咐小茜，"以后要听妈妈的话，不要乱跑。要是再摔倒了，身上留疤会不好看的。"

"我不要留疤。"小女孩愁眉苦脸地对妈妈噘嘴撒娇。

太太温柔地说："嗯，疤痕很难消除，漂亮的小茜以后就不漂亮了哦。所以一定要好好走路，记住了吗？"她说完朝陆江吟点点头，再一次道谢之后，牵着女儿的手离开了。

心情似乎悄悄变好起来。陆江吟目送她们直到厚重的雨帘将视线阻隔，再也望不到才罢休，他继续漫无目的地走着，脚步沾了雨水，不知不觉中步伐都变得异常沉重起来。

"疤痕很难消除。"

那位太太的话突然又浮现在了脑海中，陆江吟的心忽地一缩。他拼命抓住那闪过的令人惊喜又不可思议的念头。他先是疾走起来，然后干脆狂奔在大雨瓢泼的上海街头。

疤痕不会骗人。

"齐溪还活着。"

雨还是这么大，可天似乎马上就要晴了。

番外一

—— 雨天和雪天 ——

一九四〇年三月，二十三岁的李斯若从英国留学回到上海，在表哥叶超的介绍下，进入了其好友陆江庭名下的一家私人诊所上班，成为那儿的医生。

从小便在国外长大的李斯若对国内现状非常挂心，执意回国，虽然也遭到了父母反对，但迟来的叛逆心理让她义无反顾。救死扶伤的理想，在他人眼里却无异于挣扎于水深火热之中。回来没多久，为了使不在身边的父母安心，李斯若违心地答应表哥安排的相亲事宜。

她本就抱着此事不成的心态前往，但表哥叶超却故意吊人胃口道："你去见了就知道，哥哥给你物色的对象不会错。凭我对你的了解，你一定会喜欢。"

李斯若对叶超笃定的话语表示怀疑，自己喜欢的男生太过于理想化，她甚至觉得自己这辈子都有可能寻觅不到命中注定的伴侣。

可凡事都有个意外。

次日，李斯若在和平饭店见到了神秘的相亲对象，只一眼她就投降了。前来相见的青年西装着身，眉目清朗、俊逸非凡。他双手置于胸前屈指微握，骨节分明温柔，年龄虽比自己小上两三岁，双眸却透露着历经世事的沧桑感。正是因为这年少的沧桑感，令李斯若对他更是好奇心加倍。

"你好，我是陆江吟。"

他见她来，绅士地为她拉开椅子，各自坐下之后，他自我介绍道。

在此之前李斯若从未见过陆江吟，只是听叶超提起过。表哥提到陆江吟也不过是因为讲起了陆江庭而顺带说起这位小少爷，虽然只言片语，但能听得出叶超心底对陆江吟的赏识。

"我哥事务繁忙，所以让我代他来见你一面。不知诊所最近出了什么问题？"

开场白有些意料之外，李斯若第一时间便明白了表哥和自己说来相亲，可对面陆江吟的哥哥却并非同他这么讲。

一个讲的私事，一个讲的公事。

她被哥哥们蹩脚的哄骗手段逗笑，兀自低头嘴角上扬。陆江吟对相亲一事并不知情，见到她时神情也毫无变化，不掺杂任何想法的纯净眼神、公事公办的态度在某种程度上虽有些伤人，但她竟还觉得开心。

甚至不想揭穿这场相亲骗局。

初次见面气氛微妙，她却让自己的目光大胆地停留在陆江吟身上，毫无矜持可言，但西化的思想让她将自己的不矜持合理化。

"陆先生，不如我们出去走走？"

工作上的谈话告一段落，两人的咖啡也已见底。陆江吟看起来有说完就走的打算，可李斯若并没有想放他走的意思，即便她知道男人的被动意味着"没感觉"。

"好。"陆江吟点头起身，扣好了西装。

李斯若觉得自己不可思议，光是盯着他的手，她都能看上好久。而她主动提出邀请，陆江吟也没有拒绝，连三言两语的推辞都不曾有。

老实讲，李斯若并不完全相信陆江吟不知情。

外头阳光时有时无，两人并行依旧话语不多。李斯若似有若无地打量陆江吟的侧脸，她对他的好奇泛滥到溢出，但她忍住不问他任何问题。

"叶超还好吗？"

车水马龙，川流不息，他忽然这么问了一句。

李斯若恍若明白地"啊"了一声，直言道："你早就知道？"

"当然。"陆江吟看着她，笑了下，"叶超逮着我哥就嚷嚷着自己表妹如何优秀，世界上的男人如何配不上他的妹妹。今日一见，确实不假。"

李斯若怔了怔，乍一听似乎在夸自己，可按照此刻情况一琢磨，便知他到底在说什么。她也不管，跟上男生的脚步问道："那你呢？"

陆江吟往前走着，却又照顾着女生的脚力，说话声不疾不徐，有些缥缈："上海巨变，任谁都可以感受真切。三四年的时光其实非常漫长，世上之物又变化莫测，可我总觉得仍有事物是永恒存在的。她不会变，而我在等。"

"你指什么？"李斯若听不明白。

这大概就是拒绝。

陆江吟又看向她，半晌只是笑着轻叹气。偏不巧，此刻下起了雨，天气阴沉，虽然出门前都注意到了，可带伞实在是太过麻烦。

"去那边躲一躲。"

陆江吟伸手挡在李斯若的头上为她遮挡雨水，这举动颇令人心动。她明知此举和此前他帮她拉椅子的绅士行为一般并无不同，可心脏不听话，它不理会她的理智，感性地怦然不止。

两人躲到了照相馆橱窗外的屋檐下，小雨淅沥，一时半会儿不会停下。李斯若感恩这场及时雨延长了两人的相处时间。

蓦地，李斯若想到了初春的那场大雪。明明相距甚远，却仿若昨日，她爱惨了大雪纷飞的美景，爱惨了干净无瑕的世界，爱惨了打雪仗时自己开心的样子。

可那样笃定的喜欢丝毫比不过此时此刻。

"你喜欢雨天还是雪天？"她问。

带着某种目的的询问使她紧张又不安地跷起了脚尖，小心翼翼地瞥了眼陆江吟，发现他望着天空的某一处，好像遥远的天边有他期待的永恒。

"喜欢雨天还是雪天？"李斯若又问了一遍。

陆江吟伸出手，接住了屋檐滴落的雨水，缓缓道："我喜欢齐溪。"

李斯若怪好笑地皱眉："那是什么？"

"是我的永恒。"

他做了解释，可李斯若仍旧一头雾水。那就像是他根本没给出答案又扔给她另一个难以解决的问题，这样的男生真的挺容易令女孩沦陷。

"抱歉，我还有事，不能送你回去。"没等李斯若想到如何接下去，陆江吟就要先行一步了，他冲她笑了笑，"替我向叶超问好。"

"好，再见。"

李斯若没有挽留，也不知道怎么挽留，隐隐地认为是不是自己意图太过于明显把人家吓跑了。但她也只是无奈地摇头，看着陆江吟走进雨中，很快就看不见了。

"齐溪……"李斯若仍然不知道这个词到底是什么，也不知道到底是哪两个字。她反复念着这个词，想要理清其中的奥妙。

"嗯？这位小姐，您认识齐溪？"

店内走出来一位穿着格子衬衫、长裤上扣着交叉背带的男人。他看着似乎是这照相馆的老板，听到李斯若不停地念着这两个字，好奇地追问。

李斯若这才明白，齐溪原来是人名。

"这么说，您认识这位叫齐溪的人？"她转身问。

老板兴奋地指着橱窗中摆着的一张四人合照，高兴又充满回忆地说："喏，最漂亮的那个女生就是齐溪。我们十六七岁那会儿玩得可好了，边上傻笑的那个就是我。虽然才过去短短几年……呵，我说这个干吗？小姐，您要进来坐坐吗？这外头下着雨，我挺好奇您是怎么认识齐溪的……"

李斯若在老板指着那张合照的时候，第一眼看到的并不是楚楚动人的齐溪，而是十七岁的陆江吟。少年意气风发、眼神深邃，嘴角噙着淡然又克制的笑。四人之中，唯独他没有看镜头。

他微微侧头，一眨不眨地注视着身边靠着自己的笑容甜美的女生，这个叫作齐溪的女生。

这就是一张定格的照片，可在李斯若眼里却无比鲜活真实。

"我喜欢齐溪。"
"她是我的永恒。"

雨天和雪天，彼时今日，陆江吟的永恒，只是齐溪。

番外二

―――――― 齐溪的信 ――――――

江吟：

一别累年，事事安好？

提笔时，总也想起从前发生的事情，历历在目不敢忘，不管好的还是坏的。我虽知道一切并非我能左右，但终究是我惹出来的祸，是我对不起陆家。

故我们无数次擦肩，也换不来你的一个回首，我亦不敢与你相认。

我曾无数次在信笺上写下你的名字，却因情绪难以抑制再无后续，空白的信件锁了满满一抽屉。不愿撕毁写有你名字的信，久而久之便全当作念想，每天都在无望地期待。

往事于你、于我、于无辜者都相当糟糕，众人提起我也觉得晦气，我自心中有数，故迟迟不敢通函，自始至终不敢。如此拘谨、畏首畏尾，若是被你所知，怕也会笑我懦弱。

当日若不是江庭哥哥无意中发现并出手救我，就算齐家漫天大火要不了我的命，那涨潮的河水也会将我吞噬。

我从未想过有一天自己会情愿了结性命，现在想起，依然耻笑自己竟还活着。坏人自然很坏，可我也好不到哪里去。

我说我要活着离开，我做到了。只是裹着被子跳出窗外，落地后竟晕了片刻，醒来后突然意识到我再没有从黑暗走向光明的勇气。

不知不觉来到河边竟只有一死的念头。或许是想替父亲偿还欠下的债。

那日，我站在河边，想起了小一，想起了那几个冤死的孩子，怕自己玷污了他们最后的归处。以往悲戚，不愿承认自己不祥，现在倒坦然接受了。万般皆是命，半点不由人。

那时的我只觉得死才能平息这一切，平息所有的愤怒与悲苦。我最不愿见到你难过，可我还是无知地令你痛苦许久。

倘若不是江庭哥哥将我拉回来，这封信怕是要来世才能写了。我想他或许也恨我，如不是我，一切都不会发生。可他还是劝我活着，好好活着。

他说只有活着，才能再见到你。

一万句抱歉，或者更多，无从说起，也怕被拒绝。

你到法国的第一日我便也到了，无法向你透露我的存在，只能远远地望着你，见你消瘦的身影只能背过身去，怕被江庭哥哥发现心里难受。明明最痛苦的人不该是我。

你和江庭哥哥总是为我的事情操心，护我周全，而我却无以回报。时至今日，我也只能躲在你们身后，没勇气面对这个世界，面对排山倒海的恐惧。

从前每天都在一起，心中对你感激万千也不曾表露一句，怕你知道我对你的依赖，怕有一天你离开了我会难过，忍着不说，忍着等待适宜说出口的机会。哪知机会就再也不来了。

说起来有些幼稚，你一直都是我在这个世上所拥有的最美好的存在。你那么好，可我连你也不敢面对。

你肯定会怪我吧，怪我假装不知情，怪我在只离你百米远的地方独自生活，怪我让你就这样承受所有的后果。可江吟，我希望你怪我。

刚来法国的那段日子，我每天定时通过二楼窗户看着你走去学校上课，每日都如此。

日复一日，你越发精神，神情也变得不一样。我知道你在变好，慢慢地走向你昔日想要达成的目标。我很开心，开心见到精神焕发、不被俗事牵绊的你。

我一度以为这是江庭哥哥对我的惩罚，他将我送到法国，又将我安排在你身边。那段日子被这样的想法荼毒了很久，后知后觉才知，那是江庭哥哥给予我的机会。

一个日日盼着见到你的机会。我一天一天地明白很多事，一天比一天地更加想要走向你。我开始努力地学习，学习外语，掌握知识。江庭哥哥每月都会托人来信询问我学习的进度，会鼓励我，也会告知我你的情况。异国他乡的日子很难熬，可我知只要熬过来，一切都会变得不一样。

就好像现在的我竟然能提笔写下一封完整的信。

我努力地生活，那种惧怕的过往在慢慢消逝，我欣喜于这种改变。当我意识到这点时，我急于想要分享，急于想和你分享这微不足道的心情。

于是我上街了。

半年前的那一日是我第一次同你面对面。那一次我没有躲在楼上观望，而是想要堂堂正正地看着你。时间就快到了，我看着你从人群中走来，我走向你的脚步却停滞不前。

原来还是会害怕，那一瞬间又想了很多。

你离我越来越近，我不敢再看你。回过神来我却加快了脚步，想要快点结束这荒唐的举动。有意还是无意，我不清楚。我撞到了你，你手中的书掉了一地。

我戴着向房东太太借的宽檐帽，那帽子很大，大到遮住了我的脸。我蹲下身帮你捡书，只听你用法语询问我是否需要帮助。

那时我又明白过来，我不光写你名字时会难过，听到你说话时也会。那一刻，我一点也没有喜悦要分享，我一点都没有变。

你接过书，我仓皇而逃。

对不起，没能再变得更好一些来见你。

即使我如此糟糕也希望见到你。只是我不能停在原地等你走来，我想要走向你，我想我会追上你的，我想总会有这一天的。

过段时日，我也会离开法国，江庭哥哥说可以随时回上海来。天知道，他这句话就像是特赦令，救我于矛盾之中。

可他又说，留在法国也好，毕竟上海已不是曾经的模样了。

我现在唯一肯定的是，我会离开这所房子，好好和房东太太告别，谢谢她的照顾。她人真的很好，尽管她的儿女从未回家来看过她。

这儿没有什么特别的东西要带走，这满抽屉的信也都留在这里吧。中文他们看不懂，若是不小心被人看见帮我读出来也是好的。

想把过去留在属于"过去"的地方，而我要卸下这些走向别处。

离别情怀，今犹耿耿，唯愿你一切康适。

期盼我们还能再见，晴日下，清风中，于你身侧。

言不尽思，再祈珍重。

齐溪手书

一九四〇元月一日灯下

番外三

—— 我的名字 ——

金太阳幼儿园大班。

这一天，班里新来了一位不苟言笑的小朋友，老师安排他坐在了后排气氛最活跃的小朋友中间。但还没来得及为他做介绍，老师就被院长喊去开会了。

班上都是四五岁的小朋友，他们对新来的孩子很好奇。老师不在，小朋友们便统统围在了他的桌前，打量着他，不停地和他说话。

"你睫毛好长呀。"

"铅笔盒哪里买的？"

"你看起来有些矮，是不是该去念小班呀？"

孩子们围着新同学东问西问，好像这是属于他们的欢迎方式。

"我五岁了。"新来的孩子平和地强调。

"喊，你看起来就只有三岁！小屁孩！"

旁边一位后脑上扎着小辫子的小男孩听了这话，拉了拉气焰嚣张的同学，轻声说："小澍，你不能这样对新来的同学。我们都五岁，都是小屁孩。"

小澍哼哼地反驳："我是大人！我可以写自己的名字！我名字笔画这么多，你们都不会写！"他微微扬着下巴对新来的小孩道，"你敢和我比赛吗？你要是赢了，我就承认你五岁。"

"你不承认，我也是五岁。"

"我不管！你就要和我比赛，我们去黑板上写字，看谁写的字比较多！"

新来的小孩拗不过，也忽然来了兴致："要是我赢了，你得写我名字一百遍。"

大班莫名其妙就展开了对决，小澍冲着讲台下都在期待比赛结果的同学们兴奋地招手，好像他是当仁不让的第一名。幼儿园里一个总被奖小红花的女孩子对男孩子间这等友好的较量表示担心，她扯了扯和小澍关系最好的男生祝同学，让他去"劝架"。

"写字而已，没事的，只要不乱丢粉笔就好了。"祝同学倒还挺冷静，"你可不要偷偷去告诉老师哦，我还想知道他们谁能赢呢。"

女孩子胸前别着干干净净的小手帕，她不敢凑热闹，只好回到座位上坐下，心想着写自己名字谁不会呀，不过是小澍的"澍"字确实难写，要是这个字单独写出来，她有时还认不出呢。

"看！我已经写好自己的姓了！"小澍得意扬扬地回头证明自己的实力。

座位上的同学听后纷纷笑话他："新同学都写了不止三个字了，这么半天你才写了一个。小澍，你再不快点写要输了哦。"

小澍一听愣了，忙后退了一两步看了看新同学的进度，看不太见他写了什么，干脆放下粉笔走到他旁边，往黑板上数了数，他竟然已经写了五个字了。

"你这是在写什么呢？这都是你自己的名字吗？"小澍忍不住问道，新同学写的字他都不认识，嘴上却不敢大大方方地请教，只能拐弯抹角地说，"你不要以为我不认识就乱写哦。"

新同学停下手中的粉笔说："这是我爷爷奶奶的名字。爸爸妈妈的名字还没有写，你等会儿，我很快就能写完。我想看你写我名字一百遍写哭的样子。"

小澍听后，顿时紧张了起来，他握住新同学的手说："你，你不念出来我怎么知道这是不是真的？万一你只会写不会念，也不算赢。"

同学们都在静等新同学做出反应。当看到他轻轻甩开小澍的手，伸手拿起讲台桌上对他而言有些长的教鞭，指在三个字的名字下。

"陆江吟，这是我爷爷的名字。江山的江，吟唱的吟。我奶奶的名字……"小孩教到奶奶的名字之后，顿了顿笑着说，"我奶奶的名字很好听，叫齐溪。"

"哦……"小朋友们都把小手放好，十分听话地望着讲台上小小个的新同学。

讲台下的祝同学一下子蹿到讲台上，站在两人中间，兴奋地举起了新同学的手大声宣布："今天的获胜者是——"

"不是，不，我还没有写完呢！"小澍紧张又大声地抗议。

"是——"祝同学就爱起哄，烘托氛围烘了几十秒之后，突然扭头问他，"你爷爷奶奶的名字我们知道了，那你叫什么？"

小澍立时神经紧张，再一次警告新同学："你不能因为我输了要抄你的名字，你就胡乱取一个笔画多的来！你好好说你的真名字！"

"对呀，你叫什么呀？"

"快说来听听！"

同学们立时兴奋起来，纷纷嚷着让新同学赶紧做自我介绍。大家都目不转睛地望着他，好像忘了刚刚小澍和他比赛的事情。

"陆修时。"

他说。

"我叫陆修时。"

我
　　想　要
　走向
　　你

大鱼

有爱的青春陪伴者

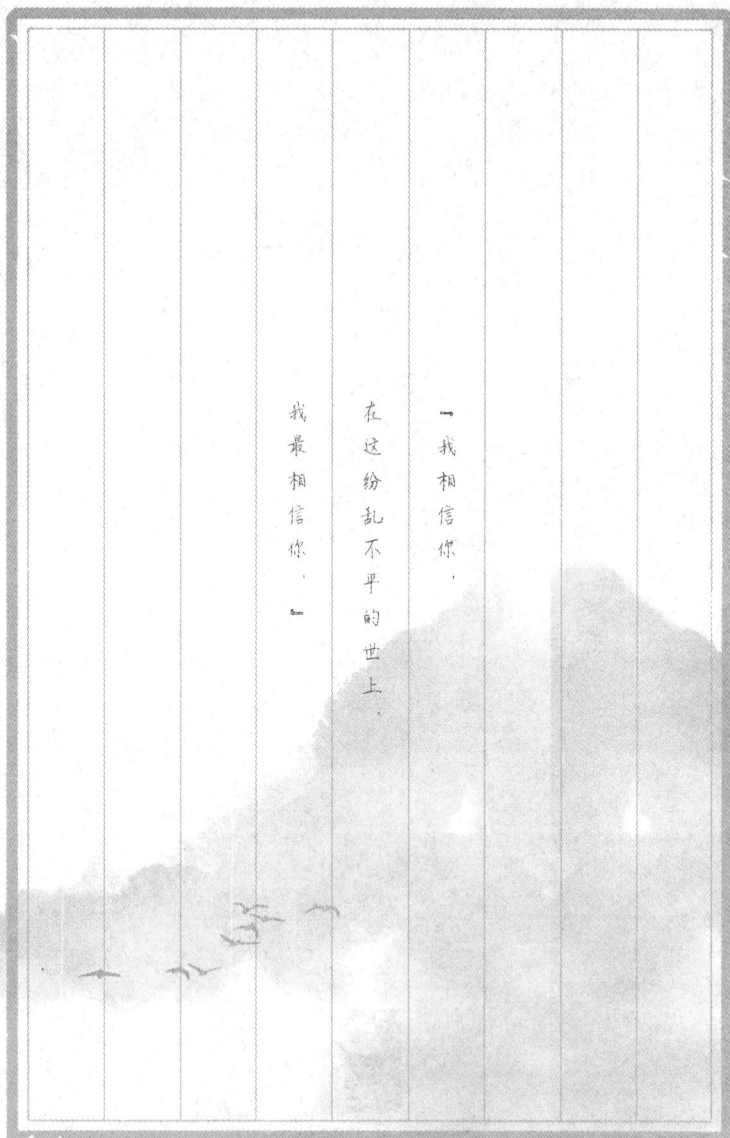

「我相信你，

在这纷乱不平的世上，

我最相信你。」

应是南枝向暖

析伽 著

Xi Jia Works

上

贵州出版集团

贵州人民出版社

图书在版编目（ＣＩＰ）数据

应是南枝向暖：上、下 / 析伽著. -- 贵阳：贵州
人民出版社, 2020.8
　　ISBN 978-7-221-15984-7

　　Ⅰ.①应… Ⅱ.①析… Ⅲ.①长篇小说－中国－当代
Ⅳ.①I247.5

中国版本图书馆CIP数据核字(2020)第066162号

应是南枝向暖：上、下

YING SHI NAN ZHI XIANG NUAN

析伽 著

出版统筹：陈继光

选题策划：大鱼文化

责任编辑：唐　博

特约编辑：伍　利

装帧设计：Insect

封面绘制：青团子

出版发行：贵州人民出版社（贵阳市观山湖区会展东路SOHO办公区A座
　　　　　邮编：550081）

印　　刷：长沙鸿发印务实业有限公司（长沙黄花工业园三号 邮编410137）

开　　本：880×1230毫米 1/32

字　　数：436千字

印　　张：18

版　　次：2020年8月第1版

印　　次：2020年8月第1次印刷

书　　号：ISBN 978-7-221-15984-7

定　　价：59.80元

目录

上

目录

下

第一章

山雨欲来

（一）

民国二十四年，谷雨。

"江吟！"

清澈动听的声音传来，吸引了周遭所有人的注意。陆江吟拿着书安静地等着有轨电车，听到自己的名字便合上书抬头望去。

齐溪俏丽的身影努力地穿过人群走向他，她总是那么欢喜，尤其是唤他名字的时候。

"哟，小少爷又和你家小媳妇一起回家啊？"

同班男生总是掐准时间勾肩搭背地跳出来说玩笑话，从前只是交头接耳、窃窃私语，久而久之便直言不讳。一来是真心妒羡陆江吟从小就有这么好看的青梅竹马，二来是知晓他还有个哥哥，这齐溪最后和谁也还未知，因此也带着点玩味取笑。

换作之前，第一次听到这样的调侃，陆江吟脸皮薄会煞有介事地以"男女授受不亲"为由与齐溪拉开距离，上学放学都躲着她走，只为不落下话柄。

年岁小时，两人同睡一床，陆江吟被齐溪踹下床痛哭流涕这事也常被长辈当作茶余饭后的笑料。小时候不觉得害臊为何物，理直气壮地牵着玩伴的手说要一辈子在一起。

谁知一辈子这么长，现在越长大反而越胆小。

"你们不要乱说，我只是过来打声招呼。"齐溪担心陆江吟又因流言故意疏远她，遂主动解释，并下意识地后退了几步。

陆江吟见她同自己保持距离，想也没想就伸手抓住她纤细的手腕问："回家吗？"

齐溪使劲点点头，意外地发现陆江吟好像没有以前那般讨厌别人开他们的玩笑了。说来也怪，她平时言行不加以收敛，总以为两人还能像小时候那样亲密无间、吵吵闹闹。

这其中还有少数同学，从父母那里听说齐溪克命不吉，少与她交往，还谣言她父亲也担心她克命，遂凡事都顺着她。

这些没有缘由的话齐溪听多了，起初会伤心生气，低落时还曾冷脸拒绝同陆江吟接触。

现在想来，幸亏陆江吟没有甩手就走，反而耐着性子陪她散心、玩耍，提点她闲言碎语无需在意，生老病死是人的常态，哪有什么克命之说。

"一起。"陆江吟也微微点头，手却没有松开。这会儿等车的人极多，他怕一松手，身子纤弱的齐溪就会被人群淹没。

男生总是皮得很，见昔日玩笑话对陆江吟不管用，继而笑着起哄："齐溪，你头上绑着的辰砂色的缎带是不是江吟送的？很是漂亮啊。"

"你们……"齐溪有些恼怒，恼怒的不是他们的调笑，而是他们不怀好意的打量。

陆江吟紧了紧握着齐溪手腕的手，低声提醒："不用理。"

好多事情，陆江吟是知道的。男生爱找齐溪的碴儿，爱开她的玩笑，爱惹怒她，都出于一种羞于说出口的情愫。就算是现在也一样。

齐溪瞪了眼那些笑嘻嘻的男生，又望了望不动声色的陆江吟，陷入沉思。自从陆江吟的母亲意外过世之后，陆江吟就像变了个人似的不苟言笑。

十岁之前明明调皮得很，经常离家出走不说，还总偷走家里的钱说是"劫富济贫"，最后统统拿去分给了因为战乱逃难至此无依无靠的老弱妇孺。

后来有一次被他爸逮了个正着，一怒之下追着陆江吟打。撒腿就跑的陆江吟情急之下没注意前方的路，竟一头栽进河中差点被淹死。但就算如此，陆江吟也屡教不改还变本加厉，陆老爷也懒得管他，安慰自己，家里大儿子有出息就行。

"车来了。"陆江吟侧头提醒齐溪，发现她在无端发笑，领着她挤上车之后问，"刚刚笑什么？"

车内座位已满，齐溪和陆江吟随着人流停在了一埋头看报先生的跟前。

站定之后齐溪才回："想到了你小时候做的傻事。"

陆江吟一听竟是想起了自己的糗事，便忍住不再追问。他的视线落在她的头上，那辰砂并非胭脂红，也不如石榴红来得明艳，这缎带要是单条摆在那儿，挑不出一点动人之处。可齐溪用它来绑头发，却着实美艳好看。

"大哥送的？"他下意识地问。

齐溪笑靥绽放，轻轻甩了甩头发反问："好看吗？江庭哥哥说不知道我喜欢什么颜色就胡乱选了这辰砂色，我用了倒也觉得不错。"

"不好看。"

陆江吟挪开原本固定在齐溪脸上的目光，转而看向前方先生手持的报纸。那正对着他的《申报》版面正好是"医学周刊"专栏，右下角则有一位大学教授写的一则针对近期发现无名男孩尸体的文章，因其也是协助警署办案的法医，故接触的死者比较多。

文章分析了孩童死亡原因，重点强调了这男孩营养不良造成身体状况极差，矛盾的是解剖后发现孩子胃里残留着好些食物。而这些食物不该是一个看似瘦骨嶙峋的流浪儿吃得到的。

陆江吟注意到，近两个月内已经发生三起类似无名男童尸体的事件了，三名死者后来都被证明是乞讨者，且被人发现时都裸露着身体，死因是溺水而亡。

"这孩子是……"陆江吟略显吃惊，不由自主地弯腰，凑近报纸盯着那张模糊的照片。照片没有拍出死者全貌，只有一个教授举起死者手的特写。

"哎呀——"

此时齐溪难受地呻吟了一声，周围也是一阵骚动。陆江吟猛地扭头，见着刚上车的一名带伞的男子无意中将齐溪头上的缎带给钩走了。这一扯连带着齐溪的身子都东倒西歪没了重心。

"等我一下。"陆江吟连忙扶正长发散落在肩的齐溪，自己则拨开人群，三两步就追上了那位用伞柄钩走缎带的男子。他一把抓住对方的肩，语气很不友好，"喂。"

"怎么了？"一个劲往车尾走的男子丝毫不知情，可缎带就在伞柄上飘动。

陆江吟拧着眉才发觉辰砂色的缎带和黑伞一点都不配，那柔软的质感和硬邦邦的伞柄完全是两个世界的。这突兀的一幕很是刺眼。

"我的。"陆江吟伸手抽走了缎带，不给别人反应的时间，掉头就往回走。车内人越来越多，他只是一会儿没找到齐溪就忽生紧张。

人头攒动中，齐溪那细长柔美的手正卖力地挥动着，十分醒目。陆江吟个子高，无论身处何种环境，她总能一眼就看见他。

"一条缎带而已。"

陆江吟靠了过来，欲将缎带还给齐溪时却听她如此说道，似有不解："嗯？"

"你刚刚的气势有点吓人哦，就好像是在追赶企图逃跑的俘虏。"齐溪这话不假，那会儿陆江吟的反应就是这般夸张。

"不至于。"陆江吟轻描淡写地否认，再度看向齐溪倒真是被吓了一跳。他自己也不明白为什么会吓一跳，就是觉得不绑发的齐溪……

他按捺住即将浮现上脸颊的焦躁，单手解开黑色中山装外套的扣子，脱下后二话不说盖在了齐溪头上，声音克制低沉："披头散发的，难看得很。"

齐溪抬手托起盖过前额的衣服，不高兴地说："那我重新绑上就好了，把你衣服拿开。"

"不许绑。"

陆江吟说着就将缎带塞进了裤袋中，断了她的念头。不过这身上仅剩一件白衬衫倒真有些凉意，恍惚间感到周遭微微炙热的目光，他向旁瞥了眼，发现有几个姑娘害羞地垂下头，不与他对视。抵不住这突如其来的关注，他便拉了一把齐溪将她圈在怀中。

"我站得稳。"齐溪的后背时不时触碰到陆江吟的胸膛，脸颊有丝丝发烫。长大真是件奇妙的事，陆江吟怎么就长得这么高了呢，自己想要蹿个儿怎么就变成难事了呢？

还有刚刚，为什么想到陆江吟的脸便情不自禁地吟了一句诗？

心中有丘壑，眉目作山河。

用来形容他真是太贴切不过了。

"齐溪。"

"嗯？"

"你耳朵怎么红了？"陆江吟侧了下头，本想问她明早几点出门，还未问出口就见着她耳根泛红，以为她身体不适。

"不要你管！"

齐溪郁闷，在心底偷偷吟诗也会耳红吗？看来身体比自己的心还要实诚，她暗暗撇嘴抓紧了陆江吟的外衣。

之后才过了一站，陆江吟轻拍了下齐溪的肩提醒她自己这站就下。没等齐溪反应，他便凝眉一副心事沉重的模样拨开人群往后车门走去。

"江吟，还没到站呢，你要去哪儿呀？"齐溪不明原因，但放心不下便也跟在他后头下了车，努力地跟上男生的步伐。

陆江吟见齐溪也跟了下来，没有多做解释，简单地答了一句"到了就知道"。

两人逆着人群拐过街角，穿过了多条弄堂，好一会儿后齐溪才被陆江吟领到了一座拱桥前。远远看到这座桥，齐溪冷不丁联想到上个月的可怕传闻。

"江吟，你有听说过河神的事吗？"

女生对这些鬼怪之事尤为敏感，男校倒是也有传，只是没传到陆江吟的耳朵里。他一边往前走一边示意她继续说。

那是时至三更的深夜，子时，更夫老许提着小锣巡逻打更，嘴里喊着"关门关窗，防火防盗"，声音从点着几盏街灯的住宅街巷一直响彻到无人的桥上。

"咚——咚！咚！"

他弓着背打着更行走在拱桥之上，前望不到头，后看不尽路，踽踽独行的背影像是奈何桥上的孤魂野鬼，飘忽不安。老许出门前忘记更换蜡烛，手中小灯笼的火光越发微弱，燃尽的瞬间影子就成了黑夜的俘虏。

季春三月，深夜的温度仍旧寒冷彻骨。摇曳的小灯笼成了无用的摆设，照不亮前方的路。老许忽而心焦，摸着黑照着以往的路线往桥下走去。

忽然一阵夜风掠过，桥下似有点点星火蹿了上来，又瞬间泯灭。余光瞥见这奇怪的现象，老许明知灯光熄灭，还是下意识地提起灯笼远眺。远处河面被雾气笼罩，茫茫一片。他心想许是自己看错了，便收回灯笼焦急地往下。

"呜呜——"

台阶才迈下两级，老许又听见了呜咽啜泣的声音。哭声真切，近在咫尺。

他狐疑不决又好奇心满怀，扭头小心翼翼靠近桥的右侧，才意识到自己双腿在微微发颤。老许双手搭在冰冷的石桥护栏上，探出了一小部分身子往桥下望去，视线接触到的一瞬间整个人就像是失了魂一般地愣在了原地——

河岸边像是蹲着一尊石像，石像两眼发光，瞪得如同灯泡一样大。那眼睛穿过雾气直勾勾地盯着老许，原以为的哭声也在他失神的刹那间变成了阴森恐怖的恶鬼耻笑，所有的一切瘆人刺骨，仿佛要将他夺魂摄魄。

老许吓得发不出一丁点声音，像个哑巴一样扔下了打更的工具，慌不择路地连滚带爬回了家。这之后卧床不起好几天，传闻也愈演愈烈。

"大家都说是河神显灵，可又说是什么不祥之兆，怕是会祸害人间。我本来也是不信的，可你经常看报也知道，那条河都夺去三个孩子的性命了，可怕得很。大人都说宁可信其有不可信其无。"

齐溪忧心忡忡地说着，生怕自己这番话被神明听见怪罪于她，只能低声窃语。鬼怪之说自然是无稽之谈，但那些孩子的死却无比真实。一连溺死三个孩子却查不出任何疑点，这不匪夷所思吗？

"凡事都讲证据讲科学，怪力乱神不可信，都是人在作祟。"陆江吟面不改色地否定妖魔化的传闻，"夜半三更无人之地，更夫内心恐慌自然会对所见所闻产生极大偏差，这样一来再稀疏平常的事物也会在顷刻间变得扑朔迷离，简单点说，就是自己吓自己。"

齐溪同他往桥下走去，扬手拨开了杂草和横生的枝节，仍旧觉得困惑："可是更夫一定是见着了什么才会被吓得够呛，如果我们能知道那晚在河边的到底是什么就好了。"

"刚刚的故事中有两个疑点，一是飘上来的星火是什么？是有人在桥下生火，还是在做其他事，或者只是错觉？二是更夫看到如灯泡一样大的眼睛必然是不存在的，他惊吓当中看到的或许只是一个人又或许是拴在岸边的牲畜，这些都有待查证。如果能证明这两点，基本上就没有神鬼的事了。"

前边的陆江吟淡然地走着，似乎没意识到自己这番冷静的解析给齐溪造成了冲击。作为读书人，齐溪自然不信什么鬼神，尤其是经过陆江吟解释之后，她更确定学习是很有必要的。

"你这么说，我倒是觉得他看到的应该是大半夜在河边放牛的人，哈哈！"齐溪大胆地将陆江吟提出的想法合二为一，她自己觉得相当值得推敲。

目的地快要到了，陆江吟回身看着她笑了下："如果真的是放牛人，那么现在流传的故事就不应该只有更夫这么一个版本。吓人之举若是无心，那么无心之人绝对不会放任自己被谣传成妖怪，他还应该反过来笑话更夫胆小。"

齐溪没有将人心想得这么复杂，陆江吟说的这些听起来角度有些刁钻，她似懂非懂。正因为不太能理解，所以她格外佩服陆江吟。

"你好聪明啊。"她发自内心地夸赞。

陆江吟一怔，对这突如其来的夸奖有些难为情。他指了指桥洞，回到正题："就是这儿。"

两人随即弯腰探进桥洞内，齐溪看见了一些席地而睡的人，男的女的，老的少的，都挤在这一孔桥洞之中。

以桥面为分界线，桥上与桥下完全是两个世界。

"你离家出走的时候就躲在这儿吗？"齐溪恍然大悟，她诧异地看着毫无顾忌往里走的陆江吟，紧紧跟在他身后，"刚刚你看的那份报纸……那个孩子之前也住在这儿吗？"

陆江吟回身点头算是一并回答了她的两个问题，继而问她："需要扶着你吗？"他对这个桥洞熟悉得很，即使不低头注意脚下也能走得顺利。

年少时他也曾想过带齐溪来他的秘密基地玩，但这想法被大哥迅速扼杀在了摇篮里。大哥反问他，如果吓到齐溪怎么办？他能否保证所有流浪的人都是好人，不会对齐溪的人身安全造成威胁？

年长几岁的哥哥说的话在当时听来有些费解，更有点耸人听闻，但至少警醒了陆江吟。他就是从那个时候意识到人是分好坏的，一直到母亲被害之后，这个想法就更是根深蒂固了。

"没事，我看得见路。"齐溪摇头拒绝，迈步跟上。

陆江吟沉闷地叹气，他认为安全的地方仅是对他而言，这不代表对齐溪来说也是安全的。白日里有人出去沿街乞讨，一天下来也要不到几个钱，倒霉的时候坐在人家店门口休息还会被人追赶打骂，有的乞讨不成又想着出去碰碰运气，看能不能找到一份工作，至少有个盼头。留下的老弱妇孺虽构不成威胁，但他还是伸手过去，隔着衣服料子抓住了齐溪的手腕。

"这不是小江吗？有段日子没来了啊，看来不闹离家出走了，长大喽。"一位弓着背只穿着一件坎肩白褂子的老伯蹒跚过来，戏谑着好久不见的陆江吟。

"小江？"齐溪偷笑，真会给自己取昵称。

"满伯，我有事找你。"陆江吟开门见山，拉过齐溪随着满伯的步子来到一处垫着简单席子的小角落，角落摆着一张缺了角、高低不平的矮桌，上面放着一盏酒，只有一盏。

满伯没有别的爱好，每天就爱喝点小酒。他总是从酒馆那儿赊酒喝，他也不多要，一盏就够。老板也没想积少成多，满伯来了就给他倒满一小盅。陆江吟以前也会从家里偷酒出来给满伯，但满伯嫌弃洋酒没有家酿的醇香，于是就拒绝了陆江吟带的酒。

过了很久之后陆江吟才知道，满伯从酒馆老板口中得知他是陆家的孩子，便不想占这个有钱人家小孩的便宜，当然，满伯也确实不爱洋人的玩意儿。

陆江吟简单地向满伯介绍了下齐溪，遂问："您知道小一的事吗？我曾经见过小一和他母亲来过这儿，但今天我好像没看到小一的妈妈。"

小一？齐溪微微点头，看样子报纸上那个孩子江吟真的认识，名字叫作小一。不过小一真是可怜，还未来得及长大就离开了人世。

满伯忽略陆江吟后面具体、重要的话，认真打量了下齐溪，一拍脑门明白过来："噢——她就是你小时候常嚷嚷着长大要娶的……"

"满伯，多余的话不要讲。"陆江吟生硬又及时地打断了满伯，这老头喝了点酒就爱说胡话。

桥洞光线不好，他也不敢回头去看齐溪的反应，只能接着问："小一死了，这事您知道吗？"

满伯端起了小酒盅一口下肚，酒味留香，他咂着嘴满足又漫不经心道："小一妈妈也死了，就在小一失踪的第二天，死得那叫一个惨哟。"

"什么？"

陆江吟皱眉，却拦不住满伯打开的话匣子。他条件反射地回身捂住了齐溪的耳朵。两人猝不及防地对视，近距离接收到齐溪好奇的打量，陆江吟只惆怅自己没有第三只手拿来捂住她的眼睛。

（二）

"小一妈妈怎么……怎么出的意外？"

陆江吟不相信小一和其他几个孩子溺死无疑点的结论，但因他只认得小一，便来找满伯了解一下小一的情况，没想到竟然还牵扯出了小一妈妈的事来。

满伯只喝了一盅酒就把自己知道的事全部说了出来。

小一是突然失踪的，十二号那天，小一和往常一样说要去挖点野菜吃，实际上他走的路线都是固定的，一个七八岁的孩子能走多远？那条来来回回走了不下一百次的路怎么想都不可能迷路。

"这桥下面的小溪都快干涸了，所以小一总爱跑到那条河边去玩，偶尔还能在岸边石块下翻到小螃蟹。之前走了无数次都没事，怎么偏偏那次就出意外呢？所以大伙儿都说啊，那河会吃人！之前就有两个小孩淹死在里面了，死的样子都和小一差不多。你说古怪不古怪，小孩子大冷天的怎么会脱光衣服下水呢？这分明就是被河里的神给蛊惑了，自己走下水的！那两个孩子好像还是小一的朋友，几个人经常在河边玩耍，虽然我也只看过一次……"

陆江吟仔细听着，全程不忘捂住齐溪的耳朵。齐溪也没有反抗，就乖乖地任由他捂着。

接二连三地发生骇人事件，因为思想的束缚无法给出合理的解释，自然地就沦为口头谈资。

这么想来，孩子的死倒是和更夫所见到的恐怖之事有着相似之处。而且孩子溺死一事正好发生在更夫见到河神之后……竟有这么巧？

"小一妈妈呢，怎么死的？"陆江吟感慨归感慨，暂时不去理会那些离谱的说法，一心想为小一找到真相，从重重迷雾中找到突破口。

满伯叹了口气，比起小一的死，他似乎更为在意小一妈妈的死。他担忧地瞅了眼齐溪，这小姑娘唇红齿白、衣着亮丽，看样子也是富贵人家的孩子。

"你让你的小……朋友听了可别害怕。"满伯心地善良，说归说还是得提个醒。

那天找到小一母亲尸体的时候，有个妇人当场晕了过去，好几个汉子都吐了。

陆江吟看了看齐溪，心知捂着耳朵也阻挡不了声音的进入，只是多少希望她能少听到一些。

"我没事，满伯您说。"果然还是听得见，齐溪蹲在那儿回答道。

满伯捡起四方小桌下的长衫披上，这长衫还是别人不要扔在门外被他拾到的，别说，大小还挺合适。幸好夏天快要来临，可以不再挨冻。

他盘腿坐着开始从头讲起那血腥的一幕。

小一一般下午两三点就会回家，小一妈妈肯干，找到了给人洗衣服、洗床单的工作，洗洗晒晒等回到桥洞都已经是晚上六点多了，可那时小一仍然没有回家。

"再懂事的小孩也有贪玩的时候。"满伯说这话时故意瞅了眼陆江吟，可把他臊了一脸，"一开始大家都没太在意，六点，说实话也还早。但天色完全黑下来，小一妈妈就觉得不对劲了。"

小一正是长身体的时候，嘴馋得很，无论如何都会回来吃晚饭。但饭煮好都不见人，小一妈妈就自个儿出去找了。满伯他们也担心小一，也分头去找了，找遍了小一常去的地方，喊了无数遍他的名字得不到半点回应。天黑看不见路，他们又买不起电筒，连点蜡烛都觉得奢侈，找了一圈没见着人，心里想着白天再找，孩子没准在什么地方歇脚。

"你说谁能想到孩子死了？"满伯语气里有内疚，觉得自己没有尽全力去找那孩子，一心想着孩子贪玩不着家，"死"怎么可能发生在他们身上。

陆江吟无言，其实"死亡"太常见了。北平战乱，民不聊生，每个人都有一百种死去的方式。疾病、饥饿、战争……甚至一只小小的蚊子都能要了人的命。局势动荡不安，即便逃亡到上海也一样，粉饰过的太平总有崩塌的一天，而那一天或许随时都会来。

"我们回到桥洞时，小一妈妈还没有回来。我们商量一下决定先休息，隔天一早再出门找。第二天早早醒来，大个牙子说小一还没回来，不止小一，小一妈妈也没见着人。我们就是木鱼脑子，还以为小一妈妈大半夜回来又一大早出门去找孩子了……真是没想到小一会出意外，小一妈妈也会出意外。"

满伯心情沉重地垂下头，又摇了摇。可怕的事情发生一次就好了，谁承想会接连不断地来呢？

陆江吟听出了这其中的时间差，刚想问却被齐溪抢先。

"小一妈妈会不会当天并没有回来，换句话说，她可能在小一失踪的当天夜里就出意外了？时间上可能并非是第二天，只是你们发现她死亡的时间是第二天。"

陆江吟看着她略感惊讶，却听她说："我本来也不是个笨蛋啊。"

"这个谁知道。我们出发前都没意识到这点，直到大个牙子在一条没人居住的巷子里头找到了小一的妈妈……"

满伯觉得自己根本无法描述出那个惨烈的画面，欲言又止好几回。他活了大半辈子，觉得那些被炮弹击中后断手断脚甚至丧命的人的惨样已经够恐怖了，没想到——

大个牙子第一个发现，连话都喊不出，跌坐在墙边，想要站起身去通知其他人，但浑身发软，完全使不上劲。他惊惧万分，被定了穴一样挪不开眼。恐惧和反胃都在折磨着他，可他愣是不受控制地瞪大着眼睛。他颤抖着搓了搓眼，短暂闭眼的瞬间他问自己这有没有可能是幻觉，眼前的不可能是个人，兴许是被顽劣的孩子开膛破肚掏尽了棉花的玩偶，兴许那一大片鲜红的东西只是颜料……

"呕——"浓烈的血腥味直冲脑门，大个牙子所有的"兴许"灰飞烟灭。他吐了一地，脏了自己的身，脏了这条没有人烟的巷子，脏了只剩躯壳的小一妈妈的灵魂。

满伯和其他人赶到的时候，都在某个瞬间产生了这样的疑问，那是小一妈妈吗？整个人像是浸泡在一大片鲜血中的傀儡一样。这可是青天白日啊！她悄无声息地躺在这巷子的尽头。

纵使是任人宰割之后的绵羊，皮毛尚且还有价值，可她就像是随意丢弃的抹布，一文不值、肮脏恶心。

"太可怕了……"满伯轻叹。

忽而变得阴暗窄小的桥洞里进来一阵冷风，吹得齐溪打了个寒噤。她一哆嗦察觉到陆江吟的不对劲，他捂着耳朵的手正在轻微地抖动。她注视着他的脸，发现他一直盯着满伯，那眼神里流露出了的情感似曾相识。

这似曾相识的模样让齐溪伸手握住了陆江吟的手腕，想安抚他不知何来的莫名恐慌。这一举动却吓了陆江吟一跳，他警觉地回头瞪着她，恍惚间才意识到自己失了态。

"那小一妈妈的尸体最后怎么样了？"齐溪问。她用耳朵听也能细致描绘出当时的景象，但到底不是亲眼所见，害怕虽有，倒不至于如满伯一般。

满伯看向齐溪，声音略微低哑："埋了。"

"埋了？没有找警察吗？"齐溪讶异。这可不像小一的溺死，有失足落水的意外可能性，小一妈妈这分明就是被人杀害了。

满伯苦笑："找啦，警察看到的时候也都哇哇吐了。查是查了，但根本没有一点发现。小一妈妈身上那么多个血窟窿，又被……又被划开了肚子，他们当然知道是被人杀死的，可是找不到线索你能怎么办？租界的探长倒是现在还在调查，说什么医生，帮警察查案的医生叫什么来着？说了小一妈妈的死亡时间，但我们都吓坏了，哪里记得住这个。再说了，死的又不是什么上流社会的夫人小姐，我们这种贫民，贱命不值啊。"

"不是。"

陆江吟声音阴郁低沉，齐溪和满伯不知道他在否定什么，而这话之后他许久都没回过神来。桥上人力车夫的脚步声、车轮声、小贩的吆喝声不绝于耳，他们不关心惨死的生命。桥洞内的苟延残喘也无人在意，死了几个人而已，时间会掩埋他们的。

满伯和齐溪都等着陆江吟，尤其是齐溪，甚至有些想阻止陆江吟。她隐约间能猜到陆江吟为何会出现这般模样。

他深吸一口气，深知那几个字说出来的艰难性，只是没想时隔多年他误打误撞还能遇到类似的事情。陆江吟原以为人死了变成尘埃，日子一久便也落定，再无反转的可能。

看来时间会作假，痛苦消失是假的，人死了安息也是假的。

"满伯，生命无贵贱之分。"陆江吟缓缓说道，"你相信我，我会为小一和小一的母亲找到真相。我一定会的。"

他已经无法置身事外了。

两人告别满伯出了桥洞。临别前，陆江吟硬给了满伯二十块钱。这是他能拿得出的最多的零用钱了，平日里买书花了不少钱，还有一些日常开销，这个月就只剩这么点了。

"你怎么了？"齐溪打量着他，不想随意揣测他的想法，便直接问。

陆江吟带着齐溪去往小一常去的河边。听到齐溪的问话，沉默良久之后，他的眼神都变了一变，好像要说出这件事就如同下地狱一般痛苦。

"你知道我十岁那年我母亲突然遇害……"才说了半句，又停下，回想起那一幕都感觉自己浑身冰凉到无法动弹，他深呼吸努力地平复心情，半晌后说，"母亲死时的样子和满伯描述的小一母亲的样子如出一辙。"

"这……这怎么可能？"齐溪停下了脚步，为这个她有过联想的答案感到无比震惊。

"唯一不同的是，我母亲被发现的地方是自家门口，且身上好好地裹着一块新布。"陆江吟看着她，忽觉自己冷静了下来，"齐溪，什么样的人会如此残忍地杀害我的母亲，为什么杀了她又将她移尸到家门口？是挑衅？是示威？又或者纯粹是娱乐？"

"江吟，你……"齐溪听得越发不寒而栗，她觉得陆江吟很反常，他的这些话冷冰得像把刀子，可这些刀却都是刺向他自己的。

"帮派误杀？抢劫？报复？为什么要杀一个手无寸铁的女人？"陆江吟的情绪陡然间到达了一个顶点。

齐溪从小没有母亲，江吟的痛苦她只能从别人对她的嘲笑中感同身受。但江吟的妈妈待她视如己出，疼爱有加。得知江吟的妈妈离世的那一天，她在家哭了一整天。比起从未见过的母亲，她早已把江吟的妈妈当作自己的妈妈一样，所以无论是谁夺走了她的生命，都绝对不可原谅。

"江吟，我相信你，"齐溪同他面对面站着，语气坚定，"你一定能抓到凶手的！"

少女信任的样子令他动容，更不知前路深浅。他们被本能的好奇心和使命感驱使着，去做一些并非是他们这个年纪可以承受的事。他们或许是无知的，但他们绝对是最无畏的。

"奇怪。"

来到河岸边，齐溪看了看四周环境。这里视野空旷，河岸两边都有人时常走动。一大早，捕鱼的渔民会来这儿，附近洗衣服的妇女会来这儿，形形色色的人出没，为什么会没有目击者？

"按理应该会有人看见小一，如果他真的脱衣下水游泳。"

陆江吟也注意到了，照满伯之前所说，发现小一的正是捕鱼去集市上卖的渔民。当时沿河边一通找也没发现小一的衣服，或许小一根本不是溺死在这条河中，只是被人脱光衣服抛下去的。

"没有见到小一的尸体，很多事情就不能轻易下结论。"陆江吟说着想到了那个法医，去找叶探长的时候不知道会不会让自己见一见法医了解情况。

"我说你们这些小孩都离这条河远一点！"

不远处警告声传来，陆江吟和齐溪不约而同地望了过去，一个身着蓑笠的中年男子拿着划桨面色凝重地朝他们走来。

对方上下打量了他们一番，忽而没好气地说："有钱人家的孩子别瞎凑热闹到处乱跑，这条河可是会食人的！苦命的孩子死了就死了，反正查不出来，身上也没受什么伤，草草了事又顺手推给了河里的神明，害我捕上来的鱼都卖不出去，欠别人的钱也不知道什么时候能还上！"

陆江吟也不在意对方冲他们撒气，拉过齐溪往身后一藏就问道："这个月溺死在水里的孩子是你打捞上来的吗？"

"是啊，网一收就兜上来了。"渔夫嗓门洪亮，往地上一杵划桨反问，"你问这个干什么？你认识那孩子？你要认识的话，看在我打捞起那孩子的份上给我点打捞费，我这为了他可失了好多生意。"

死人通常会让人觉得晦气，尤其是横死的人。齐溪远眺水面，波光粼粼，一派祥和。三个小孩竟命丧于此，也不怪大家会传河神吃人了。

齐溪对渔夫的态度表示理解，摸了摸兜有些尴尬，这几日也没少花钱，现在只能勉强拿出来一张十元的纸币。

"不好意思，钱不多。谢谢你的帮忙。"

可能没想到齐溪真的会给钱，渔夫惊讶之后高兴地收下了，脸上的神情温和了些，说话语气也不再那么骂骂咧咧的。

"我们听说死在这里的不止小一一个孩子，还有一个是他的朋友……这个您了解吗？"齐溪趁热打铁询问。

渔夫收好钱，扼腕叹息："算上上个月的，这河里啊一共死了四个孩子呢！"

"四个？"陆江吟蹙眉，怎么突然变成四个了？他看的报纸上一共只收集到了三个孩子的死亡时间，分别是上个月的二十八号、这个月的九号以及十六号。

"你打捞上来小一的尸体是这个月的几号？"陆江吟追问。

渔夫不假思索地回答："十六号。"顿了顿又补充，"我还记得上个月第一个孩子的死亡日期是九号呢。我没别的优点，就记个日子还算可以。你说赚钱要是和这本领一样该多好。"

齐溪听罢深觉怪异，不由得看向陆江吟。满伯说小一失踪是这个月的十二号，发现死亡时间是十六号，那么当中这三天他去了哪里？

陆江吟联系起法医解剖后的一点报告内容，小一胃里含有食物，身上无外伤，表明生前有被好好照顾。

可之后呢？

陆江吟意识到小一的失踪不是偶然，而是有预谋的。他必须对比之前另外两个孩子的失踪以及解剖情况，还有那个他刚刚才知道的存在过的"第四"个孩子。

疑问重重却无法立即解决，两人略微懵懂地带着谜题坐着最后一班电车返家，此时天色已晚。

陆江吟将齐溪送到家门口，齐溪就把一直抱在怀里的外衣还给陆江吟，又顺手递给他一份报纸，就是那会儿在车上陆江吟看得格外仔细的那一份。

陆江吟犹豫着接过，看着齐溪问："给我做什么？"

"你帮我去追缎带那会儿，拿报纸的先生刚好下车，我就问他要了这份报纸。你当时不是看得尤为认真嘛。"

这么说来也是，就算齐溪没有帮他要，他也会去买一份。陆江吟目不转睛地看着齐溪，没头脑地冒出一句："我看你也很认真。"

"什么？"齐溪断句没断明白，误以为陆江吟笑话她也认真地看过这报纸，随即解释，"我才没有你看得入神呢。你看得半个身子都弯下去了。"

陆江吟莫名叹息，大概也是没料到自己会口无遮拦说出那样的话来，语气稍显无措："不是你想的那个意思。"停顿一下又一声叹，"明天见。"

"噢，明天见。"

两人道别后朝着相反的方向走去，落日余晖消散在云端。

街路上人来人往，分开的两人很快就看不见了身影。

陆江吟走了两三步后干脆回了身，一直到齐溪走进大宅内彻底望不到了才作罢。

相伴至今，过于熟悉的两人怎么会不生厌？

可奇怪得很，从小一起长大天天见面的人为什么总看不够？

是不是只有他这样？

（三）

"啊——"

万籁俱寂的小街巷，下课后和班里男生偷溜跑出去玩的谢罗华踏着月光回家，战战兢兢地走到拐角处被突然蹿出来的陆江吟吓到差点归西。

"你有病是不是？"谢罗华跌坐在地上，背抵着墙气呼呼地骂道。

陆江吟站在他跟前，怪好笑地伸出手拉了他一把："我怎么知道你这么不经吓。"

谢罗华起身后立马甩开了陆江吟的手，仍旧后怕地贴着墙，恼羞成怒道："干吗呢，这么晚还不回家？不是说有事要办，怎么这个点还在外面？"

"刚把齐溪送回家。你呢？"

"呵，你俩可真是……"谢罗华习惯性地嘴贱想拿陆江吟和齐溪开玩笑，但转念一想他今晚遇见的事更值得一说，便丧气地摆手，"别提了，我和许景明几个人一起去凶宅试胆，差点把命给搭进去。景明好好地上个楼梯突然摔了下来，现在还搁医院躺着呢。我这不赶着回家让我妈给我做个辟邪的锦囊。"

陆江吟反问："凶宅？"

"嗯，就是那荒废很久的七十三号宅子。传闻宅子主人不死不灭，就是人间蒸发了。原先住在那附近的人受不了半夜时不时听见的诡异声音都搬家了。还有一些不怕死的大胆之人信奉一种说法，什么只要在那里待上几天，虔诚祈福就能获得长生，甚至是让已死之人重生！"

七十三号宅子的传说陆江吟也知道，小时候和大哥还跑到过宅子跟前，壮了半天胆子愣是没更近一步，就别提推开那扇惊悚的门了。

想起来当时齐溪也在，记不太清楚后来那扇门怎么就被齐溪打开了，后续发生的事情也有些离谱。

他们仨好像看见了荒废的宅子里头有人影，那个时候年纪小，总觉得一晃而过的影子庞大恐怖。年长几岁的大哥也被突然出现的影子给吓了一跳，但碍于弟弟妹妹在场，他强打起精神理智分析有可能是流离失所之人暂时借住。

齐溪当真了，从小兜子里掏出了几颗糖放在布满灰尘的地板上，满脸天真地说要给流浪的人一点甜。陆江吟鸡皮疙瘩掉了一地，看着她放下糖之后，拉着她头也不回地逃出了那宅子。这之后陆江吟接连三天做噩梦发高烧，服药也无用，家里没辙听信建议还请来道士驱邪呢。

　　真是可笑至极，驱邪仪式结束后，烧还真退了。

　　"许景明是不小心摔下来的还是被人推下来的？"陆江吟本能地提出了疑问，无非就是这两种可能。只不过在鬼宅探险，后一个想法显然有些可怕。

　　谢罗华后怕地摸了摸自己冒冷汗的后脖子，压低嗓音道："许景明痛得哇哇叫，他这一叫谁顾得上他是怎么摔下来的！而且当时上楼的就只有他一个！你说我们要怎么想？没吓尿就真的亲妈保佑了！"

　　真是一点都不冷静。陆江吟在心里替他们感到丢人，一个个书都白念了，既然敢去怎么还不敢证明鬼神的虚无。

　　"你别用那种'没出息'的眼神看着我，真的很可怕！"谢罗华推了一把陆江吟，站在这无路灯的街角又不停地想将自己积累的恐惧和盘托出，"那宅子不是空无一人吗？我呸！肯定有古怪！一楼偏厅左侧尽头的地板上还点着蜡烛呢，我好死不死还数了数，一共七根！"

　　诡异的事情一件接着一件，按照谢罗华所说这还不是最奇怪的，最奇怪的是他明明之前有看到蜡烛之后的墙面上贴着一张黑白照，但因为照片尺寸太小，当时他太害怕也没顾得上往前一看，不知照的是谁。可当他们扶着许景明离开，再次路过偏厅时，那照片居然不翼而飞了。

　　谢罗华手舞足蹈地描绘着夜闯凶宅的经过，实际上他们从进去到出来一共只花了十分钟不到的时间。这十分钟里，他们光顾着哆哆嗦嗦了。

　　这群人里面许景明胆子最大，所以不顾同学劝阻毅然决然地要到二楼一探究竟，结果莫名其妙就摔了下来，男孩们的胆子被戳破，同学又受了伤，完全没来得及宣扬科学思潮就草草离场。

陆江吟沉思半晌没有说话，谢罗华、许景明他们的遭遇在某种程度上说明，凶宅确实并非空无一人，至少能够证明去那里的不止他们一拨人。坊间传闻去七十三号宅子祈愿能够得到满足，那地面上点着的蜡烛或许就是人们在许愿，但许景明的受伤能够得到的解释就非常之多了。

"欸欸，陆江吟你别突然越走越快啊……"

谢罗华冲着背对着自己自顾往前的陆江吟招手。这条巷子的路灯前些天也坏了，走到尽头便看不见一丁点身影。

"跟上啊。"陆江吟回头，有些问题还是要问当事人比较清楚，他举起手中的电筒晃了晃，"你不是怕鬼吗？"

谢罗华不屑地"喊"了一声，对陆江吟随身携带手电筒这事表示惊讶，同时又深感庆幸，于是便乖乖地听话往前走。

两人认识的时间不长，谢罗华一开始认为富家少爷身上天生带着穷人勿近的气质，他们眉眼都流露着对阶级的崇拜、对权力的欲望。他们总是炫耀自己流连于风月场所，回学校夸夸其谈上层社会的所见所闻。

谢罗华本质上对贫富悬殊没有特别的概念，这个概念现在愈加模糊，得益于和陆江吟成了朋友。

于是他义无反顾地往深渊中那一缕光明靠近，毕竟"近朱者赤，近江吟者无畏"。

陆公馆。

晚饭饭点一过，陆江吟就迫不及待地跑回楼上房间独自待着。书桌前摊开的不是学校发的书本，而是齐溪为他要到手的报纸。他盯着看了一会儿，又从左手抽屉中抽出了之前买来的那两份报纸，与之叠放在一起，细细地琢磨三者间的关系。

"蓝姨，我来吧。"

陆江庭接过蓝姨手中切好的饭后水果，亲自给弟弟送上去。别的不说，不管父亲陆年对陆江吟多么苛刻严厉，做哥哥的总是能给弟弟最好的庇护。

陆家家教甚严，比起齐溪，陆氏两兄弟的童年要少了很多快乐。但幸好他们家总是欢迎齐溪的到来，每次齐溪一来，陆年就让兄弟俩陪着齐溪到处玩。齐溪也算是将他们从水深火热中解救出来的半个恩人，每当他们回想起童年最开心的时候，脑子里会自然而然地浮现出齐溪的脸。

后来陆年让陆江庭去国外学化学，他二话不说就去念了。学成归来，陆年有意带着陆江庭熟悉商业上合作的伙伴，带他出入各种上流社会的场所。

这么做，就算是外人，也知陆年早已有将药行交给大儿子管理的打算。

"江吟？"陆江庭叩了叩弟弟紧闭的房门，吃饭的时候就觉得弟弟心不在焉，不知道在想些什么。弟弟长大了，似乎也有了自己的秘密。

房内窸窸窣窣响了一阵，陆江吟才姗姗来迟地开了门，脸上倒是平静如常。他本想问陆江庭有何事，低头就看到大哥手中的水果，便自觉地侧身让道。

"不知道的还以为你在苦读诗书。"陆江庭隔着距离就发现陆江吟并非在勤学，于是径直走向书桌将水果放在了没折叠好的报纸旁，语重心长道，"上次见你也买了份报纸回来，是有了收藏报纸的爱好，还是报纸上的专栏有你感兴趣的内容？"

陆江吟也不辩解，他倒不是不爱学习，相反还挺喜欢。同学手抄的诗词他也能翻上一翻，偶尔念到的一些诗他甚至觉得不输唐宋荣光。历史浓烟滚滚至今，诗人仍有满腔的热血、感慨需要释放，这不正说明时代还远不算上好，远不够前进文明？

现在国运维艰，每个人都在尽微薄之力为之奋斗。强国富民还需要多久才能到来，陆江吟不知道。整日坐在教室时会想，他能为国家做些什么，雄心壮志是掩埋心底还是付诸实践？

学校极少有人来的角落中，参天大树遮蔽了聚集在那儿的同学。师兄慷慨激昂地说着爱国活动，不管是什么身份，只要是中国人都不应该做亡国奴，都应该团结起来一致对外，打倒共同的敌人。

国家危难，人人有责，那被激起的满腔热血令人无法坐以待毙。

陆江吟听得握紧了拳头，却陡然间记起小时候因为一句"劫富济贫"被父亲差点打断腿的往事，如今要是和父亲说投身革命，不知会不会也遭到反对。

人生的选择权似乎还不在自己手里，不管现在还是将来。陆江吟意识到自己的渺小会使理想受挫，会将沸腾的热血浇熄，但眼下确乎只能如此。

"大事做不了，只能做些小事。"沉默许久，陆江吟才做出了回答。这个回答是对自我怀疑的解释，亦是一种妥协。

陆江庭不肯定弟弟说的话指代什么，只是看到三份报纸暴露出来的专栏内容都与流浪男尸有关，他也翻到过但没往心里去，毕竟战乱年代死亡是极为常见的，更何况死的还是流浪儿。

"书不好好念，想学查案？"做哥哥的庇护弟弟是理所应当，但适时泼点冷水也非常有必要，陆江庭挑眉问，"那你和父亲说一声，没准会同意你去警局当个小探长之类的。"

被一语中的的陆江吟敛眉不吭一声，想查案是真的，毕竟在他看来短时间内死了三个流浪孩童实属反常。至于当探长，他是真的没想过。

"法租界还是公共租界？"陆江庭又问。他问的不是陆江吟成为探长之后想要选择的管辖区域，而是问这三起案子发生的范围。

陆江吟自然也知道大哥没这么无聊，遂上前再次翻开报纸："法租界。"他指了指最新发现的这具尸体的照片，"这孩子我认识。"

"哦？"陆江庭可算明白自己弟弟为何执着于此，"你的零花钱就是花在他们身上了。"

"他生来就有六指。"

陆江吟并不在意大哥的奚落，说着照片上给出的事实。反正他自小就觉得家里的钱花不光，拿去救济也是好的。家里本身又是开药房的，如果可以，他连药也会偷点去，但这个一直行不通，大概是真的怕被父亲打断腿……

"一年前他和他的母亲避难到了这里，我第一次见到他时，他正在地里挖野菜。野菜没挖到，还被农夫家的狗追着满地跑。我就顺手给了他几块钱，就是那时候看见了他的六指。"

"尸检结果表明他胃里有食物，死之前有好好进食。"陆江庭在弟弟的说明之下也认真看了看报纸上的医学结果，也觉得有些费解，"这教授说尸体暴露在外不及时处理会引发很多疾病，说他们会成为疾病的传染源……这文章的侧重点还挺出人意料。"

陆江吟看不见别的，只是有些痛心一面之缘的孩子就这样死了，而且死得如此蹊跷。他想要知道这孩子身上的衣服为什么不见了，死之前发生了什么，为什么这么巧都是流浪儿童溺水身亡呢？明明四月的气温还不足以让孩子们脱光衣服下水玩耍，更别提之前死的孩子了。

"看你样子似乎挺想为这孩子申冤。"陆江庭收回放在报纸上的手，面带笑意看着自己愁眉不展的弟弟问，"法租界巡捕房的探长是我的朋友，要介绍你认识吗？"

"谢谢大哥。"陆江吟这才舒展了眉头，露出了轻松的模样。

陆江庭微微点头，转身要走时又叮嘱他："别一个人去，带上齐溪一起。"

在自己房间听到了齐溪的名字，陆江吟的神情稍显不自然。他低头叹了口气道："女孩子跟着去只会添麻烦。"

陆江庭笑了笑，视线下落停留在他的裤袋上，提出质疑："那你留着麻烦女孩的缎带做什么？"

"我……"

陆江吟心急却又说不出个所以然来，心跳莫名加速，不知是被大哥发现了心慌，还是就连自己也理不清的情愫在作祟。

"齐溪还喜欢吗？"陆江庭看着那露出一截的缎带问。

陆江吟将缎带全数拿出置于手心，心里嘀咕着反正他是不喜欢。但看了眼笑吟吟的大哥，他只能不情不愿道："你送的，她哪一次说不喜欢？"

"那你呢？"陆江庭依旧是那副波澜不惊的表情，这个问题他想要得到什么样的答案不曾考虑，只是想要看看弟弟可爱的反应。

陆江吟一愣，合上手掌："和大哥一样。"

"我可和你不一样。"陆江庭轻声笑着快速做了回答，抬头发现弟弟错愕惊讶的表情，遂又强调了一遍，"我和你不一样。"

陆江吟捏紧手心，他自然知道大哥不会问自己是否喜欢一条女生的缎带，这么一来，大哥问的就是缎带所拥有的对象。

原来不一样吗？一瞬间，陆江吟心里想了很多乱七八糟的东西。他们兄弟俩自小就知道其中有一人和齐溪有婚约，如果他们当中有人悔约，那么这婚事可以不作数。

现在大哥早已过了弱冠之年，娶妻生子本就是正常的事。他迟迟不结婚，会不会是因为齐溪？若两家父亲做主的话，齐溪大概会和大哥成婚吧。

陆江庭见弟弟有些失魂的模样又轻松地说："相信我，她能帮到你。"

　　大哥所说的"帮忙"陆江吟不太能深入理解，有关于今日所知小一母亲的死，他也没有告诉大哥。或许是不敢说，也或许是不愿意说。大哥已经很辛苦了，为了他这个弟弟所坚持的"自由"牺牲了太多。不想大哥为他操心，不想大哥陪他一起痛苦。

　　如果可以，他希望接下来的事情都由他一个人承受。

第二章

—— 暮春很好，你也是 ——

（一）

次日，陆江吟早早起床出门。他没有选择去坐电车，而是推出了自行车。

"怎么骑车去？"陆江庭起得也早，站在家门口看着弟弟跨上车那潇洒的模样，上前递给他一张字条，"我已经和叶超打过招呼了，就是巡捕房的探长。字条上写着他的名字和办公室电话。"

陆江吟感激地接过，凡事只要他提过一次，大哥就会牢记在心并当作自己的事一样去办。小时候如此，长大了更是如此。他将字条放进上衣口袋，摇了摇车铃，清脆响亮。

"去接齐溪吗？"陆江庭觉得许久不骑车的弟弟忽然又想骑车，一定有什么特别的原因。但他只是随口一问，不料这小子顿时皱了皱眉头。

"走了。"陆江吟也不回答，一踩脚踏板就唰地出了家门。

陆江庭在身后摇头笑："真不坦率。"

上学时间尚早，陆江吟骑着车在小巷子里穿行。清风徐来，他不由得想起小时候和齐溪穿梭于这小街巷中，这里陪伴他一起长大的人都还在，遇到他时彼此都能亲切地说声"早"。

这条巷子的尽头再往右就到了齐家，快到时路遇两位挽着菜篮子的妇女从齐家的方向走来，陆江吟见人便放慢了车速。

"哦哟，齐家大宅昨晚着火了！听说火势很大呢！"

"是吗？"

"不知道人怎么样……"

重重的刹车声打断了谈论别人家遭遇的妇人间的对话，陆江吟回头看着她们并未流露出半点遗憾伤心的脸，存有侥幸地认为"齐家"失火未必就是齐溪家。

"打扰了，我能问下你们说的齐家是指哪户人家？"他胆战心惊又期待她们给出否定答案。

两个妇女头上都绾着朴素的发髻，穿着深色上衣和裤子，脚上的鞋子沾着泥土，挎在手中的篮子里头装满了新摘的菜。

她们略微惊讶地看向少年，回答："这还能是哪户人家，就是——"

还未听人家把话说完，陆江吟迫不及待地骑车就走，那妇人抬起手指明的方向分明就是坐实了他的恐惧。

骑车时风从耳边呼啸而过，清新自然的空气里忽然间弥漫着浓烈的烧焦味。陆江吟的脑子混乱一片，他不知道大火程度如何，不知道齐家伤亡情况，但只要一想到齐溪被困于烈火中求救无门痛苦的场景，那仅剩的一点点的理智就立马被脑海中蔓延的大火吞噬。

"齐溪——"

陆江吟扔下车子就往聚集了很多人的齐宅大门口跑去。他上前不管不顾地拨开人群，一眼就看见围坐在齐家大门前以及门前台阶上惊魂未定的用人们。他们缩着手，蜷缩着身子，好似行尸走肉。

肉眼所见之处并没有发现因火丧命的尸体，但一眼扫过却也看不见齐溪。用人的状态极像是被主子扫地出门的落魄鬼，这意味此刻主子不在又或是命葬火海。

陆江吟顿觉心急如焚。他迈腿径直往内走去，围观的人不知他就是陆家小少爷，纷纷咬耳私语：

"哎呀！他干吗呢？"

"看样子还是个学生，怎么能不打招呼就进屋？"

"应该是齐家的熟人吧。"

质疑声炸开，陆江吟听不见，就算听见了也根本不加以理会。进入门内，陆江吟才发现火势严重的程度是他无法想象的。昔日承祖荣光的齐家大院烧得面目全非，最为严重的是齐家主楼的二楼，墙面已经完全被火熏黑，一扇扇门都像是血盆大口似要吞人入肚。

好些人弯腰不停地在地上翻翻拣拣，落荒而逃时自个儿珍贵的东西落了一地。屋顶的瓦片也掉落下来破碎不堪，有人一碰甚至还觉得烫手，吓得一惊连忙抬手捏住了耳垂。

这些人都是谁，陆江吟不认识，一群从未见过的人此刻正踩在齐家领地上"为所欲为"。

"齐溪！"

陆江吟一边喊着齐溪的名字一边往里急切走去，脚下磕磕碰碰的尽是些乱七八糟的东西。从未想到建筑烧毁之后的样貌会变得如此诡异非常，往日熟悉得如同进家后院一般的地方，陡然间令人迷惘。

"头儿，快过来！我找到一条丝巾，这坍塌的床底下没准有人！"

"都过来搭把手！"

巡警们将这条从火焰中完好保留下来的丝巾随手一放。风一起，粉色丝巾从二楼轻飘飘地越过烧焦的护栏，在空中兜转片刻后缠在了陆江吟的脚腕上。

靓丽的颜色在这沉重黑色中扎眼非常，陆江吟回过神时已经跑上二楼，楼梯咯吱咯吱作响他也没在意，只是用力推开巡警徒手扒着还留有余温的床板。巡警打量着少年，看这衣着打扮应该是学生，不知和齐家是什么关系。几个人对视一眼，都觉得不好动手阻拦。

"陆小少爷？"管家齐叔从医院赶回来处理余下的家务事，一眼就看到陆江吟跪在脏兮兮的地板上不停地扒拉着，连忙上前扶起他，"您怎么能做这样的事？"

只是一晚上的时间，齐叔就老了不少。陆江吟见他毫发无伤的样子，顿时激动地抱住他的双臂问："齐溪在哪儿？"

"小姐没事，也没有受伤。"齐叔倒是反过来宽陆江吟的心，"只是老爷伤势严重，小姐还陪在医院……"

又不听齐叔把话说完，陆江吟撂下他就准备骑车往医院赶。

"没事""没有受伤"这些好消息必须眼见才能为实。

"陆少爷，我开车送您去！您不用骑车！"齐叔提着长衫的下摆，一边口头拦着陆江吟一边追，但哪追得上少年的速度。

齐叔远望着陆江吟离去的背影，站在大门前微微喘气。罢了罢了，陆家人做事向来有分寸，更何况他们一家对小姐都疼爱有加，多少放心些。

他抬头注视着齐家大门上的横匾，眼里哀戚却又无动于衷。随后他转头朝巡警身边走去，脸上的笑刻意得可用肉眼分辨，但天生慈祥的眉目让人忽略这种强颜欢笑。

"辛苦各位长官了，辛苦……"

巡警们忙活到现在早已倦怠，这会儿从齐叔手里接过了几根烟，心不在焉的样子才有了好转。他们来时就知晓齐老爷烧伤严重，恐有性命之忧。万幸的是齐家小姐在火势蔓延到房间之前被管家及时叫醒救出，安然无恙。

简单地清理了一下掉落的物品之后他们检查发现，这场火灾是齐老爷房间摆放的蜡烛翻倒点燃了幔帐引起的。巡警们起初不理解卧室为什么还点着蜡烛，后来找到了未被火烧透的齐家夫人的灵牌才明白。

齐石良对他已故的夫人确实用情至深，巡警们也只是心里感慨，搜索的时候还看见逃过一劫的齐家用人们弯腰捡着不小心散落的钱财，数量不多，但捡到一块算一块。

　　用人不敢怒也不敢言，乘人之危本就可耻，亦没有争辩的资格。他们束手乖乖站到一边，也不再进入翻找。想着齐家靠着祖上资产大概还能重建齐宅，到时候还要继续在他们家干活呢。

　　"也没什么疑点，等你们家老爷醒了再问问怎么那么不小心。幸好损失也不大，安抚一下你们家大小姐。没什么事，我们就先回去了。"

　　齐叔鞠躬点头表谢意，目送着他们离开之后，他站在齐家中央的位置，望着老爷烧毁殆尽的房间，敛眉垂眼，神情陡然间冷漠起来，一夜之间好好的齐家变成这样……因果报应啊。

　　平时本就忙碌的医院今日更忙了，之前送进来一位从高处跌落还有一息尚存的伤者，刚准备抢救就没了生命迹象。现在抢救室里头还有一个烧伤严重的中年男子，据说是齐家老爷，其唯一一个女儿也一直在外守候着。

　　医生和护士没时间去安慰孤独脆弱的大小姐，但出于人道主义精神，护士还是为齐溪倒了一杯热水。这立夏还未到，春末的气温依旧寒意十足。

　　"齐溪！"

　　医院走廊上，孤零零的齐溪坐在白漆长椅上，神色暗淡无光，却见熟悉的声音响起，眸子里才有了深意。

　　她站起身，注视着朝自己奔来的陆江吟，一句话也说不出。昨晚发生了什么，齐溪一概不知。那场大火就像是一个玩笑，齐溪瞳中映着火光，无能为力。

　　"齐溪……"陆江吟紧张地停在齐溪跟前上下打量，本想伸手拉过她细细检查，又意识到自己双手脏得没法看，便只能不停地观察她。

齐溪低头看看自己身上穿着的睡裙，有些狼狈。事发突然，她都不知道要作何反应，没有大声喊叫也没有无助哭泣，只是默默地看着齐家火焰蹿天。

陆江吟无二话，脱下外套小心地披在她的肩上，随后一起坐在长椅上望着人来人往沉默着。

齐溪没事，确实没有受伤。

"齐叔已经在处理后面的事了，你不用担心。"陆江吟不敢开口询问火灾详情，只能安慰她，"累的话闭目养神也好，这里有我。"

齐溪双唇紧闭，她不是难过家没了，而是生怕父亲醒不过来，和母亲一样死在医院里。她不想承受独自一人的痛苦，她不想再被人指着说自己是天降灾星。

"爸爸他不会有事的，对吧？"

"不会的。"陆江吟坚定地答。

齐溪隐忍地点头，像讲起和自己无关的往事一样说与陆江吟听："我生于暮春，母亲死于暮春。大火又偏巧降临在暮春这个时间段，我都不知道该怪自己还是怪暮春了。"

"暮春很好，你也是。"陆江吟认真地看着她，"存在本无错。你选择不了自己的出生，预料不到灾难的发生，不要轻易对悲苦的结果产生联想。"

陆江吟说完都不知道自己在讲什么，不会安慰人，不会安慰长大的齐溪。

小时候齐溪被人欺负说她没娘养，齐溪委屈地蹲在地上哭。那个时候，陆江吟随意买面风筝，买串糖葫芦就能哄她开心。

现在呢？

"你等我一下。"陆江吟说出这话时心里一点主意也没有，起身后又向她保证，"最多五分钟，就五分钟。"

齐溪不知道他要去做什么，想了想后抓过他的手稍稍挽起他的袖口看了眼时间："快迟到了，你回去上课吧。"欲松手又抓住，摊开他的手掌，皱眉问，"怎么弄得这么脏？"

"不要紧。"陆江吟煞有介事地收回手，刻意地拉下衣袖，"等我回来。"

太普通的对话在此时此地显得如此庄重神圣，齐溪点头答应，好似信了他给出的承诺。

童年的每一天陆江吟都陪伴在她左右，年幼时也免不了吵架，她也总是被陆江吟气哭，但又总被他哄笑，就连陆江庭都曾经说"你的喜怒哀乐好像都与江吟有关"。

那话放在过去不知何意，此刻她倒参透了不少。

陆江吟走出医院，安心于齐溪平安无事，如释重负。

与此同时，齐家的火灾情形清晰地浮现在脑海中，就连最初该产生的疑惑也都涌上了心头。

齐家人念旧，大宅保留至今没有翻修过，建筑采用的是木柱、木梁构成的房屋框架。虽然木材遇火易燃，但木结构建筑的防火性相对较高，即木材表层燃烧，其里面的木料仍有结构强度。

简言之，宅邸内所有人都应有足够的时间逃跑。

照此推算，火灾发生或许是在一个大家都放松警惕的时间段，也就是深夜或者凌晨。齐家上下都在酣睡，不知火势情况情有可原。不过为什么火灾会在那种时候突然发生，而且如此迅猛？

还有……

"陆江吟你怎么还不去上学？快迟到了！"谢罗华的家离医院不远，这会儿正巧跑着去赶电车，嘴上还咬着半截油条。他急匆匆地跑过，余光瞥见了站在医院门口愣神的陆江吟，遂又折返到他的面前问，"你怎么在这儿？来看许景明？昨晚他处理好脚伤就回家了，哪会住院。"

"正好，"陆江吟又能解决一个问题，他露出了难得的笑容对谢罗华说，"帮我个忙。"

"你说。"谢同学虽然家世一般，父母靠小本买卖赚点钱，一家人都善良可靠，日子还算过得去。他囫囵地吃下油条，抹了下油了吧唧的嘴，认真地等着听。

"替我向老师请一天假……"

"没问题！"

谢罗华爽快答应掉头就想走，陆江吟反手拽住他补充道："顺便帮齐溪也请个假。"这个属于不情之请，陆江吟说出口也觉得有些不好意思，但眼下只能厚着脸皮了。

"行，不就请个假嘛！知道了！"谢罗华心系上课时间，无暇顾及陆江吟所说的话，但跑出去两三步之后又回来了，"你说什么？帮齐溪也请假？怎么请？我一个男的跑到对面女校给她请假？"

陆江吟挑眉似在回答他的疑问，谢罗华顿觉这个忙他不帮都不行了，而且得抓紧时间帮忙，不然他跑完女校再回自己班级，铁定来不及。

最后，陆江吟看着谢罗华奋力往前冲的背影，喊了声"谢谢"。

（二）

一晃眼约定好的五分钟过了，陆江吟才抱着一箱子的东西回到了医院。在原来的长椅上看到了和齐溪并肩坐着的大哥陆江庭。

早些时候，陆江庭在办公室接到了齐叔的电话。齐叔大概也有些孤立无援，齐石良生死未明，自己又要处理后续事宜，这样一来齐溪便没人照顾，只能打电话给陆江庭求他帮忙。

驾车赶到医院时，裹着弟弟外套的齐溪就缩在椅子上，但抬头见到他时还会笑一笑。自小便知道这孩子外柔内刚，坚强得很，小时被人骂作克星依然能乐观向上、健康成长，自然是内心足够坚强才能做到。

陆江庭也没有过多安慰，实际上才坐下没一会儿就看到了自己的弟弟。本来还有疑惑，衣服在这儿，人去哪儿了？现在想来倒也合情合理。

"你买这么多东西做什么？"他又明知故问。

陆江吟霎时眨了几下眼睛，硬着头皮走到他俩跟前，手中捧着的东西一时间有点难以启齿，但他也只能放到齐溪身旁。

"睡不着的话可以解解乏。"他看着齐溪干净的眼眸，顿了顿又说，"不知道长大的女生喜欢什么，就把感觉有用的东西都带过来了。"

齐溪看着陆江吟别扭又极力隐藏的样子，忽觉自己很幸运。除了父亲之外无任何近亲的自己居然还有陆江吟这样一位朋友，时时为自己着想，想方设法让自己开心。

这箱子就像是从未见过、只听江庭哥哥说过的外国魔术盒一样，糖葫芦、毽子、口琴、香水、诗集、胭脂扣，连湘绣的锦囊都有。

齐溪不可思议的同时又觉惊喜："谢谢你。"

"嗯。"陆江吟轻声点头。

陆江庭笑道："看到你表情好了些，江吟都开心了许多。"两个孩子心情还算可以，这会儿提个关键问题应该也适合，"齐家修缮恐怕要花费一点时间，这段日子里齐溪总要有休息的地方。"

大哥不愧是大哥，陆江吟只顾到齐溪的心情，确实是没想过后来的事。他看向齐溪，见她也有些迷茫。

"来我们家住。"陆江吟没有别的主意，这是他能想到的唯一解决方法。

陆江庭赞同地点头，随即看向齐溪等她的回答。

事实上，他们的父亲也知齐家着火之事，陆江庭出发之前陆年还叮嘱过他，如有需要，定要伸手相助。这齐家小姐毕竟和陆家还有着千丝万缕的关系，风餐露宿绝对不行，只身一人住酒店又不安全。

　　但一个黄花大闺女未过门就随意出入陆家又恐落人闲话，一时间陆年也觉得为难。好在陆江庭明事理，或许也有些顺水推舟之嫌。

　　齐溪平时虽总跟着陆江吟他们在外撒野，但该守的规矩还是坚决恪守。陆江吟提出这个意见片刻，她就婉拒了。名声、清誉这些象征性的词语，她清者自清可以不在意，但给人添麻烦就有违初衷了。

　　"那你去哪儿我就跟着去哪儿。"陆江吟自然知道齐溪在为难什么，他无意强求她跟着自己回家，便随口说，"公园？桥洞？住宅楼梯还是天台？我都陪你。"

　　齐溪无言，她恐慌她承认，因为她不知道这天什么时候就塌了下来，她不知道自己如果失去父亲，往后日子要怎么过，她无用，只能想着这些。

　　"就这么决定吧。"陆江庭轻轻拍了拍齐溪的背，"等下我打电话让蓝姨给你收拾下房间，就在江吟对门。有事你可以随时叫他，不要觉得负担，当作自己家一样。"

　　齐溪闷闷地"嗯"了声。

　　这时候，医生从抢救室里走出来。他摘下口罩，因为认得齐溪便开门见山："齐先生命保住了，只是样貌被毁，现在的医术还无法修复，可能会终身残疾。好在行动自如，不影响日常生活。就是……"

　　他没有往下说，只是回身看着护士从抢救室推出来的脸上缠着绷带、只露出口鼻眼的齐石良。医生要交代的话其实都已说完，欲言又止也不过是对齐家小姐日后生活的担忧。齐石良被毁了容，声带也受了损，不影响日常生活是空话，怎么能不影响？从今往后镜子里的那个人可是连齐石良本人都无法认得，每天看见的是一个五官扭曲、丑陋无比的人，任谁都会崩溃。

"齐溪……"

陆江庭扶住不断瘫软的齐溪的双肩，她的惊恐大于父亲被救回一条命的喜悦。

只有齐溪自己知道，她不敢上前竟是害怕见到父亲的模样。不管眼睛还是嘴巴，那都不是她今天之前所亲近的父亲的模样，血肉模糊得令人恐惧。

"他还要再住院观察，你们可以到病房去。"医生说完最后的话，看了眼手中的病例后便留下齐溪和陆家两位少爷。

齐石良刚被护士推出来那会儿，陆江吟也有些被吓到。其余人都逃出生天，身上也没伤，他不懂怎么只有齐石良被火烧成了这样？唯一可以解释的只有起火源头，出自于齐石良所在的房间。

"大哥，照顾好齐溪。"陆江吟觉得自己有义务查清齐家这场莫名大火的原因，原本不该留齐溪一人，现在大哥在，他可以暂时放心去做别的事。

陆江庭抱着失神的齐溪也只能寸步不离，默许了弟弟的行为。这场大火确乎奇怪，听齐叔讲并没有什么疑点，不知真假。

"外面冷，衣服穿上。"

陆江庭想把齐溪肩上的衣服还给他，刚伸手就被陆江吟一把摁住，只听他叹了声道："我的留给齐溪，我穿大哥的。"

"呵。"陆江庭没料到自己的弟弟还挺有远见，只能妥协地以单手解开西装的纽扣，脱下后交到陆江吟手里，不忘提醒，"这样穿着好看吗？"

平日穿去学校的外套里面搭配的也是白衬衫，配上西装倒也没什么。陆江庭看着陆江吟长大，倒也是第一次意识到，自己的弟弟也是个男人了。

"大哥的衣服没有不好看的。"陆江吟也知道占了便宜就要学乖点，之后看了眼一直垂头不语的齐溪，满满的担心。

"快去快回。"陆江庭嘱咐。

陆江吟出了医院，跨上了停在花坛边的自行车。一路疾行再次回到了齐宅门前，围观的人散去不少。"热闹"仅一时，各自的生活仍要继续。

"陆少爷怎么回来了？"齐叔还在处理着残留物品，他轻轻拍着手，掸去些灰尘，走近陆江吟身旁问，"我家小姐还好吗？"

"并不好……"陆江吟实话实说，但他也没多话，只是道，"齐叔，您能详细和我说一说起火的经过吗？我想知道。"

陆江吟向来说话直接，他不拐弯抹角，也不会说些冠冕堂皇的话，想知道就是想知道，仅此而已。

齐叔看向他时略微警觉，但又叹息，无奈摆手说只是一起意外。昨夜齐老爷出门办事深夜才回，之后便入睡了。凌晨两三点忽然听见了一些声音，齐叔被惊醒，醒来时火势已经很大了。

"我住一楼，起来就往楼上跑想去叫醒老爷。可老爷门前的火尤为大，根本进不去。我只好转头去叫醒小姐，等把小姐带出门，再和下人一起折回去抬出了老爷……"

"抬出？"陆江吟紧接着问，"齐伯父当时昏迷不醒还是昏睡不醒？"

齐叔看了他一眼，回答："脸朝地，躺在距离门口两三步的地方，昏迷不醒。"

脸朝地，也就是说起火时齐石良没有在床榻之上，而是昏迷倒在了地上。陆江吟又问："头部朝向？"

"朝门。"

齐叔沉重地回忆，后续又和陆江吟提起巡警推测是屋内蜡烛不小心翻倒点着了幔帐引起火灾一事。

陆江吟听后神色凝重，蜡烛好端端的怎么会无故翻倒点燃幔帐，而且是凌晨的时候，这无法解释。除非当时齐伯父因为某种原因醒来，迷糊中碰翻了蜡烛……可这也说不通，蜡烛打翻他必然第一时间发现，如果第一时间发现，火势怎会蔓延开来？

起火和火势蔓延之间存在明显的时间差，这未知的时间间隔内到底发生了什么？齐伯父是怎么晕倒的？是着火后未来得及喊救命就晕倒还是……

"我上去看看。"陆江吟横竖都觉得蹊跷，但不知事情全貌，他不敢妄下定论，眼下能够分析的线索太少，他只能选择再去看看，"齐叔您忙您的，不用招呼我。"

齐叔点头说好，背过身去却暗暗地长叹气。

这会儿再回头看这满目疮痍的齐宅已经好受些了，大抵房屋框架都还在，只是二楼烧毁明显，门窗也已变形。好些东西齐叔已经收拾走，搬动痕迹一目了然。

陆江吟小心地上了二楼，走廊是木制的，第二次踩上去显然更加心慌。他谨慎地挪动到齐石良的房门口，才恍惚地意识到自己当时跪在地上扒拉的竟然是齐石良的床板，心急之下还以为是齐溪的。不过齐伯父的卧室里怎么会有女人的丝巾？难道是之前齐溪母亲留下来的吗？

他沉住气往里走，每走一步都格外心惊肉跳。环顾四周，抵着墙摆放灵位的桌子也已经整理过了，灵牌和相框都被拿走，烛台掉落在地上，床上已经烧得什么都不剩了。至于床头旁边……那会儿他看见的一个木箱子怎么不见了？

陆江吟原地打转，看到门边靠墙摆放的展柜上收藏品都还在，他蹲下身，发现柜角有些受损，漆木的颜色有些奇怪。

"血迹？"陆江吟难以置信，好像找到了齐石良昏迷的可能性。地上滚落的烛台，柜角的血迹，头朝门脸朝下的昏迷不醒的齐石良，这一系列线索综合起来似乎能给出个合理的解释。

下了楼，陆江吟看到齐叔吩咐别人小心搬运箱子，一共两个。

"齐叔，这儿还有别的箱子我可以帮忙搬吗？"陆江吟上前问。箱子数量明显不对，因为这两个箱子竟没有一只是属于齐石良卧室里的。齐叔毕恭毕敬地回答："只有这两箱，没有别的了。一些小姐私人物品，让阿早整理了一下。还有一些是老爷的。"

"这个是从齐伯父房内搬出来的吗？"

"是。"

陆江吟蹙眉，不再说话。属于齐溪的箱子看一眼便知，而从齐伯父卧室中搬出来的箱子大小和遗留在屋内的痕迹的长宽并不符合，这说明确实不止两个木箱子，那么，齐叔为什么要撒谎？

不翼而飞的箱子里装着什么，陆江吟无法推测，暂且认为齐叔并不想外人多管闲事藏起箱子，又或者是对齐伯父的忠诚让齐叔不得不多此一举。

就当箱子一事是他疑心过重多虑了，那么他从医院回来时，齐叔单单问了齐溪的情况又是怎么回事？陆江吟的视线随着齐叔的步履移动，这个他打小就认识的齐叔多年来对齐家忠心耿耿、毫无二心，事无巨细可谓备受信赖。

这样拿出一辈子时间奉献给齐家的齐叔，会不会也有自己的秘密？

（三）

"陆少爷，您带我们小姐先回去吧，这里有我照看着，老爷要是醒了我会打电话到陆公馆告知小姐的。夜寒，小姐别着了凉，不然我不好向老爷交代。"

齐溪目光有些许呆滞，她知道齐叔在同自己讲话，可注意力怎么都集中不到他身上。只要看一眼躺在那儿如死尸一般的人，她就觉得背后一阵阵发凉。这种感觉好像父亲从地府走了一遭，回来之后就变成了另外一个人，另外一个陌生又可怕的人。

　　陆江庭见她恍恍惚惚的样子便伸手触碰她，没想到却把她吓了一跳。齐溪反应过度，惊吓明显，不好说是不是还没有从突如其来的灾难中走出来，但眼下她确实需要休息。

　　"我们走吧。"陆江庭没有多问，揽过齐溪向齐叔告别之后走出了病房。

　　齐石良所在的病房在走廊的尽头，齐叔就站在病房门口目送着陆江庭和小姐，一直到彻底见不到他们人影了，他才回到病房内，顺手关上了门。

　　整个病房安静得只剩下老爷艰难的呼吸声，齐叔一步步靠近病床头，俯视着血肉模糊的那张脸，那张已经不能称之为脸的脸。烧焦的面孔就像是一副天然的面具，正正好地戴在不需要伪装的人的脸上。齐叔不自觉地伸出手，轻轻触碰着齐石良脸上的绷带。

　　"老爷……"他喃喃自语，手微微颤抖，"对不起，对不起……"

　　止不住颤抖的双手从脸颊慢慢往下，这脸与脖子的距离咫尺之间，却仿佛跨过了一个世纪。而就在这一瞬间，横亘在淋漓血肉之中的眼睛陡然间苏醒。

　　它像是被扼住喉咙之后侥幸逃生一般，饥渴又贪婪地大口大口汲取人间鲜活的养分。转动的眼珠急切地探寻着这空间发生的一切，它迫不及待地确认自己的生死，它在谨慎地确认着。

　　天花板上的光亮不是耶稣之光也不是神明的佛光，这是人间的灯光啊！它仿佛笑了，笑得狂暴肆虐。万般得意之后发现，啊，这儿还有一个人。

重获新生的眼睛泛着黑暗的气息，如同荆棘中千疮百孔的一双手。它坠落深渊却自信命不该绝，垂死挣扎，最后一把扼住了善良的齐叔的咽喉。

傍晚时分，陆江吟挽着袖子坐在胡同口一家卖豆腐脑的摊子边，等着放学的谢罗华。时间快到的时候，他喊了两份豆腐脑，一份摆在了对面。

"喔唷，贴心！"谢罗华大老远就看见陆江吟端坐在那儿等着他，连忙跑过来一屁股坐下，拿起调羹大快朵颐，"好吃！暖胃又暖心！"

这不见外的举动陆江吟也习惯了，他看着谢罗华狼吞虎咽的也不想问烫不烫嘴，反正谢罗华皮糙肉厚。

"同学有说什么吗？"他随口问。

听起来陆江吟似乎问了个和自己有关的问题，但谢罗华知道他极少在意别人的看法。就算是现在，同学仍旧拿他和齐溪的婚事开玩笑，也始终不见他动怒。

"倒也没什么。就是吃午饭的时候听到有同学说齐溪家昨晚失火，半夜失火诡异得很。反正一会儿工夫就传得那叫一个邪乎，好像齐溪是灾星一样……"

"她不是。"

陆江吟是义正词严也好，轻描淡写也罢，反正这些谢罗华是搞不懂，陆江吟明明就是个不好惹的人，却唯独对齐溪的事格外心软。

"所以你一早就出现在医院是因为她家着火，她……"谢罗华也不算笨，大概弄清楚了前因后果，遂提问，"齐溪没事吧？"

陆江吟压抑地叹了口气："怎么会没事？"

外人不知她被人戳脊梁骨，嘲讽她没娘养时的痛苦。一天天长大，恶毒的话语也从未消失。她没有做错什么，她只是来到这个世上，和所有人一样。

她没有任何不同，却又着实与众不同。

一句反问之后陆江吟便无话，谢罗华嘴拙不知道说什么，搜肠刮肚半天后讲起了自己去帮齐溪请假时发生的糗事。

男女分校本就如此，男生偶尔调皮会动歪心思，想潜进女校亲眼目睹传闻中漂亮的女孩子。但想归想，甚少有人能躲过学校的看守偷溜进去。再者男校、女校放学时间一致，在路上也能一睹风采，小心思被磨掉了一大半，往后也就不怎么提潜进女校的事了。

"你说奇不奇怪，偷偷摸摸进去的时候感觉自己是去冒险。可真当我明目张胆、大摇大摆地走进去之后发现事实并非如此，身处在都是可爱女孩子的天堂，我连看都没敢看她们一眼！"

谢罗华也觉得自己没多大出息，熊心豹子胆给他他也不敢吃，主要是心慌，埋头找齐溪班级找了好久，那叫一个臊。

"一个个教室找过去，女孩子抬起头看着我从窗外走廊走过时，我觉得自己像过街老鼠……"

陆江吟好几次想打断他，在这儿请他吃豆腐脑，不过是想知道学校里是否有什么对齐溪不好的传闻。这世上坏事传千里，人言可畏到可怜人都不得不小心翼翼。

这谢罗华正说到兴头上，还手舞足蹈的，实在是不忍心扫他兴，再加上他今天又刚帮了自己一个忙，无奈之下，陆江吟决心忍他一回。

"幸亏碰见了经常和齐溪在一起的李爱瑶，我和她说了之后她去找老师请的假。这李爱瑶总是扎着两条辫子，看着也挺可爱的。"

说着说着就离了题，谢罗华挠挠头不拘小节。

陆江吟点点头，幸好是谢罗华去请的假，如果是自己去恐怕也和他形容的"过街老鼠"一般窘迫又束手无策。至少在这点上，陆江吟还是很佩服谢罗华的，他的勇气和自己的不一样，他坦荡开朗，没有过多的烦恼，这些都是陆江吟极为羡慕的。

"哦，对了，明天要不要一起去看看许景明？他脚扭伤了，今天也没来上课呢。说来也奇怪，今天请假的人特别多。我去给齐溪请假的时候，听李爱瑶说她们隔壁班的白佳慧也没来学校呢。"谢罗华搅拌着碗中的豆腐脑，心不在焉地说着所见所闻，"你知道白佳慧吧？上海那家很大的化妆品店就是她家的。"

"嗯，知道。"

家里人都是生意人，虽然所操行业不同，但生意人之间的来往总是不可避免。陆江吟就算知道全上海的商人也不足为奇，不过这些倒不是他非要知道的东西。

满满的一大碗豆腐脑被谢罗华吃得干干净净，老实讲，一整天的课下来，这点豆腐脑只能算是开胃前菜，他的胃还能装下一麻袋食物。

"明天不上课，我们什么时候去看许景明？"谢罗华执着于探望伤病中的同学，说完之后猛然意识到齐溪家的惨状，又支支吾吾道，"其实不去也没事，许景明也不是摔断腿了，比起齐溪……"

每个人活在世上总有各种各样的"意外"，陆江吟倒是没有将不同人之间不同程度的意外拿来做比较的习惯。谁惨、谁更惨都是一个"惨"字，何须比较轻重。

"早上八点，景明家门口见。"

两人约好了时间，便站起身准备各自回家。就当谢罗华推开长板凳时，板凳边沿不小心撞到了路过的一位穿深色西装的青年男子。

"对不起。"谢罗华急忙道歉，摆好长凳。

青年男子戴着一顶黑色礼帽，窄窄细长的眼睛从帽檐下渐渐展露出来。那是一张白净过分的脸庞，高鼻梁、薄嘴唇，两颊略微凹陷。

见到的瞬间，陆江吟和谢罗华脑海中不约而同浮现了"戏子"这样的词，这男的好像还未卸妆就从戏台上下来瞎逛的闲人。

他毫不顾忌地打量着眼前的谢罗华，嘴角微微翘起，只是扫了眼谢罗华身后的陆江吟就又把目光移回到谢罗华身上。

"小兄弟，我看和你有缘，将来要是不想上学了或者没钱了记得来找我。"他说话的声音尖细又略带嘶哑，有一种难以形容的别扭感。

谢罗华懵懵懂懂地接过他递过来的名片，尴尬得扯不出一丝微笑。他回过头想要寻求陆江吟的帮助，可只是扭个头的时间那个人就离开了。

"江吟你看到了吗？"谢罗华目送着那人离去的背影，轻声问。

陆江吟上前沉闷道："看到了。"

两人不约而同地注意到，那人递过来名片的右手臂上，有一条长长的如同蛇一般弯曲的疤痕，惊悚诡谲。虽然刻意藏在袖口之下，但还是被他们发现了。

"他做事好像挺有目标性。"陆江吟还注意到另外一件事，他低头看着谢罗华手中的名片，上面只印着名字和联系电话，"他只把名片递给了你。"

谢罗华本来没那么敏感，经陆江吟一提，他顿时苦笑不堪："人家一个路人都看出来我没钱，我有穷得这么明显吗？还是说你今儿个穿的衣服是什么当季的最流行的款式？"

"去年的衣服。"

陆江吟也老实交代，两个人站在这胡同口早已看不见那人的身影，却总觉得哪里突兀到令人浑身不舒服。谢罗华也看了看名片，"顾一飞"这名字和那男人给人的感觉完全对不上号。

"陌生人给的东西还是小心点处理。"

面对陆江吟给的提醒，谢罗华虚心接受。在对人防备这一方面，陆江吟一直做得很好。尤其是对待世间的邪恶，他的警惕心总是高于常人，他能想到的很多事儿都是同龄人脑子里根本不存在的东西。有时候谢罗华也好奇，陆江吟到底是经历了什么才对这个世道抱着怀疑否定的态度。

"那我们明天见。"

"嗯。"

两人分开各自回家，陆江吟骑着车迎着风忽而想起了刚刚那个顾一飞的眼睛，那是令人心悸恐慌的眼神，过于漠然冷清。他竟然隐约觉得熟悉，好像在哪儿见过，又恍惚地认定是个错觉。

这一天，陆江庭难得没有忙于药行工作，将全部时间都给了齐溪。离开医院时，他分明感受到齐溪的双肩不再紧张地收着。

但回到家她说了句奇怪的话——"江庭哥哥，你记得我小时候和你提过的事儿吗？"

陆江庭几乎知道齐溪和陆江吟所有的事，但小时候发生的事情太多，竟不确定她这会儿提及的是哪件事，是不是和现在发生的事情有关。

"……可能是我太紧张产生的错觉。"她垂头又选择不说，其中多有无助与难以置信。

陆江庭没有逼迫她详细说明，家中发生这样的遭遇还是早些休息为好。以往解决不了的问题，现今也难说。

"齐叔打电话来过了，伯父已经醒了。你不要太担心，今晚好好休息，明天再带你去医院。"送她入房休息前，陆江庭安慰她。

齐溪无言点头，关门的瞬间又满脸愁容。

陆江庭叹息，他们三个人从小相伴成长，齐溪从小无母，喜欢来他们家玩就是想多亲近他们的母亲。可是好景不长，他们的母亲在江吟十岁那年死了。

回想那惨烈的一幕，都觉得说"死"分量太轻。

"哥？"陆江吟蹑手蹑脚地推门回家，一眼就看到客厅里坐定在那儿候着他的陆江庭，顿时吓成了谢罗华的尿样。

陆江庭抬眸，从回忆中抽身看着自己的弟弟，开口问："饿吗？想吃什么，让蓝姨下厨给你做。"

"饭菜热一热就行。"

陆江庭随即唤来蓝姨，吩咐她去热菜。本来饭桌上好些菜都是江吟爱吃的，只是今晚齐溪在这儿，又交代多做了几个她爱吃的。

陪着陆江吟吃饭的间隙，陆江庭随口问："去哪儿了？"

"没去哪儿。"

陆江吟矢口否认，但仔细回想他确实哪儿也没去，玩了一趟跟踪结果发现齐叔将那两个箱子运到了自己家。他对齐家蹊跷的失火仍旧抱有怀疑，但这个怀疑没有任何证据支撑，不说也罢。

陆江庭见他埋头吃饭，表情自然倒也不觉得他说谎，只是说："齐溪在家你注意点，时刻保持衣冠整齐不要冒犯了人家。长大了不比小时候，明白吗？"

陆江吟点头表示明白，咀嚼着米饭，突然胃口大好，让蓝姨又为自己盛了一碗饭，半天之后才说："看来齐溪没怎么吃。"

陆江庭挑眉看他，似在问他何出此言。

"这些都是她爱吃的菜，可都没怎么动。"陆江吟放下筷子，抬头望了眼楼上的房间，起身又去厨房拿了碗筷，回到饭桌上夹了些菜，"大半夜饿起来会难受。"

"嗯。"陆江庭笑了下，"还是你更体贴。"

陆江吟盛好后站在座位旁看着自己的大哥说："以前我吃不下饭，大哥你也是这么对我的。"

以前。陆江庭当然知道他在说什么，那个"以前"就是母亲去世的时候。所有人难受得茶饭不思，不愿接受母亲突然离世的事实。悲怆的同时又觉得愤怒，这世上真的存在魔鬼肆意夺走别人的幸福。母亲不在了，他怎么能放任弟弟伤心又伤身？

"给她送上去吧。"陆江庭感慨万分，不愿让江吟看见自己略微消极的神情，于是摆摆手让弟弟赶紧上楼，自己则仍旧独坐在一旁，沉沉叹气。

时局动荡，每个人的命运都不掌握在自己手中。家国之事责无旁贷，可日子还要继续，经历的大悲小苦都能轻易将人推入谷底。国家何时兴盛强大未知，社会百态又恣意横生罪恶，活着的每一天都举步维艰。

（四）

夜色深深，荒凉又寒冷。

大街上空无一人，惧怕不敢停歇的脚步踩着落地泛黄的树叶声脆得明显。

七岁的齐溪手里拿着江吟给的糖葫芦慌张地往家跑，她看不清，也不敢看身后紧追不舍的东西。小脑瓜子容量太少，因为未知所以魔化了恐惧，她相信追着她不放的是怪物。

"爸爸！有东西在追我……"

齐家门上悬挂的灯笼被风吹得兜来转去，灯光微弱却足以成为她的庇护场所。七岁的齐溪胖墩墩的，脚步迈不开，近在咫尺的家门口却遥不可及。她拼命地大喊，风灌入口呛得有些难受。

"爸爸！"

齐石良悠悠地从大门内走出，侧身看到了跑得极度辛苦的齐溪。他穿着像齐叔一样的灰色长袍，戴着礼帽，微微倾身向齐溪展开了双手。

远远地看不见爸爸的相貌，但齐溪就像是抓住救命稻草一般不管不顾地朝前奔。

身后是怪物，身前必然是亲人，年幼的齐溪认为不会再有第三种选择。

她冲进爸爸的怀抱中，那一刻恐惧感消失了。爸爸摸了摸她的头，领着她进家门。大门关上时，外头灯笼的火瞬间就灭了。

"爸爸，这是江吟给我的糖葫芦，你要尝尝吗？"

"好，好啊。"

齐溪愣住，这声音不像是父亲的声音，倒像是从某种容器里发出来的动静，沉闷、缓慢、阴森，吐字也不清楚。她抬起小脑袋，定定地看向爸爸。

礼帽下的脸模糊依旧，仿佛莫名雾气笼罩在上面。齐溪一直看一直看，主楼也越走越远，永远也到不了的样子。爸爸停住了，弯下腰蹲在她跟前。

"我抱你吧。"

这时候帽子下的面目忽然清晰可辨，那竟然是缠着绷带的一张脸！脸上的眼睛直直地看着齐溪，这眼睛好恶心，就像是扔在血肉上属于死人的腐烂的眼珠子。

"好吗？"

他凑近她，眼睛瞪得越来越大……

"不要——"

年幼的尖叫声尖锐刺耳，唤醒了梦魇中的齐溪。她再次睁开眼时才过去一个小时，裹着厚厚的被子依旧全身发寒。吞咽了一下忽觉犯恶心，她掀开被子光脚就冲往洗手间吐了个天翻地覆。

一大早还未吃早饭，齐溪便去探望了恢复意识的父亲，病床上的他还远未恢复到行动自如的地步。苏醒也只是能转动眼珠子，所有表达基本靠眨眼，声带受损但幸好还能发声，只是声音含糊不清，且一发声就扯痛脸上严重烧伤的皮肤。

"爸？"她轻声唤他。

"唔……"

齐石良听见了齐溪的呼唤，睁开眼搜索了一会儿，在见到齐溪之后再也无法挪动半分，眼睛渐渐瞪大，目光直接且情感浓烈。

但他说不出来，喉咙里好像有开水在沸腾，只有咕噜咕噜的声响。齐石良费尽全力抬起手，他不顾疼痛，欲触碰眼前这个可怜的孩子。

他哼哼地发声，尽了全力，手也只是勉强抬高了一厘米。

齐溪看着父亲的眼睛，就像注视着深渊怪兽那般，她强压住爬上脊背的阴凉感，伸手想要回应。

这短暂的触碰竟然幻化成了梦中的怪物，齐溪只觉自己不孝，怎能因为父亲改变容貌产生别样的情绪。她怎能害怕辛苦养大她的父亲？

每每想到这儿，她就觉得自己可恨。

"补了会儿觉感觉好些了吗？"

两人吃早饭时，陆江吟关心地问道。但只是一抬头，陆江吟就知自己问了个了然于胸的问题。她的情绪未见好转，反而更显憔悴。

从医院回来，齐溪不知为何疲惫不堪，回到房间倒头又进入梦乡，这才有了那样一个梦。这场见面好像耗去了她所有的精力，总感觉哪里怪怪的，却又说不出个所以然来。

陆江吟看在眼里没有多说，见到清醒的齐伯父，他的第一反应也是惊恐。这种惊恐不是突如其来的，而是内心扎根许久快要被遗忘的深深的恐惧。蓦然间，他竟又联想到了顾一飞的眼睛。

不仅仅是他们，就连陪伴在齐伯父左右的齐叔也神色复杂，他脸上始终愁云密布，一旁的陆江吟看得真切。起火那天的疑问又浮现在了眼前，想问齐叔从齐石良卧室里发现的箱子去哪儿了？除了齐溪的小箱子，他打开另一个箱子查过，那里面竟连齐溪母亲的灵牌都没有，这不是很反常吗？

"挺好的。"齐溪声音纯净，喉头不适早就掩饰得分毫不露，她不想让陆江吟担心，也不想给他们家添麻烦，尽管她这个麻烦已经送进门了，"早餐都是蓝姨做的吗？"

陆江吟看她面色铁青，完全不像是"挺好的"的样子，但没有追问，只是说："粥是蓝姨煮的，包子什么的都是买的。这个鸡汤倒是蓝姨特地为你煮的，吃不下别的就多喝几口汤。"

"蓝姨，谢谢你。"齐溪转过头对身后的蓝姨道谢。

蓝姨憨憨地笑笑说："齐小姐不用谢我，我也是少爷吩咐才做的。少爷可是很心疼你啊，所以你要多吃一点。"

齐溪理所当然地以为蓝姨口中的少爷是陆江庭："嗯，等江庭哥哥回来我再好好谢谢他。"

"啊不……"

蓝姨想解释，但看到陆江吟对着她摇了摇头，便止住了话匣子，心领神会之后又上楼去打扫房间了，心想寡言少语的小少爷竟也这么会疼人，当着齐小姐的面原来这么会说话呢。

"等会儿我要出去一趟。"陆江吟提到接下来的安排，担心留齐溪一人在家便又问，"一起吗？"

齐溪打小就爱跟着陆江吟瞎晃，所以即使到了现在，不清楚他要去哪儿、要做什么，她也习惯性答应，冷不丁想起好久之前拉着个脸同自己保持距离的陆江吟。

"江吟，你为什么之前会刻意疏远我？真的是因为同学们开的玩笑吗？"

陈年往事多提不益，陆江吟心里顿时咯噔了一下。他手里这碗粥喝也不是，不喝也不是。当初为什么会做出那样的事来，他也想问自己。

"以后都不会了。再也不会了。"他不知该作何解释，但又诚恳万分地承诺，就连眼眸里的慵懒都被坚定所取代。

"哈哈，别那么认真嘛。"齐溪笑着调侃陆江吟严肃的脸，终于喝了口清淡香甜的粥，"我相信你，在这纷乱不平的世上，我最相信你。"

后面的话说得又轻又自然，陆江吟听到了心念一动，按住上翘的嘴角埋头喝粥。

少男少女喝粥的动作出奇地一致，美好的事物就是连背影都能拨人心弦。

夜色低垂催人入梦，收露的清晨又格外明亮，即使是同一条街巷，昼夜都有不同的景色。

齐溪坐在陆江吟自行车的后座上，想起了早上的梦，离开枕头时梦已经变得零碎。她努力拼凑更显诡谲惊悚，幸好阳光热烈，驱散了周身寒气。

陆江吟从没有骑车载过齐溪，平时虽有见过同学骑车载人，但隐约担心齐溪会摔下去。他平常骑车也比较随意，街巷乱窜，拐弯处突然冲出来总惹得行人一阵怒骂。

"坐稳了。"陆江吟叮嘱道，握住车把的手收紧了不少。

齐溪侧身坐着，为了维持身体平衡，她的手紧紧抓着坐垫下方的位置："可以出发了。"

于是陆江吟用力一踩车子轻松地出了陆公馆大门，感受不到两个人的重量，依旧像是自己一个人在道路上前进。他不自觉地放慢了速度，前方的小路长且直，两旁的树郁郁葱葱，比起昨日、前天都令人心驰向往。

"江吟，我要向你坦白一件事。"

耳边的风呼啸而过，身后齐溪的声音忽远忽近，但陆江吟听到了"坦白"这样的字眼，心跳陡然间加快。她要坦白什么？

"我不小心看到了你放在上衣口袋中的字条，它自己掉出来的，我没有乱摸你的衣服哦。我就是想问一问，你今天是不是要去巡捕房找叶超呀？找他是因为小一的事吗？"

陆江吟揪起的心松了下来，原来是要坦白这件事。他回答："嗯。但在去巡捕房之前要先去别的地方。"

齐溪心情沉重也就没有追问到底要去哪儿，微风和煦也带不走她的愁绪。她理不清自己究竟在愁什么，宅邸会修复好，父亲会康复，所有人都还在。

她什么都没有失去，所以她到底在担忧什么。

没一会儿，陆江吟就骑车来到了许景明家所在的小胡同里。可今日这条胡同特别不一样，外面停着好几辆车，看起来"热闹非凡"。

"江吟，你可来了！"

终于盼来陆江吟的谢罗华连忙跑上前，见到后座上的齐溪，又立马敛起了慌张的神色，主要是不想给齐溪增添多余的心理负担，他笑着同她打招呼。

齐溪下了车，也对着谢罗华报以一笑："我没事，谢谢你。"

谢罗华是个横竖都藏不住心事的人，什么都会写在脸上。齐溪八成是知晓了，所以对自己也毫不顾忌，想来她自己也知道，好事不出门，坏事传千里。

"别一来就谢我，我多不好意思。"谢罗华难为情又不知所措地挠挠头。

陆江吟将车停放在胡同口，离许景明家还有几步路的距离，便问谢罗华："发生什么事了？我看外面停了好几辆车。"

"出大事了！"谢罗华拉过陆江吟到一边，刻意避开齐溪，小声又焦急地说，"警察要把景明带走，说他涉嫌谋害白佳慧一家！"

谢罗华见陆江吟震惊不已，和自己刚听到警察质问许景明时的表情一模一样。一家人惨遭灭门这种骇人听闻的事他还是头一次遇见，嫌疑人居然还是自己的同学！

"我偷听到，白佳慧一家出事那天，刚好是我们几个人一起去凶宅的时候，那天许景明和我们在一起啊，哪有时间去杀人？再说了，他为什么要杀人啊？"

同一天？陆江吟一愣，回身看了眼站在那儿等着他的齐溪，瞬间各种疑虑涌上了心头，怎么会这么巧，所有事情好像都赶着在那一天发生一样？

"进去看看。"

陆江吟被内心的疑虑怂恿着，他想一探究竟，又不放心，只能拉上齐溪。

三个人结伴挤进许景明窄小的家门口，脚刚踏过门槛就被屋内的警员拦了下来。

"干什么？你们是谁？"

"我们是他的同学！许景明不可能杀人！他那天和我们在一起呢！他脚受伤了就是证据！"谢罗华一股脑地把知道的全部说了出来，这种迫不及待想要为许景明洗清嫌疑的心情，引起了屋内所有人的注意。

许景明瘸着脚探出上半身，见到陆江吟也来了，沉重的模样转为了惊讶。

"小朋友，一个劲地嚷嚷，只会让人觉得你所说的证据不过就是想帮你同学开脱的借口。"这时，挡在许景明跟前的穿着皮夹克的男人转过身来，径直朝谢罗华走来。他身材健硕、步履坚定，在靠近这三个闯入询问现场的孩子之后，他的目光锁定在了陆江吟身上。

陆江吟被对方看得皱起了眉头，但之后就意识到眼前这人应该就是自己马上要去找的对象。但谢罗华和齐溪不知道，两个人就像他的守护使者一般站到他跟前同高个男对峙。

"那你也不能无凭无据就把许景明带走。我们没有十足的把握证明许景明和谋杀案没有关系，但你们也没有确凿的证据证明他和谋杀案有关。我们大声嚷嚷只不过是因为你们人多势众，有些害怕想要壮壮胆而已。"

齐溪说的话正义凛然，又有些胆怯的可爱，一旁的警员都忍不住笑了笑。

谢罗华对齐溪更是刮目相看，没想到齐溪不仅长得好看，口才也不错。

"没事。"陆江吟也觉得好笑，自己怎么莫名其妙就被齐溪保护了？他顺手拉过她将她护在身后，直面高个男，正式自我介绍，"你好，叶探长，我是陆江吟。"

"呵，陆家小少爷果真是长大了。"

叶超笑着没有握住陆江吟伸过来的手，而是像他大哥一样摸了摸他的头，故意在他小伙伴面前挫挫他的锐气。就因为脾性如此，陆江庭也总说他老是一副较真的孩子气。

"走吧，嫌疑人和证人一个都别落下。"

算是"认亲"了，却没想叶超大手一挥，直接将送上门的陆江吟等人也一起带回了巡捕房。

陆江吟心想这下好了，省去骑自行车的力气，享受一下公车的感觉，正式开启巡捕房一日游，顺便还能了解那四个孩子的情况以及自己母亲的悬案，再加上白家命案，说起来一箭三雕。

可接踵而至的案件却令人十足胆战心惊。

作为嫌疑人的许景明原以为陆江吟认识叶超，庆幸自己可以免遭询问。因为他满脑子都是自己即将会被严刑逼供的场景，所以当叶探长找到他时，他怕得连一句话也不敢说。

这会儿家里的长辈都在外干活，父亲上个月辞去了旧工作，想找车夫的活干，可是身子骨不怎么硬朗，体力活明显不合适。为了维持家用，父亲大概现在都还在外奔波，要是被家里人知道自己扯上了这样荒唐的事，这日子要怎么过下去？

然而，这些即将到来的麻烦，怎么也比不上佳慧已死这个事实给他带来的恐惧。

第三章

我介意

（一）

白家小宅子门前的两根白石柱子一尘不染，供人拾级而登的台阶平日里打扫得干干净净，连一片枯叶也不曾有，彼时却被带着水渍污泥的黑色脚印弄得脏乱一片，同白到发光的石柱形成鲜明对比。脚印清晰可辨，一步一步慢慢地靠近白家大门。

先来开门的是白余毅，他叼着友人送的雪茄，傲慢不可一世。见来人眉眼低顺，卑微到蝼蚁都不如，他自然是流露出不屑，明目张胆毫不遮掩。

引人进屋却不招呼人坐下，白夫人从楼上下来，脸上涂脂抹粉艳丽非常。她摆弄着刚买来的貂皮披肩，心内甚是欢喜。

白家用人小茹正好回乡办事，白余毅和夫人便互相斟茶，吹嘘着今日的所作所为。被无视的人就像是不存在，隐藏的危险就这样一触即发。

血光之灾突然降临，没人来得及离开，亦没人来得及呼救。白余毅是第一个被害的，脖子上汩汩的鲜血浸染了他还未换下的黑色西装，里面的衬衣已分辨不出颜色，皮肉分离，内里的骨头清晰可辨，一颗好好的头颅被砍得差点同脖子分了家。

他死在了茶几脚边。

白夫人大概是想逃离，可是她没有往大门的方向跑，或许是凶手挡在房门口，又或许是白夫人想要上楼提醒不知情的女儿白佳慧快逃。总之，一切没有如她愿。凶手应该是个男人，他动作迅速地一把揪住了白夫人的披肩，甩到了身后的地上。

凶手抬起握有凶器的手往白夫人身上落去，一点也没有犹豫。白夫人倒在了通往二楼的楼梯上，淋漓的鲜血溅得到处都是，精致的妆容也被深得发黑的血覆盖，死不瞑目。

最后是白佳慧……

陆江吟在叶超询问许景明和谢罗华的间隙，翻阅了他办公桌上的案卷以及夹在里面的几张案发现场照片，根据看到的内容，他尝试着在脑海里还原案发时的情景。

"喂——"

叶探长刚询问完许景明的时间证人谢罗华，回头想要询问另外两位，却见陆江吟埋头在他放在办公桌上的案卷中，不经人同意就随意翻看。见状，他欲扬声阻止，上前一步却被陪同而来的女生齐溪拦住了，她张开双臂一脸凛然。

"小丫头你干吗呢？"叶超有些好笑，双手叉腰同她对视。

齐溪知道陆江吟在翻阅案子的具体情况，她一直没吭声打扰，想让他多看一会儿。可能是出于一种直觉，她深信陆江吟可以找到答案。

"那个……我第一次见到像您这样智勇双全、善良可靠、待人宽容的探长，长得好看还骁勇善战！简直万里挑一！看在您自己这么优秀的份上，您能让他多看一会儿吗？江吟他可聪明了，没准能帮你破案呢。"

"我说有你这么夸人的吗？"叶超挑眉，语气忽而一变，"夸得还怪让人舒服的，来来来，多夸夸我，这高帽我喜欢戴！"

齐溪干笑一声，绞尽脑汁地搜索形容词，一眼就看到他别在身上的手枪，心里一咯噔。她可是头一次这么近距离地见到这种危险的玩意，不知道重不重，拿在手里是什么触感。

"您拿枪的样子一定超级英勇！"齐溪竖起了两个大拇指，表情无比坚定。

叶超一直在观察靠着桌沿一丝不苟看案卷的陆江吟，不得不说两兄弟长得还是有点像的，但在他看来，还是陆江庭的长相更平易近人。这个弟弟面无表情的时候可是有点凶啊，小时候明明肉嘟嘟可爱得很，怎么变成现在这个样子了？

事实上，有关原因他也心知肚明，虽然陆江庭曾经和他提过，但毕竟没有深入细聊。陆家夫人被害至今未抓到凶手，为了好友，他有试着再次进行调查，但刚开始总是很难。

"你是不是……"叶超想到了一些沉重的事儿，为了转换心情他忽而弯腰凑近齐溪狡黠一笑道，"喜欢那小子？"

齐溪的心蓦地一紧，身子条件反射地往后一仰，正好被上前来的陆江吟伸手拦腰护住。出于担心而自然形成的保护动作一气呵成，但横在腰后的手并未触碰到齐溪半分。陆江吟见齐溪自己站稳之后便不动声色地将手收回。

"看完了吗？"齐溪欣喜，觉得自己为他争取了不少时间。

陆江吟点头："嗯。"

叶超倒是把陆江吟的所为尽收眼底，小丫头不知情，他也懒得讲，两个小年轻的事他才不要掺和。眼下这起灭门案是他的重中之重，上头施压让他尽快破案。如果陆江吟能有所发现，他又何必阻拦，多个人想办法总比巡捕房的人都没辙要来得好。

"凶手不是景明。"陆江吟开口就给出了这样的结论，"解剖报告说白家一家三口的死亡时间在晚上九点到十点。三个人的死亡顺序白余毅排第一，其次是白夫人，最后是白佳慧。许景明去凶宅探险致使脚扭伤是晚上七点十分，他去完医院回家是八点钟。如果他脚伤的前提不成立，那么他就有可能是嫌犯。"

叶超略微惊喜地看着他，随即附和他："假设他脚伤是假，那么他从家里前往白宅所需的时间正好可以完成一场谋杀。他有足够的作案时间。"

"是。"陆江吟不紧不慢地将现场的照片放到叶超跟前，镇定地说，"出现在白家的这双脚印目测大小为四十二码，鞋印完整且步伐整齐有力。这不是一个扭伤脚的人留下的痕迹，重要的是，许景明鞋码只有四十。"

这个结论叶超一眼便知，不需要陆江吟再多说一遍。他故意刁难道："行凶人只留下一串脚印，并没有其他线索。可见其人狡猾，恐怕是有心想杀那一家三口。"

他对陆江庭的弟弟抱着没有缘由的超高期待，固执地认为陆江吟不应该只有这么点本事。这种"固执"大概来自于陆江庭，得空就和他炫耀自己家的弟弟有过人之处。

"倘若一切是他计划的，那么在杀人之前去凶宅实在是百害而无一利。时间证人提供的时间并不能为他开脱嫌疑，节外生枝的脚伤又会阻碍他的行动，就算他聪明到能想到小脚穿大鞋，也无法留下整齐完整的脚印。他没必要冒这样的险去完成谋杀，看起来实在是愚笨得很。而且白余毅身形比景明高大，一对一景明或许不是他的对手，短时间内杀光他全家实在有些勉强。再者如果真是景明干的，那么凶器又在哪儿？"

陆江吟读出了叶超内心的怀疑与试探，他没有因此退缩。在有限的线索之下，他能得出的只有这些，但足以反驳叶超："你们怀疑景明，那他的杀人动机是什么？"

身为同学，陆江吟也甚少同许景明来往，两人兴趣截然不同。私下许景明更偏爱写写故事，必须承认他有写作才华，学校板报基本上都是他承包的。所以当他听到谢罗华说许景明也要参加试胆活动的时候，他也有些意外。

正因为如此，许景明的杀人动机也难以捉摸。一个向来文质彬彬的人大肆屠杀实在无法想象，以陆江吟自己的角度来看，表面上两家人之间根本毫无关联，许家贫穷，白家富裕。

唯一有关联的就是白佳慧，她和许景明年龄相仿，两人或许有交集也说不准。想到这儿，他看了眼身边认真听他说话的齐溪，忽然意识到某种可能性。

叶超听他终于问到了点子上，心里莫名松了口气。但他没有立即做出回答，思忖着这小子思路倒是清晰。但他们双方现在的说辞就如同齐溪在许景明家门口所说的一样，都是片面之词。

这时，一直认认真真听着陆江吟分析的齐溪收敛了崇拜的神色，悄声对他说："我也只是听李爱瑶说起过，许景明和白佳慧放学后会一起回家，偶尔还能看到两人一起逛街。杀人动机什么的我不懂，但可以将两人的关系作为突破口。我想这个探长之所以找许景明，应该是知道了他们之间的关系。"

果然，陆江吟的猜想被验证了。

"你说这么大声我都听到了。"叶超不耐烦地用小指挖了挖耳朵，他没有将许景明和白佳慧的关系告诉陆江吟，就是想知道这些孩子能不能提供点新的线索。

齐溪尴尬地别过脸，看到了谢罗华扶着脸色苍白的许景明朝他们走来。许景明恍恍惚惚的没个人样儿，连带着一旁开朗的谢罗华都阴沉不少。

叶超拉住想走的陆江吟说："如果想到了什么，或者发现了什么，随时来找我。"

"嗯。"

陆江吟将叶超这话当作了查案的特权，于是露出了点喜上眉梢的样子。他犹豫了一下又问叶超："这两个月发生的三起流浪儿溺水事件，我觉得并不是单纯意外这么简单。"

叶超瞬间拉过他的领口，警惕地命令他噤声，之后凑近他耳旁低语："此案正在进一步调查，暂且不要声张。如果你不小心发现了什么，不要莽撞，注意安全，第一时间通知我。"

"你先松开我。"陆江吟本就不太喜欢和别人过分接触，偏偏叶超个头又比他高了一点点，反抗也不是对方的对手，只能好声好气地求松手。

叶超放开他，还粗鲁地替他拍了拍胸前被他揪皱的领子，随口提醒他："你大哥想着法子保护你，不让你再接触过往的事物。但我不一样，男子汉大丈夫没有过不了的坎。你明白我说的话吗？"

陆江吟微微蹙眉，这话似乎另有所指。凝眉想了半天，他压着嗓子问了句："你知道小一母亲的死和我母亲的死之间的关联吗？你查到什么了？"

"小少爷别激动。来来来，先把你的手从我衣服上拿开。"叶超摇头，才提醒完他就这个样子，他抚平自己的衣袖，再次劝诫道，"想要破案就要沉得住气，你不置身事外就看不清迷局。"

陆江吟情绪波动得厉害，他收回的手都在隐隐颤抖。置身事外说得简单，那可是他的母亲！可令人丧气的是，叶超说的是对的。

"我没有杀人，佳慧不是我杀的！我不可能杀她！我怎么会杀她……我们之间还有十年约定，我怎么可能……我怎么会呢？"

许景明突然崩溃，他在叶超面前的忐忑、神经紧绷这会儿演变成了强烈的后怕。因为他见到了佳慧被杀后倒在血泊里的样子，虽然那只是一张照片，但定格在小方格中的脸却弥漫着他从未见过的凄惨不甘。这不是他认识的白佳慧，不是他喜欢的白佳慧。

"陆江吟，我没有杀人，我真的没有！"他将嘶吼求救对象换成了陆江吟，可能是出于自救的本能，又或许是他真心认为能够听他这嫌疑人说话的只有陆江吟了。

谢罗华没法看自己同学这副样子，忙安慰他说："我信你，我相信你一定不会做出这样伤天害理的事来！他们一定会查出真相还你清白的！"

小孩子间的安慰在叶超听来软绵无力，平时和善之人也有可能被激怒做出反常举动。他们再年轻也会犯错。他仍对许景明持有怀疑，可惜暂时没有确凿证据。

"行了，行了，别在我这儿演苦情戏。我自始至终都没说你是凶手，但如果你真的不打自招倒也能节省我们很多人力物力财力，本来巡捕房人手就不够，案子还多。"

"先回家吧。"陆江吟不理会叶超的玩笑话，波澜不惊地说着。他没有给许景明安慰，也没有给许景明期待的回答。他不愿意做出还未有定论的承诺。

几个人离开巡捕房的时候，叶超还叮嘱许景明近期不要出远门，案子有进展会随时来找他。

许景明没有搭腔，他终于确信佳慧惨死的事实。

离巡捕房十步远的距离，他扶着墙蹲下身放声痛哭。

（二）

不过十几岁的年纪，许下的十年之约算起来也不过是二十几岁的时候。明明指日可待，如今却遥遥无期。"意外"抢先了一步，而且还是这样无法挽回的意外。

白余毅白手起家，同行竞争激烈，可他还是杀出了一片天，在上海站稳了脚跟。白佳慧自出生以来就锦衣玉食，自幼出入各种场合，见惯了很多大人的面孔，虚伪、阴暗和算计，都如同一张张面具，同脸孔严丝合缝地紧贴着。

腻烦了这些无聊的人之后，白佳慧遇见了许景明。

两人相见的那一刻就如电影里的情节，一眼定了终身。

女校和男校只隔着一条街，女生的骄矜让她们无法做出一星半点出格的事来。保守的思想还是禁锢着她们，但比以前又好太多了，她们开始敢于同男生争辩，谈论未来民主的发展。

他们组织了很多次活动，每次人都很多，他们偷偷地牵手，那一抹拼命想要隐藏的笑意确确实实地漾在嘴角，可大家都在笑，无人发现他们的甜蜜。

这样的交往持续了一段时间，他们的关系很快就被白家人发现了。白余毅和他夫人都尖酸刻薄，似乎有钱人就该扮演这样的角色。他们将世上所有难听的话都说与了许景明听，他们当着佳慧的面藐视许景明，轻视他的才华。穷人的一切在他们眼里一文不值。

"也就是说你当日去白家，被发现之后同他们吵了一架？时间正好是去凶宅的前一天？"陆江吟可算是在许景明断断续续的痛苦的陈述中捋清了时间顺序，"报案的用人小茹在案发当天正好回乡办事，次日回来发现一家死于非命随即报案。我猜是小茹告诉叶探长，你去过他们家的事实吧。"

许景明没有点头也没有摇头，即算是默认。事实上，但凡问一句"最近有谁和白家结仇或者有过冲突"，矛头都会指向他，他可是被白家一家人都当作笑话的。

是，在那一刻他觉得白佳慧也在笑话他的无用。

许景明家是矮小的小平房，拢共就只有三间房，一间父母用，一间他用，剩下那一间则是他们现在坐着的地方，算不上是客厅，因为他们吃饭也在这里。

谢罗华甚少和别人比较家境，但瞅着这地儿，竟然觉得自己家那逢雨就漏水的房子还算过得去。这心理安慰来得巧妙，他觉得自己这么想有点不正直，随即晃了晃脑袋。

他一晃脑袋连带着身子都抖了抖，双手试着撑在身后抵着的小柜子上，却不想摆放在上面的东西咣当滑落在地。

谢罗华惊慌失措地弯腰拾起，这个节骨眼上发出这种荒唐的声音来实在是讨打。

坐在椅子上的齐溪也连忙站起身帮他捡东西，两人神色都有些不自然，捡完东西之后各自无言。好像现在只有陆江吟说话不会觉得突兀，除此之外任何人开口都像是往许景明伤口上撒盐。

"这面锣干吗用的？"齐溪小声问谢罗华，有些没话找话。那个位置一离开就没有再坐回去的勇气了，面对白佳慧的死亡，她的悲痛不及许景明的万分之一，相较之下她的同情又毫无用处。

谢罗华瞅了眼他们捡回来的那面锣，摇头道："我读书差，没什么脑子分析这种事。你等会儿问江吟，他肯定知道。"

"我不要问他，会显得自己特别笨。"

"那倒也是。"

柜边事不关己的两个人悄声聊起了不值得实质性探讨的话题来，但这些声音已经被许景明全都隔离在外了，他满脑子嗡嗡作响，恍惚间都记不起白佳慧的相貌来了。

"之后你就离开了吗？"陆江吟自然地接着问，不管多么平凡的事都需要进行了解，或许都会成为特殊事件里的关键。

许景明摇头。

当日被佳慧父母羞辱人穷志短——光靠一支笔能写出什么来？会变出钱来吗？

大人的质问总是和现实挂钩，钱是每个人都需要解决的问题，这对还远不能独立的许景明而言无疑就是咄咄逼人。

"……佳慧拉我上楼，反锁住门。她先是哭了一会儿，我不知道她为什么哭。生下来第一次被骂那么难听的话，我都没哭，她为什么要哭？"说着，许景明的悲恸又涌上心头，他强忍住反复发红的眼眶里的泪水，继续说，"她从抽屉里拿出了一些钱给我，说是她私藏的。我家穷，可能无法供我上大学，她知道。在她看来能选择的只有两条路，要么念大学，要么及早做生意。"

陆江吟轻声叹息，感慨白佳慧的用心良苦。她大概是真的想和许景明共度一生，拿出了那点钱就和下赌注一般。

"那你拿了吗？"

许景明沉默地点头。他不知道白佳慧给了他多少钱，那里在丝帕中的钱的数量到底是多少，他至今没有打开来看过。那一晚回来的路上，男孩无用的自尊心发作，他甚至想扔掉这钱，扔掉这"施舍"，但扔掉就等同于结束和白佳慧的关系，他不甘心，他不舍得。

"能让我看看吗？"

"在我房间桌子的第一格抽屉中。"

陆江吟点头起身绕到他的房中打开抽屉，一眼就看到了那团粉色丝帕。小女生都爱这种颜色，爱这种让自己更愉悦的颜色。

他小心地拆开看到了里面的钱物，单凭肉眼这么看，这些钱似乎都够办房产了。白佳慧是不是从家里偷拿钱了，就和自己当初去桥洞分发给满伯他们一样？

有这样的困惑也属正常，白佳慧再怎么私藏钱也不可能藏这么多。陆江吟摇头将钱和丝帕好好放了回去，放下去的时候意外在纸币中发现了夹在里头，只露出一点点的纸片。

它折叠得很好，若不眼尖很难被发现。

"景明，这是你同学啊？"

他刚想拿起仔细看，就听到外面许景明爸爸回来的声音，声音有些许苍老，也透露出疲乏。

陆江吟将抽屉推回，出了房门，同许景明爸爸打招呼。

"也不知道给同学泡茶喝。"许爸爸好像忘了自己儿子脚扭伤，一回来就责怪他。

许景明坐在那儿沉闷地低着头，一言不发。谢罗华和齐溪更加不知所措了，两人齐刷刷地摆手说"不渴、不饿、不用招呼"。

"现在工作真难找啊。"许爸爸的年纪和他们父母都一样，可皱纹却早已爬上了他的额头、眼角，他被生活摧残得迅速老去，"景明，你要好好念书啊，好好向这些同学学习。"

"佳慧死了！"许景明突然拍桌爆发，他声嘶力竭地冲自己的父亲喊，"佳慧死了！就因为我穷，我没有钱！我给不起她想要的生活！念书真的会好吗，爸？我都快念不起书了！这令人恶心的日子到底什么时候会结束？为什么，为什么只有我们家过这样的日子？为什么？"

见儿子喊得青筋暴起，许爸爸一脸错愕，佳慧是谁他不知道，为什么死了他也不知道，就连儿子为什么会这样他也不知道。

"景明！"谢罗华一把摁住许景明颤抖的肩。这和那会儿的流泪有所不同，现在的许景明的泪水充满了不甘与愤怒，他不知道在恼什么，或许恼的是他自己才越发觉得悲哀吧。

三个人已经不知道该如何安抚许景明，只能将他扶回自己屋待着。

告别时，齐溪怕许景明的父亲多想，便也说了几句安慰的话，大抵上就是"许景明一个很要好的朋友突然过世，所以情绪激动"这一类和真实情况没什么出入的内容。

许爸爸听后似懂非懂地点头，站在自家门口送他们，眼神里还是有很多不解。

"哎，你说景明脚受伤到底是福还是祸啊？"谢罗华双手叠放在脑后，仰头叹气，"那一天怎么就发生了那么多事呢？景明脚伤、白家灭门、齐家失火……呃，齐溪那个，我不是……"

话说多错多，谢罗华恨不得抽自己一个嘴巴子。

齐溪神色忽而凝重，和陆江吟出门在外甚至都快忘了自己家中的遭遇了，谢罗华一提，那种感觉突然爬上了脊背，阴冷瘆人。

"好了，就在这儿分开吧。"陆江吟扶着自行车，站在胡同口同谢罗华说，"我就不送你了，到家之后去邻居家借电话往我家拨一个。"

"好好好，一定如实并且及时向你汇报！"谢罗华又开始要宝，嬉笑了一番后拔腿就跑，大概是害怕惹齐溪不高兴会有什么可怕的后果，但心里却还想着谷雨那一天，发生这么多事都是天意吗？

胡同口只剩下陆江吟和齐溪二人，陆江吟看向齐溪："上来。"

齐溪走过去，无精打采地坐在后座上，不知道爸爸现在怎么样？是不是好一点了？他如果好一点，自己心里会不会好受些？

"我饿了，一起去吃点东西吧。"陆江吟提议道。

齐溪轻轻点头："好。"

陆江吟跨上车稳稳当当地往前骑，才至中午却好似度过了漫长的一个世纪。

尽管严格说起来好些事情并非发生在他的身上，却又与他有着千丝万缕的关系。在这个时代里，没人可以独善其身。

后座上的齐溪安静得出奇，提到家中失火时她便神色不对了，陆江吟揣摩不出她的真实心境，但经历过才知其中可怕。

"齐溪……"

他迎着春风唤了声她的名字，想要转移一下她的注意力。可他还没有说点什么，就感到她轻轻地靠在了自己的背上。那弓着的背因为突然的亲近变得僵硬，不知所措。

"有点困了。"

齐溪脸贴着陆江吟的背，压抑了一上午的烦闷这会儿也难以发泄。她原本要说的是"我想回家"，可是她的家……说出来有些矫情，还是算了吧。

别人的苦难终究是别人的，自己的厄运则要自己面对。比起别人，齐溪又觉得自己是幸运的，至少她身边还有个陆江吟，她无论如何都不会孤立无援。

从前抱着一切随缘的心态，不去在意身边的人去或者留，现在想来是自己天真了。

如果离了陆江吟，她还会像现在这样吗？

"无论如何"这几个字就像是一块免死金牌，因为有陆江吟，她有恃无恐。

"到了。"

胡思乱想间，陆江吟已经带她到了一处热闹的地方。这地方齐溪不曾来过，所以陌生得很。

下了车，她信步在喧哗吵闹的行人中，回头不解地看着陆江吟。

"记得我们小时候，第一次上学哭着喊着不愿去时，我妈妈说的话吗？"陆江吟走到她身侧，伸手轻轻地拉了她一把，刚好侧身让推着平板车的老伯从旁而过。

齐溪见他提起母亲时的神色变了变，不似河岸边那会儿的悲愤，也不是面对叶超时的急切，这会儿他刻意将愁苦抛之脑后。

"她给我们煮了鸡蛋面，说乖乖地吃饱了就不想家。"齐溪答。她也不知道为什么年幼之事竟然还记得如此清楚，其他学校的趣事几乎忘得一干二净。

"嗯。"陆江吟笑了笑，看向弄堂里生意兴隆的小面馆对齐溪说，"带你去吃。"

齐溪望向不远处的"阿辛面馆"，明白了陆江吟的用意，她真的是所有遭遇不幸之中最为幸运的人了。有些话哪怕她没有说出口，陆江吟也都懂。

"老板，两碗面。给她多加一个鸡蛋。"

"我吃不了两个。"

齐溪总觉得自己胃口小，拒绝不了想着实在没办法再给他吃就行。

"区区两个鸡蛋。"陆江吟给她递了筷子，轻描淡写道，"去年秋天你可是一口气吃了十几个小红薯，我和大哥可都听齐叔讲了。"

"你……"齐溪脸一下子就红了，入秋闲来无事在家多吃几个红薯怎么了，那小红薯确实好吃嘛，家里也没人和她抢，只能不停地吃了啊，"我不多吃，小红薯坏了多浪费啊。"

陆江吟对她的反驳报以灿烂一笑："嗯，所以鸡蛋也多吃，不然浪费。"

"小茹，两碗面，那边桌的客人！"

正值饭点，老板忙着煮面条，吩咐自己的妹妹帮忙打下手。说来也巧，前几天刚好走了一个伙计，妹妹上一份工作又遇上了点麻烦，暂时来投奔她。

"来，您的面。"小茹系着围裙，声音响亮清脆，干活麻利。她好好地将两碗面放到陆江吟和齐溪跟前，牢记着多加个鸡蛋的是这个漂亮小姑娘的，还叮嘱对方"多吃点"。

她笑容可掬，一下就拉近了同陌生人的距离。齐溪也点头微笑，好像没什么事情是不能用微笑解决的，无法用言语表达时，简单地笑笑也足够。

"你干吗？"齐溪怪好笑地在陆江吟眼前挥了挥手，"干吗一直盯着那人看啊？真是看不出来啊江吟，你喜欢年龄大点的姐姐！"

陆江吟本在思考问题，却被齐溪一开玩笑连想什么都忘了。他瞪了眼不正经的齐溪，差点脱口而出一句"你才喜欢年龄大的"，但到嘴边才陡然间意识到这话不能乱说。

年龄大一点的姐姐不行，哥哥也不行。

"江吟，她叫小茹。"齐溪多瞧了几眼热情洋溢的小茹，忽然联想到了白宅的用人，她压低声音提醒陆江吟，"是不是就是……"

"所以我才看她。"陆江吟强行替自己解释了一番。

齐溪对陆江吟的敏锐感到不可思议又极度佩服,他怎么什么事都能第一时间注意到呢?

报案的人是小茹,第一个进入现场的人也是小茹,提出许景明有作案动机的也是她。

"姐姐!"齐溪忽然招呼小茹过来,换了一个哀戚苦楚的表情对她说,"能再给我加一个鸡蛋吗?我今天太伤心了,才知道自己的同学过世了,我连她最后一面都没有见着……"

突如其来的倾诉让小茹一愣,她打量了下齐溪和陆江吟,这两人的年纪都不大,莫不是……

这时候,陆江吟顺水推舟道了一句:"你别太难过,佳慧不想别人为她伤心流泪。"

"你们,你们是白小姐的同学?"

（三）

白家用人小茹得知陆江吟和齐溪的身份显得有些激动,眼里闪烁着的光,似乎是终于找到了倾吐对象,她很兴奋。这种兴奋里没有悲痛与哀悼,只有迫不及待的分享。

小茹干脆放下手中的活,交代自己的姐姐阿辛给这两个孩子免单,不仅如此,又多给他们两人加了鸡蛋。完成这一切,她安心地坐在他们中间,不等他们开口问就先说了。

"哎,他们一死,这世上高兴的人不知道有多少。我一个下人也不喜欢在背后嚼舌根,但白家真的……说起来只有白小姐还算心肠好。你们是她的同学,也知道大小姐总归也是任性,自己认定的事情别人讲什么都不听。不过还是那句话,比起先生和夫人,她真的好太多了。

"我只是回了趟家,怎么白家就遇到了这样的事情?同学你说说如果我在的话……哎,我在也没有用。没准现在也和小姐夫人他们一样喽。到底是谁这么狠心要赶尽杀绝?我真的是……"

说到无法继续的地方，小茹象征性地露出难过的样子来，伤心并不假，只是略微刻意。她一开始讲述定下的调子便不是哀悼，而是抱怨。

齐溪侧耳倾听着，其间悄悄看了眼陆江吟。在小茹众多直接或者间接的"埋怨"话语中，他自始至终都只有一个表情，漠然或淡然，纵使冷淡，也无法让倾吐的人停下发牢骚。

许是陆江吟有某种潜藏的能力，人们总是通过只言片语就放下所有戒心去信任他。齐溪很羡慕，羡慕的同时又暗笑自己身在其中。

"怎么了？"

大概是无意识地看了陆江吟太久，被他注意到了。他没有打断小茹说话，而是在她垂头叹息的瞬间用口型同齐溪交流。

齐溪浅笑着摇摇头，摆手告诉他不用理会自己。

"你耳朵怎么受伤的？"陆江吟等小茹暂时止住话语，盯着她红肿发脓的耳朵问，"四月了，应该不是冻疮，看着像是被强行拽下耳坠造成的。"

小茹干笑了一声，有丝丝惊慌地抬手捂住自己右侧的耳朵，身子顺势地转向了齐溪。袖子下滑，露出了微胖的手臂，她又失措地提上。

"干活的人难免磕磕碰碰的，这耳朵啊就是被姐姐的孩子弄伤的，小孩子嘛不懂事！两位同学还想吃点什么？面还够不够，不够的话我再给你们添！"

"够了，谢谢你。"

别说陆江吟了，就连齐溪都听得出小茹已经急着想走了。

小茹站起身朝他们点点头，继续忙活去了。

陆江吟的神情总算是有了异样，他压低声音对齐溪道："白家的事她应该有所隐瞒。"

齐溪表示赞同，紧接着说："你看到她小臂上的瘀伤了吗？"

"嗯。"陆江吟看到了，那些掐痕像是防御时产生的，"吃面吧，晚些时候我们要去一趟白宅。"

"晚些时候是指晚上吗？"齐溪有些战战兢兢地提问。

陆江吟大口大口地吃面，咀嚼吞咽之后道："有我在，不用怕。"

六个字就"打发"了齐溪，这瞬间就猜透她的陆江吟真的一点都不可爱，又相当可靠。

齐溪不好说什么，离了陆江吟，她一个人连夜游也做不到，现在连案发现场都敢闯了。

"我们两个人还不行，"陆江吟的面已经见底，汤水也没有放过，一饮而尽，看样子是真的饿了，"需要一个望风的。"

"什么？"谢罗华双手摊开，抵触至极地站在月光之下，面对着白宅扑面而来的诡异感，他表示一万个拒绝，"把我骗到这里来是想害死我吧？我把风？风把我还差不多！"

陆江吟虽然心里觉得这样做不太厚道，但眼下没有第二个选择。

他坦诚相告："你是唯一的选择，这忙你非帮不可。"

月光清冷，谢罗华缩着双手表情极度不明朗，可在听到陆江吟胜似讨好的"唯一选择"之后，顿时喜上眉梢。他故意矫情道："那我也不干，下次进巡捕房出不来怎么办？我爸妈可只有我这一个儿子！你说你俩好好放着小姐、少爷不做，学人家叶探长查案做什么？"

陆江吟不吭声，一边的齐溪上前一步同谢罗华面对面："我知道爱瑶喜欢什么样的男生，她的喜好我也非常清楚。听说最近往她家里打电话的男生也多起来了，毕竟我们爱瑶也是人见人爱。"

"行了，你俩赶紧进去，这儿有我！"谢罗华突然娇羞地脸红，不知道陆江吟什么时候把自己只提到一次李爱瑶的事情告诉了齐溪，他忍不住推了陆江吟一把，不甘心地碎碎念，"不就是放心不下齐溪拉我凑数呗，还扯什么唯一的选择……"

陆江吟被他的嘀咕呛得回不了话，看向齐溪见她也不太好意思地耸肩，那样子像是没办法才把谢罗华的心事公布于众一样觉得万分抱歉。

"那个什么，齐溪你可要对我负责哦。"在他们进去之前，谢罗华难为情地说，"我本来是不抱希望的，但听你这么讲我好像还能搏一把。"

"她为什么要对你负责？"陆江吟拧起眉头反问，怎么还没完没了了。

谢罗华一怔，赶忙恭敬地伸手送他们进门："好好好，你俩继续。"

齐溪的笑容灿烂可爱："我会记心上的，回学校就帮你问问。"

"还是齐溪仗义！"

陆江吟忽然就落了个"行事不仗义"的骂名，他也懒得辩驳，还是提醒了谢罗华一句"注意安全"之后才领着齐溪往大门走去。谢罗华倒是不怎么领情，不耐烦地摆手让他们速战速决。

好哄的人总是特别有趣，齐溪在进白宅之前的紧张感消失殆尽，多亏了乐观开朗的谢罗华，多亏了勇敢无畏的陆江吟。尽管她完全可以拒绝这场"冒险"，但不跟着陆江吟她要去哪儿？医院里的父亲，她无时无刻不在做心理准备，可上万遍的准备她还是会在见面的那一刻溃不成军。

"这大门是上锁的。"齐溪抓住门把推了一下，顿时愣住了。她惊讶的并不是门锁的事实，而是陆江吟肯定知道这门是锁的，不应该毫无准备。

齐溪转头，找了一圈，才发现蹲下身打着手电不停观察台阶的陆江吟，便也跨下台阶蹲下身询问："发现什么了？"

一束光圈的范围内能看到的东西不多，只能慢慢移动，细心寻找。

　　"从现场照片看，台阶上有留下明显的脚印。我比对了一下，和照片上目测的脚印大小一致。"陆江吟伸手丈量了一下那个黑色泛浅的脚印，随后交代了一番自己在看案卷时脑海里还原的画面。

　　齐溪惊讶得微张嘴巴："凶手家境不好这你也看出来了？"近似于无稽之谈，陆江吟的这番结论她不是不相信，而是觉得过于神奇。

　　"简单。"陆江吟仍旧盯着台阶一寸寸地搜看，平静地解答齐溪的困惑，"当时茶几上只有两个杯子，其中一个杯子上有白夫人的唇印。来者是客，他们没有为拜访的人倒茶，可见白家并不待见此人。而且那双脚印自始至终都保持着非常卑微的距离……换个角度讲，就算来的人是有钱人，他之前到了布满湿泥的地方，回来之后也会尽快清洗干净，拜访他人自然也不会这么不体面，到处留下脏兮兮的脚印。而且案卷上写屋内的脚印稍干净些，但还发现了黏在其中的断草，甚至是——"

　　他忽而翘起了一边的嘴角，伸手问齐溪要了一块随身携带的绢帕。然后他用绢帕代替手指拾起了台阶上被人忽略的东西。

　　齐溪目不转睛地盯着看他举起来的手，再次不解："鱼鳞？"

　　叶探长在破案之前封了这儿，白家出事之后这里一切保留原貌。陆江吟左右打量着这片沾着干燥泥土的鱼鳞，寻思着某一种可能。

　　"你们怎么还在门口磨蹭？"

　　谢罗华本来背对着他们谨慎地望风，漫不经心地晃了下脑袋发现他俩竟然连门都没推开，顿时觉得自己认真过头："陆少，你能不能带着你媳妇速战速决？这里真的太吓人了，仅次于七十三号。"

陆江吟收好绢帕起身，望着月光下孤零零坚守的谢罗华略感抱歉，但是他刚刚说的话真的很想让人把他再度扔进七十三号宅子试炼胆量。

　　"不然你和江吟进去吧，我在门口守着。"齐溪大概也觉得"你媳妇"三个字有点招架不住，玩笑话听了一百遍也深觉难为情，她说完下意识地朝谢罗华走去。

　　陆江吟闷声叹气，伸出手在半空中犹豫了一会儿还是拉住了齐溪："你一个人在外面还不如先回家休息，与其在家一个人胡思乱想不如跟着我进去。"

　　"你这么坚持让我跟进去不会是想捉弄我吧？"齐溪眉头一皱，忽然觉得事情没这么简单，自己跟着多半是累赘，脑子虽然不笨但绝对比不过陆江吟，他如此坚持不懈，肯定有诈，毕竟诸如此类的事情小时候就不计其数，"我不要。谢罗华要是不介意我就和他替换。"

　　"他介不介意我不清楚，反正我肯定介意，介意到没准半夜会撬你房门。"

　　"你，你这是乘人之危！非君子所为！"

　　"进去吗？"

　　"进就进！"

　　谢罗华有点听不懂他俩莫名其妙展开的对话，但是仔细一琢磨顿时觉得陆江吟手段高明，骗小姑娘和他出入危险的地方居然还能用激将法？实在是太不怜香惜玉了，这事要是发生在自己身上，自己绝对不会让李爱瑶进这种晦气的地方。

　　"咦，我怎么好端端想到了李爱瑶？"谢罗华羞涩地自嘲，摸了摸自己的后脑勺后双手叉腰面带微笑，好像在月光下等候情人一般浪漫，什么把风早就抛之脑后了。

　　齐溪确定大门是锁的，也确定陆江吟不会带着她大晚上踹门或者翻墙，所以随口问了句："你该不是还顺手偷了钥匙吧？"

"叶探长把钥匙夹在案卷中，我翻看的时候怕弄丢了，就暂时放进兜里保管。"陆江吟一边平静地纠正，一边还真的掏出了白家大门的钥匙。

"哎，要是被叶探长知道了你可怎么办？"齐溪愁眉苦脸地看着他磊落地用钥匙开门，第一反应就是替他担心。

陆江吟漫不经心道："你可以替我求情。"

"我可是你'同伙'，泥菩萨过江，你还让我求情？"

"嗯。"咔嗒一声，大门打开。陆江吟收起钥匙，一反往常说了句，"无论你做什么大家都会原谅你，毕竟这世上找不出第二个比你好看的。"

齐溪抬手就打了陆江吟一下："我知道我好看！"

陆江吟看着她笑笑，没有再继续这个话题，一只脚已然踩进了黑暗操控的空间中。

"跟着我。"

陆江吟回头叮嘱一声后，整个人立即没入了黑暗中。

（四）

白宅一片死寂，夜晚的寒气因屋内杀戮惨剧而加重，变得无孔不入，一时分不清连连寒战到底是害怕还是阴冷。

齐溪紧跟在陆江吟身侧，不敢东张西望，也不敢离他太远。这屋内充斥着干涸的血腥味，没有当日的浓烈，却比事发那日还要瘆人三分。手电光仅有一束，照到的角落晦暗不明，即便被肉眼所见，也和隐藏在黑暗中的空间一样给人未知的恐惧。

光线扫过每一个角落，场景同陆江吟在巡捕房看见的现场照并无异样，点点滴滴都符合他白日里的猜想。只是茶几上、沙发上、地上残留的斑斑血迹，如不加以分辨竟和污渍并无两样。

"水杯、披肩、脚印……"陆江吟一边默念一边核对屋内物品数目以及摆放位置，基本吻合。

齐溪随着他移动的手电光望去，若有所思道："这沾血的脚印应该就是凶手的吧，可这些脚印怎么来来回回的？照你说的，凶手追着佳慧上了楼，并在二楼走廊将其杀害。可凶手好像杀完人还悠然自得地在白家到处闲逛，你看一楼那间书房门口那儿都有血脚印。"

陆江吟移走停留在混乱脚印上的手电光："不是悠然自得，而是慌张无措。"

"什么意思？"

"走。"

陆江吟凝眉拉过齐溪的手往血脚印通过的地方走去。凶手杀完人手持凶器在白家走动，所以发现的脚印旁都留有一滴一滴的血迹。当时看照片时他还有些迷茫，不知这多余又不完整的血迹代表什么，现在结合整个案发现场看倒是有了眉目。

"这书房怎么被翻得乱七八糟的？"齐溪惊讶地轻声道。书籍、抽屉全都被翻得一塌糊涂，令人有种说不出的别扭感。

随即，她像是回答老师提出的难题那般欣喜，肯定道："凶手在找什么东西！"

"嗯。"

陆江吟点头，蹲下身照着散落在地板上的纸张。从文字内容看，应该是某项生意合同的其中几页，他又看了看附近其他的书籍，肉眼扫过之处明显有哪里不太一样。刹那间撞进眼中的异样感维持不到几秒钟，而类似这样短暂的感觉接连不断地从七零八落的物体中散发出来。

"凶手到底在找什么呢？"齐溪小心地蹲下，环顾四周也没明白陆江吟凝重的表情从何而来，只能自顾自地嘀咕。

老实讲，她极少见到陆江吟神情严肃的时候，平日里多半是不冷不热，神色也无明显变化，但近日里发生的这桩桩事件，倒是让她看到了情感更加外露的陆江吟。

"上楼去看看。"陆江吟直起身子，光盯着一处肯定无法了解全部，"我也不知道凶手在找什么，但根据叶超的调查白家并没有遗失任何物品。这种情况也存在两种可能，要么财物真的没有遗失，要么遗失的物品本身就不属于白家。"

"江吟，你是不是偷吃了什么才变得这么聪明的？"齐溪本想直白地夸赞他，可隐隐不甘心，只好用疑问的语气变相肯定他。

陆江吟提醒她注意脚下楼梯，并没有对何时变聪明一事做解释。他不觉得自己有什么过人之处，或许是有些不自量力地想终止到处躲藏的邪恶。只是终归是齐溪夸他，无论夸多少遍他也能高兴好一阵子。

两人上了二楼，白余毅夫妻两人卧室的杂乱程度和书房不相上下，只要是抽屉都有被拉开翻找的痕迹，就连白夫人梳妆台上的香水都东倒西歪。房内四溢飘散的香水味诡异反常，弥漫其中更显格格不入。

"到底在找什么？"陆江吟不解。

白夫人贵重的首饰赤裸裸地摆在梳妆台面上，白余毅从国外带回来的整盒雪茄也搁在床头柜上，甚至还有几百块的现金扔在一家人刚拍不久的合照前，这些凶手都视而不见，翻箱倒柜找的到底是存在的东西还是丢失的东西？

辗转到了白佳慧的闺房，相比较而言，白佳慧的卧室被翻找的痕迹稍弱了一些。书桌的抽屉虽然被一一打开，但只打开了三分之一，说明凶手并没有仔细翻找，仅仅是大致看了看。

陆江吟陷入沉思，目光落在白佳慧凌乱的床单上。白佳慧还没来得及逃回房中反锁上门就被凶手在走廊上杀害了，那么床单上的部分血迹是怎么来的？

齐溪见陆江吟沉默地走向床边，便疑惑地看着他。白佳慧生前所居住的地方，不经意落入这儿的尘埃都似乎有她生活过的痕迹。齐溪一直与所有物体保持距离，可她眼睁睁地看着陆江吟打量着那张床，然后慢慢坐下，像是被亡灵蛊惑。

"江吟？"她心里冒出一股寒意，不明白陆江吟此举的意义。黑暗中他以一种极为颓废的姿态坐在那儿，屏息片刻间好像成了另外一个不存在的人。

陆江吟置身于脑海中描绘出的画面中，听见齐溪惊诧的声音，缓缓解释："凶手杀人顺序不变。但连着杀了三人，精力必然会耗去大半。所以他在杀完佳慧之后还站在她尸体旁停留了会儿，地上的垂落血迹分布情况可以说明。"

"按照血脚印的走向，凶手在杀完所有人后走向了佳慧父母的卧室，翻找无果又返回楼下书房一通乱找，然后又重新上楼直接拐进了佳慧的卧室。这些脚印痕迹颜色深浅不一。凶手最后似乎已经不再理会自己混乱的方式会留下什么证据，随意数次踩踏地上的血迹也毫不在乎。"齐溪皱着眉头讲完，顿觉自己颇有点班门弄斧的意味，又见陆江吟并没有做出任何反应，一时间眉心拧得更加紧了。

"凶手最后回到这儿应该没抱什么希望，体力透支严重便垂头丧气地坐在了这儿，沾满鲜血的手撑在了身子两侧，故此留下了一些血迹，而凶器上的血迹也被他用白佳慧的被子抹干净了。"

"难怪这被褥之上会有这么奇怪的血迹形状。"齐溪恍然大悟。

这样的陆江吟让齐溪感到不可思议。分明就是同龄人，可他有的只是和同龄人一样尚未退去青涩的面孔，除此之外他的一切都与他们不一样。

陆江吟愁眉不展，这些根据实际情况推测出的答案并不能解决"凶手在找什么"这个难题，他仍旧不清楚究竟什么能让凶手铤而走险，不惜将白家灭门，到底是什么重要到必须拿命抵偿。

眼下杀人凶器不知，杀人动机未明，怀疑对象也仅找到了许景明一人。还需要更多的线索才行，不仅是白余毅的人际关系，白夫人和白佳慧都需要调查。

"还有最后一个房间。"

齐溪一时还没有明白过来，琢磨了一会儿道："还有小茹！在白家工作了这么多年，吃住都应该一起。"

"是。"陆江吟顺手把手电筒交给了齐溪，自己叹了口气，用脑过度让他身体有点疲乏。

齐溪看着他这模样嗤笑了一声，上前挽过他的手臂帮助他起身："江吟，你现在看起来比江庭哥哥年纪都要老成哦。怎么突然老了这么多？"

寂静环境下，女生清脆的笑声驱赶了内心的阴霾，阴沉夜色都仿佛即将引来黎明。

"是你催人老。"

陆江吟蓦地难为情起来，唯恐自己的神色浮上脸颊，被她弯弯笑眼捕获，随即抬手捂了下她的眼睛，借机走到了她前面。

"这怎么怪我呢？"齐溪笑着追上前，整个人忽然放松了很多。

两人再度下了楼，在楼梯左手边发现了小茹的房间。白余毅夫妻俩为人虽苛刻难以讨好，但看起来对自家用人还算不错。单间房空间不大却布置完好，有床有窗有书桌，甚至还有一面梳妆台。

"凶手没有来过这房间。"

进屋后，陆江吟和齐溪不约而同地得出这样的结论。一整个白家，唯有小茹的房间干净整齐如初，毫无闯入的痕迹。

"江吟，你觉得小茹会不会是凶手？"齐溪很自然地产生了怀疑。

紧闭的窗户挡不住微弱月光，那点点渗透进内的光线把婆娑树影一并洒进其中，将房内静止的一切映照得张牙舞爪。

谁无辜，谁有罪，恍惚朦胧辨不清。

陆江吟握着手电筒暂不理会这系列涌入脑海中的疑问。

"先看看。"

手电黄色的光线扫过房内简单的摆设，梳妆台表面完好无裂，可横竖打量都像是白夫人不要的旧物，扔掉不觉可惜，但若装作好心赠予小茹，下人满怀感恩的欣喜会让他们得到巨大的满足感。

陆江吟想着这些轻抚着台面，指腹所受到的摩擦感夹杂着少许灰尘。事发后未进行打扫，这些存在都极为正常。他脚步往床边移了一寸，不知道踩到了什么有些硌脚。

"齐溪，手电筒。"他撤开脚弯腰查看。

"给。"齐溪重新把手电筒交还到陆江吟手上，自己没有凑上前，怕影子挡住光线妨碍到他，便退到了窗边站着。

硌脚的小物体已经拿在了手上，陆江吟借着光一眼就辨清了，这是一枚翡翠耳环，当属上等品。他仔细辨认了一会儿，忽觉这耳环眼熟，分明就是刚刚见过的样子。

"咳咳……"空气里弥漫的尘埃引起了齐溪的不适，她掩嘴咳了几声伸手向窗户，"江吟，我开个窗不碍事吧？"

"好。"陆江吟心思都集中在这枚价值不菲的翡翠耳环上，然而找遍房内其他角落都没有发现第二枚的踪迹。

齐溪小心地推开两扇窗，屋外凉丝丝的空气刺溜就钻了进来。

这早已不是初春之际，却隐约还有春寒料峭之意。她深吸一口气，五脏六腑都舒畅不已。

可还未来得及松气，放眼一望竟发现屋外几米处站着一个人！黑暗中辨不清面貌，远处的身子摇摇欲坠就像是一个虚无缥缈的影子，看似远不可及，实则步步逼近。

"江吟！有鬼！有鬼！"

齐溪吓得胆寒，捂脸跺着脚转身往陆江吟那边躲去。

听到齐溪突然的哭腔，陆江吟警觉地站起身朝向她，本能地拉住她往怀里一搂。

"谢罗华！"

当陆江吟看到时，可疑的人影已经撒开腿跑开了，根本不是什么鬼，而是心怀鬼胎之人。

于是他当即就喊了守在门外的谢罗华，与此同时紧抓着齐溪的手往大门跑去。

"看到什么人了吗？"急忙赶出来的陆江吟搂住谢罗华的肩膀追问，"分得清是男是女？往哪个方向逃走了？"

谢罗华在陆江吟的连连催问下哈着气道："你喊我的时候我都不知道往哪边看，等我注意到时只看到有人影窜到街对面，钻进小巷子里不见了。怎么了？是凶手吗？"

"不知道。"陆江吟有丝懊恼，倒不是无心放走了可疑对象，而是……他看向苦着脸的齐溪，怕是有些吓坏了。

"齐溪怎么了？"谢罗华还是会看脸色，瞬间明白陆江吟凝重的神情为哪般，即刻关心起了被陆江吟牵着手的齐大小姐，"见到鬼啦？脸色怎么这么不好？"

"是，就是见到鬼了！"齐溪转身想走到一边，不愿自己的胆小被嘲笑，可一动才反应过来自己还被陆江吟抓着手。

陆江吟手心被牵动了一下，愣了愣便也松开了，神情依旧凝重不解，静默半晌之后道："不早了，罗华你家远，骑我的车先回去。"

"有这种好事？"谢罗华立马兴奋起来，家里没什么钱，奢望不起自行车，没想到今天还能过过瘾，只不过——"那你和齐溪不是只能走路了？这么晚也没电车了呀。而且齐溪和你家又在不同方向，你俩……"

"我们住一起，不用担心。"陆江吟自然地解释。

谢罗华吃惊地大叫："什么？你俩住一起？什么意思？哦！难怪那会儿在门口你说要撬齐溪房门……你们，你们私订终身了？"

"没有的事！我家不是……被烧了嘛。"齐溪无力又无助地解释。

谢罗华此刻已经迫不及待地跨过自行车跃跃欲试了，却还不忘调侃："那你可以来我家住啊，或者去找你的好朋友李爱瑶啊。你这闭月羞花的大闺女被江吟欺负了可怎么办？"

"快回家吧。"陆江吟不想反驳，本来齐溪能够住进他家就已经够他开心了。别人怎么说他都不管，结果如此便好。

总归是齐溪脸皮薄，上前几步冲跨上车离开的谢罗华喊道："你还是想想以后被李爱瑶欺负了怎么办吧！哼！"

陆江吟在身后望着她，表情忽明忽暗。

（五）

月渐清晰，齐溪和陆江吟漫步回家。一人走时漫长无边际的路段，却在相互陪伴之下略显短暂。回忆起来似乎是很遥远的事情，儿时玩耍夜归晚了，江吟回家被责骂，而她则被陆母关切询问是否饥寒、是否开心。

幸福消失得太过突然，成长也是。

在通往陆公馆的分岔口，齐溪拒绝了陆江吟提出去医院看一看齐石良的建议。

这整整一天，想起父亲的时刻竟然只有一次。

齐溪坦诚地把内心的想法告知给了陆江吟，陆江吟安静地听完，没有半句责难，连无奈的叹息也没有，反而站在了她这边。

"不只是你。事发突然，齐伯父又伤重毁了容貌。虽是你父亲，你见此担忧害怕也是情理之中。只是我见到他时也产生了奇怪的感觉，和你一样难以解释得更详细，只能简易归为害怕。"

所谓害怕的心情，无畏的陆江吟竟也有感知。

那到底是为什么？他们说着说着只剩沉默。

远方道路险阻且漫长，明明连一半都还没有走到，却似乎预见了结局。齐溪被自己杞人忧天的想法害得心思沉重矛盾重重。身边的陆江吟手垂在裤缝边，随着步伐幅度不大地摆动着。她看了一眼，想也没想伸出食指钩在他稍稍弯曲的手指上。

陆江吟陡然停住，怔怔地看着齐溪。她低着头认真注视着两人的手，嘴角漾起点点的笑意。陆江吟一时无措，不舍打断她稍稍明朗的心情，有想要攥紧她手的冲动，再三犹豫之下保持了原状。

齐溪突然笑出了声，纯真烂漫："小时候你就是这样抓着我的食指跑，结果不小心就把我的手指弄折了，这事你还记得吗？"

"什么？"陆江吟惊诧地反问。

"做坏事的人总是忘性比较大，我可是好长一段时间都只能用左手拿小勺子吃饭呢。为了这小手指，我可流了不少眼泪，每天哭得可惨了。"

陆江吟怪好笑地还原年幼真相："是你自己无故置气不愿和我牵手去念书，最后只塞给我一根食指牵着，走着走着摔了个狗吃……"

温情的回忆戛然而止，齐溪瞪着净说大实话的陆江吟，脸上写满了"你再说下去试试"。陆江吟清了清嗓子，识趣地结束了这个话题。

可女孩的手指还像羽毛一样轻挠他的心，痒痒的，又令他沉浸其中，无法自拔。

他长叹一口气，终于还是握住了齐溪纤细柔软的手，贪心地全数握进手心。

"回家吧。"

覆盖右手之上的温暖，齐溪感受真切，竟让她愉悦万分。好像一直在期待的事得到了回应，可她分明都不清楚期待的是什么就为之心动。

　　"去哪儿了这么晚才回来？"

　　两人脸颊温热，一进门就被陆江庭拦住质问，语气严厉颇有长兄的风范。小孩见状到底还是没有底气地缩了缩脖子承认错误。

　　陆江庭所忙之事非常多，平日里待人接物再温柔亲切，也要偶尔板起脸教育自己不成器的弟弟和没准会被带坏的齐溪。

　　"现在都几点了？"陆江庭本想再接着教训几句，却不小心瞥见了两个孩子牵着的手，忽然骂不下嘴，"在外面晃荡了一天，齐溪该饿坏了吧？"

　　"谢谢江庭哥哥，我一点都不饿。下午晚些的时候吃了一大碗面以及两份煎鸡蛋。我到现在打嗝漫上来都是鸡蛋味。"齐溪尴尬又为难地老实交代。

　　陆江吟看了眼大哥的脸色，劝齐溪："正餐还是要吃的。"

　　"我真的吃不下了。"齐溪没料到陆江吟会附和他大哥，略显意外道，"你下午吃得少才要吃晚饭呢。我那会儿差一点就冒出把你的那碗面也一起吃掉的歹念了。"

　　"那怎么不吃？"

　　"你也没想要给我吃啊，你连汤渣都没剩下。"

　　"原来你连我碗里的汤渣也想喝吗？"

　　"我不是这个意思……"

　　陆江庭闭上眼轻声叹息，实在不想戏弄眼前可爱的弟弟妹妹，但又控制不住脱口而出："好了，都到家了你俩这手要牵到什么时候？"

　　完全没意识到手还牵着，两人的表情有一瞬间不自然地凝滞，齐溪更是当即就抽开了手，紧张地抓着衣角，无所适从。

　　陆江吟还没有反应过来，手心就被钻进来的冷风取代了先前适度美好的柔软。他转头注视着身侧的齐溪，脸颊红扑扑的，一副为难无措的样子。

她是在意大哥才这样，还是……心里浮现的两种答案都让陆江吟闷闷不乐，忽而萌生的念头郁闷至极，近乎于生气。

这种没由来的恼火让他都理不清自己到底在气什么。于是他就这样不说话，看着齐溪和大哥道了声晚安，匆匆跑回楼上房间休息，而他还是一动不动地站在客厅。

"怎么了？"陆江庭见弟弟脸色异常，打量半天似有所悟，"和齐溪手牵手走了一路，开心了一路，刚刚她甩开你就不高兴了？"

一语中的，陆江吟倒吸一口冷气，胡乱否认："没有的事。"

"也是。"陆江庭故意笑着说，"小时候不就这样手牵手上学、玩耍，如今长大了也没什么不一样。儿时感情深厚到了现在依旧友好如初，确实不容易，应当好好珍惜。"

大哥三言两语再一次把陆江吟逼到了烦闷忧愁的边缘，他承认大哥所言毫无漏洞，甚至乍一听还颇感温馨，可为什么这样的话会让他浑身不自在？

"今天去巡捕房见到叶超了吗？"陆江庭见弟弟双眉紧锁、心事凝重，自知捉弄目的达成，便轻巧地换了个话题，"我白日里工作繁忙，也没有时间打电话询问。本想下班早些回家与你们聊聊，哪知你们像小孩郊游一样玩到这么晚才回。"

萦绕在心头的不适感没有消散，但听到大哥提到正经事，陆江吟也只能学着大人样暂且放过扰人的思绪和分分秒秒都"扰人"的齐溪。

"见到了，不过是在同学许景明家中见到的。"

大致的经过陆江吟稍稍讲了些，大哥毕竟忙于生意恐怕也没有过多精力听他们的遭遇。但白家灭门这么大的事儿，即便陆江吟不说，陆江庭也必然会通过各种途径知道。

兄弟俩坐在沙发上，陆江庭点头表示确有听闻。

"那你的同学会是凶手吗？"陆江庭随口问了句。

"不知道。"陆江吟摇头，但再开口时眼神坚毅，甚至透着点年少气盛固有的得意，"但现在怀疑的对象又多了一个。"

"哦？"陆江庭欣慰一笑，"看来你对查案兴趣颇浓。"

陆江吟倒是苦笑："谈不上兴趣，只是专注于这样的事情好像能减轻以往无能为力的罪恶感，或许我根本查不到真相，但起码我永远在以各种方式接近它。"

陆江庭拍拍他的肩，冷不丁道："嗯，用这样的方式无限接近齐溪也是可行的。从小到大你对情有独钟的事物总是从一而终，固执到令人发指。小时候牵了无数次的手，长大了依然还这么喜欢，我看你对查案的兴趣还远不及对齐溪的万分之一。"

"哥……"这番话彻底令陆江吟语塞，好端端的怎么又扯到齐溪身上了，刚刚平复的心情又被刺激得荒唐可笑起来。

"齐溪从小就是个美人坯子，当时年纪小只当肉嘟嘟的小女孩可爱，现在你们男生怕是只要见到她都会对她抱有好感吧。"陆江庭俯身拿起茶壶为自己倒了一杯水，等家里两个小孩回来的时间里，因为担心，连水都不曾喝一口，现在可算是能安心了。

"你们？"陆江吟从大哥的话语中捕捉到了一丝丝的雀跃，"你们男生？不包括大哥你吗？"

"你看起来好像很高兴？"陆江庭喝着茶斜睨了他一眼，放下手中的小茶盏后又说，"谁说不包括我？"

陆江吟只觉得头疼，大哥说话向来有些含蓄，可这些话里半真半假的内容他实在也难以区分。

"齐溪今天怕是没有时间去医院吧？"喝完了那一口茶，陆江庭又斟了一杯，"我回来之前去了一趟，齐伯父能开口说话，只是嗓音不如从前。"

"齐叔呢？他一直在医院照顾伯父吗？"

"除去为了齐家修缮奔波劳碌，剩余时间齐叔应该都在医院。这么大个家都摊在他一个老人家身上，也是劳累。所以我让他只尽心照顾伯父就好，修缮的事我来处理。"

"辛苦大哥了。"

陆江吟在这点上极为佩服陆江庭，大哥好像再忙都能抽出时间照顾到周边的亲人好友，换作其他任何人都断然办不到的。

话音一落，偌大的客厅便安静下来。蓝姨时不时地走出来询问是否需要煮茶，是否需要做小点心，但很多时候兄弟俩只是坐着，什么也不需要。

深夜，洗漱完躺在床上的陆江吟盯着天花板出神。

从白家灭门惨案到可疑黑影，从流浪儿溺水案又到母亲被杀案，所有种种一股脑地浮现在眼前。没有一起案子线索清晰，没有一起案子水落石出，尽管这才是他开始的第一天。

这一天里，没有因为案子进展太慢而着急，没有因为许景明被怀疑而产生过分同情迷失调查方向，没有因为夜半出现的黑影而惊慌失措，却因为齐溪甩开自己的手而惆怅难眠。

辗转反复终进入梦乡，却又回到了儿时和齐溪打闹的时刻。嬉笑声、说话声，时间拉扯着回忆，虚虚实实的梦境沉沉地拽着陆江吟，无法脱身。似光影流转，冰河入梦，耳畔的声音陡然间被全部抽离，这一次他居然一个人站在了寂静的七十三号凶宅门前，身边没了齐溪和大哥。

凶宅内点着灯，孤影晃动。渐渐地，影子慢慢扩大，就像水中波纹越泛越广。没一会儿，影子大到遮挡了灯光，高过了屋顶。它逐渐笼罩住凶宅，吞没了微弱的灯光，庞大如怪物栖身于七十三号凶宅之上，它就这样卧在那儿一动不动。

狂风忽而从怪物的方向咆哮而至，陆江吟被强风吹得面目狰狞，却始终没有倒下。怪物的眼睛死死地瞪着他，那聚焦在身上的目光定住了他的身体，让他动弹不得。

霎时间，遮天蔽日的黑影朝他猛扑了过来，风灌入耳喉口鼻，黑影钳制住他的四肢，仿佛万千怨念缠着他，势要冲破他的意志占有他的身躯。

之后，昏天暗地，再无意识。

（六）

"……哪有什么休息日，不被上头催死就算好了。"

"油条、馒头和粥。"

"都行，都行。"

一大早陆江吟就被不速之客的抱怨声吵醒，不用仔细辨认，光是听说话方式他就认得是谁。昨夜被梦折腾了一宿，只觉浑身不适却记不大清梦中内容。那些似曾相识又面目全非的片段不讲逻辑，随意串联，结果创造出一个匪夷所思的梦境。

梦里，凶宅还是凶宅，他还是他。只是梦里的他俨然是如今的岁数，如今的模样，同事实大相径庭，但也能清楚明白梦中体会到的感受，那是当年他所经历过的残留至今的恐惧。

陆江吟也只当是日有所思夜有所梦，反正离开枕头后所有梦境都化为乌有。连日发生令人不幸的事情让他这个局外人都倍感压力。

"早上好。"

陆江吟洗去脸上的疲乏，穿戴整齐下楼。在看见了确是不请自来的叶超后，自然有礼地打招呼。

一旁的蓝姨见小少爷下楼来，忙给他放置好碗筷。

"齐溪呢？"陆江庭听见弟弟的声音，放下筷子，回身见只他一人，便问，"还没起吗？需不需要蓝姨上去叫她？"

一家子都没料到叶超会突然大清早过来，以前也是有事没事都来找陆江庭闲聊。陆年陆老爷很是喜欢意气风发的叶超，总觉得这小伙比自家孩子成器多了，见他来就热情地留他吃早饭，因此便让蓝姨提早了用餐时间。

陆年早些时候身体落下的小毛病随着岁数增长变得又多又不易好，只能遵从医嘱好好休息，勤锻炼身体来调养。这不，家里孩子还没醒，他就自个儿慢跑去了。

原本每个周末还要在家和两个孩子喝喝下午茶、打打羽毛球，自从齐家出事，齐溪暂住在这儿之后，家里三个大男人便取消了一切娱乐活动，专心照看她，不敢有一丝怠慢。

陆年对齐溪的好出于过世夫人对齐溪的喜爱，也在于齐溪是他未过门的儿媳妇。虽然两家在双方夫人相继过世之后再没有提过婚约一事，也无法确认当时两家夫人到底将齐溪许给了两个儿子中的哪一位，也逐渐不确定这到底是夫人信口开河还是真有此意。

大儿子陆江庭也未交往过什么女人，陆年不会开口问，瞎想时自然会联想到没准大儿子在等齐溪长大后好娶她为妻。但小儿子陆江吟又好像对齐溪有过于重视的情感，从小到大眼里、口中都只有一个齐溪……

陆年是猜不透啊，跑步间隙总担心两个儿子会为了同一个女人翻脸，那叫一个操心。可气的是，他这份杞人忧天的操心没有一个儿子发觉。

"不用，让她多睡会儿。"陆江吟拉开椅子坐下，刚想问大哥父亲是不是晨跑去了，就瞥见叶超不怀好意地上下打量他，好似下一秒就要从他嘴里听见什么不得了的话。

陆江吟舀了一碗粥埋头吃着，避免和叶超有任何视线接触，生怕自己昨夜擅自进入白家一事被叶超知晓，而叶超一大早赶来，没准就是为了当着大哥的面教训他。

叶超见他心虚的样儿，玩心更大了，故弄玄虚对陆江庭道："你知道你弟弟昨天都做了什么吗？"语气诚恳且不可思议，使得他后续想要讲的内容变得神秘惹人好奇。

陆江庭顺势就看了眼专心喝粥不作声的弟弟，又见叶超兴致勃勃的样儿，便笑着附和他："做了什么？"

"他和那个叫作齐溪的小姑娘在我办公室搂搂抱抱啊！你说男女授受不亲的这成何体统？我是真没眼看，庭兄你这样教小孩是万万不行的啊。"

"哪里搂搂抱抱了？"陆江吟反驳。叶超不知道他进入案发现场倒是让人松了口气，可这人怎么能在自己家信口雌黄？

叶超瞟了他一眼，吊儿郎当道："是，是我说错了。是你想搂搂抱抱，没搂到而已嘛。"

"你……"

陆江吟真的有点想把手中这碗粥扣在满嘴胡诌的叶超头上，奈何他是大哥的朋友，也是自己不得不低头听话的对象，只能作罢。

"不是不可，但一定要经过女孩子的同意。"陆江庭语重心长地教导，明知叶超说的是玩笑话，也一本正经地教育自己的弟弟，"获得女孩子尊重才是一个男人应该做的。"

陆江吟也不知从何反驳，只能沉闷点头。心里还在想叶超为什么突然要造谣生事，他明明没有做任何逾矩的行为，真是从天而降一口大黑锅。

"言归正传。"陆江庭也不过多纠缠于小孩子的事上，转头问叶超，"你昨天说跑去七十三号凶宅调查，那么案子有进展吗？"

凶宅？听到这个，陆江吟快速喝完了粥，一碗下肚却毫无饱腹感，随后又拿了个肉包子咬在嘴里，抬头一丝不苟地听叶超可能发现的线索。不过按理他去七十三号应该是去求证许景明当晚的行踪。

叶超说之前又瞟了瞟陆江吟，这孩子脾气还算可以，开这么过分的玩笑也没发火，到底是陆江庭的亲弟弟。心里多番赞许之后，叶超才提起："你弟弟同学许景明从楼梯上摔下来，我特意去看了看，楼梯扶手上确实有一大片灰尘被用力揩去的痕迹，推测是许景明摔下时重心不稳死命抓住扶手造成的。但现场一楼还发现了未燃尽的七根蜡烛，和他同学所说的情况相吻合。"

陆江庭端起蓝姨泡的茶，边听边微微点头。实际上他没有认真在听，毕竟也不是自己想知道的事。他问案件进展有百分之九十是替江吟问的。

"几年前你不是也有接到报案说凶宅疑似有人在活动吗？你也没查到什么，这次点蜡烛是不是也是类似的情况？"

叶超对此也相当费解："是啊，当年搜了一大圈连个鬼影都没有。可是说来也怪，那事之后蹊跷的事就跟着多了起来。巡捕房有人闯入的痕迹，可没有丢失任何物品。就连我家也被人私闯，翻箱倒柜的可什么也没被窃走。当时都说是触犯了凶宅的凶灵，还有几个没脑的居然建议我去凶宅烧点纸钱，你说他们是不是缺心眼？"

陆江庭笑而不语，只是一个劲地摇头。什么样的头儿就带出什么样的下属，他可是一点也不奇怪，叶超身边的人会提出烧纸钱这样的建议。

"真的有七根蜡烛……"可是谁点在那儿，作用是什么？陆江吟费解的同时，即刻将自己昨晚所遇到的可疑人的情况告知了叶超。

"我大概猜到出现在白宅之外的人是谁，所以今天想去证明一下。"

"你说什么？"叶超这会儿不关心案件出现的第二个嫌疑人，反而竖起耳朵质问，"你昨晚闯进了案发现场，在没有我的允许下？"

"就当你批准了。"陆江吟稍感心虚，但已全盘托出，这叶超也拿他没办法。

陆江庭看着少年初长成的弟弟，越发欣慰。只是好友叶超怎么看起来比自己弟弟还幼稚，从见到陆江吟开始就不停地抬杠，这样下去法租界的治安可真是令人担心。

"我什么时候批准了？你下次要是再敢不打报告擅自行动，我就把你铐回巡捕房！"叶超故作姿态恶狠狠地警告他，完了又数落陆江庭的不是，"你这个做兄长的真要花点时间管管孩子，不要只顾着药行生意。"

"不是有你替我管教着吗？"

"这倒也是。你放心，做朋友的一定替你把弟弟教得前无古人后无来者。"

陆江吟心无旁骛地进食，全当叶超大言不惭的话是耳旁风。估计大哥也是这么想的，所以任由他胡说八道。

六点四十五分，几人用餐完毕。陆江吟便准备乘叶超的车一起继续调查。陆江庭也不阻拦，他知道弟弟在想什么、想要做什么，那所谓减轻内心罪恶的说辞他都明白。

他想保护陆江吟，可现在的陆江吟已经完全跳出他的羽翼独当一面。这里面或许还有叶超的功劳，若不是他放任江吟调查，或许江吟也不会从中获得救赎感，也不会固执地继续。

"江吟，你要出门吗？"

叶超和陆江吟才拉开车门就听见身后齐溪软糯的声音，两人停下齐齐望向她。这时候齐溪才发现叶探长的存在，忙毕恭毕敬地打招呼。

"眼里只有这个臭小子吗？"叶超手肘支在车顶上，皱着眉头不爽地问。

齐溪摆手难为情地解释："不是不是，江吟个子高我一眼就注意到了。"

"哼，他能有我高？得了，你也别解释了，我也不想听。"叶超懒得追究，冲在一边看好戏的陆江庭挥了挥手，自己先坐进了车内以便耳根清净。

陆江吟见状关上车门来到齐溪跟前，观察了下她的脸色，确定她有好好休息才放心，对她说："出去一趟，很快回来。"

"那我今天去医院看看爸爸和齐叔，我可能会晚点回来哦。"齐溪故意这么说，好像会让简单的对话变得有趣。

"除了医院你还要去哪儿吗？"陆江吟没有从齐溪俏皮的话语中明白乐趣，反而煞有介事地上前一步严肃地追问。

齐溪脸上的笑意被他的一本正经吓到消失，她只能尴尬地说："你快去办自己的事情吧。"

"嗯，"陆江吟欲言又止片刻，还是遵从内心说了句，"那你，要比我早到家。"

"好……"

陆江庭和齐溪同站在台阶上目送着离开的陆江吟和叶超，车子出了大门右拐就看不见了。齐溪若有所思，嘴角的笑意也若隐若现。一旁的陆江庭看得真切，他们的一举一动都像是在说明某个立马要成真的事实。

"江吟到底是长大了，知道了何为占有欲。"

"嗯？"齐溪不解地看向他，"什么占有欲？"

陆江庭抬手摸摸她的头，微笑道："就是我现在作为哥哥，关心你也只能在他看不见的时候进行。"

"为什么？"

"因为江吟会不高兴。"

周末天气晴朗，气温回升，可这一路上陆江吟连着打了好几个喷嚏，被开车的叶超调侃是遭人牵肠挂肚。他也只能难为情地看向车窗外不作回应，比起受凉感冒，他也希望这是被人挂念。

"停车。"

还没有到既定的地点，陆江吟就看到了寻找的目标，随即唤叶超将车靠边停下。他推开车门下车往对街走去，身后的叶超只能急急跟上。

川流不息的街上，陆江吟同行人擦肩而过，不小心撞到一起也顾不上，还是身后的叶超替他道了歉。

拨开那如层层云雾的人群，陆江吟终于拦住了行色匆匆的目标。

"又见面了。今天不用去面馆帮忙吗？带着行李是要去哪儿？"

叶超站在他身后不远的地方，看着那人惊慌失措的脸，心里也咯噔了一下。陆江吟昨晚看见的可疑人是白家的用人小茹？

"你，你们……"小茹下意识地将行李往身后藏了藏，奈何根本藏不住分毫，眼神闪躲，却刻意扯出了一个轻松的笑容，"原来是小姐的同学啊。嗯，准备回乡下去呢。夫人老爷都已经不在了，我也不好一直留在姐姐家添麻烦，就买了车票回老家。"

"恐怕你暂时不能回去了。"这时候叶超跨了一步站到了陆江吟前面，双手叉腰故意露出了腰间挂着的明晃晃的手铐。

小茹一时紧张地后退："我，我只是回老家，我可什么也没做呀！"

"昨晚九点到十一点你在哪儿？"

人来人往的大街上，陆江吟代替叶超行使了询问调查的权利。在这样嘈杂惹人注目的环境下，她没有多余的时间去思考，亦没有时间编造谎言。她既准备离开，那么定是心急如焚的。

小茹低头不停地转着眼珠子，时不时咬着下唇："我昨晚就在姐姐家帮忙照顾小孩。"

"昨晚有人想要潜进白宅，但那人并没有想着从正门进入，而是绕到了你所在房间的窗外。不从正门进是因为看到门外有人守着，还是本就打算从你的房间进入？如果是后者，那么她是一开始就知道你房间窗户未上锁，还是目标就是你的房间？"

陆江吟沉着冷静地应对，观察着小茹的反应。身旁的叶超没有打岔，探长的威严依旧在，只是他暂时放心地将这个局面交由陆江吟控制。

"应该不会吧，我的房间里没有什么值钱的东西。"小茹又笑了笑，这次笑容很是短暂急促，"我真的不太清楚，该说的我都说了。一会儿我该赶不上车了。"

"那——"陆江吟不慌不忙地将握拳的手在她眼前摊开，"这是不是你的东西？"

小茹盯着那枚在阳光照耀下色泽更为通透的翡翠耳环，看到的一瞬间眼眸里的喜欢慢慢转成了厌恶。她下意识地抬手抚上了受伤还未痊愈的耳垂，回过神又立马放下。

"问你呢，这是你的东西吗？"叶超扬起下巴逼问，声音骤然升高，全然不顾大庭广众之下造成的影响，"剩下的在哪儿？在哪里买的，有票根吗？能不能拿给我看一下？"

两面夹击显然让小茹陷入了完全被动，她心情越发紧张，浑身紧绷。

此时，陆江吟已经有了十足的把握。他踩着坚定的步伐逼近小茹，将其逼到了墙边。小茹的事情不足以成为灭门案的真相，却也是不可缺的组成部分。

"我曾经问过你耳垂是如何受伤的。"陆江吟的目光落在她陡然间想要侧身隐藏的耳朵上，他没有退让，继续说，"你身上的瘀伤和耳垂的拉伤都是和白夫人争执造成的，我想争吵的原因，应该就是这对翡翠耳环。"

小茹垂死挣扎："你凭什么这么说？我怎么可能和夫人吵架？这耳环……"

"是你偷来的。"陆江吟打断她，斩钉截铁道，"你既是白家用人，就应该比任何人都清楚，他们一家前不久拍的照片就摆在卧室中，而照片中的白夫人所佩戴的首饰就是这套。"

小茹瞬间大惊失色，她想要反驳，可看着眼前这个和白小姐同龄的少年，竟有些不寒而栗。

"我推测你在打扫卧室时看见了梳妆台上的首饰，一时贪念便顺手拿了。被白夫人发现时，你应该正好在自己卧室佩戴这耳环，所以在那里你们产生了肢体冲突，想必白夫人动手过于粗鲁，才会导致其中一枚耳环遗落在房内。当天白夫人是否要辞退你我不知道，但你那天不在场的说辞一定是假的，你并不是请假回了乡下，而是一气之下——杀了他们。"

"没有！我没有！我只是……"小茹震惊地抬头，泛红的眼眶充满了害怕与无辜，她无措地寻找能够相信她无罪的人，可眼前这两个明明一表人才的男人此刻都凶神恶煞。

叶超故装恍然大悟，压低声音道："原来你就是凶手，杀了他们一家之后还贼喊捉贼，制造自己不在场的证明。你是不是以为我们不会去乡下找证人？"

威逼利诱的手段成效明显，叶超和陆江吟一唱一和，让小茹在杀人凶手和小偷之中做出了明智的选择，艰难地承认了。

那日所有经过基本如陆江吟所说的那般。一时动了坏念头，想要窃取白夫人的翡翠首饰，她确实很喜欢，喜欢到想要占为己有，然而，才拥有了不到一刻钟的时间就东窗事发了。

"白夫人揪着我的头发，用力扯下了一枚耳环，用各种难听的话骂我，说我今日偷首饰，明日就……就学会偷人了。我实在忍受不了才还手的，我也不过是推了她一把，她一点事都没有，真的，你们相信我！她说要解雇我，我什么也没收拾就跑了出来。当时姐姐家也不敢去，我就在外头晃荡了很长时间。小姐他们被害的当晚我还在'千祥衣'看绸缎纱罗……投靠姐姐总不能空手去，所以买了布匹送给姐姐。可是等解气了想回白家收拾东西，才发现他们全家都遇害了……"

三个人这时已回到巡捕房，再次进到这森严的氛围中，小茹说话声音夹带着丝丝颤抖，但为了不受牢狱之灾，她只能坦白。

"昨夜我回去真的只是想拿回自己的东西……"小茹缩着脑袋做了最后的陈述。

陆江吟和叶超并肩坐在小茹的对面，听着她的阐述，虽然有些残酷，但他还是不得不戳破她企图伪装的善良，那一点点想要保全的人性。

"你想拿的还包括这套首饰吧？"陆江吟到底还是说了，他直视着小茹的眼睛，语气平平却近乎苛刻，"如果只是收拾自己的物品，没必要大半夜偷偷摸摸地绕到自己房间的窗外。"

话音一落，小茹便掩面而泣。那不是委屈的哭声，也不是无辜的哭声，而是没想到自己竟会成为这样一个难堪的人。

"小茹的时间证人不难找，去'千祥衣'一问便知。再派人去白宅看看，应该能找到被白夫人拽走的另外一枚耳环。以白夫人那种盛气凌人的姿态，耳环不一定会在首饰盒内，有可能在垃圾桶里。"

叶超送陆江吟到了巡捕房大门外，出去时听到陆江吟如是说。他点点头表示会去找一找，但小茹的嫌疑目前为止无法洗清，所以还得在巡捕房待一会儿。

"有件事你不觉得很奇怪吗？"陆江吟站在门外转身又对叶超说，"小茹提到了她在报案之后的那晚去了凶宅，祈愿白家亡灵可以超生。"

"奇怪的并不是她的举动，而是为什么又是凶宅。"叶超很快就理解了陆江吟的话。一件事情出现的频率过高，绝对不是巧合。

陆江吟沉闷地叹息，想起小茹提到这个细节时轻描淡写的口气，好像凶宅祈愿是再寻常不过的举动。

那么，这种行为何时开始，又是何时盛行的。

"她也说看到了地上的七根蜡烛，只是没有点燃。这事从另一个角度来解释，也就是说许景明他们当晚去凶宅，你们那个同学谢罗华看到地上点燃的七根蜡烛的，那个点蜡烛的人，很有可能就是推景明下楼的始作俑者。"

"不然没法证明点燃蜡烛和推景明下楼两件事的关联性，

这只能是唯一的可能。"陆江吟的思维和叶超极为相近，他能明白叶超拗口的话中所要表达的含义。

"没错，那个人害怕被人发现点蜡烛的事实。"

"重点是，那个人为什么会担心被人发现他的存在。"

他们站在门口自然而然地分析起来，虽然暂且不知白家灭门案凶手是谁，但任何在调查案件中出现的疑问都有可能成为揭开真相的关键。

"哦，对了，你从白家阶梯上找到的鱼鳞，在白余毅的伤口上也有找到。"叶超又叫住了终于转身要离开的陆江吟，补充了线索内容，"法医认为，造成伤口的凶器应该是一把类似于菜刀的工具。一直没找到凶器也真的是很麻烦……"

"那片鱼鳞是在脚印留下的淤泥中找到的。也就是说不仅凶器上有鱼鳞，凶手鞋子上也沾有鱼鳞，那么这个凶手会不会是……"陆江吟甚至觉得答案来得过于轻巧，他有些不确信地说，"渔夫或者是专门杀鱼的？还有一件事，我想你也应该知道，就是凶手杀完人之后翻遍了白家上下，唯独小茹的房间例外，白佳慧房间凌乱的程度也相对较低。凶手一定是有什么重要的东西在白余毅手上，我怀疑是类似于文件之类的物品。"

叶超顿时眼前一亮，拍了拍陆江吟的肩膀，高兴道："我马上去查！你早点回家，我就不送了。你这小子还是挺招人喜欢的，那么我就大发慈悲告诉你一个秘密好了。"

"什么？"陆江吟万分嫌弃从他嘴里说出来"招人喜欢"这样的字眼，但还是耐着性子听他讲。

叶超故意神秘地凑近他耳朵，悄声道："这个秘密就是——你喜欢那个小姑娘，我和你大哥都看出来了！"

"你有病！"陆江吟红着脸骂出了有生以来最粗鲁的话。

第四章

七十三号

"齐溪，你不要难过。你爸爸肯定会康复的，我看他现在说话都清楚了很多，一定很快就能出院回家。我过来时特意从你家那边走过，房子都有在好好修理呢，你就放宽心。"

好朋友李爱瑶趁着周末家中无事，便陪着齐溪一起去医院探望齐石良。

齐家发生这样的事，坊间传闻都有丝丝鬼神难辨。李爱瑶虽都不太信，可看到齐溪愁眉不展、心绪不宁，也不得不出起这些边缘化的主意。

"不如我们也去凶宅祈福吧。"

两人在医院的长廊内走着，齐溪从李爱瑶嘴里听到了这样的话不免一阵胆寒。她搞不明白凶宅与祈福之间的必然联系，也不懂人们怎么会将心愿寄托在不祥的废宅上。

"为什么大家会去凶宅祈福呢？祈福难道不是佛寺、庙宇才可以的吗？这到底怎么回事？"

李爱瑶挽着齐溪的胳膊，似懂非懂道："其实我也不太清楚。只是很早很早之前就有人传出来，凶宅能够实现人们的愿望，但需要付出点代价。具体什么代价我也忘了，这么多年过来供奉的东西也变得五花八门，寻不到当年的踪迹。"

传闻想要追溯源头自是极难的，混杂其中的真真假假的讯息难以区分。人们习惯性地为道听途说的传闻添油加醋，最后事件的真实样貌究竟是怎样却再也无人问津。

　　好朋友手挽手来到了走廊中间位置，不知为何有些累，两人便心照不宣地挨着一起坐下来。放眼望去，在医院走廊上稍作休息的都是一些上了岁数的老人家。

　　他们有些孤单地坐在轮椅上合眼小憩，有些则百无聊赖地打量这两个亭亭玉立的女孩，原本无神暗淡的双眸在见到旺盛生命力的瞬间变得清亮无比。

　　"真的有些怪哦。"李爱瑶滔滔不绝地围绕凶宅讲起了自己身边发生的事儿，"也就近段时间，我妈妈就说舅舅好好的一个人不知道怎么了，三天两头往凶宅跑，整个人都变得神神叨叨的，工作完了也不出来见人。妈妈说他肯定是中邪了。"

　　"你舅舅怎么了吗？为什么要去凶宅？"齐溪掩饰不了惊讶与内心产生的诡异之感，这是她第一次听李爱瑶讲起家中事。活生生真实存在的例子让她动摇，凶宅是否真的存在某种神秘的力量，可怕到足以改变一个人的命运？

　　"就是不知道怎么了才说舅舅中邪的嘛。两家本来就不怎么亲近，现在干脆都不联系了。说来也奇怪，舅舅都带着望望回来了，怎么舅母会一人独留在香港地区呢？哎，说起来我都好久没见到望望了，上次生日托舅舅送给他的小木马也不知他喜不喜欢……"

　　"七十三号凶宅啊，其实是因为那户人家一夜之间全失踪了，警方破不了案而已。"

　　李爱瑶惆怅的话语被旁边的一位坐在轮椅上的爷爷打断，他实际上从一开始就有意无意地听着这两个小姑娘聊天。他干瘪的手指漫不经心地敲击着轮椅扶手，显得十分安逸。

　　齐溪看向他，目光瞬间被他大拇指又黑又长的指甲所吸引，忽觉失礼，又不动声色地收回视线，抬头注视着这位爷爷的脸，斑斑点点的老年人的脸并不会让人觉得害怕。

是啊，衰老并不会使人恐惧，同样，绷带后面那张血肉模糊分不清是谁的脸，也不应该成为恐惧的根源。

"爷爷，您知道凶宅呀？"李爱瑶坐在外侧，听到爷爷的声音便好奇地探出身询问，"那您能和我们讲讲凶宅为什么会是凶宅吗？"

老人家忽然目光深邃，他花费很长时间酝酿心中所想。这在齐溪看来老人似乎极为愉悦，这种愉悦像是被忽略很久之后得到的重视，尽管给予他重视的不过是两个乳臭未干的孩子。但他不在意，哪怕说的是与自己无关的事儿。

这七十三号宅子的历史追溯起来仿佛是半个世纪以前的事情。老人家说那房子里曾经住着一家三口，这一家人是否其乐融融无人知晓，见过他们的人也少之甚少。并非他们不喜与人相处，不愿与人友好交往，而是他们搬来没多久之后的某日，甚至不知道具体是哪一天，他们一家三口，消失不见了。

"您的意思是他们人间蒸发了？"齐溪对这个并无任何修饰词却诱人深陷的故事格外认真。

老人家郑重地点头："别说雁过留痕，但凡活着的人怎么可能没有踪迹？但偏偏就这么奇怪，周围没人看见他们走出过家门，更没人能准确地说清楚他们消失的时间。就这样，一星期之后邻居报了案。"

邻居报案是否出于关心不予评价，但绝对出于自我保护。左邻右舍注意到这家人许久没有动静之后，深更半夜熟睡之际竟然听见孩子和女人呻吟的声音。那阴森微弱的低哼声就像是从棺材里传出来的一样，沉闷窒息又抓心挠肝。

夜不能寐必然恼人至极，再加上听见过诡异声响的周边人一致认为，声音来自于七十三号宅子，为了求证也为了还夜晚一个宁静，遂商量报了案。

"本以为至少报了案能心安，没想到破门而入，所有人都被里面的景象给吓傻了……"

暗影中,天花板上咯吱咯吱晃动的吊灯,保持着左右左右的规律摇摆不停。餐桌烛台上点着的残蜡早已熄灭,摇曳不定的不是烛火,而是人心。他们拿手电筒一扫,才见地板上被拖拽出的长长血痕和墙面上喷溅的大面积血迹。所有人都惊惧着发不出声,愣愣地置身于重重鬼影的七十三号宅子内。

老人家深深地叹了口气,回过神自动略过了脑海中回忆起的可怕细节:"那一家三口不是失踪了,而是被人杀了。但是——没有找到一具尸体。"

"什么?"齐溪和李爱瑶被这样的结论吓得浑身起了鸡皮疙瘩。李爱瑶更是哆嗦得一把抱住齐溪的手臂,挨着她直摇头。

活不见人死不见尸,查不出前因后果,七十三号宅子就这样在时间的碾压下一点点荒败,围绕着它的神秘感也越来越浓重,最后成了人们口中的忌讳之地。

"说来也不是很遥远的事情,也就在十几年前吧。不知怎么的就突然有人传出来,只要到七十三号供奉凶灵,任何愿望都能满足,包括起死回生。"

"可能吗?"齐溪的说话声都因为骇人的故事情节而自然减弱,她小心翼翼地问,"真的会有人相信这么荒唐的事情吗?"

"就是呀!什么起死回生,哪有这种事情!"李爱瑶也附和质疑。

老人家盯着她们的眼神充满了"少年不知世事"的意味。这个世道就是这么古怪,越离奇的事越有人信奉。

"信则有不信则无。事情过去那么多年就算如今有了结果,也没人在意了。我还曾听说七十三号宅子的主人吸食过福寿膏呢,只是没人真看见了。按我猜,他们一家保不准是主人在吸食福寿膏后突然失去心智,杀了全家最后自杀了。好多事情光是听闻是远远不够的。"

"不知道这么问您会不会有些唐突……"齐溪捏了捏自己的手，鼓起勇气问，"您看起来好像很笃定自己的猜测？"

李爱瑶讶异地扯了下齐溪的手，这种话不必说定是唐突无礼的。不过她倒是从来没见过齐溪这稍显强势的样子，与平时温柔平和的她判若两人。

有点像谁呢，这冷静又理智的模样？

老人家见齐溪听出了话语中无意隐藏的部分喜出望外，这部分故事他和太多人说过，说的次数多了，别人就当他如说书的一般，全然不往心里去。

"我……"

"小姐！"突然出现的齐叔打断了老人家的话语，三两步上前站在齐溪跟前，脸上恢复了平常的亲切，他微笑着道，"这快到正午了，小姐该早些回去，别让江庭少爷担心。还有爱瑶小姐，一早上陪着小姐照顾老爷辛苦了。"

李爱瑶笑着摆手："不辛苦，不辛苦。伯父没事我和齐溪就放心啦，最辛苦的还是齐叔您。"

齐叔双手垂下轻轻抓着灰色长衫，微笑着朝李爱瑶微微点头。余光注意到那位老人家仍想拉着齐溪继续交谈的模样，他侧身挡住了老人家的视线，又道："小姐接下来要去哪儿，我开车送你们？"

话说到这儿，齐溪便也站起身。才过了几日，齐叔看上去老了大半，鬓边的白发多了很多。为齐家奉献了大半辈子，从无怨言的齐叔让齐溪有些难过。

"没事，我和爱瑶去外面走走，明日放学后我再来看爸爸和您。"齐溪努力地让自己看起来没有那么伤感，"齐叔，您一定要照顾好自己。"

齐叔笑着点头："我不会让任何人伤害到小姐、损坏齐家名誉。请小姐放心。"

齐溪没有将齐叔的话全数听明白，隐约觉得这番忠心耿耿的话没有一个合理的因果关系，但又不觉这有什么不对劲，齐家正经历艰难又糟糕的时刻，情绪有所影响太正常不过。

"那我送小姐到门口。"齐叔做了个请的手势。

齐溪点点头，回身朝那位老人家挥挥手，表示日后会再来。老人家什么话也没说，目送着齐溪离开。周身恢复安静，恍惚间他像是根本没有对任何人讲起陈年旧事，刚刚的交谈只不过是他的臆想。

"起风了，您回病房休息吧。"护士过来，同老人家耳语了几句，便推他回了病房。

孱弱多病生机渺茫者，护士见得多了，所以并没有将老人家萎靡不振的状态当回事。正如他自己所言，没人在意过往，没人在意真相，没人在意他即将枯死的生命。

"齐溪，你怎么看起来心情更不好了？"出了医院，李爱瑶见齐溪反倒更愁云密布了，心想大概是之前那位爷爷说的话让她觉得难受了吧，这凶宅定是邪恶之地，怪自己居然还提什么去凶宅祈福，简直太愚蠢，于是尽力弥补提议，"我们要不要去逛逛洋货店？或者是去喝茶？对对对，大上海附近开了一间小吃店，我们去尝尝？"

"下次再和你一起去好不好？"齐溪承认自己对凶宅极为在意，甚至觉得蹊跷，且不说那位爷爷说的是否可信，单是白家灭门时谢罗华他们就在凶宅一事都古怪恐怖，"我想去七十三号看看。"

"干吗要去那儿？别去别去，你一个人要是出了什么事情，我怎么办啊？"李爱瑶强烈反对，苦口婆心道，"我可就只有父母疼，你不一样，你还有陆江吟和他哥哥疼你。万一你遭遇了什么，他们找我算账，我倾家荡产也没法挽救啊！"

"你说什么呢？"齐溪苦笑，不过李爱瑶提到了陆江吟，她倒是想起了谢罗华，想起了自己对他的承诺，便笑着转移话题，"爱瑶，你记得上次来学校帮我请假的那个男生吗？"

李爱瑶"嗯"着疑惑了一下，随后点头："记得！一个浓眉大眼、傻傻的男生。你不知道他多好笑，来帮你请假又不知你在哪个教室，局促得呀，好像快哭出来了呢。"

耳畔微风和煦，齐溪脸上的笑意稍显轻松自在。感觉不坏，做个朋友看来不是什么难事。她继而详细介绍说："他叫谢罗华，是江吟的同学也是朋友，是个非常有趣的男生。和他在一起的时候呀你会忘记烦恼，是个很不错的男生哦。"

李爱瑶听着听着，狐疑地凑近齐溪眯着眼睛打量，半天后"啧啧"道："齐溪，你该不是移情别恋了吧？陆家兄弟俩你都不喜欢呀？喜欢那个呆头鹅？"

"啊？"齐溪满脸惊愕，是她表达有问题还是李爱瑶误会了什么？怎么听完她对谢罗华的介绍，爱瑶会得出这样的结论？"你等等，我只是觉得谢罗华这人不错，想着你们或许能成为朋友，所以试着介绍你们认识。你是怎么就从我这番话中得出我……"

移情别恋？她移谁的情？别谁的恋？

李爱瑶见齐溪无措着急的样儿，心里一阵满足。平时就对齐溪和陆家的关系充满好奇，但人家的私事又不方便追问，今日见陆江吟的哥哥开车送齐溪来医院，顿时大开界眼。

"说真的，你有了解过自己的心意吗？按我看啊，江庭哥哥就不错。年龄比我们大，肯定更懂得照顾人，为人稳重，性格温和，绝对是夫婿的不二人选！"

齐溪掩嘴偷笑："你这么喜欢，需要我去帮你和江庭哥哥说一声吗？不过这样一来，谢同学就有点可怜了，他还没来得及努力就失去了你的芳心。"

李爱瑶聊到了兴头上，根本不顾齐溪三番五次提到谢罗华，穷追不舍地问："你喜欢谁嘛，或者是更喜欢谁？是陆江庭还是陆江吟？告诉我嘛，我真的好想知道！换我肯定二话不说选陆江庭！"

"哈哈哈……"齐溪的阴霾一扫而空，她自然知道爱瑶在开玩笑，遂也没有当回事，"是啊，江庭哥哥真的不错。那我就选江庭哥哥，嫁给他成为陆家少奶奶，做一回坏人，夺你所爱。"

"齐溪你好讨厌啊！"

两人没遮拦地聊着女孩子的悄悄话，忽闻清脆的几声车铃响，不约而同地抬头望去，竟没想看到了三步外的陆江吟和谢罗华，两人神色不尽相同。

一个将惊喜全都写在了脸上，一个则黯然沉默……形容不出来的别扭。

很不巧，陆江吟是后者。

齐溪见陆江吟阴沉严肃的样子有一瞬的慌张，不知道他和谢罗华出现在附近多久了，不知道自己和李爱瑶的玩笑话是不是被他听见了，如果听见了，又听到了多少。

诸如此类的担心一股脑地涌了上来，搅得齐溪心里七上八下，找不到安定的角落。她谨慎地看向陆江吟，却刚好同他定定的目光撞了个满怀，不知怎么又心虚别过脸望向别处。

陆江吟走上前，看着不知何故避免和自己视线接触的齐溪问道："伯父好些了吗？医生有说什么？是大哥送你来医院的吗？"

这一连几个问题齐溪虽都能一一答上，但这第三个问题横竖听着似乎存有私心。齐溪极为平常地做了回答，陆江吟听了也只是淡然地点头。

"你怎么会来这儿？"气氛有丝丝的微妙，齐溪还是没忍住问了一开始便想问的话。尽管她并不知道陆江吟和叶超去了哪儿，可总归还是想知道。

陆江吟双手插袋，看了看她道："过来碰碰运气。"

"嗯？"

"没什么。"

这一次换陆江吟首先移开了视线，他扫了眼和李爱瑶交谈甚欢的谢罗华，不好意思打断，于是就站在齐溪身侧，不再言语。

"……江吟真是料事如神！他本就是来碰碰运气，没想到真的遇上了齐溪。嘿嘿，还有你。这不正好车子可以还他，让他带齐溪回家。李同学，你知道他俩住一起的事吗？肯定还不知道吧！"

"什么？"李爱瑶震惊地看了眼站在一侧互相不说话的齐溪和陆江吟，想要知道更多内幕的心情只能一再按捺，半天才回一句"我才没有你这么多嘴无聊呢"！

"哈哈，口是心非。"

相较于谢罗华和李爱瑶的热闹，齐溪和陆江吟更显尴尬、冷清。包含在"没什么"三个轻描淡写字眼中的内容未被陆江吟本人说透，却被旁人一语道破。

"你不捂我的耳朵了吗？"齐溪问。

陆江吟一愣："什么？"

"这样我就可以当作没听见，可以假装不知道你想碰的运气——是我。"

陆江吟注视着齐溪，被她甜美的笑容感染得无法克制，会心一笑。

他似乎这才反应过来，齐溪换上了薄衫，薄薄的衣料风一吹就会轻轻摆动，美不胜收。

他这才知季节变更，夏风徐徐。

（二）

陆江吟没有从谢罗华手里要回自行车，成全他送李爱瑶回家的小心愿。

同谢罗华分手后，他和齐溪站在分岔路口，相视一笑。

两人绕过街路两旁开门营业的商店，错开了班车时间，避开了吵闹的中心，和那晚一样慢慢地走路回家。下午的时光悠远漫长，擦肩而过的人都在阳光下出现了层层的影子，金光灿灿好看夺目。

"江吟！"

在下一个拐弯处到来之前，在下一个离家更近的路口到来之前，齐溪抓住了陆江吟的手腕。这时斜扫过屋顶的点点阳光落在她的发间，动人美好。

"我们走那边好不好？"

陆江吟顺着齐溪指路的方向望去："那边都是菜贩的活动地界。"

"我从来没有逛过这种集市，"齐溪急得拨了下被风吹进嘴里的头发，卖力地解释，"想买点晚饭的食材不可以吗？"

陆江吟蹙眉，抬起手也帮她拨了拨头发："晚餐想吃什么，我让蓝姨来买。"

指尖蜻蜓点水一般地划过了齐溪的脸颊，变得有些灼热。一时间也分不清是相互触碰产生的热量还是齐溪本身的温度，不管哪样都惹人在意。

"而且新鲜的蔬菜果类早上来买才好，这都下午了……"

齐溪没辙，只好坦白道："我就是想和你晚点回家。"

简单的话犹如扔进水中的石子，层层晕开的波纹就似控制不住的欢喜，范围越来越广，影响越大越大。

齐溪见陆江吟愣愣地看着自己不说话，只好直接拉着他往前走了一步："太早回家也无事可做，不如在外闲逛一会儿。"

这一刻，陆江吟头上的天空从阴雨绸缪转而晴朗明媚。

原本这条街还不是菜贩聚集地。早些时候，菜农早起将种植的蔬菜瓜果摘下，挑担于街头巷尾或空地上买卖，新鲜的时令瓜果常常被抢空。现在政府设置了菜市场，菜贩们就不用走街串巷吆喝了。

"……有几天没见到他了，这摆摊的钱都没上交呢。"

"那家伙就知道抽大烟赌钱，哪里来的钱交？老婆带着孩子早跑了！"

"真的？他还抽得起大烟？不过我早就说了他这人看面相就不靠谱。我那儿有个算命先生，算得可准了，改天介绍你们过去……"

跨过布满水渍的坑坑洼洼，又不小心踩到了别人择下的烂菜叶，齐溪和陆江吟脸上浅浅的笑在听到鱼贩子不经意间聊起的内容后定住。尤其是陆江吟，视线全数落在鱼贩子摆在厚厚砧板上的杀鱼刀上，目光所至还有黏糊糊沾在杀鱼刀上的几片带血鱼鳞。

他将齐溪拉向身后，以防过于靠近溅起的水渍脏了她的衣鞋。他自己则迎着浓烈的腥味蹲下身，打量着这几个鱼贩子盆中养着的活鱼，随口问："这鱼刚捕捞上来的？"

"绝对新鲜！这位小爷您放心，您看这条！"鱼贩子是光着膀子的壮汉，单穿着一件白褂子，胡子拉碴、笑容豪爽，单手从水中抓起一条鱼，随后双手捧着控制着鱼摆尾，"您看看！"

鱼摆尾的水渍落在了陆江吟的衣袖上，他盯着这条鱼的同时又问了句："你这可以帮忙杀鱼吗？"

"当然可以！"壮汉满口答应，但还是谨慎地问了句，"那您看这条怎么样？要了的话马上就帮您处理好。"

陆江吟瞥了眼旁边摇着草帽扇风的其他鱼贩子，指了指水中的另一条道："这条。"

等他站起身时，发现齐溪已经跑向隔壁摊点，和其中一位挽着袖子、嗓门洪亮的中年妇女聊上了。不仅是中年妇女，那几个暂时不招呼生意的鱼贩子都乐意与她交谈。

他们看着齐溪时都笑得分外羞涩和克制，那种小心翼翼又忍不住多看几眼的模样陆江吟很熟悉。以往放学一起回家，他见过太多追在齐溪身后开玩笑的男生，都是这样的表情。

也是，谁能拒绝齐溪？

"是吗？我隔壁那户打更人家的儿子就在清心中学读书呢！就是那个半夜被鬼怪吓得屁滚尿流的老许！哈哈哈，按我说啊，老许纯粹是老眼昏花，是该换份工作喽。"

齐溪怔了怔，随后问："那你们有听说过河神食人的事吗？"

"哎哟，小姑娘家这种话可别乱说，小心神明听见！"大妈神色慌张得就差捂住齐溪的嘴了，她看了看旁边噤声的大老爷们，小声同她说，"前段时间我们鱼都不好卖，可不就是被那事给闹的！最难卖的就是阿强捕捞上来的鱼，他的鱼啊都是那条河里捕的。这些天没见到他人，我们还猜是不是出海捕大鱼去了。"

说完，又一阵哄笑。

齐溪脑海中一些琐碎得快要被遗忘的细节突然在这一刻拼凑了起来，她急急地问："阿强是不是……长得高高瘦瘦的？曾经在那条河里捞上来一个溺死的小孩？"

对面的鱼贩子面面相觑，表情出奇地一致。一个蓄着一小撮山羊胡的男人悄声问："你怎么知道？我们大家都觉得这事晦气！自从捞上来小孩的尸体，阿强就不太正常了。"

"哪里是不正常？分明就是抽大烟抽坏了脑子！"旁人厌恶地给阿强添加"罪名"。

杀鱼的壮汉这会儿麻利地划开鱼肚子，摘去了一些不可食用的内脏，手上血淋淋的腥臭味十足。他将杀好的鱼放在干净的水中清洗了一下，又抽出几根稻草穿过鱼的嘴巴打好了一个结，交到陆江吟手中之后才插话道："他要不是抽坏了脑子会欠那么多债？把祖宅房契都给抵押出去了，老婆不带着孩子跑难道日后睡大街？"

"房契？"

陆江吟手中提着鱼，眼前的万事万物瞬间被脑海中的风暴席卷而空，存在角落的零碎信息继而开始一点一点地铺满整个画面。清晰的思路就如同从鱼头往下蜿蜒的水滴，顺着鱼身不紧不慢地往下，最后悄无声息地落在了地上。

而这水滴的声响只有陆江吟听见了。

"齐溪，我们走！"陆江吟上前一把抓起齐溪的胳膊将她拉了起来，语气急促似来不及解释，手上拎着的鱼此刻也有些碍眼。

"我刚问了阿强原先的地址，我们要去找他吗？"

"先去找许景明。"

陆江吟干脆利落地回答，脚步越来越快，十分懊悔将自行车借给了谢罗华，看来日后成人之美之前务必要先成全自己。

"你……"走出了这条街，人力车夫就将车拉到了他们面前，陆江吟对着齐溪有些不知如何是好，但还是扶她先上了车，"你先回家，和大哥说晚饭不用等我。"

齐溪坐在车上，看得出陆江吟心切，便伸出手道："鱼给我。你注意安全，一定要回来吃晚饭哦。"

"嗯。"陆江吟郑重地点头。

车夫拉着车离开，他看着因为担心而频频回头的齐溪略感心焦。车来人往的街路上，陆江吟停在原地思索选择哪一条路才可以最快抵达许景明家，结果一晃眼看到叶超的车快速往和自己相反的方向驶离。

"这么着急，是发现了什么新线索吗？"陆江吟纳闷。

太阳还未西沉，所有人仍在拼尽全力赶在黑夜来临之前多输出劳动力，获取更高的报酬。陆江吟穿梭在这些人之中，经过大上海时灯红酒绿的景象已渐渐显露。

"许……"

待他第二次来到许景明家门时，刚张嘴呼唤就被敞开的房门惊得噤了声。屋内一览无余，椅子倒翻在地无人扶起，而静坐在一小方客厅内的许景明的父亲许德清垂头丧气、两眼通红，紧抿唇不说话。

陆江吟叩门踏入，仍不见许景明。窄狭的院内，许景明的母亲埋头洗着衣物，就连外人来了也无察觉。她一边手搓着衣物，另一只手却时不时地拭去泪水。

这个气氛极差的场合下，陆江吟本想上前开门见山地询问，正好被站起身的许德清所见，他吃力地迎了出来。

"景明是不是与你们吵架了？"陆江吟确认道。

许德清无奈地摆摆手："出去了。"

家丑不可外扬大概也包括儿子和父母顶嘴，陆江吟没有追问，也无意打探他们的家事，只是——"我能去看看景明的房间吗？上次随身携带之物似乎遗忘在那儿了。"

前半句为真，后半句不得已编了谎。

许母一直没有吭声，听到陆江吟这个请求，立马扔下了手中的活，双手在围裙上胡乱揩拭，急忙说："孩子屋里太乱了，我先去收拾一下。"

陆江吟顾不上细想，伸手抓住了许母："不必。您忙自己的。"

"这，不太好吧……"许母求助一般看向了许德清，可自己的丈夫也正在气头上，并没有帮腔。她就这样看着陆江吟穿过院子，走进客厅，推门进入了儿子的房间。

屋内杂乱是男孩子的本性，可也还不至于乱到需要整理。陆江吟阻止许母是想知道他们为了何事争吵，现在看来事情很明朗。

房门处的门槛下落着一条手绢，那正是当日白佳慧赠予许景明的，撒落一地的钱的数目也与那日他在抽屉中见到的一致。

想必是被父母不小心发现了许景明不曾动过半分的钱，质问他这些钱从何而来。许景明痛失所爱又被当成嫌疑人询问，根本无法理会父母的用心，一味地发泄自己压抑的情绪。

这些点点滴滴很容易就从这个房间内得出答案，但这些都不是重点。重点是，他要的东西在哪儿？或者说疑似凶手寻找的东西在哪儿？

"找到了吗？"许母站在门口看着站在床沿一动不动的陆江吟问，"你是我儿子的同学？我们家虽然穷，可我一直和他讲做人要正直，不能贪图富贵。可景明居然……"

"您错怪他了。"陆江吟的视线正一寸寸地搜索着房间内的每一个角落，"景明没有做任何违背道义良心之事，他拿着这笔钱只是为了怀念某一个永远失去的人。"

许母低声叹气："是吗？可这笔钱也确实……"

陆江吟扭头看许母，并没有继续为许景明说话："这钱是如何掉落在地上的？其间有看见夹在钱中的其他东西吗？"

"哎，也怪我做娘的多事。看他心绪不宁又不知出了什么事，昨日开始连饭也不吃就把自己关在屋内。今日我下班早，想回家替他收拾里屋，拉开抽屉就见到了被粉帕兜起来的钱……你说我怎么能不担心？担心孩子误入歧途跟了什么坏人，做了什么坏事……"

为人父母这点操心不无道理，陆江吟明白地点点头。

"那孩子一见我拿他的东西马上就扑过来抢，他爹看见还以为景明打我呢。这不就变成这样了……"许母话语心酸，叹气连连。

"他脚扭着也跑不到哪里去，过会儿就回来了。你别担心。"许德清也过来，隔着一定距离生硬地安慰许母，往里面看了眼陆江吟又问，"东西找到了吗？需不需要我们帮你找？"

陆江吟顺水推舟："伯母，我还是帮您一起收拾吧。"

许母笑笑没有说什么，遂了陆江吟的意。许德清则背着手在客厅来回踱步，这会儿家里要是有酒，他恐怕就要喝上几口解千愁了。

地上的钱被如数捡了起来，仍旧没有陆江吟想要的。这时，许母又拿着扫帚入了屋，她有些歉意地道："扫出来的灰尘可能会脏了你的衣服，先到外面等一会儿。"

陆江吟哪能真的走出屋外，就看着许母扫地。她才弯腰轻轻扫了下柜角处，连同灰尘碎屑一起出来的竟是一张叠成一小方块的纸。

"就是这个了！"陆江吟立马弯腰捡起，露出了连日来最开心的笑容。

许德清也探身进来，关心地问："找到了吗？找到就好啊。"

"打扰了。"陆江吟拿着此物告别了许景明父母，走出许家之后，街路两旁灯已亮起。

夜幕降临，陆江吟迫不及待想要将此发现告知叶超，可又怕齐溪等着急，还是决定先赶回家和齐溪吃晚餐。

走出这条巷子，陆江吟重回主街，往家中方向走时，听见了身后的喇叭声。他回身又被灯光刺了眼，随后就知来人是谁。

"上车。"叶超头探出车窗，冲着孤零零走着的陆江吟招手。他正好办完事想去陆家蹭个饭，这就顺便把陆家二少爷带回家。

陆江吟上了车就问："下午的时候你去哪儿了？"

"喏。"叶超爽快地把一张纸递给了陆江吟，却不正经地问，"齐溪呢？今天怎么没陪你？"

陆江吟低头看着字条上的字迹，忽而反应过来，这不正是齐溪走之前告诉他的陈伟强的地址吗？那还是齐溪同鱼贩子打听到的，怎么叶超也知道？

"我们查了白余毅的经济状况、债务问题，他借债给了许多人，且利息颇高，但借债之人仍旧源源不断，钱还不起就拿白余毅认为值当的东西抵押。抵押进来的值钱物都被白余毅存进了银行。我们根据调查名单上的借款人逐一排除，不过陈伟强家无人，扑了个空。"

叶超开着车和陆江吟互相交流着这一天的成果。

"是了，杀了人怎么可能留在家中等着别人守株待兔呢。"

陆江吟迎着对面晃过来的车灯抬眸，话语中已然对白家灭门案有了定论。只是，陈伟强人在哪儿？如果找不到自己想要的东西，会不会沿着细细碎碎的线索找到许景明家中？

"你说什么？什么杀了人？"叶超皱着眉头反问，"你是说陈伟强就是凶手？这么巧吗？证据呢？"

"我见过这个人，就是他打捞起了小一的尸体。我可以画他的画像。"陆江吟有了定论，更需要能证明这个定论的证据，而他希望这个证据能自己跑出来，"你再去问问小茹，对陈伟强有没有印象。"

叶超挑高眉，苦笑着问了句："到底你是探长我是探长？你现在是在给我下命令吗？"

"当然你是探长了。"陆江吟皱眉，想着这人怎么这么计较，然后叹着气将纸片轻拍在他的肩上，"这是在许景明家中找到的被抵押的房契——陈伟强的杀人动机。当然，这些事我只是随口一说，你可以选择不听。"

"欸，你这臭小子！你信不信我现在就把你扔下去，让你赶不回去和你未过门的媳妇吃饭？"叶超一边单手接过房契，一边骂骂咧咧的，居然被一个毛头小子教训了。

陆江吟一怔，看着叶超问了句："你确定齐溪是我未过门的媳妇吗？"

"我"字上加了重音，叶超听出来了。他并不清楚齐、陆两家具体的情况，当然更不知双方父母到底将齐溪许配给了谁。但这个年代，谈不上好，也不比曾经封建。父母之命媒妁之言可当真，也可当笑话。

"你这话怎么问我呢，我哪知道？当时我又不在场！不过我想你大哥是知道的，别问我怎么知道你大哥是知道的，只可意会。"

说了等于没说，陆江吟的窃喜一瞬间又化为乌有。

"其实你也不能问你大哥，你真正该问的人是齐溪。她要是不钟情于你，就算许给了你也毫无意义。"叶超最擅长的就是泼冷水，他发现陆江吟的好玩之处就是提到齐溪就能立刻变脸。

陆江吟听到这话之后似有颓废，想起了白日里听见齐溪和李爱瑶的对话，大概不问也知结果。他曾经无数次地纠结过这个问题，却总觉得还不到时候。

该问，该如何问？

"哎，我可真是羡慕你们这些无抱负的年轻人，只管谈情说爱、吟诗作对。现在的局面还真的是和你们蠢蠢欲动的小心思不相配呢。"叶超突然冷嘲热讽，毫不留情地打击这个家国抱负无法实现，就连小情小爱都不能如愿的少年。

只是一语言毕，陆江吟越发寡言少语。他承认叶超说的话是对的，也承认自己毫无出息。就连父亲也总是觉得大哥更为值得托付一切，所以，齐溪喜欢大哥也是正常的吧。

（三）

次日，还没到上学时辰，谢罗华本着滴水之恩涌泉相报的为人处世之道，一大早便骑着车来接陆江吟上学。陆老爷精神抖擞，一开门就见到拦在大门外冲他笑嘻嘻挥手的少年，皱眉一想，完全不认识。

"门口那小子是谁？"陆年随口就问一同下楼来的陆江庭，"没大没小的，冲我挥什么手？"

陆江庭也没见过谢罗华，见这小子浓眉大眼，年纪与江吟相仿，又同穿着清心中学的制服，座下骑的还是江吟的车，怎么看都应是来找自己弟弟的。

陆年也看出了点端倪，随之哼了声："上楼去把那不争气的小子给我叫起来！八成是来找他的，也不知道在学校里念的是什么书，成天瞎混。你这当大哥的是怎么教他的？"

"是。那要现在就把他打醒吗？"

"打……"陆年无语地抬手指了指大儿子，又极度没辙地放下，"大清早打什么人，好好叫他起来，嘱咐他别总是往外跑，多学点好！"

"知道。"陆江庭失笑答应。

父亲嘴上虽总是数落江吟的不是，心里却一直偏宠着弟弟。这一点陆江庭从小便知，只是从未提起过。他遵从父亲安排的一切，便是想着让弟弟今后的日子可以多些选择，可以享有相对的自由。他自愿承受的一切自然甘之如饴，绝不埋怨半分。

"对了，齐家宅邸修缮得如何了？"陆年出门之前又多问了一句。药行的事他管得也少了，工作之外的事情又并无太多了解。因此便辛苦了大儿子，虽诸事繁忙却处理得有条不紊，如今连齐家的事也要操心。

"还在进行，需要点时日。"

陆年长叹一口气，没有再说什么，背过手朝大门走去。这几日耳边风不是没有，人们纷纷声称齐家是被业火降罪不该与其再有瓜葛。人言可畏，陆年多少还是听进了心里，只是齐溪毕竟无辜。

那场火终究是有些古怪，陆年不想深究其中的蹊跷之处，一来是心有余而力不足，二来是自己的小儿子似乎比任何人都对齐家的事上心。他横竖拦不住，不如放任小儿子去做，反正背后有大儿子管着，应该也闯不出什么祸来。

时间尚早，谢罗华见到了陆家张罗的早饭忍不住吞咽口水。大哥陆江庭也招呼他坐下吃完再走，他本开心答应，却被陆江吟无情地拒绝。

"为什么不吃早饭就去学校？我看你家蓝姨蒸的包子可好吃了！还有那粥，我从未闻到过有粥能煮得这么香的！还有啊还有……"匆匆地被拽出了陆公馆，谢罗华并不觉得哪里奇怪，等他看向陆江吟时，才发现对方脸色不太好，和昨日听见李爱瑶和齐溪谈话的神色如出一辙，"啊！对了！你怎么不和齐溪一起去学校？你俩吵架了？为什么吵架？她……唔唔唔——"

陆江吟本就心烦，听到谢罗华的唠叨更是烦上加烦，大清早不能动手打人，只能用手捂住他啰唆的嘴巴。

"你干吗呢！"谢罗华被捂嘴半天才想起自己自由的双手，立刻推开了陆江吟，抹了抹自己的嘴巴后仍旧穷追不舍，"你是不是因为齐溪说想嫁给你大哥心里难受了？"

哪壶不开提哪壶，陆江吟不语，只是暗暗捏紧了拳头，假如谢罗华再多说一句，就忍不住要打掉他的牙了。

"不过你大哥真的风度翩翩、气宇不凡。"谢罗华转而夸起了陆江庭，细想一番又假意安慰陆江吟，"我要是女的我也喜欢你大哥。"

陆江吟哑然失笑，连连摇头："你，我都看不上，更别提我大哥了。"

"喊！谁稀罕你兄弟俩的喜欢！"

"也是，让爱瑶喜欢上你就已经够不容易了，我兄弟俩就不凑热闹了。"

"你叫她什么？爱瑶？"谢罗华见陆江吟心情稍稍好转，玩笑话便一个接着一个，"只有我才能这么叫！你得连名带姓叫她！"

陆江吟翘起嘴角挑衅道："爱瑶。我偏要这么叫。"

"好啊，陆江吟！你不仁我不义！"谢罗华拉住他前进的脚步，瞪着他一字一句道，"从今天开始我就要亲切地称呼齐溪为'溪'了。溪——溪溪——"

"不许这么叫齐溪。"陆江吟刚刚回升的情绪瞬间又冷却了下来，他扶着自行车，有些后悔没有带上齐溪。从昨天开始到底在别扭什么，他明明知道。

谢罗华大笑着搭住他的肩，并没有再纠缠称呼的问题，只说："走吧，上学去。两天没见还怪想念同学们呢，不知道除了许景明之外的其他同学有没有被凶宅吓到做噩梦。"

凶宅，这每一天怎么都能提到凶宅？陆江吟看了看谢罗华，抓住他横在自己肩上的手，问道："我们是朋友吗？是有福同享有难同当的好兄弟吗？"

"当然是啊！"

"那好，改天再陪我去一趟七十三号。"

"什么！魔鬼！"

几天过来，外头风云暗涌，可学校、学校里的学生们依然是朝气蓬勃的样儿，从不被形势所扰。陆江吟进入教室，想起了叶超说的话，那些话或许是不痛不痒的玩笑，却犹如一枚细小的银针扎进了心脏。

家国兴亡，怎么能置身事外？

上课时，陆江吟靠窗坐着却无心听讲，窗外鸟鸣声、车笛声以及走廊外老师走过的脚步声都能让他分心，总觉得哪里不太一样。

"江吟，江吟！"下课铃声一响，谢罗华便离开位置冲到他跟前，神色巨变，"你没注意到吗？景明没有来上课！他那脚伤也该好了吧，慢点走肯定不碍事，难不成是故意翘课？"

许景明！陆江吟突然明白自己为何总觉得哪里不对劲，这么大一个活人没出现他居然毫无察觉！是昨夜就未归还是今日出了什么事，横竖令人不安。重要的是不知叶超那边情况如何，给他画的陈伟强的画像有没有起到作用，是否已经抓到了陈伟强。

"你去哪儿？"谢罗华看着突然站起身的陆江吟问，"下一堂课马上就要开始了，你不会又要请假吧？"

"谢谢。"

"喂，你——"

谢罗华真的恨不得抽自己一嘴巴子，怎么这么多管闲事呢。不过这次稍稍有些遗憾，遗憾今日齐溪没有一起，不用他帮忙请假，不然就可以跑到对面见一见李爱瑶了。

陆江吟飞快地跑出学校，骑上车就扬长而去。正好被在教室外稍作休息的齐溪看见了，隔着沿路一排的梧桐树，她惊讶于陆江吟即逝的背影都能令自己眼前一亮。

今早她是被陆江庭送来学校的，询问陆江吟的去向，江庭哥哥也不过顺带说了句"和同学一起走了"。她心底有些奇怪，这会儿明明还有课，他骑着车着急去哪儿呢？

"看什么？"李爱瑶出来也探身查看，没有发现什么，但看齐溪的神色，想了半天又问，"是见到陆江吟了吗？"

齐溪点头，忽而心一横："爱瑶，帮我请个假。"

"你去哪儿啊？"李爱瑶抓都抓不住齐溪，伸手扑了个空，"还有一堂课呢，齐溪！请假怎么说啊？"越到后面声调越高，因为被喊话之人已经越来越远。

"胃疼！"

李爱瑶无奈摇头："什么胃疼，怕是心疼吧。"

大街上，陆江吟风驰电掣地前进，自由控制着车子穿梭在人群拥挤的长弄小巷中。这一次他没有先去许景明家，而是直接去了巡捕房。

到的时候，门口的警卫拦住了他。站岗的警卫换班轮值，所以这一天当值的并不认得陆江吟，因此又只能跑进里面报告给叶超。

"你今天不上课吗？怎么跑到这里来？"叶超走到了外面

来，此时阳光已有些强烈，他手挡于眼前，眯着眼睛，"人还没有抓到，但画像已经分发下去了。白家用人小茹看了那幅画像也记起来，曾经确实有个戴着草帽、浑身有鱼腥味的男人来过家里找白余毅，腰间还别着一把杀鱼刀。因为白余毅从来没有让他进门谈话，卑躬屈膝的样子小茹见过几次，听到的谈话内容大致就是恳请白余毅能够宽限还款时日……"

还没有抓到，这可不是个好消息。虽然才不过隔了几个小时，但还是太慢了。陆江吟没沉住气，拧眉出主意："你假意让人来认领白宅搜到的不属于他们家的东西，陈伟强自会上钩。"

叶超抬手打了陆江吟的脑袋一下："还用你个小子教，老子早办了！只是特意将时间安排在了傍晚，这大白天的就算他听到风声也不敢露面。也派下面的人到处寻找了，有消息会……"

还没听叶超说完，陆江吟就心急如焚地骑车离开了，叶超本想和他提点别的事情，却没来得及。

"头儿，刚刚那个少年是？"旁边警卫打量着离去的陆江吟问。

叶超"喊"了声："陆江庭的弟弟，才十七岁呢，书不好好读，想着破案了。不过，他倒是厉害，竟然找到了房契这么重要的东西。人聪明也就罢了，还长得挺不错，你说是不是挺气人的？"

"不气不气。这有钱人家的少爷本就比不过！"

心倒是宽哪。叶超肆意地笑了笑，刚扭头准备回去继续工作就看见了跑得气喘吁吁的齐溪，只好又停下脚步看着她费劲地跑到他跟前。

"不巧，那小子刚走。"叶超又一眼看破，一针见血。

齐溪弯腰，双手撑着膝盖拼命喘气，说不出一句完整的话来。只是听到叶超这么说，她也就暂时松了口气，却也不着急走。

"这又是谁？"警卫纳闷，今儿个怎么这么多人跑巡捕房来？

叶超拍了拍他的肩，轻声道："刚刚那小子喜欢的对象。"

"哦……"

叶超推测齐溪应该是悄悄跟着陆江吟来的，也没问原因，只是问："要不要进去喝口水？你再不蓄体力怕是要追不上了。"

齐溪休息够了，起身摆手："不是，我还有件事昨天忘了告诉江吟。我在和鱼贩子的聊天中得知，阿强在一星期前被同行目睹去了七十三号。您不觉得奇怪吗，为什么这些人都是去了七十三号才出了事情？而且有传阿强会抽大烟，他一个赌钱连房子都抵押掉的人怎会有钱去买大烟？不觉得有问题吗？"

"你的意思是，七十三号可能存在我们还未察觉的问题？"叶超也警觉了起来，"陆江吟也说，散落在地的是纸张、合同类的文件物品，能证明凶手在找类似的物品。这说明他当时神志清醒，不至于抽了大烟……"

齐溪点头："但也有可能行凶前抽了大烟导致神志不清去白家灭门，杀完人之后才恢复神志呢？"

"当务之急是找到阿强……陈伟强，万一他手上还有福寿膏之类的东西，吸食了可不堪设想。我去他家也未发现杀鱼刀，也就是说他很有可能随身携带凶器。"

"嗯，您快去忙吧。"齐溪赶紧催促，她脑内一直在思考一个东躲西藏、几近无家可归之人会去的地方。她没有超越自身年龄的勇气参与案件中，也不敢班门弄斧、自以为是地破案，她想的只是能让陆江吟安心。

叶超转身欲走又犹豫着回头："你要和我一起去吗？陆江吟也不知道急着去哪儿，你现在怕是也追不上。我是送你回学校还是……"

"不用，我自己回去就行。"齐溪歇息了一会儿，擦了擦额头的汗，"找到陆江吟可要把他安全送回家哦。不然我就和江庭哥哥说，你置江吟于危险之中！"

"欸，你这孩子……"

叶超没料到自己竟然三番五次被小孩子揪住辫子扯，又摆出一副大人的气势佯装要教训她。可是他还没张嘴，齐溪就朝他做了个鬼脸飞快跑开了。

一直观望的警卫见此场景忍俊不禁，叶超一个眼神瞪过去又立马稍息立正。

这个时候，抓紧找到陈伟强才是正事。

另一边，陆江吟紧赶慢赶总算是来到了许景明家中。两扇咯吱咯吱作响的木门一前一后地虚掩着，屋内许母的啜泣声明显，比起昨日暗自抹去泪水的隐忍，此时更多的是无助。

"景明昨晚就没有回来吗？"陆江吟赶忙上前询问，屋内只有她一人，许父许德清并不在家。这一家子状况频频，明面上看都是围绕着许景明，实则根源在于白家灭门，在于七十三号。

许母没有看他，也没有回答他的话。倒是邻里犹豫再三进了门，将事情告知了陆江吟。许景明昨日傍晚有偷偷回来，收拾了一下东西就出门了，说是不会再上学也不会再回来。许德清定然对儿子这番不懂事的话火冒三丈，扬言出了这门就再也别回来。

"所以景明真的没有回来？"陆江吟担心的事情果然还是发生了，他并不知道许景明离家出走的真实缘由，他只能追问于邻里，"那你们有听景明说要去哪儿吗？"

两个妇人相看一眼，颓然摇头。其中一个细想了一会儿，不是很确定地回答："他和老许吵架摔门离开的时候，喊了一个什么码头。实在是没听清，也不知是不是这两个字。"

码头，是坐船走吗？陆江吟左思右想，现在去追必然来不及。傍晚回来收拾的东西，应是搭乘晚上的海船离开。许景明去了哪儿，为什么上午气得出走，傍晚回来就坚定地离开，这期间他身上发生了什么？

（四）

"女鬼，女鬼……女鬼啊！"

桥洞外偏瘦高个的身影佝偻在一线灯光之下，他蓬头垢面，双眼惊惧地直视着前方比他矮一大截的人。

他的双唇不自觉地微颤，见鬼般地瞪大双眼，暗黄的双眼，青黑的眼圈，如同活死人一般。他辨不清真假，只觉得眼前出现的妙龄少女是那早已倒在血泊中，死不瞑目的白佳慧！

"别来找我，别来找我！我不是有心的，我不是！"

他到处躲避落在自己身上的光线，可桥洞外、河边两岸没有高大的树木，没有丛生的杂草，他无论怎么躲都袒露在"女鬼"的视线范围内。连滚带爬也好，慌不择路也罢，那束光线总是追着他不放，像是书中的仙人要将妖魔鬼怪降服一般。

"喂，你别跑，我不是……"

声音如鬼魅，阴魂不散，他无处藏身，恐惧的脸孔深埋在苍白双手中。待抬起，面目扭曲狰狞，逐渐可憎。他哆嗦着身子，双唇早已失去血色，而手却慢慢伸向腰间。

"死人，都是死人，没事的没事的……反正死过一次了，再死一次也不打紧……没事的没事的……"形势急转而下，只见嶙峋的身子从光影中忽而变得凶猛且戾气无比，腰间抽出的明晃晃的刀比手电筒的光还要刺眼。他龇牙咧嘴，似笑非笑，摇头晃脑地朝着那束光源拖沓靠近。

低矮的杂草被践踏踩平，掉落的枯枝折断的声响干脆。前方手持手电筒的人被吓得晃了一晃，就在这个空隙间，刀光剑影瞬间加速逼近。

"……我不是白佳慧！你追我做什么！我只是想劝你去自

首啊！"

莫名成了女鬼的齐溪见情势不对，立马转身就跑，肉身之躯想挡住锋利的刀可真是痴人说梦。但转身时，她的手不小心擦到了边上长着刺的植物，一下便划拉出了一道口子，手一疼手电筒便落到了地上。假若弯腰捡，阿强的刀便会立马架在她的脖子上，也有可能当机立断就砍下来。

不能死在这里，还要把这事告诉叶探长，得赶紧跑，这是齐溪告诫自己用来拼命逃离的信念。

"你是女鬼，女鬼，杀了就没事，杀了就没事……"阿强举着杀鱼刀，嘴里碎碎念着似乎早已丧失了理智，只觉得这忽然出现的女孩容貌姣好，身形和白佳慧无异。而这个世上会来找他的除了被他杀掉之人的孤魂野鬼还会有谁！连他最爱的老婆孩子都离他而去了，这世上根本不会有活人来找他，不会！

还差一点，齐溪就能跑上街道，可是上坡路陡峭，一打滑整个人都摔倒在地，沾满一身的草屑污泥，狼狈不堪。齐溪哪管得上疼痛，咬牙挣扎着爬起。

可一站起身，刀光便杀了过来。

齐溪躲不及，下意识地闭眼听天由命。就在此时，忽感身后一道强劲有力的力量将自己的身子拽向一边，刀锋狠狠落下却扑了个空，与此同时，枪声响起，直接打飞了阿强手中的刀子。

事情突发混乱，齐溪还没搞明白，就见及时出手相救之人上前一脚将阿强踹翻在地。

"给我抓起来！"

叶超的声音骤然拔高，同行的巡捕房警员一并齐刷刷上前举枪对准陈伟强，将其戴上手铐押上车。

被押往街边的阿强面如土色，经过齐溪跟前时他还是颤颤巍巍地停下了脚步，神志不清地嚷着"女鬼，女鬼来索命了"。

所有人都看向了齐溪。

齐溪获救，一颗悬着的心已然放下，不再害怕。他既已认定自己是女鬼，是死去的白佳慧，那么就当是吧。于是她直视着思维已和常人不同的陈伟强，一字一句道："我不是女鬼，我是你的报应。"

阿强听后顿时两眼发黑，双腿一软，任由警员拖走。

"先起来。"

这时齐溪才听见耳畔熟悉又温柔的声音，她抬头看向身侧，才发现原来那会儿保护自己的人是陆江吟！

她被他扶起，脸上笑吟吟："你怎么会来？是不是也猜到陈伟强会躲在这里？我也是来碰碰运气的！"

陆江吟神情凝重，伸手摘去了她发间的小叶子："看来你没有我运气好。你碰到的是坏运。"

"怎么会？陈伟强不是抓到了吗？你不是来了吗？"

陆江吟愣了愣，夺人眼球的不仅是璀璨的星辰，还有比星辰更灿烂的齐溪。他原本又急又气，现在又全部都化为了绕指柔。

"有没有受伤？"他问。

齐溪拍拍衣服，掸去了一些泥尘："没有。幸好你们及时赶到，不然那把刀可就落在我脑壳上了。"说着又强调了一遍，"我没事，你不跟着叶探长去听听他为什么要灭门吗？"

"杀人的理由没什么好听的，都是借口。"陆江吟冷淡地回，他叹着说，"不用关心这个，我们回家先检查一下你身上的伤。这一天只吃了一餐，饿坏了吧？"

"是有点饿。不过刚刚实在是太害怕了，我都……"齐溪正说着，一个回眸却落入了陆江吟深邃又意味深长的眼中。猝不及防的对视，让彼此间的沉默变得微妙又深刻。齐溪微张着嘴，欲言又止，就连垂在身侧的手指都不敢动上一动。

陆江吟凝视着她，心生愧疚。他问她疼不疼、有没有受伤，她都像个傻瓜一样笑容明媚地否认，狼狈成这样子却还在为他操心。

"不怕。"他到底还是心疼，却又不知该如何安慰，只能遵从本心，像哄孩子一般对她轻言软语，"不会有下次了。"

齐溪听了陆江吟温柔的声气，全身仿佛通了电一般颤了一颤。霎时脑子一片空白，就连他说什么都无法听清。小时候玩耍，不管多亲密，都不曾有过这样的心思动摇，是长大了还是真的男女有别？

"你俩要不要跟我一起回巡捕房？这么晚了可没人送你们回家，只能等我审完再送你们回去。陆江庭那里我打过电话了，知道你们还没吃饭，我会安排的。再说了，为了把这个案子的报告写完，我让文法医也在巡捕房等着呢。有法医在，这小丫头身上的伤不碍事的。"叶超也不管是否打扰到两个小年轻，又着腰毫无眼力见地打断他们，"我就直说了，你们这个样子回去免不了挨一顿训。别忘了，你俩今天可是逃课，可千万别想着陆江庭会给你好脸色。"

最后这句话明确指向了陆江吟，齐溪听罢只能从陆江吟的温柔乡中慢慢抽离，然后深吸一口气试图平复心情。叶超说得没错，自己逃课可能不会被罚，但江吟就……

"我还是挺想知道这世上为什么会有人如此凶残狠毒。"齐溪看着他，又稍稍别过脸悄声提醒，"去听听吧，没准能得到七十三号的一些线索。还有你忘了吗，小一是他捞上来的，是他说那条河里溺死了四个孩子。我们至今都不知道第一个孩子是谁。"

陆江吟愁眉不展，倒不是因为齐溪所说正是他困惑的事情，而是都这个时候了，她竟还想着帮自己。他从昨天开始就愁肠百结的心绪，到了此刻又因她的一颦一笑、一言一行变得愈加难以排解。

"行了，行了，走吧。"叶超一挥手转身朝街边走去。

陆江吟和齐溪紧跟其后，来到昏黄的街灯下，陆江吟这才看清齐溪手上的伤，顿时心一紧，烦躁之感更甚。

坐车前往巡捕房时，齐溪问陆江吟怎么会和叶探长一起出现在那附近。陆江吟倒也没有保留地说了个明白。

那时，从最后一班轮渡出来已是晚上，去之前陆江吟就猜会一无所获，但结果真的如此，还是不免丧气。所有码头都询问不到许景明一点消息，一个大活人凭空消失。

或许不是码头，是那人听错了。陆江吟几经折腾毫无办法，他推着车本来准备直接回家，走了几步又停下。内心的不安愈加强烈，这是一种无能为力的先兆，也是一种坏事情发生的预感。

"所以你就来找我了？"齐溪期待地问。

陆江吟清了清嗓子，诚实地说："没有。找不到许景明，我就想先去找叶超问问进展。还没到巡捕房就遇到了他，巡捕房的人一路盘查总算听到有人说见过陈伟强。于是我们一路寻过来就找到了桥洞这儿……"

"哦。"齐溪平淡地点头，所以也是碰巧才救了她呀。

陆江吟看了她一眼，又愧疚万分地道歉："没有料到陈伟强会躲在那里。"

"可是我料到了！"齐溪忽然情绪高涨，激动地炫耀，"我比你聪明！"

"嗯，就这一次。"陆江吟摁住她胡乱摆动的手，还是没忍住生硬地问她，"你为什么不好好上课？叶超说你跟着我跑了好几条街？你什么时候也学得这么坏了？"

齐溪不想回答，轻巧地转移话题："我好累，不知道你在说什么，我睡一会儿。"说完歪头轻轻地靠在了陆江吟的肩上。

这一自然亲昵的靠近让陆江吟顿时屏息，尽管心脏跳动得比任何时候都要快、都要疯狂，他还是只能做到缩紧双手置于膝上，局促不安一目了然。

"啧啧啧……"

开车的警卫和叶超深谙少男少女的心思，相视一笑后不约而同地发出暧昧的声音调侃陆江吟。

此时的陆江吟就像是书中被点穴之人，只能任人捉弄，无法反抗。也是，这会儿陆江吟除了紧锁眉头还能做什么？齐溪就靠在他的肩上，呼吸均匀，睡得安稳。

通往巡捕房的路畅通无阻，叶超脸上不见平日与他们开玩笑的不羁样，下了车就命人带着陈伟强进入了审讯室严加审讯，他自己也一同进去，说好要照看陆江吟和齐溪，却一句叮嘱都没有。

广袤的星空下，陆江吟和齐溪有些傻愣愣地站在门口，像两个犯错被罚在家门外思过的孩子一样，不知所措。

但是没过一会儿，从里面走出来一个戴着金丝框边眼镜、穿着白褂子、长相文质彬彬的男子。他扫了眼这两个面露疑色的孩子，知道是刚刚叶探长嘱托他照顾的人，便冲他们笑了笑。

"您好，文法医！"齐溪反应最快，只听叶超提到一次便记住了。

"叫我文韬就好。叶探长说你身上有些小伤，让我帮忙检查一下。虽然巡捕房没有专设法医室，但简陋的医务室还是有的。那么请不要嫌弃地跟我过来吧。"文韬半开玩笑，做了个"请"的手势。

齐溪笑得腼腆，点点头就准备跟着走。

陆江吟虽也认出这人应该就是叶超所说的法医，但态度远没有齐溪热情。看着齐溪和对方有说有笑的，他忽觉这儒雅的法医碍眼非常。

"你是三岁小孩吗？"陆江吟不悦地一把抓住齐溪的手腕，"怎么随随便便就跟人走？"

齐溪被质问得有些发蒙："没有随随便便啊，他是法医啊。"

"法医怎么了？"陆江吟声音越发低沉，"法医就不能是坏人，就不会骗你这种傻瓜吗？"

齐溪轻轻地推了一下陆江吟，小声提醒他："你干吗当着别人的面说坏话？不都说了他是法医，是叶探长让他过来的嘛。"说完之后，她还往前走了一步向文韬道歉，"您别往心里去啊。"

文韬向上推了推眼镜，又看了眼脸色不佳的陆江吟，对齐溪说："理解。"

随后，三人一起走进了审讯室对面那间不怎么大的医务室。要不是因为齐溪身上有伤，陆江吟才不会跟着这个"来路不明"的法医走呢。

"手臂和双膝上有擦伤，手背上还有小刺扎着，需要先拔除。"文韬检查了一番之后，拿出了消毒棉和医用镊子，"手给我。"

齐溪坐在小圆凳上，乖乖地伸出布有几条血痕的双手。因为肤白娇嫩，显得那几条划伤的伤痕尤为触目惊心。

文韬托住她的手，镊子还未触碰她半分，就听陆江吟紧张地说了声"你轻点，别弄疼她"。

"江吟！"齐溪摁住他的手腕，同他商量，"不如你去叶探长那里看看审讯结果？我只是一点小伤，清理下伤口就好。你在这里，我会分心。"

陆江吟凝眉："你分什么心？"说着又莫名瞪了眼文韬。

"就，就会……反正你在这儿，我光顾着看你，就不能好好配合文法医处理伤口了。总之你先去叶探长那儿，我这边好了马上就过来！"齐溪说着说着红了脸，垂下头又推了他一把。

文韬眼含笑意，也道："既有事就先过去，一定还你一个完好无损的心上人。"

陆江吟听他这话稍稍惊讶了一下，又不能还口，只能不理会文韬，转头对齐溪说："那你好好在这儿处理伤口，一会儿我就回来。"

"好。"齐溪听他松口暂时离开，自己也算能自如地面对文法医。

待陆江吟恋恋不舍地离开之后，文韬小心地一根一根拔去她手背上的刺，随口问了句："你们就这样帮着叶探长查案吗？"

"没有。"齐溪摇头，手背上偶尔传来痛感，但也能忍，"是江吟无意中发现溺水的孩子是曾经有过一面之缘的流浪儿，觉得他死因蹊跷，想要查。谁想到又遇上了白家灭门……"

"溺水的流浪儿？"文韬头也不抬，将刺拔净之后往上抹了点药水，"他们是单纯的溺死。"

文韬的陈述句让齐溪想起曾经在《申报》上所见的那几篇解剖溺亡孩子的文章是由他撰写的，顿时敬佩感油然而生。学识丰富，又风度翩翩之人最是令人仰慕。

"那您能和我具体说说那几个孩子的情况吗？"

文韬笑眼一抬："是替刚刚那个男生问的吧？"

齐溪只是垂眸傻笑，没有言语。

陆江吟从小就横冲直撞，做任何事都由着性子胡来。但齐溪总是会站在他那一边，支持他做任何事。并非是因青梅竹马的这层关系，而是她相信陆江吟的本心，相信他骨子里的正义，相信他是个温柔善良之人。

"阿嚏——"

陆江吟坐在叶超身后的座位上，已经连着打了好几个喷嚏。这几个喷嚏都打断叶超审讯好几次，他都觉得有些难为情，心里却在犯嘀咕，莫不是齐溪和那个文韬在背后议论他？

"你再出声就滚出去！"叶超终于忍无可忍，回头怒斥了他一句。主要是眼前的陈伟强经过了文韬简单的治疗，神智正在逐渐恢复，但对他的问话还是闭口不谈。

陆江吟突然被怒骂了一声，气得在叶超背后握拳挥了挥，但念在案件处在关键时刻，只能忍气吞声。

他瞟了眼垂头不语的陈伟强，漫不经心地抛出一句："你再不说话不仅连这儿都滚不出去，你的妻子孩子这辈子也别想再见了。"

平淡的语气警告感十足，吓得陈伟强一颤，顿时抬头警惕地看向叶超。对视一眼后，他才后知后觉地发现其身后的陆江吟，总觉得这少年好像在哪儿见过。

"你老实交代，我才能让你去见你的妻儿。"叶超特意挡住了陈伟强看陆江吟的视线，抓紧时间逼问。有关于杀人动机、杀人凶器，他全都要准确地知道。

此时此刻，陈伟强体内残留的福寿膏的毒性得到了控制，他非常清楚自己的处境，正因为明了才少了些不必要的恐慌，他有些忘了当时杀人的冲动，只知后怕。

一片狼藉的白家、东倒西歪的尸体以及自己沾满鲜血的双手……一切的一切都像是一场梦，一场许愿之后得到满足的泄私愤的梦。

倘若只是一场梦也就罢了，醒了就醒了。可这不是梦，他杀了人，害了足足三条人命。他自知已无宽恕可能，但想到妻儿忽然间就崩溃了。

话未说，泪先流，故事潺潺而来。

陈伟强以捕鱼为生，一家人都靠他这点微薄的收入过活。其妻生性纯良，勤俭持家，所以陈家尽管贫寒，日子倒也还算过得去。

可没想到安逸的日子禁不住一点诱惑，陈伟强在狐朋狗友的哄骗之下深陷赌钱的旋涡中。一开始只是赌点小钱，后来将所有收入都投进其中。最后没钱参赌，无良朋友竟劝他卖妻卖儿。

这样的朋友自然是恶毒至极，可被恶习所染陈伟强真的有在考虑这个问题。他从前觉得妻子温顺、持家有道，现在竟厌恶她什么也不会，和孩子就是蛀米虫，吃他的用他的，一文不值。

邪恶的念头一旦产生就会不断泛滥，泛滥到下雨之夜从小赌坊出来他就准备实施。

叶超和陆江吟自然知道后续并非如此，陈伟强必然是在这途中遇上了白余毅，产生了联系，否则就不会有接下来这桩惨案。

陈伟强听了他们的想法先是点头，后摇头。大致上八九不离十，不过不是他碰巧遇上了白余毅，而是经人介绍。他就这样一个坑又一个坑地踩入，用祖宅房契换下了妻儿。

"所以你真的是为了房契杀了他们一家？"叶超真心觉得一张纸三条命，根本无法相提并论。

陈伟强木讷地点头，追悔莫及也只能一把鼻涕一把眼泪地供述："我只是在气上头，我没想真的要杀死他们。我后悔了呀！我不想再赌了！我想好好靠捕鱼还债！可是，可是白老板不答应啊！他不答应我没有办法，到期了全家都被赶出了房子。老婆带着孩子跑了，不要我了……我能怎么办！"

"有人目睹过你去过七十三号？为什么要去那里？"叶超乘胜直追。

陈伟强掩面，手上的镣铐叮当作响。

七十三号，是让他突然之间从捕鱼的鱼贩子成了杀人凶手的起点。

所有人进七十三号的理由都差不多，为了解决痛苦，为了让日子安顺，甚至为了不劳而获。

"你说什么？福寿膏是从七十三号拿出来的？那你见过给你东西的人吗？在哪里？居然敢在我眼皮子底下私自贩卖流通福寿膏！"叶超对陈伟强交代的事情勃然大怒。

陈伟强一哆嗦忙解释，他只是按照传说的做了而已。跪在凶宅里磕头，等他抬起头时面前就放了福寿膏。他就是吸食了福寿膏才胆量十足，提着把刀就去了白宅。本是觉得好商好量拿回房契就罢手，可白余毅冷嘲热讽、盛气凌人，姿态实在是令人难以隐忍。

"……他不仅不肯还我房契，甚至，甚至还让我将妻子卖入窑子，卖身还债。当时他们一直在笑，一直在笑，我想跪下磕头求饶，可越看越觉得他们只想让我死！他们真的很可怕，我是情急之下才反抗的！我真的不是，真的不是有心想杀他们的！"

福寿膏的致幻作用叶超很清楚，陈伟强当时看到了什么，他无从猜测。那时候陈伟强见到的已经是幻觉了，可他砍杀的却是真实无比的人。

"那你还记得你捞上来的小一吗？那个溺死的流浪儿？"陆江吟从叶超身后走上前，双手撑在桌面上，俯身靠近陈伟强，"你说那条河里死了四个孩子，你告诉我第一个是谁。"

陈伟强盯着这个少年，终于想起了对方是谁。他没有说多余的话，只是摇头道："第一个淹死的孩子应该不是流浪儿……"他说了一句，并不明白溺死孩子和他案件的关系，但还是往下说，"他脚上穿的可是小皮鞋。我记得那日是三月九号，那天我也和你提了这个日子……"

叶超奇怪地看向陆江吟，心里琢磨着怎么突然多了一个溺死的小孩。

"三月九号？"陆江吟重复着这个日期，总感觉有哪里不对劲，他沉吟片刻忽然大喊，"齐溪！齐溪！"

声音振聋发聩，叶超都被喊得堵住了耳朵。很快，齐溪就匆匆地从对门跑了过来，身后跟着法医文韬。

她紧张无措地看着陆江吟："怎么了？怎么了？"

陆江吟抱住她的双肩，严肃地问道："你记得打更的老许见到河神的那晚是几号？"

"三月十六啊。"

十六？十六……陆江吟抬眸，那种无凭无据、全依诡异直觉得出的结论令他难以启齿。

"江吟，三月十六哪里有问题吗？"齐溪见他脸色不好，遂追问。

陆江吟看了看她，又看了看一直费解不语的叶超。陈伟强的案子已尘埃落定，现在没人关心。可另一个案子却才刚刚开始。

第五章

河神

（一）

"头七？"

深夜，食不果腹的陆江吟和齐溪总算是在叶超的好心护送下回到了家。可到了家门口，陆江吟才把自己当时在巡捕房所得出的匪夷所思的结论告诉他们。叶超震惊得摁响了喇叭，直接惊动了陆公馆内的陆江庭。

看着陆江庭从大宅内缓缓走来，叶超急切地追问陆江吟："你的意思是打更的深夜见到的所谓河神显灵，其实是在头七那天祭奠死去孩子的——人？"

陆江吟点头回应叶超的质疑，时间上的巧合，与传言打更人见到河神时的场景，只能让他这么推测。老许见到的并非是神灵，而是那孩子的亲人。

"可那个孩子到底是谁？"齐溪也百思不得其解。

陈伟强虽见过，但他见到的是面朝下，整个身子浸泡在水中的死尸。他那时已捕完鱼上岸，眺望了一眼并没有下水打捞。等他过半个时辰再回去时，水面已恢复平静。

叶超倒吸一口气，这事听起来实在荒唐。没有未知孩子的死亡记录，登记在案的仅有三个流浪儿。而且陈伟强目睹时已是傍晚，河岸边人早早散去，周围冷清，要找除他之外的目击人确实不太容易。

"我之前有在调查失踪案，但失踪的孩子年龄没有低于十岁的，所以……"叶超犹豫地提起了他上一个未结的案子。

从陆江吟明明白白同他讲溺死案有蹊跷时，他就自然而然地将失踪案与此关联了起来。基于没有实在的证据，而受害者又不尽相同，让他给不出肯定的语气。

不低于十岁？陆江吟猛然间想到了许景明。他将手搭到驾驶座的靠背，犹豫再三恳请道："许景明从昨天开始就不知所终，我不确定他是和父母怄气躲起来还是失踪了。你能帮忙留意下吗？"

之所以不确定，是因为陆江吟从小到大没少干过离家出走的破事，结局都是被抓回来狠狠揍了一顿。可年少叛逆，打得越厉害越是屡禁不止。所以他有理由相信，十七岁的许景明也会做这种幼稚的事。

"你是嫌我巡捕房事太少非得给我找点麻烦才高兴吗？这事我怎么留意？你得让他父母来我这里备个案啊。"叶超真是一个头两个大，小孩子耍点性子都要他一个探长操心，明明为人父母的才应该多管管。

对方三言两语就发牢骚，陆江吟也没说什么。像他们这个年纪已经不能称之为小孩了，要任性该有个度，让大人烦忧确实尤为不懂事。彼此沉默的时候陆江庭已经走到了大门外的车身旁，眉眼间的不悦显而易见，但他还是保持风度地轻轻叩了叩叶超驾驶室的车窗。

"哥。"陆江吟率先下了车，见到陆江庭的第一时间就乖巧地道歉，"对不起，回来晚了。"

之后，齐溪和叶超也陆续下了车。齐溪看不出陆江庭脸上的愠色，在她眼里，陆江庭永远温润谦和，但还是隐约感受到了他们之间微妙的氛围。她担心陆江庭会责骂陆江吟，忙上前了一步。

"江庭哥哥，是我不小心摔倒去处理了下伤口才耽误回家的时间。真的，你不信问叶探长，是叶探长让他们的法医帮我处理的伤口。"

齐溪天真无辜地指了指比她还要无辜的叶超，轻松地让陆江庭把怒火转移到了叶超身上。叶超躲闪不及，接收到陆江庭审视的目光时，他真是后悔没脚踩油门离开这里，反倒还下车了。

"哪里受伤了？要紧吗？"陆江庭还算分得清轻重，暂时把指责叶超一事放到一边，关心起确实有些狼狈的齐溪，"给我看看。"

"没事，就只是擦破了皮而已……"齐溪下意识地把双手藏于身后，这点小伤口拿出来未免太丢人现眼了，只能假装神奇道，"现在都快愈合了，那位法医是神医呀！"

陆江庭不信这套说辞，伸手过去，可才伸到一半，齐溪的手就被陆江吟抢先握住了。两兄弟对视一眼，氛围更加古怪了。

"大哥，叶超还有事要和你说。我和齐溪先进去。"说罢，他带着齐溪快速消失在陆江庭眼前。说到底，比起父亲，陆江吟好像更怕自己的哥哥。

"喂！你们两个把烂摊子甩给我是什么意思？"身后的叶超忍不住破口大骂。

陆江庭叹了口气，直视叶超道："你说我是烂摊子？"

"啊？"忽然间，叶超骂人的气势消失殆尽，双手不停地摩擦着，"我是说你的弟弟又可爱又聪明，白家灭门案要是没有他，我估计还得晚几天才能破案。"

陆江庭没接话，任由这位好友胡说八道。

"不过，说起来齐溪为这案子付出也很多，要不是她和凶手周旋拖延了时间，这案子还不知道要多久才能结束呢。"叶超挨个表扬回来，好像这里头没有自己的功劳。

"你说什么？齐溪和凶手周旋？所以她摔倒不是不小心，而是被凶手……"陆江庭这才反应过来，情绪更加糟糕了，"叶超，你最好给我详细说明一下。"

叶超后退了几步，舔舔干燥的嘴唇："陆、陆江庭，我作为朋友提醒你一句，袭击巡捕房探长可是要抓起来的。你别逼我拔枪啊……"然后心虚地摸了摸原本别在腰间的枪戴，顿时惊叫，"老子的枪呢！"

陆江庭被叶超天然的滑稽演技逗得哭笑不得，自打认识叶超以来，总是被对方要宝的样子搞得无可奈何，以至于后来对方成了探长，他都觉得匪夷所思。这搞笑的人是怎么会想要去匡扶正义，寻求黑暗中唯一的真相的？他从来没有问过，但如今越发好奇起来。

"行了，别胡闹。枪不是好好佩戴在你自己身上吗？"陆江庭抬手指了指，他继续正经地说，"去年年末开始的失踪案到现在都毫无进展，你还有心情开玩笑？早点回家休息养足精神查案吧。"

叶超一听也严肃了起来，但维持不过几秒又潇洒地一挥手："我是谁？我可是法租界第一神探！放心，会给大家一个交代的。只要你们这些大人看好自家孩子不给我添乱就行。"

"呵，我倒是想把这话原封不动地送还给你。你可别把我家弟弟妹妹拖下水。"

"弟弟妹妹？你简称弟妹我也听得懂。"叶超又没个正形地开玩笑，"说真的，你知道当年齐溪的母亲把她许给谁了吗？是你还是你弟弟？"

陆江庭听这话整理了下袖口："两位母亲聊天当日，我就在旁边。"

"那你……"

"任由他们发展不是更好吗？"

明明一句话就可以说清楚的事儿，非要东拉西扯地点到为止。叶超不是陆江庭这种性子，自然不能理解，但也不认为他这么做是错的。

夏夜漫长，待在屋外仰望星空的两人目光变得悠远富含深意。他们猜不透彼此，也不想无端猜测各自心思。

　　或许某一天，他会得到答案。

　　"江吟，我知道了！"齐溪坐在饭桌旁，忽然灵光一闪，扭头对着陆江吟道，"打更的老许就是许景明的父亲！我上次在他家见到的那面锣就是打更用的！那时候他爸爸不是在找工作吗？哎呀，怎么这么笨！"

　　陆江吟时不时地看看她手背上红红的伤痕，不停歇地替她夹菜进碗中，平淡地答："嗯，确实是。"

　　齐溪对他的反应表示惊讶，随后撇撇嘴："你早知道了？"

　　"比你是早一点。"

　　果然，齐溪心想，应该是那一次去许景明家中就知道了。她不再言语，看着碗里推得老高的菜，都不知道米饭在哪儿。她吃了几口，又想起一事："今天还没有去医院。"

　　"今天就别去了。"陆江吟提醒她，"你都这样了，齐叔他们看见会担心。"

　　齐溪若无其事地笑说："磕磕碰碰很正常，不用担心的。"

　　这句宽慰的话不知道是说给谁听的，反正陆江吟对号入座了。嚼了几口白饭，他本想再和齐溪说一下七十三号的事，可又不想齐溪再度冲动鲁莽地陷入危险，继而闭口不言。

　　"你说七十三号为什么会有福寿膏呢？那房子是不是住着别的什么人？随意赠送福寿膏不收取钱财，祸害无辜者，不知是何用意。还是说——真的有鬼？"

　　没想到齐溪主动提起了七十三号，他也无从解答，只是轻描淡写了一句："你不是说鬼就是恶人的报应吗？"

　　"为什么我那么义正词严的话从你嘴里说出来会觉得羞耻

呢？"齐溪抬起左手挡住了自己的半张脸，细细咀嚼自己当时忽然蹦出来的话，虽觉得铿锵有力，但此时却像是被嘲弄一般。

陆江吟见她这害臊的模样，也低头一笑，回归正题："叶超应该会立马着手调查七十三号。不过他手上的失踪案……"

"我问过文韬法医了，他也不知道那第一个死亡孩子的事，他手头上只有三个流浪儿的尸检报告。他问我是不是陈伟强看走了眼，或许漂在河面上的只是一具稻草人，毕竟陈伟强没有近距离地观察过。还有，要么就是真的有孩子不小心溺水，父母伤心欲绝打捞走了，并没有报案。要么就是那孩子根本没死，被救回来了。"

齐溪条理清楚地和陆江吟讲自己从文韬那里得到的信息，单凭陈伟强的话无法认定当日真的有孩子溺水，就好像老许深夜慌张看错了桥下的情形一般。

"确实存在多个可能性。"陆江吟盯着齐溪兴致勃勃的样儿，接着她和文韬的猜测继续往下推测，"但没人会给稻草人穿上小皮鞋，陈伟强也说了那孩子穿着不一般。基本上排除漂在河面上的是稻草人这一项。现在的关键是小一他们被发现时身上并无衣物蔽体，这和第一个孩子有着明显不同。虽然死者确认都是男性，但这两者之间存在差异，不得不让人怀疑四个孩子的死是否存在关联。"

齐溪眨巴着眼睛注视着陆江吟。她知道自己曾经在这方面赞许他无数次，但每次听他剖析其中的细节都毫无抵抗力地被吸引，就像现在，专心致志地听着，忘记了吃饭。

陆江吟陷入了短暂的沉思，轻晃了下脑袋，回过神看见齐溪不动筷子傻愣愣地看着自己，便道："饭菜都要凉了，快吃吧。"说完自己也端起了碗，但戳了戳米饭望着齐溪欲言又止。

"你也吃啊。"齐溪见他如此，也提醒道。

她的神情没有任何异样，坦然率真。她或许是不在意，而他大概是真的想知道。内心一再挣扎，他还是问出了口："那个法医和你说了很多话吗？"

"嗯。"齐溪老实地点头。

"比我还多吗？"

齐溪听得一愣，然后放肆地大笑道："怎么可能？文法医就是和我聊了聊家常，说自己有个可爱懂事的儿子。他可敏锐了呢！我问他关于溺死孩童的事儿，他立马反应过来我是替你问的。"

"是吗？"陆江吟忽然心虚地红了脸。

"是啊。不过你为什么从昨天开始就有点怪怪的……"齐溪轻声嘟囔了一句。

陆江吟不知从何说起，只能尴尬地又说了一遍"吃饭吧"。

（二）

一连数日，不管阴雨绵绵抑或晴空万里，学校里再也没有出现过许景明的身影。校园石子路边的板报内容一成不变，粉笔写下的字迹淡去了一大片，也顺带抹去了文章下许景明的名字。

老师和学生一样不知许景明不来学校的缘由，家访几次也无果，回校后对学生们也闭口不谈。同许景明要好的那几个同学也只是认为他一时想不开闹离家出走，没过几日一定会回来的。

这么想的还包括陆江吟和谢罗华，一个星期过去想法仍旧坚定不移，但两个星期过后，所有人的想法都开始发生了变化。

"难怪你这么开心。"放课后，陆江吟看着谢罗华手舞足蹈的样子，才知他买了自行车，沉浸在兴奋之中。

虽说是买了新车，可这放学了他怎么还和自己步行？说起来，要不是今天起晚了，他也应该骑车来的。

"那你的车呢，今天没有骑吗？"

谢罗华大方地一挥手，满不在乎道："被爱瑶借走了。"

"嗯？"陆江吟听到这个一愣，才过去这么点时间，谢罗华和李爱瑶的关系竟然突飞猛进，他好奇地追问了一句，"那你们……"

"朋友啊。"谢罗华心直口快，随后又费劲地抬手搂过陆江吟的肩，"不想学你和齐溪，以朋友之名浪费这么长时间，但这艰难的过程好像是必经之路。"

陆江吟蹙眉，欲反驳谢罗华的揶揄，却在瞬间听到了不远处齐溪撕心裂肺的救命声。定睛一瞧，只见齐溪骑着车从上坡路俯冲下来，身后跟着大惊失色的李爱瑶。

"江吟！快救我！"齐溪双手抓着车把手，手足无措中瞥见了路旁慢走的陆江吟，顿觉救星降临。爱瑶说这是辆新车，可刹车不知什么时候失灵了，她怎么也没办法将车停下。与此同时她又瞥见了一旁神色狐疑的谢罗华，立马害怕地改口，"别，别救我！先救车！"

陆江吟瞬即扭头问了谢罗华一句："你的车？"

谢罗华惊恐地点头。语毕，就见陆江吟往外迈出了一步，对着疾驰而来的齐溪喊了声"松手"。

"松，松什么？"齐溪吓得哭腔连连，耳畔擦过的风凌厉非常，那些全数绑起的头发在肆虐危险的疾风作用下散落好几缕，轻飘的发丝完全意识不到紧迫感，陶醉地在空中勾勒出美好的弧线。

而这周围早已轰然乱成一片。平日里素来喜凑热闹的男同学倒没有袖手旁观，几个人围在一起帮忙出主意。

有一个急匆匆地跑回寓舍说要抱出棉被防止齐溪摔伤，剩下那几个则觉得不如聚在一起拦下自行车。

棉被和人肉之墙还未落实，齐溪和自行车已然冲到了陆江吟跟前。

束手无策的同学屏息捂眼不敢多看，谢罗华因为心疼自个儿新买的车子，瞪大眼睛祈祷。只有陆江吟，伸手以迅雷不及掩耳之势卡在一个极为完美的瞬间，将齐溪拦腰从车上抱了下来。

这一气呵成、行云流水的英雄救美的动作令谢罗华目瞪口呆，注视着抱着美人往后转了一个圈稳稳站定的陆江吟，忍不住脱口而出："江吟，我要是女的我都要爱上你了！"

此话惹得本来心惊胆战的同学们哄然大笑。

"谢罗华！你的车！你的车！"

所有人里面只有李爱瑶，在见到齐溪毫发无损之后关心起谢罗华的新车。她吓得够呛，那车摇摇晃晃撞上了路边的梧桐树之后翻倒了下来，叶子掉落了几片，车轱辘不停地打转。

"哎呀，我的车！"谢罗华一跺脚，飞也似的冲向了自己才骑了一回的新车，他上前跪地一看，差点流下泪来，"刚买的新车啊！脚踏板掉了一个，车链条也挂了下来……完了完了，回家狗腿要被打断了！"

李爱瑶见了他这副样子，又急又好笑："对不起，这都是我的错。我陪你……"

"不用你赔！怎么能叫你一个女孩子赔呢！"谢罗华极为严肃道，"不就打断腿嘛！骨头还会长回来的！没事，堂堂男子汉这点痛算什么！"

李爱瑶没忍住笑出了声，越发觉得这个呆瓜可爱了起来，上前弯腰替他扶起了车子，强忍着笑意："我说的是陪你去修车，修理费用我也可以还你，就是希望你不要生我气。"

谢罗华难为情地搔了搔头："不用不用！怎么会生你的气。"

李爱瑶抿唇，脸颊微微泛红，只能低头看着自己的脚尖。她确实过意不去，虽说是齐溪骑上车出的事，但总归来说是她太大意了。

"那你也不要生齐溪气，她本是想载我的，谁想她刚骑上车就出问题了。"

谢罗华连忙摆手，老实巴交道："我哪敢生齐溪的气，你也不看看江吟多紧张她。从车上把齐溪抱下来，那身手也只有他做得到了。"

李爱瑶也点点头。她突然间竟羡慕起了齐溪，从小就有这么一个"护花使者"在身边。

"罗华，这是你的自行车啊？"同班男生挤了过来，脸上浮现了明显的窃笑，"车轮子都歪了，修车得花不少钱吧？"

"什么？"谢罗华骇了一跳，侧身一看，立马哭丧着脸哀号，"这下真的完了，两条狗腿都要被打断了……"

松软的草地上，齐溪被陆江吟抱在怀里惊魂未定。她甚至都记不起自己是怎么被他抱下车的，只知道怀抱很温暖，心跳得很快。

"你什么时候学会骑车了？"陆江吟轻拍着她的背安抚她紧张的心绪，叹着气问。

上头传来的声音低沉、温柔，让齐溪空白的脑子一点点恢复原状。许是受了这声音的蛊惑，悬在那儿的心变得踏实，她怔了一怔老实作答："刚刚。"

陆江吟拿她没有办法，轻轻松开她之后道："周末我教你。"

"嗯？"

"骑车。"

齐溪不知道怎么了，两颊灼热发烫。她偷偷朝陆江吟投去一眼说不清的目光，却又被他捉了个正着。他回望她，眼神明亮有神，似乎在问"怎么了"。她又如触电似的急忙别过脸，望向别处。初夏的凉风忽起，她只觉得自己的心都和被风吹的枝叶一般摇动了一下。

"谢谢。"

对面的陆江吟打量着她，似乎觉得这样的反应有些奇怪，也有些距离。他不作声，只是默默地注视她，似要看出个究竟来。

同学们见齐溪安然无恙也就各自散开了。四周稍稍安静了些，只剩下时不时飘落的叶子以及几位少年脸上强行按捺住的情愫。

"陆少，你看我的新车……"谢罗华拖着自己残破的自行车，挎着脸挪到陆江吟和齐溪面前，车子往地上一放，他整个人都颓废了不少。

齐溪见状，歉意更深："对不起，都是我的错。我赔你……"

"不不不，这哪成！这万万使不得！修一辆车哪能让你陪着我一起去呢！没事，一辆车而已，齐溪你和江吟早些回家，明早我这车修好了再给你折腾。"

齐溪被说得更加难为情，连忙解释："我是说赔钱……真的对不起，再也没有下次了。"

谢罗华"啊"了声，露出了窘态，他怪好笑地回头悄声问李爱瑶："你们女生说话怎么说的不一样呢？"

"是你理解有问题。"李爱瑶嘲弄道。

陆江吟看了看谢罗华可怜的自行车，觉得自己也有责任，便提议道："我知道修车的地儿，我带你去。"

"那……"谢罗华伸手指了一圈，"四个人都去啊？"

齐溪只惦记着自己做错的事儿，兀自带着歉疚："错在我，我肯定要一起。"

"不是……"谢罗华愁眉苦脸地朝李爱瑶使了个眼色，李爱瑶并没有领会到。

于是，四个人、一辆车拖着长长的影子走出了斜阳下的这条街。

傍晚渐渐来临，市廛嚣声不断，四周流动着初夏的气息，其中还夹带着春末的微凉，舒适宜人。从修车师傅那里出来，也才过去一刻钟。四个人脸上都带着轻松的笑意，谢罗华脸上更是。

"这下腿可保住了。"他庆幸地安慰自己，顺便也讲起了父母给买车的初衷。

说起来还要感谢陆江吟，那天借车回家被爸妈见着了，一开始还以为是儿子偷的，劈头盖脸就是一顿质问。后来得知责怪错了，父母沉默了半晌，于是就有了这车。

李爱瑶听后频频点头："这么说来你父母也很疼你呢。"

"哈哈，虽然没啥出息，但至少也是亲生的嘛！"谢罗华咧嘴笑，然后又叹了一声，"要是家里还有个弟弟或者妹妹，想来再怎么攒钱也不会给买车吧……"

"怎么突然说起这个？"陆江吟边问边拉了齐溪一下，让她走在街路里侧，自己则绕到了最外侧，同谢罗华并肩走着。

李爱瑶不明其意，半开玩笑道："难不成家里还要再为你添个弟弟、妹妹吗？"

谢罗华露出一个苦笑来说："本来是有的，后来没了。"

听到这话，剩下的三个人便也不好再开口。李爱瑶哑然怪自己多嘴胡乱开玩笑，内心隐隐不安，只能立马转移大家的视线。

"齐溪，你看街对面有卖糖食，我们过去看看。"她挽过齐溪的胳膊就准备往街路上走。

谢罗华在身后喊："你俩慢点，注意车！"

两个姑娘小跑了几步，经过几个蹲在地上玩游戏的小孩边上时，脚底硌了一下，步伐也随之停了下来。

"对不起哦。"齐溪赶忙移开脚，蹲下身捡起地上一颗揉成一小团的硬纸。被她一踩，样子有些变了形。

"姐姐，能不能把弹珠还给我？"一个看起来五岁大的小男孩抬高手催齐溪把东西还给他。

齐溪和李爱瑶对视一眼，这纸团是弹珠？小朋友们还真是有能把什么东西都变为玩具的能力，可爱又心酸。她们定睛瞧了瞧，另外那几个孩子都用真弹珠在玩，只有他用的是纸团。

"嗯，还给你。"

就在齐溪把东西递给小男孩时，陆江吟伸手抢过了这硬硬的小纸团，将这纸团小心翼翼地拆开。

"这，这不是？"一旁的谢罗华本也是奇怪陆江吟的行为，可在看到纸团原貌之后，大呼不可思议。

陆江吟捏着这张目测长3寸、宽约1.6寸的硬质纸，蹲下身询问小孩这东西是何处寻来的。

"捡来的。"小孩胖胖的手指交叠在一起，有些害怕这个目光凛凛的哥哥，他伸出小手指朝另外一个方向指了指，"那个打更伯伯家门口附近捡的。"

小孩话音一落，四人齐齐地朝反方向望了过去。那条小巷子，不正是通往许景明家中的吗？打更伯伯，不正是许景明的父亲许德清吗？

为了证实，陆江吟继续问："你能带我们去捡到这东西的地方吗？"

"不要。"小孩干脆地拒绝，"妈妈说了不能和陌生人走。"

"欸，你这孩子怎么这么不乐于助人呢？知道乐于助人是什么意思吗？不懂吧？哥哥可以教你啊，学会这个你才能成长为顶天立地的男子汉。"

谢罗华开始连哄带骗，居然还有人敢拒绝陆江吟，简直不能忍。

"哥哥……"小孩扭头，瞬间就哭着喊起来，几个小孩子立马凝聚在了一起，气势还奶凶奶凶的。

"哎哟！"谢罗华真是开了眼了，他拉过陆江吟生气委屈道，"江吟你听听，这孩子竟然欺负我没有哥哥，你一定要帮我教训他！"

"你别添乱……"陆江吟顿时一个头两个大。

齐溪偷笑，从包里掏出了几颗糖放到小孩的手心："这糖可甜了，尝尝。"她剥开糖纸，喂了一颗到小孩的口中，柔和道，"哥哥们是好人，你们不要怕。你们知道打更的伯伯，也应该认识打更伯伯的儿子许景明吧？我们都是他的同学……"

"是哦，带哥哥们去一下吧。回来之后姐姐再给你们买糖果吃！"李爱瑶也微笑着鼓励着小孩子，"我们在这里等你们回来，别怕。姐姐在这里，哥哥们也跑不了的。"

大概是女生天然的亲切感，陆江吟和谢罗华都望尘莫及，同时也觉得此时此刻的齐溪和李爱瑶都分外可爱，比孩子还要可爱三分。

总算是获取了孩子们的信任，陆江吟和谢罗华便随着孩子走了过去。齐溪和李爱瑶目送他们离开，不约而同地发出了相同的疑问——

"那张名片有什么问题吗？会和许景明有关吗？"

（三）

许景明失踪至今，陆江吟每每心头掠过疑惑想一探究竟时，总会想起当日许父许母的愁容，不敢过多上门拜访，担心加深其父母的感伤，甚至是反感。

可刚刚无意中发现的这张和谢罗华当初从一个古怪人手中拿到的相同名片，彻底摧毁了他仅有的一丝侥幸。

道不清楚的缘由就像古树的千条藤蔓缠绕住四肢，害他不得不屈服。

"就是这儿。"

小孩指了指前方一步之遥的屋子后立马收回了手，躲到大自己两岁的哥哥身后。陆江吟和谢罗华顺着孩子手指的方向望过去，顿时不知该从何说起。

这对门分明就是许景明家，两处相距不过两米。

"还记得是哪天捡到的吗？捡的时候有见到什么人吗？"陆江吟再次半蹲在孩子跟前，语气柔和，循循善诱，"好好想一想再回答我。"

两个小男孩手牵着手，哥哥个子稍微高一点点，他看了眼嗫嚅说不出话的弟弟，挺挺胸勇敢地说："好久之前我们玩弹珠，弹珠滚出去好远，弟弟就追到了这儿，然后就捡起了这张纸。"

谢罗华竖着耳朵听了一会儿，这孩子，不是啥也没有回答嘛。

"……不太记得是哪天了，这纸上的字我们也不认得。"哥哥担心这张纸另有用处，怕自己的弟弟会惹上什么麻烦，老实地承认，"那天打更的伯伯好像很生气，跑出来的时候把家里扫帚都扔了出来，还吓到了我弟弟。之后我就接他回家了。"

这时缩在自家哥哥背后的小孩探出圆圆的小脑袋，眨着眼睛一动不动地盯着陆江吟，努力地去想那天自己所做的事情，去想自己是不是做错了什么。

瞬间，小孩的回忆就像那日脱手沿着高低不平的街路不停地往前滚的弹珠，所到之处都描出了淡淡的一条闪着荧光的线，他看着它一直慢慢地延伸到许景明的家门口。

他就跟在小玻璃珠子后面追，因为是哥哥的玩具，他怕弄丢了被责怪。跌跌撞撞地跟上前，好不容易追上珠子捡了起来，他又见到了从未见过的新奇纸片。这张四边形的纸片和其他纸都不一样，摸上去并不是很软。

他欣喜万分，转回身想要赶紧拿回家同哥哥炫耀时，却见打更伯伯气急败坏地扔了扫帚出来。周围一阵哗然，打更伯伯在骂着什么他没有听懂，只知道哥哥来找他时，正好同不远处一个人擦肩。

那背对他的人是谁，小孩并未在意。两兄弟年纪虽小，却敏锐地感知到大人们之间沉重奇怪的氛围，不敢多做停留，只想着赶紧溜开。

跑出这条狭巷拐了个弯，天上已没了太阳。没一会儿，暮色降临，白日里明明还热得发慌，玩得起劲时脖子一圈竟还出了细汗。

那日的燥热和今日有些相像。

小男孩将能够想起的细节断断续续地告知了陆江吟，说话时委屈的样子让人忍俊不禁。他保持着躲在哥哥身后的姿势，此刻唯有哥哥是他可以依靠的大山。

陆江吟点头，至少这孩子说的话让他明白了一点，小孩应该是在许景明离家出走当日捡到的这张名片。前后的时间差足以令他得出一个大胆的推测，这名片很有可能是许景明落下的。

"谢谢你。"头脑里凌乱不堪，陆江吟暂时停止了令人头疼的思考，摸摸孩子的头对他回以一个肯定的微笑。

"我们能回家了吗？"小男孩摇了摇自己哥哥的手，畏惧地往他身上靠拢。

眼前这两个孩子总让陆江吟联想到自己和大哥之间的相处模式。小时候他大约也像这样，出了事便躲在大哥身后，捅了娄子只管交给大哥收拾。哪怕做错事被父亲责骂，只要往大哥身后一藏，保准能躲过一场"腥风血雨"。只是陆江吟的无忧无虑只维持了十年，十岁那年忽然就被迫成长为了一个心事重重的"小大人"。

"想到什么了，脸色怎么这样差？"谢罗华见陆江吟锁紧了浓厚的眉毛，脸上的阴影逐渐泛滥开来，上前担心地问。

陆江吟叹着摇头："没事。"他又瞧了眼两个孩子，不放心他们横穿街路，便让谢罗华护送孩子到对街的家中。

"你和齐溪说一声让她别担心。"陆江吟随口嘱咐了一句，"我很快就过来。"

谢罗华张开双手像赶小鸭子一样推着两个小孩往回走，听到陆江吟的叮嘱，为了宽他的心便没有半句调侃："你就放心吧。"

陆江吟点点头，扭头注视着许家紧闭的两扇木门。

时间说长不长，说短不短，春节才过去没多久，这一年竟就快过了大半。许家两扇门上贴着的红对联不知为何撕裂了一半，无法黏牢的半张纸在夏风中飘摇，不知何时会全数掉落。

世事变化莫测，让人无法预见一点蛛丝马迹。白家灭门是，许景明失踪也是。

一张无意中被白佳慧塞到许景明手中的房契没想到会引发这样的一场血案，那么许景明失踪又有何缘故？那些造成如此局面的细枝末节究竟藏在何处，它们会如手中的这张顾一飞的名片一般接二连三地悄然出现吗？还是说，它们会换一种方式出现？

比如，许德清见到的"河神"。

神明虚无缥缈，正如苍茫无际的天空中轻飘飘浮着的一道道又浅又薄的云雾。空中时不时有鸟儿掠过，片刻之后仍复宁静。

齐溪负手身后，仰望着遥远的蓝天，踮着脚百无聊赖地等待着陆江吟。不只是她，李爱瑶和谢罗华都同她并肩立于街边，细数了街上看见的富绅千金，交头接耳聊了聊他们的穿着打扮，尽兴了一会儿后就各自凝望着一个点发呆。

"齐溪，你现在还住在陆江吟家吗？"李爱瑶看烦了街边景色，寻找了一个想问又迟迟问不出口的话来，"他家都是男孩子，你住得还方便吗？"

没等齐溪回答，谢罗华心直口快道："齐溪和江吟打从娘胎里出来就一直在一起，哪有什么方不方便。他们等同于一家人。对不对啊，齐溪？"

"就你知道得多。"李爱瑶撇嘴不看谢罗华。

齐溪收回了远眺的目光，听了这话竟有几分害羞。她原本也觉得自己没有任何不便之处，陆叔叔、江庭哥哥都对她极好，处处照顾她，江吟就更不必说了。不过——

"罗华，你记不记得有一天上学是你和江吟一起去的？"

"嗯，记得呀。"谢罗华不假思索地答，"我那天不是为了还他自行车特意去接他上学的嘛。"

李爱瑶听罢，掩嘴笑了声："说得好听，陆江吟还用得着你去接呀？他家有汽车呢，有没有自行车都一样。分明就是你自己非要去找他。"

谢罗华听她调侃自己，心里觉得彼此间的关系应该是更好了，于是说话时便不经意地朝她身边挪了一步，斜着身子同她悄声耳语："那我每天上学来接你好不好？"

"不要。"李爱瑶忽地涨红了脸，知道谢罗华故意同自己站得近，又往齐溪那边靠了一靠，挽住她的胳膊冲谢罗华做了个鬼脸，"怕你的车突然又坏了。"

"不会！肯定不会！这车都已经修好了。"谢罗华坚定地拍了拍停在一边的自行车车座打包票，"那就这么约好了，我明天来接你！"

李爱瑶嗔骂道："谁答应你啦！"

"我就当你答应了。"谢罗华也傻笑着，笑容更加灿烂明媚。半晌之后，他才想起齐溪突然提起这个应该是想问他关于陆江吟的事，于是他又问，"那天怎么了吗，齐溪？"

齐溪见李爱瑶和谢罗华交谈甚欢不好打断，这会儿听谢罗华问自己便有些不好意思地问："那天为什么没有等我一起去啊？"

终于问到点子上了，但这可难倒了谢罗华。答案是什么他了然于胸，可要怎么告诉齐溪呢？当时他好像也拿这事戏弄过陆江吟，但不知道陆江吟到底是怎么想的，实在是不太好回答啊。

"因为自行车只有一个后座啊。"想了半天，谢罗华天真地说，说完之后都忍不住在心里直夸自己机智。

齐溪微微一蹙眉："这样吗？"

谢罗华回过眼来又瞧了瞧齐溪，对着齐溪这张脸真的扯谎都于心不忍。他一会儿双手叉腰，一会儿搔头，横竖难以心安。

"陆江吟看起来不像是会扔下齐溪不管，跟你一起上学的人啊。"李爱瑶也深觉说不通，她微眯着眼睛，逼问谢罗华，"说！陆江吟那天为什么不等齐溪？是不是你挑拨离间了？"

"天地良心！宁拆十座庙，不毁一桩婚哪！这么缺德又折寿的事情我哪能干？"谢罗华大声喊冤，可看着心上人的眼睛不能继续瞎编，只能拉过她讲，"还不是你们那天走在路上瞎聊，说什么齐溪要嫁给陆江吟的哥哥，被他听到心里难受了呗！这事别告诉齐溪，说出来你也有责任。"

李爱瑶一听吓了一跳，竟还是她引起的事端，那这还真说不得。于是两个人摆明着做错事瞒着齐溪的样儿，笑嘻嘻地一个劲地假笑。

"你们怎么了？"齐溪被两个人的样子逗得忘了自己问了什么，不经意地一瞥看见了左手边的街对面有一家照相馆，一时兴起道，"我们去拍照吧。"

"啊？"李爱瑶和谢罗华先是一愣，然后满口答应，"去去去！去拍照！拍照好！"

"那我们走吧。"齐溪心情顿时大好，一个人走在最前头，边走边说，"先过去看看，然后等江吟来了再一起拍张合照。"

李爱瑶扯着谢罗华的衣袖，低声道："那就是说陆江吟吃醋了呗？"

"应该吧。"

"这种好事为什么不告诉齐溪？"

"哎！"谢罗华一把拉住冲动的李爱瑶，苦口婆心地劝说，"不确定的事情你说它做什么？万一江吟并不是因为这个心里难受呢？万一是他俩自己有问题呢？"

李爱瑶听了只觉得麻烦，随之摆摆手作罢："行，不说了。不过陆江吟有和你说他喜欢齐溪吗？他俩到底能不能在一起？"

谢罗华本以为女孩子会更含蓄些，没想到竟都这么直白了当。他就是喜欢她这种直率坦诚的性格。

"陆江吟没事不会和我一个大老爷们聊这些的。他平时在学校课间时不是在看书就是参加社团的一些活动。之前许景明想要创办一期文学刊物的事他都有参加表态呢，只是……"

只是结果还没有出来，刊物名称也未定，许景明就突然不知所终。谢罗华叹气，想当初陆江吟好像还蛮支持这个活动的，创办文学刊物听起来也相当厉害。

"别担心了，许景明会回来的。"李爱瑶听出了他话语里的失落与惋惜，宽慰他，"陆江吟那么厉害，连白家命案都能查个水落石出。这事肯定也不在话下！"

不知不觉太阳下了山，弄堂里的风低低地吹过。街路上的电灯已经亮了。等了一会儿，又询问了别家，陆江吟还是没能等到许景明父母回来。就在他打算放弃离开之际，迎面就撞见了提着那面锣走向前来的许德清。

许德清又重新打起了更，佝偻着背看起来也更加衰老脆弱了。

两人面对面立了一会儿，许德清认得陆江吟，不自觉地露了一脸苦笑，招手请他进屋。陆江吟跨过了门槛，却站在门边不再往里走。

"我今天来是有事想问您。"陆江吟开门见山道。

许德清自顾自地走进屋内，放下了手中的锣："景明还没有回来，没有消息。他妈妈每天下工之后都会满大街地找他。这不懂事的孩子，哪有和父母置气就出走的……"

无尽的叹气，有责备，更多的是懊悔。

陆江吟想开口安慰，可一张嘴又按捺住了。他仍旧直接地问："您有听许景明提起一个叫作顾一飞的人吗？"

许父想了很久，最终颓唐地摇了摇头。

"那么，您听说过河神吗？"

许父本想扶着桌坐下，在听到河神的瞬间整个身子都僵住了。他抬起眼睛深深地看了一眼陆江吟，这个立在门前，气宇轩昂的少年。

他的半张脸都匿于昏暗中，可凛凛眉目却能让人一眼就注意到他。

许德清想，如有神明该是如此，而绝不是同他所见的"河神"那般，两眼放光，凶残恐怖，食人灵魂弃尸于冰冷河水之上。

（四）

"江吟，等你好久！"

天色将黑未黑时，齐溪总算是在照相馆门口看见了姗姗来迟的陆江吟，隔着行人车辆，她兴奋地冲还踟蹰在对面的他招手。

出来时没见到原地待命的几个人，陆江吟心生紧张，好在只是一个抬眼就看见了齐溪，在她喊他名字之前。他朝她走过去，每靠近她一步，心情就会跟着雀跃，尽管他自己都说不清到底在雀跃什么。他还未来得及问她为何站在此处，就被她拉进相馆内同李爱瑶和谢罗华一起拍了一张合照。

等四个人迈着轻盈的步伐走出来时，天上璀璨的星辰都已经亮了。星空下四个人互相对望笑了笑，不知照片中的自己会是什么模样，因而时刻保持着一种不可言说的憧憬。谢罗华还连连感叹这种奇妙的心境，不同于照镜子时看见的本身的相貌，这可是被定格在某一刻永远不会再重来的自己。

齐溪听了也只是笑笑，她没有谢罗华那么乐观新奇。她只是想到了自己从未见过的母亲，家中既无母亲的画像也无相片，除了自己，她找不到和母亲有关的其他事物，多少还是遗憾。父亲又多灾多难，每次提起母亲他比任何人都要伤心，所以她也极少任性说想要母亲。

　　"怎么了？"陆江吟走在前头，回过眼来望了望齐溪，见她垂目黯然，便折返回她的身边。

　　齐溪微微地叹气说："想到一些事罢了。"关于想念母亲，她不敢多言，恐又惹得陆江吟同她一起悲戚。

　　"不管什么事你都可以告诉我，我会听。"陆江吟没有追问，只是伸出手轻轻将她攥紧的右手握住了。

　　齐溪被握住了右手，满满的安心。她微微点点头，脸颊上又迅速起了一层红晕，就连心都变得奇怪。这种现象出现好多次，每次出现时总会觉得内心无比欢喜，欢喜的同时又深感不安，两种感觉交织在一起，着得让她只想退缩。

　　于是她犹豫了会儿，慢慢地从他手中脱离。她试图冷静，好好思考。可要命的是，她根本不知道自己为什么想要冷静，到底要思考什么。她明明希望自己能一直和他牵着手。

　　陆江吟凝望着她，手心已经空荡荡。这是她第二次从自己手里躲开了，有那么一瞬间他好像认定了某种事实，只是瞥见她白皙肤色泛起的红晕，又觉得可爱至极，让人不愿认命。从什么时候开始，他一遇到齐溪的问题就会变得头脑混乱，完全理不清也猜不透。

　　两人侧着身站在繁星下，互不看对方，各怀心思却又彼此沉默。前面的李爱瑶和谢罗华到了该分手的十字路口，便回身朝齐溪和陆江吟道别，只是挥了挥手说"明日再见"就走向了另一条他们回家的路。

　　"我们也早些回去吧。"齐溪暗暗深呼吸了好几次才抬起眼睛看向陆江吟。

夜间街路的几盏电灯都黄黄地亮着，才入夏，绕着灯光飞的蛾子就这样多了。陆江吟侧头看了看她，稀薄的单衫微透，裸露在外的一双手腕细白娇弱，还有她不知何时变得玲珑有致的……

"胡思乱想什么！"突然陆江吟抬手就狠狠打了自己一巴掌！这一打着实吓了齐溪一跳，连忙拉着他的手问他发生了何事。陆江吟尴尬地不予解释，但看她表情大约是真的吓到了，于是含糊地说有虫子。

齐溪伸手抚上了他被他自己打红的脸颊，不相信道："干吗突然抽自己？脸都红了！"

纤细柔嫩的手轻触着他的皮肤，陆江吟只觉得自己才冷却下来的心又顷刻间像被灌了酒一般陶醉混乱。他迷了心智，恍惚地问了句："你心疼？"

"当然！"齐溪拧着眉头果断地答，半晌之后见陆江吟没了话，她陡然间意识到自己没羞没臊地回答了什么，忙澄清，"替陆叔叔和江庭哥哥心疼不行吗？"

"我是问——"陆江吟那从未熄灭过又屡次濒临熄灭的小火苗霎时燃到一个高点，他想要抓住她问个究竟，那是好不容易逮到机会出现的勇气，可就这样被半路杀出来的叶超给活生生地打断了。

叶超仍旧开着他那辆车，看见路边面对面不知在做什么的陆江吟和齐溪后拼命摁喇叭示意，他只觉得自己和这两个年轻人有缘，横竖都能遇见。

"载你们一程，顺路。"他开心地招呼他们上车。

陆江吟没有恼火，他此刻有些相信了命定的东西，脑子被风一吹清醒了过来。他拉着齐溪走上前，冷淡地问叶超："你回巡捕房怎么会和我们顺路？"

"我去你家，我去什么巡捕房？案子再多，我也要吃饭的是不是？"叶超大大咧咧地说着，再次不耐烦地招手让他们赶紧上车。

陆江吟没辙，只能拉开车门让齐溪先进去，自己上车之后不满地问："你又去我家吃晚饭？"

叶超边开着车边嗤之以鼻："什么又去你家？你对这个家有什么贡献？我去的是陆江庭的家，我吃的也是陆江庭的饭。别以为你姓陆，我就得对你客客气气的。"

"我迟早要把你打得满地找牙，皮开肉绽。"陆江吟在后座咬牙切齿地出声咒骂。

"臭小子你说什么！"叶超忽然猛打了一个方向盘。

齐溪不知道叶超为什么那么爱和陆江吟抬杠，只能打圆场说："江吟他说让您好好吃饭，好好吃饭。顺便您能好好开车吗，歪来歪去的挺危险的。"

于是三人之后都没有再说话，算是一路平安回到了陆公馆。

家里已然准备好了饭菜，这天陆年也在家吃晚饭，和陆江庭见到两个孩子和叶超一起回来时都愣了愣，江吟和齐溪怎么跟着叶超回来了？还有叶超怎么又来了？

后面这个疑问主要来自陆江庭。

在陆家，叶超一直不拿自己当外人，大概也是仗着陆年对他极好的态度，还有一大部分源于陆江庭的好脾性。饭桌上他比任何人都吃得香，唯独那几盘陆江庭特意交代是齐溪爱吃的菜他没有动外，简直犹如饕餮。陆江吟是看不惯，但无奈不好发作。

"小溪多吃点，这会儿长身体呢。你看你都瘦了，到时候你父亲出院可要怪我照顾不周了。"小溪是陆年和过世的夫人对她的昵称，从小就这么叫她。

陆江庭也不停地夹菜到齐溪碗中，从进门到现在，他看得出江吟心事重重，可没有问。

"谢谢陆叔叔，我有好好吃饭呢。再不多吃，我就快赶不上江吟长个子的速度了。"齐溪乖巧地吃着饭，说着俏皮的话，想让气氛轻松一些。

陆江吟看向左边，看着齐溪的侧脸，想也没想地抬手摸摸她的头道："你不用长高，这样就很好。"

陆年一瞬间以为自己花了眼，这小子眼底的宠溺真实得快要溢出来了。他不由得干咳几声，想要提醒儿子收敛。

"啧啧。"叶超趁热打铁道，"你俩放学不回家在外头闲逛是不是在约会？是不是偷偷摸摸好上了？"

陆江庭凝眉瞪了叶超一眼："用词能不能稍微文雅一点，叶探长，不要吓着齐溪。"

"不是！没有！"齐溪急着辩解，"你来之前我们还是四个人一起的。江吟去了景明家中询问情况，说来也巧，我们本是去修车的，路上撞见了几个玩珠子的小孩……"

每次被调侃，齐溪总是抢先澄清，她怕陆江吟心里听了不舒服，尤其是被叶超这么说。于是她只能将他们放学后做的事情一五一十地告诉了在座的各位长辈。

齐溪讲完之后，叶超已经吃完了三大碗饭，他心满意足地放下碗筷，抬头间神色立马严肃起来。他朝陆江吟伸出手："捡到的名片给我看看。"

陆江吟碍于父亲和大哥在场，只能装作听话的样儿将口袋中皱巴巴的名片递了过去。与此同时，陆年才注意到自己小儿子脸上的红痕，顿时情绪激动地拍桌起身。

"谁打的你？谁这么大胆，居然敢打我儿子！"

陆江庭一怔，不知父亲为何突然勃然大怒，连忙探身上下打量弟弟有无哪里受伤，最后才慢慢将视线移到他的右半边脸上，一见也敛了神色。

"不是……"陆江吟真的觉得自己有够窝囊的，这节骨眼上要是承认自己抽自己嘴巴子，怕是要被全家人笑话，而且以大哥的性子肯定会追问原因，这让他怎么说得出口？

齐溪比他还要慌张，当时她虽在其身侧，却也不知他为何扇自己。情急之下她站起身，利落地举手承认："我打的。对不起，陆叔叔。当时江吟脸上叮了一只大蛾子，我没办法……"

　　既是齐溪打的，陆年也没话好讲，忙说没事。只不过那脸上的印子也确实深了些，他没忍住干笑着问了句："多大的蛾子要下这么狠的手？"

　　一语毕，陆江吟居然和齐溪一起不好意思地低下头，他托着前额懊悔不已。那"蛾子"是他的邪念，可惜下了狠手也没将它打死。

　　他握住了齐溪的手腕，示意她坐下继续吃，脸上的红印子就算是翻篇了。虽然整个过程中陆江庭都没有说一句话，但他敏锐地察觉到，事实并非如此。

　　"你说你的另一个同学也有这样的一张名片，你见过给名片的人吗？"叶超从沉思中跳了出来，食指和中指间夹着那张名片，语气严厉，"事关失踪人口案件，希望你慎重回答。"

　　陆江吟和齐溪都骇了一跳，这些时日叶超没有一天断过对失踪人口的调查，只是一直没有进展。已知的报案失踪人口有男有女，年龄参差不齐，但都没有超过三十岁。失踪前都没有任何异样，就是突然间不告而别，不知所终，无法判断生死。

　　"最小的十一岁，家庭条件非常不好，父母都是伤残人士。在这位年仅十一岁的男孩家中，我也发现了这张名片，因为父母不认字，这张名片被对折垫在了餐桌脚下。"

　　陆江吟听罢，不甘心地追问："你这样不能肯定最小失踪者的年龄就是十一岁。像小一他们这种无家可归的流浪儿被拐失踪致死，其间无人报案，这就无法提供准确数据。或许全都是同一个案子。"

　　"也有可能。"叶超并不介意陆江吟直言，只是已知失踪者都难以寻找到更多的共同点，那几个溺死的孩子之间的共同点倒是一目了然。不过陆江吟这么执着他也不好泼冷水，实际上这位少年的怀疑并不会改变什么，溺水案已结，他若是想重新调查必须再提供更有力的证据。然而他正因为迟迟找不到证据，又被上头施压劝他敷衍了事赶快结案，他也只能照办。所以当他第一次听到陆江吟说溺水案有蹊跷时，他异常兴奋。

"乐观一点，至少我们找到了一个共同点，顾一飞的名片。"齐溪缓和了一下紧张的氛围，她随着他们的思路分析，"名片出现绝对不会是巧合。叶探长你可以打上面的电话试试，先锁定一个嫌疑人总是没错的。还有让画师照着江吟描述的顾一飞画张像，一定会有进展的。"

叶超真想回她一句"说得轻巧"，可办案流程就是这么个流程，她说得没错。不过他是真的想不通，怎么陆江吟总能碰上这么些个奇奇怪怪的事情。

席间，陆年听得云里雾里。查案什么的他没听明白，但是自己的儿子居然参与案件调查他倒真是有点意外，这会儿又不好骂他不好好读书把齐溪都给带坏喽。陆江吟从小就知道带着齐溪做坏事，爬树、掏鸟窝、下溪里捉鱼捉虾，经常丢了鞋子，丢了小荷包，惹哭齐溪无数次。

本以为长大了能懂事些，没想到干的坏事还变本加厉了。

听不下去的陆年吃完饭就先上楼了，剩下陆江庭主持大局，尽量让叶超少提到些案件。但直到叶超离开，直到各自回房休息，陆江吟也还沉浸在失踪案件中。

"许景明和那些失踪的人会不会同样是受到了顾一飞的游说蛊惑？罗华也收到了这样的名片。按照推算，顾一飞寻找的目标非常有针对性，失踪的那几人家境清贫，多少背负着债务或者其他问题。"陆江吟心想。

黑压压的房中，陆江吟翻身叹了口气。

窗外忽然噼里啪啦的一阵响，这深夜居然下起雨来。陆江吟坐起身，追想着那会儿许德清的话。大致上和传言差不多，但他肯定自己见到的不是什么动物，因为他说"河神"有手，周围有火光，还有呜咽声。他反复强调"河神"有一双大到惊人的眼睛。

"这些联系起来怎么想都觉得是在头七那天祭奠死去的人。可到底在祭奠谁？"

还是这些问题翻来覆去得不到解答，陆江吟索性翻身下床，拉开了房门。门一打开，正好撞见了对门拿着空杯子从里屋走出来的齐溪。

"吓我一跳！"齐溪单手捂住胸口，怪陆江吟开门都没声。

陆江吟见齐溪穿着洋式睡裙，好看到不敢再看一眼，只能迎着她的目光走上前："口渴？"

齐溪点头，都快要睡着了忽觉喉头难受，拿起水壶才发现没有一滴水。没办法，只能蹑手蹑脚地准备下楼倒水。

"回房待着，我帮你倒水。"陆江吟接过水杯，转身就下了楼。

齐溪在扶梯跟前望着已经走到楼梯底下的陆江吟，抿抿唇笑意显露。这种心情真的好新奇，她会在意陆江吟的一举一动，会因为他关心自己而觉得开心。不是平常的开心，而是那种藏不住的喜上眉梢的开心。

没过一会儿，陆江吟便上楼来了，见她还在原地立着，只能上前又陪着她进屋，看着她喝了几口水后又不放心地问："还有哪里不舒服吗？"

齐溪喝完水，松了口气："没有了。"

"嗯。"陆江吟左右待着无事，深更半夜的又在一个女生的房间，想了想又说，"赶紧上床睡吧，夜间还是容易受风寒。"

齐溪点点头，准备休息，但是见江吟没有走，便问："你，是想看我上床了再走吗？"

“上床盖好被子我就走。”

“我又不是三岁小孩，没事的。”齐溪笑他的不放心，“你快回去睡吧。”

陆江吟又深深地叹气，他深觉自己被鬼迷了心窍。齐溪只是轻轻推了他一下，这短促的接触，甚至都没有触碰到彼此的肌肤，就足以令他的心跳跃不定。

“齐溪。”他叹着轻唤一声她的名字，与此同时伸手捂住了她的眼。齐溪立在那儿，看不见陆江吟的举动，只知道漏光的指缝中他在逐渐靠近，靠近时那些许的光也都湮灭了。她忐忑不安地等待，可最后什么都没有发生。她只听见他低哑深沉地道了句“晚安”之后松开了自己，之后带上门离开了。

门外，陆江吟举起捂住齐溪眼睛的右手掩住了嘴巴，害怕秘密不小心从口中溜出来，他刚刚做了什么，恍惚到以为是幻觉。

他很慌，也很不可思议——为那一个差点亲上齐溪双唇却靠着理智挣扎落在自己指节上的荒诞的吻。

（五）

次日，大街上偶有见到被昨夜大雨打落的树叶，飘零零地浮在水洼中。赶着上课的学生踩着自行车从上面过，水花低低溅起，落叶下沉又浮起，叶片已破烂不完整。一个上午过去，风停云停，太阳斜照在教室外的大树上，偶尔还能照得叶片上的雨滴一闪一闪的。

课间，谢罗华追着陆江吟来到校园内安置的长椅旁。两人挨着坐下，他假装漫不经心地偷看了眼陆江吟手中的笔记，上面的字迹笔力劲挺。他一时忘了自己跟来的目的，忍不住夸赞：“江吟，你这字跟谁学的？比老师写的都好看呢。我现在练还来得及吗？”

陆江吟丢过去诡异的目光，他本以为被谢罗华看到自己笔记上所写的小一的失踪时间以及发现死亡的时间会心生困惑，哪知这人的注意点奇特。

他敷衍作答了一句"活到老学到老，没有什么来不及的"后，继续埋头整理这三个孩子的死亡顺序。三月二十八号发现第一名溺死儿童，名叫狗娃，六岁。他死时身上并无任何衣物遮挡，全身无外伤，死因为溺水导致缺氧窒息。四月九号八岁的阿九被发现死亡，死时特征同狗娃并无两样，且死因相同。四月十六号发现的小一死亡特征和死因同上。他们三人的死亡时间一个相隔十几日，一个仅相隔七日，找不到明显的规律。

算上三月九号陈伟强发现的疑似死亡的孩子，四人之间的死亡时间仍旧不存在关联。但是有一个值得注意的点，倘若三月九号去世的孩子是事实，那么狗娃、阿九和小一的遇害时间就全都集中在第一个孩子的头七之后。陆江吟在纸上写写停停，笔尖顿时停在了"小一"这两个字眼上。

小一他们的死会不会和那个孩子有关？

"你写的啥呢？"谢罗华总算是从陆江吟凝重的神色上读出了重点，也回想起上课时无意中瞥到心不在焉望向窗外的陆江吟，遂仔细看了看他写下的内容，疑惑了一声，"狗娃、阿九和小一？这几个人名都有点眼熟，好像在哪里见过……哦！我在报纸上看到过！这几个孩子不是……不是死了吗？"

谢罗华反应过来之后，惊诧不已地瞪大眼睛盯着陆江吟。

陆江吟头也未抬，仅是轻描淡写地"嗯"了一声，心中切实的想法竟是该去找文韬看一看更加详细的解剖报告。报纸上没有详尽描写尸体的状况，且文章写得偏文学性，实在是难以作为查案的参考。

谢罗华凝视着陆江吟从笔记本的纸页里抽出的三张从报纸上剪下来的内容，全都与这三个溺死孩子有关。他不由得被勾起了好奇心："为什么看这个？莫不是这三个孩子的死有蹊跷？"

陆江吟又仔细通篇阅读了一番，最后小心合上并收起了笔记本。他转头看着谢罗华道："原以为查案不难，就像我们做的题都有标准答案，想来案件真相也只有一个，能难到什么程度。可深入才知，理不清思路有多难受。他们的结果只有一个，就是死了。可造成他们死亡的原因却存在多种可能，别说一一排除了，我连存在哪几种可能都想不完全。"

"你不是和巡捕房的探长很熟吗？你既对这个感兴趣，那让探长引见一下这位法医不就好了？"谢罗华也在一旁出主意，他对这些一点也不上心，甚至躲都来不及，可看到好友为其深受困扰，不免也有些在意。

陆江吟经他这么一问，忽而目光幽怨，片刻后冷淡道："我讨厌那个法医。"

"啊？"谢罗华不解地咀嚼从陆江吟嘴里说出的"讨厌"一词，反复斟酌之后小心地问，"这意思是你们不仅见过，而且还结下了梁子？"

陆江吟瞟了他一眼，什么也没说地扣好了敞开的外套，径直往学校大门走去。

谢罗华跟在陆江吟身后穷追不舍地问原因，一直以来陆江吟对人的好恶都不怎么形于色，直截了当地说讨厌一个人倒真的是头一遭，心里想着到底是谁有那么大的能耐能惹陆江吟厌恶。

"陆江吟，接着！"

谢罗华刚一手搭在陆江吟肩上，就听前方的同学方浩淼激动地大喊。他都没反应过来是什么事，就看见不远处飞来一不明物，在半空中翻转几下后飘飘然地落在了陆江吟的脚下。

"方浩淼！快把信还给我！"

紧接着，一女生洪亮的声音传了过来，于是乎在场的所有人都明白了陆江吟手中接到的为何物。男生们不怀好意地等待事情的发展，尤其是方浩淼，像是做了一件什么惊天动地的大事一般，得意扬扬地朝涨红了脸的女生摊摊手。

"张月英我可是帮了你，日后事成了别忘了谢我啊！"方浩淼嘴里起哄声不断，引得爱凑热闹的男生们一起朝着追到眼前来的张月英吹口哨。

谢罗华瞅了瞅和方浩淼争来吵去的女生，端详了半天也不知这叫张月英的是谁。她剪着齐耳的短发，发上别着一个浅粉色的发夹，脸蛋儿圆嘟嘟的，也还算可爱，就是和方浩淼争辩的气势令人望而却步。

"这信……"谢罗华摇摇头，看向了陆江吟捡起的信，定睛一瞧，发现信封正面上写的收信人不正是——"给你的？"

陆江吟不为所动，甚至没看这信一眼，听到谢罗华这么说，霎时皱了皱眉头。他立在原处望着仍被方浩淼纠缠调谑的张月英，只盼麻烦事早些结束。

"张同学！信不在方浩淼身上啦，你的信不是写给江吟的嘛，放心啊现在就在他手上呢！"谢罗华确定收信人之后大方地向张月英喊话，他大概是不知女生写信给男生意味为何。

这不，他话音刚落，男生们立马转头冲着陆江吟怪叫不停。吵闹的声音招来了更多的学生，男校门口自然还是男生居多，可这会儿女生也一个个凑了过来。她们倒是认得张月英，所以听闻她给陆江吟写情书，都惊诧得不得了。平时也没听她谈起过陆江吟，再者大家心里都清楚陆江吟和齐溪的关系，所以她们即便有心，也会选择将那份心意谨慎地藏起来。

"方浩淼！你！"张月英脸上、耳朵上甚至是脖子一圈都染上了红晕，她抬手狠狠地打了一下方浩淼，然后看见自己的信确确实实地被陆江吟拿在了手中，一咬牙一跺脚硬着头皮三两步走到了陆江吟跟前，本想一鼓作气地拿回信，可是一看他眼睛就发怵，愣是说不出一句话来。

身后的方浩淼不停地捉弄张月英，心里头觉得女生写情书很是肉麻不害臊，但又固执地认为既然写了为何不送出去，遂自作主张替她将这事办了，又怕她不领情，高喊道："月英你可要记得哥哥的好啊！下回还要写情书，哥哥都帮你送了！"

周围又是一阵阵的高呼，人群中只见陆江吟的脸色青一阵白一阵，他自始至终都保持沉默。谢罗华这会儿明白自己到底干了什么蠢事，本来勾着陆江吟肩头的手也因为心虚慢慢地放了下来。众人的中心点他怕是待不住，总不能就杵在这儿听张月英对陆江吟表白吧？

他左右为难地抓了抓头，不经意往人群中一瞥，却见到了李爱瑶抓着齐溪的手气呼呼地离开了。谢罗华看不明白啊，陆江吟招蜂引蝶的，爱瑶生什么气？这下完了，这下真的完了。

"江吟，那个……"

"信，能还给我吗？"

谢罗华想把刚刚看见的一幕告诉陆江吟，却被张月英打断了。

陆江吟随手将信一翻，把写有自己名字的那一面给盖在了笔记本上，然后若无其事地递到了张月英眼前："不要再被发现了。"

张月英脑子嗡嗡作响，听不懂陆江吟这话里头的含义。她只觉得羞赧万分，一把抓过自己的信，可这紧张的一个动作，竟把陆江吟手中的笔记本给扯到了地上。

本子落地的瞬间，风轻轻地拂过，纸张一下翻过去好几页。这动静不大，却好似在张月英的心里头掷了一块石子，就连夏风也知晓她的心意，和她一样想知道陆江吟在做什么，在想什么。

"对不起。"她看着陆江吟欲捡回本子，忙蹲下身抢先捡起。

陆江吟伸手过去："谢谢。"

张月英一愣，心中琢磨着无意中看到的笔记本上写着的内容。陆江吟的字笔力遒劲，确乎好看。这一字见心，真想就此窥见他的内心。她迟疑了下，还是将本子放到了陆江吟的手心上，外人看着像是恋恋不舍。

陆江吟看出了她的欲言又止，但没想开口询问。眼下这种情况如果他问了，怕被女生误会他似乎在有意给予关心。他看了身侧的谢罗华一眼，示意对方一起离开。

"陆江吟！"张月英细想了一番，还是走上前叫住了他，手上捏着那封明明送出却又没有真正给出的信，内心纠结，可仍想如果可以再多说一句话就好，"不知道对你有没有帮助，我见过那三个孩子。"

"你说什么？"陆江吟扭头，脸上郁闷的表情完全不见了，取而代之的是兴奋，"在哪儿见过，什么时候？"

张月英热望着回头的陆江吟，仿佛这封信的结局不止如此。她的心突突地跳着，因为那本身不多的期待与希望。她伸手小心地指了指笔记本："我见过他们在一起玩。"

"你有时间吗？"陆江吟没有多想，这三个孩子的案件没有进展，连个多余的目击人都找不到，这张月英见到的情况或许能成为突破口。

"有，有的。"张月英抿着嘴笑，完全忘了嘲弄她的方浩淼和其他同学。此刻她的眼眸中只映着陆江吟，这个她偷偷喜欢很久的男生。

谢罗华在一旁干着急，为了日后方便和李爱瑶解释，他决定跟上时刻监视陆江吟和张月英的一举一动，如有不妥之处，他就算被陆江吟打死，也要把局面给搅和喽。

同学们见最后陆江吟居然和张月英一起走了，顿觉这发展出人意料，乱哄哄地交头接耳。这其中也少不了讨论到齐溪，或许陆江吟和齐溪仅仅是青梅竹马，互相没有别的心思。这陆江吟都能接受别的女生，那是不是意味着他们可以追求齐溪？

几个人的哄笑声变成了低低的窃笑声，男生们彼此怂恿打气，扬言回家要写八封十封情书，明早上课前塞进齐溪的课桌抽屉中。为此男生们纷纷打赌，谁要不写情书给齐溪谁就是缩头乌龟！

离开的陆江吟不知情，早早被李爱瑶拽走的齐溪就更不知道了，她哪能想到自己全程没有参与，结果倒还成了别人的赌约。

齐溪心情有些焦躁，又恰逢今日时隐时现的太阳有些灼热，日光一晒更是难耐得很。可遥望碧落却依旧澄澈明净，心之向往。

"陆江吟怎么能当着那么多人面接受张月英的情书啊！他什么意思啊？"李爱瑶只针对自己看见的一幕胡乱发火，她私心觉得陆江吟对齐溪有意，只是还未到捅破窗户纸的阶段，可刚刚那一幕简直就推翻了她之前心中所想，横竖都替齐溪难过，"我就说吧，还是陆江庭好！齐溪！我们嫁给陆江庭好不好？"

齐溪忽而绷不住笑了："我们？现在可是一夫一妻制啊。"

"哎呀，你就别挑我话里头的毛病啦！"李爱瑶急得摇了摇齐溪的手，不由得又埋怨起当时看起来事不关己的谢罗华，"谢罗华也真是的，怎么不拦着？"

其实陆江吟和张月英之间发生了什么，远远观望了一眼的齐溪并不知道，只是当时的氛围确实像在接受张月英的告白。那么多人围观着、起哄着、拍手戏谑着，种种这些玩笑都让齐溪心中不快。可她心生不悦的真正原因是什么，她想到这个问题不免吓了一跳。

今日下午大家都不上课，于是晴朗的午后变得松散悠闲。李爱瑶本要陪着齐溪一起上医院探望齐石良，但忽然想起家中有事，便在路口同齐溪道了别。望着长长的街路，齐溪沉沉地叹了口气，行走在各色人中间，满脑子都是陆江吟。

"不好意思。"低头走路一不小心就撞到了人，齐溪连声道歉，一抬头见到了对方顿觉喜出望外，"文法医，您怎么在这儿？刚下班吗？"

文韬笑着扶了下眼镜："上午开了个会，这会儿准备回家稍作休息。"说完又打量她一下，遂问，"怎么就你一人？平时形影不离的那位男生呢？"

"他啊……"齐溪看向别处，含糊道，"有事去忙了。"

文韬居高临下地审视她，也不打算追问，只道："回家吗？"

齐溪摇头，告诉他自己要去医院探望父亲。文韬一听表示自己也知齐家失火一事，对发生在齐溪身上的事也感到难过。事情已经过去了一段时日，文韬所听见的一些不好的传闻也渐渐消散。他本来对齐溪抱着极大的好奇，可初次见面看她也不过是个不知世事、莽撞天真的少女，和传闻所言的灾星毫不沾边。

"正好顺路，一起走一段。"文韬邀请道。

于是两人并着肩往同一个方向走去，其间有一搭没一搭地说着话。齐溪情绪低落，对文韬说的话经常置若罔闻。到最后，文韬也不再费心找话题。他直视前方，忽然意识到变天了。前一秒还晴明可爱的太阳彻底隐匿于黑压压的云层之后，在快要抵达自家门口时，大雨瓢泼而下。

"我家就在前面，先进去躲躲。"文韬利落地脱下西装外套盖在了齐溪头上，领着她大步跑向家中。一时间，不仅是他们，整条街上的人都在慌乱躲雨，猝不及防的一场雨打乱了所有人的步调。

十里不同天，这条街上大雨倾盆，不足十里开外甚至是仅相隔一座桥的地方，却洒着淅淅沥沥的小雨。有人想方设法躲着倾盆大雨，有人未雨绸缪。

张月英主动说见过那三个小孩，陆江吟没有更好的办法，只能让她还原当日的行程，要准确到时间和地点。

"三月的事？"陆江吟同张月英走上了街，听到她提起大约的时间，神情有些微的紧张，"具体几号你记得吗？"按照小孩死亡时间推算，张月英见到他们的时间一定在二十八号之前。

张月英脚步轻盈，她的心思全然不在三个小孩身上，而是在此刻站在身边的陆江吟身上。她一时嘴快答："当然记……"脱口而出的话硬是被吞回去大半，她咬了咬下唇，收敛住自己外显的开心，"边走边想我应该能记起来，毕竟事情已经过去很久了。"

陆江吟见她神色异常，心知她明明记得却故意拖延不说，只能若无其事地点头说好。这种低级的掩饰就连谢罗华都看出来了，他撇撇嘴小声地同陆江吟交耳，极力劝阻："江吟，你看有点下雨了。我们要不要改天再……"

"这点雨不碍事。"

谢罗华坚持不懈地劝说："你看张同学一个女孩子身子单薄，淋了雨万一感冒发烧可就不好了，你说对不对？"

这话张月英可听见了，她生怕陆江吟会就这样结束今天的计划转身回家。正当她急切地望向陆江吟时，见他也在打量着自己，微微点了点头。

"也是。"陆江吟语气平平，说话间顺手脱下了自己的校服外套递给了张月英，"披上。如果你能尽快想起那一天的行程，我们就速战速决。"

张月英的心都快从嘴里跳出来了，从前她想都不敢想会与陆江吟有今日这样的接触。她努力保持镇定，从他手里接过外套，披上之后身上真的暖和不少。

"不是，你……"谢罗华真的是没辙了，这陆江吟一心扑在查案上，脑子多半是坏了。反正惹齐溪误会也是江吟自己的事，他懒得管。

沿街走着，张月英的心情雀跃得像在逛街。她指着街路两边的店铺，兴高采烈地说着当天她遇见的事。

陆江吟一直在认真地做着笔记。按照张月英所说的行走路线，他大致了解清楚了一个事实——也就是张月英明明记得具体日子却含糊不说的真实动机。

"所以你是路过河岸边才看到了那三个孩子在一起玩。"一路走，一路回忆，张月英最后将陆江吟他们带到了事发的河岸边。下着雨的此时，岸边冷清清的更是阴寒。陆江吟的笔记本上也沾上了雨水，纸张变得濡湿，墨水也有些化了开来。

张月英点头，伸手指向低岸："当时他们就在那儿玩，不知道在玩什么，靠河很近。我走出了一两步远之后又回头看了看，其实是有四个孩子。"

笔尖的墨水又晕开了，陆江吟听到"四个孩子"时心里一惊。好在他只是捏紧了手中的钢笔，目光越发锐利："为什么会有四个孩子？"

"本来就有四个孩子在一起玩，只是我第一眼看到的时候有个孩子蹲下身被岸边的杂草给遮住了。我也是听父母讲的，他们看了报纸和我说有三个孩子溺死了，都是流浪儿。可我看见的时候明明有一个孩子穿得非常整齐，身上还是黑色的小西装呢，脚上那双小皮鞋擦得可亮了。"张月英的记忆很清晰，她的表情也丰富了不少，"我还听到他说了一句话。"

陆江吟不敢打断，让她继续讲。

"他说：'哥哥们，今天我自学了一首钢琴曲，是一个名字很长很长的外国人写的曲子，你们知道什么是钢琴吗？'就是这样的一句话，非常清楚。后面好像还说了爸爸也在附近，等会儿买完礼物就要回家之类的……不过我那时候已经走远了，也就听不太清。"

陆江吟露了个微笑，果真有四个孩子。

"想起来了吗那天是几号？"

"九号，三月九号。"张月英笃定地回答。

陆江吟的笑意瞬间消失，他望着张月英，她纯真烂漫地笑着，期待他给她赞扬。可她如果知道她竟然见到了那孩子最后一面，怕是无论如何都笑不出来了。

陆江吟收起笔记本，同张月英面对面站着。两人之间隔着空气，隔着细雨，隔着看不见的万重千山，他的眉上、睫毛上都沾着雨水，可一点也不妨碍他接下来要说的话："三月九号，在你见到那四个孩子之前，你一直都在跟踪我。"

（六）

屋外的雨瓣里啪啦地敲打着窗户，恨不能打碎玻璃进来侵占宅邸。

齐溪走进文韬家中，拿下外套挂在玄关的落地衣架上，扭头看向大雨迷蒙的窗外。今早出门她和陆江吟都没有带伞，现在不知他有没有淋湿。

"擦一擦。"文韬从衣橱里拿出干净的毛巾递给了齐溪，自己则摘下眼镜揩去镜片上的雨水，重新戴上之后伸手梳理了下自己凌乱的头发，交代了一声，"我去给你倒杯热水，随便坐。"

齐溪道着谢从文韬手中接过干毛巾，站在原地环视了一圈，客厅的地板和所有用具都干净整齐。茶几上摆着一套瓷色上好的茶具，小杯子全都倒放着，无人用过。左手边是一个墙柜，上面摆着几个相框。她带着好奇心走近瞧了瞧，有单人照也有合照。

"文法医，您儿子真可爱。"齐溪听到了文韬的脚步声，伸手指着一张小男孩的单人照，照片右下角还写着一行数字，大概是拍摄日期，她笑着回身对他说，"他人呢，不在家吗？"

文韬听到她提到自己的儿子温和一笑，端着水走近同她一起端详相片中的儿子："这会儿和他妈妈在一块呢，应该开心得快忘了我这个爸爸了。"

"有您这么好的父亲，我想您的儿子无论在哪儿都会为您感到骄傲的。"齐溪自然觉得文韬能干，年纪轻轻成了上海大学的教授，又兼了巡捕房法医的差事，一般人定是望尘莫及的。

文韬又笑了笑，递了水过去："你经常这样吗？"

"什么？"齐溪双手捧过水，吹了吹杯面，呷了一口。她不太明白对方说的意思，而且她还感到疑惑，为什么相片中没有他的夫人。

"对别人毫不吝惜赞美之词。"文韬平和地说着，"我猜你大概也是这样夸你的小男友吧。"

齐溪正喝着水，猛地被呛了一下。她连忙拿干毛巾擦了擦喷到前襟的茶水，焦急地解释："不是，文法医你误会了，他不是我的……"

"我可没说谁是你的小男友。"最后，文韬狡黠一笑不再继续这个话题。他慢慢踱步到窗户边，伸手扶在窗台上，盯着根本看不清任何事物的玻璃出神。

齐溪耷拉了一下嘴角，躲场雨竟然还被拿来开涮。她也走上前，望着文韬的侧脸随口问了句："比起照片里头，您现在看上去消瘦不少。看起来没有那时候开心，是不是解剖了太多尸体心情不太好，尤其是见到和自己小孩一般大的死者？换作我，心理承受力肯定没您强，我肯定不行。"

文韬没有说话，镜片下的眼睛里也是茫茫大雾一片，他根本没在听她讲。两人之后默默地立在窗前很久，雨声减弱他才回过神来，抬起一双深邃猜不透的眼睛深深地看了齐溪一眼。

"雨好像变小了。"他说。

齐溪捧在手中的茶已经见底，她也惊觉自己叨扰他许久，忙转身将茶杯放回到茶几上，站在那儿同他说："不好意思，耽误您休息了，我也该去医院了。"

文韬拉住了她的手腕："带把伞吧，这雨指不定什么时候还会下大。"说着他走到玄关处，从门后拿了一把黑色的伞交给齐溪，"我自己用的伞偏大，可能会有些重。"

"谢谢。"齐溪也走到门前，双手接过伞，走之前犹豫三番还是对文韬说，"我刚刚一直在想一些事情，一些不愉快的事情。可我发现不愉快的事会带走很多我能制造快乐的时间。文法医，希望您不会和我一样，不要被不开心的事所牵绊。"

文韬明明和她离得不远，看她时却目光远眺。她的这番话，就像是从山的那头传过来的回音一般，四面包围着他，然后一下一下敲击着他的心。有些难以启齿，他觉得齐溪很善良，她的心是通透可见的，她看人也是。

"再见。"齐溪拉开了门，润润的双眸含着清澈干净的笑意，她撑伞走进雨里。雨滴落在伞面上的声响很好听，刚刚那一番安慰自己也安慰文韬的话也好听。可就像医者不能自医，从她自己嘴里说出的好话一样也无法真正地宽了她的心。

不知不觉又消沉了下去，齐溪没出息地长叹一口气，可想着等会儿回家就能见到陆江吟，心里又泛起一股暖流。明明心里难受，可一想到他们能天天见面就什么事都没有了。

"小姐，这下雨天您怎么来了？今天不用上学吗？"进了医院，齐溪就同齐叔在走廊上遇见了。齐叔一见她便加快了脚步来到了她跟前，不放心地上下打量，每次见着自家小姐总要先关心询问。

齐溪拉过齐叔，笑道："今天下午放假呢。您不用担心我，我很好。我爸还好吗，恢复得怎么样？"离病房还有几步路的距离，齐溪也学着齐叔唠叨地东问西问。齐叔脸上笑呵呵的，一句一句老实地回答。

病房里头齐石良服了药正睡着，轻微的鼾声飘了出来。齐溪听见就暂停了往里走的脚步，倚在门边凝望着里头浅笑，顺便也对着齐叔"嘘"了声，让他不要声张。

前些日子见面的时候，齐石良说话已经非常清楚了，但一见自家宝贝女儿就激动得不行，拉着齐溪的手不放，嗫嚅着又不吭一声。齐溪猜想是劫后余生让父亲变得敏感脆弱，她也回握住了父亲的手，安慰他会好的，马上就能出院。事实上，齐家修缮也快到了尾声，出院回家也是近在眼前的事儿。

"老爷这张脸恐恢复不到从前，他怕日后吓到小姐，就吩咐我命人打造一副面具出院后时刻戴着。"齐叔收拢着手，轻叹着说，"小姐，不管老爷变成什么样，齐家变成什么样，我都希望您能无忧无虑、开心平安。"

齐溪扶着齐叔，望着他越加老去的面容，听着他每次嘱托的话语，语调沉重。一朝之间，齐家七零八落，纵使能修复也不知还能不能回到往昔。伤感也是情理之中，可隐约间又觉得齐叔说的是另外一件事，听了捉摸不透又不知从何问起。

"对了齐叔，您记不记得上次我在这儿和一位老人说过话？您记得那位老人家吗？"在医院停留了半个钟头，临别前，两人绕到了医院长廊上，齐溪在这里停了下来，想起了那位提起七十三号宅子诡异往事的老人家。

齐叔"哦"了声，淡淡道："已经走了。"

"走了？是出院了还是？"

"西去了。"齐叔微微弯腰恭敬地回答，"生老病死乃是常事，他死前能同小姐聊到知晓的往事，想来也是了了心愿。您要知道医院中的医生、护士、病人从不将他的话当真，唯有您信了。"

齐溪一愣，内心惋惜不已。她丝毫没觉得老人家在诓她，人之将死其言也善，他没有欺骗她的道理。而且七十三号宅子的事本来知道的人就不多，传到至今也不过是添油加醋的故事罢了。可那位老人却知道很多从未传出来的细节，她相信他说的是真的。只是老人家现在已作古，还有些事无法再一步步求证了。

"江吟少爷呢，今天怎么没和您一起来？"齐叔送她到医院门口，自然而然地提到了陆江吟，这一问却见她面露尴尬，便笑问，"你们吵架了？"

齐溪连忙摇头："没有的事。"

"你们从小一起长大，彼此知根知底，偶尔有点小矛盾也正常，但要好好解开误会才行，时间久了误会也会成为心结的。"

"齐叔您怎么知道是误会？或许是真的呢？"齐溪失落感忽涌上了心头。想到终有一日陆江吟会属于别人，会只属于另外一个人，她就心酸不已。

齐叔面目慈祥，缓缓地安慰她："江吟少爷自小就待您很好，有什么好玩的、好吃的总是跑来与您分享。人家总说孩子的脾性是一眼就能看到老的，江吟少爷的为人我还是信得过的。"

"齐叔您和我想的是两回事。我正因为知道他是个什么样的人才会担心被别人……"齐溪忽然咬紧了牙关不敢往下说。她羞涩地瞧了眼还是笑呵呵的齐叔，愣是把"抢走"两字给嚼碎吞了下去。

齐叔心中有数，没有揭穿，只是点点头目送齐溪离开。感慨那时候的小孩子竟然就这样长大了，明明昨天还在自己眼前瞎闹，一眨眼工夫他们就成长成这般模样了。

外头细雨还在飘洒着，天色逐渐恢复明亮。可张月英变得同岸边寂寥的草木一样，不能自主行动。面对着毫不顾及她的心情说出秘密的陆江吟，她脸上霎时露出了一种恐慌的表情，无地自容到想逃跑。

谢罗华惊讶地拉下嘴角，眼睛注视着无措的张月英，费解地问："你怎么知道她在跟踪你？她跟着你做什么？"

陆江吟没有解答，只是看着张月英，从她的脸上他确信自己的推测是真的。他本是对自己那天的行迹已无明显印象，可经她这么一提他才回忆起来。

九号那天，他赶去和齐溪见面。因为想起齐溪前日提过口中发苦，想吃点甜食，他出门后便沿路留意着糖食铺，但出门晚了，进了几家铺子都没能找到齐溪爱吃的那几样糖食。可就是这几家平凡无奇的铺子，却成了张月英嘴里印象深刻的地点。

"直到我买了一串冰糖葫芦在西街同齐溪会合，你才走向了河边那条道见到了那四个孩子，是不是？"陆江吟对张月英道。

张月英心里一阵慌乱，先前起的那些微细的希望与期待全都烟消云散了。不切实际的幻想终究是成不了真的，她慢慢地别过脸望向河面，神情暗淡。她有过一瞬间感激方浩淼的自作聪明，在陆江吟提出要同她聊一聊的时候。可此刻她恨方浩淼，更恨写下这封信的自己。

"我无意做那件事，只是那天我心情烦闷出来走走。街路上遇着了你，本想和你打招呼，可你面上看起来非常着急，就像是发生了什么重要的事情急需解决。我不敢上前同你说话，只能一路跟着你想着你到底在烦恼什么，或许我可以帮你。不过最后看到齐溪我明白了，你的烦恼我根本帮不上忙。"

张月英说着脸上滚下来几滴眼泪，混同着雨水落在了地上。她大概是真的伤感，喜欢许久的人从前说不上一句话，今天了了心愿却没想竟是最后一次。

"什么意思？这怎么又扯到齐溪身上了？"谢罗华听得云里雾里，摸不着头脑，追问陆江吟又见他一脸不耐烦，根本不愿搭理，只能按捺住自己的好奇心，识相地闭上嘴。

陆江吟低头看了眼她攥在手里皱巴巴又湿透的信，里面的墨迹也渗透到了面上，他不知该对她说什么。这会儿从河面上吹来的凉风，吹得他们都打了个冷战。

他对着张月英道了声"谢谢"，谢谢她写的信，谢谢她告诉自己四个孩子的事。他不知张月英能不能明白，但他知道从这一刻开始张月英应该会放弃给他写信了。

小雨仍旧飘着，陆江吟和谢罗华送张月英上了电车。她站在电车尾目送着他们，可他们没有人回头也没人留恋，留在她身上的只有陆江吟忘了取回的外套。

街路两旁的各种店铺仍在招揽生意，行人的步伐又悠闲自得起来，奈何小雨好似和这座城市缠绵上了，迟迟不肯停歇。

谢罗华摸了一把沾满雨水的脸，漫不经心地问："你准备怎么和齐溪解释？"

"什么？"陆江吟不解，顺便也甩去了头发上的雨水，"解释什么？"

"别怪做兄弟的没提醒你，你和张月英在校门口纠缠不清的场面被齐溪看见了。当时齐溪可是很生气地扭头就走了呢！那气势就像是再也不要理你了。"

陆江吟一怔，蹙眉质问："你怎么才说！"

"陆少爷，你说话要凭良心！你好好想想我是不是提醒你很多次，劝你很多次，让你不要跟着张月英还原什么当日行程。你偏不听，还说这点小雨不碍事。你自己琢磨琢磨，到底碍不碍事？"

"先走了。"

"喂——"

陆江吟也不管谢罗华，穿过人流跑到街对面。对街停着在招呼生意的黄包车，见神色匆匆的陆江吟过来，立马围了上去喊价。这时刻陆江吟哪管得上什么价钱，哪辆先来到他跟前他就坐哪辆。

可祸不单行，车夫拉到一半发现有条道被封了不能走，换别的路又绕远了，想着征求陆江吟的意见，却被他急切的样子给吓了一跳。

"不用找了。"他多付了车钱，跳下车就跑进雨中，直奔家中方向。绵绵细雨扑面而来，模糊他的视线，令他惴惴不安。

一刻未停歇地跑回家中，还没来得及喘口气，竟没想在门前同齐溪撞到了一块。

陆江吟眼疾手快一把扶住被他撞了个趔趄的齐溪，然后喘着大气注视着她。伞面下的齐溪脸上泛着桃红色，一双清澈的眼睛直愣愣地看着自己——他一瞬间感到心安，可才轻松地一扯嘴角，却注意到齐溪手中的伞，顿时笑意全无。

"你干吗跑这么起劲？"齐溪将伞收拢，然后从兜里掏出手帕自然地擦拭他脸上的雨水，擦了一会儿猛然回想起自己还在和他置气，遂将帕子塞到他的手心，"快擦擦吧。"

蓝姨听声赶忙迎了出来，说："小姐和少爷上哪儿去了，怎么都淋湿了？快上楼去换身干净的衣裳。"

齐溪转回头望了眼立在门前盯着自己的陆江吟，看他浑身上下都湿透了，也不知上哪里去了。这么想时她又回看了眼，忽而意识到陆江吟身上只有一件白衬衫，顿时一万种闹心的想法像沸水一样全都冒了出来，她果断扭头自顾自地跑回楼上房间，然后将门反锁。

蓝姨不太明白现在是什么状况，回头看了看小少爷，顿觉气氛不妙，只能借口说要准备晚饭赶紧离开。

而陆江吟自己也搞不清楚，只觉得齐溪手中那把陌生的伞非常碍眼。

这种僵持的状态持续到了晚餐时间，洗了个热水澡的齐溪换上了干净清爽的便服，吃饭间隙只和陆江庭说话，完全不看陆江吟一眼，身子也侧着背对着他。

陆年和陆江庭都看出了端倪，陆年不敢多问，于是冲着大儿子使了个眼色，让他替自己问。

陆江庭无奈，干咳了一声越过齐溪，将问题抛给了弟弟："你惹齐溪生气了吗？她好像从回来到现在都没有理过你，要不要给你一个机会向她道歉？"

齐溪吃着饭头也不抬地否认："他没有惹我生气，不需要道歉。"

"那你为什么看都不看他一眼？"陆江庭没有给他们缓冲的时间，紧接着问齐溪，"我想他肯定做了什么让你不高兴的事。我做哥哥的替他先道个歉，你先好好吃饭，可以吗？"

陆江吟瞥了眼充当和事佬的大哥和吹胡子瞪眼的父亲，反正就这气氛他也吃不下饭，索性伏下头对齐溪说："你是想吃完饭再解决问题，还是解决完了再吃饭？"

"我两个都不选。"齐溪愤愤地吃了两大口饭，气呼呼地嚼着。莫名其妙，有什么问题要解决？这分明就是他一个人身上出的事，怎么还变成他们两个人的问题了？

"那你就是不想解决问题。"

"对，不想。"

陆江吟一口气上来，差点急得脱口而出一句"随你"，但他看到齐溪略微发红的眼睛，不知她是气的还是伤心的，横竖心有不忍，只能埋头闷声不响吃着白饭，两人继续互不搭理。

陆年真是糟心透了，吃个饭都不省心，换作以前真的是操起家伙就要揍这不听话的小子了。反正他也没听明白两个小孩到底有什么问题要解决，不过看齐溪隐忍难受的样儿，隐约察觉到一点。随后他略感可惜地看了眼自己的大儿子，无可奈何地摇摇头。

一餐饭吃得不痛快也无法消化，晚饭过后陆江吟呆坐在房内，侧耳倾听对门的动静。但不管怎么竖起耳朵，都没有捕捉到任何齐溪想要主动示好的苗头，终归是他按捺不住，几次欲起身推门想找齐溪说个清楚，奈何大哥楼上楼下来回跑干扰他的行动，最后家中竟还来了访客，大人都在楼下接待，他只能叹气关上门静等。

不知道趴在桌上无所事事了多久，突然间对门传来"咔哒"一声，紧接着便是齐溪下楼梯的声音。他立马起身站到门后，贴着门继续听。齐溪的脚步声他太熟悉了，熟悉到可以计算她经过自己房门的时间。

而这个时间就是现在。

"你——"齐溪才倒完水上来，刚踩完最后一步台阶就猝不及防地被陆江吟一把拽进了屋内。与此同时，房门被他干脆地关上了，她右手还握着杯子，回身望着陆江吟，脸上还是未退去的惊慌。

陆江吟上前拿过这个像是被她当作救命稻草一般紧握手中的杯子，将其放到一边，抬眸的一瞬间想到了很多要解释的话，可一出口就问了句："那把伞是谁的？"

"什么伞？"齐溪被他问得有些发蒙，恍惚了几秒后终于意识到是自己带回来的那把黑伞。

她紧张的心忽然松弛了下来，大概是没听到自己想听的内容，回答的时候也有些心不在焉："那把伞是文法医的，我去医院的路上遇见他了。"

"然后他就把伞借给了你？"陆江吟万万没想到"乘虚而入"的竟然是文韬。

齐溪想不通这把伞有什么好讨论的，她只觉得陆江吟的追问有些没话找话。她不看他，侧过脸盯着那已经晃出三分之一水的杯子，无奈又苦涩地做了说明："我见到他时还没有下雨，中途下起雨来我们没地方躲，就一起回了他的家。他的家就在附近……"

陆江吟听到齐溪跟着文韬回了家，顿觉事情荒唐得匪夷所思。他一下子忘了自己的目的，一动不动地盯着齐溪，有些方寸大乱："任何人都有可能是坏人，他也不例外。你怎么还敢跟着他回家？"

"你这是什么话？怎么就认为他是坏人了？"没等来该给的解释，竟然还被无缘无故地训斥了。齐溪本只是心中烦闷，现在倒好，变成了满腹委屈。

　　陆江吟这会儿眼拙得厉害，他完全没注意到齐溪急速变得忧郁的神色，声音骤然拔高："就因为他也是个男人！"说这话时他私心觉得没人会不喜欢齐溪，没人会拒绝喜欢齐溪，没有一个男人会不对她抱有邪念。正因为如此，他那无法说出口的紧张与焦躁全都暴露了出来。

　　而在齐溪看来，陆江吟这顿邪火根本就是在已有问题的情况下制造了新的问题，这反而令她更难过。她瞪了他一眼，伸手推了他一下："你比任何人都要坏。"此刻她也顾不上陆江吟不见的外套，只想回到房里生闷气。

　　"齐溪……"

　　陆江吟顿时心乱如麻，他本意并非如此，可心里一慌就把事情处理得更加糟糕了。

　　他想也没想地抬手握住了她的手腕阻止她离开，却不想齐溪正好一脚踩上了当时杯中漾到地板上的水渍，整个人立马失去重心往后仰去。陆江吟见状吓得连忙伸手接住她，用力过度一个后退两人竟双双摔倒在了床上。

　　齐溪被他抱着仰卧在床上，一扭头就同他近距离地对视，霎时脸上就起了红晕。她不敢看他的眼睛，挣扎着起身，双手使劲地推他。但陆江吟不为所动，齐溪心慌意乱，不知道他到底要做什么。

　　陆江吟先前被齐溪推了一把，心里就好像被她判了死刑，她现在也在奋力推他，想离开他。之前不允许，此刻也不准。于是他摁住齐溪乱动且不安分的双手，翻身覆于她身子上方彻底钳制住她的举动。

　　"你，你做什么？"齐溪被这压倒性的举动吓得屏住呼吸，可越急心跳就越快。

　　陆江吟俯视着她，一字一句正直又正经地说："想好好和你说话。"说完凝视着她，却忽然之间又没了下文。她的眼睛好像在不停地诱惑他靠近，不停地扰乱他的思路，不停地加深他对她的占有欲。

"你放开我！"齐溪紧张得心脏都快要骤停，她使不上任何力气，羊入虎口一般眼睁睁地看着不断俯身下来快要遮挡她全部视线的陆江吟，只能紧闭着眼别过脸说，"江吟你快起来，我听你说话还不行吗？我不走。"

"嗯。"陆江吟的声音低低的，好似温柔地叹气。

他听齐溪答应了心里便松了口气，可这一松感觉身子忽然变得很重很重，双臂难以支撑。就连近在咫尺的齐溪也变得模糊不清，他晃了晃混沌的脑袋，含含糊糊地说了句："那你永远也不要……"

"江吟你还好吧？"齐溪忽觉他的说话声仿佛坠入深渊的羽毛，轻飘飘的，毫无着力点，继而慢慢感觉到他抓着自己手的手心变得滚烫，甚至喷洒在她脸上的气息也灼热得吓人。

她有些担心，此刻轻而易举地挣脱了他的手，抬手试探了下他额上的温度，顿时惊了一惊："你都发烧了自己不知道的吗？我去叫江庭哥哥来帮你看看……"

陆江吟一下就捂住了她的嘴巴，凑近她有气无力道："不要叫我哥来，你帮我看，你来照顾我。"

而就在此时，陆江吟的房门突然被打开了……

"……浑小子！别的没学会，占人家女孩子便宜倒是不用人教！快松开小溪！"陆年推门见到这场面简直惊呆了，三两步走到床边，气得抡起了手中的拐杖重重地打了陆江吟一下。

说起来也没用多少劲打，竟然直接把儿子给打晕了，倒伏在齐溪身上还真的就起不来了。

陆江庭急忙上前查看，埋怨了父亲一句："您这也打得太狠了，打哪儿也不能打头啊，万一打坏了怎么办？"

"怎么办怎么办……那你还不快点给你弟弟瞧瞧！我也没

下狠手啊，拐杖太长了我怎么知道一打就打到脑袋了。快看看，有事没事。还有，先把小溪扶起来！"

陆年真是拿自己的小儿子没辙，大半夜的把人家宝贝闺女困在房间里头是要做什么！竟然还……还压在人家身上！真是家门不幸教出了这么一个儿子！要不是他手上有房间钥匙，指不定接下去会出什么乱子！心里骂归骂，总归还是心疼被自己打晕的儿子。

这场面齐溪也是始料未及，但也顾不上尴尬，在陆江庭上前来帮她起身时着急地解释说："江庭哥哥你快看看，江吟生病了，应该是发烧了。"

陆江庭一听，忙从房内拿出了体温计帮弟弟测量，静等片刻之后看了看结果，第一时间回身对父亲道："真的发烧了，病得不轻。您还把他给打晕了。"

陆年也担心啊，可听大儿子这么说顿时有点挂不住脸面，拿着拐杖杵了杵地板，一边往外走一边喊："蓝姨！蓝姨！快去拿退烧药来！"

折腾了半天，安置好陆江吟之后，陆年确认小儿子无大碍，心焦地摆摆手让大儿子留下，自己回房休息了。

齐溪望着面上难受的陆江吟，这会儿不仅气全消了，心里倒还起了愧疚。她不该揪着一点她"以为"的事情和陆江吟耍脾气，可他也是的，为什么非要在雨中跑呢？

陆江庭掖好弟弟的被子，抬头看着垂头不说话的齐溪，劝她先回房休息，明日毕竟还要早起上课，江吟这边他会照顾。

"江吟很快就会好的对吧？"齐溪不放心地问。

陆江庭微笑着点头："睡一觉就好，明天肯定生龙活虎的。"

齐溪点点头，转身欲走之际却被拉住了手，低头一看，只见陆江吟半睁着眼睛喃喃道："不要大哥……"他停顿了一会儿又说，"你留下。"

"呵。"陆江庭一脸苦笑，没办法地站起身，"我还真的是第一次见到冲人撒娇的江吟。既然如此，那么我这个麻烦的弟弟就交给你了。"

手被抓着，热度一波又一波地传到了心里。齐溪想要收回手，可陆江吟就是不松开，她忽然意识到自己那会儿说的"我不走"，在陆江吟听来或许就是一个承诺。她涨红着脸目送着陆江庭离开，再度坐回到床边，轻轻地拍了拍陆江吟抓着自己的手："我不走，你好好休息吧。"

陆江吟半睁着眼，轻声地问："你还生气吗？"

"不了。"齐溪答，心中纵使有结，也想开了，"我们都长大了，不能时时刻刻陪在彼此身边。你的身边总有一日会站着另外的人，这是迟早的事，我不该生气。"

陆江吟抓着她的手紧了紧，缓缓道："我会生气。"

齐溪不解，遂问："你为什么生气？"

"如果你身边站着的人不是我，那我就会生气。"

这一瞬间，齐溪觉得自己的手在慢慢地回握住他的，她有点搞不太清楚状况，但陆江吟说的话好像在宽慰她，告诉她生气并不是无理取闹。

她会生气，他也会。

第六章

失踪的人

（一）

那日小雨之后，碧空澄澈、终日放晴。明媚的阳光使得树叶格外翠绿，花儿格外鲜艳。

都说不以物喜，可一望见这大自然赋予生物的勃勃生机，心情真的会随之变好。陆江吟感慨地看向教室窗外越加挺拔的大树，追想起前几日他和齐溪之间发生的点滴，隐约不安又偷偷欢喜。

忽然间，窗外明亮的光线与婆娑树影被挡去了一大半。陆江吟蹙眉盯着隔壁班的"不速之客"方浩淼，立时想起那日他做的好事，说起来自己竟忘了找他算账。

"陆江吟，那天你和月英去哪里了？"方浩淼受人之托忠人之事，拎着张月英为陆江吟洗干净的外套来教室找他，看见他时直接将外套搁在书桌上迫不及待地追问。

当时忘了取回外套，陆江吟也不便向张月英及时要回，这几天只能穿着自己的衣服来学校。看着装在干净袋中的衣裳，想必张月英该是洗净晒干了才让方浩淼送回来。

"怎么不去问张月英？"他提起那袋子放到桌下，握起钢笔在课本上写写画画。

方浩淼没听到回答，干脆拉开前桌的椅子坐了下来。

陆江吟漫不经心地问了句："喜欢她啊？"

"啊，什么？"方浩淼一时走神没能立即反应过来，盯着陆江吟看了一会儿，顿时从椅子上弹跳了起来，滑稽万分地反驳道，"不可能！谁会喜欢那种短头发，一点也不温柔还喜欢大喊大叫，就知道读书的女生！一点都不可爱好不好？"

陆江吟继续淡定地翻页，随口提醒道："嗯，你继续说，再说大声点，很快全校就都知道你喜欢她了。"

方浩淼惊悚地朝四周看了看，发现本来嬉笑吵闹的男生听到他的话语，之后全都将目光集中到了他的身上，那大片的目光戳得他浑身难受，只能尴尬地重新坐下。

"我不喜欢她，就是想知道你俩发生什么事了。"方浩淼"垂死挣扎"，拒不承认，但他下意识地降低了音调。

陆江吟在书中的空白之处乱写一些感想，他明知道方浩淼问的是张月英，可他手中的笔不听使唤，鬼使神差地写下了"齐溪"二字，落笔坚定，不带丝毫犹豫。他不自觉地思绪万千，不由得又忆起生病那晚陪了自己一夜的齐溪，以及握着她的手没有松开的极无赖的自己。

"喂，你想什么呢？"方浩淼伸长脖子凑近，想知道陆江吟盯着课本一直看是几个意思，可他只瞧见了笔尖下写着的"齐溪"二字，脑子犯浑什么也没多想，一个劲地追问，"你快告诉我，这几天月英可是见着我都不骂我也不打我了呢，奇怪得很！"

陆江吟一怔，他抬起眼不可思议地打量着方浩淼，无语地叹气："什么事也没有。在你把那封信扔给我之前，我甚至不知道她是谁。"

"那你就是不喜欢她喽？"方浩淼终于明白了一回，他不知为何搓搓手显得有些高兴，选择抢过张月英写给陆江吟的信，当时的心情到底是捉弄多一些还是嫉妒多一些，他分不清，现在更是。

陆江吟那声肯定的"嗯"字还没有到嘴边，外面有同学慌慌张张地跑进来告诉他，巡捕房的探长要请谢罗华喝茶，谢罗华死活不答应，在校门口撕心裂肺地哭着喊着要见陆江吟。叶超没办法，只能随便吩咐一个在场的同学上楼来喊他。

"知道了。"陆江吟当即撇下方浩淼不管，起身快步离开教室。他知道叶超没事定不会来学校，而且来了也只找了谢罗华，这说明有关名片、有关顾一飞的事情有了进展！

校门口叽叽喳喳地吵个不停，叶超叉着腰无语地站在一旁，脚下是躺在地上死等陆江吟的谢罗华。这大热天的，周围看热闹的人又这么多，男同学都在嘲笑谢罗华的胆小怯懦。被嘲讽的谢罗华才不管呢，又不是没见过许景明被带到巡捕房的情形，虽然没有被严刑逼供，但那森严的地方，光是站在门口都会吓得屁滚尿流。

"喂，我说——"叶超不耐烦地伸出脚踢了踢谢罗华的腿肚子，"不热吗你就这么躺着？身上的衣服脏了不用自己洗是不是？快起来！"

"乖儿子都是自己洗衣服的！"谢罗华宁死不从，"反正不等到陆江吟我是不会起来的！"

"快起来。"说江吟，江吟到。

他大老远看见躺在地上装尸体的谢罗华，倒不觉得丢脸，只觉得好笑。他俯身扶起谢罗华后，看着叶超，直截了当地问："是不是找到顾一飞了？"

叶超没有回答他，而是一挥手让下属过来架着这两个少年就出了校门，上了停在外面街路上的车。陆江吟和谢罗华被硬塞进车里的时候，正巧被出来买小吃的李爱瑶看见了，她立马跑回教室去喊齐溪。但脚力怎么可能赶得上车子的速度，等齐溪和她一起跑下来时，街上早就没了人影。

齐溪手撑着膝盖，累得够呛，扫了眼这会儿四下无车的街，喘着气说："你真的看见江吟和谢罗华被巡捕房的人带走了吗？"

"是呀，我还骗你不成？"李爱瑶东张西望，心想着他们也走得太快了，她觉得陆江吟肯定出不了什么事，倒是谢罗华呆头呆脑的怕是会惹出什么麻烦，心焦地劝齐溪，"我们要不要跟上去看看？"

齐溪心中所想和李爱瑶不谋而合。江吟为人处事稳重聪明，一般情况下不会闯出什么祸，就是谢罗华为什么……她突然反应过来，直起身子笑李爱瑶："你该不是在担心谢罗华吧？"

"我担心他做什么？这种傻傻笨笨的人哪有做坏事的本领？不去看了，我们回教室去。"李爱瑶被说中了心事，立马撇清，"不过齐溪，到时候你替我问问陆江吟到底发生了什么事。"

"傻瓜，担心就直说啊，还怕人笑话？"齐溪还真是头一次见到这么扭捏的李爱瑶，忍不住多开了几次玩笑，"等他们回来一起去问吧。"

李爱瑶感激地挽过齐溪，两人转身往回走时，她余光带到了站在学校大门后的张月英，瞬间想起来早些时候在门口见到张月英拜托一位男同学将陆江吟的衣服送还，心想，哟呵，这女生不简单啊。

"齐溪你先上去，我要去趟茅厕。"李爱瑶松开她，"你回教室等我。"

"我陪你去吧。"

"不用，不用！"

齐溪也没有怀疑，见她笑眼吟吟地冲自己摆手，也就不勉强了。李爱瑶确认齐溪上了楼之后，果断地走近了张月英。

"我叫李爱瑶。你呢？"她上前做起了自我介绍，心想为齐溪宣誓一下陆江吟的主权。

张月英认得齐溪，自然也认得她身旁的朋友。不过初次对话，双方都很客气："张月英。"

李爱瑶开门见山道："我那天见到你给江吟递信了，今天也见到你托人还他衣服。你和陆江吟到底什么关系？"

"那天之前他甚至不知道有我的存在，今日之后也不会再有什么关系。"张月英心里头觉得有些难堪，但又苦涩地想，长痛不如短痛倒也好。

她说话声温温柔柔的，像是男孩子会喜欢的。李爱瑶本是颇有气势的，但横竖都觉得张月英也有些无辜，便又说："你那天一递信害得他和齐溪闹矛盾闹了几个小时。要不是陆江吟最后生病，齐溪又心肠软，你在我眼里都要成罪人了。"

张月英一愣，紧张地问："陆江吟生病了吗？"果真是因为把外套给了自己，跑回家淋雨才生病的吧。张月英顿时难受。

"啧啧啧，你还心疼陆江吟呢。这家伙太会招蜂引蝶了！迟早惹齐溪伤心，我就说了还是陆江庭好！也不知道陆江吟给齐溪吃了什么药，让齐溪这么死心塌地的。"

听着李爱瑶直爽的唠叨，张月英心里既酸楚又好笑。她听出李爱瑶作为齐溪的朋友大概是警告她来了，于是她解释说："那封信送不送都后悔。反正陆江吟也没看，不知道我写了什么。"

"陆江吟都没看？"李爱瑶瞬间心虚，再谈下去似乎自己也不占理，她佯装四下望了望，再开口时便自然地扯开了话题，"我看过你写的诗和散文，虽然有些不太懂其中的情感，但我觉得你写得很好。下次你们要是有活动喊我过来帮忙。"

张月英微笑着点点头。事实上写那封信时她便侥幸地想过，青梅竹马不一定日后可以白头偕老，但现在看来不存在这种侥幸。即使陆江吟是因为将外套借给了她才淋的雨，但他生病却绝不会是因为她。

"阿嚏——"

车子开回到了巡捕房,一下车陆江吟就连打了三个喷嚏,打得晃了晃身子。身侧的谢罗华扶住他,忧心忡忡地问:"这都几天了你病还没好呢?"

"没事。"陆江吟脱离了谢罗华的手,跟在叶超身后。淋雨发烧而已,称不上什么病,实际上隔天就好了,只是担心自己一好齐溪又会不理他,于是假装咳嗽装了几天病。幸好家里没人拆穿他,也只有齐溪信了。

叶超回头瞄了眼陆江吟,戏谑道:"挂念你的人还真不少。我赌十块钱,你肯定比陆江庭早成家。"

"巡捕房薪水很多吗?"陆江吟皱眉反问不正经的叶超,顺带也嫌弃地瞪了一眼偷笑的谢罗华。

谢罗华只觉得叶探长的提议有趣,完全没顾上陆江吟的神色,笑嘻嘻地快步来到叶超身侧,轻声道:"那我也赌江吟比他大哥早成家。"

"你押多少?"叶超挑眉问。

谢罗华搓搓贫穷的小手,缩缩脖子难为情地竖起一根食指:"一毛钱。"

话音刚落,叶超狡黠地勾了勾嘴角,掏出手铐利落地给他铐上了,面无表情道:"小赌鬼,我一试就给你试出来了。还一毛钱,我让你只押一毛钱。"

"你一个探长怎么能对我这样的学生用如此下三滥的招数啊!陆江吟,快救我!"真是防不胜防,谢罗华就这样被叶超拖着往前走,手腕被拉扯得生疼,只能再一次向陆江吟求助,"我的手腕快出血了!"

"自己造的孽当然是要自己负责了。"让你和叶超同流合污开我玩笑,陆江吟不管不问地向前往自己熟知的审讯室走去。

"你们到底还要关我多久?"

"等我们叶探长回来自然会告诉你的。"

三人行走到门前就听见这样的对话，叶超冲陆江吟使了个眼色，示意他也跟着进来。陆江吟记得顾一飞的长相，也认得他的声音，脑子里完整地勾勒出了初次见面时的场景以及顾一飞带给他的印象，就如同刚刚听到的说话声一般，诡异如初。

"叶探长别是什么也查不到去外头搬救兵了吧？"

这声儿，就像是在台上唱戏的小生，拉长着声音吸引着大家的目光。

"嘿，就你这粉面小白脸也敢笑我们叶探长，你笑他就是对整个巡捕房的大不敬！"巡捕手持长枪，见他如此不屑一顾的样儿，都恨不得拿枪把砸他脑壳儿。

"你们叶探长只是个小角色，我要取笑的话不如选你们的警务总监，他一外国人横竖也听不懂我在骂什么，说到底你们还不都是外国人的手下，得意什么？"

顾一飞的话铿锵有力，倒和他的声音不太相符，此时叶超抬手阻止了想要告状的巡捕，把手铐钥匙丢给陆江吟之后自己走到了正对顾一飞的桌前，拉开椅子坐下，吊儿郎当地抬脚放在了桌上。

"没准我明年就会升一等督察长，运气再好点还能晋升为特级督察长。我再怎么小角色也不会像你似的只能在戏台上跑龙套，再说了我一等良民也做不来你这勾当啊。"

顾一飞细长的眼睛盯着叶超，冷冷一笑："特级督察长可是只有法国人自己才享有的职务，叶探长可别欺负我不懂行业规矩啊。"

叶超也只是笑笑，从容不迫道："糊弄人的本事我自是比不过你，我如果能把你带进沟里，我岂不就能知道你如何游说那些无辜的人离开这座城市，从此杳无音信呢？常言道活要见人，死要见尸。顾先生到底是杀了人藏尸，还是杀了人藏尸潜逃，还是杀了人藏尸潜逃之后被逮捕准备坦白从宽呢？"

"哎哟，这手铐可戴不得，又重又疼还凉。"这会儿门口的陆江吟已经顺利地把手铐从谢罗华手上摘了下来，谢罗华握着手腕轻声埋怨，"这探长怎么和孩子似的突然就翻脸？"

陆江吟见识过好几次，也就习以为常了："他向来如此。"随后望向里头，不等叶超同他招手，他就拉着谢罗华往里走。

"你瞧我这身子骨哪具备杀人条件？"顾一飞摊了摊手，不慌不忙地说，"从船上下来就被你抓到了这儿，现在还污蔑我杀人，你这罪未免扣得太大了。"

自从叶超手中多了顾一飞画像和名片这条线索，就开始没日没夜地搜索，派人不断轮值蹲守码头、火车站甚至是机场，与此同时也追着陆江吟给的许景明这条线进行排查，分发许景明的画像，沿路查询发现，许景明曾在霞飞路段使用过那里的公用电话。附近的一位老妇曾说见过许景明，因为这孩子那时候看起来腿脚不利索，但又不像残疾。

老妇之所以印象深刻，是因为许景明在电话亭里待了半天也不出来，出来时还碎碎念着"黄埔滩"。两人擦肩而过时，老妇手中的土豆滚了一地，许景明还帮忙捡起甚至送她回了家。叶超就沿着这条线索锁定了上海最大的黄埔滩。

没找到许景明，倒是守株待兔等到了顾一飞。

"那你觉得我扣给你什么罪合适呢？"叶超从口袋里拿出了两张折痕明显的名片，推到了顾一飞的眼前，"拥有这两张名片的人现在都不知所终，我不抓你抓谁呢？"

"对！就是他当初在街上给我发名片！"谢罗华一走近就认出了顾一飞，顿时瞪大眼睛指着他激动地同叶超说，"是他！真的就是他！他手臂上还有一条长长的疤痕！"

顾一飞斜视过来，打量着兴奋的谢罗华和不苟言笑的陆江吟，这两张脸他倒是见过。少年气盛，即便样貌不同，气质也是相近的。

"看你这样子应该是还记得我们。"陆江吟看着他开口说。

他的视线在顾一飞身上游走。今日的顾一飞穿着素色长袍，右手边搁着一顶黑色帽子，头发全都往后梳，显得前额越发凸起。要说有哪里不同，他觉得顾一飞比初次见面时更死气沉沉。

证人到位，叶超的目光也渐渐犀利起来。他猛拍了下桌子，大声质问道："说！人在哪儿！"

这突然的拍案吓得陆江吟和谢罗华都纷纷捂着胸口轻拍了拍，唯有顾一飞淡然地收回视线，情绪没有半点波动："收到我的名片又如何？我不唱戏之后就做起了给人介绍工作的活儿，分发名片再正常不过。探长，你大可以问问这位少年，我给他名片时有说什么不妥的话吗？"

这一问，叶超的视线自然落到了谢罗华身上。他皱着眉希望谢罗华能给个准话，不然就算抓住了顾一飞，也没有证据证明他和失踪者之间的直接联系。

"我……我记不太清了，反正就是一些……"谢罗华不知道该怎么组织语言，心中直骂自己笨蛋，不得已向陆江吟投去求救的目光。

陆江吟一直看着顾一飞，想从他那张白得过分的脸上读出点什么。可对方的平静让陆江吟感觉不到活着的痕迹，他就像死人一样坐在这里，那双狭长的眼睛今日没了光芒，也没了让陆江吟浑身一颤的害怕。

"他没说什么。"陆江吟沉思片刻后回答，"只是看出了罗华家境贫寒，说如果他将来不想上学或者没钱了就可以去找他。"

叶超一听，扭头继续审视顾一飞，专挑家境贫寒的下手，他帮穷人介绍工作，能从穷人身上得到什么？

"那你介不介意告诉我，如果谢罗华打电话给你，你准备帮他介绍一个怎样的工作？"叶超乘胜直追，他坚信顾一飞和这些人的失踪脱不了关系，"我很想知道到底是什么美差让这些人竟然丢掉这里的一切，顾不上同家里人联系，只想着工作。"

顾一飞扫了眼如实相告的陆江吟，他轻笑了下："我对贫穷的一切都很执着，可我对人眼底的畏惧也非常熟悉。你害怕的事情会马上再发生，你身上笼罩着厄运，你会被吞噬的。"

"净说些没用的。"叶超打断他似是而非的话语，顺便又安慰了一句被"诅咒"的陆江吟，"别听这种人的话。是个人都会交好运，也会遇厄运。兵来将挡水来土掩。你不像他，无需孤军奋找，铤而走险。"

陆江吟心底起了一股暖意，但理智一想，叶超大概是把顾一飞的身世背景查了个清楚，所以才说这番话故意激他吧。

"说得好啊。"顾一飞语气平淡，"出生便含着金汤匙的少爷的确无需孤军奋战。这个年代有钱就拥有一切，你们上学时我仍旧大字不识一个，没钱连站在学堂门口的资格都没有。若不是师父带我入行学唱戏，我恐怕早已沦落在郊外贫民区乞讨了。"

他回忆着继续说："死即是厄运，可谁又能说不是好运的开始呢？偏偏有人不信邪，你说，摆脱厄运有错吗？"

顾一飞又把疑问交给了陆江吟，似笑非笑。

"你不是我，我也不是你。对错我不予以评判，但如若厄运到来，我会跨过去。我再害怕也不会选择消极摆脱，只要活着，无论发生什么我都会挨个解决。"陆江吟不卑不亢，"或许许景明也想过摆脱厄运，所以他找到了你。"

顾一飞听到许景明的名字回看向叶超，只说了一句："他们抛弃贫穷，接受了工作，仅此而已。"

"呵。"叶超显然不想这么轻易就放过顾一飞，他轻哼着表示内心的不屑，"我问你介绍了什么工作，你答非所问。那么你又是替谁工作？为什么在戏班子里唱得好好的却转行干起了这样的活？你唱曲唱得好，背后没个爷捧你吗？"

顾一飞仍旧不为所动，但陆江吟分明见到了他听到最后一句话时颤抖了一下的食指。

谢罗华站在那儿听着叶超一句一句地逼问，心里觉得巡捕这工作太难了还是当摄影师好。

在场的几人唯有谢罗华心猿意马，陆江吟和叶超都密切关注着顾一飞的情绪反应。

"因为你不听话，一开始不肯成为只接待那位爷的戏子，于是被爷带人打伤，手臂上的伤就是这么来的吧。后来某一天你突然就从戏园子里失踪了，此后再出现便成了顾一飞。"叶超自顾自地说自己调查到的事实，瞟了眼略微惊讶的陆江吟，得意一笑。

"他原名叫什么？行走江湖原来还要换个名字？"谢罗华也睁大眼睛不解地问陆江吟。

"小三儿。"

顾一飞挑起细而淡的眉毛，自己接过了话。他很喜欢唱戏，很喜欢师父给他取的"小三儿"的名字。他唱戏很有天赋，"唱、念、做、打"的表演功夫他学得比任何人都快，比任何人都要理解透彻。师父曾说他男生女相，唱小生和花旦都可以。他学得很开心，从不觉得苦。戏班子有时人手不够，他也会上台演武旦，一天下来能演好几场戏。久而久之，名声便传了出来。

富绅携女眷坐在楼上看，他演得好了，富绅鼓掌，旁边的女眷倒是一脸不高兴。每每有人冲到台口不顾身份为他打帘儿，他内心觉得唱戏定会是他一辈子追求的事儿。

"别说他们两个年纪小没听说过这名号，就是我也没听说过。但顾先生当时辗转到北平唱戏时确实名噪一时，只是才唱了几场戏便从戏班子里失踪了。从此小三儿就再也没有出现过，后来上海就多了一个叫顾一飞的人。我说得没错吧？"

　　碍于陆江吟和谢罗华在场，叶超所讲述的内容中有特意略去的部分。他当探长这段时间也见识过同权贵搭边的戏子，唱戏的即便是名角也总是遭人轻视，于是有权有势的一些官老爷便会捧角儿、养大腕儿。叶超在证实顾一飞的真实身份是个戏子之后，便托在北平的朋友查了查他，才知小三儿当时也被一位姓侯的老爷看上了，要求小三儿仅成为他一人的观赏之物。男儿身的小三儿被要求"坐膝盖头"，娇柔扭捏博侯爷一笑。

　　吃这碗饭的顾一飞在师父的好心劝说下答应去陪侯爷。可第二天侯爷就被发现死在了家中，小三儿也不见了。于是乎，小三儿成了头号通缉犯。

　　叶超自然是没想到查个失踪人口案子竟扯出了北平的旧案，本打算审讯一番后再交由北平那方处理。可现在看来，他的失踪案依旧没什么进展。

　　"还记得侯爷吗？"叶超开始咄咄逼人，"他死的时候胸口上插着一把刀，那把刀上还有你们唱戏打扮时往脸上抹的粉妆和油妆的残留物。顾一飞，你现在还觉得我扣给你的罪大吗？"

　　"杀人偿命。"顾一飞冷静得可怕，他指节分明如骷髅的手指白森森的恐怖至极。他面上忽而一阵难受，拧眉痛苦地弓起背，片刻之后竟呕出一口血喷在了审讯桌上。

　　叶超立马从座位上弹起，震惊地看向面色苍白的顾一飞。

　　"文韬在哪儿！"叶超立马吩咐下属去叫文韬，下属也被吓得一愣。

　　只有陆江吟反应最快，上前抓过顾一飞的手把起了脉。他虽然没有大哥那么厉害，制药和看病都行，但耳濡目染，多少还是可以班门弄斧一下的。

　　"怎么样？"叶超见他不说话，急了起来，"你行不行啊？实在不行先送医院！"

　　陆江吟盯着顾一飞，只说了一句："他快死了。"事到如今恐怕连华佗再世也救不了他了，他喟然摇头，"既然将死，为何不把知道的说出来？许景明在哪儿？"

顾一飞闻言咧开嘴笑了笑，唇齿上布满了鲜血："我不知道。"说完便晕了过去，脸直接拍在了那摊血上，污血顺着桌沿滑落到了地上，坠落到地面上时形同碎石砸进水中。

审讯室的巡捕紧张地来来回回，叶超一边拉长脸呵斥他们粗鲁的举动，一边不断地鼓励顾一飞别现在死，顺便又骂了几句帮不上忙的陆江吟和谢罗华，一个人忙起来的时候看谁都觉得碍眼。

"头儿！头儿！"正在此时急匆匆地跑进来一个巡捕，慌里慌张地冲叶超喊，"门口来了一个女生说是找到……不是！不是找到！说是失踪的人自己回来了！"

陆江吟一听门口来了个女生忙一步上前，但还没有来得及追问，就见到了巡捕身后喘着气急匆匆往他们这边过来的李爱瑶。他心里咯噔了一下，为什么来的是她？

（二）

两个时辰以前。

齐溪和李爱瑶等不到他们回来，于是便一起约着上外头吃饭。两个女孩子加起来也只吃了一碗面，去的还是当初陆江吟带齐溪去的阿辛面馆。齐溪张望了片刻也没有见到小茹，只有小茹的姐姐忙进忙出，生意依旧很好。

"不好意思，我想问下之前在这里帮忙的小茹去哪儿啦？"齐溪拉住了风风火火的小茹的姐姐，有些不太好意思在这么忙的时刻打扰她。

小茹的姐姐皱着眉头打量了下齐溪，往围兜上擦擦手："咳，回老家结婚去了。父母给她相了个家中有几亩地的好人家，就比小茹大个五六岁。反正这城里她是待不下去了，留在这儿我也照顾不过来。"

三两句就概括了小茹在上海打拼几年的结果，齐溪听完也不知该作何感想，心不在焉地夹起一根面条，半天也不往嘴里送。一边大快朵颐的李爱瑶不认识小茹，也不知其中内情，见着齐溪这样用手肘碰了碰她，调侃道："小茹是谁？你问她做什么？难不成是陆江吟背着你找的相好？"

"吃你的面吧。"齐溪只觉得荒唐，不由得失笑，她看着耸肩做鬼脸的李爱瑶，放下筷子问了一句，"上午那会儿你找张月英说了什么？"

"咳咳——"李爱瑶冷不丁就喷出了一口面汤。

齐溪见她惊慌的样子，怪好笑地拿出手帕递给她："怕成这样做什么？我只是随口一问，你不愿说就不说。我还能逼你不成？快擦擦吧。"

李爱瑶的脾性齐溪很了解，平常连去走廊尽头看个热闹都要拉上她一起，结果去学校角落的厕所居然不让她陪，这可真的是太反常了。

齐溪这么想着，自然也就不会乖乖地回教室，而是站在二楼扶栏处看李爱瑶究竟有什么猫腻，没想到她居然转头去找张月英说话了。

她认识这个女生，不仅仅是因为对方给江吟写了信，还因为经常看见学校校刊上有对方署名的一首首小诗。她惊叹张月英的文笔，惊叹她的才华，惊叹有她在的诗社如此辉煌。在陆江吟这件事上，私心上她有过不理解，但抛开情感羁绊，张月英真的是个不错的女生。

"就聊了聊那天发生的事情嘛。张月英看起来没那么坏，她没有想破坏你和陆江吟的感情。"李爱瑶没舍得用齐溪干净的手帕擦溅到衣袖上的汤水，遂大声招呼老板娘给她一块稍稍干净的抹布，她大大咧咧地摁在衣袖上吸了吸汤汁，边整理边说，"话说陆江吟有和你道歉吗？他那天发烧到底是因为把外套借给张月英了，还是因为……"

李爱瑶戛然而止，完了，说了不该说的话，貌似齐溪还不知道陆江吟的外套是借给了张月英。

她小心地瞅了眼不吭声的齐溪。

"他又没有做错什么，为什么要道歉？"齐溪深吸一口气，压住和那日一般翻涌上来的酸楚感。

她心底深觉别扭，但自己确实没有生气的理由，也没有指责陆江吟的立场。她总不能每次遇上有其他女生喜欢江吟就躲起来生闷气吧，不太值当："好啦，不说招蜂引蝶的家伙了。"

李爱瑶干笑着点点头，女孩子的心思真是难猜啊。虽然自己也是女儿身，但没有这么多难以抒怀的情感。喜欢就是喜欢，不喜欢就是不喜欢。

藏着掖着的"喜欢"真的更好吗？她百思不得其解，却在喝完最后一口汤的时候蓦地想到了谢罗华，开朗乐观又时常像个笨蛋……她的嘴角不自觉地向上翘起。

"这么满足吗？笑得这么开心？"齐溪付了面钱，站起身时见到了嘴角含笑的李爱瑶。

李爱瑶一惊，轻拍了拍自己的脸颊，疑惑地问："我笑了吗？"

齐溪点头："嗯，春风满面。"

烈日蒸照的午后，街路上车马行至扬起的尘土弥漫在空中令人呼吸不畅。齐溪和李爱瑶沿着屋檐下的阴影一路走，时不时地拿手背擦汗，悠闲的步伐也被灼热的天气催得快了些。

齐溪带着李爱瑶走小路，在折向北边的小弄口时，齐溪刚探身进去就突然被重重跌出来、浑身湿淋淋的人给撞了个趔趄，连带着身后的李爱瑶也跟着脚步不稳的齐溪往后退了几步。小弄口很窄，摔倒出来的人没了支撑趴在地上一动不动。

"怎么不看路呢？"李爱瑶扶着齐溪站稳之后，却见一穿着脏兮兮的衬衫、双手像是在海水里泡过一般浮肿苍白的年轻人正昏倒在地上。

她顿时惊叫起来："妈呀——这是人是鬼啊！"

齐溪看清楚的瞬间也惊了一惊，但跟着陆江吟见识了一些，她倒没有慌张，而是蹲下身，轻轻摇了摇那人的肩头，可没有得到回应。于是她扭头对李爱瑶说："过来搭把手。"

"做什么？"李爱瑶一边拒绝一边又乖乖地俯下身，伸出手去帮着齐溪一起将那人翻了个身。

昏迷不醒的人露出了一张清晰的面庞。齐溪倒吸了一口冷气，身旁的李爱瑶则震惊地喊出了"许景明"这个名字，喊完后不由自主地捂上了嘴巴，仍旧有些不敢相信。

"爱瑶，你现在马上去巡捕房找叶探长，告诉他失踪的人自己回来了。"

"什么？巡捕房？巡捕房在哪儿啊？"李爱瑶尚在震惊之中，就被齐溪轻轻一推站起身，显得手忙脚乱。她看到路上黄包车夫立马跑过去招手拦下，急切地吩咐了一句"巡捕房"之后就离开了。

齐溪盯着躺在地上紧闭双眸、抿紧双唇的许景明只觉得耳朵嗡嗡作响。谁能想到他会在此刻出现，会在此时撞上她们，会在一个毫无预兆的情况下重回这座城。

"这人怎么了？怎么躺在这里？"

"要不要帮忙啊？"

"哎哟，别是大热天中暑了。"

围着小弄口的人多了起来，齐溪收住脑内不断涌现的想法，回身不好意思地请求别人帮忙。于是在热心路人的帮助下，齐溪顺利拦到了黄包车，也顺利送人进了医院。

半个时辰后，陆江吟和叶超赶到了医院。准确地说，他们两个从一个医院来到了另一个医院。顾一飞被送进了抢救室，能不能救活还不知道。手术没有结束，有巡捕房其他同事守在那儿，叶超也就放心地带着陆江吟忙不迭地赶来了齐溪这边。

"怎么样，死没死？"叶超一见到站在病房外等着他们的齐溪，上来就问。

齐溪一皱眉："不会死的。医生说了只是营养不良、心律不齐、体力消耗大，加上大热天的有些中暑。多休息多补充营养就好了。"

叶超点着头松了口气，望着齐溪不由得表扬了一番："干得好，回头等这事结束了请你吃饭。"

"单独请她可不行。"一边的陆江吟此前还在纳闷，怎么齐溪见到他之后神色有些异常，寻思着自己是不是又哪里做错了，听到叶超擅自邀请齐溪又不由自主地搭腔，"我也要一起。"

叶超嫌弃地看了他一眼："你都多大了，吃个饭还要跟在人家小姑娘后头吗？"

"到死都要跟着。"陆江吟波澜不惊地答。

叶超听罢上前十分同情地轻拍了下齐溪的肩："听出来了吗？他这是赤裸裸的威胁。不过不要怕，本探长随叫随到随时保护你。哎，你说好好的一姑娘怎么就被这样的男人给盯上了？"

"你说谁？"陆江吟不爽地反问。

齐溪本来是不打算计较的，可一见到陆江吟的脸就和自己较上了劲，心里就是不痛快。一件外套至于这么些天都不去拿回来吗，他分明就是不舍得取回来。

"可以进去了，但是病人需要休息，尽量不要说太久。"这时，护士从病房出来，嘱咐了在场的几位，但扫了一眼愣是不觉得其中有病人的家属，就多问了句，"你们都是他的家属吗？"

叶超随即掏出了自己的证件："执行公务。"

"查案也要喊病人家属来啊，出事了你负责吗？"哪知小护士不是吃素的，见叶超这盛气凌人的样便翻了个白眼直言不讳道。

"欸，你这小护士——"叶超吃惊地摘下自己耍帅的墨镜，看着护士离去的背影，有口难辩。

"噗——"齐溪和陆江吟不约而同地笑出了声。看什么都比不上看嚣张叶探长吃瘪来得高兴。

齐溪擦擦眼角笑出的泪水问："通知他的家属了吗？"

"你没发现少了两个人吗？我让他俩坐着车去通知他家里人了，我真是分身乏术，上海的社会治安少了我可怎么办哦。"叶超自卖自夸，全然忘了刚刚的糗事，"不管他经历了什么，说到底他还是幸运的，起码到现在为止只有他一个人回来了。"

陆江吟听了这话心里不是滋味，没人希望遭遇这种"幸运"，但叶超说得对。去年发生的案子到现在，只有许景明回来了，虽然回来了，但在他身上还有很多亟待解决的谜题，有关于顾一飞、有关于凶宅、有关于推他下楼的黑手。

也不知道为什么，陆江吟透过病房的窗玻璃望着闭眼安睡的许景明，竟信了顾一飞说的话，他或许真的不知许景明的去向。

陆江吟推测，顾一飞只是一个中间人，为第三方提供廉价的劳动力罢了。但他是怎么和第三方交接，又怎么做到神不知鬼不觉、接二连三地输出这些劳动力？这些劳动力真正服务的对象是谁，场所又在哪里？既然许景明如此狼狈地逃了回来，证明所有一切都不只是接受一份工作这么简单。

"你俩是在这里等我，还是一起进去？"叶超虽是提问，却是在主动邀请，毕竟屋里躺着的是他们两个的同学，醒来时见到凶神恶煞的他，恐怕又会吓晕过去，"我觉得你俩进去先叙旧也挺不错的。"

病房门一打开，许景明就警觉地睁开了眼，惊弓之鸟一般，好像来者皆是伤他之人。

"许景明？"开口唤他的是齐溪，她的声音很温柔、很小心，怕又再惊着他。可正因为这如梦如幻的声气让他抬手抽了自己一嘴巴子，想证明他并非处在日日夜夜盼望的梦中。

"这小子是不是疯了？泡水里泡太久脑子进水了？"叶超一步上前，立马握住许景明扇自己的手，眼睛牢牢盯着他，话却是对陆江吟说的。

"罗华和李爱瑶已经去你家通知你父母了，他们很快就会过来。"陆江吟站在病床尾，试图安抚许景明不安又激动的情绪，"你已经回家了，没事了。"

"嗯，你真的回来了。"齐溪坚定地朝他点头，直视着他的眼睛希望他能相信自己。

陆江吟看了眼身侧还没有意识到附和他说话的齐溪，忐忑的心稍稍得到了放松。他想齐溪大概是不生气了。

许景明真切地听到了他们的声音，听明白了他们极力表述的内容，忽然间意识到沉水的自己抓住了一块木板，在水面上漂浮许久终于着陆了。

许景明还是一言不发，整个人颓废地弯曲着背，嘴唇皲裂严重，一条条深深的裂痕只要一扯动就会从中渗出血来，沉默着红了眼眶。

叶超抓着他的手，感觉到他的身体正剧烈颤抖着，皱眉和陆江吟对视了一眼，慢慢松开了他。

"别急着高兴。"叶超拍了拍已经沉闷流泪的许景明，全当安慰过了，继而换了张严肃的脸，开始公事公办，"想清楚之后告诉我这些天发生在你身上的事情。从你遇到顾一飞，从他手里接过名片开始讲。"

"叶探长，这样不太好吧？"齐溪同情心泛滥，"你好歹给人家一个平复心情的时间啊。"

叶超不耐烦地"啧"了声："我等他哭完的这段时间里，

你知道还会有多少人误入歧途，生命受到威胁吗？他都回来了，还有什么好哭的！赶紧给我说！"

太暴力，太没有人性了。齐溪撇嘴腹诽叶超，再看向许景明时，只见他的泪水汹涌而出，面前的白色被褥霎时湿了一片。她深知男儿有泪不轻弹，从小她也只见陆江吟哭过一次，那仅有的一次即是他母亲去世。此刻当着同学和巡捕房探长的面毫不克制哭泣的许景明，想必真的陷入了无比的痛苦之中。

"许景明……"齐溪于心不忍，掏出自己随身携带的手帕想要伸手递过去，手刚抬起就被陆江吟瞬时摁住了，她看着他觉得有些奇怪，"做什么？"

陆江吟抓过她手中的帕子，一言不发就往自己裤兜塞，然后从上衣内侧口袋中抽出了自己的青色条纹手帕，走到床沿递给了泪流满面的许景明。

齐溪双手握着床尾的护栏，对陆江吟这一举动更加讨厌起来，借给女生外套还不够，现在连一条手帕都要抢着借给别人了吗？他到底是有多喜欢借自己的贴身物品给别人？

"大小姐你干吗呢？怎么露出一副要吃人的样子？"叶超眼尖，一个扭头就注意到了情绪不对的齐溪，走近她之后打量着她那别扭又自顾自焦躁的样儿，不正经地劝解，"如果有男生让你不开心的话，就干脆地甩了他，换一个。远的不说，你看哥哥我怎么样？"

"不怎么样。"

陆江吟一步就跨到两人跟前，阴沉着脸，十分不友好地瞪着叶超。他本来就被齐溪阴晴不定的脸色搅得坐立难安，叶超还一个劲地搅浑水。

"呵。"叶超不屑地冷笑，"那你大哥怎么样？他总比我强吧？"

这一问，陆江吟只是轻蹙了下眉头，没有反击，他垂在裤缝边的双手不知何时攥紧了拳头。齐溪偷看了眼陆江吟的神色，内心隐约不安，抬脚绕过他们两个走向门口时，说了句"你们赶快问吧，我去门口看看爱瑶他们来了没"。

病房门打开，外面的各种嘈杂声第一时间涌了进来，那些用耳辨不清内容的声音很快又被隔挡在外。

房内只剩下三个男人，叶超也不再戏弄陆江吟，转头面向许景明的一刹那又变换了眼神。

许景明紧拽着陆江吟的手帕却没有拿来擦拭泪水，隐忍的委屈与不堪发泄了一会儿便被他强压了下来，但他自始至终都低着头，面上无光，声气里全都是后悔与不甘，半天之后道："我是个罪人……"

开口便是一句忏悔，陆江吟的笔尖在空白页面上只留下了一个黑色的点。他看向许景明，却不知该安慰还是该鼓励。而这句忏悔同样让叶超顿觉不妙，因为这听起来就像是另有隐情。

"我就是个彻彻底底的杀人犯！"许景明突然撕心裂肺地捶床大吼了一声，手臂上的吊针也因为猛烈的动作而硬生生地抽离了他的皮肉，血一下子喷溅了出来，被泪水浸湿的被褥还未干又染上了鲜血，迅速地在白色床单上泛滥开来。

"护士！"坐在床沿的叶超见状，上前拿起医用托盘中的酒精棉当机立断地摁在了他手背的针孔上，然后开始破口大骂，"你小子要是还想死的话，我现在就可以把你扔黄浦江里！但是死之前你得交代清楚了，你被顾一飞忽悠到什么地方去了，怎么去的那个地方，以及有没有见过其他和你一样被骗的人。都说清楚了，你爱怎么样就怎么样。"

陆江吟只见过叶超审讯陈伟强和顾一飞的样子，习惯了他在审讯时嚣张跋扈的姿态，可此刻见他用力摁住许景明伤口的手，又觉得，叶超许是个外冷内热之人。

他摇了摇头，问许景明："你说自己是杀人犯，这是为什么？"

许景明的痛苦再一次体现在了克制不住的眼泪上，他艰难地说："我一心以为只要读圣贤书就够了，它可以让我明辨是非，可以使我强大到足以保家卫国，可以让我不被侵略者所蛊惑……没用啊，这些都没用，我无知到上了贼船，柔弱到无法自救，最后竟连累一个无辜的小女孩为我送命！你说我是不是杀人犯？我和杀了佳慧的人没有区别，没有区别……"

每一次说话都拼尽全力，额前青筋暴起，可这些都不足以让许景明摆脱噩梦。他失控的情绪让陆江吟都没法问更加细致的问题。可是"久经沙场"的老狐狸叶超不这么认为，再度脾气发作——

"我劝你省点力气，救不回那个我还不知道怎么死的小女孩另当别论，你现在在这儿没完没了地哭是故意耽误老子救其他人的时间吗！啊！你能活着回来还哭哭啼啼的，回不来的人找谁哭去！读过几本书就以为天下苍生尽收你眼了，你知不知道这世上的坏蛋就像你的头发一样多！以你这种腐朽的思想、不知世间邪恶的天真，就无力保家卫国！"

"别说了。"陆江吟阻止，这些话对许景明来说无疑过重。许景明家境不好，又在一夜之间永失所爱，突如其来的打击总是会让人迷失心智。

许景明被骂得有些愣神，他深呼吸好几次才勉强让自己在说话时能够不发颤，徒手抹去了脸上的泪痕，终于恢复了点男人气势："这就是个贩卖人口的组织！顾一飞只是为这个组织寻找可以变卖劳工的对象，他和幕后真正的人口贩子没有实质性接触。他给完名片之后就再也没有露面，我被带上船关在最底层货舱的时候，有听见看守的人讲这是顾一飞的最后一单，这批货结束之后他就要金盆洗手了，他每介绍一个上船的人都可以得到非常高的佣金。"

"人口贩子？"叶超终于听到了可怕的事实。果然有人在做这种不齿的勾当，简直可恶！

"我拨过顾一飞的号码几次，根本无人接听。你是怎么确定你拨的时候顾一飞一定就在呢？"叶超提出质疑，他当初从早到晚每隔几分钟就会拨一次那个号码，但从没有接通过，"他是不是有和你们约定通话时间？"

"是，我们只能在上午十点和下午四点拨他电话。"许景明这会儿的声气恢复了点力量。

难怪。叶超推测的没错，顾一飞既然充当了牵头人这么久，自然狡猾奸诈。恐怕自己当时频繁地拨电话已经引起了他的注意，所以他就去到另外一个地方避风头，时隔几日乘船而归才被自己逮了个正着。

根据电话号码和名字，叶超查到了顾一飞的临时住所，那幢位于城郊的楼里住满了各色的人，而公用电话就搁在二楼靠窗的楼道中。叶超盘问了楼里所有的住户包括房东，零零散散的信息证明住在楼梯隔间下，总不见人影的顾一飞曾经是个唱戏的，但不知其具体来历。

于是他顺藤摸瓜，排除了一个个来过上海或正在上海表演的戏班子的成员，无意中得知几年前去到北京唱戏的一名戏子被怀疑刺杀了在当地有名望的侯爷，之后便销声匿迹。叶超当探长这些时日也练就了一身本领，对冥冥之中还未准确得出结论之事有着非常敏锐的直觉。

果不其然，他倒查了顾一飞来上海之前的人生轨迹，竟真的查到了顾一飞在北京待过的事实。接下来查到的真相便该是小三儿杀了侯爷连夜出逃来了上海改名为顾一飞，为了生计伙答应人贩子物色穷苦的百姓，就这样一连做了几年。

"这期间顾一飞从不过度接触被骗者，也不干涉后续买卖的事情，可他收取的费用却相当可观。"叶超重复着许景明陈述的内容，细心一想，"他需要这么多钱是因为他身患遗传奇疾，不及时医治随时会一命呜呼。"

"顾一飞只想救自己的命。"陆江吟自然也明了其中的缘由。

可当顾一飞总算是攒够了钱想要医治体内顽疾时，却彻底迎来了生命的最后一刻。医生很遗憾地说顾一飞的病现今的医术还无法解决，准确地说是无法提高术后存活率，他从生下来那刻起便比任何人都要更快地接近死亡。

当下陆江吟在心里排除了顾一飞与那四个溺死孩子之案的关系，也顺便排除了贩卖人口案与他们的关系。这两者完全属于不同性质。也就是说，小一之死的谜团他至今没能找到开启的钥匙，而对陆江吟而言，更艰难的是小一母亲和自己生母之死的关联。

（三）

漫长的谈话又消耗了小憩片刻积蓄的能量，又逢长长寂寂的走廊上阳光倾斜进来，就连病房里头也漏进来触摸不到的点点光芒。许景明又回到了走向陷阱的开端。

佳慧去世，他还没等来陆江吟的真相就彻底被现实压垮了。红颜知己被杀，自己又被当成嫌犯，去了一趟巡捕房回来成了邻里躲避不及的晦气之人。父母的每时每刻望子成龙的心愿，令他终于受不了穷苦带来的不平等，在悲愤情绪的驱使下他撞见了顾一飞，见到了这个面相苍白的"活死人"。

他的手里多了一张名片，这一张薄薄的纸片就像是驶往下一段人生的车票，就像是老天给他的一次崭新的机会。他不作考虑，铁了心地要离开这个伤心地。可他未料到回到家整理行李，却被父母发现了佳慧赠予他的巨额财物，父母当下就质问儿子。

崩溃慌乱的心在父母的不信任之下越加难堪，他同年迈的父母大吵了一架后夺门而出，就连佳慧留给他的念想都没有带上。独自一人红着眼眶，拖着决绝的步伐来到另一处的公用电话，摸索半天才惊觉名片不知何时被他弄丢了，所有负面情绪都会因一点不顺心的小事放大，他狠砸了墙面一下，手上传来的疼痛感终于迫使他静下心，凭着瞬时的记忆完整地忆起那一串号码。

离家出走的每一步都还算顺利，他拨通了电话被告知具体的时间和地点。顾一飞在电话里头声气敷衍，只道会另有人接应他。

他忐忑地见到了前来接应他的人，来人身材魁梧不说，言行举止粗鲁，说话口水四溅。他想许是工作关系，本就该粗声粗气地与人谈话，本就该不拘小节，而他也不该在上了船才产生退却的心理。

踏上甲板的感觉很诡异，那船面发出的动静令人悚然。他不由得想万一沉船了该如何是好？他把万千思绪统统归咎于担心与害怕。长着又粗又浓的密毛的大手强行夺走了他携带的行李，美其名曰由他们暂时收走保管，然后他被大手一推，竟跌进了空间狭窄却有着数不清的人挤在一起的船底。

周身立时浮起一股难掩的臭味，他的焦虑与怀疑在这舱内所有人的注视下逐渐放大。密密麻麻挤在一起的男男女女看了他一眼又纷纷恢复原状，呆滞目光令船底的氛围死气沉沉，仿若这是一艘开往地狱的船。

惊恐已经全数写在了脸上，小门外面被上了锁。他就地坐下，惶惑地抱着双臂听着船鸣笛起航。来不及了，来不及回头了，彻底来不及了，他无望地这样想。

埋头躲进自己的臂弯中，这儿的人互不交谈、互不相看，他们沉默得就像是摘了舌头的哑巴。他强忍着不适，希望自己就这样睡去直到抵达彼岸。可饥饿本能迫使他抬起头，四下张望。往右一瞥，目光带到了一位似乎一直在观察自己的小女孩，他已经移开的目光又重新落回到她身上。她剪着齐耳的短发，看起来一点也不怕生，直视着他的脸上带着可爱的微笑，靠近他的这右半边脸上还有一颗浅浅的梨窝，眼神则毫不避讳透着对他的好奇。

他就这样看着她，然后见她凑近自己耳边轻声说了一句"哥哥你看起来和我们不太一样"，仿佛久违地听到人声，他露出一脸苦笑："没有不一样。"

小女孩发出了疑惑的声音，可没有继续纠缠这个话题。本以为谈话会就此结束，没想到小女孩开始滔滔不绝又小声谨慎地同他讲起了她自己的事。她说自己是从另外一个码头过来的，来时这船底便有这么多的人。他们这些人都渴望一份高薪的工作，哪怕背井离乡，毕竟这战乱时期能活下来便好。

他讶异比自己小的女孩子说话时透露着一股成熟老练的腔调，她的语气里没有悲伤，没有遗憾，只有一种很空虚的乐观。他询问小女孩何以只身一人出来谋生活，父母又在哪儿。

她眼底有星星点点的光芒闪过，但又坠入黑暗寻不到踪迹。她大方地聊起自己的身世，强调她并非一个孤儿，只是母亲年轻时被乡中的地痞流氓玷污，生下她后处境就变得非常艰难。这未婚的女人生子总免不了遭人非议、遭人白眼，甚至还被乡亲扔臭鸡蛋。母亲一人艰苦地抚养她长大，其间没有再婚，或者说也没有哪个男人愿意娶她。生活的困苦和折磨无孔不入，后来母亲体弱多病，不久前扔下她撒手人寰了。

故事到这里还未结束，他静静地听着女孩波澜不惊地讲述，那淡然的神色好似在讲别人的遭遇。母亲死后，她那地痞流氓的爹竟不知通过何种方式找上门认了她。认完之后的第一件事，便是和青楼老板商量卖她的价钱。

年纪轻轻的她早知青楼为何处，也听说过很多女人只要出卖身体就能赚钱的话。可她也深知，那不过是从父亲的魔爪辗转到了另一个不见天日的牢笼里。亏得她生来聪颖，竟让她逃脱了，从而撞上了给人介绍工作的好心人。她遇上的不是顾一飞，而是另有他人。

她话音一落看了他一眼，又笑了笑，随之警惕地朝四周投了一眼，更加贴近他道了一句"这是艘贼船，只要有人生病那个人就会彻底消失"。一语惊醒许景明，他知道自己被骗了，他神色陡然间慌张，却被女孩拦下。

她曾利用自己的年龄找各种借口同看守他们的人搭话，从中得知经手处理工作之事的人名叫程和，他似乎是个非常厉害的人物。有多厉害，小女孩说不清，只是有回借着上厕所跑到了上面一层偷听到了包厢内程和与一个外国人聊天。她自然听不懂外语，后来等外国人走了，程和就同一边候着的人说，等卖完这一批又能赚一笔大的了。

"人贩子"这个词第一次出现在许景明的脑海中，这三个字每个字他都认识，可组合在一起却骇了半天回不过神来。

"我们马上都要被卖到别的地方去了。"小女孩很冷静，又问了他一句，"哥哥你还有家人吗？"

他点头。小女孩眼眸一转，依旧是甜甜的笑窝："那我帮你回家吧。"

许景明以为这是自己浮沉在海水中的梦境，又或许是自己睡着之后被迫出现的所思之梦。他回忆着小女孩这句话，泪水就止不住地往下流。

"后来发生了什么？"陆江吟担心地站在床侧，盯着护士处理好许景明制造出来的乱摊子之后，凝望着似醒非醒又不停说话的许景明，他想知道船上的许景明和她到底经历了什么。

许景明半睁开眼睛瞧了眼现实中的陆江吟，又费劲地看了眼安静下来的叶超。他的精神陷入梦中无法自拔，可身子却在现实里充当着傀儡。他记不清自己含含糊糊说了什么，但听陆江吟这么问，接着戛然而止的梦境，他又开始往下说。

后面发生的事情许景明不愿再来一遍，可没办法，他的下半辈子或许要反复经历这一切。他最后被推入水中那一刻，才明白小女孩知道真相却不跑的原因。单凭她一人根本跑不了，船底的人木讷，一心以为工作是真的，钱多也是真的，无人会选择听信一个只有十三岁孩子的话。

她一直在等待，等待上岸之前能够遇到相信她的人。皇天不负有心人，她终于等来了许景明，等来了可以将事实真相带回去的人。事情已对他全盘托出，小女孩唯有冒险一试。她同许景明商量，让他假装陷入昏迷，自己则会见机行事直到他脱身为止。

"你跟着我一起。"这话是许景明给出的承诺，他已经辜负了佳慧，不想连累这般年纪的孩子，也绝不能留她继续在船上，不能任凭她被卖往别处。他和她不过萍水相逢，却第一时间完全信了她。许是她尽管深陷囹圄仍旧微笑的脸庞，许是她如此年幼竟成了他的救命恩人，他无以回报，只能想到带她一起离开。

小女孩沉思着并没有回答他，掐准了时间之后她立马示意他闭眼昏倒。两人配合得默契，她大喊着"来人"。

之后的进展就如她所料，许景明被进来的两人一边骂骂咧咧"这都第几个了，下次别什么老弱病残都往船上带，真晦气"，一边一前一后挪出船舱。

小女孩就躲在他们没来得及关上的门后观望着，身后的人悠悠地望了一眼，不作声。小女孩发现他们抬着人上了甲板。她担心节外生枝，便壮着胆子跟了上去。

上了甲板之后她就明白了，原来之前生病的人全都被扔下了海。对他们来说，上当受骗做梦发财的穷人不是人，只是蝼蚁，留着无用。她躲在暗处叹息，又想这倒也好。离港才不过半个时辰，远眺还能望见码头的一点星光，此刻跳下海说不准能获救。

焦急地等待着，却不想那两人又是多事之人，竟纷纷急着去解手。于是两人环顾四周后商量着暂时扔许景明在这儿，反正风大也无人来这甲板上。他们放心地走开之后，小女孩便趁着机会拖着一块闲置的木板来到他身边，轻拍着他的肩示意道"快些跳下去，他们人不在"。

许景明站起，协同小女孩先将木板扔下水。承诺要一起走而不可能独自苟活，他翻身爬上护栏后伸手向她，海面上风大，他艰难地支撑着立起的身子，祈祷这一切赶紧结束。

昏昏沉沉的脑子分不清此时的环境，只听得耳畔一声、两声的叹息。许景明虚弱地一笑，听到叶超好似从遥远山谷传来的声音。

"她没能逃出来是吗？"

是啊。所有故事其实都不曾完美，人们讨厌读到破碎的故事，讨厌虚构文字的不圆满，可他们的人生不就是处处充满遗憾，处处都不圆满吗？故事太完美，这多无趣。只是他多么希望，他是那个成就故事不完美的牺牲者。

那时候还真的是海上生明月，银色的光芒洒在他的肩上，让他误以为这是希望降临。他兴奋地一再示意小女孩抓住自己的手，可偏偏这时，那两人折返了回来。

他们本是吊儿郎当地系着裤腰带，无意中瞥见了栏杆上的人影，顿时边呵斥边跑了过来。几步路的距离，小女孩根本来不及上护栏，也无法握住许景明的手。

"你一定要活着回家啊！"

她说话时终于伸出了手，却重重地推向了他的身子，直接将其推下了海。冰冷的海水顷刻间淹没了他，所有声响全都留在了海面上，他听不见看不见。星空下的海面上，他自由了，带着刺骨的寒冷挣扎着浮出水面的一刹那，他哆嗦地游向那块木板，抱着它拼命喘息着。

他喊不出小女孩的名字，因为他根本不知道她叫什么。他颤抖着扭头，却已望不到她的面庞。这短短的时光噩梦一场，醒得早，心境却仍是无边的绝望。

那星星点点闪着的码头遥不可及，远到就像是另外一个世界虚无缥缈的灯火。他想或许最后也是个死吧。可耳边震荡着小女孩最后的喊叫声，那鼓励着他不能简简单单死去的话语成了他的救命稻草，他一手扶着木板，一手划着水，努力让自己一点一点地靠近那座城。

"如果顺利，你不该时隔这么久才出现。中途出了什么事吗？"陆江吟听完心中略感震撼。十三岁孩子的勇敢与智谋，十三岁孩子的甘愿奉献，十三岁女孩的坚定都让他无比动容。而他也庆幸许景明到底没有辜负那孩子付出的一切。

许景明平躺着，眨着眼睛盯着天花板。在海上漂了太久，见到静止不动的天花板都好似波浪一层又一层翻涌着逼近他，海水的气味也紧跟其后，他突然侧身干呕了起来，难受半天才缓缓对他们说：

"我水性不好，抓着木板也不知漂了多久，时而清醒时而意识模糊，只让自己保持在往家的方向。反复丧失意识又苏醒的那些时候，我梦见和我手牵手的白佳慧，梦见同父母争吵的自己，梦见可能被残忍打死的小姑娘。罪恶舍不得离我而去，当我终于承受不住彻底昏迷之后，再度醒来自己便躺在一艘渔船上，周围尽是浓烈的鱼腥味，梦里的血腥味闻起来和它没两样。"

"也就是说你在渔船上昏迷了好几日？"陆江吟猜想也唯有这个解释，他看着快要没力气支撑继续往下说的许景明，憎恶一切的恶人。

"嗯。渔夫说我一直昏睡着，其间他喂我吃什么我都无法下咽。他生怕我死在他船上便也不想着捕鱼了，就掉转船头回去。我只记得自己醒来，见着渔夫惊讶的样子。他告诉我马上就要靠岸了，我一听用上了全部的力气跳下了船，游上了岸。"

"难怪齐溪见到你时会是那副狼狈的样子。"陆江吟也觉得安慰无用，语气尽量同平时一样。

叶超记下了这故事的关键人物——程和。他起身叮嘱陆江吟留在这儿多陪陪许景明，一会儿许家父母来了也可以帮忙交代解释一番。

　　"程和的底细我要派人查清楚，顾一飞或许也能提供帮助。所以我现在过去得在手术室外给他打气，希望他别在这节骨眼上翘辫子。"

　　"好。"

　　待到叶超离开病房，陆江吟盯着背对着自己侧身躺着的许景明问了句："一直没有提，我也一直想知道。你去七十三号那晚，到底是被谁或者你认为是什么东西推下楼的？"

　　许景明累得快要睡着，伤感的情绪就像是一首首安魂曲："是人，是一个人推我下楼的。那人的手有些奇怪，看着像是裹了一层皮。可我没见到他的脸，屋里太暗了。"

　　"谢罗华说有见到客厅左侧靠墙的地面上点着七根蜡烛，你可有印象？"

　　"有，正正好七根。方浩淼当时还笑是不是学着洋人过生日几岁就要点几根蜡烛……其他的也记不得，谢罗华的鬼叫声太大了。"

　　"那墙上的照片？"

　　许景明的声音越来越弱，最后变得同梦呓一般："照片？好像有……我摔下来之后谢罗华他们抬着我走，我好像有看到人影回到那儿取走了什么东西……可能就是照片吧……可能……"

　　到后面，陆江吟已经听不见许景明的声儿了。他也不问了，替许景明盖好了被子让许景明好好休息。事情来来回回，牵扯到他身边这么多人，看样子他还要找方浩淼聊一聊。

　　握住病房门把手时，七根切实存在的蜡烛在他脑内闪现。头七？生辰？他突然开始不停地回想那天确切的日期。那天齐溪家深夜失火，白家惨遭灭门，许景明在七十三号被恶意推下了楼，这完全不敢忘的日子，这充满恶意的一天是——

　　四月十七。

第七章

粉面小生

（一）

傍晚时分，病房里的许景明总算是恢复了点精神头，此刻母亲坐在床沿无言地轻握住他的手，满含抱歉泪水的双眼不敢从他身上移开一寸，生怕一眨眼儿子又从自己眼前消失。而站在床边的父亲则将干燥的手别向身后，担心这饱含沧桑的双手被儿子看出端倪。再苦、再劳累，家境再清贫，只要一家人在一起什么坎都能迈过去。

门外的陆江吟、齐溪、谢罗华还有李爱瑶也忍不住为一家三口团聚感到喜悦，隐隐约约却又听见屋内低低的啜泣声，于是旁观者的喜悦瞬间就像消融的积雪，不复再见。他们四人唯有陆江吟知道许景明的心酸，意气用事酿成了不可挽回的悲剧，他是回来了，可那个救了他的小女孩却没有。

"回去吧。"陆江吟转身说。

出了医院，西沉的太阳已彻底消失在云端，远处朦胧的灯影下，四个年轻人的身影被拉得很长很长。彼此间一路无话，只是偶有几声叹息。陆江吟虽和齐溪并着步往前走，心里头却在想别的事。途经某一处时，他忽地停下脚步。

"怎么了？"齐溪回头望他，自然地搭了一句话。她忘了先前内心的小别扭，疑惑不解地打量着兀自停留在原地的陆江吟。关于他的一切，她到底还是想知道、想了解。

　　谢罗华和李爱瑶也停下脚步，转身看着月色下的陆江吟和齐溪。月光清清冷冷地洒在他们身上，而他们肩上点缀着的银色光芒又好似降落的星星，就连他们之间隔着的一两步距离都仿佛天上银河，璀璨炫目。

　　"他们就这样光是站着什么都不做就让人觉得美好。"李爱瑶不由自主地轻声感叹。

　　一旁的谢罗华听见了，笑了笑女生莫名而来的感想，却又无意泼冷水，只道："爱瑶你什么都不做也让我觉得内心欢喜，不必艳羡他人，你也一样美好。"

　　突如其来的表白让李爱瑶涨红了脸，庆幸月色替她遮掩住羞涩，让她强忍住如烟花般灿烂的笑颜。她大方又试探地问："那你呢？你不美好吗？"

　　"嘿嘿……"谢罗华蓦地难为情地笑，也不敢看李爱瑶，只盯着地上自己和她的影子，他晃了下身子触碰到了她的肩膀，"如果你也喜欢我的话，那我将来的每一天都会变得非常非常美好。"

　　脸上的笑意再也克制不住，李爱瑶的心怦怦直跳，她不敢直视谢罗华，也不知道该如何接话。谢罗华看不到她的笑颜，可月亮一定知道。

　　"上次，就是在这儿吧。"陆江吟凝望着齐溪的眼睛，那水水润润的双眸毫无警觉，望着他时和平常并无两样。他心里清楚，齐溪待他始终如初，可他打从一开始就与她不同。

　　齐溪不解地侧了下脑袋，不太明白这突兀的话："什么？这儿怎么了？"

　　双双沉浸在欢喜中的谢罗华和李爱瑶听到这番对话，顿时一个激灵。谢罗华忙给李爱瑶使眼色，紧张地提醒她："这儿不就是上次我和江吟撞见你们开玩笑说要嫁给陆江庭的地儿吗？得赶紧转移话题！"

李爱瑶这才反应过来，心想着男人的醋劲儿持续的时间未免也太长了吧？更何况齐溪还不知情。

陆江吟深深地看了她一眼："没什么。"说完绕过她走到了谢罗华身边，先是看了眼李爱瑶对她道了声抱歉，紧接着就对谢罗华说，"等会儿我们还有事要办。"

"我们？"谢罗华诧异地反问，"这是什么时候定下的事情，怎么也没和我商量啊？"

"很早定下的。"陆江吟对此也不多加解释，"我先送齐溪回家，一刻钟后见。"

听完了陆江吟全部的话语，李爱瑶才明白过来刚开始那句抱歉为何意。这真的太令人难为情了！

"时间还早我可以自己回家，反正也不远。"齐溪上前直接拒绝了陆江吟的好意，琢磨了一番还是不放心地叮嘱了一句，"早去早回。"

她甚至没等李爱瑶就自己一个人走进了前方长长的街，陆江吟望着她单薄、固执的背影，不由得叹了口气。最近似乎做什么都会惹齐溪不高兴，他不再想自己哪里错了，总之哪儿都错了。

"你，你不追吗？"谢罗华碍于他们两人之间莫名僵冷下来的氛围，上前劝说，"齐溪好像生气了。你俩刚刚还说了什么？"

李爱瑶眼看着齐溪的身影即将消失，瞪了眼什么也不做的陆江吟，心急地推了一把谢罗华："你们不追我追！忙你们的事情去吧，真是！"

"喂——"谢罗华纳闷怎么突然连自己也挨骂了？李爱瑶又是为什么生气？刚刚推他的时候好像使了很大的劲儿，到底为什么突然发火？

陆江吟见状伸手拉住了李爱瑶，阻止她之后便松开了手："让罗华送你回家。"说完，他也走上了那条狭长的街。

"算我求你了，"李爱瑶盯着陆江吟并不快速前进的步伐，对谢罗华说，"抽个时间问问陆江吟，到底要吃醋到什么时候？这两人隔三岔五就闹个别扭，真够折腾的。"

"怎么不你问？"谢罗华脱口而出，见着李爱瑶立刻起了愠色的脸，他立马端正态度，"我的意思是，这些打探隐私的话还是你们可爱的女生去问比较好。"

"可我和陆江吟不熟啊。"李爱瑶果断拒绝。

谢罗华自然是不敢再次推托，无奈抬眼再看，陆江吟和齐溪都早已没了踪迹。清寂的长街上，他和李爱瑶面面相觑。

长夜漫漫，独自往前走的齐溪最开始那坚定又焦躁的步伐逐渐消沉了下来，同月色下的影子一样拖沓。她垂头丧气，心中异样又说不出个所以然来。她至今也解释不清为何总对陆江吟要性子。

齐溪弯腰捡起路边掉落的半截细长的树枝，在空中胡乱挥舞了几下，任性地撒着气。她一边心不在焉地往前走，一边不停地嘀咕："还是小时候好，现在都不知道他在想什么。"

人来人往的街道上，时不时有人投来奇异的目光。踏着月光漫步的少女身姿曼妙，即便心事重重不可亲近，却仍是让行人见了就欢喜的俏丽面庞。

"兴许是相处久了，见我都生厌了吧。"手中的树枝无力地垂下，齐溪一直缓慢移动的影子也停在了夜空下的路面上。

"齐溪？"

熟悉的声音从不远处传来，齐溪欣喜地扭头，却见陆江庭坐在停靠路边的车内同她打招呼。她颔首笑了笑自己，有那么一瞬间她错以为是陆江吟来找她了。

陆江庭刚办完事，开车回家的路上遇到了孤身一人的齐溪。于是他下车走向她，本能地问了一句："又和江吟吵架了？"

"江庭哥哥干吗说'又'啊，哪能总是吵架。"齐溪立时摆手，随后小心地将手中的树枝放回到树根下，"他和谢罗华还有事，我就先自己回来了。"

陆江庭明面上点头，心里想"嗯，果然又吵架"。于是他拉开车门，不动声色地说："回家吧。蓝姨已经做好晚饭等着我们了。"

"嗯。"

两人上了车，陆江庭启动车子往前时，忽然瞥见了后视镜中杵在一棵树旁只露出半张脸的陆江吟。作为亲哥哥，即便隔着百米距离，只凭着模糊背影与走路姿势也能一眼认出。这般展开的剧情，陆江庭有些看不懂，但隐约能体会到弟弟的心境。

他手握方向盘，瞄了眼旁边座位上侧眼看向车窗外风景的齐溪，忽而轻描淡写地问："齐溪，你走路的时候很少会回头看吧？"

"嗯？"齐溪望向陆江庭，一时走神，"你说什么？"

"偶尔回头看看或许能发现比窗外风景还好的事物。"他嘴角带笑，于他这个兄长而言，陆江吟和齐溪之间即便存在一些小误会，可这些可爱的小心思里都藏匿着他能感知到的美好，"等江吟回来你能帮我转达一句话吗？"

前半句话齐溪已不明其意，对最后的嘱托也只能乖巧地点头。

"是什么话呢？"

陆江庭没有当即作答，只道了句"晚饭过后告诉你"。提点齐溪的话点到为止，那么提点江吟的话也先卖个关子吧。不过他倒真是有些担心自己的弟弟，都到了十七岁的年纪怎么还越发胆小起来？母亲在世时江吟尚还年幼，整日同齐溪玩一起，就连母亲也开玩笑说嫉妒。后来江吟只听母亲提"若是齐溪嫁与了别人，你会怎么办"，他便十分生气地答"齐溪是我的，我将来要娶她"。

- 226 -

想到这儿，陆江庭便觉得好笑。那时的江吟才几岁，他怎么懂何为嫁娶。可正因为不懂，那份喜欢才显得足够真诚、足够珍贵。延续至今，经历各种物是人非，可陆江吟心里却从没有一刻停止过对齐溪的喜欢，这些情感在母亲去世后就被深藏起来了，怕失去、怕痛苦，尽管如此，陆江庭也全都知道。

车子驶过扬起了灰尘，行人往里侧避了避，没一会儿就听见远处工厂的汽笛报起了时间。他们驻足留心听了一会儿，不由得加快回家的脚步。

晚上七点钟。

"你早些告诉我来这凶宅，我也好回家将母亲特意为我缝的辟邪锦囊带上。"谢罗华摘下学生大盘帽夹在自行车后座上，无精打采地盯着阴森森的七十三号，扭头求饶，"你这不是要我的命吗？"

陆江吟停放好自行车，往右手边的街路上望了眼："还没进去别说这种不吉利的话，没人会死。我只是想让你们好好回忆一下进到宅子内的所有细节，是所有。"

谢罗华哭丧着脸哀号："半条命都吓没了，鬼注意那么多细节啊！"恨自己没这个本事拒绝陆江吟，他原地蹦了三蹦以缓解紧张的情绪，随后突然问，"什么'你们'？除了我还有谁？"

"喏，来了。"他抬了抬下巴，示意了方向。

谢罗华疑惑地瞅了眼不停向他们靠近的人之后，顿时瞪大眼睛指着来人大喊："方浩淼你怎么也被江吟骗来了？他是不是拿上次你干的'好事'威胁你？你不来是不是会被他打断腿啊？威武不能屈啊，我的兄弟！"

眼看快要到约定的时间，方浩淼只吃了一碗饭就快马加鞭赶来这里了。昏暗的路灯下，他一眼就认出了站在那儿的陆江吟以及冲他挥手的谢罗华。

"我们都是文化人，怎会随意动手？"方浩淼喘了口气，这话就当是为陆江吟做了解释，他谨慎地瞥了眼前方的宅子，还是那般漆黑诡谲，下意识地吞了吞口水，"不会很久吧？"

"你们回忆起的细节越多，我们就能越早回家。"陆江吟风轻云淡地说。

谢罗华苦笑着放弃："浩淼，这个艰巨的任务就交给你了，我仨只有我功课最差。我要能记起这些破事，我数学成绩也不至于只考二十分。"

"这和功课没关系！"方浩淼也是忌惮这宅中的种种异象，且不说陆江吟到底想知道什么，现在的问题是他们可能都没办法心平气和地再次进去，紧张起来谁还顾得上回忆？

"过来。"陆江吟趁着他俩喋喋不休之际已然走到了宅子房门口。

这洋房的外观十年如一日，除了洁白的墙体布满了爬山虎之外，门窗什么的都完好无损。白日里这些绿色的爬山虎倒还算得上是景致，到了夜间只觉得鬼影笼罩，令人不寒而栗。

"对了，你是什么时候通知的方浩淼？"谢罗华走上前，尽量靠着陆江吟往里走。手电筒的光照进这硕大的屋内，就连光线都瞬间微弱下来。

陆江吟手持手电，不慌不忙地观察着里面的一切，简单地做了说明："在医院打的电话。"

谢罗华拿手电筒晃了一下方浩淼的脸，立即被方浩淼呵斥了一番。两人吵闹的时候气势都不输对方，尽管如此，每挪一寸他们都非紧贴着陆江吟不可，好像长在了他身上。

"李爱瑶和张月英要是看见你们这副德行，恐怕死也不愿与你们在一起。"到最后，陆江吟被拖得都走不动道了。

"就让爱瑶不喜欢我一晚上吧！男子汉大丈夫，能屈能伸！"谢罗华话都绕在舌尖上了，却和方浩淼不约而同地松开了陆江吟，面上假装镇定无畏。

陆江吟斜了他们一眼，嫌弃地拍拍自己被他们扯皱的衣袖，一本正经道："从进门开始回忆，任何细节都不要放过。"

"好的！长官！"

谢罗华和方浩淼默契地稍息立正，对陆江吟行了个军礼。滑稽的举动暂时让紧张的心态得到了放松，但所有的人精神很快就被仿若有生命的漆黑寂静的七十三号吸引，飘浮在其中的腐朽气味钻入了他们的鼻孔，嗅觉发挥的作用一下子将他们带回到四月十七号那个晚上。

不同于此时，试胆活动那一夜带着暮春的凉意，丝丝的冰凉感原本停留在皮肤上，可几人战战兢兢地开门之后凉意便刺入骨中。就连正常踏进房内的动作都好似身后一股邪风作祟，故意将他们卷入其中。

"你们过于害怕才会产生各种无用联想。"陆江吟不客气地嘲讽，可谓心中有鬼，遇事皆是魔障。

谢罗华压低声音反驳："这屋子当时真的很冷！也不知道许景明平日里文静的样儿哪儿去了，那天只管往里冲，完全都没有回头留意过我们。"

"对对对。"方浩淼随声附和。

三人进门半天却仍在玄关处，陆江吟冷不丁地回身拿手电筒照着他们，一个接着一个问："你说你看到了一个张照片，在哪儿？它是以什么形式出现在你的眼前，具体又是在什么时候消失不见的。还有，浩淼你留意过地上的蜡烛，为什么会留意它？蜡烛从始至终都存在吗？"

两个被临时提问的人好像猝不及防地抓回到了课堂上，失了魂似的瞅了陆江吟半天，好一会儿才从错觉中惊醒。

"这一楼空间不算特别大，左右两边各走九步、十步就能到头。其间又没有堆置什么遮挡视线的物品，你们当时进门之后所处的位置一定是我们现在所站的中间点。所以向左右两边望，定能直接看到摆置在这儿的东西。"陆江吟不紧不慢地给出了他们答案中所需要的必要条件，也以此鼓励他们大胆地说，"回忆有误差也无妨，你们想到什么就说什么。即便当时心中只闪过一丝丝的古怪感，也不要放过，如实地说出来。"

谢罗华和方浩淼对视了一眼，仿佛交换了彼此的信息，突然举手抢着回答。方浩淼到底没有谢罗华顽劣，硬是被他推到了一边，只能先让他发言。

"其实进来之后并不是第一眼就看到了那尽头的照片……"谢罗华仔细琢磨，也觉得自己当时的关注点好像过于跳脱，谁进门就直接盯住了房子一侧尽头黑洞洞的墙面看，"我记得我一直跟在许景明身后，当时方浩淼在我右手边不远处。"

可是当日心情不佳的许景明根本无暇顾及同学情，环顾四周不觉得这传说当中的凶宅有多么恐怖，扔下同学自己一人往前冲。

"就在我想要拉住他的时候，余光瞥见了墙面上有影子动了一动，所以我望了过去。其实我知道地板上点着蜡烛，可我的注意点当时都落在了墙上。突然晃动的影子，见着了总是有点担心会不会是鬼嘛。"谢罗华辩解着，一再强调自己并非胆小如鼠，"我一个人肯定是不敢过去看的呀，所以想拉方浩淼一起。"

"嗯，我也是在那时看到了地板上点着的蜡烛，不多不少刚好七根。我看大家情绪都比较紧张就随口开了玩笑，说有人在庆生。可一说大家更加害怕了……"方浩淼无奈地扶额，摇头后又说，"也就是在我说完后的下一秒，景明就摔下了楼梯。"

陆江吟没有从他们两个人的陈述中听到新鲜的值得分析的细节，但细节之外的全部也非常之重要。他抬了下手电筒，指向了左手边："过去看看。"

三个人一同过去之后才知这边是用膳的地方，餐桌是圆木桌，周围摆着三张椅子。其余的椅子被叠放一角，看来是一家三口。餐桌上至今还留有布满灰尘的碗筷，陆江吟不由得想，这里的一切难道始终保持着传言出来之前的样子吗？

"原来这边也可以上楼。"此时方浩淼有了意外发现，他照着二楼延伸下来的楼梯，不禁感叹有钱人家设计得实在是高，"我们以为只有外面那一组楼梯可以上楼，没想到这边也可以。"

陆江吟和谢罗华都看了过去，从中间点往用膳的区域来时需要经过一道拱形的石墙，这堵只有半个圆的墙正好挡住了这部分的楼梯，让所有人误以为只有一条楼梯。

"哎呀，这么说来景明被人推下楼真的有可能喽？"谢罗华突然脑子开窍，"我们起初都认为当时这宅子里头只有我们几个。现在你们看啊，会不会有人躲在这里，听到动静之后跑到了楼上，又正巧遇上了上楼来的许景明，怕暴露身份后选择出手伤人？"

语毕，陆江吟和方浩淼都对他肃然起敬，甚至鼓起了掌，纷纷表示"今年数学有望突破二十一分"。

"我们要查的就是为什么会出现一个怕暴露身份的人。"陆江吟收敛起玩笑，半蹲下身又指着地上已经燃尽同样沾染灰尘还有蛛丝的蜡烛，仍旧是七根，"他和这里的一切什么关系，只要理清这些，什么问题都迎刃而解。"他说完之后，本来的肯定句突然变得意味深长起来，因为他此刻才发现再往里面居然还有一个铁盆。

方浩淼提了下裤子也蹲下身，照着小铁盆里灰蒙蒙的东西疑惑不解："这怎么还藏着一个盆呢？"

"笔借我。"陆江吟眼睛盯着小铁盆，手却伸向了方浩淼。

"哦。"方浩淼乖乖地从左胸处的口袋里抽出了钢笔放到了他的手心上，结果看见他拿着自己的钢笔往灰沉沉的小铁盆里来回拨，顿时心痛得无法呼吸，"你口袋里不也别着一支钢笔吗？怎么不用自己的？"

"这是齐溪送的。"陆江吟不假思索地回答。

方浩淼大感不解，抱头崩溃："所以呢？齐溪送的钢笔不是笔？"

只拨动了几下就似乎触碰了一些东西，陆江吟一一将其翻到表面上，见到实物不免有些欣喜，但也不忘继续回答方浩淼："反正不能拿来碰这些脏东西。"

"什么？"方浩淼快被逼死了，只想夺回自己珍贵的钢笔。这可是他省吃俭用好不容易才买到手的心爱的钢笔啊，虽然笔尖没用多久就有点开裂了，八成是被骗了……

谢罗华叹了口气，拍拍好兄弟的肩膀说："等你有了喜欢的人，你就懂啦。回头我拿我的衣服给你擦钢笔好不好？大家好兄弟，这点小事不用谢我。"

"谁要谢你！"

不知不觉又陷入嘻嘻哈哈状态中的两人不亦乐乎，直到陆江吟又对谢罗华伸出手说了句"手帕给我"，谢罗华才止住吵闹，顿时笑不出来。

"你没有带手帕吗？"谢罗华不情不愿地掏出手帕递过去的同时又不甘心地追问了一句。

"现在身上带着的是齐溪的手绢。"陆江吟将翻到面上的东西用手帕小心翼翼地包裹了起来，然后站起身，神色都明朗了不少，"我的留给景明了。"

"行吧，听明白了。兄弟就是拿来两肋插刀的，女人是放在心尖上疼的。"谢罗华揽过方浩淼的肩，两人难兄难弟一般自认倒霉。

"基本上可以肯定十七号晚上有人在你们到来之前在这里祭拜什么人，并烧了这些祭祀的物品。而且我有理由相信他推倒许景明之后，再从这边楼梯下来取走了墙上的照片。如果直线查不到这个人，那么我想我可以换个思路。"

就查这个被祭奠的死人。

（二）

　　今夜陆江吟收获颇丰，在外折腾老半天，到家时已快十点。饥肠辘辘不说，他更担心家中此时不知心情如何的齐溪，也不知她对自己调查出来的事情会不会感兴趣。这几日惹她生气的次数多到不忍细数，愁肠百结连道个歉都开不了口。他深吸一口气做了最坏的打算，实在得不到原谅，那就干脆再装病一次。

　　小心地推门而入，陆江吟当即就见到原本捧着书侧卧在客厅沙发上，听到动静后立马合上书站起身的齐溪。面面相觑的瞬间，陆江吟的那句"对不起"下意识地到了嘴边。

　　"吓我一跳。"齐溪望着他轻轻叹了口气，随后脸颊上不自觉地浮上点点笑意。那是见到陆江吟后固有的开心，还是担心过后表露的安心，连她自己都很模糊，只是终究感叹了一句，"这么晚不回来，还以为你出什么事了呢。还好，看起来什么事也没有。"

　　陆江吟听到这话顿觉自己可恶至极，他只想着她为何生气，想着自己该如何道歉，可怎么也没想到齐溪会守在这里等他回来。一时间心中错乱万分，他定定地看着她，那温柔缱绻的模样害他又有了些冲动的念头。每一根神经、每一个细胞都在命令他朝齐溪走去，朝她伸出手，向她倾诉心意。

　　"晚饭吃了吗？陆叔叔说你总是玩到这么晚才回来，要给你点教训呢，所以就吩咐蓝姨，不管你怎么求都不能做饭给你吃，就连江庭哥哥都被打了招呼。"

　　他所有的一切还没有完成，却在走到她跟前时突然清醒过来，抬起的手停留在她身子两侧，仿佛被敲响的钟惊了一下。

　　齐溪又怪得意地悄声说："幸好我不在禁止范围内。你想吃什么，我帮你去煮。"

"你一直在等我吗？"心知肚明却还是想听她亲口承认，陆江吟默默放下的手佯装无事插入裤袋中，暗暗地攥紧了些。

齐溪忽而避开同他的视线接触，侧身弯腰拾起沙发上的书本，解释说："我房间的灯有些暗，所以就在这儿看会儿书。看到都快要睡着了，正好你回来了。"

陆江吟打量了下那本看了三分之二的书，又看了看此时目光磊落的齐溪。他想从她眼底觅到些许的动摇，可他端详了半天只看见了心思动摇的自己。齐溪既没有承认也没有否认的回答让他有些不甘心，但他私心认为起码"等"这个行为是存在的，为此他又不自觉地欢喜起来。

"你会煮什么？"从小到大都未曾见过齐溪下厨，就连听都没有听说过，陆江吟心想她必定只是嘴上开玩笑哄哄自己，于是便故意配合着问道。

齐溪露出一脸神秘："当然是绝世好菜！"

大概是头一次见着她这般想要大展身手的模样，陆江吟也不好搅了她的兴致，只能随着她来到厨房，看着她手忙脚乱地为自己准备晚饭。等齐溪将食材、配料全部整理完毕，他陡然意识到她要准备的是什么。味蕾的回忆还非常清晰，可他已经很久很久没有尝到过了。

"我来吧。"陆江吟不再袖手旁观，上前执起锅铲，在锅内油未烧热之前他凝视着齐溪，嘴角噙着笑问道，"我妈妈是什么时候教你做这道菜的？"

一眼就被看透，惊喜立时成了稀松平常的往事。齐溪觉得难为情，盯着开始刺啦刺啦作响的锅内，老实说："当然是在你不知道的时候。"

具体的时间，具体的内容，齐溪不敢多讲，怕惹江吟伤心。那时年纪小，江吟那天不知为何心情奇差，愣是连着两餐都不肯上桌吃饭。他妈妈便默默下厨准备了一道糖醋肉想哄儿子，当时齐溪就在一旁，随口就问了句"这是江吟爱吃的吗"。陆妈妈温柔地点头，随后便将做菜的过程告诉了年仅七岁的齐溪。陆妈妈的一字一句，齐溪到现在都记得格外清楚。

她说："以后阿姨要是不在了，江吟就要拜托小溪了。"

现在想来，那多像一句临别嘱托。齐溪很用心地记，甚至回家也尝试过几次，但从没有成功过。她沮丧地想自己厨艺如此之差，江吟可能要拜托别人照顾了。

"是吗？"陆江吟的声音很轻，他知道这个答案一定是在母亲去世之前，可他不愿这么想，停顿了半晌，他问齐溪，"想甜一点还是？"

齐溪坚定地摇头："我不饿，你吃。"片刻之后又小心翼翼地补了一句，"甜一点。"

陆江吟笑了笑，按照母亲生前教他的做菜步骤娴熟地炒着菜。他其实很开心，他没有想到母亲会教齐溪做这道菜，虽不知母亲的用意也仍旧感激。

"不过，你又是什么时候学会做这道菜的？"齐溪解下自己身上的围裙拿在手中，细想了会儿又过去大方自然地替陆江吟围上，在他背后打结时被他伸到身后的手摁住了。

"不用围。"陆江吟抓住她的手说，"你见过哪个大男人做饭系围裙的？"

"以前没见过，不过今天见到啦。"齐溪笑着还是固执地打了个结，扬扬得意道，"这个蝴蝶结系得比绑自己的发带还要好看。"

陆江吟没辙，任由她折腾。锅内一小块一小块的肉在咕噜噜的汤汁中颜色变得越来越深，他盖上锅盖等着水被吸收一些，此时四溢的香味让人忍不住咽口水。

"你还没有回答我之前的问题呢。"齐溪不由自主地吸了一口肉香，差点陶醉得趴在灶台前走不动道，她舔舔唇，急忙回到之前的话题上。

"在你手指受伤的时候学会的。"陆江吟不假思索地回答。

　　小时候齐溪摔倒弄伤了手指，每天哭得稀里哗啦不吃饭，非得让人哄着才肯吃一小口。见到鼻涕眼泪都哭到一起去的齐溪，他回家装老成地同父母讲"齐溪太娇气了，那一点点疼都受不了"，说完被父亲和母亲同时瞪了一眼，唯有大哥替他说话"江吟大概是心疼没办法才这么说的"。

　　想到这些，陆江吟忍不住嘲笑自己的幼稚。大哥说的话是真，可他哪懂什么心疼，只是见到齐溪哭的时候他也难受得不行就是了。后来在只有他和母亲两人时，他才吞吞吐吐地求母亲教他学做自己最爱吃的菜。他想齐溪只要闻到菜香肯定就能好好吃饭，不会再哭鼻子了。

　　只是学会之后还没有来得及做给她吃，她就不再要性子，乖乖吃饭了。其中经历什么，陆江吟自然是不知道，但也一直期待着某一天能亲手做给她尝一尝。

　　齐溪手上不知何时多了一双筷子，不解地问他："为什么是在我手指受伤的时候学会的？而且我手指受伤的时候还很小啊，你当时的个子连灶台都够不上吧？"

　　说着说着竟调侃了起来，陆江吟听了没有反驳，随口吩咐了一句："拿盘子过来。"

　　"好！"一听可以吃了，齐溪顿时激动了起来，拿来盘子之后又看见了碗架上方的柜子里还有点剩饭，便也端了出来，"这饭热一热、炒一炒就可以吃，不然光吃菜你还是会饿的。"

　　盛了糖醋肉出来，齐溪见到陆江吟额上的汗水，忙伸手进口袋，摸了半天没找到自己的手绢，才想起在陆江吟那儿，于是问他："我的手绢呢？"

　　"口袋里。"陆江吟忙着炒饭，只是示意齐溪手绢在自己裤袋里。

　　齐溪也没有多想，上前就伸手进靠近自己这边的兜里。可一伸进去就摸到了一个小小的不知形状的物体，她急忙抽出手，神情有些不自然。

"在这边。"陆江吟这才反应过来,这裤兜里放着今晚刚找到的物证。

齐溪不去想他兜里放着什么,实际上她总是不由自主地产生联想,总想着会不会又是哪个爱慕他的姑娘送的定情物之类的。找到自己的手绢之后,她抬手为他擦了擦汗水,也拭去了他鼻尖上的汗珠。

"谢谢。"陆江吟忽觉喉头一紧,贪恋她的手轻抚上脸的温柔,心中荡漾却只能硬生生地克制住。他有时候也很恍惚,好像齐溪的温柔是天生,并不是因为他才如此。

难得只有他们两人的饭桌,齐溪虽然已经用过餐,但受不住糖醋肉的诱惑,愣是和陆江吟一起大快朵颐。吃得满足的时候,她好奇地问了句:"你们去哪儿了?为什么这么晚才回来?"

陆江吟啃着自己做的糖醋肉,心想到底比母亲做的差了几分。听到齐溪说话,他腾出手掏出了兜里用谢罗华的手帕包裹着的东西摊在餐桌上。

"这又是谁的手帕?"齐溪冷着声问。

陆江吟本以为她会先好奇裹在其中的东西,没想到她的注意力竟落在手帕上。他一边觉得好笑一边又觉得可爱,抱着一种期待的心情问她:"你会用这种条纹的手帕吗?"

齐溪嫌弃地撇嘴反问:"哪个女孩子喜欢用这种深色、条纹简单看起来一点也不活泼的手帕?"

"嗯。所以这不是女孩子的,是谢罗华的。"他如实回答,等着她做出反应。

"啊?"齐溪一愣,突然面上一热。如同之前被他看穿自己做这道菜的动机一般,此刻也被他看得清清楚楚。

她脸上燥热难耐,只能不停地嘀咕来掩饰自己的慌张:"谢罗华的就谢罗华的,干吗说这些多废话。"

陆江吟直言不讳道："怕你又生气不肯理我。"

"哪有？"齐溪死不承认，随后咬着下唇忍住不停想要翘起的嘴角，视线落在了露出边边角角的物体上，"我可以看看吗？"

陆江吟点头，随即放下筷子，掀开了遮挡住物体的帕子，说话间神情已然变得严肃："这两样是我们在七十三号一个小火盆里发现的。火盆里覆盖着厚厚的灰烬，而这些是没有烧完的。按照时间推测，在景明他们去了之后，叶超便立刻派人监视宅子的情况，所以能排除之后有人进入焚烧这些物品的可能。"

齐溪端详手帕中的物品，不由得拧起了眉头："这块烧得只剩下一个小三角的灰色粗布哪儿都能见到，不足为奇。不过这个……"她用眼神询问陆江吟可否用手触碰，得到许可之后，她小心地拿起了那个东西，仍旧百思不得其解，"为什么会有人把只有掌心点大的小木马一起烧了？这应该是摆设或者是送人的玩具？"

她说完最后一句话的时候突然灵光一闪，可那一闪稍纵即逝，她只是眨了眨眼便忘了那似有似无的念头。凭空冒出来的东西总是很难被抓住，于是她只能悻悻然地放下这被熏黑了一面的小木马。

"我现在能肯定的只有一点，就是当晚有人在七十三号祭拜某个死去的人，在景明他们到达之前。"陆江吟说完这话之后不由得轻叹，"只是我还不知道祭拜者是谁，逝者又是谁。"

齐溪本想鼓励他，可从他的话语中转念一想惊讶地反问："那晚推景明下楼的难不成是……"

"没错。"陆江吟倒是露了一脸欣慰的笑意，夸赞她，"真聪明，一点就通。"

"过奖，过奖。"齐溪笑着拱手作揖谦虚道，"那你们之后还碰上了什么事？就这点发现不至于弄到这么晚，是不是还发现了别的事情？"

陆江吟看着她笑了笑，这种笑容里有停留片刻的骄傲，也有即将讲述这整个过程的成就感。

"有人见到了小一和其他两个小孩来过七十三号。"

"啊，什么时候？"

"三月十五。"

饭桌上的糖醋肉已经见底，炒饭也被两人吃干净，在这个寂静夜晚，故事终于朝着一个陆江吟一开始就期待的方向发展了。

他与谢罗华、方浩淼从七十三号宅子出来的时候，正好撞见了居住在不远处的一个中年男子，他里面穿着白色褂子外面套一件薄薄的青色绸缎衫，微胖。他遛着狗绕到了这边，瞧见三位少年鬼鬼祟祟地从凶宅出来，想也没想就呵斥住了他们，眉目间透着一股凶气，就连两撇小胡子都抖了抖。

不知为何被凶的三个人立在原地心虚地同他对视，谁都不敢开口和他说话。倒是这位年纪看起来四十岁上下的男人首先牵着狗朝他们走近，还没走到跟前，他脚边的小狗便嚣张地冲他们狂吠。

"怎么又来了三个人！你们是不是没别的地方可以玩了？每次都要组织这么三个人一起来这儿吗？"他说话时神色凶恶，让人不敢亲近，似乎也试图尽快将他们吓跑，"这地方太邪性，我看你们的打扮都是学生，学点好的，别尽往这儿浪费时间。"

陆江吟想着进都进了，对方也拿他们没辙，于是挺了挺胸大胆地问："您刚刚说'又是三个'，'又'是什么意思？还有其他像我们一样的人来过这儿吗？"总不该是景明他们探险的那次也被他撞见了。

"你们这些孩子！"中年男子没有直接回答，而是接连不断地教育了他们仨一番，道理都说尽了才道，"老早之前有三个小孩也进去过，穿得破破烂烂的。我看到你们还以为那三个孩子一眨眼就长这么大了呢！你们也知道最近不太平，这宅子又古怪得很，指不定进去再出来就变成什么样呢。"

穿得破破烂烂的三个小孩？陆江吟心中一凛，忙上前一步焦急地问："您认识那三个小孩吗？他们有什么特征？他们进这宅子做什么？"

谢罗华和方浩淼目瞪口呆地听着陆江吟接连发问，而这小胡子男人的小狗不停歇地喊叫着，似乎非常不喜欢他们。除了陆江吟，没人懂这份紧张，被问的小胡子男人也不知，他虽不耐烦但也被眼前少年身上的正气所感染，尝试着回忆。

"小孩子都长得差不多，年纪看起来也相仿，不过看起来像是贫民窟里的。他们……哦！我想起来了！其中有个小孩的手上有六根手指呢！哪有人长六指的，按我说，那些个孩子没准就是凶宅里头的恶鬼派来食人夺魄的！啧啧啧，这么说来我可真是命大……"

小胡子男人感叹着，可陆江吟的脸色却越发难看起来。他掏出手帕中裹着的东西，只拣出那一小块粗布放到小胡子男人眼前："他们中间是否有人穿着这种颜色布料的衣服？"

谢罗华在他们一来一回的对话中，逐渐明白过来陆江吟此刻执着的是什么，随即加入了询问的队伍中，但他的话语没有陆江吟那么严肃，说话声气带着点恳求与故作的谄媚。

"一看您仪表堂堂、面相显贵，定是老天爷垂青之人。就连您养的小狗都特别……特别招人喜欢，所以这么点小事您肯定能想起来的对吧？"

小胡子男人听后悦然不已，于是便更卖力地回忆。见到那三个小孩的时候天色比现在要早，他们浑身脏兮兮的，稚嫩脸庞上藏着的天然丧气的神色总是令人避之不及。孩子身上的衣物因为穿得久了，不勤加更换，又饱受风雨日晒，裤脚烂了一截，上身的衣服看上去完整，可到处都是缝缝补补的痕迹。

"那个长着六指的小要饭的身上穿的好像就是这个，像麻布衣一样粗糙得很。"小胡子男人说着忽然又想起了另外一件事，"他们出来的时候，小要饭的还说了句什么'他或许没死，我们学着大人祈福后就没事了'之类让人瘆得慌的话。总之，进到这宅子里的人多半都不正常。以前这儿半夜常常有人在烛火下晃动，可笑的是竟有人信凶宅会带来福祉……不过说来也怪啊，最近这宅子，怎么说呢，好像冷清了不少啊。"

"冷清"这个词用在本就死寂沉沉的凶宅上似乎不太合适，陆江吟琢磨半天也未能真正揣摩到其中的玄机。但就小胡子男人所说的事情足以让他确信小一和他的两个伙伴同第四个孩子之间的关系。

"小一他们去祈福的对象是谁？会不会是我们还不知道的第四个孩子？"齐溪听完陆江吟的陈述之后，想起陈伟强口中那只见过一面的小孩浮尸，"虽然有些荒谬，但那晚祭拜的会不会就是这第四个孩子？"

"完全有这种可能。"陆江吟不是没这么想过，但他认为最为重要的一点是——"小一他们是三月十五号去的凶宅，而老许见到河神的那日是三月十六号，陈伟强发现溺死的不知名的小孩则是三月九号，这几条时间线连起来想就会得出一个显而易见的结论。"

齐溪注视着陆江吟，他那凛凛目光似乎在给她提示，冷不丁回想起之前他说的头七："啊！如果按照这么来推算的话，岂不是第四个孩子死于三月九号，小一他们在头七前一天去凶宅为这个孩子祈福，当时他们不确定这人是否真的死亡，也就是说这三个孩子都没有看到尸体。头七那天老许见到的眼睛很大会发光的河神很有可能就是在河岸边进行祭拜的人，这之后小一以及其他两个孩子便陆续失踪死亡了。如果这粗布真的是小一身上的衣物，那么正好能解释溺死的孩子衣不蔽体的原因，这也就是说——"

"有人在为第四个孩子复仇。"

陆江吟平心静气地说出了他在心里纠结已久的推论，他想齐溪一定也同他有一样的推论。时间拉得越长，很多细节和线索就会统统躲到时间背后，捉迷藏似的令人寻不到踪迹。他盯着没被时间掩藏的证物，一心想要找到答案的念头变得越发急切。

听到"复仇"两字，齐溪只是静静地望着陆江吟没有作声。她很难不联想到他母亲的死，若是知道凶手是谁，江吟也会复仇吗？选择这般极端又残忍的方式？

"若真是复仇，那么凶手必然认定小一他们就是害死那第四个孩子的凶手。可这个他又是如何得知的呢？"抛开杂念不去想，齐溪也想减轻点他的负担。

这个问题对于陆江吟来说仍值得思考，于是他告诉了齐溪整个过程，并说："那孩子的父亲当时就在附近，折返回来用时不会很长。假设他回来时见到了溺水的儿子，很快打捞了上来并离开，那么陈伟强再度望向水面见不到孩子也有了解释。至于他是从何得知小一他们是凶手，又是怎么将他们一一杀害的，这些还有待查证。"

"哦，上次是这么一回事。我以为你接受了张月英的情书就跟着她跑了呢，原来是查案去了。"不知怎的，仿佛心中一块大石头落了地，齐溪整个人都轻松了不少。她脸上的笑意恢复了以往的活力，不再同陆江吟保持见外的距离。

她站起身收起桌上的碗筷："不过张月英怎么会那么巧在那天碰见小一他们呢？"

陆江吟想说又不能说，扯谎的能力还是弱了点，他不想欺瞒齐溪，但本能驱使他不要告诉她真相，毕竟张月英跟踪自己这事说出来更容易令齐溪误会。于是他也起身清理桌面，收起找到的证物，没有再继续这个话题。两人将碗筷拿到厨房洗了干净放回到橱柜中，陆江吟拿毛巾擦了擦齐溪湿漉漉的手后一起走上楼。

"要，进来坐坐吗？"上了楼梯就到了自个儿房门口，陆江吟想了个不是理由的理由留住齐溪。深更半夜邀请女孩子到自己房间，这种蹩脚的想要多相处一会儿的借口真是烂得不能再烂了。

齐溪小心看了眼他的眼睛，立时回忆起自己被发烧烧得糊涂的江吟摁在床上时的情景，还是紧张得心怦怦跳，于是摆手说："不早了，明天还要上学呢。"

"哦。"陆江吟淡淡地应了声，看着她却也不道晚安。

齐溪见他立在门口也不进去，转身欲走又猛然想起江庭哥哥让她代转的话，就又面向他说："我晚上一个人回家的时候碰上江庭哥哥了，我就坐他的车一起回来了。"

"嗯，然后呢？"

"江庭哥哥他有话让我代为转达。他说'别总走在后头追，适当的时候也要跑到前面来'。我不太懂这话的意思，后来他也和我说了句差不多的话，'偶尔回头看看，或许能发现比窗外风景还好的事物'。"

陆江吟陷入沉默，看着齐溪琢磨大哥这两句对应的话。他自然明白大哥在说什么，从小到大没有大哥不明白的事，没有大哥猜不透的心思。

"是不是很奇怪？"齐溪笑着说，"回头看看？可身后能有什么呢？"

陆江吟举起深邃的目光凝望着齐溪："想知道？"

齐溪发出疑问时肢体配合地转向身后瞧了瞧，此时听到陆江吟的话便又扭头注视着他，表情中有期待又充满着好奇，她没有作答。她难以形容听到他反问瞬间的心情，只是愣愣地站在原地，兀自紧张。

"就像现在，"他说，"你看见的是我，你的身后也是我。"

（三）

那日之后，每当入睡或醒来，齐溪满脑子都是陆江吟一本正经的话语——"你看见的是我，你的身后也是我"。

他说这话时的目光有些古怪，齐溪只看了一眼便着了迷似的怎么也移不开视线，恍恍惚惚就连最后怎么进的自己房间都毫无印象，唯记得次日上学的早晨，陆江吟在楼下扶着车等她。

那一瞬间，陆江吟清爽干净的模样将齐溪的心结一下子全给解开了。两人虽从小一起长大，日日相见，但对齐溪来说，如今变得有些不太一样。她每天都能见到他，可每天最迫切的事情也是见到他，最欢欣的事情还是见到他。如此这般的心情对齐溪来说陌生又新鲜，她尚且说不清这般心情具体是什么，但每日都会因为能和江吟一起上学而变得充满期待。

齐溪心想着欢喜的心境该会持续到每一个明天，于是今日的她仍雀跃地推开房门，还未锁上门就听见楼下齐叔和陆叔叔谈话的声音。扶着护栏，她小心探头望，江庭哥哥也在。

"是。房子已经修缮完毕。"齐叔仍旧一袭灰沉沉的长袍，双手捏着帽檐置于胸前，身子微微躬着，一半脸匿在背光中看不清全貌，双唇紧抿着似乎心有郁结，他毕恭毕敬地对着陆家父子说，"这段日子多谢您对我们家小姐的照顾，真的非常感谢。"

齐叔素来老实，对陆家的感激之情纵使千言万语在心中，开口时也只能简单地道句谢。他没念过几天书，认识的字不多，也学不会谄媚。在齐家干了几十年的活儿，"忠心"二字学得尤为深刻。

"齐叔不必客气，照顾齐溪是我们理应做的。"陆江庭说话谦逊，几次请齐叔与他们一同坐下，奈何齐叔为人耿直，习惯了作为下人所需坚持的主仆之分，委婉拒绝了他的好意。陆江庭也不勉强，这时看见了站在楼梯口愣神的陆江吟，便招手让他过来同齐叔打招呼。

陆江吟上身穿着白衬衫，最上面的两颗纽扣还未系上，无意中露出了少年紧实的肌肉。坐在沙发上的陆年扭头一瞥，就瞧见小儿子臂弯上搭着的校服外套，袖子一只往上卷了，一只还紧紧系着扣，顿觉邋遢，便怒斥道："衣服不好好穿，成什么样子？"

陆江庭见状欲言又止，他自然是知道父亲严厉的缘由。平常家中除了蓝姨就是他们父子三个，大男人间穿得随意一点倒也不碍事。偏不巧今日齐叔登门拜访，有外人在场，父亲便会不自觉地在意起自己的脸面，起码待客最基本的礼数不该丢。

"还不快过来。"他提醒心不在焉的弟弟。不知道江吟站在那儿多久，又听到了些什么，为什么会露出这一副受到打击的难堪表情来？

按理齐叔大清早过来说的都是好事。齐家修整完毕，齐石良脸上的伤虽无法痊愈到原来的样貌，但其生活不受影响，估计再过个几天就能出院回家休养，也算是大难不死必有后福。这样一来，齐溪和她父亲也总算是可以团聚了。这等该大摆宴席的好事，为何江吟却丧着个脸？

"早上好。"陆江吟无心整理自己的衣袖，听哥哥的话上前同齐叔打招呼，见齐叔对自己笑眼相迎，心中负担略轻了些，轻声问，"您是来接齐溪回家的吗？什么时候走？"

齐叔转身面向陆家小少爷："小姐住在这儿也有一段时间了，怕是给你们添了不少麻烦。今天来就是和陆老爷商量此事，如果可以，今晚我就能接小姐回家。"

"今晚？"陆江吟不由得一惊，臂弯上的外套也随之滑落了下来。他眼疾手快地抓住外套攥在手里。蓝姨昨晚为他熨好的衣服此刻被他捏得起了皱。

齐叔面目慈祥地注视着陆江吟，他能看出来小少爷的不愿，也知道两人打小感情深厚。他笑了笑："嗯，今晚。"

"不行！"陆江吟看不见自己脸上是何种表情，等他反应过激地拒绝后瞟了眼父亲和大哥的神色，心中苦笑他们定是觉得自己十分滑稽，"今晚不行，我和齐溪有约。"

"那几时结束我几时来接，在这之前我可以先把小姐的行李搬回去。"齐叔尽量将这一事想周全，不想再给陆家人添乱，"迟点也没关系。"

陆江吟已没有那个心思去编造一个完美的理由，心一急脱口而出："我们要约一整晚。"

"你怎么回事？刚刚说的话是什么意思你自己清楚吗？"陆年听罢，当即就投过去一眼匪夷所思的目光，生怕小儿子一肚子花花肠子欺负齐溪，下意识就算起了旧账，"上次你在房里你还……"

他瞥了眼齐叔，清清嗓子继续说："那事我还没找你算账，这次又想闯什么祸？你约她准备做什么？啊？一晚上不放人回家你想干什么？"

陆江庭看着对弟弟连环逼问的父亲只觉得好笑，同时也深深地为面红耳赤的弟弟捏了把汗。这小子怎么一点长进也没有？平常跟着叶超查案看来是真的什么也没学会。当然，他也没指望叶超能教会自己弟弟什么本领，只是单纯地想让滑头、不正经的叶超感染一下自己沉闷的弟弟，没想到一片苦心付诸东流。

"你约了齐溪一整晚这事她知道吗？"陆江庭看不下去弟弟那一脸聪明相却总是在齐溪的事上犯蠢的样子，想着做大哥的总要帮一把。

"什么？"陆年震惊地抬头看向大儿子，瞬即明白过来，立马卷了卷手中的报纸愤怒地朝陆江吟身上扔了过去，"你这小子到底想干什么？你想把小溪骗哪儿去？"

"骗到心里去。"

"你还笑！你做大哥的要反省！好好的一孩子被你带坏成这个样子！真是家门不幸！"陆年瞪了一眼还有心情开玩笑的大

儿子，本想再乘胜直追多教训教训这个不让人省心的小儿子，最后却连着大儿子一起骂了，回过头来敛起怒色，勉强地冲齐叔无奈地笑说，"教子无方，让你见笑了。"

齐叔看了看沉默不语的陆江吟，对着陆年摇头说："大少爷和小少爷一表人才，对我们家小姐又无比照顾，小姐和他们在一起，老爷和我都很放心。"

陆年冷哼，没有搭话。自家儿子几斤几两他做爹的心里还不清楚吗？像江吟正是年少气盛、血气方刚之时，不多加管束肯定会惹出事端。就拿小儿子平时看齐溪的眼神来说，他这个做爹的就根本没法安心。

"上学要迟到了！我们快走吧！"这时，齐溪迅速跑下楼一把挽过陆江吟的手臂，边说边拽着他往外走，其间同齐叔四目相对，她开心地说，"齐叔，放学来接我哦，晚上一起回家。"

"那小姐您和小少爷的约……"齐叔先是微微点头，但转而又如此问道。许是终于看明白陆江吟心中所求，心疼这位小少爷的用心，这样的时刻竟替他说起话来。

齐溪看了看心情不大好的陆江吟，腼腆一笑解释："其实还有其他同学，今晚本来说好要聚会的。"她诚恳解释时并没有多想，心中也无半分勉强，相反因为担心江吟被陆叔叔训斥，她选择实话实说，"但是聚会人多，也不知要玩到什么时候，所以我还是先回家。齐叔，您一定要来接我哦。"

"好。"齐叔点头，欣慰地目送自家小姐和陆江吟出了家门。

待客厅又剩陆家父子与他时，齐叔重新转回身恭敬地望着陆年："陆老爷，我还有个不情之请，望您答应。"

陆年看着儿子被齐溪半推着出了家门，摇头叹气。抬起手腕看了看时间，正好陆江庭泡了茶端了过来，他接过对着杯面吹了口气，抬了抬拿着杯盖的手说："但说无妨。"

"倘若将来发生意外，陆家能为我们小姐留一处栖息之地吗？"齐叔说的时候，背部已经弯到了他所能弯到的最大程度，他盯着自己黑色有些磨损的布鞋恳求道，"只求一处安歇足矣。"

"嗯？"陆年喝了一小口清茶润了润喉，对齐叔提出的请求深感不解，但他没有直接问，而是似笑非笑地说，"未雨绸缪倒是好，杞人忧天就不可取了。"

陆江庭费解地凝望着齐叔，不知他的不情之请因何而起。那短短的一两句话中强调了"意外"，强调了"安歇之地"，却全然不提两家夫人生前许下的诺言。齐叔大可以将这个诺言作为请求他们帮助的筹码，可他没有。也就是说，他只希望在将来的某一刻，如果齐溪没了齐家的庇佑，希望陆家能够接纳她，以任何身份。

陆年悠然地喝着茶，未听到齐叔的声响。喝了几口之后他放下茶杯，起身来到齐叔跟前，和颜悦色地宽慰齐叔："只要小溪愿意来我们陆家，任何时候我们都欢迎。"

"谢谢陆老爷，谢谢。"齐叔哑着嗓子卑微地鞠着躬。

陆年也到了快要出门的时间，便吩咐大儿子送齐叔一程。

"我送你。"陆江庭抬手示意齐叔和他一起出门。齐叔憨厚地点头抓着帽子同他一起走到了外面，两人来到屋外却见齐溪和陆江吟还在大门口磨蹭，隔得远也听不清他们在说什么，远望时只能见两人的脸色都有些许微妙。

等到他们终于慢悠悠地骑车离开，陆江庭才问："齐叔刚刚那番话是何意？"

齐叔又侧身微弯着身子回答："不敢。我虽看着小姐长大，但无法时时照顾、保护好她。天有不测风云，我又年老无用，只是单纯希望小姐能够在这乱世中寻得依靠，好好地活下去。"

"是吗？"陆江庭不再追问，齐叔不愿说透，或者是他想太多。

微仰头时，感受到清晨温和的阳光，心情舒畅了很多，良久之后他道了句："江吟会待她好，会护她周全。"

　　齐叔无声地弯腰致谢，他懂陆江庭的意思，因为他也这么想。这看似祥和安乐的上海，暗涌流动，没人能够躲过，但他真切希望小姐可以。

　　晨间的夏风凉爽宜人，薄衫内的肌肤感受不到燥热。上学之路本就有些漫长，偶尔时间赶不及一路上争分夺秒。可此刻扶着车同齐溪并着走的陆江吟却没有想要快快到达学校的意思。

　　"真的不去？"陆江吟在路上没有和齐溪讲过一句话，直到现在。

　　那会儿齐溪在楼上听见了全部的对话，心情很复杂。她直觉江吟并不想让她这么快就走，但这么想时心里又矫情地不肯承认。

　　"你……"齐溪嗫嚅了半天，最后鼓足勇气问了句，"不想让我回家吗？"

　　"嗯。"陆江吟停下脚步，不假思索地回答。他目不转睛地盯着她，竟有些期望她能懂。只是那不经思考、坚定无比的回答后，他在等待齐溪给出反应的过程中又变得十分煎熬。

　　齐溪注视着他堂堂正正的目光，好奇地追问："为什么？"

　　"什么为什么？"陆江吟忽地蹙眉反问，推着车就往前走。心情起伏剧烈，独自的彷徨失措在齐溪的反问下完全不见了踪影，他只觉得自己同喝醉酒没什么两样，心里立起了害羞的念头。

　　齐溪小跑着来到他前面，转回身面对着他倒退着走路，开始解释自己晚上不赴约的原因："其实……我和许景明也不太熟，而且前去聚会的基本上都是男生，我想着会有些不自在，万一搅了你们庆祝的兴致就不好了。再者家中还有很多事需要处理。自家出事到现在，我什么忙也没帮上，还净让人操心，心里头挺愧疚的。"

这一番发自肺腑的话令人感动。陆江吟希望齐溪能一起去庆祝许景明死里逃生的聚会，但她话说到这份上，他要是再强求岂不真的有些任性胡闹？

"那下课后我先送你回家。"纠缠无用，他只能善解人意。

齐溪摆手："齐叔会来接我的，你不用担心。倒是你，不要玩得太晚，免得陆叔叔又责备你。我不在可没人给你当挡箭牌了。"

陆江吟经她这么一说，心里头又难受起来。倒着走的齐溪逆着清风，鬓边的发丝贴着她的侧脸，看着他时目光清澈，自然地呈了一脸温柔的浅笑。于是他伸过手去拉她，叮嘱道："好好走路。"

齐溪垂眸一笑，绕回到他的身侧。事实上齐叔一早出现在陆公馆确实吓了她一跳，但她总算是盼来了回家的日子。可就在刚刚，这个每时每刻都记挂在心的念头因陆江吟产生了动摇，或许不是刚刚，是更早之前。她情不自禁地回想起这段时日住在陆家与陆江吟之间发生的种种，恍如梦境又真实得令人心动。

前往学校的这一路上，两人各怀心思，彼此间的对话骤然减少。这普通的一天，从白日过渡到傍晚，从喧嚣逐渐到寂静，从众乐乐变成独自消沉，时间流逝得似乎比往日更为迅速。抬眼望去，教室窗外的树梢都染上了绛黄色，颜色由浅变深逐渐没了温度。

夏日仍然明亮的六点钟就这样到了。

"怎么一个人坐在这里？"

不请自来之人的声音总是刺耳，扰人清静。陆江吟收回远望许久的视线，整理了下桌面从教室走了出来，一步站到狂狷不羁的叶超跟前，不耐烦地问："有何贵干啊，叶探长？"

叶超怪异地"啧啧"几声，将陆江吟上下打量："我看你印堂发黑，双眼无神，嘴角下沉，语气消极，莫不是——"他故意拖长又调笑明显的尾音使得陆江吟的脸色越发难看，但他完全乐在其中。

"有话快说。"陆江吟极力克制内心的焦躁，也料到叶超肯定说不出什么好话来，但顾及自己还有事求他办，于是在心里告诫自己一百遍无论如何都不能冲动。

叶超揽过陆江吟的肩，迫使他和自己往楼下走去，不理会他的黑脸，仍复瞎扯道："你这种面相放到一般人身上定是灾祸连连，可你命好，不过就是犯个桃花。照你现在的样子看，多半是被人家姑娘拒绝了。"

陆江吟看向叶超，唇上露了一痕苦笑："你该去路边摆摊算命，当探长可惜了点。"

"果真？"叶超兴奋地提了提自己的咖色皮夹克，好奇满满地追问，"快和叶哥哥说说，到底发生什么事了？你和齐溪那小姑娘怎么了？"

下了台阶，陆江吟面上装作若无其事，心里头却在作呕，"叶哥哥"是什么恶心的称呼？竟然还占起了他的便宜。他心中惆怅但左右说了无用，便干脆不说，相反问起叶超来："你来学校找我做什么？"

叶超和他一起来到了学校路边，做了个让他上车的手势："顾一飞快死了，但他吊着一口气说要见你。说来也怪，他该交代的都交代了，见你做什么？"

"人都快死了，你还在这里和我废话！"陆江吟不可思议地低吼。这叶超真是太不务正业了，明明来办正事硬是东拉西扯地不往正题上说。他要是不问，是不是非等到顾一飞死了才说？

"只是好奇，同时也有点怀疑。他是不是还知道点什么没说，但出于某种目的只能说给你一个人听。啊，我光是想到这个就来气，我堂堂一探长受信任的程度居然不如你一个屁都不懂的学生，火大。"

"这就是你故意拖延时间的理由？"

"嗯。"叶超恬不知耻地承认了，与此同时他打开了车门让陆江吟进去，开动车子之后他才不紧不慢地说，"顾一飞见你会说些什么我猜不到，但他见你的原因我倒是心中有数。"

"他已经都交代了吗？你抓到贩卖人口的幕后黑手了吗？"陆江吟想到了几乎已经收尾的案子，但是提到顾一飞就不得不多问一句。

叶超的目光忽而锐利起来，陡然间发生的转变令人有些畏惧。尽管如此，他说话时仍旧表现出平常心："涉案者程和的背景是我之前没能预料到的，个中原因我也不方便和你多说，他们互相勾结，企图逃脱制裁。不过……我是谁？我可是法租界第一神探叶超好吗？哪有我抓不到的罪犯？天王老子犯法都照抓不误！"

话锋一转瞬时又暴露了本性，陆江吟恨不得抡起拳头朝他脸上砸去，幼稚。

"那你说他要见我的原因是什么？"陆江吟懒得附和他的自吹自擂，冷淡地问。

叶超瞅了他一眼，不怀好意地"嘿嘿"笑道："那粉面小生看上你了呗，还能因为什么。啧，别说你还挺招人喜欢。"

"顾一飞是男的，你清醒一点。"陆江吟既生气又无奈地说，"你为什么非要差别对待我和我大哥？你是嫉妒我家有钱，还是嫉妒我有个好大哥？要是后者的话，我可以把大哥让给你。"

"我呸！"叶超听到这话当下就腾出一只手打了陆江吟脑袋一下，奈何年轻人反应敏捷，他只触碰到了陆江吟的头发，打完之后双手立马握住方向盘，"你就这么担心你大哥把齐溪抢了，产生了把大哥送人的想法？你可真是有意思。"

陆江吟阴沉个脸，哪壶不开提哪壶这招叶超最拿手，冷冷地反驳一句："我没有什么好担心的。"

叶超语气忽然认真了起来："你应该担心。如果要抢，你抢得过你大哥吗？"反问完这话，他又嬉皮笑脸地看了眼陆江吟，"我赌五块钱你抢不过。"

"我出十块押你赢。"

"哦？"叶超惊讶地笑出了声，"这么笃定自己争不过大哥？这可不像是你的作风啊。"

"你误会了。"陆江吟受够了叶超总是否定他和齐溪将来存在的种种可能性，心里头明知叶超故意惹他生气，还是对这种口头戏言耿耿于怀，于是开始想要证明叶超是错的，"我说的是，我出十块押你赢不了我。"

第八章

不要喜欢他

（一）

入夜，街上迟迟不愿回家之人数不胜数，那些穿着流行款式衣裳的男男女女交头接耳，流连忘返于灯红酒绿的场所。台上歌者余音绕梁，台下听者鼓掌饮酒。繁华地段享乐主义盛行，任谁都沉溺在歌舞升平之中，不愿理会外面世间的残酷。

平民屋外路口落地的黄灯已经点上，普通人家的快乐比有钱人家简单随意得多，窄窄的客厅平常只够一家三口活动，完全没有多余的空间招待五六个年轻活跃的学生，于是父母便商量把宴请的地儿改到了露天小前院下，往那儿摆了一张圆桌。

"谢罗华，你老往门口跑干什么？"方浩淼坐在餐桌前大快朵颐，菜还没上齐他就先下筷了，连声夸奖谢罗华妈妈厨艺高，丝毫不输饭店大厨。

但他都吃了好几口菜了，也没见谢罗华安心坐下来喝口水，便关切地问道："你家爱瑶也要来吗？"

"闭嘴吃你的菜吧猪八戒！"谢罗华不耐烦地回头骂了一句嘴巴油腻腻的方浩淼，还是不停地往门口张望，黑压压的小巷子尽头，盯了半天也没盯出个人影来，遂疑惑地自言自语，"陆江吟怎么还不来？那会儿说要在教室里再待一会儿，也不应该待到现在啊。总不该是因为齐溪今夜回家心情烦闷吧？"

坐在方浩淼左侧的许景明听谢妈妈说了很多次可以先吃，不用顾忌，就像在自己家一样的话，却也迟迟不敢动筷子。望着桌上谢罗华父母精心准备的菜肴，他百感交集。为他举办的庆祝会理应放在他的家中进行，可谢罗华非让大伙都到谢家聚，声称自己母亲做饭的手艺堪比饭店大厨。

同学们好哄，纷纷同意前往谢罗华家中庆祝，可只有许景明自己知道，谢罗华去过他的家，知道他家的处境才提出了这样的建议。他之前不知道自己身边聚集了这么多充满善意、勇敢又热心的人——陆江吟为他洗清了嫌疑，不知名的小姑娘舍身换他自由，谢罗华又如此维护他的"骄傲"，就连不怎么熟络的齐溪都在他崩溃时安慰他，还有那么早就离开自己的白佳慧……如此说来，最无用的就是他了。

从前自负，以为自己才华横溢，经历这些事情后可笑自己空有满腹才华，这百无一用果然是书生啊。片刻的开心与懊恼就像一杯烈酒，喝了就醉，醉了就满口胡话，满脑都是杂念。

许景明叹气起身，不想坏了大家的兴致，也不想倒了方浩淼的胃口。他朝着门口走到愁眉不展的谢罗华身后，拍了拍对方的肩问："江吟还没来吗？"

"是啊！"谢罗华焦躁地答，回头见来的是许景明，立马换了一脸喜庆的样儿，"主人公怎么能离席呢？你赶紧入座，多尝尝我妈妈做的菜。我爸烧的鱼也不错，红烧鱼特别美味！"

"要一起去找他吗？"许景明提议。

谢罗华差点就答应了，可冷静下来一想，这陆江吟是何许人也，他可是全校最聪明的人，这聪明人做事都与常人不太一样，还是别操这份心的好。

"不用，不用。"谢罗华转身就推许景明往回走，豁达地说，"他肯定有自己的事情要办，办完了会来的。反正就这些家常菜，他一个少爷肯定也不稀罕。不等他了，我们吃饭吧。"

许景明无奈地笑了笑，被谢罗华强行摁回到座位上时，他又感慨地说了句："你们关系可真好。"这话刚好被谢罗华的大嗓门给遮盖住了，他没有听见，谁都没有听见。

"方浩淼！你少吃点好不好？"谢罗华一把夺下他手中的鸡腿放回到盘子中，不客气地说，"这些肉都是摆在这里看看的，你要是吃了我家过年吃什么？"

方浩淼还没来得及擦嘴反驳，对面的同学周毅哈哈笑道："这年才刚过没几个月，这肉总不会是春节留下来的吧？你这待客够节俭的啊！"

谢罗华故意露出阴险的笑容："你猜对了，这些都是风干的……人肉！"

"去你的！人肉我们也吃了！"方浩淼立时招呼其他小伙伴分了那盘香喷喷的肉，他是真的开心，开心同学聚在一起的氛围。刚喊完话就见谢罗华的父亲端着酒走了过来，又迅速露了一脸谄媚的笑对谢爸爸说，"叔叔快来一起吃！您这是什么酒？我们能喝吗？"

谢父是个忠厚之人，性格同谢罗华很相像，常把笑意挂在脸上。他举起手中的碗说："这是家酿的酒，好入口，易醉，你们还是别喝了吧。等会儿都醉倒在院子里，着凉可就不好了。"

方浩淼很新奇，长这么大还未喝过酒，不知其中滋味。他想喝又不好再开口，于是求助地看向了谢罗华，拼命用眼神暗示对方求一口酒尝尝。

谢罗华接收到了方浩淼的目光，但奈何他也不敢向父亲讨酒喝，只能轻轻地摇头表示这事他做不到。

"这样一来，我就只能以茶代酒敬叔叔、阿姨还有在座的大家。"许景明双手举杯，本想再多说几句，可陡然间意识到谈起过去的经历与现在的感慨会让他酸楚万分，几经挣扎最后闷头饮下茶水，"谢谢大家还愿意交我这个朋友。"

谢罗华一愣，马上端起自己缺了一个小口的杯子碰了一下许景明手中的杯子："你这话说的，咱们都是好兄弟啊！往后你可要多帮衬点。"

许景明心头热乎乎的，想也没想就点头答应了。大家见他点头的那一下突然欢呼起来，其中谢罗华最兴奋，举手欢呼到端菜上来的母亲都被吓了一跳。

"喏，我就当你答应了。回去作业借我抄一下！"谢罗华暗戳戳地开心道。

"这……"许景明一时觉得为难，抄一下虽无大碍，但……"你父亲正瞪着你呢。"

谢罗华身体忽然一僵，意识到兴奋过头就得意忘形了，刚刚说话声大得邻居家的小狗土妞都听见了。他只好艰难地吞吞口水，佯装什么事也没发生过地乖乖就座。许景明见此情景乐了乐，又无比羡慕谢罗华，他的父母看起来非常友好、善解人意，似乎能支持自己孩子做任何决定。

许景明羡慕，打心眼里羡慕，但自己的父母和他的父母并无不同，爱的方式千千万万，唯有父母的爱一样。不计较得失，不计较回报，一味地为了孩子付出。或许他的父母没有这般开朗，但他希望自己能和罗华一样，以更加积极向上的心态同父母交流。

"我们的陆少呢，怎么还不来？该不是又偷摸着和齐溪玩去了吧？"方浩淼终于关心起了本该出现却到了此刻还缺席的陆江吟，他嚼着谢妈妈炒的野菜，表情那叫一个满足，"话说，为什么女生一个都没来？"

谢罗华咂着嘴不满地反问："女生没来问我做什么？你要怪就怪陆江吟为什么没把齐溪骗来！齐溪不来，爱瑶也不来了，爱瑶不来你家张月英莫名其妙地也不来了。爱瑶什么时候和张月英关系这么好了？那天爱瑶见着了张月英给江吟递信分明也很生气来着……"

"你说话小心点！什么我家的张月英！她什么时候成我家

的！"方浩淼敏感地大声喊叫，要不是因为还夹着菜，他就要腾出双手揪起谢罗华的领子了。

"你到底是让我说话小心点还是小声点？我没听清。"谢罗华假装痴傻，故意起哄，"大家听我说！方浩淼喜欢张月英！"

一时间，小院里的氛围更加热闹了。邻居家的小狗土妞听到了吵闹声警惕地唤个不停，它站在谢家门口边叫边后退，于是又被后面走上来的人给吓了一跳。土妞便立马转移了目标，冲刚来的人叫唤。

"谢罗华家什么时候养小狗了？这自家养的狗怎么还冲家里叫？"自说自话的陆江吟从窄巷中走了出来，站到了昏黄的路灯下。他也不着急进门，反而不紧不慢地蹲下身打量小狗，同它大眼瞪小眼。小狗一直龇着牙和他较劲，他还一个劲地套近乎问它，"你叫什么名字？"

"汪汪汪汪——"一连串紧张不带喘气的狂吠之后，小狗像是见到了怪异又可怕的另一种生物撒腿就跑。陆江吟这才明白过来这狗原是别人家的，他有些好笑地站起身，嘀咕了一句："这狗的名字也太长了。"

滑稽的一幕过后，陆江吟瞬间失望消沉了起来。他听到了屋内的欢声笑语，那样的场景和他格格不入。他见到了顾一飞最后一眼，听到了顾一飞的遗言，然后看着顾一飞死去。毫无关联之人，死时的样子也让他有些难受，这种难受不是伤心，不是同情，更不是悲悯，只是有些无力罢了。

顾一飞的顽疾无法根治，只能依靠药物维持生命。他能活到这个岁数已是奇迹，接下来不过就是接受命运的安排。再度见到他时，陆江吟骇了一跳。本就面色苍白、消瘦的顾一飞临近生命尽头更是露了一张彻底的死人脸，毫无血色，那没什么力气转动的眼珠就盯着天花板。就像叶超说的，顾一飞吊着一口气等着他到来。

他根本不知道顾一飞还能不能说出话，将会对他说什么。可不管听到什么，他想人之将死其言也善，就当作送顾一飞一程，了对方心愿。

医生对着他摇头，示意他快点。陆江吟只能在医生和叶超的注视下走近顾一飞，俯身将耳朵凑近顾一飞的嘴边。

陆江吟全程没有说话，只是他知道俯下身的那刻，顾一飞努力地看了看他。

"钱……"他发出的音很清晰，但轻得只有陆江吟能听见，"我的钱……"

没有听到完整的话时容易误判出很多结果，陆江吟屏声静气听着他费尽全力地说完最后一个字。之后等了三秒再没有听到任何声音，医生即宣告死亡。

顾一飞的心脏不再跳动，可陆江吟的心脏却因为他临终的话语而狂跳不止。回来的路上，叶超一直在追问顾一飞说了什么，陆江吟长时间没有办法平复心情，只能淡淡地说和案件无关。事实上他只是被顾一飞的遗言震惊到了，无法及时做出反应，就连到了谢罗华家门口也如失了智一般竟同小狗说起话来。

"如果齐溪在该多好。"陆江吟凝望远处，在种种扑面而来的信息面前束手无策虽不是第一次，但第一次身旁没有齐溪。失落、空荡荡的心情让他怎么也迈不进谢罗华的家。

"哎呀！我们的陆少爷终于到了！"谢罗华不放心他又探出头来张望，一眼就看见站在路灯下发呆的陆江吟，上前高兴地一把抓过他就往里走，"妈！上次借我自行车的就是他！我们学校成绩最好，长得最帅，家里最有钱的！"

哎，想回家。陆江吟垂头叹气，任凭谢罗华言语上的捉弄。耷拉的嘴角在见到谢罗华父母亲时又立刻阳光灿烂地向上翘起，他微笑着点头打招呼。谢父、谢母是第一次见到陆江吟，顿觉眼前一亮，面对儿子出类拔萃的朋友，一时说不出什么话，只是一个劲地同他傻笑。

围着桌坐的同学见到陆江吟来纷纷找凳子给他腾座儿，唯有方浩淼视而不见，只顾着黏着谢罗华的父亲央求他给自己倒点小酒喝喝。奈何谢父为了孩子着想，怎么都没答应。方浩淼为了尝一杯美酒，顺手拿过一只空杯子悄悄地挪到了盛放酒的器具边，趁着谢父不注意，偷摸着给自己倒了一杯。

"方浩淼，过来帮忙端个菜！"

酒还没尝到一口，方浩淼就被谢罗华吩咐做事了。他只能暂时遗憾地放下杯子，起身时才看到右侧已然坐下的陆江吟，于是赶忙拍了拍他的肩，指着桌上那杯子交代了一句"帮我看着点啊"。陆江吟只注意到了方浩淼说话的嘴，没见到他指着杯子的微小动作，所以也不太清楚他到底要自己帮忙看着什么。

中间位置一空开，陆江吟和许景明一转头正好四目相对。出院之后，他们两个除了在学校还有交集外，基本没有任何交谈。许景明想知道那个故事的后续，想知道结尾是喜是悲，有没有奇迹。今天或许是个好时机，可真的见到陆江吟时，他却嗫嚅着问不出口。

陆江吟打量着许景明的神色，猜中对方的心思。事实上他主动向叶超了解有关案子的后续，但他没有得到肯定的答案。

"江吟，你的碗筷。"周毅十分殷勤地替陆江吟拿了副干净的碗筷，往桌上一摆，低头发现对方的左手边已经放了一个杯子，于是他拿起那个杯子替陆江吟放到了右手边，回去座位上时还犯疑，"哪个人比我还贴心，居然抢先给陆江吟倒了茶水？是不是已经商量好江吟的作业给谁抄了？"

"谢谢。"陆江吟对走回到对面坐着的周毅道谢，然后再度看向许景明。

陆江吟轻声说话时表现出的遗憾分毫不差地传递给了他："叶超救了那些差点被送进风月场所的女孩，唯独没有你说的那个人。整艘船上，救下的人里面没有她。"

"你相信她还活着吗？"许景明哑着嗓音问。

陆江吟右手握住了杯子，指腹摩挲着杯身，淡淡地反问："你相信吗？"

许景明仰头长长地叹了口气，忍住了本来要滚落的泪水，回过眼再看陆江吟时坚定地答："我相信。"

"那就好。"陆江吟端起杯子一饮而尽，干渴的喉咙得到了救赎，可回味瞬间觉得这茶水味道怪异，有种又辣又苦涩的感觉。

他再次拿起杯子闻了闻，顿时惊得质问周毅："你们喝的都是酒吗？"

周毅傻傻地抬头，疑惑地"啊"了一声，无辜地摇头说："我们喝的凉白开啊。怎么，你想喝酒啊？那要问谢叔叔讨酒喝咯，方浩淼那会儿求了好一会儿叔叔都没让喝呢。"

话音刚落，谢罗华和方浩淼就端着菜上了桌。谢罗华放完菜一抬眼就看到陆江吟满脸通红，惊诧万分地问："你这是怎么了？脸怎么红成这个样子？"

"我……我的酒呢？"这时，方浩淼扫了一眼自己座位上的杯子，发现原先杯子倒的茶水还盛得满满的，帮忙让陆江吟看着的杯子却见底了，他郁闷地暗暗跺脚，"江吟太不靠谱了！居然偷喝酒！"

陆江吟听见了方浩淼的低声碎碎念，随即明白过来自己误喝了方浩淼偷藏的一口酒，他顾不上解释，手撑着桌面站了起来："谢罗华，快送我回……"可"家"字都还没有吐出来，他已经醉倒在了地上。

在场的所有同学都给吓傻了，全部放下筷子围到他身边，一个个伸指试探他的鼻息。

"怎么了？突然怎么了？"

"要不要送医院啊？"

"还有气还有气，没死没死，大家别怕。"

谢罗华第一个扶起了陆江吟，单膝跪在地上让他靠着，他们几个学生没见过这种突发场面，一个个搓着手六神无主。

　　"这样子一看就是醉了。"谢父凑上去看了看，瞬时闻到了他身上浓烈的酒气，"你们谁给他酒喝了？开玩笑可不能这样啊。"

　　身后的方浩淼听到了自然不敢吭声，心虚地往后挪动脚步，企图远离大家互相怀疑的视线。他刚站定就被许景明逮了个正着，但许景明也没有责骂他，只是看着他无言地摇了摇头。

　　"这事要是被江吟的哥哥或者爸爸知道了，我们会不会被打死啊？"周毅突然提出了一个可怕的想法。

　　这想法一出，所有人更是畏惧得不敢出声。素闻陆家家教甚严，这陆江吟醉酒回家他们肯定脱不了干系。现在聚在一起的都是家境普通之人，根本经不起陆家折腾。细细一想，对陆江吟的担心立时就变成了害怕。

　　谢父、谢母寻思着让这孩子去床上躺着，睡一觉就好了。可谢罗华强烈反对，声称彻夜未归这种事情比喝醉酒的罪过还要大，他可承担不起。主要是他见过陆江吟父亲一次，高高的个子往那儿一站，双手往身后一别，再加上一脸严肃的样儿，完全惹不起好吗！

　　"对对对，打爱瑶电话让她打电话给齐溪，让齐溪来接！齐溪已经回家住了，只要齐溪在就什么事也不用怕了！"谢罗华急中生智，忙让许景明过来扶着陆江吟，自己则立马跑到别人家借用电话。

　　周毅心里头有些好奇，忍不住走到方浩淼身侧问："这陆江吟的家人真有那么可怕吗？"

　　"我没见过。"方浩淼诚实地摇头，"但你要是见到江吟走进凶宅丝毫不乱的平静样儿，我估计你会觉得他很可怕。但是这种可怕和可靠是一个意思。"

　　"你说什么呢？兜来兜去的一个字也听不明白。"周毅平时学文也经常表现出一副焦躁不耐烦的样儿，这会儿听到方浩淼啰啰唆唆的话语更是急了起来，但他很快就平复了，转而好奇起了另外一件事，"江吟酒量这么差吗？一杯就倒？那以后他成亲喝交杯酒醉倒了怎么洞房？"

"就你事多！"方浩淼忍无可忍大声怒吼。

二十几分钟后，齐叔开着车带着齐溪来到谢罗华家中接走了陆江吟。

所有人在门口等到车子没于黑暗后才松了口气，原先陆江吟是万众期待，这会儿，还不如不来呢。

"好啦好啦，回去吃饭啦，我妈妈辛苦做的饭菜都要凉了。"人一走，谢罗华就轻松了许多，双手推着同学往里走，"本来今天的主角也不是江吟，是重回学校的景明啊！"

于是，所有人又重新回到院内继续享受。许景明虽担心陆江吟，但既只是喝醉酒，应该并无大碍，更何况有齐溪照顾，明日上学见到再做关心也不迟。

车子后座上，齐溪一直扶着陆江吟。她也是此刻才知醉酒之人的身体会变得异常沉。要不是齐叔帮忙，她一个人是无论如何也拖不动他的，眼下他晃动着脑袋，四肢使不上力，摊在自己身上迷迷糊糊的。

"江吟？"齐溪见到他这副样子有些懊悔没跟着一起来，也不晓得他们怎么就喝上酒了，她从未见过江吟喝酒，这般差的酒量也不知他自己清不清楚，"江吟，你还好吧？你的脸好红，就和上次发烧了一样。"

陆江吟能听见声音，但意识就像是间断性的空白，他控制不住也清醒不了。他觉得现在听见了齐溪的声音就是喝醉酒最严重的表现。于是他狠狠地推了她一下，自己的身子也歪到了一边，含糊地说："谢罗华你离我远一点……我现在听你说话都感觉像是齐溪在我身边……你滚远一点……滚……"

齐溪听了真是哭笑不得，就连开车的齐叔都忍不住笑出了声。确实也没听说过陆家的孩子会喝酒，即便是成年的陆江庭，都极少见他饮酒，逢年过节的时候倒是会见他小酌一口。

　　"江吟这个样子回家会被陆叔训的吧？"齐溪见陆江吟这不清醒的样子很是担心，看向齐叔想从他那里听到些主意，"齐叔，一巴掌打醒他行不行？"

　　齐叔笑意很浓，语气柔和："小姐您要下得去手，我没什么意见。"

　　齐溪害羞地笑着吐了吐舌头，心里头也觉得动粗这个主意不太理想，可是叫不醒陆江吟也就算了，他竟还将自己误认为成谢罗华。喝醉酒的江吟倒真是和平常不太一样，有新奇感。齐溪隐约觉得这样的陆江吟有些有趣，她悄悄挪过去，然后伸出双手捧住了陆江吟的脸，强迫他看着自己："你现在还觉得我是谢罗华吗？"

　　"你再这样我要揍你了。"

　　一句话差点让齐溪绷不住先打他了，这人喝醉酒也不至于瞎了眼啊！她哪里像谢罗华？真是讨厌！

　　"哎哟！"这时齐叔猛打了一个方向盘，为了避开突然蹿出来的一只猫。幸好有惊无险，猫的灵敏度可比他们人要强得多，一眨眼就不见了踪影。

　　齐叔吐了口气，摆正方向盘继续稳稳地开在街路上，因为造成了一点小恐慌，所以他下意识地向齐溪致歉："没有吓到吧，小姐？"

　　问出的话像是被抛向烈日高空中的水，落地之前就蒸发不见了。齐叔听不到回应，担心齐溪受伤因此稍稍回头望了一眼，可这一眼竟使得活了大半辈子的他惊慌地深吸了一口气——小姐居然被陆少爷给、给扑倒了！齐叔见状一时无措，不知该停车还是该装作没看见，横竖不知选什么才是正确的，便干脆选了后者。

第二次遇到这种情况的齐溪镇定了不少，虽不能完全做到心无涟漪，至少她能清楚地分辨出这两次"意外"都是江吟无心之举。纵使十分清楚知晓，也仍会怀揣期待。齐溪难以形容这种期待的幸福感，但她能描绘那种感觉的具体形象，就是粉色，动人的粉色，千方百计隐藏着心思却又想方设法地为人所知。

"江吟，我真的是齐溪。你再不醒醒酒，回家可能会被江庭哥哥骂哦。"齐溪红着脸想要腾出手来拍拍他的背，可是双手都撑在他的胸膛上被死死压着，只能作罢，"你听得到我说话吗？"

陆江吟伏在齐溪身上，柔软的触感让他恢复了片刻的理智，他才恍惚意识到刚刚和自己说话的或许真的是齐溪。只是他头脑昏沉，由不得他过度思考，几度欲挣扎起身都失败了。头部无力地埋在齐溪的肩窝处，轻轻地嗅了嗅便闻到了幽幽的清香，这清香从他脸上拂过，慢慢地好似轻滑的绸缎一般缠绕住他的全身，侧脸时不时触碰到她的发丝，那痒痒的感觉像极了醉酒状态下产生的幻觉。

齐溪是真的来了吧？这世上只有她会可爱地称呼自己的大哥为江庭哥哥。她叫大哥时候的样子特别漂亮，清新自然的笑容任谁看了都想要藏起来据为己有。

"呵，齐溪……"陆江吟想着这些，醉意仿佛又更深了。他轻声低语着蹭了蹭齐溪的脖子，又安稳地趴在那儿不知在笑什么，大约是真的醉得不轻了。

齐溪一直在告诫自己切勿过于紧张，不停地在心里念叨着要心如止水，可一边又被他亲昵的一蹭敏感得僵直了身体。心跳怦怦加快的同时，她甚至都分不清这到底是紧张还是害怕，惊慌得连头皮都发麻。她轻喘着气，下意识地缩紧双手，然后彻底不知镇定为何物。

"江吟，我扶你起来好不好？你……你真的好重！"

她的话语没有起到一点作用，陆江吟伏在她耳边轻声唤着她的名字，一声又一声地直达她的心底，令她丧失了力气。

两人之间的氛围越来越奇怪，过于贴近的身体温度都在不断升高。那微妙的感觉好似一根跃跃欲试的银针，不断试探被暧昧紧紧包裹的真心。齐溪和陆江吟自出生起分开的日子就屈指可数，亲密行径在他们蹒跚学步时也常常发生，那时他们会被母亲安排睡在一张床上，听着母亲哼的歌谣入睡。

可如今他们再也不是孩子了。齐溪的忐忑被逐渐放大，她的心脏随时都像是会从胸膛跳出来。

"江吟……"她努力地平复自己颤抖的声音。

"齐溪。"

陆江吟的声音就在耳畔，轻得像是故意吹向她的风，灼热得又像是飘过来的星火。他清楚地打断了她的话，这声"齐溪"无比清醒，甚至带着认真。

"不要嫁给大哥。"他的声音没有拖沓的醉意，肯定的陈述句似乎在表决心，"不要喜欢他。"

（二）

翌日。

陆江吟被大哥的敲门声叫醒，从床上醒来时虽无明显宿醉后的症状，但昨日之事确实已无印象。他睡眼蒙眬地坐起，抬眼四下扫了一遍。今日终是个好天气，厚厚的窗帘也挡不住灿烂的阳光。

"好累。"他颓废地叹气，伸手擦了擦眼睛。

门外陆江庭还在等着他穿好衣服出来，迟迟听不到动静，便想了个法子催自家小弟。他面朝楼梯下，故意扬起声音道："齐溪你怎么来了？上学快迟到了吧？不用等江吟了，你先走吧。"

"我好了！"门"呼啦"一下拉开的同时，陆江吟的声音也飘了出来，他喘着气一边急急忙忙地系衬衫的纽扣，一边忙不迭地往楼下走去，"哥，我的书还在桌上，帮我拿一下！"

陆江庭站在原地好笑地摇头，这个只要有关于齐溪的事都当真的弟弟可真是太单纯了，大清早的捉弄结束之后，他叫住了陆江吟："就算是齐溪真的在这儿，桌上的书也要你自己上来拿。"

三步并作两步噔噔地早已蹿下楼的陆江吟听到大哥这话，立时收住了追逐的脚步，他回身望着优哉游哉从楼上下来的大哥苦笑："你骗我？"

陆江庭难得一见地翘起嘴角，得意道："愿者上钩。"

得知齐溪并没有来，陆江吟系扣的双手都无力地垂了下来。他不满地斜了眼陆江庭："哥，我做错什么了你要这样对我？"

此时，陆江庭已经绕过他走到了餐厅的门口，昨晚江吟醉酒被齐叔送回来正好被父亲看见，幸好父亲对江吟只是嘴上严厉，甚少真的责罚他。看到小儿子醉得一塌糊涂，父亲心疼地忙叫蓝姨准备解酒茶。他们家人似乎都不太习惯饮酒，父亲对酒精过敏完全不能碰，江吟还好并不是过敏体质，只是小酌一口便会满脸通红。如此看来，江吟则是一杯就倒。

他们陆家和酒恐是无缘了。

"还问做错了什么？醉酒如此狼狈还不算错吗？齐叔年纪大了，拖你不动。那时候我和爸爸都还在屋内，是蓝姨和齐叔一起架着你进的屋。你不知羞居然还问做错了什么。"陆江庭又开始训起了自己的弟弟，他盯着陆江吟看了一会儿，见弟弟低头不语，忽然问，"昨晚有见到齐溪吗？"

陆江吟脑子里一下子蹦跶出很多衔接不上的画面，每个记起的片段都像是独立的一幅画，各有各的故事。画中有谢罗华、叶超、顾一飞、方浩淼，还有许景明……他和许景明说话了，说的内容似乎与贩卖人口案件有关。啊，是那个不知去向的小女孩。

之后呢？之后还有什么？

"怎么不说话？在想什么？"陆江庭以为自己的弟弟身体有恙，便又折返回客厅为他倒了一杯茶走到他跟前，"喝一点。"

"别吵。"陆江吟皱眉轻声拒绝大哥的好意。

昨晚是很吵，有很多人在吵。陆江吟抓着一点点线索拼命地回想，记忆中他有听到小狗的叫声。小狗的叫唤声奶声奶气，可中气十足。不止这个，分明还有别的什么声音，别的有异于那些嘈杂声的存在。

"江吟……"

回忆中那夹杂着点点不安又如甘泉一般甜的声音陡然间被唤醒，陆江吟心中一颤。齐溪，是齐溪，他昨晚见过她！大哥说他是被齐叔送回来的，也就是说有人通知了齐叔来接他？

"说不通啊。"陆江吟想着，伸手接过了陆江庭手中的杯子，喝了一口不解地抬头问，"昨晚送我回来的只有齐叔吗？"

陆江庭双手滑入裤袋，不假思索道："扶你下车的只有齐叔。但我问他了，那时齐溪就坐在车中。至于为什么没有一同下来送你进门，问你怕是得不出结果，想知道的话就赶紧吃完早饭去学校问一问她。"

"没下车？"陆江吟对此更是百思不得其解。齐溪自幼便很尊礼数，这都到了他们家门口却避之不进不像是她会做的事啊。

陆江庭见他冥思苦想久久也没有灵光一闪的机灵劲，便随口提醒了一句："你别是喝醉酒耍酒疯，对她做了轻浮之事惹她讨厌了。要么就是——"

"就是什么？"陆江吟经大哥一提醒，心底已然慌张万分。

"呵。"陆江庭嗤笑了声，抬手放到他的肩上，一半正经一半玩笑地说，"要么就是酒壮尿人胆，你把藏心里的话都给说出来了，以至于齐溪害羞不敢面对你。"

酒壮尿人胆？说谁尿？碍于笑话自己的是年长几岁的大哥，陆江吟不敢当面反驳，只能死鸭子嘴硬："我能有什么话藏心里？"

"那只有你自己最清楚了。"陆江庭闹够了便收住了话头，最近也不知怎么了，自己也学得同叶超一般爱戏弄江吟。他笑了笑，大约是平时冷静自持的弟弟被捉弄后，气急败坏又无计可施的样子，特别招人喜欢吧。

他望了眼眉头紧锁甚是苦恼的江吟，心想或许那才是真正的弟弟："好了，赶紧吃完早饭上学。我还有很多事要忙，如果下午赶不及来接你，自己坐电车回来。"

陆江吟现在哪有心思听大哥叮咛，一心扑在昨晚发生的还未及时想起的事上。再说，他哪有藏在心里不敢对齐溪说的话？

于是，有还是没有这个问题困扰了陆江吟一个上午。课堂上数学老师的讲课他一字也没能听进去，走神被发现还被老师叫到了讲台上解题。那题并不难，可陆江吟无法集中精力，愣是迂回地解出了答案。老师看了连连摇头，放他回座位上时还劝他多用点心。

同班的谢罗华可从没见过陆江吟如此心神不宁的样儿，于是一到了吃中饭的时间便拉着陆江吟问东问西。他也好奇，昨晚醉酒的陆江吟被齐溪接走后有没有发生其他什么事。现在看来，铁定有。

"昨晚你那样回家有被责骂吗？齐溪说你了吗？我看你早上一点精神气也没有，总是心不在焉。快和我说说，昨晚还发生了什么？"

谢罗华的穷追不舍让陆江吟甚为烦躁，他止住脚步回眼瞪着谢罗华，说话声恼怒："我还想有人告诉我昨晚到底发生了什么！"

"怎么了吗这是？那你现在去哪儿啊？"谢罗华立在原地一会儿，见陆江吟继续往外走着又跟了上去。

陆江吟焦躁地解开第一颗扣子，头也不回地说："去找人解决问题。"

"找谁？"

"齐溪。"

隔开两所学校的那条街上总是人来人往，移动的小摊贩们也总爱这个时候来到道路两边吆喝。寻求简单的学生们偶尔会在路边饱餐一顿，吃完就回到学校待着等下午的课。

"你们做什么，怎么气势汹汹的？"

此时路边一棵树下站着四个人，两两面对面。午休时外面本就格外吵闹，但他们四人的氛围却透着别扭。李爱瑶见"来者不善"便主动开口询问。

谢罗华瞄了眼看向别处就是不看陆江吟的齐溪，伸手将李爱瑶拉到了树的另一面，悄声问："齐溪怎么了？大热天怎么还系上丝巾了？是不是病了？"

"去你的乌鸦嘴！"李爱瑶白了他一眼，替齐溪解释，"早上来就系着，说是昨晚吃了不好的食物，身体过敏起疹子，脖子上也有。"

"噢……女孩子爱美果然是天性啊。"谢罗华点头随后又问，"那她脸上怎么没起疹子？"

李爱瑶"啧"了声，伸手拧了一把谢罗华的胳膊，皱眉反问："你怎么不盼着齐溪点好？疹子没起到脸上该是好事，你怎么还这样说？"

"行行行！不说了。"谢罗华吃痛地捂着自己的胳膊，见李爱瑶一本正经训斥自己，忽而笑道，"你刚刚的样子和我妈揪着耳朵骂我时一模一样。"

"你，你说什么呢？"李爱瑶扬起手假装又要打过去，但在大庭广众之下她还是收回了手，红着脸警告他，"不许你再说这样的话。也不怕人笑。"

谢罗华还真是傻笑了起来，他看着李爱瑶时不自觉就会露了一脸笨拙。说话笨拙，笑也笨拙，就连喜欢也笨拙。但他不认为这是坏事，只要能很好地传达心意就不算真的笨。相比之下，他觉得自己比陆江吟好太多了。学业比不过，家世比不过，长相比不过，好在面对喜欢的人时他谢罗华可是真性情使然，才不像那位少爷拖拖拉拉都不知道要到什么时候。

"这天气……你不热吗？"陆江吟也一眼便注意到了齐溪不合季节的打扮，担心地问，"身体哪里不舒服吗？"

齐溪听到的瞬间，手下意识地抚到了丝巾上，视线下移："没什么大碍，起疹子而已。"

"我看看。"陆江吟说着便上手想要拉下丝巾瞧瞧症状，哪知齐溪紧拽着丝巾后退了一步，目光仍旧停留在任何一个不在他身上的地方。陆江吟心里头觉得奇怪，早上大哥说的话似乎应验了。莫非他昨晚真的做了什么惹她生厌了？

齐溪心有志忐，见到陆江吟来找自己时便萌生了想要逃走的想法，可无缘无故避而不见又有些说不过去，无奈只能硬着头皮站到他跟前。面对他想要靠近的手，她惊慌躲避，实在是不知如何是好。

"不严重，很快就会好的。你找我有事吗？"她疏离地问。

陆江吟直觉"起疹子"一事有假，他了解说谎时齐溪的状态，那是一种撒了谎连自己都说服不了的心虚。他目不转睛地凝望着她，想从她局促不安的脸上看出端倪，可收入眼底的只有她潮红的脸颊还有抿紧的唇。

"真的不碍事吗？"他妥协地问。

齐溪点头，沉默了一会儿问道："昨晚回家后陆叔叔没有责备你吧？"她虽然不太确定江吟来找自己的原因，但总归是和昨晚沾边的事。她不想主动提及，但……似乎又不是真的不愿提及。

"昨晚的事我一点也记不起，纵使真的有责骂于我，我也一概不知。"

"哦。"

陆江吟密切关注着齐溪的反应，那一声"哦"分明就在表达失望，失望自己不记得昨晚之事？

"我们昨晚……"

"齐溪！"

陆江吟鼓起勇气好不容易才问出口的话被李爱瑶硬生生地给打断了，只见李爱瑶手里捏了一小截断树枝从树后跑出来追着谢罗华打。

"齐溪，帮我拦住他！我今天要教他好好做人！居然敢说我是母老虎！"

谢罗华咯咯笑着，一会儿往陆江吟身后躲，一会儿往齐溪身后躲，横竖都不让李爱瑶追上自己。当他躲到齐溪身后，双手搭在她肩上寻求保护时，一不小心躲闪太快一下就把她脖子上的丝巾给扯了下来。

谢罗华当即愣在原地，胆战心惊地望了眼陆江吟，连声道歉："我不是故意的，是丝巾硬要往我手上沾。"

陆江吟脸色极差，他看着齐溪的目光也变得异样起来。谢罗华扯下齐溪丝巾的瞬间，他看到了脖子上所谓的疹子，而此刻齐溪再度用手将其捂严实了。

"哼，不和你们玩了！齐溪，我们回去吧。"李爱瑶哪赶得上谢罗华，追得累了便干脆地扔掉树枝，挽过齐溪的手，然后冲着谢罗华瞪眼，"还不快把丝巾还来！"

"哦哦哦。"谢罗华连忙认栽地恭敬递上，然后目送她们离开。

他瞧着一步三回头的齐溪问陆江吟："觉不觉得齐溪今天

有些奇怪？"

陆江吟只觉得一股无名之火正在往上蹿，他想冷静下来好好分析事情的前因后果，但无用。上午只是走神也就罢了，下午他已经想翘课回家了。他不知道齐溪脖子上的"疹子"是怎么回事，可一想到就让人……

"喂，你做什么？"谢罗华瞥了他一眼，发觉陆江吟眼里冒火，顿时退避三舍，"你要吃人啊，这副凶残的样子？可别城门失火殃及池鱼哦。"

陆江吟深吸一口气，侧身问谢罗华："你昨晚见到齐溪时她还好吗？"

"反正还没有过敏起疹子。应该是送你回家之后偷偷吃了夜宵才这样的吧，不过你和她相处这么久，该知道她食何物才会过敏吧？"

"没有。"陆江吟闷闷地答。

谢罗华疑惑地问："什么没有？"

"她没有过敏史，也不对任何食物有过敏现象，直到前两分钟。"陆江吟已经不太清楚自己在说什么了，他快要崩溃了。他决心要查个清楚，于是撇下谢罗华就往学校老师办公室跑去。

谢罗华又只能跟在后头一顿猛追，路边的人见到他们风风火火的样儿还以为发生了什么糟糕的事。两人一前一后跑到了老师的办公室，陆江吟叩门打了声招呼，便走进去拿起桌上的电话拨了个号。

"你给谁打电话？"谢罗华站在一边面对着老师的注视有些尴尬地问。

陆江吟不予理会，电话拨了出去可始终无人接听。白日里难道齐叔不在家？他这才想起齐溪虽然已经搬回家住，但齐石良还未到出院时间。这个时候，齐叔自然还在医院照顾他。他颓唐地挂了电话，向老师鞠完躬后失魂落魄地走了出来。

"怎么了？是出什么事了吗？"谢罗华见陆江吟面色凝重，头顶好似乌云笼罩，顿时警惕地问，"有什么我能帮你的吗？只要你开口，再进三次、四次凶宅我也在所不辞！"

陆江吟仰头叹气："我想要的，你能帮我偷出来吗？"

"想要什么？"谢罗华好奇富家子弟想要的东西，便自动忽视了"偷窃"的严重性，"是什么？做朋友的理应义字当先，你说要我偷什么？"

"偷——"

"嗯嗯！你尽管说！放心说！不要有顾虑，我不会笑你的！"

"齐溪的心。"

"……你可算了吧，这玩意你自己都偷不来。"

这才过了半天的时间，竟比末日还要难熬。陆江吟深觉自己每时每刻都在饱受摧残。齐溪脖子上的"疹子"到底怎么回事？他不学医的都一眼看出那根本不是疹子，而是外力造成的痕迹。静下心来想，那"疹子"的颜色同刮痧后的颜色极为相近，可若是刮痧所致，不应该只留下那一点点才是。莫不是她自己不小心弄伤的吗？可她那时警惕又拼命遮掩的样子不像是单纯的瘀痕，到底怎么回事……

"景明！"这时，谢罗华大声同站在校园一角准备板报的许景明打招呼，他乐不可支地跑到了许景明跟前，激动地问，"我听说你想找人一起创刊？"

许景明腼腆地笑了笑，同身边另外出板报的同学交代了声后放下粉笔说："这是日后的事情，即便要创刊也要等到毕业。现在既没有合适的机会也没有足够的钱能完成这件事。"

谢罗华对许景明这个八字还没一撇的理想颇感兴趣，毛遂自荐道："你看我行吗？我将来想成为一个摄影师，正好你写文章需要醒目的照片，我们没准还能成为搭档呢！"

两人你一言我一语聊得投机，许景明想创刊的原因不全是自己热爱写作，重要的是他经历了一次冒险，看到了现在的中国欠缺的是什么，他想要填补人们精神上的空缺。他想写很多社会层面的事实，想抒发许多情怀，想帮助那些在夹缝中生存的同胞。

　　"纸上得来终觉浅，绝知此事要躬行。"许景明最后吟了诗人陆游的诗句，算作是对自己所经历之事的一个感悟，他的理想世界不知要多久才能奋斗得到。

　　谢罗华端详了许景明半天，突然语重心长道："你好像和之前不太一样了。怎么说，之前的你有点自视甚高、目中无人，还是现在平易近人一点。"

　　"是吗，我以前有这么硌硬人吗？"许景明也不在意，从前的自负都跟着人生的变故死去了。他没有资本清高，也不想再变得那般不幸。

　　相比之下，陆江吟……他这才将注意力放到一直在场却完全没有搭话的陆江吟，看对方神情似乎正在为某事烦恼。于是他问谢罗华："陆江吟怎么了？脸色很差的样子。"

　　谢罗华不知情地摇摇头，然后举手挡住嘴巴悄悄说："他今天课堂上分神还被老师批评了，平时什么都不怕的样子，总觉得江吟以后会怕老婆。"

　　"嗯？"许景明奇怪地问，"你是怎么从刚刚的陈述中得出陆江吟将来怕老婆的？其中有什么必然联系吗？"

　　"算了算了，不提也罢，你继续忙吧。"谢罗华觉得随意揣测陆江吟的心思也不妥，便敷衍了过去，想走之际余光瞥见了板报上的字，便提醒了许景明一声，"《白蛇传》里那蛇妖不是叫白素贞吗？"

　　许景明听到这话一时没弄清缘由，随即扭头看向自己写在板报上的字，一眼就落在了那三个他到现在都觉得只是一场梦的字上。他望着黑板上自己写下的"白佳慧"三字，默然闭上了眼睛。尽管如梦一场，但伊人确实已逝。他再未在任何人面前提过白佳慧，但独自一人时他无数次地思念她，无数次地在梦里寻找她，最后无数次地经历生死两茫茫。

"你什么时候来的？"久久之后陆江吟才回过神来看到了许景明，眼睛一瞟便问，"板报上怎么把白素贞写成了白佳慧，你……"话未说完，他就止住了。看了眼神情淡然的许景明，他说了声"对不起"。这般唐突冒犯的行为实在是有些不经大脑，他这一天怕是不好过了。

许景明摆手，示意他不用道歉："现在好多了，不必担心。"他望着陆江吟，知道对方是无心之说，并无责怪之意。他并非出于本愿往前走，但时间强迫他向前。他不得不积极地去面对每一个明天，忘记很难，也很简单，几十年后他自然会忘了白佳慧，忘了所有的一切。

陆江吟心情不佳，说的话也无意中惹人不悦。本想再说些体己话，可男生之间若是忸怩作态势必更惹人嫌。自古总是做错事者才言多必失。

这浑浑噩噩的一天连一页纸、一个字都看不进去，陆江吟心里不断地催着时间赶紧过去。

好不容易挨到放学，陆江吟的脚步却沉重了起来，埋头走路撞到别人也不知，听到女生吃痛呻吟，见到散落一地的书本，他愣了愣，嘴上说着抱歉也一并蹲下身去帮她捡书本。

"谢谢。"女生娇羞地从他手上接回书本，早发现他是陆江吟，虽不常常见到，却经常听同学、朋友讲起。正好她和齐溪又是同一个班的，听到的事情又要比别人多了些。她好意地提醒了一句，"齐溪等会儿就出来了，你就在这儿等她吧。"

陆江吟心思涣散，没怎么注意她，可听到齐溪的名字瞬间就精神了。他的目光越过校门口许许多多的同学，只一眼就见到那俏丽的身影，像只色彩斑斓的蝴蝶一般撞进他的眸中。

"等会儿一起走，正好和你说个事情。"

就当陆江吟急着要赶到齐溪身边时，突然出现的一只强有力的大手抓住了他，听声音就是常做不速之客的叶超。叶超来这儿为的不是陆江吟，只是办完事路过碰巧看见了他。

"没空！"陆江吟眼看着齐溪越走越近，便愈加心急如焚。上午匆匆间的谈话令他坐立难安，此时如若不拦下她询问，恐怕会错过时机。

叶超听陆江吟回话干脆利落，甚至还十分无礼，他也立刻摆了脸色道："哎哟，行！你托我查的事情看样子你是不想知道了。"

"等等。"陆江吟一听叶超说的是正事，只能深深望了眼齐溪，瞬即转身问他，"查得怎么样了？"

叶超鄙视地看了他一眼，余光瞥见了笑容淡淡、翩翩而来的齐溪。反正要说的话一两句也说不清，他朝着陆江吟哼了一声："我忙着维护社会治安，你就只惦记着小情小爱，真是没出息。"

"你别逮着机会就教训我，我在家已经很水深火热了，可不想连你的骂也受着。"陆江吟随口就讲起了自己在家的境遇，最近大哥也学得爱和他开玩笑，字里话间满是揶揄，怪让他难以应付的。

"呵，你也就会在你大哥面前装乖……"

陆江吟不爱听叶超数落，眼前只见纷纷往家中方向走的同学们，看他们的脚步悠闲、神情怡然，他唯有羡慕的份。这么想着，忽感心中悸动，连身后人的脸都没见着他便伸出手去。

"江吟？"齐溪被拉住的瞬间吓了一跳，见是陆江吟便松了口气，后又看见了叶超，忙抽出手道，"好久不见，叶探长。又有案子要来找江吟帮忙吗？"

叶超听了这话差点咬到舌头："你这丫头怎么说话的？什么叫又来找江吟帮忙？是他每天恬不知耻地催我帮他忙，你要理清这其中的关系……"他发着牢骚，忍不住想要走到齐溪跟前把话说得再清楚一点，可奈何还未上前一步就被陆江吟打断了。

"等我一下，我有话要和你说。"

齐溪的心突然又七上八下了起来，她拒绝的话语就在嘴边，可看着陆江吟如此郑重其事的模样，她是怎么也开不了口，只能默默地站在他身旁等着。

陆江吟见齐溪难得听他的话，立马放宽了心同叶超正式谈了起来："查到什么了？有没有结果？"

叶超"嘶"了声，故弄玄虚地往后捋了一把头发，为难地说："你知道已结案件要翻案有多少阻碍吗？巡捕房每天的事多如牛毛，我只能自己加班加点偷查此案。而今天是我开始加班的第一天。"

陆江吟的脸色唰地阴沉下来："那你来和我说个屁！"

第一次听到陆江吟骂粗话的齐溪惊讶地立马扯住了他的衣袖，低声提醒他："你怎么能这么和叶探长说话？小心他到江庭哥哥面前告发你，要是陆叔叔也听见了，回家可有你好受的！"

"听听，你听听！"叶超对齐溪此等觉悟赞不绝口，"好好学学人家齐溪，什么话该说什么话不该说，你都这把年纪了还能不懂？"

"我懂你个鬼。"陆江吟动了动嘴，却没有发出声音。

但正对面的叶超可是看得一清二楚，他深觉捉弄年轻人有趣，便也不和小孩子计较，随口重复了陆江吟提供给自己的调查方向："四月十七号出生，今年正好七岁的孩子，家境优渥，会弹钢琴。按理这样的孩子不会很多……"

"四月十七号？"齐溪偏了脑袋思考了一会儿，她也纳闷怎么最近老有这种似曾相识却怎么也抓不住的灵光一闪，是她的错觉，还是这个时间过于单纯？想了想，她颓然地叹气，原是齐家失火、父亲遭大火毁容的那一天。如此多灾多难的日子怎能轻易忘记？

"钢琴不是谁都玩得起的玩意，照着这些特点查，你放心，我一定通宵达旦给你个满意的结果。"叶超拍着胸脯打包票。

哪知陆江吟不领情，侧身握住齐溪的手腕呛了他一句："是给你自己一个满意的结果。"将走之际又回头对他说，"我想要再看看小一他们的尸检报告。"

"巡捕房是你家书房啊？想看什么就得给你什么？"叶超也就是刀子嘴豆腐心，这种内部资料当然要保密，不能外借。

可这小子好像铁了心要查个水落石出，这又是他期盼的事，于是摸了摸后颈无奈道："周末我来你家找你。"

陆江吟见他答应了，便笑了笑："走了。"

车窗摇下一点点露出一条细长的缝，害羞期待的眼眸佯装扫了扫外面的光景。

傍晚时分，太阳的势头依旧很高，马路两旁的行人走走停停，流连忘返于铺子之间。那四面嘈杂的声音趁机也钻入了车内，衬得他们之间的氛围愈加地古怪难耐。

"你不是找我有话说？"齐溪等了半晌终究还是先问出了口。

陆江吟提起一口气，想说又懊恼此刻坐在了齐叔来接齐溪的车上，他故装轻松地问："你爸爸何时出院？"

齐溪嘴边笑痕明显，开心地回："快了。说不准两三天就能出院，再幸运点许是明日就能回家团聚了。"

"嗯。"陆江吟目光又落在齐溪系在脖子上的蓝色丝巾上。那轻柔的丝质品随着偷跑进车内的晚风飘动，胡乱搅动着他的心。

他置于膝上的手慢慢握成拳，想着破罐破摔罢了，抬眼却质问起了齐叔："齐叔，齐溪身上为什么会起疹子？昨晚吃了什么或是碰到了什么才这样的吗？有没有看医生？"

齐溪脸上立时慌张了起来，无措地望了眼齐叔，又涨红了脸问陆江吟："你要问的就是这个吗？你不信我的话？"

　　陆江吟被她一反问顿时无言，这倒真像是自己做错了事情一般，没有道理可讲，也无法申辩。她过于敏感的反应让他心中更是郁闷难解，莫不是她在护着什么人故意不让自己知道？

　　"昨晚大哥说你躲在车里并未送我下车，即是说大哥当晚未见到你人。而在此之前，谢罗华也明确告知我你来接我时未有过敏现象，也无任何不适。平日里磕磕碰碰自然有，如若只是不小心，你何以如此忌讳被我知道？所以——"

　　"所以什么？"齐溪红透的脸颊就像是蒸笼里的馒头一般，随时都能冒出一股热腾腾的气来。她原本看也不敢看他，可又担心他说出什么荒唐的话来，只能直视他，为自己增加点底气。

　　陆江吟凝望着她，原以为理智地排除了种种的可能性，答案就可以呼之欲出。可脑海里盘旋着无数种组合字眼的句子，只看一眼粉黛不施的齐溪就能轻易令他晃神。那水汪汪的明眸令他晃神，抿紧红润的双唇令他晃神，就连被丝巾遮盖住的修长的脖子也令他晃神。然而一想到她脖子一侧不知何故留下的痕迹，他就变得胡搅蛮缠起来。

　　"有人欺侮了你抑或是他人刻意为之。"他认为是自小的涵养令他问出这话时能够保持面目平和、声气冷静，纵使愁肠百结，也要在齐溪面前保持礼数，尽管心里的醋劲儿早已咕噜咕噜冒泡得厉害，"如是后者，那么是谁做的？"

　　"陆江吟！"齐溪怒喝地制止他的揣测，她极度欲言又止，最后自顾生闷气再也没有搭理他。

　　齐叔慢吞吞地开着车，听着后座两个孩子的吵闹，几经绕弯想要成全他们解决问题的心。可都开到家门口了，那心结还没能解开。齐叔没辙，只是车一停下，齐溪便气愤地拉开车门自行下车跑回家中。

"小姐……"齐叔还坐在驾驶座上，唤不回齐溪，只能回头对着陆江吟抱歉一笑，"小少爷别介意，小姐任性惯了，过会儿就好了。"

陆江吟扶额微微叹着说："齐叔，你实话告诉我昨晚到底发生了什么。"

齐叔对着无可奈何的陆江吟笑了笑，大抵是因为太过于喜欢才会这样左右为难，才会如此小心谨慎。他替小姐庆幸，替小姐高兴，于是暂忘了身份尊卑，提点陆江吟一句："小姐最后不是回答你了吗？"

"有吗？"陆江吟没想通，最后那一声分明就是在生气，何来回答？

齐叔哈哈笑出了声，掩嘴轻咳了一声，突然模仿齐溪大喊了一声："陆江吟！"学得不像，自己年迈声音粗哑，哪能学得小姐甜嗓的一星半点，"明白了吗，小少爷？"

陆江吟盯着齐叔，片刻之后恍然大悟。他微张着嘴巴发不出一点声音，杂糅着万分的震惊与难以言表的窃喜，他心中的重担顿时卸了下去。可刚一卸下又冷不丁担忧起来，果真被大哥一语中的，醉酒的他对齐溪做了轻浮之事，这下真的是要拼了老命开口求原谅了。

齐叔见他克制笑意的样儿也笑了，回过身后又对他说："小少爷，从今往后可千万别再吃自己的醋啦，犯不着。"

陆江吟难为情地单手捂住了脸，苦笑一声："齐叔别取笑我了。"偷笑的眼睛透过指缝盯着脚下，忽而又严肃地抬头问，"齐溪是不是很生气？"

"若是真生气，她定是看也不会看你一眼，可小姐还会同你说话，想必也没往心里去。女孩子脸皮薄，当时您又醉酒不醒伏倒在小姐身上，我开着车也无法顾及，其间具体发生了什么，我也说不清。"齐叔说到关键处还卖起了关子，这事从他嘴里说出怕是不妥，于是他识相地止住了话匣子。

陆江吟试图再次回忆昨晚的种种，可细节之处愣是空白一片。他到底是怎么在酒精的怂恿之下对齐溪做……做出那种下流之事来的？细想之后更是后悔莫及，可逼到眼前更为严重的则是明明是自己做了"坏事"却在齐溪面前各种无理取闹，甚至还不停地质问她。齐溪性子若是再野蛮一些，他就算挨了打也不冤。

"小少爷，那我现在送您回去？"齐叔静候半天准备掉转车头。

陆江吟回过神，急忙抓起自己的所有物推开了车门："谢谢你齐叔。"

下车之后，他本是安分地步行，可拐了个弯就按捺不住狂奔了起来。他虽未经历男女之事，但身在男校听多了别的同学偷摸看的禁书的内容，无意中听到时脸上常露鄙夷之色，觉得同学心术不正。可谁承想，他才是最不正经的那一个。

埋头疯狂跑回家时，在家门口差点让自家车给撞了，车夫急踩刹车然后推开车门，吃惊地对着气喘吁吁的小少爷连声道歉，询问是否有受伤。

"跑什么？"车上的大哥陆江庭也下了车，对着面色红润、精神百倍的弟弟上下打量，"从哪里跑回来的，遇上什么事了这么开心？"

陆江吟摇头矢口否认，对之前一事只字不提。陆江庭望着自己弟弟轻松的背影，一时半会儿也料不到到底何事令他如此愉悦，只好又坐回车内吩咐车夫继续往里开。

是夜，不管外头华灯初上又或是灯火阑珊，陆江吟情不自禁地哼着不着调的曲儿倚在卧室窗边，透过窗户一方远眺星空，那璀璨的星辰就像是为了他燃放的烟花。他凝望了一会儿，只觉得天上的星星一颗两颗慢慢连接起来，最后成了齐溪俊俏的模样。

他忍不住自嘲："刚刚倒是真的有些醉了。"